KB017920

주찬방 주해

주해자 **백두현** 경북대학교 인문대학 국어국문학과 교수
박록담 한국전통주연구소장
홍미주 경북대학교 교양교육센터 강의초빙교수
김명주 국립국어원 연구원
안주현 경북대학교 국제교류처 국제교류과 강사
정성희 경북대학교 대학원 박사과정 수료
배은혜 경북대학교 대학원 박사과정 수료
송지혜 금오공과대학교 교양교직과정부 교수

주찬방 주해

초판 1쇄 인쇄 2020년 11월 13일
초판 1쇄 발행 2020년 11월 20일

주해자 백두현 · 박록담 · 홍미주 · 김명주 · 안주현 · 정성희 · 배은혜 · 송지혜
펴낸이 최종숙
편　집 권분옥
디자인 안혜진

펴낸곳 글누림출판사
주　소 서울시 서초구 동광로 46길 6-6 문창빌딩 2층
전　화 02-3409-2058(영업부), 2055(편집부) | **팩시밀리** 02-3409-2059
이메일 nurim3888@hanmail.net
등　록 제303-2005-000038호(2005.10.5)

ISBN 978-89-6327-625-0 93810

* 책값은 표지에 있습니다.
* 파본은 구입처에서 교환해 드립니다.
* 이 도서의 국립중앙도서관 출판예정도서목록(CIP)은 서지정보유통지원시스템 홈페이지(http://seoji.nl.go.kr)와 국가자료종합목록 구축시스템(http://kolis-net.nl.go.kr)에서 이용하실 수 있습니다.
(CIP제어번호 : CIP2020045085)

주찬방 주해

백두현 · 박록담 외

쥬찬방

빅하쥬 白霞酒 白米十五斗 眞末五升 麴一斗半 水五盆

빅미단말을일빅번시서ᄃᆞᆷ갓다가ᄀᆞᄅᆞ디허ᄭᅳᆯ힌믈
다ᄉᆞᆺ동히로골와ᄀᆞ장ᄎᆞ거든[illegible]누룩말닷되과진
ᄀᆞᄅᆞ닷되를섯거독의녀허ᄒᆞᆫ날웨후에 빅미단말
을젼ᄀᆞ티시서ᄀᆞᄅᆞ디허므르닉게ᄲᅧ식거든술의버므려
둣다가또닐웨후에빅미또단말을젼ᄀᆞ티시서ᄀᆞᄅᆞ디
허닉게ᄲᅧ식거든젼술에버므려녀코두터온조히로든

머리말

필자는 국어사를 연구해 오면서 한글 필사본의 가치를 인식하고 특별한 관심을 기울여 왔습니다. 한글 필사본 중에서 특히 음식조리서 연구를 꾸준히 진행해 왔습니다. 그동안 『음식디미방』, 『주방문』(규장각본), 『정일당잡지』, 「승부리안 주방문」 등 한글 음식조리서의 주해서를 내었고, 이제 박록담 선생 및 여러 제자들의 힘을 한데 모아 『주찬방』 주해서를 출판하게 되었습니다.

『주찬방』은 목록과 체계를 갖춘 한글 음식조리서로 연대가 가장 빠른 것입니다. 지금까지 제가 본 한글 음식조리서 중 가장 오래된 것이 『주초침저방』이고, 두 번째가 『주찬방』입니다. 『주찬방』은 원본을 보존해 오던 집안의 누군가가 후대에 책을 새로 고쳐 장정하면서 필사기를 남겼고, 개장改裝한 표지에 '諺書酒饌方'(언서주찬방)이란 표지 서명을 써 놓았습니다. 그러나 이 책을 고쳐 묶기 이전에 쓴 원본의 목록 서명은 '쥬찬방'이고, 권두 서명 역시 '쥬찬방'입니다. 원본 저술자(혹은 필사자)가 붙인 이름을 존중함이 마땅하다고 판단하여 이 책의 서명을 '주찬방'酒饌方으로 확정했습니다.

『주찬방』은 박록담 선생의 소장본으로 이 책의 고증과 학술발표를 전제로 천안박물관에 기탁했던 것입니다. 2016년 3월 3일에 천안박물관 학예사 지원구 선생이 이 책의 고증을 위해 제 연구실로 찾아와서 실물을 접하게 되었습니다. 그런데 이 책의 이면지 일부에 후대인이 쓴 방문이 있음을 발견하고, 소장자 박록담 선생과 천안박물관 측의 동의를 받아 책의 장정을 풀었습니다. 해책解冊을 해야 이면지에 쓴 방문의 사진을 찍고 내용 분석이 가능하기 때문입니다.

이어서 천안박물관 측의 번역 의뢰를 받고 판독과 입력 작업을 직접 했습니다. 판독과 입력이 끝난 후에 제자들과 공부하는 매주 토요일 모임에서 『주찬방』을 같이 읽으면서 주석 붙이는 작업을 시작했습니다. 강독 자료로 삼아 옛 필사본을 차근차근 읽었고, 주석을 달며 현대국어로 번역했습니다. 1차로 전체 작업을 꿰뚫어 훑고 나서 여러 차례의 수정과 보완을 수없이 거듭했습니다. 방문 내용을 다른 음식조리서와 비교 검토하는 작업을 할 때, 〈한국전통지식포탈〉(http://www.koreantk.com)을 검색한 자료가 큰 도움이 되었습니다. 주석에서 인용한 한문 방문은 특허청에서 구축한 〈한국전통지식포탈〉에서 가져온 것이 많습니다.

방문의 전체 구성과 본문의 내용 파악을 마친 후, 『주찬방』의 한글 방문에 나타난 표기와 음운변화 등의 특징을 분석하였습니다. 필사 연대 규명에 초점을 두고 표기와 음운변화의 역사적 특징을 연구하여 『국어사연구』 28호(국어사학회)에 안미애 교수와 공동 논문을 발표했습니다. 이어서 『주찬방』의 내용 구성과 서지 관련 사항을 연구하여 『영남학』 70호(경북대학교 영남문화연구원)에 홍미주 교수와 공동 논문을 발표했습니다. 서지 사항에 대한 논문을 쓰면서 『주찬방』의 필사자를 밝히려고 노력했습니다. 이를 위해 『주찬방』에 찍힌 인장들을 읽어야 했습니다. 인장 연구의 전문가로 널리 알려진 성인근 선생(한국학중앙연구원)께서 이 일을 도와 주셨습니다. 고마운 마음을 여기에 적어 감사의 뜻을 표합니다.

인장 판독을 마쳤으나 인장의 문자가 인명이나 아호雅號가 포함된 장서인이 아니어서 결국 원본 필사자를 밝혀내지 못했습니다. 필사자를 찾지 못했으나 표지에 배접된 고문서가 강화도에 설치된 강화부에서 생산된 것임을 알아냈습니다. 또 개장자改裝者가 쓴 필사기筆寫記에 '갑진년 봄'이란 연기年紀와 '강화도 장령'江都 長嶺이라는 지명이 있어서, 이 책이 강화도에서 필사된 것임을 밝힐 수 있었습니다. 『영남학』 70호에 발표한 논문은 『주찬방』의 서지와 내용 구성에 관한 것이어서 해제를 겸하여 본서에 수록했습니다. 『주찬방』의 소장자 박록담 선생은 귀중한 문헌을 학계에 널리 알리시면서 『주찬방』의 술방문 주해 내용을 검토해 주셨습니다. 한국의 전통주 양조법의 전승과 후진 양성에 헌신하신 박록담 선생의 공력과 뜻이 이 주해서에 담겨 있습니다.

『주찬방』 앞머리에 묵서된 「용정식」과 「작말식」은 다른 음식조리서에서 찾아보기 어려운 중요 자료입니다. 술을 담그려면 술을 빚는 데 쓰이는 각종 곡물류를 찧어야 합니다. 곡물 찧는 법(도정법)을 설명한 것이 「용정식」입니다. 이때 필요한 것은 담그려는 술의 양에 따라 곡식 종류와 곡식의 분량을 정해야 하고, 곡물에 따라 들어가는 누룩가루의 분량을 정확히 알아야 합니다. 다음에는 찧은 곡물을 빻아서 가루로 만들어야 합니다. 가루 만드는 방법을 설명한 글이 「작말식」입니다. 『주찬방』의 「용정식」과 「작말식」은 원본이 모두 한문으로 되어 있고 한글 번역문이 없습니다. 이 방면에 식견이 높은 이상훈 〈우리술학교〉(전북 고창 소재) 교장님의 도움을 받아 한문 방문을 한글로 번역했습니다.

현재 전해지는 한국의 전통 음식조리서로 이른 시기의 것은 『산가요록』(1450년경), 『수운잡방』(1540년경), 『계미서』(1554년 필사), 『주초침저방』(16세기)입니다. 『주초침저방』의 말미에 한글 방문이 일부 실려 있고, 나머지 세 문헌은 모두 한문 조리서입니다. 온전한 한글 음식조리서로서 필사 연대가 빠른 것은 『주찬방』, 『음식디미방』, 『주방문』(규장각본)입니다. 『주찬방』은 16세기에 저술된 한글본을 보고 17세기 초기에 베껴 쓴 책입니다. 여기서 언급한 일곱 개 음식조리서는 조선시대 음식의 뿌리를 이루고 있습니다. 이 일곱 책에 수록된 각 방문 텍스트를 비교 분석하면, 15세기부터 17세기에 걸쳐 형성된 한국의 음식 조리법의 근원을 밝혀낼 수 있습니다. 이 분야를 연구하시는 분들의 노작을 기대해 봅니다.

『주찬방 주해』를 간행하면서 이 책의 존재를 알려 주신 지원구 학예사님께 감사드립니다. 주해 작업에 참여하여 도와준 여러 제자들도 애를 많이 썼습니다. 이 주해서를 견실하고 아름답게 편집해 주시고 장정해 주신 글누림 출판사 권분옥 편집장님과 최종숙 사장님께 감사드립니다. 그러니 『주찬방 주해』는 여러 사람들의 힘이 모아진 결과물입니다. 이 책이 한국의 전통 음식문화 연구자와 전통주에 관심을 가진 분들께 좋은 참고 자료가 되기를 기대합니다.

2020. 8. 8. 경북대학교 복현 언덕 연구실에서

주해자 대표 백두현 씀

차례

17세기 한글 음식조리서 『주찬방』의 서지와 내용 구성*

Ⅰ. 들어가기

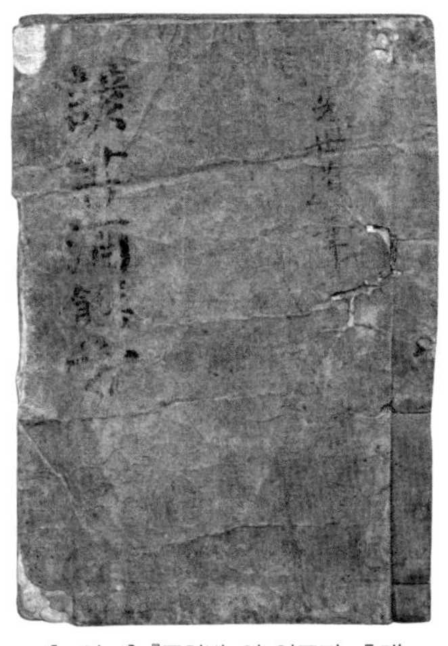
[그림 1] 『주찬방』의 앞표지. 후대 개장자가 '諺書酒饌方'이라 써 놓았다.

이 글에서 소개하는 『주찬방』은 아직 학계에 알려져 있지 않은 한글 음식조리서이다.1) 지금까지 알려지지 않았던 새로운 음식조리서의 출현은 관련 분야의 연구자들에게 반가운 소식이 아닐 수 없다. 새로 출현한 자료의 내용이 충실하고 그 연대가 오래된 것일수록 그 가치가 높다. 『주찬방』은 바로 이러한 책에 해당한다.

이 글의 목적은 새로 발견된 한글 음식조리

* 이 글은 경북대학교 영남문화연구원의 『영남학』 70호(2019)에 백두현・홍미주 공동으로 발표했던 논문을 전재한 것이다.

1) 이 책은 전통주 전문가 박록담 선생의 소장본이다. 내가 『주찬방』 연구를 시작한 2016년 3월에 이 책은 천안박물관에 기탁되어 있었고, 박물관에서 필자에게 자료를 제공해 주었다.

서 『주찬방』의 서지적 특징과 내용 구성을 밝히는 것이다. 『주찬방』은 내용의 충실성과 구성의 짜임새를 갖추고 있을 뿐 아니라 한글 방문의 언어가 16세기 국어의 일부 요소와 17세기 초기의 면모를 보여주고 있다.[2] 전체 방문을 일정하게 분류한 목차를 갖추고 있고, 방문의 문장 표현이 다듬어져 있는 수준으로 보아 이 책은 학문적 소양을 갖춘 지식인이 집필한 것으로 판단된다. 이런 점에서 『주찬방』은 국어사 연구 분야뿐 아니라, 한국 전통음식조리법과 음식문화사 연구에 중요한 자료로 판단된다.

조선시대의 한글 문헌은 간행 여부에 따라 간인본刊印本(=인쇄본[3])과 필사본 두 가지로 나뉜다. 필사본 중에는 새로 저술한 창작 필사본과 기존 필사본을 보고 베낀 모사模寫 필사본 혹은 전사轉寫 필사본이 있다.[4] 음식조리서 중에는 창작 필사본과 전사 필사본이 있다. 이 중 『주찬방』은 전사 필사본에 해당한다.

한글 음식조리서는 한문을 언해한 것이 아니어서 우리말 문장 표현의 특징을 잘 드러내 주며, 한 집안의 사사로운 목적을 위해 작성한 것으로 일상의 언어생활과 관련된 어휘들이 풍부하다. 이 점은 『주찬방』에서도 동일

---

2) 『주찬방』의 한글 방문에 나타난 표기 양상 및 음운변화 분석과 연대 판단에 대한 고찰은 『국어사 연구』(28호)에 실린 백두현・안미애(2019)를 참고하기 바란다.

3) '인쇄본'은 대중적 용어이고 학계에서는 이를 '간인본'(刊印本)이라 부른다. '간본'은 목판에 간각(刊刻)한 목판본을 가리키고, '인본'은 활자를 조판하여 찍은 활자본을 주로 가리킨다. 이 둘을 묶은 것이 '간인본'이다. 한글 음식조리서는 '동치긔사밍춘신간'이란 간기를 가진 목판본 『규합총서』(1869)를 제외하면 모두 필사본이다.

4) 필사본의 유형과 분류에 대한 자세한 논의는 백두현(2015: 78-81)을 참고할 수 있다.

하다. 『주찬방』, 『음식디미방』, 『주방문』(규장각본)은 각각 17세기 전기, 17세기 후기, 18세기 초기에 필사된 음식조리서이다. 이 세 문헌은 한국의 전통음식문화 연구에 가장 중요한 초기 자료이다. 이 세 문헌은 간본 자료에 없는 일상생활의 언어적 특징을 갖추고 있어서 한국어의 역사적 연구에도 유용한 자료이다.

Ⅱ. 서지 사항 분석

새로운 문헌의 자료적 가치를 판단하기 위해서 가장 먼저 해야 하는 작업은 그 문헌의 연대를 포함한 서지적 특징을 정밀하게 분석하는 것이다. 새로운 문헌의 기초 정보를 밝혀야 자료적 가치가 분명해진다. 2장에서는 이 책의 서지 사항에 대해 자세히 기술한다.

1. 표지 서명과 권두 서명

『주찬방』은 어느 집안에 예로부터 전해 오던 책을 후손이 수리하고 고쳐서 재장정한 것이다. 재장정할 때 권두의 목록면을 배접했으며, 앞뒤 표지를 새로 만들어 붙여 기존의 책을 새로 개장해 놓았다. 표지 앞장에는 개장자改粧者가 쓴 표지 서명 '諺書酒饌方'(언서주찬방)이 묵서되어 있고, 표지 우측 상변에 '先世遺筆'(선세유필)이라 씌어 있다. 표지 서명과 달리 목록 서명 및 권두 서명은 '쥬찬방'이라 묵서되어 있다. '諺書酒饌方'은 후대의 개장자가 붙인 서명이고, 원래의 필사자(혹은 저술자)가 붙인 이름은 '쥬찬방'이다. 따라서 원래의 필사자가 붙인 '쥬찬방'(현대국어 표기로는 '주찬방')을 이 책의 서명으로 삼는다.[5] 이 책의 책밑 즉 서근書根에도 '酒饌方 쥬찬방'이라는 묵서가 있다. '쥬찬방'이란 서명이 목록서명, 권두서명, 서근제에 공통적으로 나타난다. 이 점을 고려하여 이 책의 서명을 '쥬찬방'(=주찬방)으로 삼는 것이 타당하다. 개장자가 표지에 쓴 '諺書酒饌方'(언서주찬방)은 이 책의 별칭으로 삼을 수 있다.

2. 지질과 형태 서지

『주찬방』의 책 크기는 가로 14.0cm, 세로 23.7cm이다. 이 책의 장수張數는 앞뒤 표지 2장, 목록 4장, 본문 46장으로 도합 52장 분량이다. 다른 음식조리서에 비해 책의 장수가 많은 편이다. 개장된 이 책의 장정은 사침안四針眼의 선장본線裝本이다. 책 상단 두 개 침안에 맨 실끈이 떨어져 없어지고 하단 두 개 침안에 들어간 실끈만 남아 있었다. 앞뒤 표지에 좀벌레가 갉은 구멍이 여러 개 있지만 다행히 본문은 피해를 입지 않았다. 본문과 표지는 모두 닥종이[楮紙]를 썼다.

본문은 사주四周와 계선界線이 없는 백지에 붓으로 썼다. 이 책의 뒤표지

5) 『음식디미방』의 경우도 표지 서명은 '閨壼是義方'(규곤시의방)이고 권두서명은 '음식디미방'이다. 표지서명은 이 집안의 남성(짐작건대 장씨 부인의 부군 이시명)이 붙인 것이고, 권두서명은 원저자인 장계향이 쓴 것이다. 이 책의 서명을 '음식디미방'으로 정한 것은 원저자의 명명을 따른 것이다.

안쪽 면에 강화도 장령의 어느 집에 살았던 사람이, 집안에 전해오던 낡은 책을 새로 배접하고, 표지를 개장改粧[6]했다는 묵서가 있다. 배접지를 붙이기 이전 원본의 종이 크기는 세로가 조금 짧은 23.3cm 내외이다. 개장하면서 본문 종이 뒤에 덧붙인 배접지와 최초 필사자가 쓴 원본의 지질은 차이가 있다. 원본의 지질은 얇고 광택이 약간 있는 닥종이로서 배접지에 비해 고색古色이 훨씬 현저하다.

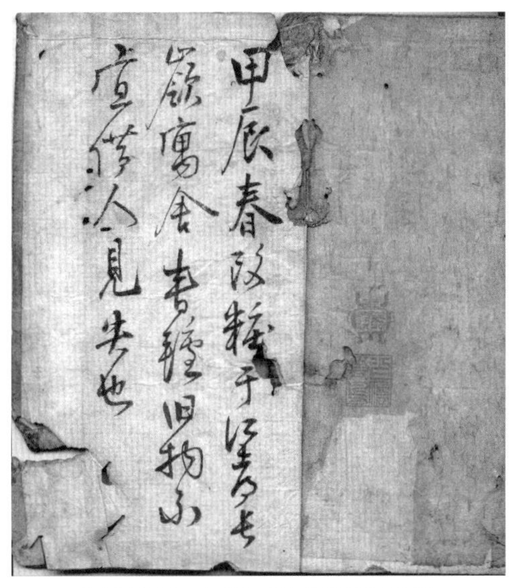

[그림 2] 뒤표지 안쪽 면의 개장기와 장서인

책 권두 부분의 목록 넉 장의 이면裏面에는 또 다른 한글 방문 5개가 묵서되어 있다. 이면지에 묵서한 방문의 필체는 본문을 쓴 필체와 다르다.[7] 원본 필사자가 이미 썼던 종이의 이면지에 다른 사람이 5개 방문을 추가로 써넣은 것이다. 목록 넉 장은 원본 지면의 가장자리에만 배접지를 붙여 놓았다. 필자가 이면지에 쓰인 내용을 확인하기 위해 실로 꿰맨 장정을 풀어서 이면지의 묵서 내용을 판독하고 다시 재장정했

6) 뒤표지 안쪽 면에 쓴 개장 기록에 '改粧'이란 용어를 쓰고 있기에 이것을 가져왔다.

7) 이면지에 기록된 문장은 그 내용이나 지질의 상태 등으로 볼 때 개장자가 쓴 것이 확실하다.

다.[8] 목록 제1장의 이면지에 '감향쥬', 제2장의 이면지에 '집셩향주'와 '녹파쥬', 제3장과 제4장의 이면지에 '셜튼향주'와 '과하쥬' 방문이 기록되어 있다. 이면지에 기록된 방문은 이 책의 본문에 등장하지 않는 내용이다. 본문 제41장에는 무명 베와 명주 비단의 새[9] 수, 길이, 값을 적은 4개 행의 한글 문장이 있다. 옷감 직조물에 관한 내용은 지금까지의 음식조리서에서 발견된 사례가 없었다.

3. 권말 개장기(改粧記) 분석

이 책의 권말 면 다음 장에는 다음과 같은 내용이 묵서되어 있다.

> 甲辰春 改粧于江都長嶺寓舍 靑氈旧物 不宜借人見失也.
>
> (번역: 갑진년 봄에 강화도 장령의 집에서 책을 고쳐 장정했다. 조상 대대로 내려오는 물건이니 남에게 빌려주거나 분실하지 않도록 하여라.)

이 기록은 이 책을 배접하고 표지를 새로 붙인 개장자改粧者가 쓴 것이다. 개장자가 쓴 기록이므로 개장기改粧記라 부르기로 한다. 개장할 때 사용한 종이의 지질과 상태로 보아 개장기에 나오는 갑진년은 1724년, 1784년, 1844년 중의 하나일 것이다.[10] 배접지 및 표지의 상태로 보아 1784년일

8) 책의 재장정 작업은 고서 수리에 능숙한 제일표구사 주진중 사장(대구시 봉산동)이 하였다.

9) '새'는 베를 짤 때 세로 방향으로 놓인 날실을 세는 단위로 1새는 날실 80올이다. 새 수가 많을수록 고운 베이고 값도 비싸다.

가능성이 가장 높지만 개장기를 쓴 연도를 단정적으로 말하기는 어렵다. 그러나 원본의 저술 혹은 필사는 개장기의 가장 앞에 놓인 갑진년(1724)보다 훨씬 앞선 시기에 이루어진 것이 확실하다.

위 개장기에서 이 책의 개장자가 살았던 집이 강화도 장령長嶺에 있었음을 알 수 있다. 『강화부지』江華府志 권상卷上 제언堤堰 항에는 강화도의 마을 이름 여러 개가 기록되어 있는바 이 중에 '長嶺里'(장령리)가 있다. 『여지도서』輿地圖書 상권의 「강도부지」江都府誌의 능침陵寢 항에도 '장령' 대묘동長嶺大廟洞에 황형黃衡의 묘가 있다는 기록이 있다. 1911년에 조선총독부 임시토지조사국에서 작성한 지적도地籍圖에[11] '경기도 강화군 장령면'에 속한 여러 개 마을 이름이 나온다. 이 지적도에는 '장령'이 면 이름으로 등재되어 있다. '장령면'은 1914년에 강화읍으로 편입되어 현재는 쓰이지 않는 지명이다.

장령면 안에 '장동'長洞이란 마을이 있다. 『沁都紀行』(심도기행)에 이 '장동'長洞이 등장한다. 『심도기행』은 강화도에서 살았던 고재형高在亨(1846~1916)이 1906년에 강화도의 각 마을과 명소를 직접 방문하여 256수의 한시를 짓고 그 마을의 유래와 풍광, 인문 생활상을 읊은 문집이다. 이 책을 번역한 『역주 심도기행』(인천대학교 인천학연구원 2008: 138)에 '長洞'(장동)이란 제목의 칠언시가 있다. 장동의 유래와 풍광을 읊은 이 작품의 제3구에 "箇中最是權居久"(개중의 으뜸은 오래 산 권씨 가문이라)는 구절이 있다.

10) 이 판단은 실물을 직접 감식한 경북대 문헌정보학과 남권희 교수의 조언을 받은 것이다.
11) 지적(地籍) 아카이브(http://theme.archives.go.kr)를 참고하였다.

『역주 심도기행』의 번역자가 "장동長洞은 강화부와의 거리가 동남쪽으로 1리인데, 대로大路의 곁에 있다. 옛날부터 참외밭이 많았고, 그 안에는 안동 권씨들이 많이 살고 있다."라고 주석을 붙여 놓았다. 장동에 살았던 권씨 집안과 『주찬방』의 개장자가 어떤 관련성이 있을지도 모르나 더 따져볼 증거를 찾지 못하였다. 장령에 산 창원 황씨 가문의 관련성도 앞으로 더 연구해 볼 필요가 있다. 고문서를 통한 강화도의 인물과 지역 연구 등이 보완된다면 『주찬방』과 관련된 새로운 증거가 나올 수도 있다. 현재로서는 이 책의 저술자 혹은 필사자를 더 자세히 논하기 어렵다.

4. 장서인 판독

이 책의 권두와 권말에는 여러 방의 인장이 찍혀 있다. 목록 면 권두 위치에 세로로 네 방의 인장이 찍혀 있고, 권말 끝 면에도 두 방의 인장이 찍혀 있다. 이 자리는 일반적으로 장서인을 찍는 곳이어서, 필자는 이 인장에 주목하고 필사자 혹은 개장자의 실마리를 여기서 찾고자 했다. 먼저 목록 면에 장서인처럼 찍혀 있는 인장은 [그림 3]과 같다.

목록 면의 네 개 인장은 배접하기 이전의 원본 지면에 같은 색깔의 붉은 인장[朱印]이 나란히 찍혀 있다. 원본 저술자가 찍은 것으로 판단된다. 장서인 연구의 권위자인 한국학중앙연구원의 성인근 선생에 따르면 이 인장들은 16세기와 17세기의 형식을 띠고 있다고 한다. 성인근 선생은 사진의 맨 위 인장은 '古心', 위에서 두 번째 인장은 '呆人', 세 번째 인장은 '荷蓑', 네 번째 인장은 '金枝玉葉'으로 판독하였다. 이러한 인장을 흔히 한장閒章, 혹은 사구인

[그림 3] 목록 면의 장서인

詞句印이라 하는데, 자신이 좋아하는 용어나 시구, 혹은 신념을 담은 문구를 새겨 찍는 인장을 뜻한다. 이런 내용의 인장은 장서인으로 흔히 쓰이지 않는 것이다.12)

권말 끝면에 있는 두 방의 인장 역시 배접하기 이전의 원본 지면에 찍혀 있으며, 권두 목록면의 인장과 같은 색깔의 주인朱印이다. 권말 끝면의 인장 중 위의 것은 '大溪'로, 아랫것은 '白雁靑鳥'로 판독되었다. 이 인장 역시 소장자의 성명이나 본관을 뜻하는 것이 아니어서 필사자의 신원 파악에 도움이 되지 않았다. 판독한 인장 내용 중에서 '大溪'가 이 책의 필사자와 관련된 호號일 가능성이 있으나 호보 등에서 관련될 만한 인물을 찾지 못하였다. 고서의 장서인에는 소장자의 관향과 성명 그리고 자호字號 등이 찍히는 것이 보통의 관례이다. 그런데 『주찬방』의 장서인에는 이런 것이 없어서 연구자 입장에서 크게 실망하였다. 성인근 선생은 이 책의 장서인들은 매우 특수한 사례라고 하였다.

12) 이 장서인을 판독해 주시고, 장서인에 대한 중요 조언을 해 주신 성인근 선생님께 깊은 감사 말씀을 드린다.

5. 표지 배접지의 고문서 분석

표지 앞장과 뒷장의 안쪽 면에 붙인 배접지에 이두문으로 작성한 고문서가 사용되었다. 앞표지에 사용된 고문서에는 '是在果'(-이견과)와 같은 이두 문법형태가 쓰여 있다. 뒤표지에 사용된 고문서에는 제사題辭로 짐작되는 문장 첫머리에 '丁寧'이란 이두어가 보이고, 가로 세로가 7cm인 사각형 관인官印 세 방[三顆]이 찍혀 있다. 이런 고문서를 배접지로 사용한 사실은 이 책의 개장자가 관직에 있었거나 관아의 일에 관여한 인물임을 의미한다. 폐기된 관문서를 배접지에 쓴다는 것은 개장자가 관직자이거나 관아의 일에 관여하지 않고서는 있을 수 없는 일이기 때문이다. 고문서에 찍힌 3개의 관인을 성인근 선생은 모두 '江華府使之印'(강화부사지인)으로 판독하였다. 이 인장은 개장자가 강화부사이거나 강화부의 관리임을 암시한다. 따라서 강화부사이거나 강화부에 소속된 관리가 폐기된 문서를 보존하고 있다가 그 문서 종이를 배접지로 이용했던 것으로 판단된다.

6. 필사의 오류와 그 의미

손으로 쓴 모든 필사본에는 필사 과정에서 여러 가지 요인에 의해 발생하는 오기誤記 혹은 오사誤寫가 나타나 있다. 백두현・이미향(2010)에서 필사본에 나타난 오기의 유형을 세우고 그것의 발생 원인을 종합적으로 분석한 바 있다. 『주찬방』에는 오기가 그리 많은 것은 아니지만 중요한 의미를 가진 다음과 같은 오기가 몇 군데 나타나 있다.

a. **지、비、**를 조ᄒᆞᆫ 잘ᄅᆡ 녀허 독의 녀흐면 그도 됴코(20a)

b. 항의 녀허 **지、식、** 빠ᄆᆡ야(22b) cf.**식지**로 두터이 빠ᄆᆡ야(2b)

c. 독의 **허、녀、**(6b) cf.젼술의 섯거 녀혀(2b)

d. 두터온 식지로 빠ᄆᆡ야 **ᄃᆞᆺ가、다、**(2a)

e. 글힌 믈 여듧 **골、병、와** ᄀᆞ장 식거ᄃᆞᆫ(2a)

f. 상화 ᄒᆞᆫ 말**애 치、만、ᄒᆞ여**(26b)

g. 술항을 **ᄃᆡᆸ으로** 옷 니펴 솓희 녀흐라(20a)

h. **효초**(39b), 사**ᄒᆞᄒᆞ**라(41a), **ᄆᆞᄅᆞᆫ** 남그로(28b)
   밤은 **송이재 ᄣᅡ 송이재 ᄣᅡᄣᅡ**(38a)

a의 '지비'에는 각 글자 우측에 점을 찍어 아래-위를 바꾸라는 교정 부호가 첨기되어 있다. 필사자가 오류를 인지하고 교정한 것이다. 교정 지시에 따라 고치면 '비지'(콩비지)가 된다. b의 '지식'은 '식지'食紙(밥상 위에 놓는 종이)의 오기다. c의 '허녀'도 '녀허'의 오기인데 각 글자의 우측에 교정점 □이 찍혀 있다. d의 'ᄃᆞᆺ가다'에도 교정점이 찍혀 있는바 이는 'ᄃᆞᆺ다가'의 음절 순서가 전위된 오기이다. e의 "글힌 믈 여듧 골병와"(긇인 물 여덟 병을 섞어)에서 '골병와'는 '병 골와'의 오기다. '골'자와 '병'자 우측에 교정점이 찍혀 있다. '골'과 '병'의 순서를 잘못 쓴 것이다. 음절 순서가 전위된 오기는 본인이 스스로 지은 문장 쓰기에서 나올 수 없는 실수이다. g의 '치만ᄒᆞ여'는 '만치ᄒᆞ여'의 오기이다. f의 'ᄃᆡᆸ으로'는 'ᄃᆡᆸ흐로' 혹은 'ᄃᆡᆸ프로'의 오기다. h의 '효초'는 '호쵸'의 오기이고, '사ᄒᆞᄒᆞ라'는 'ᄒᆞ'를 중복한 오기이다. 'ᄆᆞᄅᆞᆫ 남그

로'는 'ᄆᆞ른 남그로'의 오기로, 두 번째 음절의 받침을 첫 번째 음절의 받침에 반복적으로 쓴 것이다. 그리고 '밤은 송이재 빠 송이재 빠'는 동일 구절을 반복한 오기이다. 이런 유형의 오기는 이 책이 다른 문헌을 보고 베껴 썼다는 명백한 증거가 된다. 이른바 다른 글을 보면서 베끼는 '見寫'(견사)의 과정에서 발생한 실수이다.

7. 『주찬방』 필사자의 신분

권말의 개장기改粧記 내용에서 이 책의 개장자가 강화도 장령에 살았던 사람임을 알 수 있고, 표지 배접지에 찍힌 관인 '江華府使之印'은 개장자가 강화부에 관련된 인물임을 알려 준다. 이 두 가지 점을 근거로 이 책의 개장자가 강화부의 관직자이거나 그 주변 인물임을 짐작할 수 있다. 관아 문서를 다룬 사람이라는 점에서 관아 소속의 서리胥吏일 수도 있다.[13] 장서인에 기대를 걸고 장서인 판독의 권위자이신 성인근 선생의 도움을 받았으나, 장서인에는 인명 혹은 아호雅號에 관한 정보가 포함되어 있지 않았다. 개장 이전에 작성된 본문 필사자의 이름은 서지 정보 분석에서 드러나지 않았다.

『주찬방』 권말의 본문에 들어간 '녁쳥 고오ᄂᆞᆫ 규식', '동유 고오ᄂᆞᆫ 규식', '갸칠ᄒᆞᄂᆞᆫ 규식' 항목의 내용은 관청 건물은 물론 양반 가옥의 도색을 위해 필요한 정보를 싣고 있다. 개장 이전에 작성된 본문에 이런 내용이 있는

13) 장서인의 우아한 형태와 품격으로 보면, 이 책의 서사자 신분이 서리(胥吏)일 가능성은 낮은 듯하다.

사실은 본문 작성자 역시 관아에 소속된 관리였음을 암시한다.

이 책의 권말 개장기를 한문으로 쓴 점, 강화부사의 인기印記가 있는 고문서를 배접지로 쓴 점, 용정식과 작말식을 한문으로 쓴 점과 기타 여러 개 조리 방문을 한문으로 작성한 사실[14] 등을 고려할 때, 본문을 쓴 필자의 성별은 남성이라고 판단한다. 권두에 목차가 있는 점도 필자가 남성이라고 판단하는 근거가 된다. 체계적 목록(=목차)을 갖춘 경우는 여성이 쓴 필사본에서 찾기 어렵기 때문이다. 목록을 구성한다는 것은 학문적 사고방식과 체계적 구성 능력이 있음을 의미한다. 여성이 쓴 저술에 목록을 갖춘 것은 극히 드물다.[15]

서지 사항을 비롯하여 이 책에 찍힌 장서인과 개장자가 묵서한 개장기를 모두 분석했지만 『주찬방』의 저자 혹은 필사자가 누구인지 정확히 알 수 없는 형편이다. 개장자가 살았던 집이 강화도 장령에 있었음을 알 수 있을 뿐이다. 강화도 장령에서 살았던 집안에서 이 책이 나온 것으로 추정되며, 강화도와 관련된 어떤 인물이 이 책 본문의 필사자였을 것으로 판단된다. 이 필사자의 후손 중 누군가가 강화도 장령에 살면서 선대의 조상이 남긴 글을 보존하기 위해 낡은 본문지 뒤에 배접지를 붙이고 장정裝幀을 새로 한 후 권말에 개장기를 써서 붙였던 것이다. 이 개장기는 필사자의 거주지 정보를 담고 있어서 이 책의 출처가 강화도였음을 알려 주는 중요 기록이다.

---

14) 한문으로 쓴 방문에 대한 자세한 설명은 3장으로 돌린다.

15) 국립중앙도서관 소장 및 서강대 소장의 필사본 『규합총서』 권두에 목차가 있다. 이는 저술자 빙허각 이씨의 학문적 역량을 보여주는 것이다. 『음식디미방』에 면병류, 어육류, 주류, 초류 등 음식분류 항목이 있지만 권두 목차 형태로 제시된 것은 아니다.

8. 한문본 『酒饌』(주찬)과의 관계

『주찬방』과 서명이 비슷한 음식조리서로 한문본 『酒饌』이 있다. 『주찬』은 고故 이성우 선생 소장본이었으며 이성우(1992: 1176-1199)에[16] 영인되어 있고, 윤숙경(1998)에[17] 원문과 번역문이 실려 있다. 이성우(1992)는 이 책의 필사 연대를 1800년대로 보았다. 필자가 한문본 『주찬』과 한글본 『주찬방』의 내용을 비교해 본 결과 서명이 비슷할 뿐 내용은 아주 다른 책임을 확인하였다. 예컨대 『주찬방』의 내의원 향온주에 서술된 한문 방문과 이에 대응하는 『주찬』의 內局香醞(내국향온)의 한문 방문은 그 내용이 전혀 다르다. 이처럼 두 문헌에 나오는 동일한 명칭의 방문 텍스트를 비교해 보면 공통점보다 차이점이 훨씬 큰 것을 알 수 있다. 『주찬방』은 17세기 자료이지만 『주찬』은 19세기 자료이니 두 문헌의 내용 차이가 큰 것은 당연하다. 보다 정밀한 비교를 해야 하겠지만, 두 문헌의 연관성을 보여주는 확실한 증거를 찾기 어렵다. 『주찬방』의 방문 중에는 『산가요록』과 비슷한 내용이 적지 않다. 『주찬방』과 『산가요록』의 방문 내용을 비교 연구하는 일이 필요하다.

---

16) 이성우 편(1992), 『한국고식문헌집성 고조리서(Ⅲ)』, 수학사, 1176-1199.

17) 윤숙경(1998), 『고조리서 수운잡방・주찬』, 신광출판사, 163-328.

Ⅲ. 내용의 구성과 방문의 특징

1. 권두 목록의 존재

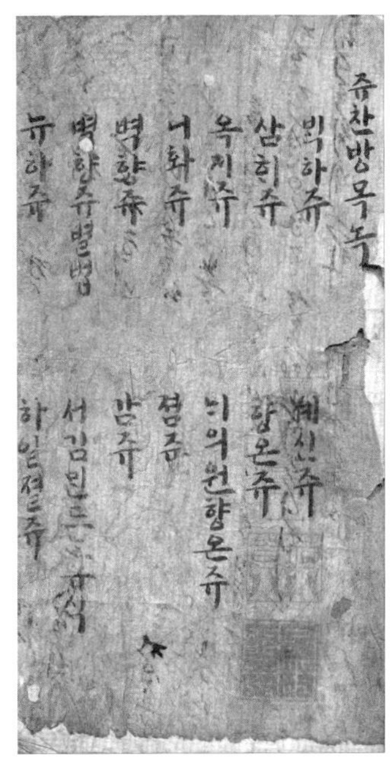
쥬찬방목녹
빙하쥬
삼히쥬
옥지쥬
니화쥬
벽향쥬
벽향쥬별법
뉴하쥬
향온쥬
니의원향온쥬
졈쥬
밤쥬
하일졀쥬

[그림 4] 주찬방의 권두 목록

『주찬방』의 내용 구성에 나타난 두드러진 특징은 권두에 넉 장 분량의 '쥬찬방목녹'이란 제하에 91개 방문의 명칭이 배열되어 있는 점이다. 목록에 이어서 권두서명 '쥬찬방'이 나오고, 그 뒤부터 본문에 해당하는 각 방문명과 조리법이 차례대로 서술되어 있다.

필사본 음식조리서로서 본문에 수록된 내용을 권두에서 목록 형식으로 별도 편성해 놓은 것은 극히 드물다. 빙허각 이씨가 지은 필사본 『규합총서』와 20세기 초기에 필사된 『시의전서』가 상권 권두 및 하권 권두에 목록을 별도로 제시한 예가 있을 뿐이다. 17세기 혹은 18세기 음식조리서로서 목록을 가진 문헌은 없다.

2. 본문의 내용 구성 및 주요 특징

『주찬방』의 내용 구성을 살피는 가장 좋은 방법은 이 목록에 나온 방문명과 본문에 나온 방문명 전체를 요약 정리해 보는 것이다.

1) 방문 목록의 재구성

『주찬방』 권두의 '쥬찬방목녹'에 기재되어 있는 한글 표기 방문명의 개수는 91개이다. 권두 목록의 방문명들은 음식 종류에 따라 개략적으로 범주화하여 배열해 놓았다. 아래 [표 1] 오른쪽 끝의 '부류'란에 표기한 명칭이 대체로 분류한 음식 종류이다. 각 항목은 술, 초, 면, 장, 김치 등의 찬품류와 육류, 정과, 염료와 도료 제조법의 차례로 배열되어 있다. 그런데 본문에 조리법 텍스트와 함께 기재된 본문 방문명은 권두 '쥬찬방목녹'의 방문명과 약간의 차이를 보인 것도 있다. '쥬찬방목녹'에 기재된 방문명과 본문에 제시된 방문명을 본문의 장차 순서에 따라 정리하면 [표 1]과 같다. [표 1]에서 ( ) 안에 표기한 것은 구별의 편리함을 위해 원문에 없는 것을 필자가 삽입한 것이다. 7-1, 7-2 등과 같이 '-'를 넣어 표기한 것은 동일 방문 아래 양을 달리 하는 등 약간의 차이를 가진 방문을 뜻한다.

[표 1] 『주찬방』의 내용 구성과 목록과 본문의 방문 목록

번호	목록 방문명	본문 방문명	한문방문	장차	부류
1	빅하쥬	빅하쥬	유	1a-1b	술
2	삼히쥬	삼히쥬	유	2a-2b	술
3	옥지쥬	옥지쥬	유	2b-3a	술
4	니화쥬	니화쥬	유	3a-4b	술
5	벽향쥬	벽향쥬	유	4b-5a	술
6	벽향쥬 별법	벽향쥬 쏘 별법	유	5a-5b	술
7-1	뉴하쥬	뉴하쥬	유	5b-6a	술
7-2		쏘 흔 법 (뉴하쥬)	무	6a-6b	술
8	두강쥬	두강쥬	유	6b-7a	술

번호	목록 방문명	본문 방문명	한문방문	장차	부류
9	아황쥬	아황쥬	유	7a-7b	술
10	듁엽쥬	듁엽쥬	유	7b-8a	술
11	년화쥬	년화쥬	무	8a-8b	술
12-1	쇼국쥬	쇼국쥬	유	8b-9a	술
12-2		또 ᄒᆞᆫ 법 (쇼국쥬)	유	9a-9b	술
13	모미쥬	모미쥬	무	9b-10a	술
14	츄모쥬	츄모쥬	무	10a-10b	술
15	셰신쥬	셰신쥬	유	10b-11a	술
16	향온쥬	향온 빗ᄂᆞᆫ 법	유	11a	술
17	ᄂᆡ의원 향온쥬	ᄂᆡ의원 향온 빗ᄂᆞᆫ 법	유	11b-12a	술
18	졈쥬	졈쥬	유	12a-12b	술
19	감쥬	감쥬	유	12b-13a	술
20	서김 ᄆᆡᆫ드는 규식	서김 ᄆᆞᆫᄃᆞᄂᆞᆫ 법	유	13a	술
21	하일졀쥬	하일졀쥬	유	13b	술
22-1	하숭의 ᄉᆞ시쥬	하숭의 ᄉᆞ시졀쥬	유	13b-14a	술
22-2		또 ᄒᆞᆫ 법 (하숭의 ᄉᆞ시졀쥬)	무	14a-14b	술
23	하졀삼일쥬	하졀삼일쥬	유	14b-15a	술
24	하일블산쥬	하일블산쥬	유	15a-15b	술
25	부의쥬	부의쥬	유	15b-16a	술
26	하향쥬	하향쥬	유	16a-17a	술
27	합ᄌᆞ쥬	합ᄌᆞ쥬	유	17a-17b	술
28	삽듀쥬	삽듓불휘술	무	17b-18a	술
29	쇼쥬 만히 나ᄂᆞᆫ 규식	쇼쥬 만히 나게 고올 법	무	18a-18b	술
30	밀쇼쥬	밀쇼쥬	유	18b-19a	술
31	ᄉᆞ병쥬	ᄡᆞᆯ ᄒᆞᆫ 말애 지쥬 네 병 나ᄂᆞᆫ 술법	유	19a-19b	술
32	쟈쥬	쟈쥬	유	19b-20a	술
33	싄 술 고틸 규식	싄 술 고티ᄂᆞᆫ 법	유	20a-20b	술
34-1	누록 ᄆᆞᆫᄃᆞᄂᆞᆫ 규식	누록 ᄆᆞᆫᄃᆞᄂᆞᆫ 법	유	20b-21a	술

번호	목록 방문명	본문 방문명	한문방문	장차	부류
34-2		ᄯᅩ ᄒᆞᆫ 법	무	21a-22a	술
35	보리초 빈ᄂᆞᆫ 규식	보리초 빈ᄂᆞᆫ 법	유	22a-22b	초
36	밀초 빈ᄂᆞᆫ 규식	밀초 ᄃᆞᆷᄂᆞᆫ 법	유	23a	초
37-1	챵포초 빗ᄂᆞᆫ 규식	챵포초 ᄃᆞᆷᄂᆞᆫ 법	유	23a-24a	초
37-2	(의초법1)[18]		무	24a	초
37-3	(의초법2)		무	24a	초
38		면 디ᄂᆞᆫ 법	무	24a-24b	면
39	싀면 디ᄂᆞᆫ 규식	싀면 디ᄂᆞᆫ 법	무	24b-25a	면
40-1	진쥬면	진쥬면	무	25a-25b	면
40-2	(차면)	ᄯᅩ	무	25b-26a	면
41	증편 긔쥬 ᄆᆞᆫᄃᆞᄂᆞᆫ 규식	증편 긔쥬 ᄆᆞᆫᄃᆞᄂᆞᆫ 법	무	26a-26b	병과
42	상화 긔쥬 ᄆᆞᆫᄃᆞᄂᆞᆫ 규식	상화 긔쥬 ᄆᆞᆫᄃᆞᄂᆞᆫ 법	무	26b-27a	병과
43	잡과편	잡과편	무	27a-27b	병과
44	졈 내ᄂᆞᆫ 규식	졈 내ᄂᆞᆫ 법	무	27b-28a	조미면
45	ᄡᆞᆯ ᄆᆞᆫᄃᆞᄂᆞᆫ 규식	ᄡᆞᆯ ᄆᆞᆫᄃᆞᄂᆞᆫ 법	무	28a-28b	이당
46	흑탕 고오ᄂᆞᆫ 규식	흑탕 고오ᄂᆞᆫ 법	무	28b-29a	이당
47-1	즙디히	즙디히	무	29a-29b	장
47-2		ᄯᅩ (즙디히)	무	29b-30a	장
47-3		ᄯᅩ ᄒᆞᆫ 법 (즙디히)	무	30a-30b	장
48	녀름 즙디히	녀름 즙디히	유	30b-31a	장
49	ᄡᅳᆫ 쟝 고티ᄂᆞᆫ 규식	ᄡᅳᆫ 쟝 고틸 법	무	31a-31b	장
50	기울쟝	기울쟝법	무	31b	장
51	거믄 소곰 희게 ᄒᆞᆯ 규식	거믄 소곰 희게 ᄒᆞᆯ 법	무	31b-32a	장
52	변미ᄒᆞᆫ 고기 고틸 규식	변미ᄒᆞᆫ 고기 고틸 규식	무	32a	육류
53	ᄃᆞᆯ긔알 올히알젓	ᄃᆞᆯ긔알 올히알젓	무	32b	육류
54	ᄃᆞᆯ긔알쟝	ᄃᆞᆯ긔알쟝 ᄃᆞᆷ기	무	32b-33a	육류
55	팀숑이	팀숑이법	무	33a	김치
56	건숑이	건숑이	무	33b	김치
57	마ᄂᆞᆯ ᄃᆞᆷᄂᆞᆫ 규식	마ᄂᆞᆯ ᄃᆞᆷᄂᆞᆫ 법	무	34a	김치

번호	목록 방문명	본문 방문명	한문방문	장차	부류
58	팀강	팀강	무	34a-34b	김치
59	복셩화와 ᄉᆞᆯ고경과	복셩화와 ᄉᆞᆯ고경과	무	34b	정과
60	팀도힝법	팀도힝법	무	34b-35a	김치
61	팀쳥대	팀쳥대	무	35a-35b	김치
62	토란팀ᄎᆡ	토란팀ᄎᆡ	무	35b	김치
63	싱강 토란 간슈ᄒᆞᆯ 규식	싱강과 토란 간슈ᄒᆞᆯ 법	무	36a	저장법
64	고사리 간슈ᄒᆞᆯ 규식	고사리 간슈ᄒᆞᆯ 법	무	36a-36b	저장법
65	취 간슈ᄒᆞᆯ 규식	취 간슈ᄒᆞᆯ 법	무	36b-37a	저장법
66	가지 간슈ᄒᆞᆯ 규식	가지 간슈ᄒᆞᆯ 법	무	37a	저장법
67	외 간슈ᄒᆞᆯ 규식	외 간슈ᄒᆞᆯ 법	무	37a-37b	저장법
68	실과 간슈ᄒᆞᆯ 규식	실과 간슈ᄒᆞᆯ 법	무	37b-38a	저장법
69	양 ᄡᅵᄂᆞᆫ 규식	양 ᄡᅵᄂᆞᆫ 법	무	38a-38b	육류
70	쇠챵ᄌᆞ ᄡᅵᄂᆞᆫ 규식	쇠챵ᄌᆞ ᄡᅵᄂᆞᆫ 법	무	38b	육류
71	양 ᄉᆞᆱᄂᆞᆫ 규식	양 ᄉᆞᆱᄂᆞᆫ 법	무	39a	육류
72	ᄃᆞᆰ ᄉᆞᆱᄂᆞᆫ 규식	ᄃᆞᆰ ᄉᆞᆱᄂᆞᆫ 규식	무	39a-39b	육류
73	양식혜	양식혜	무	39b-40a	육류
74	산뎨피 식혜	산뎨피 식혜	무	40a	육류
75	약과	약과	무	40a	병과
76	다식	다식	무	40b	병과
77	듕박계	듕박계	무	41a	병과
78	동과졍과	동과졍과	무	41a-41b	병과
79	싱강졍과	싱강졍과	무	41b	병과
80	우모졍과	우모졍과	무	41b-42a	병과
81	가지ᄧᅵᆷ	가지ᄧᅵᆷ	무	42a	찬류
82	가두부	가두부	무	42a-42b	찬류
83	산ᄉᆞᆷ자반	산ᄉᆞᆷ자반	무	42b-43a	찬류
84-1	조번홍 드리ᄂᆞᆫ 규식	조번홍 드리ᄂᆞᆫ 법	무	43a-43b	염색
84-2		ᄯᅩ ᄒᆞᆫ 법 (조번홍 드리ᄂᆞᆫ 법)	무	43a	염색
84-3		ᄯᅩ ᄒᆞᆫ 법	무	43a-43b	염색

번호	목록 방문명	본문 방문명	한문방문	장차	부류
		(조번홍 드리ᄂᆞᆫ 법)			
84-4		ᄯᅩ (조번홍 드리ᄂᆞᆫ 법)	무	43b	염색
85	감찰 드릴 규식	감찰 드릴 법	무	43b-44a	염색
86	압두록 드릴 규식	압두록 드리ᄂᆞᆫ 법	무	44a	염색
87	과실나모 됸ᄂᆞᆫ 규식	과실나모 됸ᄂᆞᆫ 법	무	44a-44b	과수
88	(?)무ᄃᆞᆫ ᄃᆡ(?)[19]	기름 무ᄃᆞᆫ ᄃᆡ ᄲᅢᄂᆞᆫ 법	무	44b	세탁
89-1	녁쳥 고오ᄂᆞᆫ 규식	녁쳥 고을 법	무	44b-45a	도료
89-2		ᄯᅩ ᄒᆞᆫ 법 (녁쳥 고을 법)	무	45a-45b	도료
90	동유 고오ᄂᆞᆫ 규식	동유 고오ᄂᆞᆫ 번[20]	무	45b	도료
91	갸칠ᄒᆞᄂᆞᆫ 규식	갸칠ᄒᆞᄂᆞᆫ 법	무	46a	도료

권두 목록의 방문에서 그 이름이 표기되어 있는 것이 91개 방문이다. 그러나 본문에서 각 방문의 조리법을 서술하는 문장에서 하나의 방문명 아래 별도의 방문명 표기 없이, 약간 차이가 나는 방문을 추가해 놓은 것이 13개가 더 있다(7-1, 7-2 등). 그리하여 본문에 방문명이 표기된 것과 별도 방문명 표기가 없이 추가된 것을 모두 합하면 104개 방문이 된다.

술방문은 본문 시작부터 앞머리에 모두 제시되어 있는데 35개 방문으로

18) '의초법'(醫醋法)이란 방문명은 『산가요록』에 나온 용어를 빌려와서 여기에 표기한 것이다. 의초법은 변질한 초 맛 고치는 법을 뜻한다. 이 내용은 '쟝포초 빗ᄂᆞᆫ 규식'의 방문 후반부에 백권점(○)을 찍어서 항목을 구별해 놓고 두 개의 초 맛 고치는 법을 기술해 놓았다.

19) 목록에 기재된 방문명은 결락으로 인해 판독이 잘 안 되지만 본문에 이 방문명이 정확히 기록되어 있다. '?'표는 판독이 잘 안되는 부분을 뜻한다. '원문 판독' 속의 '(?)' 부호도 이와 같다.

20) '번'은 '법'의 오기이다.

그 수가 가장 많다. 초방문이 5개, 면방문이 4개이다. 병과류 방문은 9개인데 3개가 앞에 있고 6개는 다른 방문이 개재된 뒤에 다시 배열되어 있다. 조미면 調味麵 방문이 1개, 이당류 방문이 2개, 장류 방문이 7개이다. 육류 방문 9개도 병과류 방문처럼 앞 3개와 뒤 6개 방문 사이에 다른 방문이 개재되어 있다. 찬류가 3개, 저장법이 6개 방문이다. 면류에 3개 방문명이 있지만 진주면(40-1)에 포함되어 기술된 차면(40-2)을 따로 치면 4개 방문이 된다. 병과류의 개수는 조금 애매한 점이 있지만 13개로 잡았다. 장류 방문명은 소금에 대한 것(51번)까지 포함하여 5개이지만 '즙디히' 안에 세 개 방문이 세분되어 있다. 육류가 9개, 김치류 7개, 채소 저장법이 6개, 찬류가 3개 방문이다. 찬류의 수가 적은 편이다. 술이나 음식방문이 아닌 것이 본문 말미에 들어가 있는바, 염색 방문 6개, 과수법 1개, 세탁법 1개, 도료법 4개이다.

한편 배접한 이면지에 술방문 5개(감향주, 집성향주, 녹파주, 과하주, '셜툰향쥬'[21])가 기록되어 있는데 이 방문들은 [표 1]에 넣지 않았다. 이면지에 기록된 방문들은 [표 1]에 넣은 방문과 쓴 시대가 달라서 이 방문들은 별도로 다룰 필요가 있다. 이면지에 기록된 다섯 개 방문까지 포함한다면 『주찬방』에서 이름이 명시된 방문의 수는 96개가 되고, 전체 방문 수는 109개가 된다.

방문명 구성에서 특이한 점은 방문명 끝에 '規式'(규식)이라는 한자어가 붙은 것이 36개나 되는 점이다. 이 중에서 34개는 목록 방문명에 나오고 2개가 본문 방문명에 쓰였다. 목록 방문명에 '규식'이 붙은 것의 대부분이

21) '셜툰'은 '셕툰'의 오기로 판단된다.

본문 방문명에는 '법'으로 바뀌어 있다. 다만 '변미ᄒᆞᆫ 고기 고틸 규식'과 'ᄃᆞᆰ ᄉᆞᆱᄂᆞᆫ 규식' 두 개는 본문 방문명에도 '규식'이 쓰였다. 이런 점으로 볼 때 이 책의 저술자는 '규식'과 '법'을 같은 뜻으로 쓴 것임을 알 수 있다. 목록 방문명에 '규식'을 많이 쓴 것은 조리법의 표준을 정한다는 의식이 목록 작성에서 더 강하게 작용한 것이라고 해석할 수 있다. 본문 텍스트보다 목록 텍스트가 더 격식적 성격이 강한 것이어서 '규식'이 목록 방문명에서 훨씬 많이 쓰인 것이라고 본다. 『주찬방』의 각종 방문이 관아에서 음식과 술을 만드는 데 이용되었을 것이라는 점을 고려하여, 조리법의 표준을 보여주려는 의도가 목록 방문명에서 더 강하게 작용한 것이라고 설명할 수 있다.

2) 방문명을 쓴 문자

『주찬방』에 기재된 방문명은 그것을 쓴 문자의 종류에 따라 두 가지로 나누어진다. 하나는 한글과 한자를 병렬하여 방문명을 표기한 것이고, 다른 하나는 한글 방문명만 표기한 것이다. 전자에 해당하는 것을 보이면 다음과 같다.

ᄇᆡᆨ하쥬 白霞酒, 옥지쥬 玉指酒, 벽향쥬 碧香酒, 뉴하쥬 流霞酒, 두강쥬 杜康酒, 아황주 鵝黃酒, 듁엽쥬 竹葉酒, 년화쥬 蓮花酒 一名 無麴酒, 쇼국주 小麯酒, 셰신쥬 細辛酒, 하일블산쥬 夏日不酸酒, 부의쥬 浮蟻酒, 하향쥬 荷香酒, 합ᄌᆞ쥬 榼子酒, 즙디히 汁菹

이들 방문명을 제외한 나머지 술방문은 '니화쥬, 모미쥬, 삼ᄒᆡ쥬'처럼 모두 한글로만 표기되어 있다. 한자 방문명은 맨 끝의 '즙디히'를 제외하고 모두 술 이름에 표기되어 있다. 그러나 술 이름에도 한자 표기가 없는 것이 적지 않다. 47-1의 '즙디히' 이하에는 한자 방문명이 전혀 나타나지 않으며, 찬류 및 과실류 방문에는 한자 표기가 전혀 없다. 술방문에 한자 표기가 많고 여타 음식에 없는 것은 전자가 가진 사회문화사적 배경과 관련되어 있을 것이다.

[표 1]에 '한문방문'란에 '유' 또는 '무'로 표기한 것은 각 방문명 바로 아래 한문으로 간단한 조리법을 기입해 놓은 것이 있고 없음[22]을 의미한다. 한문 방문은 한글 방문에 비해 그 내용이 짧다. 37-1항까지는 방문명 아래 한문으로 조리법을 간단히 기입하다가 그 이하에서는 이것을 생략하였다. 한글 음식조리서의 본문에 한글과 한문으로 조리법을 아울러 기록한 책은 『주찬방』이 유일하다.[23] 간략한 내용이기는 하지만 방문의 내용이 한문으로 병기되어 있는 점은 『주찬방』이 가진 특징 중 하나이다. 한문으로 쓴 방문 본문과 한자로 표기한 방문명이 이 책에 나타나 있는 사실은 이 책의 필사자를 남성으로 보는 유력한 증거이다. 규장각본 『주방문』도 남성이 필사한 것이 분명하다(백두현 2012, 2013).

22) 협주 형식의 잔글씨로 2행에 한문 방문을 기입했는데 그 예를 보이면 다음과 같다.
ᄇᆡᆨ하쥬 白霞酒 白米十五斗 眞末五升 麴一斗半 水五盆

23) 규장각본 『주방문』에 방문명이 한자로 표기된 것이 있으나 방문의 본문은 한글로 표기되어 있다.

3) 용정식과 작말식에 대한 상세한 설명문(漢文)이 있음

[표 1]에는 넣지 않았지만 『주찬방』에는 한문으로 기록한 제조 방식 두 가지 내용이 더 있다. 『주찬방』 권두 목록 면이 끝난 제4장 앞면과 뒷면에 한문으로 쓴 「舂正式」(용정식)과 「作末式」(작말식)이 그것이다. 「舂正式」과 「作末式」이란 한자어 명칭 뒤에 각각의 제조 방법을 한문으로 작성해 놓았다. 어떤 술이든 간에 술을 담그려면 먼저 술의 재료가 되는 곡물을 찧고 이것을 가루로 만들어야 한다. 그렇기에 도정한 곡물과 누룩 가루는 술 담그기의 필수품이다. 곡물을 찧고, 이것을 가루로 만드는 작업 방식을 서술한 것이 「용정식」과 「작말식」이다.[24] 이런 내용은 지금까지 알려진 음식조리서에서 찾아볼 수 없었던 것이다. 이런 점에서 『주찬방』의 「용정식」과 「작말식」은 전통주와 전통 누룩법 연구 및 재현에 중요한 준거가 될 수 있다. 도정한 곡물과 누룩 가루를 먼저 준비해 두어야 후속 작업을 할 수 있기 때문에 「용정식」과 「작말식」을 모든 방문의 맨 앞에서 설명해 둔 것이다.

4) 술과 초 방문에 나타난 몇 가지 특징

술방문과 초방문을 중심으로 각 부류의 특징을 간략히 서술하면 다음과 같다.

술방문이 1번부터 34번까지 도합 34개 방문인데 방문명이 없는 하나를 포함시키면 35개가 된다. 술방문에는 서김법(20번)과 신 술 고치는 법(33번),

24) 「용정식」과 「작말식」에 대한 자세한 풀이는 본 주해서의 71-80쪽을 참고하기 바란다.

누룩법(34번)이 포함되어 있고, 소주 많이 나게 하는 법(29번), 쌀 한 말로 술 네 병 내는 법(31번)도 포함되어 있다. 이 다섯 가지를 빼면 술 양조법은 29개 종류가 되는 셈이다.

초醋방문은 보리초, 밀초, 창포초 방문 3개가 수록되어 있다. 그런데 '챵포 초 둠ᄂᆞᆫ 법' 방문의 말미에 별도의 방문명 없이 백권점(○) 2개를 삽입하여 구별 표시를 한 후 변질된 초 고치는 법을 기술해 놓았다. 그런데 『산가요록』에는 '醫醋法'(의초법)이란 제목으로 변질 초 고치는 법 3개 방문이 실려 있다. 이 3개 방문 중 2개가 『주찬방』의 내용과 동일하다. 구체적으로 비교해 보이면 다음과 같다.

『산가요록』의 의초법(醫醋法)

真麥一掬, 黃炒, 入缸, 味更好. 又方 車轍下塵一握入缸, 亦好. 又方 白炭全體通紅, 入缸七日, 即還味. (밀[真麥] 한 줌을 누렇게 볶아 초항아리에 넣으면 맛이 더욱 좋아진다. 또 다른 방법으로 수레바퀴에 낀 흙 한 줌을 초항아리에 넣어도 좋다. 또 다른 방법으로 완전히 빨갛게 달아오른 백탄(白炭)을 초항아리에 넣어 7일이 되면 맛이 돌아온다.)

『주찬방』의 변미한 초 고치는 법(주찬방 24b)

○ 아므 최라도 마시 변ᄒᆞ거든 밀흘 ᄒᆞᆫ 줌만 ᄆᆡ이 봇가 녀허 사나흘 휘면 됸ᄂᆞ니라.

○ 됴ᄒᆞᆫ 춤숫글 벌거케 퓌워 항의 녀허 닐웨 휘면 됸ᄂᆞ니라.

(아무 초라도 맛이 변하거든 밀을 한 줌만 매우 볶아서 넣으면

사나흘 후에 좋아진다. 좋은 참숯을 벌겋게 피워 항에 넣고 이레(7일) 후면 좋아진다.)

3. 한글 방문에 나타난 몇 가지 특징

1) 점, 꿀, 흑탕 방문

'졈' 내는 법은 한글 음식조리서 중에서는 이 책에서 처음 나오는 방문이다. '졈 내는 법'에서 '졈'은 밀기울 한 말로 소금을 치고 주먹만 한 크기로 덩이를 만들어 물에 씻고 다시 소금을 묻혀 매우 삶아 찬물에 수비하여 말려 쓰라고 하였다. 밀기울 한 말을 정제하여 만들면 '졈'이 한 되가 난다고 하였다. 이 방문을 설명한 문장도 세밀하지 못하고 성글어서 그 제조법을 정확하게 파악하기 어렵다. '졈'은 한자어 '粘'을 표기한 것으로 보인다. 1750년 전후에 간행된 『수문사설』의 면근탕麵筋 항목에 이 '粘'이 등장한다.[25] 이 문헌에 나오는 '麵筋'(면근)은 밀가루에서 글루텐gluten만을 취한 것을 이른다. 쫄깃쫄깃한 식감으로 탕맛을 돋구는 데 점粘이 최고라고 세간에서 말한다고 『수문사설』에 기록되어 있다. 이런 설명으로 보아 『수문사설』의 면근麵筋은 맛을 돋구기 위해 면가루를 가공한 것이다. '면근'을 만드는 조리법이 『주찬방』의

---

25) 麵筋 : 면근. 『수문사설』의 면근탕 내용은 다음과 같다. 小麥麩和末者水拌和作餠, 用力搓揉其精者相聚 成片, 麩末則散落 形如玉㲉成, 片入湯, 俗名曰粘最助湯味. (밀기울에 밀가루를 섞어 물로 반죽하여 병을 만든다. 이것을 손으로 부드럽게 주물러서 깨끗한 것을 취하여 편을 만든다. 밀기울가루는 산산히 흩어져 버리고 옥좌를 이룬 것과 같은 형태가 된다. 편을 탕 속에 넣는다. 세속에 이름하기를 탕맛을 돋구는 최고의 점(粘)이라고 하였다.)(농촌진흥청 전통한식과 2012 참고)

‘졈’과 유사한 점이 있다. 이로 보아, 『주찬방』의 ‘졈’은 밀가루에서 글루텐만을 취해 만들어서 약간의 점성을 지닌 면 종류로 맛나게 하는 재료이다. 이 점을 고려하여 [표 1]에서 ‘졈’의 부류명을 ‘조미면’調味麵이라 이름하였다. ‘졈’은 글루텐이 가지고 있는 점성으로 쫄깃한 식감을 가지게 되는데, 이런 점성 때문에 꿀이나 흑탕과 나란히 배치되어 있는 것으로 생각된다. 『수문사설』의 면근과 ‘졈’이 같은 것이라면 ‘졈’은 면에서 글루텐만을 취해서 만든 조미 재료의 일종인 셈이다.

‘쑬 문ᄃᆞᆫ 법’의 꿀은 찹쌀과 찰기장을 가루 내어 보리질금 가루, 누룩가루 등을 섞어서 만드는 조청이다. 마른 나무로 불을 천천히 때야 꿀이 되고, 불길이 너무 싸면 ‘흑탕’이 된다고 했다. ‘흑탕 고오ᄂᆞᆫ 법’은 백미 한 말과 보리질금 두 되를 버무려 항아리에 붓고 더운 구들방에 핫옷으로 싸 두었다가 맛이 달 때 베자루로 걸러서 약한 불로 고아서 만든다고 하였다.

‘흑탕’黑湯이 『산가요록』에서는 꿩을 재료로 만든 고깃국[肉水]으로 묘사되어 있으나 『주찬방』의 ‘흑탕’ 방문의 내용을 분석해 보니 ‘黑糖’(흑당)을 적은 것으로 판단된다. 17세기 「최씨음식법」에 엿 고으는 방문인 ‘흑탕’이 등장하는데 이 문헌의 ‘흑탕’은 흑당을 의미한다. 『주찬방』과 비슷한 시기에 간행된 「최씨음식법」에 엿 고는 법의 방문으로 ‘흑탕’이 나온 것으로 보아(박채린 2015), 『주찬방』의 흑탕도 엿이나 조청을 의미하는 것으로 판단된다. 『주찬방』의 흑탕은 흑당黑糖을 뜻하는 것이다.

2) 내의원 향온주법

『주찬방』에는 술방문이 가장 많이 실려 있다. 여러 술방문 중에서 향온주 香醞酒가 관심을 끈다. 향온주 방문은 한문본인 『산가요록』(1450년), 『요록』(1600년대), 『주찬』(1800년대), 『역주방문』(1800년대)에 실려 있고, 한글본에는 『음식디미방』에 나타나 있다. 그런데 『주찬방』에는 향온주와 내의원 향온주 두 방문으로 나누어져 실려 있다. 이 두 방문의 원문은 다음과 같다.

향온 빗ᄂᆞᆫ 법 白米十五斗 曲末一升五合 酒本五升

ᄇᆡᆨ미 열 단 말을 ᄇᆡᆨ셰ᄒᆞ야 ᄂᆡᆨ게 뼈 ᄎᆞ거ᄃᆞᆫ ᄆᆡ ᄒᆞᆫ 말애 믈 ᄒᆞᆫ 병 두대야과 됴ᄒᆞᆫ 누록 ᄀᆞᄅᆞ ᄒᆞᆫ 되 닷 ᄒᆞᆸ[26]과 됴ᄒᆞᆫ 밋술 닷 되식 혜아려 섯거 독의 녀허 부리ᄅᆞᆯ 두터이 빠ᄆᆡ야 ᄂᆡᆨ거ᄃᆞᆫ 드리워 쓰라. 〈주찬방 11a〉

ᄂᆡ의원 향온 빈ᄂᆞᆫ 법 麥末一斗 菉豆末一合 作一圓 白米一斗 粘米一斗 曲末五升 서김一瓶

누록을 ᄆᆞᄃᆞ로ᄃᆡ 밀흘 ᄀᆞ라 ᄀᆞᆯᄅᆞᆯ 츠디 말고 ᄆᆡ ᄒᆞᆫ 두레예 ᄒᆞᆫ 말식 ᄒᆞᄃᆡ 녹두 ᄉᆡᄅᆞ ᄒᆞᆫ 홉식 조차 섯거 드듸라. ○ᄇᆡᆨ미 열 말과 졈미 ᄒᆞᆫ 말과 섯거 ᄇᆡᆨ셰ᄒᆞ야 ᄂᆡᆨ게 뼈 ᄊᆞᆯ힌 믈 열다ᄉᆞᆺ 병 골와 믈에 밥애 다 들고 ᄀᆞ장 ᄎᆞ거ᄃᆞᆫ 누록 ᄀᆞᄅᆞ ᄒᆞᆫ 말 닷 되과 서김 ᄒᆞᆫ 병 섯거 녀혀 독부리ᄅᆞᆯ 두터온 식지로 빠ᄆᆡ야 ᄂᆡᆨ거ᄃᆞᆫ 드리우라 〈주찬방 11b-12a〉

26) 'ᄒᆞᆸ'은 '홉'의 오기이다.

위의 두 방문에는 한문 문장이 앞에 있고 그 뒤에 한글 방문이 이어져 있다. 그러나 한문과 한글 방문의 내용이 서로 딱 맞게 대응하지 않는다. 두 번째 방문인 내의원 향온주 방문은 『음식디미방』의 향온주(18a)와 내용이 아주 비슷하여 관심을 끈다. 두 문헌의 방문을 나란히 대조 배열해 보면 유사성을 한눈에 파악할 수 있다. 아래 ⓐ는 『주찬방』, ⓑ는 『음식디미방』의 것이다.

ⓐ 누록을 ᄆᆞᆫᄃᆞ로ᄃᆡ 밀흘 ᄀᆞ라 ᄀᆞᆯᄅᆞᆯ 츠디 말고
ⓑ 누록 ᄆᆡᆫᄃᆞᆯ 밀흘 ᄀᆞ라 ᄀᆞᆯᄅᆞᆯ 츠디 말고

ⓐ ᄆᆡ ᄒᆞᆫ 두레예 ᄒᆞᆫ 말식 ᄒᆞᄃᆡ 녹두 ᄉᆞᄅᆞ ᄒᆞᆫ 홉식 조차 섯거 드듸라.
ⓑ ᄆᆞ양 ᄒᆞᆫ 두레예 ᄒᆞᆫ 말식 녀코 ᄡᆞ은 녹두 ᄒᆞᆫ 홉식 석거 ᄆᆞᆫᄃᆞᄂᆞ니라.

ⓐ ᄇᆡᆨ미 열 말과 졈미 ᄒᆞᆫ 말과 섯거 ᄇᆡᆨ셰ᄒᆞ야 닉게 ᄧᅧ
ⓑ ᄇᆡᆨ미 열 말 ᄎᆞᆸᄡᆞᆯ ᄒᆞᆫ 말 ᄇᆡᆨ셰ᄒᆞ여 ᄶᅧ

ⓐ ᄭᅳᆯ힌 믈 열다ᄉᆞᆺ 병 골와 믈에 밥애 다 들고
ᄀᆞ장 ᄎᆞ거ᄃᆞᆫ
ⓑ 더운 믈 열다ᄉᆞᆺ 병을 섯거 그 믈이 다 밥애 들거든
샷 우희 너러 ᄎᆞ기 오래거든

ⓐ 누록 ᄀᆞᄅᆞ ᄒᆞᆫ 말 닷 되과 서김 ᄒᆞᆫ 병 섯거 녀혀

ⓑ 누록 ᄒᆞᆫ 말 닷 되 서김 ᄒᆞᆫ 병 섯거 빗ᄂᆞ니라

ⓐ 독부리롤 두터온 식지로 빠ᄆᆡ야 닉거ᄃᆞᆫ 드리우라

ⓑ 없음

ⓐ와 ⓑ를 비교해 보면, '졈미'를 '찹ᄡᆞᆯ'로, '골와'를 '섯거'로, '믈에 밥애 다 들고'를 '믈이 다 밥애 들거든'으로 달라진 점이 눈에 띈다. 『주찬방』의 맨 끝 문장 "독부리롤 두터온 식지로 빠ᄆᆡ야 닉거ᄃᆞᆫ 드리우라"가 『음식디미방』에는 없으나 그 앞의 모든 문장이 아주 비슷하다. 필자가 검토한 한글 음식조리서 중에서 향온주 방문이 수록된 것은 『주찬방』과 『음식디미방』뿐인데[27] 그 내용이 아주 비슷하다. 두 문헌의 향온주 방문이 서로 공통된 원본에서 비롯된 것인지, 아니면 둘 중 어느 하나가 다른 문헌을 참고한 것인지 판단하기가 쉽지 않다. 한글 문장의 표기 양상과 언어 상태로 보아 『주찬방』의 연대가 더 빠른 것이다. 『음식디미방』의 저자 장계향이 『주찬방』에 실린 내의원 향온주와 같은 방문을 읽어 보았던 듯하다. 그러나 어떤 자료를 본 것인지는 알 수 없다. 향온주 방문이 보여주는 유사성을 통해 『음식디미방』의 저술자 장계향 부인이 당시에 접할 수 있었던 다른 문헌 자료를 참고하였음을 짐작할 수 있다.[28]

27) 한글본 『술방문』에 '항훈쥬방문'이 실린 것이 있다.

28) 두 문헌에 나타난 여러 가지 방문 내용을 세부적으로 비교해 볼 필요가 있다.

『주찬방』 향온주의 한문 방문을 연대가 가장 빠른 『산가요록』의 '香醞酒造釀式'(향온주조양식) 방문, 『주찬방』과 그 연대가 비슷한 『요록』, 그리고 19세기 문헌인 『역주방문』과 『주찬』의 한문 방문과 비교해 보자.

『주찬방』

향온주 : 白米十五斗 曲末一升五合 酒本五升

내의원 향온주 : 麥末一斗 菉豆末一合 作一圓 白米一斗 粘米一斗 曲末五升 서김一瓶

『산가요록』

香醞酒造釀式(향온주조양식) : 米一石 白米一石 蒸出 每一斗 浸水一瓶二鐥. 匊一升五合 本酒五升 交釀之如常 待熟 上槽坐清 用之.

『요록』

香醞方(향온방) : 白米十斗百洗水浸一宿取出蒸熟, 熱汤水十五瓶即浸和均蒸飯, 排布待冷, 麯末陳好則十三升否則十五升, 好本一瓶相和釀於好瓮, 澄清上槽. 粘米一斗極洗蒸熟候冷, 好清酒二瓶和均, 好麴末五合本一宗子入於好缸, 待澄上槽, 斟酌和於香醞.

『역주방문』

香醞酒方(향온주방) : 粘米一斗百洗 以湯水三斗作粥 及其冷後 真末五合曲末五合調合 五日後 取粘米二斗百洗蒸飯 以湯水二斗和匀候冷

納于上酒本 七日後用

『주찬』(酒饌) (이성우 영인본 권3, 1184쪽)

內局香醞(내국향온) : 造麯以麥磨之 竝末作圓 每一圓一斗式碎綠豆一合式調合造作 白米十斗粘米一斗百洗烝出 用熱水十五瓶調和 待其水盡入干蒸飯 然後鋪於簞上寒之良久 曲末一斗五升 腐本三升 調和釀之.

『주찬방』 향온주의 '曲末一升五合 酒本五升'이 『산가요록』의 '匊一升五合本酒五升' 부분만 서로 비슷하고 나머지는 같은 내용이 없다. 『주찬방』의 향온주법이 『산가요록』의 그것을 참고했다는 흔적을 찾을 수 없다. 비슷한 시기에 간행된 『요록』과도 유사한 내용이 없다. 『역주방문』과 『주찬』의 향온주 방문은 앞의 두 문헌과 다른 점이 많아서 영향 관계를 찾기 어렵다. 향온주 한글 방문의 비교에서 『주찬방』과 『음식디미방』의 유사성만 분명히 드러난다. 그러나 한문으로 방문이 기록된 다른 네 개 문헌과 비교해 본 결과 상호 연관성을 찾기 어렵다.

3) 달걀 요리

달걀을 부재료가 아닌 주재료로 활용한 음식은 드문 편인데, 『주찬방』에서는 달걀젓과 달걀장 만드는 법이 등장한다. 달걀을 주재료로 하는 음식은 1900년대에 간행된 요리책에 수록되어 있고,[29] 그 이전 문헌에서는 잘 나오지 않는다. 『주찬방』에 나오는 달걀장 만드는 법에 해당하는 鷄卵醬法이

『산림경제』와 『농정회요』에도 나오기는 하지만 그 내용이 『주찬방』의 달걀장 만드는 법과 구체적인 방법에서 차이가 난다. 그러나 『주찬방』의 달걀젓과 오리알젓 만드는 법이 『산가요록』의 浸鷄卵(침계란)과 흡사하다. 아래에 각 문헌의 조리법을 인용해 둔다.30)

달걀장

『주찬방』

ᄃᆞᆯ긔알쟝 ᄃᆞᆷ기 : ᄃᆞᆯ긔알흘 만히 ᄣᆞ려 놋그르세 담고 듕탕ᄒᆞ야 잠싼 얼일 만 닉거ᄃᆞᆫ 조ᄒᆞᆫ 무명 주머니예 녀허 쟝 ᄃᆞ믈 제 허리만 녀헛다가 그 쟝이 닉거ᄃᆞᆫ 내여 ᄡᅳ라.

(달걀장 담그기 : 달걀을 많이 깨서 놋그릇에 담고 중탕하여 조금 엉길 만큼 익혀라. 깨끗한 무명 주머니에 넣어서 장을 담글 때 단지의 허리 즈음에 넣었다가 그 장이 익거든 내어서 써라.)

『산림경제』

鷄卵醬法 : 取卵八九箇, 置瓢中, 取百沸湯乘熱急灌, 少時如上法摇碎之取出, 投極醎冷塩湯中, 十餘日後取出剥去皮, 復投清醬中, 月餘食之, 若經年其味尤佳.

29) 수란은 『조선요리제법』(1921), 『조선무쌍신식요리제법』(1936), 『조선요리법』(1943)에, 달걀선, 달걀장아찌, 달걀찌개는 『조선무쌍신식요리제법』(1936)에 수록되어 있다.

30) 이하의 『산가요록』, 『산림경제』, 『농정회요』의 원문과 번역문은 한국전통지식포탈(http://www.koreantk.com)의 자료를 가져온 것이다.

(계란장 : 달걀 8~9개를 바가지에 담아 두고, 백비탕을 아주 뜨거울 때 달걀 위에 붓는다. 잠시 후 바가지를 흔들어 달걀을 금이 가게 깬 후에 진한 소금물에 넣고 끓인 후 식혔다가 10여 일 후에 껍질을 까서 다시 맑은 간장에 넣고 1달 후에 먹으면 된다. 1년이 지나면 맛은 더욱 좋다.)

『농정회요』

鷄卵醬法 : 取鷄鵝鴨卵, 盛大瓢內, 以手搖之, 則其卵皮碎, 皆成細文, 即投清醬缸中, 晒之. 取卵八九箇, 置瓢中, 取百沸湯乘熱危灌, 少時如上法搖碎之, 取出, 投極鹹冷塩湯中, 十馀日後取出剥去皮, 復投清醬中, 月馀食之, 若經年其味尤佳.

(계란장 : 닭·거위·오리의 알을 큰 바가지에 담아 손으로 흔들어 알 껍질이 깨져 잘게 금이 가면 바로 청장(清醬, 맑은 간장) 항아리에 넣어 햇볕에 쪼인다. 달걀 8~9개를 바가지에 담아 두고, 끓인 물[百沸湯]을 뜨거울 때 달걀 위에 붓는다. 잠시 후 앞의 방법과 같게 바가지를 흔들어 달걀을 금이 가게 깬다. 꺼내어 아주 짜고 차가운 소금물에 넣고 10여 일 후에 껍질을 까서 다시 청장에 넣고 1달 후에 먹으면 된다. 1년이 지나면 맛은 더욱 좋다.)

달걀젓·오리알젓

『주찬방』

ᄃᆞᆯ긔알 올ᄒᆡ알 젓 : 알히 열대엿 만ᄒᆞ면 소곰 ᄒᆞᆫ 되과 ᄌᆡ 두 되ᄅᆞᆯ 섯거 항의 녀허 알흘 몯 뵈게 무더 두라. ○알흘 ᄀᆞᄂᆞᆫ 송고ᄌᆞ로 굼글 듧고

소곰믈에 ᄃᆞᆷ가 두면 비치 홍시ᄌᆞ ᄀᆞᆮᄂᆞ니라.

(달걀 오리알 젓 : 알이 열다섯에서 열여섯 (개) 정도면 소금 한 되와 재 두 되를 섞어 항에 넣고 알이 안 보이게 묻어 두라. 알에 가는 송곳으로 구멍을 뚫고 소금물에 담가 두면 빛이 홍시 같으니라.)

『산가요록』

浸鷄卵 : 猛灰濃如粥, 浸卵, 經一朔, 還出淨拭. 又塩和水如粥, 浸之, 經一二朔, 出去殼, 凝如烹卵, 用之.

(소금물에 절인 계란 : 매운 재[猛灰]를 죽처럼 걸쭉하게 만들어 달걀을 담가 1개월 지나서 꺼내 깨끗이 닦는다. 다시 소금을 죽처럼 〈진하게〉 물에 타서 〈달걀을〉 담갔다가 1~2개월 지난 다음 꺼내 껍질을 벗겨보아 삶은 달걀처럼 응고되었으면 쓴다.)

4) 과실나무를 좋게 하는 법

『주찬방』에 실린 '과실나모 됴ᄒᆞᆫ 법'(87번)도 다른 한글 음식조리서에 전혀 나오지 않는 특이 방문이다. 이것은 과실나무를 좋게 만드는 법이란 뜻인데 나무에 벌레가 없고 열매가 떨어지지 않게 하는 방법을 설명한 방문이다. 『산가요록』, 『산림경제』, 『사시찬요초』 등에 한문으로 작성한 과실나무 재배법이 짧게 나온다.[31]

31) 한국전통지식포탈(http://www.koreantk.com)의 '과실나무' 항목을 참고하였다.

5) 도료(塗料) 제조법

위 [표 1]의 방문 중에서 가장 특별한 것은 '녁쳥 고을 법'(89번), '동유 고오ᄂᆞᆫ 번[32)]'(90번), '갸칠ᄒᆞᄂᆞᆫ 법'(91번)이다. 이러한 방문들은 필자가 본 어떤 한글 음식조리서에서도 찾을 수 없었다. '녁쳥 고을 법'은 목재에 방부제로 바르는 역청瀝青[33)]의 제조법을 설명한 것이다. '동유 고는 법'에 나타난 동유桐油는 칠 재료의 제조에 들어가는 원료이며 그 제조법이 역청 방문과 비슷하게 묘사되어 있다. 동유는 참오동나무 씨에서 짜낸 기름으로, 오늘날에도 동유는 습기를 막기 위해 목조 가구나 목조 주택을 칠하는 염료로 쓰이고 있다. '갸칠ᄒᆞᄂᆞᆫ 법'은 역청이나 동유를 이용하여 목조 가옥의 기둥 등에 칠하는 기술을 설명한 방문이다. 이 방문들의 본문을 제시하고 특이어 몇 가지에 대해 설명한다.

녁쳥 고을 법

버유 두 되만 고오려 ᄒᆞ면 무명셕 큰 돌긔알 만치과 빅번 밤낫 만치와 쇳ᄀᆞᄅᆞ ᄒᆞᆫ 홉을 ᄒᆞᆫᄃᆡ 녀허 만화로 고오ᄃᆡ 무명셕과 쇳골리 다 녹고 글턴 거품이 절로 그쳐 ᄀᆞ라안쌔ᄃᆞᆫ 막대로 디거 믈에 처디워 보면 기름이 믈에 헤여디디 아니ᄒᆞ면 다 되연ᄂᆞ니 즉제 드러내여 노하 시기라. 너모 오래 고오면 너모 거러 몯 쁘ᄂᆞ니라. 또 쇳ᄀᆞᄅᆞ곳 젹거ᄃᆞᆫ 무명셩[34)]을 더 녀허

32) '번'은 '법'의 오기이다.

33) 역청은 석탄이나 특정 목재로부터 뽑아내는 끈끈한 액체이다. 역청(瀝青); 소나무; 송지(松脂)(고농서국역총서11-농정회요Ⅱ(農政會要), 205-206. 농촌진흥청, 2006)

고오면 녁쳥이 칠ᄒᆞ면 비치 윤나고 됴ᄒᆞ니라.

○ᄯᅩ ᄒᆞᆫ 법은 버유 서 되ᄅᆞᆯ 만화로 글혀 동유 ᄀᆞᄐᆞᆫ 후제 거ᄌᆡᄒᆞᆫ 샹품 숑지 ᄒᆞᆫ 되과 숫돌 지거미 서 홉과 거ᄌᆡ 황밀 닐곱 돈과 빅번 닐곱 돈과 ᄒᆞᆫᄃᆡ 녀허 도로 만화로 글혀 다 노근 후에 칠ᄒᆞ라. 〈주찬방 44b-45b〉

갸칠ᄒᆞᄂᆞᆫ 법

믈읫 칠ᄒᆞᆯ 거ᄉᆞᆯ 대염을 칠ᄒᆞ야 믈뢰기ᄅᆞᆯ 다엿 번 ᄒᆞᆫ 후제 숑연이나 혹 츩 ᄌᆡ나 두터이 칠ᄒᆞ고 ᄆᆞᄅᆞ거든 ᄉᆞᄎᆞ로 믄디ᄅᆞᆫ 후에 녁쳥이나 동웨나 덥게 노겨 손으로 칠ᄒᆞ야 ᄆᆞᄅᆞ거든 서너 번만 칠ᄒᆞ면 됴ᄒᆞ니. 〈주찬방 46a〉

이 방문 속에는 그 뜻을 파악하기 어려운 낱말이 몇 개나 보인다. '녁쳥' 제조법이 한글 문헌에 나온 것은 『주찬방』이 처음이다. 역청瀝靑은 석탄이나 석유를 정제할 때 잔류물로 얻어지는 고체나 반고체의 탄화수소 화합물이다. 본문에는 역청을 어디에 칠하는지는 밝혀 놓지 않았다. '갸칠ᄒᆞᄂᆞᆫ 법'과 관련지어 본다면, 서까래나 대문짝 등에 바탕칠을 하는 데 역청이 사용된 것이라 추정할 수 있다. 이 외에도 독과 항아리 깨진 데 역청을 바르기도 했다고 한다.

역청과 동유 방문에 나오는 '버유'는 문헌에서 찾아보기 어려운 단어이다.

34) '무명셕'의 오기이다.

『세종실록지리지』에 들기름을 뜻하는 '소자유'蘇子油가 '법유'法油라고도 불린다는 기록이 있다.[35] 그리고 국어사 자료 말뭉치 검색기 〈깜짝새〉[36]에서도 들기름을 뜻하는 '荏油'(임유)와 '法油'(법유)라는 한자어가 19세기 말 문헌에 등장한다.[37] 『주찬방』의 '버유'는 이 문헌들에 등장하는 한자어 '법유法油'의 음변화형으로 판단된다. 이 '버유'는 일상적 구어에서 '法油'(법유)의 말자음 ㅂ이 탈락된 발음형일 것이다. 도료법 방문에 쓰인 '대엳', '갸칠', '잔 존거둔'[38] 등의 어휘들은 『주찬방』에서 처음 발견된 낱말들이다. '갸칠'은 한자어 '가칠'假漆을 적은 것으로 보인다.[39] '假漆'은 칠을 할 때 애벌로 칠하는 것을 의미한다. 이 방문에서는 역청이나 동유를 이용하여 서까래의 바탕칠 하는 법을 설명하고 있다. '잔 존거든'은 '조금 잦아들거든'으로 풀이되는 낱말이다. '동유'桐油는 오동나무 열매 기름을 뜻하는 것으로 여러 문헌에 흔히 쓰인 것이다.

칠과 관련된 도료塗料 제조법과 칠하는 법이 이 책에 들어간 까닭은 『주찬

35) 『세종실록』 148권 지리지 경기: 소자유(蘇子油) 【속명 법유(法油)】, 『세종실록』 149권 지리지 충청도: 소자유(蘇子油) 【향명은 들기름[法油]】 (http://sillok.history.go.kr)

36) 〈깜짝새〉는 국어사 자료 말뭉치를 검색할 수 있는 프로그램이다. 〈21세기 세종계획〉에서 구축된 국어사 말뭉치를 기반으로 다른 여러 자료를 추가하여 만든 것이다.

37) 들기룸 水荏油 法油 〈1895국한회29〉. 장기인(1995: 62)은 '유회'(油灰)를 설명하는 자리에서 "들기름은 법유(法油) 또는 임유(荏油)라고도 한다. 이것은 축성(築城)에서 석재 접합면에 발라서 방수 처리로 한 것"이라 하고, 궁궐 의궤에 '法油六升五合'이란 구절을 인용해 놓았다.

38) 검듸영이 죄 다 녹고 글턴 거품이 잔 존거둔 막대예 디거 〈주찬방 45b〉

39) '假漆'을 하는 장인을 '假漆匠'이라 기록한 문헌이 있다. 【假漆匠 (追崇都監儀軌 1776 191ㅇ05)】 (김연주 2009: 62).

방』 표지 배접지에 강화부江華府의 관문서가 사용된 점과 연관된 듯하다. 『주찬방』의 각종 방문이 관아에서 음식과 술을 만드는 데 이용되었을 뿐 아니라 관청 건물과 기명器皿의 칠과 유지 보수에 유용하게 쓰였던 것임을 짐작할 수 있다.

염색법과 관련된 방문명은 종류로는 3개이지만 '조번홍 드리ᄂᆞᆫ 규식'이 4개로 세분되어 있다. '조번홍'이 이렇게 세분된 것으로 보아 이 색채를 사용할 일이 많았던 것으로 보인다. '번홍'礬紅은 색채 이름을 나열한 문맥에서 쓰인 예가 있다.[40] '번홍'의 용례로 보아 이 낱말은 명반석에서 나는 홍색 계열의 색채어로 판단된다. '조번홍'에서 '조'는 접두사처럼 쓰였다. 이 '조'가 한자어 표기로 '助'인지 '粗'인지 판단하기 어렵다. '조번홍'은 번홍색의 한 종류를 가리키며, 홍색의 변이變異 색조라고 보아도 무방하다.[41]

6) 세탁법

88번의 제목은 목록에 결락 부분이 있으나 본문에 '기룸 무ᄃᆞᆫ ᄃᆡ ᄲᆡᄂᆞᆫ 법'(44b)으로 방문명이 정확히 적혀 있다. 세탁법의 하나로 다른 음식조리서에서 거의 나타나지 않는 특이한 방문이다.

40) 桃紅 도홍 비단. 紛紅 분홍 비단. 水紅 버슨 분홍 비단. 礬紅 번홍 비단. 鵝黃 버슨 금차할 비단 〈1690역어유해下:3b〉.

41) 국어사전에 '조번홍'은 표제어로 실려 있지 않다. '번홍'은 '반홍'의 옛말이라 하였고, '반홍'은 "도자기에 쓰는, 황산철을 태워서 만드는 붉은 채색"〈우리말샘〉이라고 설명해 놓았다.

기ᄅᆞᆷ 무ᄃᆞᆫ ᄃᆡ ᄲᆞᄂᆞᆫ 법 (기ᄅᆞᆷ 무ᄃᆞᆫ ᄃᆡ 활셕 ᄀᆞᄅᆞ ᄒᆞ려면 물 쇽 옷이 기ᄅᆞᆷ ᄒᆞᆫ젹 업ᄂᆞ니라) 쥐엽 여름을 즛ᄀᆞ라 믈에 ᄌᆞᆷ가 ᄲᆞᆯ면 기ᄅᆞᆷ 긔쳑이 업ᄂᆞ니라. ○멀윈믈 므ᄃᆞᆫ ᄃᆡ란 ᄃᆞᆫᄒᆞᆫ 초ᄒᆡ ᄲᆞᆯ면 디ᄂᆞ니라. 〈주찬방 44b〉

옷에 기름이 묻었을 때 활석 가루를 이용하여 기름을 빼고, 쥐염나무(=주엽나무) 열매를 갈아 물에 섞어 빨아도 된다고 설명했다. 옷에 머루물이 들었을 때는 진한 초를 넣어서 빨면 된다고 하였다. 이 내용은 세의법洗衣法에 해당하는데, 세의법은 목판본 『규합총서』 제28장과 제29장에 비교적 길고 자세히 기술되어 있다. 그 중에 기름이 묻은 것을 빼는 법이 있는데 그 본문이 다음과 같다.

기름과 먹 ᄒᆞᆫ가지로 무든 ᄃᆡᄂᆞᆫ 반하(약ᄌᆡ) ᄀᆞ로 오젹어쬐 ᄀᆞ로 활셕 ᄀᆞ로 고ᄇᆡᆨ반 ᄀᆞ로ᄅᆞᆯ 등분ᄒᆞ야 ᄒᆞᆷ긔 ᄐᆞ셔 ᄲᆡᆺ고 큰 마ᄂᆞᆯ을 즛ᄶᅵ어 문지르고 ᄒᆡᆼ인과 ᄃᆡ초ᄅᆞᆯ 믄지르라 〈1869규합총 28b〉

이 내용은 기름과 먹이 옷에 묻은 것을 빼는 법인데, 탈색을 위해 넣은 재료가 『주찬방』보다 훨씬 더 많다. 활석가루가 들어간 점은 『주찬방』과 같다.

Ⅳ. 결론

한글 음식조리서의 가장 중요한 가치는 한국 전통음식의 조리법과 음식문화의 실상을 담고 있다는 점이다. 음식조리서에는 여러 가지 전통음식을 만드는 방법이 기록되어 있어서 과거의 한국인이 무슨 재료를 어떻게 조리하여 어떤 음식을 만들어 먹었는지 그 실상을 알려 준다. 한글 음식조리서는 가족과 집안을 위해 작성된 필사본이 대부분이어서 한문을 번역한 언해서와 달리 당대의 생생한 생활언어를 반영하고 있다. 이러한 점에서 한글 음식조리서는 전통음식 연구와 국어사 연구에 동시에 기여하는 중요 자료이다.

이 글에서 소개한 『주찬방』도 이러한 자료 중의 하나이며, 17세기 중엽 이전의 언어 상태를 반영하고 있어서 시기적으로 『음식디미방』보다 더 빠른 시기의 국어사적 특징을 보여준다. 백두현(2017)에서 소개했던 『주초침저방』은 16세기 자료로 판단되지만 한문본 끝에 한글 방문이 붙은 것이어서 온전한 한글 음식조리서로 보기에는 부족한 점이 있다. 그러나 『주찬방』은 본격적 한글 조리서로서 시대가 가장 앞선 것이다. 『주찬방』에 한문 방문이 조금 나타나지만 일부에 지나지 않는다. 『주찬방』은 목록을 포함한 형식을 제대로 갖춘 한글 음식조리서로서 국어사 연구는 물론 한국의 전통음식 조리법과 음식문화 연구에 중요한 자료가 될 것이다. 지금까지 논한 주요 내용을 요약하여 제시하면 다음과 같다.

① 서지 정보

이 책은 어느 집안에 오래 전래되어 오던 책을 후대에 개장改裝 제본한 것이다. 개장 이전의 원본 필사자가 쓴 권두서명은 '쥬찬방'이고, 개장자가 앞 표지에 '諺書酒饌方'을 묵서해 놓았다. 원본의 권두 서명에 의거하여 이 책의 서명을 『酒饌方』(주찬방)으로 삼았다. 장서인 전문가의 도움을 받아 이 책의 권두와 권말에 찍힌 장서인을 판독해 보았으나 본문 필사자의 성명을 알려주는 내용이 없어서 필사자를 확인하지 못하였다. 그런데 권말 개장기 및 표지 배접지에 쓰인 고문서를 분석한 결과, 이 문서는 강화도를 관장한 강화부江華府와 관련된 것임을 알 수 있었다. 이 사실에 비추어 볼 때 『주찬방』은 강화부에 소속된 관리가 쓴 것으로 판단된다.

본문 필사에 나타난 오류의 양상을 분석한 결과, 이 책은 앞선 시기의 다른 문헌을 보고 베낀 필사본임을 알 수 있다. 따라서 이 책의 한글 방문은 필사된 시기보다 더 앞선 시대의 언어적 특성을 반영한다. 이 책은 한문본 『酒饌』(주찬)과 서명에서 비슷한 점이 있으나 내용상 관련이 없다.

② 내용의 주요 특징

『주찬방』에는 권두에 전체 방문의 목록이 제시되어 있는 점이 특징적이다. 이와 같은 권두목록은 빙허각 이씨가 지은 필사본 『규합총서』와 20세기 초기에 필사된 『시의전서』를 제외하고 찾아볼 수 없다. 방문명의 배열은 술, 초, 면, 장과 김치 등의 찬품류, 육류, 정과, 염료와 도료 제조법 순서로 되어 있다. 방문명이 표기된 것은 모두 91개이고 방문명 없이 추가된 설명을 합치면 도합 104개가 된다. 술 관련 방문 35개, 초 3개, 면류 3개, 장류 5개, 육류 9개, 김치류 7개, 과채류 저장법이 6개 등이다. 이 책에 들어간 특이 방문으로 '졈' 내는 법, 내의원 향온주법, 과실나무를 좋게 하는 법, 역청과 동유 등 도료 제조법과 칠하는 법이 있다.

『주찬방』에는 책의 장정을 풀어야 볼 수 있는 이면지에 몇 개 방문이 기록되어 있다. 목록 장의 이면지에는 감향주를 포함한 5개의 술방문이 쓰여 있고, 제41장의 이면지에는 베의 새 수와 값을 기록한 4행 문장이 실려 있다. 이면지에 기록된 방문은 본문의 방문과 필체가 다르고, 반영한 음운현상에도 후대적 요소가 있다. 따라서 이면지의 방문은 본문 방문과 구별해서 다루어야 한다.

권두 목록 뒤에 한문으로 쓴 「舂正式」(용정식)과 「作末式」(작말식)이 있다. 술 담글 때 기본적으로 필요한 곡물을 찧고 빻는 방법을 설명한 방문으로 다른 음식조리서에서 찾기 어려운 내용이다. 이 논문에서 밝힌 내용을 일목요연하게 볼 수 있도록 표로 정리하면 다음과 같다.

[표 2] 『주찬방』의 주요 내용과 의미 해석

분류	주요 내용	의미 해석
서지	필사본 1책. 책크기 23.7x14.0cm. 목록 4장. 본문 46장. 앞뒤 표지 개장. 사침안 선장본. 권두서명 '주찬방'. 표지서명 '언서주찬방'은 후대의 개장자가 붙인 이름임	『주찬방』의 서지 사항 기본 정보
	목록면 장서인: 古心, 呆人, 荷蓑',金枝玉葉 권말 장서인: 大溪, 白雁青鳥	길상 문자. 필사자의 성명 확인이 불가능함
	권말 개장기: 甲辰春 改粧于江都長嶺寓舍 青氈旧物	집안에 오래 전해 온 이 책을 갑진년에 강화도 장령에서 개장함
	표지 배접지 고문서: 江華府使之印	강화부사 혹은 강화부 소속 관리가 이 책 필사에 관여한 듯함
	기존의 책을 보고 베껴 썼음을 보여주는 다양한 종류의 필사 오류가 있음	기존의 책을 보고 전사한 것. 필사 연대보다 더 오래된 조리법과 언어를 반영함
	한문으로 쓴 개장기, 본문의 한문 조리법 문장이 있음	이 책의 필사자가 남성임을 의미함
내용	권두에 '쥬찬방목녹'이라는 제하에 전체 목록이 수록되어 있음	권두 목록이 있는 특이한 사례임
	방문명이 표기된 것: 91개 방문 한 방문 안에서 조리법을 나누어 설명한 것: 13개	
	방문 배열 순서: 술, 초, 면, 장과 김치 등의 찬품류, 육류, 정과, 염료와 도료	
	변질 초 고치는 방문이 2개 수록됨	이것은 『산가요록』 '醫醋法' 3개 방문 중의 2개와 같음
	'졈' 내는 법이 있음	다른 한글 음식조리서에 없는 특이 방문임
	내의원 향온주 방문이 『음식디미방』의 향온주법과 비슷함	『음식디미방』의 저자가 기존 조리서의 방문을 참고했다는 증거임
	역청, 동유를 만들고 칠하는 방문이 있음	목기 혹은 목조 건물의 유지와 보수에 필요한 방문임
	이면지 내용: 본문의 필체와 다르게 쓴 5개 술방문 및 무명베, 명주 관련 내용이 있음	옷감에 관한 내용은 음식조리서에 처음 보이는 것임
	한문으로 작성한 용정식과 작말식의 내용이 있음	이 내용은 음식조리서에서 처음 나타난 것으로 그 가치가 높음

참고문헌

고재형 저, 김형우·강신엽 역, 『역주 심도기행』, 인천대학교 인천학연구원, 2008.
김연주, 「의궤 번역에 있어서 차자 표기 해독」, 『민족문화』 33, 2009.
농촌진흥청, 『고농서국역총서 11-농정회요Ⅱ』, 2006.
농촌진흥청 전통한식과, 『현대식으로 다시보는 수문사설』, 모던플러스, 2012.
박채린, 「신창 맹씨 종가 「자손보전」에 수록된 한글조리서 「최씨 음식법」의 내용과 가치」, 『한국식생활문화학회지』 30(2), 2015.
배영환, 「주식시의와 우음제방에 대한 국어학적 연구」, 『조선 사대부가의 상차림』, 대전역사박물관, 2015.
백두현, 『음식디미방』의 내용과 구성에 관한 연구, 『영남학』 창간호, 2003.
백두현, 「음운변화로 본 하생원 『주방문』(酒方文)의 필사 연대」, 『한국문화』 60, 2012.
백두현, 『주방문·정일당잡지주해』, 글누림, 2013.
백두현, 『한글문헌학』, 태학사, 2015.
백두현, 「『주초침저방』의 내용 구성과 필사 연대 연구」, 『영남학』 62, 2017.
백두현·안미애, 「표기와 음운변화로 본 『주찬방』의 필사 연대」, 『국어사연구』 28, 2019.
백두현·이미향, 「필사본 한글 음식조리서에 나타난 오기(誤記)의 유형과 발생 원인」, 『어문학』 107, 2010.
윤숙경, 『고조리서 수운잡방·주찬』, 신광출판사, 1998.
이성우, 『한국식경대전』, 향문사, 1981.
이성우, 『조선시대 조리서의 분석적 연구』, 연구총서 82(3), 1982.
이성우 편, 『한국고식문헌집성 고조리서(Ⅲ)』, 수학사, 1992.
장기인, 「건축용어의 지스러기」, 『건축』 39(2), 1995.
한복려, 『다시 보고 배우는 산가요록』 증보 개정판, (도서출판)궁중음식연구원, 2011.

주해문 일러두기

□ 주해문의 형식은 각 방문마다 '원문 판독'을 앞에 두고, '현대어역'을 뒤에 두었다. 원문 판독에는 방문 내용이 시작하는 위치에 원전의 출전 쪽수[張次]를 '주찬방 1a'와 같은 형식으로 표기했다. 쪽수가 달라지는 위치에 '주찬방 1b'로 구별하여 표시했다.

□ '원문 판독'의 문장은 띄어쓰기를 했고, 행 구분은 원본의 모습대로 따랐다. 띄어쓰기를 한 것은 독자들이 읽기에 편하도록 하기 위함이고, 행 구분을 원본대로 한 것은 본 주해서 뒤에 영인된 원본의 사진과 쉽게 대조할 수 있도록 하기 위함이다.

□ 주석은 '원문 판독'에 붙이는 것을 원칙으로 했다. 주석 대상 표제어를 먼저 제시하고, 이어서 그 표제어의 뜻풀이를 붙였다. 해당 주석어의 어형 구성을 보일 필요가 있을 경우에 형태소 분석을 제시했다. 형태소 분석에서 '-'는 형태소 경계를 가리키고, '#'는 단어 경계를 뜻한다.

□ 주석에 제시한 용례문은 대부분 검색 프로그램 <깜짝새>에서 가져왔다. 가져온 용례문은 【 】 안에 넣어서 구별 표시를 했다.

□ 주석의 일련번호는 방문명을 한 단위로 삼아 새 번호를 부여했다.

□ 방문 명칭 앞에 ○ 부호가 있는 것이 대부분이나 없는 것도 있고, ⊙ 혹은 • 형태로 약간 달라진 것도 있다. 하나의 방문 명칭 안에서 다른 방식으로 만드는 것을 설명할 때, 이를 구별하기 위해 그 방문 내용 앞에 ○ 혹은 ⊙가 찍혀 있다. 원본에 나타나 있는 모습대로 구별해 두었다.

□ 방문 중에는 한문 방문이 짤막하게 붙어 있는 것이 있다. 한문 방문의 원문은 '원문 판독'에서 서체를 달리하고 글자 크기를 약간 작게 했다. '현대어역'에서 한문의 번역문은 글자 크기를 작게 하고 서체를 달리하여 [ ] 안에 넣어서 구별했다.

□ 『주찬방』에서 동일 음절이 반복해서 이어질 때 뒤 음절을 ⺀ 혹은 ㇏라는 부호로 표기해 놓았다. 원문 판독에서 두 가지 형태로 구별한 것은 원본의 자형을 고려한 것이다. ⺀와 ㇏는 동음 부호(=동일 음절 반복 부호)이다.

□ 옛글의 원문은 접속어미를 많이 나열하여 길게 이어져 있다. 음식조리법을 기술한 방문은 시간적 순서에 따라 전개되는 조리법을 설명한 것이어서 특히 문장이 길게 이어져 있다. '현대어역'에서 독자들이 쉽게 이해할 수 있도록 옛글의 길게 이어진 접속문을 적절한 단위로 끊어서 표현했다. 현대어역의 번역 문장이 불가피하게 길어진 경우에는 한 문장 안에서 쉼표(,)를 적절히 찍어서 의미 단위를 구별했다.

□ 『주찬방』의 일부 이면지에는 18세기 후기 이후에 써넣은 방문이 있다. 주해문 말미 326쪽부터 '이면지에 후대인이 쓴 방문'이란 이름으로 이 내용을 넣고 주해했다. 이면지에 쓴 방문과 구별할 필요가 있을 때, 17세기에 필사한 방문을 '원본 방문'이라 칭한다.

□ 원문 판독문에 '?'로 표시한 곳은 판독이 불확실한 것이다. 원문 판독문에 '□'로 표시한 곳은 결락된 글자를 가리킨다.

주찬방 목록

원문 판독

쥬찬방 목녹[1]

ᄇᆡᆨ하쥬
삼ᄒᆡ쥬
옥지쥬
니화쥬
벽향쥬
벽향쥬 별법
뉴하쥬
셰신쥬
향온쥬
ᄂᆡ의원 향온쥬
졈쥬
감쥬
서김 ᄆᆡᆫ드ᄂᆞᆫ 규식[2]
하일졀쥬

현대어역

주찬방 목록

백하주白霞酒
삼해주三亥酒
옥지주玉脂酒
이화주梨花酒
벽향주碧香酒
벽향주 별법碧香酒 別法
유하주流霞酒
세신주细辛酒
향온주香醞酒
내의원 향온주內醫院 香醞酒
점주粘酒
감주甘酒
석임 만드는 법
하일절주夏日節酒

용어 해설

1 목녹 : 목록의 방문은 상단과 하단 2단으로 구분되어 오른쪽에서 왼쪽으로 배열되어 있다. 상단의 방문명을 가로로 먼저 입력하고 하단의 것을 이어서 입력하였다. 본문에 해당하는 방문명과 조리법이 차례대로 서술되어 있다. 필사본 음식조리서로서 수록된 목록 전체를 권두에 제시해 놓은 것은 극히 드물다. 17세기 혹은 18세기 음식조리서로서 권두 목록을 가진 문헌은 없다. 권두에 목록을 둔 경우는 여성이 쓴 음식조리서에서 발견하기 어렵다. 『주찬방』에 권두 목록이 있는 점은 이 책의 필사자가 남성임을 암시한다. 필체와 어법 표현에도 남성의 특징이 나타나 있다. 빙허각 이씨가 지은 필사본 『규합총서』와 20세기 초기에 필사된 『시의전서』에 상권 권두 및 하권 권두에 목록을 별도로 제시한 예가 있으나, 이 외에는 달리 찾아보기 어렵다.

2 규식 : '규식'規式은 정해진 법규나 격식을 뜻한다. 이 맥락에서는 '방법' 혹은 '법'으로 풀이해도 무방하다. '규식'은 '법'과 같은 뜻으로 쓰였는데, 목록 방문명에는 '규식', 본문 방문명에는 주로 '법'으로 되어 있다. 주로 술 방문 명칭의 끝에 접미사로 쓰인 점을 고려하여 '…법'으로 풀이하였다.

목록 방문명은 본문 텍스트보다 '규식'이라는 단어를 많이 썼다. 이는 본문 텍스트보다 목록 텍스트가 격식성이 더 강한 것이라는 텍스트의 성격과 관련이 있다. 『주찬방』의 저술자 혹은 필사자가 관아의 관리일 가능성을 염두에 두면, 이 문헌의 각종 방문이 관아에서 음식과 술을 만드는 데 이용되었을 것이고, 때문에 양조법의 표준을 보여주려는 의도로 목록 방문명에 '규식'이라는 한자어를 사용한 것이라고 볼 수 있다.

원문 판독

두강쥬 아황쥬 듁엽쥬
년화쥬 쇼국쥬 모미쥬
츄모쥬 하슝의 ᄉᆞ시쥬 하졀 삼일쥬
하일블산쥬 부의쥬 하향쥬
합ᄌᆞ쥬 삽듀쥬

현대어역

두강주杜康酒 아황주鴉黃酒 죽엽주竹葉酒
연화주蓮花酒 소국주小麴酒 모미주牟米酒
추모주秋麰酒 하숭河崇[3]의 사시주四時酒 하절 삼일주夏節 三日酒
하일불산주夏日不酸酒 부의주浮蟻酒 하향주荷香酒
합자주榼子酒 삽주주-酒

용어 해설

3 '하숭'은 『산가요록』(1450년경)의 「河崇四節酒」(하숭사절주) 방문에 '河崇'이라 표기되어 있고, 『잡초』에는 '何崇'이라 표기되어 있다. 전자를 따라 '河崇'으로 간주한다.

원문 판독

쇼쥬 만히 나ᄂᆞᆫ[4] 규식

ᄉᆞ병쥬[5]

쉰 술 고틸 규식

보리초 빈ᄂᆞᆫ 규식

졈 내ᄂᆞᆫ 규식

흑탕 고오ᄂᆞᆫ 규식

녀름즙디히

기울쟝

밀쇼쥬

쟈쥬

누록 ᄆᆞᆫᄃᆞᄂᆞᆫ 규식

밀초 빈ᄂᆞᆫ 규식

ᄭᅮᆯ ᄆᆞᆫᄃᆞᄂᆞᆫ 규식

즙디히

ᄡᅳᆫ 쟝 고티ᄂᆞᆫ 규식

거믄 소곰 희게 ᄒᆞᆯ 규식

현대어역

소주燒酒 많이 나게 하는 법

사병주四甁酒

쉰 술 고치는 법

보리초 빚는 법

점 내는 법

흑당黑糖 고으는 법

여름즙장

밀소주

자주煮酒

누룩 만드는 법

밀초 빚는 법

꿀 만드는 법

즙장

쓴 장 고치는 법

기울장 검은 소금 희게 하는 법

용어 해설

4 나ᄂᆞᆫ : 나-ᄂᆞᆫ[出]. 이 구절에서는 '나게 하는'이란 뜻이다.

5 ᄉᆞ병쥬 : 사병주四甁酒. 『주찬방』에 '뿔 ᄒᆞᆫ 말애 지쥬 네 병 나ᄂᆞᆫ 술법'(18b)이 나오는 것으로 보아, 사병주의 한자는 '四甁酒'이다.

주찬방 목록 • 2b •

원문 판독

챵포초 빗ᄂᆞᆫ 규식

면 ᄃᆡᄂᆞᆫ[6] 규식

싀면 ᄃᆡᄂᆞᆫ 규식

진쥬면

증편 긔쥬[7] ᄆᆞᆫᄃᆞᄂᆞᆫ 규식

상화 긔쥬 ᄆᆞᆫᄃᆞᄂᆞᆫ 규식

잡과편

변미ᄒᆞᆫ 고기 고틸 규식

ᄃᆞᆯᄀᆡ알[8] 올히알[9] 젓

ᄃᆞᆯᄀᆡ알쟝

팀숑이

건숑이

마ᄂᆞᆯ ᄃᆞᆷᄂᆞᆫ 규식

팀강

현대어역

창포초菖蒲酢 빚는 법
세면細麵 떨어뜨리는 법
증편蒸鯿 기주起酒 만드는 법
잡과편雜果鯿
달걀젓 오리알젓
침송이沈松耳
마늘 담는 법
면발 떨어뜨리는 법
진주면眞珠麵
상화霜花 기주 만드는 법
맛이 변한 고기를 고치는 법
달걀장
건송이乾松耳
침강沈薑

용어 해설

6 디ᄂᆞᆫ : 지는. '디-ᄂᆞᆫ'. 동사 '디-'는 '떨어지다'[落]의 뜻이다. 묽은 면 반죽을 국수틀 구멍으로 떨어지게 하여 국수 가락을 뽑는 조리 행위를 표현하고자 동사 '디다'를 쓴 것이다.

7 긔쥬 : 기주起酒. 증편이나 상화 따위를 만들 때 반죽에 넣어 숙성하게 하는 발효제를 뜻한다. 【반죽이 긔쥬 ᄀᆞ인 후 안칠 졔ᄅᆞ도 되거든 닝슈을 알ᄆᆞ쵸 쳐도 관계치 아니니〈1869규합총14a〉】

8 ᄃᆞᆯ긔알 : 달걀. 'ᄃᆞᆰ-의(속격조사)#알[卵]'. 【ᄀᆞᆺ 나ᄒᆞᆫ ᄃᆞᆯ긔알 다엿 낫만 유ᄌᆡᄅᆞᆯ 주워 ᄂᆡ일 새배로 ᄂᆞᆯ 건너 홍닙의 집으로 보내소〈1610년경, 현풍곽씨언간71〉】

9 올ᄒᆡ알 : 오리알. '올히-ᄋᆡ[鴨](속격조사)#알[卵]'. 【ᄯᅩ ᄃᆞᆰ 거유 올ᄒᆡ알 ᄉᆞᆯ마 먹기를 각별이 긔휘ᄒᆞ라〈1608두창집下:40a〉】

원문 판독

복셩와 ᄉᆞᆯ고 졍과　　팀도힝법　　팀쳥대

토란팀ᄎᆡ　　싱강 토란 간슈ᄒᆞᆯ 규식　　고사리 간슈ᄒᆞᆯ 규식

취 간슈ᄒᆞᆯ 규식　　가지 간슈ᄒᆞᆯ 규식　　산뎨피 식혜

약과　　다식　　듕박계

동과 졍과　　싱강 졍과　　우모 졍과

가지ᄧᅵᆷ

현대어역

복숭아 살구 정과正果　　침도행법沈桃行法　　침청대沈青太

토란침채土卵沈菜　　생강 토란 간수하는 법　　고사리 간수하는 법

취 간수하는 법　　가지 간수하는 법　　산저피 식혜山猪皮食醯

약과藥果　　다식茶食　　중배끼中朴桂

동아정과正果　　생강정과生薑正果　　우무정과牛毛正果

가지찜

원문 판독

외 간슈ᄒᆞᆯ 규식　　실과 간슈ᄒᆞᆯ 규식　　양 ᄧᅵᄂᆞᆫ 규식
쇠챵ᄌᆞ ᄧᅵᄂᆞᆫ 규식　　양 ᄉᆞᆱᄂᆞᆫ 규식　　ᄃᆞᆰ ᄉᆞᆱᄂᆞᆫ 규식
양식혜　　가두부　　산ᄉᆞᆷ 자반
조번홍 드리ᄂᆞᆫ 규식　　감찰 드릴 규식　　압두록 드릴 규식
과실나모 됸ᄂᆞᆫ[10] 규식　　□□무ᄃᆞᆫ ᄃᆡ □□□[11]

현대어역

오이 간수하는 법　　실과實果 간수하는 법　　양 찌는 법
쇠창자 찌는 법　　양 삶는 법　　닭 삶는 법
양식해　　가두부假豆腐　　산삼 자반
조번홍색 물들이는 법　　감찰색 물들이는 법　　압두록색鴨頭綠色 물들이는 법
과일나무 좋아지게 하는 법　　기름 묻은 데 빠는 법

용어 해설

10　됸ᄂᆞᆫ : 좋은. '됳-ᄂᆞᆫ'. 어간 '됳-'의 말음 ㅎ이 ㄷ을 거쳐 비음 ㄴ 앞에서

ㄴ으로 동화된 것이다. '돓–'이 비음으로 시작하는 어미와 결합했을 때 출현하는 '돋ᄂᆞᆫ, 돋ᄂᆞ니' 등은 15세기 문헌에 출현하고, 17~18세기 문헌에는 비음동화형인 '돈ᄂᆞᆫ, 돈ᄂᆞ니' 등의 '돈–'이 다수 출현한다. 비음 앞의 '돈–'은 종성 위치에서 ㅅ:ㄷ 대립이 없어진 현상과 관련이 있다. 참고) 【微妙히 돋ᄂᆞ니〈1463법화경1:86a〉】 【즉재 돋ᄂᆞ니라〈1466구급방上:3a〉〈1489구급간1:51b〉】 【절로 돋ᄂᆞ니라〈1517창진방53a〉】

11 목록에 기재된 방문명은 결락으로 판독이 잘 안 되지만, 본문에 '기룸 무ᄃᆞᆫ ᄃᆡ ᄡᆡᄂᆞᆫ 법'(44b)으로 방문명이 정확히 기록되어 있다.

주찬방 목록 • 4a •

원문 판독

녁쳥 고오ᄂᆞᆫ 규식　　동유 고오ᄂᆞᆫ 규식　　갸칠 ᄒᆞᄂᆞᆫ 규식

현대어역

역청瀝青 고으는 법　　동유桐油 고으는 법　　가칠假漆 하는 법

용정식

원문 판독[1]

春正式[2]

正租一斗 粳米三升三合 白米四升一合 中米四升五合 造米四升九合[3].

荒租一斗 白米三升三合 中米三升六合 造米三升九合六分.

稷[4]一斗 米三升.

黍[5]一斗米五升. 粟亦同. 秫[6]一斗米四升二合.

현대어역[7]

용정식 (직역)

▸ 정조正租 한 말, 경미粳米 석 되 서 홉, 백미白米 넉 되 한 홉, 중미中米 넉 되 닷 홉, 조미造米 넉 되 구 홉.

▸ 황조荒租 한 말, 백미 석 되 서 홉, 중미 석 되 엿 홉, 조미 석 되 구 홉 육 푼.

▸ 피[稷] 한 말, 쌀 석 되.

▸ 기장[黍] 한 말, 쌀 닷 되, 조[粟]도 같음.

▸ 차조[秫] 한 말, 쌀 넉 되 두 홉.

용정식 (의역)

〈찧는 법〉

▲ 정조正租(좋은 나락) 한 말을 찧으면, 경미粳米로는 3되 3합이 나오고, 백미白米로는 4되 1합이 나오고, 중미中米로는 4되 5합이 나오고, 조미造米로는 4되 9합이 나온다.[8]

정조 한 말을 찧을 때, 경미粳米는 3되 3합이 되도록 찧는 것이고, 백미白米는 4되 1합이 되도록 찧는 것이고, 중미中米는 4되 5합이 되도록 찧는 것이고, 조미造米는 4되 9합이 되도록 찧는 것이다.

▲ 황조荒租(거친 나락) 한 말을 찧으면, 백미白米로는 3되 3합이 나오고, 중미中米로는 3되 6합이 나오고, 조미造米로는 3되 9합 6푼이 나온다.

황조 한 말을 찧을 때, 백미白米는 3되 3합이 되도록 찧는 것이고, 중미中米는 3되 6합이 되도록 찧는 것이고, 조미造米는 3되 9합 6푼이 되도록 찧는 것이다.

▲ 피[稷] 한 말을 찧으면, (피)쌀[9] 3되가 나온다.

▲ 기장[黍] 한 말을 찧으면, (기장)쌀 5되가 나온다. 조[粟]도 이와 같다.

▲ 찰수수[秫] 한 말을 찧으면, (찰수수)쌀 4되 2합이 나온다.

용어 해설

1 이하의 '원문 판독' 내용은 원전에 있는 행 구분에 따라 배열했고 내용 단위 끝에 문장 종결표(.)를 찍었다. '현대어역' 문장은 직역과 의역으로 나누어 제시했다. 직역에서는 ▸를, 의역에서는 ▲를 내용 단위별로 넣어서

구분했다.

2 舂正式(용정식) : 곡물을 찧는 법. 목록이 끝난 면에 바로 이어서 한문으로 쓴 「舂正式」(용정식)이 있고, 그 뒷면에 역시 한문으로 된 「作末式」(작말식)이 묵서되어 있다. 「舂正式」은 술을 빚는 데 쓰이는 겉곡물을 찧어서 알곡을 만드는 법[搗精法]이고, 「作末式」은 찧은 알곡을 빻아서 가루로 만드는 법을 설명한 글이다. 이 두 방문은 지금까지 알려진 음식조리서에서 찾아볼 수 없는 중요 자료이다. 용정식과 작말식 텍스트는 전통주 연구에 대단히 귀중한 자료이다.

3 이 문장에는 곡물의 부피를 규정한 '斗'(말), '升'(되), '合'(합)이라는 용량 단위 명사가 나열되어 있다. 이 단위는 현대 한국에서 쓰는 부피와 차이가 크다. 조선 세종 때의 1합(1合)은 0.060리터, 1되(1升)는 0.596리터, 1말(1斗)은 5.964리터, 1섬[平石]은 15말이며 89.464리터이다(김상보 · 나영아 1994: 14에 수록된 표15 참고). 문헌상 영조척營造尺 길이가 27.6cm인 때의 1말은 4.121리터, 1평석은 61.814리터이다. 영조척 길이가 29.8cm인 때(조선 헌종~고종대)의 1말은 5.187리터, 1섬[平石]은 61.814리터이다(김상보 · 나영아 1994: 14).

4 稷 : 식물명으로 '피'를 뜻한다. '稷'(직)에 '기장'이란 뜻도 있으나 바로 뒤 행에 기장을 뜻하는 '黍'(서)가 나오므로 '稷'은 '피'로 봄이 옳다. 피를 농작물로 경작했던 증거는 「나신걸언간」(1490년경)에 있다. 이 언간에 밭에 뿌릴 곡물 씨앗을 배분해 준 기록에 피씨가 언급되어 있다. 【쏘 두말구레 바톄 피씨 너 말, 뭇구레예 피씨 너 말, 삼바틔 피씨 ᄒᆞᆫ 말, 아래 바틔 피시 ᄒᆞᆫ 말 닷 되, □지 ᄒᆞᄂᆞᆫ 바틔 피시 서 말, 어셩개 믿바틔 피시 서 말 〈나신걸언간 2번〉】 이 문장은 여기저기 여러 밭에 뿌릴 피씨를 나누어 주라는 사연 속에 있다. 이 문장을 번역하면, "또 두말구레 밭에 피씨 너 말, 뭇구레에 피씨

너 말, 삼밭에 피씨 한 말, 아랫밭에 피씨 한 말 닷 되, □재가 짓는 밭에 피씨 서 말, 어셩개 밑밭에 피씨 서 말"로 풀이된다.

5 黍(서) : 기장.

6 秫(출) : 차조. 찰기가 있는 조.

7 「舂正式」(용정식)과 「作末式」(작말식)의 한문 문장은 설명이 아주 간결하여 누룩 제조에 관한 경험과 지식을 가진 사람이어야 글 속에 숨은 속뜻을 파악할 수 있다. 「용정식」과 「작말식」의 뜻풀이는 전북 고창 소재 〈우리술학교〉의 이상훈 교장님의 조언을 받은 것이다. 이하의 번역에서 '직역'과 '의역' 두 가지를 제시했다. '의역'은 문맥에 담긴 뜻을 고려하여 풀어쓴 것이다.

8 이 문장은 보통 나락[正租] 한 말을 찧을 때 도정의 정도(=도감률搗減率)에 따라 달리 부르는 쌀 이름과 그 이름에 따라 산출되는 분량을 구별해서 기술하였다. 도정 정도에 따라 나온 쌀 이름으로 粳米, 白米, 中米, 造米가 나타나 있다. 도감률이 가장 높은 것(=가장 정미精微하게 찧은 것)부터 낮은 순서대로 배열되어 있다. 도감률이 높을수록 나오는 쌀의 양[收率]이 적다. 경미粳米는 싸라기처럼 잘게 찧은 것이다. '粳米'를 '갱미'로 표기할 수도 있으나 본서의 하일불산주 방문에 '경미'로 나오는 점을 참작하여 '경미'로 표기하였다. 조미造米는 '粗米'(거친 쌀)를 달리 쓴 이표기인 듯하다. 도정하여 쌀이 많이 나올수록 거친 쌀이 되기 때문이다. 현대국어에서 '칠분도쌀', '구분도쌀'이라고 부르는 것이 바로 도감률에 따라 구별하는 이름이다.

9 이 문맥의 '쌀'은 본문의 '米'를 번역한 것인데, 벼쌀이 아니라 피를 찧어서 얻은 피쌀을 뜻한다. 이하에서 번역한 '쌀'도 바로 앞에서 지정한 곡물을 찧어서 나온 쌀을 뜻한다.

작말식

주찬방 목록 • 4b •

원문 판독

作末式[1]

白米一斗作末二斗若乾而累篩[2]則一斗. 木米一斗上末七升

中末二升二合. 小麥一斗上末二斤八兩中末十二兩. 小麥一斤十兩

則浮麥[3]一合五分. 皮菉豆一斗末三升. 太一斗作末一斗四升.

小豆一斗作末一斗五升丁含[4]則七升. 黃菉米[5]一升末三升.

眞荏[6]一斗實荏[7]七合. 眞荏一斗取油二升八合.

皮柏子四升實柏一升. 胡桃亦. 甘醬一斗煮作淸醬七升.

相塩麰[8]一斗 准米[9]四升. 赤豆一升[10] 准米六升. 稷一斗米三升.

唐黍一斗 米四升二合. 黍粟麥黃豆一斗 准米五升.

현대어역

작말식 (직역)

▸ 백미 한 말은 작말하면 두 말, 말려서 체질[累篩]하면 한 말.

▸ 메밀쌀[木米] 한 말은 상말上末로 일곱 되, 중말中末로 두 되 두 홉.

▸ 밀[小麥] 한 말은 상말上末로 두 근 여덟 냥, 중말中末로 열두 냥,

▸ 밀 한 근 열 냥은 부맥浮麥(밀기울)이 한 홉 닷 분.

▸ 겉녹두[皮菉豆] 한 말은 가루내면 석 되.

▸ 콩[太] 한 말은 가루내면 한 말 넉 되.

▸ 팥[小豆] 한 말은 가루내면 한 말 닷 되, 정함丁含은 일곱 되.

▸ 황록미黃菉米 한 되는 가루로 석 되.

▸ 겉참깨 한 말은 알맹이 참깨 칠 합, 참깨 한 말에서 기름 두 되 여덟 합을 얻는다.

▸ 겉잣[皮柏子] 넉 되는 실백잣[實柏] 한 되, 호두 또한 같음.

▸ 감장甘醬 한 말은 달인 청장[煮作淸醬] 일곱 되.

▸ 사염모相塩麰 한 말은 준미准米[11] 넉 되.

▸ 붉은 팥[赤豆] 한 되는 준미准米 엿 되.

▸ 피[稷] 한 말은 (피)쌀 석 되.

▸ 기장[稷] 한 말은 (기장)쌀 석 되.

▸ 수수[唐黍] 한 말은 (수수)쌀 넉 되 두 홉.

▸ 기장[黍] 조[粟] 보리[麥] 노란콩[黃豆] (각각) 한 말은 준미 닷 되.

작말식 (의역)

〈가루 내는 법〉

▴ 백미白米 1말을 빻으면, 가루 2말이 되고, 이를 말려서 깁체로 치면 가루 1말이 나온다.

▴ 목미木米(메밀쌀) 1말을 빻으면 상말上末(상품가루)이 7되, 중말中末(중품가

루)이 2되 2합이 나온다.[12]

▲밀[小麥] 1말을 빻으면, 상말로는 2근 8량이 나오고, 중말로는 12량이 나온다.

▲밀 1근 10량을 빻으면, 곧 부맥浮麥(밀기울) 1합 5푼이 나온다.

▲껍질녹두[皮菉豆] 1말을 빻으면, 가루가 3되 나온다.[13]

▲콩 한 말을 빻으면, 가루 1말 4되가 된다.[14]

▲팥[小豆] 1말을 빻으면, 1말 5되가 된다.[15] 팥고물[丁含]은 7되가 된다.

▲누른 녹두쌀[黃菉米] 1되를 빻으면 가루 3되가 나온다.

▲겉참깨 한 말을 찧으면, 알맹이 참깨 칠 합이 나온다. 참깨 한 말에서 참기름 두 되 여덟 합이 나온다.

▲껍질 벗기지 않은 잣알[皮柏子] 4되를 거피하면, 껍질 벗긴 잣알[實柏] 1되가 된다. 호두도 이와 같다.

▲감장甘醬 1말을 달이면 청장淸醬 7되가 된다.

▲사염모粗塩麰(사염보리) 1말은 쌀로는[准米] 4되와 같다.

▲붉은팥[赤豆] 1말은 쌀로는[准米] 6되와 같다.

▲피 1말을 (빻으면) (피)쌀 3되가 나온다.

▲수수[唐黍](당기장) 1말을 (빻으면) (수수)쌀 4되 2합이 나온다.

▲기장, 조, 보리, 노란콩[黃豆] 1말은 쌀로는[准米] 5되와 같다.

용어 해설

1　作末式(작말식) : 가루 내는 법. ‘원문 판독’은 원전의 행 구분대로 입력하였으나 내용 단위 끝에 문장 종결표(.)를 찍었다. ‘현대어역’에서 내용 파악이 쉽도록 곡물 재료별로 줄바꿈을 해서 나누어 풀이했다.

2　累篩(누사) : 문맥으로 보아 체로 거듭 치는 것을 뜻한다.

3　浮麥(부맥) : 가루로 빻아지지 않고 나온 밀 혹은 밀기울.

4　丁含(정함) : 丁含은 곡물 이름과 관련되어 있다. 「현풍곽씨언간」 74번 편지에 “졍함 ᄀᆞᄅᆞ도 고하 두소”라는 문장에 ‘졍함 ᄀᆞᄅᆞ’가 등장한다. ‘졍함’은 ‘곻-/고흐-’(고다)는 대상이므로 어떤 곡물의 가루로 판단한다. ‘하생원’ 필사기가 있는 『주방문』(규장각 소장)의 상화법에 “소ᄂᆞᆫ 뎡함이나 콩ᄀᆞᄅᆡ ᄭᅮᆯ을 ᄆᆞᆯ거나 ᄒᆞ라 ᄎᆡ소도 됴ᄒᆞ니라”〈주방문 17a〉에 ‘뎡함’이 쓰인 예가 있다. 상화소를 만드는 데 정함이나 콩가루를 꿀에 말아서 쓰는 조리법으로 보아 정함은 팥이나 녹두 가루를 뜻하는 것으로 보인다. 고려대학교 소장(신암문고) 『요록』(1680년경)에도 이 낱말이 나온다. 위에 나온 ‘丁含’이 ‘黃菉米’(황록미)와 어울려 쓰인 문맥으로 보아 ‘丁含’이 곡물명이 분명하고, 이 곡물은 녹두나 팥일 것이다. 요즘 전통음식을 만드는 분들은 경단 등을 만들 때 쓰는 고물을 ‘정함’이라 부른다. 그렇다면 「현풍곽씨언간」 74번 편지의 ‘졍함 ᄀᆞᄅᆞ’는 팥고물이 된다. 그러나 이어지는 ‘고하 두소’의 목적어로 ‘팥고물’을 설정하기 어렵다. 팥고물은 ‘고으는’ 것이 아니기 때문이다. ‘졍함’은 ‘뎡함’에 ㄷ구개음화가 적용된 것이다. ‘丁含’에 대한 본 주석은 증보판 『현풍곽씨언간주해』(백두현 2019: 250)에서 설명한 내용을 조금 더 보충한 것이다.

5　黃菉米(황록미) : 녹두쌀로 짐작된다.

6 眞荏(진임) : 곡물 상태의 참깨를 뜻한다.

7 實荏(실임) : 진임을 찧어서 얻은 알맹이 참깨를 뜻한다.

8 相塩麰(사염모) : 보리의 일종으로 보이는데 확실한 정체를 알기 어렵다.

9 准米(준미) : 쌀을 기준으로. 여기서 '准米'라는 새로운 용어가 나왔다. 앞에서는 그냥 '米'라고 하다가 작말식 말미에 와서 '准米'라는 용어가 등장하였다. 조선왕조실록의 『세종실록』, 『세조실록』, 『성종실록』 등에는 '準米'로 여러 번 등장하고, 『중종실록』(중종 36년 6월 16일 기사)과 『인조실록』(인조 11년 11월 14일 기사) 등에는 '准米'가 쓰여 있다. '准米'는 "以市上行用之綿布, 每一匹准米五升"(중종 36년 6월 16일)과 "如以綿布代納者 六匹准米一石"(인조 11년 11월 14일) 등에서처럼 '쌀을 기준으로 한 가치'(쌀 교환 가치)라는 뜻을 표현했다. 『漢語大詞典』(臺灣版)의 '穇②'의 풀이 문장에 ≪明史・郁新傳≫ : "稻穀, 薥秫二石五斗, 穇稗三石, 各准米一石"이란 용례가 제시되어 있다. 차조 2석 5두 및 피 3석이 각각 '쌀을 기준으로'[准米] 1석에 해당한다는 뜻이다. 일본의 『世界大百科事典』에 일본의 고대 내지 중세 초기에 쌀을 기준으로 삼아[准米] 조세를 수취하는 제도가 언급되어 있다. 이런 용례로 보아 '准米'는 쌀의 한 종류를 뜻하는 명사가 아니라 '쌀을 기준으로'라는 구句가 된다.

10 '赤豆一升'에서 '一升'[1되]은 '一斗'[1말]의 오기일 것이다. 앞뒤에 놓인 다른 곡물은 모두 '一斗'인데 '赤豆'만 '一升'으로 표기되어 있다. '一斗'로 바로잡아야 문맥의 뜻이 통한다. 아래의 의역에서 '一斗'로 고쳐 번역했다.(이상훈 교장의 의견 참고)

11 이 번역문에서 '准米'를 그대로 썼다. 앞의 주석에서 설명했듯이 '准米'는 '쌀을 기준으로'라는 뜻이다. 일정 양의 쌀을 기준으로 교환할 수 있는 해당 곡물의 분량을 표현한 것이다. 그런데 좀 의아한 것은 가루 내는 법을 설명하

는 맥락에서 쌀을 기준으로 한 교환 분량 혹은 교환 가치를 기술한 점이다. 사염모 등의 해당 곡물을 구입할 때 참고하려고 적은 것일 수도 있다.

12 '메밀'의 도정을 설명함에 기울과 같은 찌꺼기가 얼마 나온다는 언급이 없다.

13 가루가 3되[末三升] 나온다는 것은 빻은 뒤에 나오는 가루 양을 뜻한다.

14 콩을 빻으면[作末] 그 부피가 늘어난다.

15 이 문장은 한 말을 빻아서 가루로 만들면 부피가 늘어나 1말 5되가 된다는 뜻이다. 즉 분쇄를 거칠게 하면 부피가 약간 증가하고, 분쇄를 곱게 하면 부피가 더 많이 늘어난다. 따라서 이 표현을 분쇄율로 이해할 수 있으며, 이는 당시 분쇄 정도를 이해하는 척도가 된다. 그런데 고려 문종 때부터 쌀과 가루 사이의 부피 비율이 15:23이었다고 한다(김상보・나영아 1994: 14).

주찬방 본문

백하주

원문 판독

주찬방 • 1a •

쥬찬방

ᄇᆡᆨ하쥬[1] 白霞酒 白米十五斗 眞末五升 麴一斗半 水五盆[2]

ᄇᆡᆨ미[3] 단 말[4]을 일ᄇᆡᆨ 번 시서[5] ᄃᆞᆷ갓다가 ᄀᆞᄅᆞ[6] 디허[7] ᄭᅳᆯ힌[8] 믈
다ᄉᆞᆺ 동ᄒᆡ로[9] 골와[10] ᄀᆞ장[11] ᄎᆞ거ᄃᆞᆫ[12] 됴ᄒᆞᆫ[13] 누록[14] 말 닷 되과 진
ᄀᆞᄅᆞ[15] 닷 되를 섯거[16] 독의 녀허 ᄒᆞᆫ 닐웨[17] 후에 ᄇᆡᆨ미 단 말
을 젼ᄀᆞ티[18] 시서 ᄀᆞᄅᆞ 디허 ᄆᆞ르닉게[19] ᄲᅧ[20] 식거ᄃᆞᆫ 술의 버므려
둣다가[21] ᄯᅩ 닐웨 후에 ᄇᆡᆨ미 ᄯᅩ 단 말을 젼 ᄀᆞ티 시서 ᄀᆞᄅᆞ 디
허 닉게 ᄲᅧ 식거ᄃᆞᆫ 젼술[22]에 버므려 녀코 두터온[23] 죠ᄒᆡ[24]로 ᄃᆞᆫ〻[25]

주찬방 • 1b •

이 ᄡᅡᄆᆡ야[26] 니거 믉안재ᄃᆞᆫ[27] 드리우라[28] ⊙[29]ᄯᅩ ᄒᆞᆫ 법은 ᄇᆡᆨ미 ᄒᆞᆫ
말을 ᄇᆡᆨ 번 시서[30] ᄀᆞᄅᆞ 디허 ᄭᅳᆯ힌 믈 세 병을 골와 식거ᄃᆞᆫ
누록 되가웃[31] 진ᄀᆞᄅᆞ 되가웃 서김[32] ᄒᆞᆫ 되와 ᄒᆞᆫᄃᆡ[33] 섯거 독의
녀허 사흘[34] 만의 ᄯᅩ ᄇᆡᆨ미 두 말 ᄇᆡᆨ 번 시서 닉게 ᄲᅧ ᄭᅳᆯ힌 믈[35]
여ᄉᆞᆺ 병 골와 ᄀᆞ장 식거ᄃᆞᆫ ᄯᅩ 누록 ᄒᆞᆫ 되 버므려 젼밋술[36]의
섯거 닐웨 여ᄃᆞ래만 ᄒᆞ거ᄃᆞᆫ[37] 심지예 블 혀[38] 독의 녀허 보면 브
리 아니 ᄡᅡ디면[39] 다 괴연ᄂᆞ니[40] □□에 □운 믈 더 븟(?)□□[41]

주찬방 • 2a •

라 ᄀᆞ장 지쥬옷[42] ᄆᆞᆫᄃᆞᆯ랴커ᄃᆞᆫ[43] 처엄[44]의 ᄆᆡ[45] ᄒᆞᆫ 말애 믈 □□

반식 혜아려 골와 비즈라. 술을 만히 내려커ᄃᆞᆫ 드리올 제

믈 두 병만 더 브으라[46].

현대어역

주찬방

백하주

[백미 열다섯 말, 밀가루 다섯 되, 누룩 한 말 반, 물 다섯 동이.]

백미 다섯 말을 깨끗이 씻어 담갔다가 가루로 찧어 끓인 물 다섯 동이와 섞어라. 잘 식으면 좋은 누룩 한 말 다섯 되와 밀가루 다섯 되를 섞어 독에 넣어라. 한 이레(=7일) 후에 백미 다섯 말을 앞에서 한 것처럼 씻어서 가루로 찧어 무르익게 쪄서, 식거든 술에 버무려 두어라. 또 이레 후에 백미 다섯 말을 전과 같이 씻어 가루로 찧어 익게 쪄서, 식거든 전술前-에 버무려 넣고 두꺼운 종이로 단단히 싸매라. (술이) 익어 묽게 가라앉거든 드리워(=술을 내려) 써라.

⊙또 하나의 방법은 백미 한 말을 깨끗이 씻어 가루로 찧고 끓인 물 세 병을 섞어라. (그것이) 식거든 누룩 한 되가웃, 밀가루 한 되가웃, 석임 한 되를 한데 섞어 독에 넣어라. 사흘 만에 또 백미 두 말을 깨끗이 씻어 익게 쪄 끓인 물 여섯 병을 섞어라. 가장 (잘) 식거든 또 누룩 한 되를 버무려

전의 밑술에 섞어라. 이레나 여드레쯤 되거든 심지에 불을 붙여 독에 넣어 보고, 불이 안 꺼지면 술이 다 괸(=숙성한) 것이니, □□에 □운 물을 더 □□라. 가장 좋은 술을 만들려고 하거든 처음의 한 말마다 물 □□ 반씩 헤아려 섞어 빚으라. 술을 많이 만들려고 하면 (술을) 내릴 때 물 두 병만 더 부어라.

용어 해설

1 빅하쥬 : 백하주白霞酒. 청주의 하나. 백하주는 고려시대부터 있었으며『동국이상국집』·『고사촬요攷事撮要』·『주방문』·『산림경제』·『증보산림경제』·『규합총서閨閤叢書』 등에 기록되어 있다. 맑은 술의 대표로서 약주의 대명사가 되었다(한국민족문화대백과사전 참고).

2 白霞酒 白米十五斗 眞末五升 麴一斗半 水五盆 : 이 한문은 백하주 양조법을 한문으로 간단히 쓴 것이다. “백하주는 백미 15말, 밀가루 5되, 누룩 1.5말, 물 5동이”로 번역된다. 이 같은 방식으로 한글 방문명 아래 협주 형식으로 두 줄로 나누어 작은 글씨로 한문 방문을 기입해 놓았다. 이런 형식의 한문 방문은 이 책의 후반부로 가면 없는 것이 많다. 한문으로 쓴 방문 내용은 아주 간략해서 한글 문장과 일대일로 대응하지 않는다. ‘원문 판독’에서 한문 방문은 글자 크기를 작게 서체를 달리해서 제시했고, ‘현대어역’에서 한문 방문의 번역문을 [ ] 기호 안에 넣어서 구별했다. 한글과 한문을 병기하여 조리 방문을 쓴 한글 음식조리서는『주찬방』이 유일하다. 한문 방문이 병기되어 있는 점은 이 책의 필사자가 남성이었음을 의미한다. 조선시대의 부피

단위인 斗, 升, 合에 대한 설명은 「용정식」의 3번 주석을 참고하기 바란다.

3 ᄇᆡᆨ미 : 백미白米. 희게 쓿은 멥쌀.

4 단 말 : 다섯 말. '닷'이 '단'으로 표기된 것은 비음동화를 반영한 것이다. 후행하는 '말'의 ㅁ 때문에 '닷말>닫말>단말'을 거쳤다. '닷'을 ㅁ 앞에서 '단'으로 적은 이 예는 『주찬방』의 필사 시기(17세기 초기)에 받침의 ㅅ이 ㄷ으로 불파되었음을 의미한다. 15세기 중엽의 『훈민정음』 해례본에 규정된 팔종성법에는 ㅅ(치음)과 ㄷ(설음)이 구별되어 있다. 음절말 받침에서 ㅅ이 ㄷ과 구별되었다는 주장과 구별되지 않았다는 주장이 대립되어 있다. 후자로 보는 분(이익섭, 김영황 등 북한 학자)들은, 해례본 편찬자들이 아설순치후음의 분류 체계에 얽매여 받침의 실제 발음에서 구별되지 않은 치음 ㅅ과 설음 ㄷ을 표기로만 구별했다고 주장했다.

5 일ᄇᆡᆨ 번 시서 : 일백 번 씻어. '일ᄇᆡᆨ 번 시서'는 다른 방문에서 'ᄇᆡᆨ 번 시서' 혹은 'ᄇᆡᆨ셰ᄒᆞ여'로 쓰이고 있다. 실제로 100번을 씻는 것은 아니고 '깨끗이 씻어'를 강조 표현한 것이다. 현대어역에서 이들을 모두 '깨끗이 씻어'라고 통일해서 번역했다. 『음식디미방』의 경우 '시서'와 '씨서', ㅅ을 탈락시킨 '시어', '씨어' 등이 공존하여 쓰였지만 『주찬방』에서는 '시서'의 형태로만 사용된다. '시서'에서 어두경음화가 일어난 '씨서'는 이 문헌에 보이지 않는다.

6 ᄀᆞᄅᆞ : 가루. 단독으로 쓰일 때는 'ᄀᆞᄅᆞ'로만 나타나고 곡용을 할 때는 'ᄀᆞᆯᄅᆞᆯ(ᄀᆞᄅᆞ-ᄋᆞᆯ)', 'ᄀᆞᆯᄅᆡ(ᄀᆞᄅᆞ-ᄋᆡ)' 등으로 ㄹ이 중첩되어 나타난다.

7 디허 : 찧어. '딯-어'. ㄷ>ㅈ 구개음화 및 어두 경음화가 적용되지 않은 어형이다. 【방하애 디허 주기더니〈1447석보상24:15b〉】 『주찬방』에서는 어두경음화 비실현형 '딯-'과 실현형 '찧-'이 둘 다 출현하지만 비실현형 '딯-'의 출현 빈도가 높다.

8　ᄭᅳᆯ힌 : 끓인. '글히->ᄭᅳᆯ히-'와 같은 어두경음화가 일어난 형태이다. 이 문헌에서는 '글-'(글힌, 글혀 등)이 42회, 'ᄭᅳᆯ-'(ᄭᅳᆯ히고, ᄭᅳᆯᄂᆞᆫ 등)이 16회 나타나 경음화가 적용되지 않은 어형이 더 우세하다.

9　동ᄒᆡ로 : 동이로. 【믈 기리 ᄒᆞᄂᆞ니 동ᄒᆡ로 머리 우희 므를 이ᄂᆞ니〈15??번역노上:36b〉】【盆 동ᄒᆡ 분〈1576신유합上:27a〉】

10　골와 : 화합하여. 골고루 섞어. '골오-'는 '화합和合하다', '골고루 섞다'라는 뜻이다. '골와'의 형태 분석을 하면 '고ᄅᆞ-오-아'로 볼 수 있다. 여기에 들어간 '-오-'는 사동 의미를 더하는 형태이다. '골와'는 여러 재료를 합하여 고르게 하거나, 골고루 섞이도록 함을 뜻한다. 이 문맥에서는 쌀가루와 끓인 물 다섯 동이를 고루 섞이게 하라는 뜻이다. 【射香ᄋᆞᆯ 드려 ᄀᆞ라 골와 服마다 세 돈곰 더운 술 ᄒᆞᆫ 자내 프러 食前에 머그면〈1466구급방下:33a〉】

11　ᄀᆞ장 : 잘. 이 문맥에서는 현대국어와 같은 '제일'[最]의 의미가 아니라 '매우' 혹은 '잘'의 뜻이다. 현대국어와 달리 중세국어에서 부사 'ᄀᆞ장'은 동사를 수식하기도 하였다. 동사를 수식하는 'ᄀᆞ장'은 '매우'의 의미로 쓰였다.

12　ᄎᆞ거ᄃᆞᆫ : 차가워지거든. 식거든. 【글혀 ᄎᆞ거ᄃᆞᆫ 이베 브ᅀᅳ라〈1541우마양6b〉】

13　됴ᄒᆞᆫ : 좋은. 『주찬방』에서는 구개음화형인 '죻-'(죠ᄒᆞᆫ 등)은 나타나지 않는다.

14　누록 : 누룩[麴]. 술을 빚는 데 쓰는 발효제. 15세기와 16세기에는 '누룩'으로 쓰였고, 17세기부터 '누룩'과 함께 '누록'이 쓰였다. 이 문헌에서 '누룩'은 단 1회 출현하고, '누록'이 62회 나타나 비어두에서 ㅜ>ㅗ 변화를 실현한 형태가 우세하다. 【天子ᄭᅴ 朝會ᄒᆞᄂᆞ니 길헤 누록 시른 술위ᄅᆞᆯ 맛보아ᄃᆞᆫ 이베 추믈 흘리고〈1632두시중15:40b〉】

15 진ᄀᆞᄅᆞ : 밀가루. ‘ᄀᆞᄅᆞ’에 접두사 ‘진眞-’이 결합한 것이다. 옥지주 방문 등에 ‘진말’眞末로 나온다. ‘가루’에 ‘진’을 붙인 것은 밀가루가 귀했던 시대의 조어법이다. ‘진ᄀᆞᄅᆞ’와 ‘진말’에 의미 차이가 없었던 것으로 보인다.

16 섯거 : 섞어. 『주찬방』의 원문에서는 동사 어간 ‘섞-’의 활용형으로 ‘섯거’만 보이고, 변자음화(연구개음화) ㅅㄱ〉ㄲ이 적용된 ‘석거’는 하나도 출현하지 않는다. 용언 어간말 ㅅㄱ〉ㄲ 변화는 17세기 후기 문헌에서부터 나타나므로 『주찬방』이 17세기 전기 혹은 그 이전의 문헌임을 추측할 수 있다. 그러나 18세기 후기 이후에 써넣은 이면지 방문(집성향주, 과하주 방문)에 ‘석거’가 보인다. 15세기 어형은 모두 ‘섯거’이다. 【太虛空ᄋᆞᆯ 모ᄃᆞᆫ 그르세 섯거 어울우면 그릇 양ᄌᆡᄋᆡ 달오ᄆᆞᆯ 브터 일후믈 다ᄅᆞᆫ 虛空이라〈1461능엄언4:107a〉】

17 ᄒᆞᆫ 닐웨 : 한 이레. 날짜를 세는 방식으로 7일을 뜻한다. 【明白히 몰랫다가 세 닐웨 後에ᅀᅡ 다 보ᅀᆞᄫᆞ며 한 소리 다 妙法 너피거든〈1459월인석8:54a〉】

18 젼ᄀᆞ티 : 전처럼. 전과 같이. 『주찬방』에는 ‘ᄀᆞ티’가 8회 출현하지만 ㄷ구개음화 실현형은 하나도 없다.

19 므르닉게 : 무르익게. ‘므르닉게’는 ‘무르다’의 의미인 ‘므르-’[軟]와 ‘익다’의 의미인 ‘닉-’[熟]이 결합한 비통사적 합성어이다. 【ᄒᆞᆫᄃᆡ 글혀 콩이 므르닉거든 콩으란 앗고 삽듓 불휘 두 근을 쓰므레 ᄌᆞ마 것 밧기고〈1489구급간1:10a〉】

20 ᄧᅧ : 쪄. 『주찬방』에서 ‘찌다’의 의미를 가진 어형은 ‘ᄧᅵ-’와 ‘ᄯᅵ-’ 두 가지로 표기되어 있다. 구개음화가 실현된 ‘찌-’나 ‘ᄶᅵ-’는 『주찬방』에 나타나지 않는다. 【밄ᄀᆞᆯ으로 ᄒᆞ욘 증편애 빠 ᄧᅧ 닉거든 더운 제 내야 머귀여름마곰 환 ᄆᆡᆼᄀᆞ라 밥 머근 후와 누을 제 ᄒᆞᆫ 환곰 심 글힌 므레 머그라〈1489구급간1:97a〉】【밥 ᄧᅵᄂᆞᆫ 시ᄅᆞ예 ᄧᅵ면〈15??간벽온,13a〉】

21 둣다가 : 두었다가. ‘두-ㅅ(과거시제 선어말어미)-다가’. 【머글 것 어더 둣다

가 나죄 보내소〈1565순천김2〉】

22　젼술 : 전술前-. 이미 만들어 쓰던 술. 새로 담그는 술 단지에 이미 쓰던 술(전술)을 넣어 발효를 촉진하기 위함이다. 『훈몽자회』의 '醱 젼술 발, 醅 젼술 ᄇᆡ'〈1527훈몽자(존경각본)中:21b〉에 쓰인 '젼술'이 여기에 해당한다. '醱젼술 발'의 한자 '醱'(醱酵발효)이 '젼술'의 뜻을 잘 보여준다. 『음식디미방』의 순향주법에는 '젼의 술'로 나와 있다. "ᄀᆞᄅᆞ누록 너 되 진말 ᄒᆞᆫ 되 두 홉 젼의 술을 그ᄅᆞ세 퍼 두고"(15a-15b). 『음식디미방』의 '젼의 술'은 '젼-의# 술'로 분석되며, '젼술'로 줄기 전의 형태 구성이다. 『주찬방』에는 '젼밑'도 여러 차례 쓰이는데 '젼前-밑[本]'으로 분석된다. '젼술'과 '젼밑'[前本]은 발효제 역할을 한다는 점에서 기능이 같고, 서로 통용되어 쓰였다. 물을 조금도 타지 않은 순수한 술을 이를 때는 한자가 다른 '全술'로 쓴다.

23　두터온 : 두터운. 두꺼운. 현대국어에서는 '두텁다'가 믿음, 관계, 인정 등 추상 명사와 결합하지만 중세국어에서는 구체 명사와도 결합하였다. 【밝드이이 두터ᄫᅳ시며〈1459월인석2:57〉】【龍伯高란 사ᄅᆞᄆᆞᆫ 긔운이 두터오며 쥬밀ᄒᆞ며 삼가 이베 ᄀᆞᆯᄒᆡ욜 마리 업스며〈1517번소학6:13b〉】【群生ᄋᆞᆯ 待接ᄒᆞ샤미 甚히 두터우시며 行人ᄋᆞᆯ ᄇᆞ라샤미 가ᄇᆡ얍디 아니ᄒᆞ시니〈1461능엄언10:42b〉】

24　죠ᄒᆡ : 종이[紙]. 『주찬방』에서는 중세 문헌에서 나타나는 어형인 '죠ᄒᆡ'만 쓰였다. 【簡은 대빠개니 녜ᄂᆞᆫ 죠ᄒᆡ 업셔 대ᄅᆞᆯ 엿거 그를 쓰더니라〈1459월인석8:96a〉】어중에 ㆁ이 첨가된 '죵ᄒᆡ'는 17세기 후기 문헌부터 나타난다. 【이 창 숢게 죵ᄒᆡ를다가 다 믜티고 ᄒᆞᆫ 번에 얼믠 뵈로 ᄇᆞᄅᆞ라 〈1677박해中:58ㄱ〉】【燒紙 죵희 ᄉᆞᆯ오다 〈1690역어유上:25ㄴ〉】

25　ᄃᆞᆫ〻 : 단단히. '〻'는 앞 음절과 같은 글자를 표기한 동음 부호이다. 『주찬방』

에는 동음 부호의 형태가 크게 두 가지로 쓰여 있다. ‘〻’ 형태가 대부분이나 ‘서운ヽヽ’과 같은 데서 ‘ヽ’ 형태로 표기되기도 했다.

26 빠ᄆᆡ야 : 싸매어. ‘ᄡᆞ-아#ᄆᆡ-j-아’. ‘ᄆᆡ야’는 ‘ᄆᆡ아’에서 모음충돌회피로 반모음 j가 삽입된 것이다. 다음 예문의 ‘되-예’, ‘머리예’, ‘빠ᄆᆡ요ᄃᆡ’가 모두 이와 같은 현상이 적용된 어형이다. 【계ᄌᆞ ᄒᆞᆫ 되롤 초 서 되예 글혀 ᄒᆞᆫ 되 ᄃᆞ외어든 머리예 브티고 뵈로 빠ᄆᆡ요ᄃᆡ ᄒᆞᄅᆞ ᄒᆞᆫ 번곰 ᄒᆞ라〈1489구급간1:15a〉】

27 믉안ᄶᅢ든 : 묽게 가라앉거든. 형용사의 어간 ‘믉-’[淡]에 ‘앉-’이 결합된 비통사적 합성어이다. ‘안ᄶᅢ든’은 어간과 어미의 결합에서 발생한 경음화가 표기에 반영된 것이다. 【ᄂᆞ라와 上座애 안ᄶᅢ늘〈1447석보상24:44a〉】

28 드리우라 : 드리워라. (술을) 내려라. 담가 둔 술을 거르기 위해 쳇다리나 체판 위에 체(어레미 따위)나 베로 만든 술자루와 같은 거름망을 얹고, 술을 아래로 떨어뜨리는(=내리는) 동작을 표현한 말이다. 술방문 끝에 자주 쓰인 동사이다.

29 ⊙ : 이 부호는 방문명 앞이나 한 방문 안에서 다른 방식으로 만들 때 이를 구별하기 위해 쓰였다. 대부분 형태가 ○로 되어 있고, ○ 안에 검은 점을 찍은 형태 ⊙도 일부 쓰였고, 동그라미 없이 검은 점(•)을 찍은 것도 있다. 첫머리의 ‘ᄇᆡᆨ하쥬’ 앞에 ○가 빠져 있다.

30 ᄇᆡᆨ 번 시서 : 백 번 씻어. ‘ᄇᆡᆨ셰ᄒᆞ여’와 같은 뜻으로 매우 깨끗이 씻음을 강조한 표현이다. 현대어역에서 모두 ‘깨끗이 씻어’로 번역했다.

31 가웃 : 가웃. 수량을 나타내는 표현에 사용된 단위의 절반 정도를 뜻하는 접미사이다. 【몬져 닝어 ᄒᆞᆫ나홀 믈에 달혀 ᄒᆞᆫ 되 가웃 되거든 닝어 내고 약과 ᄉᆡᆼ강 닐굽 뎜 녀허 달혀〈1608태산집40b〉】

32 서김 : 석임[酒酵]. 술을 발효시키려고 넣는 발효제 혹은 그렇게 하는 방법.

누룩에 있는 효모를 증식시켜 발효력을 키우는 재료가 서김이다. 『주찬방』 제13장에 '서김 ᄆᆞᆫᄃᆞ논 법'이란 방문이 있다. 그런데 〈우리말샘〉에 '석임'을, "「명사」 빚어 담근 술이나 식혜 따위가 익을 때, 부글부글 괴면서 방울이 속으로 삭는 일."이라고 풀이해 놓았다. 이 풀이에는 발효제라는 명사적 의미가 누락되어 있다. 옛 문헌에는 '서김'으로 표기되었고, 누룩의 발효력을 증식하고자 넣는 재료 혹은 그 방법을 뜻하는 명사였다. 【酵 서김 교〈1527훈몽중11a〉】【酒酵 서김〈1690역어유上49b〉】

33 ᄒᆞᆫᄃᆡ : 한 곳에. 한군데. 【醋 ᄒᆞᆫ 잔ᄋᆞᆯ ᄒᆞᆫᄃᆡ 글혀 여ᄃᆞᆲ 分에 니르거든〈1466구급방上:32a〉】

34 사흘 : 사흘. 이 문헌에서 '사ᄒᆞᆯ'은 전혀 쓰이지 않고, 비어두에서 ㆍ>ㅡ를 실현한 '사흘'만 출현한다. 16세기 초기에 일어난 어두 및 비어두의 ㆍ>ㅡ 변화가 적용된 '흙', '사흘'이 『주찬방』에 모두 나타나 있다. 이 점은 『주찬방』의 언어가 16세기 혹은 그 직후의 상태를 반영한 것임을 암시한다.

35 ᄭᅳᆯ힌 믈 : 끓인 물. 'ᄭᅳᆯ힌 믈'에서 '힌 믈'은 마멸되어 희미한 것을 문맥에 따라 복원한 것이다.

36 젼밋술 : 전에 빚어 둔 밑술. 즉 '전前술'을 가리킨다. 『주찬방』에는 '밑술'의 뜻으로 '밋술'이 6회, '젼술'이 11회, '젼밋술'이 1회 나타나고, 서로 의미 차이는 없었던 것으로 보인다. 여기에 쓰인 '젼밋술'은, 단어 '밋술'과 '젼술'이 주로 쓰이다 보니 두 단어가 혼성되어 새롭게 만들어진 합성어로 보면 붙여쓰고, [젼#[밑#술]]로 분석해야 할 것이다. 현대 국어 사전에는 '밑술'만 등재되어 있다.

37 닐웨 여ᄃᆞ래만 ᄒᆞ거든 : 이레나 여드레만큼 되거든. 조사 '-만'은 중세국어부터 현대국어에 이르기까지 '만큼'의 뜻도 있다. ㉎ 집채만 한 파도가 몰려온다.

38 혀 : 켜. 15세기 문헌에는 'ᅘᅧ-'로 나타나고 현대국어의 방언형으로는 '쓰다, 키다, 헤다, 캐다, 써다, 씨다, 케다, 서다, 시다, 싸다, 쎄다, 혀다' 등 다양하게 존재한다. 【五色幡 ᄆᆡᆼᄀᆞᆯ며 燈 혀아 닛위여 ᄇᆞᆰ게 ᄒᆞ며〈1447석보상9:35a〉】【ᄉᆞᆲ보ᄃᆡ 모매 千燈을 ᅘᅧ 供養ᄒᆞ샤ᅀᅡ ᄉᆞᆲ보리이다〈1459월인석7:54-2a〉】

39 심지예 블 혀 독의 녀허 보면 브리 아니 ᄣᅢ디면 : 술이 다 되었는지 알아보려고 불을 붙인 심지를 독에 넣어 시험해 보는 동작을 표현한 것이다. 발효 과정에서 솟아오르는 가스로 인해 불이 꺼질 수 있다. 'ᄣᅢ디면'의 경우 'ㅴ'이 사용된 특이한 예로, 15세기와 16세기에 쓰였던 세 글자 합용병서의 잔영이다. 세 글자 합용병서는 17세기 후기 이후의 문헌부터는 쓰이지 않기 때문에 세 글자 합용병서의 사용은 『주찬방』이 17세기 전기 혹은 중기의 자료임을 보여주는 증거이다.

40 괴연ᄂᆞ니 : 괴었나니. '괴-j-엇-ᄂᆞ-니'. '괴다'는 술, 간장, 식초 따위가 발효하여 숙성된다는 뜻이다. '괴연ᄂᆞ니'는 '-엇' 앞에서 모음충돌을 피하기 위해 반모음이 삽입되고, '-엇-'의 ㅅ이 뒤에 오는 ㄴ에 동화된 것(ㅅ→ㄷ→ㄴ)이다.

41 □□ : 이 행과 다음 행에 마멸이 있어서 판독이 안 되는 글자가 있다.

42 지쥬옷 : 지주旨酒를. '지쥬-옷(강세첨사)'. 지주旨酒는 '맛이 좋은 술'이다. '-옷'은 앞에 오는 '지쥬'를 강조하는 강세첨사이다. 【고ᄃᆞᆯ 보고 닐오ᄃᆡ 블옷 얻고져 ᄒᆞ거든〈1447석보상11:26b〉】

43 ᄆᆞᆫᄃᆞᆯ랴커든 : 만들려 하거든. 'ᄆᆞᆫᄃᆞᆯ-랴#ᄒᆞ-거든'. 【차반을 맛나게 ᄆᆞᆫᄃᆞᆯ오 텽의 올아〈1517번소학9:99a〉】

44 처엄 : 처음. 중세국어에서는 ㅿ을 가졌던 '처ᅀᅥᆷ'이었으나, ㅿ의 소멸로 인하여 '처엄'으로 변한 것이다.

45　ᄆᆡ : 매每. 'ᄆᆡ ᄒᆞᆫ 말애'는 '한 말마다'의 뜻이다. 【이 열 사오나온 ᄆᆞᆯ게ᄂᆞᆫ ᄆᆡ ᄒᆞ나ᄒᆡ 은 엿 량시기면〈15??번역노下:12a〉】

46　브ᅀᅳ라 : 부어라. 동사 어간 'ᄇᆖᇫ-'의 변화형이다. 브ᅀᅳ라〉브으라. ᅀ이 탈락했으나 원순모음화 '브〉부'가 적용되지 않은 것이 '브으라'이다.

삼해주

원문 판독

○삼ᄒᆡ쥬[1] 粘米一斗 曲末七升 眞末三升 白米七斗 白米十二斗
경월 첫 돈날[2] ᄎᆞᄡᆞᆯ[3] ᄒᆞᆫ 말을 ᄇᆡᆨ 번 시서 ᄀᆞᄅᆞ 디허 닉게
뼈 글힌 믈 열ᄒᆞᆫ 사발로 골와셔 식거ᄃᆞᆫ 누록 닐곱[4] 되
와 진ᄀᆞᄅᆞ 서 되ᄅᆞᆯ 섯거 독의 녀허 독 부리[5] 두터온 식지[6]
로 빠ᄆᆡ야 돗가〮다〮[7] 둘잿 돈날 ᄇᆡᆨ미 닐굽 말 ᄇᆡᆨ 번 시서 밤

주찬방 • 2b •

자거ᄃᆞᆫ[8] ᄀᆞᄅᆞ 디허 뼈 글힌 믈 여ᄃᆞᆲ[9] 골〮병〮와[10] ᄀᆞ장 식거ᄃᆞᆫ 젼술
의 섯거 녀헛다가 셴재[11] 돈날 ᄇᆡᆨ미 열두 말 ᄇᆡᆨ 번 시서
ᄀᆞᄅᆞ 디허 닉게 뼈 글힌 믈 열두 병으로 골와 ᄎᆞ거ᄃᆞᄃᆞᆫ[12] 젼
술의 섯거 녀혀[13] 식지로 두터이 빠ᄆᆡ야 ᄃᆞᆺ다가 버들개
야지[14] ᄀᆞᆮ[15] 날 제브터 내여 ᄡᅳ라.

현대어역

○삼해주

[찹쌀 한 말, 누룩가루 일곱 되, 밀가루 세 되, 백미 일곱 말, 백미 열두 말.]

정월 첫 돝날(=해일亥日)에 찹쌀 한 말을 깨끗이 씻고 가루로 찧어 익게 쪄서, 끓인 물 열한 사발을 섞어서, 식거든 누룩 일곱 되와 밀가루 서 되를 섞어 독에 넣어라. 독 부리를 두꺼운 식지로 싸매어 두어라. 둘째 돝날에 백미 일곱 말을 깨끗이 씻어 밤 재웠다가 가루로 찧고 쪄서 끓인 물 여덟 병을 섞어라. 가장 (잘) 식거든 전술前-을 섞어 넣었다가, 셋째 돝날에 백미 열두 말을 깨끗이 씻어 가루로 찧고 익게 쪄서 끓인 물 열두 병을 섞어라. (그것이) 식거든 전술前-에 섞어 넣어 식지로 두텁게 싸매어 두었다가, 버들강아지 눈이 갓 날 때부터 내어 써라.

용어 해설

1 삼히쥬 : 삼해주三亥酒. 정월의 세 해일亥日에 만든 술. 삼해주는 음력으로 정월 첫 해일亥日 해시亥時에 술을 빚기 시작하여 12일 후나 한 달 간격의 해일 해시에 모두 세 번에 걸쳐 술을 빚어 붙여진 이름이다(박록담 2004: 64). 음력 정월 상해일에 찹쌀가루로 죽을 쑤어 식힌 다음에 누룩가루와 밀가루를 섞어서 독에 넣고, 중해일에는 찹쌀가루와 멥쌀가루를 쪄서 식힌 후에 독에 넣고, 하해일에는 흰쌀을 쪄서 식혀서 독에 넣어 익힌다〈표준국어

대사전〉.

2 돋날 : 돝날(=돈날). 돼지날. 해일亥日. 중세국어 문헌에 '돝'(도ᄐᆡ고기)이 기본형이다. 따라서 '돋날'은 '돝#날'로 형태 분석할 수 있다. '첫 돋날'은 첫 돼지날로 상해일上亥日, '둘잿 돋날'은 둘째 돼지날로 중해일中亥日, '셴재 돋날'은 셋째 돼지날로 하해일下亥日이라 한다. 【도ᄐᆡ 고기 먹고〈1466구급방下:61a〉】

3 ᄎᆞᄡᆞᆯ : 찹쌀. 점미粘米. 'ᄎᆞᄡᆞᆯ'은 'ᄎᆞᆯᄡᆞᆯ'에서 ㄹ이 탈락한 것이다. 'ᄎᆞᄡᆞᆯ〉ᄎᆞᆸᄊᆞᆯ〉찹쌀'의 변화를 겪었다. 【환애 ᄆᆡᆼᄀᆞ라 ᄎᆞᄡᆞᆯ 쥭에 ᄒᆞᆫ 환을 노겨 머고ᄃᆡ〈1489구급간2:106b〉】 【외디히과 므른 흰밥과 ᄎᆞᄡᆞᆯ쥭과 몯 붇고 즈칠 제 머기라〈1608두창집下:42a〉】

4 닐곱 : 일곱. 15세기 문헌에서는 '닐굽'이 주로 나타났는데 16세기 초기 문헌에서부터 비어두에서 ㅗ~ㅜ 간 동요가 일어나 '닐곱'이 출현하기 시작했다. 『주찬방』에서는 '닐곱' 혹은 '닐굽'으로 쓰이는데, '닐곱'이 2회, '닐굽'이 6회로 '닐굽'이 우세하다.

5 독 부리 : 독의 아가리. 장독 같은 것의 입구 부위. '부리'는 새 따위의 뾰족한 입을 가리킨다. 여기서는 '부리'가 병처럼 속이 비고 한끝이 막혀 있는 물건에서 가느다랗고 터진 다른 한끝 부분을 이르는 말이다. 현대국어에서는 이러한 뜻으로 옹기에 '부리'가 결합한 합성어가 사전에 등재되어 있지 않다. 『주찬방』에 '독 부리'가 5회, '항 부리'가 5회 쓰였다. '독부리'와 '항부리'를 붙여 써서 합성어로 볼 수도 있으나 현대국어를 고려하여 띄어쓰기를 했다. 【甁 부리로 아기 나ᄒᆞᆫ 어믜 고해 다혀 쇠면 즉자히 ᄢᅵᄂᆞ니라〈1466구급방下:95b〉】

6 식지 : 식지食紙. 밥상과 음식을 덮는 데 쓰는 종이.

7 돗가〮다〮 : 두었다가. '돗가다'는 '둣다가'의 음절 순서를 전위轉位시킨 오기이

다. 전위된 음절자 우측에 교정 점을 찍어 오기임을 표시해 두었다. 이런 오기는 다른 사본을 보고 베끼는 견사見寫의 과정에서 일어난 것이다. 그런데 오기가 분명한데 교정점이 없는 것도 있다.

8 밤 자거ᄃᆞᆫ : 밤을 재우고. 『음식디미방』에는 '자혀'나 '자여'처럼 사동접미사가 결합된 어형이 나타나는데, 『주찬방』에서는 '자거ᄃᆞᆫ'으로만 나타난다. '밤 자거ᄃᆞᆫ'은 '하룻밤 지나거든', '하룻밤 재워'라는 뜻이다. '밤자-'를 명사 '밤'夜과 동사 '자-'가 결합한 합성동사로 간주할 수도 있으나 17세기에 이러한 합성동사가 굳어졌다고 판단하기 어렵다. 문맥 의미를 쉽게 파악할 수 있도록 '밤'을 띄어쓰기하여 합성어로 간주하지 않는다. 『주찬방』에 '밤 잔 후제'〈10b, 14b〉, '밤 재여'〈18b〉로 쓰이기도 한다. 현대국어에서도 '돈 벌다', '집 짓다', '밥 먹다'와 같이 '밤 자-'와 비슷한 구성을 가진 구를 합성어로 간주하지 않고 있다. 현대국어 사전에 '밤재우다'는 합성어로 등재되어 있다.

9 여듧 : 여덟. 『주찬방』에서 '여ᄃᆞᆲ'은 3회, '여듧'은 1회 나타난다. '여듧'과 '여ᄃᆞᆲ'도 'ᄆᆞᆫᄃᆞᆯ-'처럼 2음절 이하의 ㆍ 변화 때문에 생긴 혼기이다. '여듧'은 15세기 문헌부터 나타나고, '여ᄃᆞᆲ'은 모음조화가 파괴된 형태로 16세기 이후 문헌에 나타나기 시작하기 때문에 '여듧'을 ㆍ>ㅡ 변화의 결과로 보기 어렵다.

10 골、병、와 : '병 골와'의 오기이다. '골'과 '병'의 순서를 잘못 쓴 것으로, '골'자와 '병'자 우측에 바로 잡아 읽으라는 교정 점이 찍혀 있다. 음절 순서를 전위시킨 이런 유형의 오기는 필사자가 스스로 지은 문장 쓰기에서 나타날 수 없는 잘못이다. 이 오기는 이 책이 다른 문헌을 보고 베껴 썼다[見寫]는 증거가 된다. 이 문장은 찐 백미 가루에 물 여덟 병을 고루 섞이도록 하라는 뜻이다.

11 셴재 : 셋째. 『주찬방』에서는 '셋재'는 사용되지 않고 '셴재'가 한 번 사용되었

다. 국어사 자료 말뭉치 검색기 〈깜짝새〉의 검색 결과, '셸재'는 16세기 말의 몇 문헌에서만 제한적으로 쓰였고, 17세기 이후의 문헌에서는 찾기 어렵다. '셸재'라는 표기는 16세기 국어의 특성을 반영한 것으로 짐작된다.

12 ᄎᆞ거ᄃᆞᄃᆞᆫ : 차거든. 'ᄎᆞ거ᄃᆞᆫ'의 오기.

13 녀혀 : 넣어. '녀허'의 오기.

14 버들개야지 : 버들강아지. 버들강아지는 중세국어 시기에는 '버듨가야지'로 사용되다가 '버들가야지'를 거쳐 현대국어의 '버들강아지'가 되었다. 【柳絮 버들개야지〈1748동문해下:44b〉】

15 ᄀᆞᆮ : 갓. 이제 막. 'ᄀᆞᆮ'은 종성 ㅅ을 ㄷ으로 표기한 예이다. 중세국어 문헌에서 'ᄀᆞᆺ'으로 표기되었던 것이다. 【뎌 피ᄂᆞᆫ ᄀᆞᆺ 나놋다 ᄒᆞ니〈1482남명언上:17b〉】 【白蒿 ᄀᆞᆮ 날 제 흰 ᄡᅮᆨ〈1613동의보3:1a〉】 이와 같은 ㅅ을 ㄷ으로 표기한 예와 함께, 이 문헌에는 '밋술'〈1b〉, '닷고'〈41b〉 등에서 보듯 ㄷ을 ㅅ으로 쓴 예도 출현한다. 이는 16세기에 저술된 원본을 17세기에 필사자가 보고 베끼면서 두 시기의 특성이 섞인 결과로 볼 수 있다. 【ᄀᆞᆮ 난 아기랑 세환을 저제 ᄀᆞ라 머기고〈1608두창집上:5b〉】

옥지주

원문 판독

○옥지쥬[1] 玉脂酒 白米一斗 麴二升二合 實栢子五合 粘米三升 眞末七合 水九鐥

ᄇᆡᆨ미 ᄒᆞᆫ 말 ᄇᆡᆨ 번 시서 ᄀᆞᄅᆞ 디허 닉게 쪄 쓸힌 믈 아홉 대

야[2] 골와 식거ᄃᆞᆫ 이ᄐᆞᆫ날[3] 누록 두 되와 진ᄀᆞᄅᆞ 닫[4] 홉 섯

거 독의 녀허 ᄯᅩ 밤 자거ᄃᆞᆫ 도로 내여 누록 두 홉 진말[5] 두

홉과 ᄯᅩ ᄇᆡᆨ미나 졈미[6]나 서 되를 ᄇᆡᆨ 번 시서 닉게 쪄 식

거ᄃᆞᆫ 섯거 젼술에 녀코 실ᄇᆡᆨᄌᆞ[7] 닷 홉 ᄌᆞᆯ게 ᄌᆞᆺ두드려[8]

독 미ᄐᆡ 녀허 닉거ᄃᆞᆫ ᄡᅳ라. 겨을은 사오납ᄂᆞ니[9] ᄂᆞᆯ믈

씌[10] 일졀 말라.

현대어역

○옥지주

[백미 한 말, 누룩 두 되 두 홉, 잣알[實柏子] 다섯 홉, 찹쌀 석 되, 밀가루 일곱 홉, 물 아홉 대야.]

백미 한 말을 깨끗이 씻어 가루로 찧고 익게 쪄서 끓인 물 아홉 대야를 섞어서 (그것이) 식거든 이틀날 누룩 두 되와 밀가루 다섯 홉을 섞어서 독에 넣어라. 또 하룻밤 재운 후 다시 내어 누룩 두 홉, 밀가루 두 홉과 백미나 찹쌀 서 되를 깨끗이 씻어서 익게 쪄라. 식거든 섞어 전술前-에 넣고 실백자 다섯 홉을 잘게 짓두드려서 독 밑에 넣어 익거든 써라. 겨울에 (담기는) 좋지 못하다. 날물기를 일절 금하라.

용어 해설

1 옥지쥬 : 옥지주玉脂酒. 『온주법』에는 '옥지듀'로 되어 있다.

2 대야 : 대야. '대야'는 물을 담아서 낯이나 손발을 씻는 데 쓰는 둥글넓적한 그릇이다. 술 빚을 때도 대야를 썼음을 보여준다. 【酒鏇子 술대야. 盒兒 합〈1690역어유下:14b〉】

3 이ᄐᆞᆫ날 : 이튿날. '이ᄐᆞᆯ#ㅅ#날'. '이ᄐᆞᆳ날'에서 사이시옷 앞의 ㄹ이 탈락하여 '이ᄐᆞᆺ날'이 되었다가, 음절의 받침 ㅅ이 ㄷ으로 중화된 후 비음동화로 '이ᄐᆞᆫ날'이 된 것이다. 이ᄐᆞᆳ날>이ᄐᆞᆺ날>이ᄐᆞᆮ날>이ᄐᆞᆫ날. 【이ᄐᆞᆯ 만ᄂᆡ 주그니라〈1617동국신烈5:11b〉】

4 닫 : 닷. 다섯. 음절말의 ㅅ이 중화되어 ㄷ으로 소리 나는 것이 표기에 반영된 것이다. 『주찬방』에서는 음절 말의 ㅅ과 ㄷ이 혼기된 모습으로 나타난다. 팔종성 표기법에서 칠종성 표기법으로 넘어가는 과도기적 모습을 보여준다.

5 진말 : 밀가루[眞末]. 바로 앞에서 '진ᄀᆞᄅᆞ'로 나온 것과 같다.

6 졈미 : 점미粘米. 찹쌀. 찰벼를 찧은 쌀.

7 실ᄇᆡᆨᄌᆞ : 실백자實柏子. 껍데기를 벗긴 잣의 알맹이.

8 즛두드려 : 짓두드려. ㅅ, ㅆ, ㅈ, ㅊ과 같은 치찰음 뒤에서 ㅡ가 ㅣ로 바뀌는 전설모음화는 19세기 문헌에 가서야 나타난다. 【ᄉᆡᆼ앙 즛두드려 절로 난 즙으로 두ᅀᅥ 번 양지ᄒᆞ야 춤 나면 됴ᄒᆞ리라〈1489구급간3:1b〉】 '스>시' 변화가 가장 먼저 나타나는 문헌은 『ᄉᆞ쇼졀』(1870년)이고, 『명성경언해』, 『교우필지』 등 여러 문헌에 '스>시'와 '즈>지' 변화가 나타난다(백두현 1997: 34-35).

9 사오납ᄂᆞ니 : 좋지 못하니. 겨울에는 옥지주의 맛이 좋지 못하니 다른 계절보

다 더 조심하여 날물기가 닿지 않도록 조심하라는 문맥이다. 【제 아ᄃᆞᄅᆡ ᄠᅳ디 사오납고 저ᄂᆞᆫ 豪貴ᄒᆞ야〈1459월인석13:19a〉】 다른 음식조리서에도 '사오납다'의 이러한 용례가 많이 나타난다. 【황뉼다식은 ᄀᆞᆯ니 ᄀᆞᆰ고 ᄡᆞᆯ믈의 반듁ᄒᆞ면 거츨고 마시 사오납고 빗치 곱디 아니니 황뉼을 죄 보ᄆᆡ 업시ᄒᆞ고 〈규합총셔 뎨일 하편 29a〉】

10 ᄂᆞᆯ믈ᄭᅴ : 날물기. 'ᄂᆞᆯ#믈#ㅅ#긔氣'. 'ᄂᆞᆯ믈'은 'ᄂᆞᆯ'[生]과 '믈'[水]의 복합어로, '날-'은 '익지 않았거나 마르지 않았거나 가공하지 않았음'을 의미한다. 현대 국어의 '날물'(썰물)과는 달리 '끓이지 않은 물' 또는 '소금기가 없는 물'을 의미한다.

이화주

원문 판독

○니화쥬[1] 白米五斗 白米一斗 曲末五升

졍월 보롬날 ᄇᆡᆨ미 단 말을 ᄇᆡᆨ 번 시서 ᄃᆞᆷ갓다가 밤 자

주찬방 • 3b •

거든 ᄀᆞᄅᆞ ᄆᆞᆫ드라 두 볼[2] 처셔[3] 믈을 알마초[4] ᄆᆞ라 올히

알마곰[5] ᄃᆞᆫ〻이 쥐오ᄃᆡ 믈곳[6] 만ᄒᆞ면 덩이 소개 프ᄅᆞᆫ 뎜[7]

잇고 믈곳 져그면 덩이 밧기[8] 편〻티[9] 아니코 ᄃᆞᆫ〻티 아닌

ᄂᆞ니[10] ᄃᆞᆫ〻티 아니면 마시 됴티 아니ᄒᆞ니라. 덥흐로[11] ᄡᆞ되

ᄇᆡ ᄡᆞᄃᆞᆺ ᄒᆞ야[12] 공셕[13]의 딥흐로 격지[14] 두어 더운 구들에
노코 공셕으로 더퍼 닐웨 후에 뒤혀[15] 노코 두 닐웬 만[16]
의 ᄯᅩ 뒤혀 노코 세 닐웬 만의 내야 즉시 더러온 겁지[17](?) 벗

주찬방 • 4a •

기고 ᄒᆞᆫ 덩이ᄅᆞᆯ 서너희[18] ᄠᆞ려[19] 섥[20]의 다마 홋보흐로[21] 더
퍼 날마다 변희 내여 ᄆᆞᆯ뢰야 ᄃᆞᆺ다가 빗곳[22] 픠려 ᄒᆞᆯ 제
작말ᄒᆞ야[23] ᄀᆞᄂᆞ리[24] 처[25] ᄇᆡᆨ미 ᄒᆞᆫ 말을 ᄇᆡᆨ 번 시서 ᄀᆞᄅᆞ 디허 ᄀᆞᄂᆞ
리 뇌야[26] 구무ᄯᅥᆨ[27] 비저 ᄆᆞ이[28] ᄉᆞᆯ마[29] 식거ᄃᆞᆫ ᄒᆞᆫᄃᆡ 쳐[30] 그르세 담
고 더프라. 아니 더프면 수이[31] ᄆᆞᄅᆞᄂᆞ니라[32]. 쟉〻[33] 내야 바조
예[34] 누록 ᄀᆞᆯᄅᆞᆯ 섯고ᄃᆡ ᄡᆞᆯ ᄒᆞᆫ 말애 누록 닷 되식 녀허
손으로 치기ᄅᆞᆯ 서너 번이나 호ᄃᆡ 너모 ᄆᆞᆯ라 어우디[35] 아
니커ᄃᆞᆫ 젼의 ᄯᅥᆨ ᄉᆞᆱ던 믈을 ᄎᆡ와[36] ᄡᅳ리고 다시 쳐 손바

주찬방 • 4b •

닥마곰 ᄆᆞᆫᄃᆞ라 ᄀᆞ장 ᄎᆞ거ᄃᆞᆫ 독의 녀호ᄃᆡ ᄀᆞ으로[37] 버리고[38]
가온대ᄅᆞᆯ 뷔게[39] ᄒᆞ야 사나흘 후제[40] 여러 보와 더온[41] 긔운
잇거ᄃᆞᆫ 도로 내여 ᄎᆞ거ᄃᆞᆫ 다시 녀허 서ᄂᆞᆯᄒᆞᆫ ᄃᆡ 두고 오월
열흘씌브터 ᄡᅳ면 그 마시 ᄃᆞᆯ고 향긔 인ᄂᆞ니[42]

현대어역

○이화주

[백미 다섯 말, 백미 한 말, 누룩가루 다섯 되.]

정월 보름날 백미 다섯 말을 깨끗이 씻어서 담갔다가 하룻밤 재운 후 가루로 만들어 두 벌 치고 물을 알맞게 말아서 오리알만큼씩 단단히 쥐어 만들어라. 물이 많으면 덩이 속에 푸른 점이 있고(=생기고), 물이 적으면 덩이의 바깥쪽이 편편하지 않고 단단하지 않다. 단단하지 않으면 맛이 좋지 않다. (누룩덩이를) 짚으로 싸되 배[梨]를 싸듯이 하여, (공석에 담고) 공석 안에 짚으로 격지를 두어 (그 사이에 누룩덩이를 넣고) 더운 구들에 놓고 공석으로 덮어라. 이레 후에 뒤집어 놓고 두 이레(=14일) 만에 또 뒤집어 놓고 세 이레(=21일) 만에 내어라. (내는) 즉시 더러운 껍질을 벗기고, 한 덩이를 서너 개로 쪼개어 설기에 담아 홑보로 덮어 날마다 볕에 내어 말려 두었다가, 배꽃이 피려고 할 때 가루 내어 가늘게 (체로) 쳐서 백미 한 말을 깨끗이 씻어 가루로 찧고 가늘게 다시 체 쳐서 구멍떡을 빚어 많이 삶아라. 식거든 한데 치대어 그릇에 담고 덮어라. 덮지 않으면 빨리 마른다. (구멍떡을) 알맞게 내어 바자(=나무통)에 누룩가루를 (부어서) 섞되, 쌀 한 말에 누룩 다섯 되씩 넣어서 손으로 치기를 서너 번쯤 하라. 너무 말라서 뭉쳐지지 않으면, 앞에 떡 삶던 물을 식혀서 뿌리고, 다시 치대어 손바닥(크기)만큼 만들어라.[43] 잘 식거든 독에 넣되, (독의) 가로(=가장자리로) 벌려 가운데를 비게 하여라. 사나흘 후에 열어 보아서 더운 기운이 있거든 도로 내어서, 식거든 다시 넣어 서늘한 데 두어라. 오월 열흘께부터 내어 쓰면 그 맛이 달고 향기가 있느니라.

용어 해설

1 니화쥬 : 이화주梨花酒. 이화주는 '배꽃이 필 무렵 누룩을 만들어 빚는 술'이란 뜻이다. 이화주는 여느 술과 달리 누룩도 특별히 쌀로 빚고, 떡으로 술을 빚는다. 이 술은 빚는 방법도 독특하다. 술을 빚는 데 떡반죽하는 때 이외에 물을 쓰지 않는다는 점이 가장 큰 특징이다. 방문에 따라서는 백설기나 구무떡(구멍떡)을 만들어 담근다. 『산가요록』의 「梨花酒」 방문과 내용이 비슷하다.

2 ᄇᆞᆯ : 벌. 『주찬방』에서는 'ᄇᆞᆯ'이 '벌', '번', '겹'의 의미로 사용되었다.

3 처셔 : 쳐서. '츠-어셔'. 체질하여. '처-'는 '츠-어'에서 모음충돌을 피하기 위해 ㅡ가 탈락한 것이다.

4 알마초 : 알맞게. 【힝역의ᄂᆞᆫ ᄆᆡ양 의복을 알마초 니피고 ᄃᆞᄉᆞ고 서를ᄒᆞᆫ ᄃᆡ 안치며 누이라〈1608두창집下:38b〉】

5 올ᄒᆡ알마곰 : 오리알만큼. '올히-ᄋᆡ#알-마곰'. '-마곰'은 정도를 표시하는 보조사이다.

6 믈곳 : 물이. '믈-곳(강세첨사)'. '물'을 강조한 표현이다.

7 뎜 : 점點. 【왼녀긔 ᄒᆞᆫ 點뎜을 더으면 ᄆᆞᆺ노ᄑᆞᆫ소리오〈1446훈민언13b〉】 이 문맥의 'ᄑᆞ론 뎜'은 '푸른곰팡이'를 가리키는 듯하다. 『주찬방』 제28장 앞면에 '졈 내ᄂᆞᆫ 법'이 기술되어 있는데, 이 '졈'은 곰팡이가 아니라 밀가루에서 글루텐만을 취해 만들어서 약간의 점성을 지닌 것이다. 'ᄑᆞ론 뎜'의 '뎜'은 여기에 유일하게 쓰인 예인데, 제28장의 '졈'과 다른 낱말로 판단된다.

8 밧기 : 밖이. 'ᄇᆞᇧ-이'. 17세기에 'ᄇᆞᇧ'의 종성 ㅺ이 ㄲ으로 변화한 '밖'이 나타났다. 【이런ᄃᆞ로 안히 ᄇᆞᆰ고 밧기 虛ᄒᆞ야 ᄂᆡ 스러 ᄒᆡ에 ᄃᆞ외니〈1461능엄언

5:57b〉】【박긔셔 번히 못 보게 안희만 ᄀᆞ리와 두고〈16xx서궁일기,7b〉】

9 편편티 : 편편치. 편편便便하지.

10 아닌ᄂᆞ니 : 아니하나니. '아니ᄒᆞᄂᆞ니'가 '아닣ᄂᆞ니'로 줄어든 후 음절 말의 중화와 자음동화를 거쳐 '아닌ᄂᆞ니'가 된 것으로 볼 수 있다. 즉 다음과 같은 과정을 거친 것이다. 아니ᄒᆞᄂᆞ니→아닣ᄂᆞ니→아닏ᄂᆞ니→아닌ᄂᆞ니.

11 딥흐로 : 짚으로. '딮'의 ㅍ을 'ㅂ+ㅎ'으로 재음소화 표기한 것이다. 체언 어간말 유기음 표기 중에서 재음소화 표기는 17세기 초부터 시작하여 17세기 중후기로 가면 점차 증가한다. 『주찬방』의 경우, '닢'과 '딮'의 경우 재음소화 표기만 출현한다. 이는 『주찬방』이 지닌 17세기 국어의 요소이다. 【출벼 딥흘 가마의 녀허 므르게 달힌 후에 딥흐란 건디고〈1660신간구황촬(윤석창본)7b〉】

12 ᄇᆡ ᄡᆞ돗 ᄒᆞ야 : 배를 싸듯이 하여. 배를 저장할 때 짚 따위로 싸듯이 하는 일에 비유하여 말한 것이다.

13 공셕 : 공석空石. '섬'에 대응하는 한자어로 둥구미 따위를 가리키는 용기容器. 두 줄 아래 "공셕으로 더퍼"가 나오는데 이 문장에서 '공석'은 담는 용기가 아니라 덮는 삿자리 같은 것이다. 공석의 용도가 담고 덮는 데 다 쓰인 것임을 보여준다. 『음식디미방』의 이화주 누룩법(17a)에 "집흐로 ᄡᆞ고 공셕으로 담마 더운 구돌에 두고"라는 문장이 있다. 이 방문의 공석은 담는 용기이다.

14 격지 : '격지'에는 두 가지 뜻이 있다. 하나는 '여러 겹으로 쌓아 붙은 켜'라는 뜻이고, 다른 하나는 '물건 따위를 포개어 쌓을 때 켜와 켜 사이에 끼우는 종이' 즉 격지隔紙를 뜻한다. 이 문맥에서는 후자에 해당하며, '공셕의 딥흐로 격지 두어'라는 공석에 누룩덩이를 담을 때 그 덩이 사이에 격지를 둔다는 뜻이다. 누룩덩이가 서로 부딪지 않도록 격지를 끼워 넣은 것이다.

15 뒤혀 : 뒤집어. 드위ᅘᅧ>두위혀>뒤혀[反]. 【나믄 깁을 다시 뒤혀 ᄒᆡ여곰 안흐로 向케 ᄒᆞ고〈1632가례해1:46a〉】

16 두 닐웬 만 : 두 이렛 만에. '두#닐웨#ㅅ#만'. '닐웻 만'의 '만'은 기간을 나타내는 의존명사이다. '웬'의 말음 ㄴ은 개입된 사이시옷이 후행하는 '만'의 ㅁ에 비음동화를 입은 표기이다.

17 겁지 : 껍질. 글자가 정확하게 보이지 않으나 '겁지'로 판독하였다. 【몰뢰여 부리 버러디거든 겁지를 벅기고 ᄀᆞᄅᆞ 밍그라〈1686구황보9a〉】

18 서너희 : 서넛에. 서넛으로. '서너ㅎ-의'.

19 ᄠᆞ려 : 쪼개어. 'ᄠᆞ리-어'[刴. 摘]. 【ᄍᆞᆯ은 쟈근 박 ᄒᆞᆫ나흐로ᄡᅥ ᄠᆞ려 둘ᄒᆡ 낸 거시라〈1632가례해4:11b〉】

20 셝 : 설기. 싸리채나 버들채 따위로 엮어서 만든 네모꼴의 상자. 아래위 두 짝으로 되어 위짝으로 아래짝을 엎어 덮게 되어 있다. 【柳箱 셝〈1790몽어유下:9b〉】

21 홋보흐로 : 홑보로. '홋#보ㅎ-으로'. 【單 홋 단〈1576신유합下:44a〉】【幞頭와 帽子와 冠과 笄와 巾을 각각 ᄒᆞᆫ 盤으로ᄡᅥ 담아 보흐로ᄡᅥ 더퍼〈1632가례해3:6b〉】

22 빗곳 : 배꽃[梨花]. 옛 한글 문헌에 'ᄇᆡ곳'과 '빗곳'이 공존한다. 사이시옷 표기는 일정한 규칙성이 없이 수의적이었다.

23 작말ᄒᆞ야 : 작말作末하여. 가루 내어. '작말ᄒᆞ-'는 가루 낸다는 뜻이다. 앞의 삼해주 방문에 'ᄀᆞᄅᆞ 디허'라고 표현한 것과 뜻이 같다.

24 ᄀᆞᄂᆞ리 : 곱게. 가늘게. 'ᄀᆞᄂᆞᆯ-이(부사화 접미사)'. 【몯ᄒᆞ닐 수새 쏭올 ᄀᆞᄂᆞ리 ᄀᆞ라 半 돈을 ᄃᆞ순 므레 프러 브스라〈1466구급방上:45b〉】

25 처 : 쳐. 체질하여. 'ᄎᆞ-어'. 【됴ᄒᆞᆫ 藥草ㅣ 色香美味 다 ᄀᆞᄌᆞ닐 求ᄒᆞ야 디허

처 和合ᄒᆞ야〈1459월인석 17:17-18〉】

26 뇌야 : 체질하여 내려. 가루를 다시 체로 쳐서 내리다는 뜻. 'ᄂᆞ외야, 노외야'의 축약형. '뇌야'가 부사 '다시'의 의미로 쓰인 경우도 있으나 위의 문맥에서는 '체질하여 내리다'(걸러내다)로 봄이 적절하다. 더 많은 용례를 찾아 정밀하게 분석할 필요가 있는 낱말이다. 【국말을 무슈히 이슬 마쳐 ᄇᆞᄅᆡ여 빗치 보희도록 ᄒᆞ야 깁쳬에 뇌야 되 서 홉을 너코〈1869규합총1b〉】

27 구무쩍 : 구멍떡. 물송편. 쌀가루 반죽을 조금씩 쥐어 끓는 물에 삶은 후 곧 꺼내어 찬물에 담갔다가 건져 낸 떡. 반죽을 둥글게 빚어 가운데 구멍을 내기도 하는데 이렇게 해서 삶으면 떡을 잘 익힐 수 있다.

28 ᄆᆞ이 : 많이. ᄆᆡᄫᅵ>ᄆᆡ이>ᄆᆞ이. ᄫ의 소멸과 'ᄆᆡ'의 ㅣ가 탈락한 어형이 'ᄆᆞ이'다.

29 ᄉᆞᆱ마 : 삶아. 『주찬방』에서는 어두경음화가 적용된 'ᄊᆞᆱ-' 형태가 출현하지 않는다. 『음식디미방』에 'ᄊᆞᆱ-' 형태가 빈번히 출현하는 것과 차이를 보인다. 【ᄊᆞᆱ마〈음식디미방4a, 4b〉】 백두현(2005: 58) 참고.

30 쳐 : 쳐서. 치대어. 교반하여. '치-어서'. '쳐'는 백미 1말로 구멍떡을 만들면 구멍떡이 여러 개가 되고, 이를 끓는 물에 삶아 낸 다음, 여러 개의 구멍떡을 치대어 풀어헤쳐서 한 덩어리가 되도록 합치라는[還合] 뜻이다. 『주찬방』에서는 동사 활용형 '쳐'와 '처'가 다른 뜻이다. '쳐'는 '치-어'로 분석되고 '처'는 'ᄎᆞ-어'로 분석된다. 전자 '치-'는 '打', 후자 'ᄎᆞ-'는 '체로 치다'의 뜻이다.

31 수이 : 빨리. '쉽게'라고 생각하기 쉬운 낱말이나 음식조리서에서는 대부분 '빨리'의 뜻으로 쓰인다. 『주찬방』에도 이런 용례가 빈번하다.

32 ᄆᆞᄅᆞᄂᆞ니라 : 마르느니라. 【또 수돌ᄀᆡ 머리엣 피 내아 ᄂᆞᄎᆡ ᄇᆞᄅᆞ고 ᄆᆞᄅᆞ거든 다시 ᄇᆞᄅᆞ라〈1466구급방上:26a〉】

33 쟉〻 : 작작. 적당히. 알맞게.

34 바조예 : 나무나 싸리 따위로 만든 통에. '바조-예'. 현대국어 '바자'의 고어형이다. 그런데 '바조'는 『산가요록』「梨花酒」 및 「芋沈菜」의 한문에 '槽'라 되어 있다. '槽'는 소나 말 먹이를 주는 나무통 따위를 뜻한다. 『훈몽자회』에 '笆'와 '籬'의 훈을 '바조'라고 붙여 놓았다. 〈우리말샘〉에서 '바조'는 '바자'의 옛말이라 하고 갈대, 수수깡, 싸리 따위로 발처럼 엮어서 만든 물건으로 울타리를 만드는 데 쓰인다고 풀이하고 있는데, 이는 『훈몽자회』의 훈을 고려한 것이다. 【笆 바조 파 籬 바조 리〈1527훈몽자(존경각본)中:6b〉】

35 어우디 : 어우러지지. 합쳐지지. '어울-디'. ㄷ 앞에서 ㄹ이 탈락한 것이다. 【첫소리ᄅᆞᆯ 어울워 ᄡᅳᇙ디면 ᄀᆞᆯᄫᅡ쓰라〈1446훈민언12b〉】

36 ᄎᆡ와 : 식혀. 차게 하여. 이 문맥에서 'ᄎᆡ와'는 전에 삶던(끓인) 물을 목적어로 하기 때문에 '차게 하다'[冷]의 뜻이 된다. 'ᄎᆞ-ㅣ(사동접미사)-오(사동접미사)-아'. 'ᄎᆡ와'는 사동접미사 '-이-'와 '-오-'가 중첩된 이중 사동형이다. 【불휘ᄅᆞᆯ ᄀᆞᄂᆞ리 사ᄒᆞ라 디투 달횬 汁을 ᄎᆡ와 머그라〈1466구급방下:85b〉】

37 ᄀᆞ으로 : 가로. 가장자리로. 바깥으로. 【우믌 ᄀᆞ애 드레와 줄 다 잇ᄂᆞ니라〈15??번역노上:32a〉】

38 버리고 : 벌리고. '벌-이-고'. 여기에서는 가운데를 비게 하려고 바깥쪽으로 벌리라는 뜻이다.

39 뷔게 : 비게. 【庫藏이 뷔면 나라토 뷔리라 ᄒᆞ고〈1459월인석22:29a〉】

40 후제 : 후제. 뒷날 어느 때. '후後#제'. 뒷날의 어느 때를 이른다. '제'는 시간 명사의 하나로 '때'라는 뜻이다. '후제'는 '이제', '그제', '저제'와 한 계열을 이루며, 이 낱말들에 쓰인 '제'는 '적-에'가 줄어든 말로 보기도 한다. 17세기 초기 문헌인 『태산집요언해』에 '후제'가 쓰였다. 〈세종계획 한민족언어정보

화〉 방언자료를 찾아보니, '후제'가 충남 서천 방언으로 등록되어 있다. 과거에는 그 분포가 더 넓었을 것이다. 경상방언에서는 '후지'(〈후제)로 쓰이고 있다. 그 뜻은 '나중에, 여러 날 뒤에' 정도이다. 【魏적 권신이니 후제 튜존ᄒᆞ니라〈1588소학언(도산서원본)5:45b〉】【후제 ᄒᆡ여 사ᄅᆞᆷ 올 제 무명 보내소〈1610년경,현풍곽씨언간 114〉】【이윽ᄒᆞ야 긔운이 도로혀 여샹히 운 후제야 빗복 그ᄎᆞ라〈1608언해태산집요68a〉】

41 더온 : 더운. 따뜻한. 15세기 문헌에서 '더ᄫᅳᆫ~더ᄫᅴ'와 같이 ㅸ을 가졌으나 『주찬방』에 ㅸ이 탈락된 어형만 나타나 있다. '덥다'는 15세기부터 19세기까지 '기온'을 나타낼 때는 물론이고 구체 명사와도 결합하였기에, 현대국어의 '따뜻하다'의 의미도 지니고 있었다(송지혜 2006).

42 인ᄂᆞ니: 있느니. 『주찬방』에서는 대부분 '-라'로 문장을 종결하고 있으므로 '인ᄂᆞ니'는 종결어미 '-라'를 빠트리거나 생략한 표기로 본다. 중세국어에 '-니' 종결형이 나타나는데, 허웅(1975)은 종결어미가 생략된 예외적 용법으로 보았고, 고영근(1987)은 '반말'이라는 대우법을 나타낸 종결어미로 보았다.

43 이 문장의 속뜻을 보충 설명하면 다음과 같다. 쌀 1말과 누룩 5되를 섞는데, 물기가 말라서 섞기 힘들면 구멍떡을 삶던 물을 식혀서 그 물을 뿌려가면서 반죽을 치대어 섞으라는 뜻이다(이상훈 교장).

벽향주

원문 판독

○벽향쥬[1] 碧香酒 白米九斗半 麯六升 水十六斗 粘米一斗半 眞末一升半

ᄇᆡᆨ미 졈미 각 ᄒᆞᆫ 말 닷 되식 ᄒᆞᆫᄃᆡ 섯거 일ᄇᆡᆨ 번 시서[2] ᄀᆞ
ᄅᆞ 디허 닉게 뼈 글흔 믈 너 말로 골와 ᄎᆞ거ᄃᆞᆫ 누록ᄀᆞᄅᆞ

주찬방 • 5a •

닷 되와 진말 ᄒᆞᆫ 되 닷 홉 섯거 녀허 겨을흔[3] 닐웨오 녀
ᄅᆞᆷ은 삼일 춘츄ᄂᆞᆫ 닷새 후에 ᄯᅩ ᄇᆡᆨ미 너 말을 ᄇᆡᆨ셰 작
말ᄒᆞ야[4] 닉게 뼈 쓸힌 믈 연 말[5] 골오[6] 골와 ᄎᆞ거ᄃᆞᆫ 누록
ᄀᆞᄅᆞ ᄒᆞᆫ 되로 젼술[7]의 섯거 녀허 춘하츄동을 젼읜날
대로[8] ᄃᆞᆺ다가 ᄯᅩ ᄇᆡᆨ미 너 말을 ᄇᆡᆨ셰 작말ᄒᆞ야 뼈 글힌 믈
열 말로 골와 ᄎᆞ거ᄃᆞᆫ 젼술에 섯거 녀허 닉거ᄃᆞᆫ 드리워
ᄡᅳ라.

현대어역

○벽향주

[백미 아홉 말 반, 누룩 여섯 되, 물 열여섯 말, 찹쌀 한 말 반, 밀가루 한 되 반.]

백미, 찹쌀 각 한 말 다섯 되씩 한데 섞어 깨끗이 씻어 가루로 찧고 익게

쪄서 끓인 물 너 말을 섞어라. 식거든 누룩가루 다섯 되와 밀가루 한 되 다섯 홉을 섞어 넣어라. 겨울은 이레 (후에), 여름은 삼 일 (후에), 봄가을은 닷새 후에 또 백미 너 말을 깨끗이 씻어 가루 내어 익게 찌고 끓인 물 여섯 말을 고르게 섞어라. (그것이) 식거든 누룩가루 한 되를 전술前-에 섞어 봄, 여름, 가을, 겨울 철에 따라 앞의(=앞에 적은) 날수대로 두었다가, 또 백미 너 말을 깨끗이 씻어 가루 내어 찌고 끓인 물 열 말을 섞어서, 식거든 전술前-에 섞어 넣어 익거든 드리워서(=술을 내려) 써라.

용어 해설

1 벽향쥬 : 벽향주碧香酒. 맑고 향기로운 술. 벽향주는 여러 문헌에 등장한다. 『주방문』, 『음식디미방』 2종류, 『술 만드는 법』 2종류, 『산림경제』, 『임원십육지』 4종류, 『고려대 규곤요람』 2종류, 『군학회등』, 『시의전서』, 『수운잡방』에 3종류가 실려 있다.

2 시서 : 씻어. 『주찬방』에서는 어두경음화형인 '씻-' 형태가 출현하지 않는다. 이 점은 『음식디미방』에서 '씻-' 형태가 빈번히 출현하는 사실과 차이를 보인다. 이는 '숣-'의 경우도 마찬가지이다. 이처럼 『주찬방』과 『음식디미방』에서 어두경음화 실현에서 차이가 큰 것은 두 문헌의 저술 시기 및 산출 지역 방언과 관련되어 있다. 『주찬방』은 『음식디미방』보다 앞선 시기에 강화도에서 필사되었다. 어두경음화가 경기도 방언권보다 경북 방언권에서 더 빠르게 진행되었음을 보여준다.

3 겨을흔 : 겨울은. '겨을ㅎ-은'. 【禮ᄂᆞᆫ 겨을히어든 ᄃᆞᄉᆞ시게 ᄒᆞ고 녀름이어든

서늘ᄒᆞ시게 ᄒᆞ며〈1586소학언2:8b〉】

4 빅셰 작말ᄒᆞ야 : 백세 작말百洗 作末하여. 백 번 씻어 가루 내어. 숫자대로 100번 씻는 것이 아니라 매우 깨끗이 씻음을 강조한 표현이다. 석 줄 앞에 나온 '일빅 번 시서'가 '빅셰'에 해당하는 표현이다. 『주찬방』에는 '빅셰 작말ᄒᆞ야'가 상투적 표현으로 자주 쓰였다.

5 연 말 : 여섯 말. '엿'六의 받침 ㅅ이 ㄷ으로 바뀐 후 '말'의 어두음 ㅁ에 비음동화된 형태이다.

6 골오 : 고루. '고ᄅᆞ-오(부사 파생접미사)'. 『주찬방』에서 부사 '골오'가 사동사 '골와'와 결합한 것은 이 문장뿐이다.

7 젼술: 밑술. '젼前#술'. 전에 만들어 놓은 밑술. 술을 빚을 때에 빨리 발효되도록 누룩, 지에밥과 함께 조금 넣는 묵은 술.

8 젼읜날대로 : 앞의 날처럼. '젼-의-ㅅ#날-대로'. 속격을 나타내는 '-의'와 ㅅ이 중복 사용되었다. 이 ㅅ이 ㄴ 앞에서 비음동화된 것이 '젼읜날'이다. 앞에서 이야기한 날처럼 두라는 뜻이다. 겨울에는 이레, 여름에는 사흘, 봄과 가을에는 닷새 동안 두라는 것을 가리킨다.

벽향주 별법

원문 판독

○벽향쥬 ᄯᅩ 별법 白米一斗 曲末一升 眞末一升 白米二斗

주찬방 • 5b •

ᄇᆡᆨ미 ᄒᆞᆫ 말을 ᄇᆡᆨ셰 작말ᄒᆞ야 닉게 뼈 글힌 믈 다ᄉᆞᆺ 사발로 골와 ᄎᆞ거ᄃᆞᆫ 누록ᄀᆞᄅᆞ 진ᄀᆞᄅᆞ 각 ᄒᆞᆫ 되식 섯거 독의 녀허 닐웨 후에 ᄇᆡᆨ미 두 말 ᄇᆡᆨ 번 시서 붇거ᄃᆞᆫ[1] 닉게 뼈 ᄆᆡ ᄒᆞᆫ 말애 글힌 믈 두 병식 골와 식거ᄃᆞᆫ 젼미ᄐᆡ[2] 섯거 녀허 닉거ᄃᆞᆫ 드리우라. 독을 더운 믈로 덥게[3] 싯고 ᄂᆞᆯ믈긔[4]ᄅᆞᆯ 일졀 범티[5] 말라.

현대어역

○벽향주 또 다른 법

[백미 한 말, 누룩가루 한 되, 밀가루 한 되, 백미 두 말.]

백미 한 말을 깨끗이 씻어 가루 내어 익게 쪄 끓인 물 다섯 사발을 섞어라. 식거든 누룩가루 밀가루 각 한 되씩 섞어 독에 넣었다가, 이레 후에 백미 두 말을 깨끗이 씻어 붇거든 익게 쪄서, 매 한 말에(=한 말당) 끓인 물 두 병씩 섞어서 식거든 전밑에 섞어 넣어 익거든 드리워라(=술을 내려라). 독을 더운 물로 덥게 되도록(=뜨겁도록) 씻고 날물기가 일절 들어가지 못하도록 하라.

용어 해설

1 붇거ᄃᆞᆫ : 붇거든. 불어나거든. 【므레 ᄃᆞᆷ가 붇거든 뫼화 ᄡᆞ오ᄃᆡ〈1489구급간 6:10b〉】

2 젼미ᄐᆡ : 전밑에. ‘젼#밑-ᄋᆡ’. 前밑에. ‘젼밑’은 ‘前本’을 우리말로 표기한 것이며, ‘술밑’[酒本]이라 적기도 한다. ‘젼밑’은 술을 빚을 때에 빨리 발효되도록 누룩과 지에밥을 섞어서 만든 발효 촉진제이다. ‘젼술’[前酒]은 전에 만들어 쓰던 술을 가리킨다. ‘젼밑’과 ‘젼술’은 발효를 촉진한다는 점에서 같은 기능을 한다. ‘젼술’은 누룩에 의해 지에밥이 모두 삭은 액체 상태이고, ‘젼밑’은 누룩과 지에밥을 버무린 것이다(이상훈 교장).

3 더운 믈로 덥게 : 뜨거운 물로 뜨겁게. 이 문맥은 독을 소독하듯이 깨끗이 씻는 것이다. 여기에서 ‘덥다’의 의미 영역은 송지혜(2006, 2009)에서 지적했듯이 ‘뜨겁다’의 의미까지 포함하고 있다.

4 ᄂᆞᆯ믈씌 : 날물기--氣. 끓이지 않은 물기. ‘날물’은 현재의 제주방언에서 ‘찬물’의 방언으로 사용되고 있다.

5 범티 : 들어가지. 범犯하지. ‘범ᄒᆞ디’의 축약형이다.

유하주

원문 판독

○뉴하쥬[1] 流霞酒 白米七斗 水六斗 麴五升 眞末五合 又法 白米六斗 水六斗 麴二升半 眞末五合

주찬방 • 6a •

ᄡᆞᆯ ᄒᆞᆫ 말을 희게 슬허[2] 빅셰 작말ᄒᆞ야[3] 구무썩 비저

닉게 ᄉᆞᆯ마 식거ᄃᆞᆫ 누록ᄀᆞᄅᆞ 닷 되 진ᄀᆞᄅᆞ[4] 닷 홉 ᄒᆞᆫᄃᆡ 브어[5] 함ᄒᆞ도록[6] 쳐셔 믈씌 업ᄉᆞᆫ 독의 녀허 두터온 식지로 빠ᄆᆡ야 ᄃᆞᆺ다가 닐웨 후에 채[7] 괴거ᄃᆞᆫ ᄇᆡᆨ미 열 말을 ᄇᆡᆨ 번 시서 믈에 ᄃᆞᆷ가 밤 자거ᄃᆞᆫ 닉게 ᄲᅧ 글힌 믈 연 말로 골와 식거ᄃᆞᆫ 그 미틀[8] 버므려 녀허 ᄃᆞᆺ다가 닉거ᄃᆞᆫ ᄡᅳ되 ᄂᆞᆯ 믈씌 조심ᄒᆞ라. ○ᄯᅩ ᄒᆞᆫ 법은[9] ᄇᆡᆨ미 두 말 ᄇᆡᆨ 번 시서 밤 자거ᄃᆞᆫ ᄀᆞᄅᆞ 디허 믈 두 말로 반은 설게 쥭 수어[10] 식거ᄃᆞᆫ

주찬방 • 6b •

됴ᄒᆞᆫ 누록 두 되와 진ᄀᆞᄅᆞ ᄒᆞᆫ 되 섯거 독의 허〻녀〻[11] 닉거ᄃᆞᆫ ᄇᆡᆨ미[12] 너 말을 ᄇᆡᆨ 번 시서 밤 자거ᄃᆞᆫ 닉게 ᄲᅧ 글힌 믈 너 말을 골와 시겨[13] 누록 닷 홉 더 섯거 젼술의 버므려 녀허 세 닐웨[14] 후에 드리워 ᄡᅳ라.

현대어역

○유하주

[백미 일곱 말, 물 여섯 말, 누룩 다섯 되, 밀가루 다섯 홉, 또 하나의 방법은 백미 여섯 말, 물 여섯 말, 누룩 두 되 반, 밀가루 다섯 홉.]

쌀 한 말을 희게 쓿어 깨끗이 씻어 가루 내어 구멍떡을 빚어서 익게 삶아라. (그것이) 식거든 누룩가루 다섯 되와 밀가루 다섯 홉을 한데 부어 (서로) 합하도록(=머금도록) 쳐서 물기가 없는 독에 넣고, 두꺼운 식지로 싸매어 두어라. 이레 후에 온전히 괴거든 백미 열 말을 깨끗이 씻어 물에 담가 하룻밤 재우고, 익게 쪄서 끓인 물 여섯 말을 섞어라. 식거든 그 술밑[酒本]을 버무려서 넣어 두었다가 익거든 쓰되 날물기를 조심하라.

○또 하나의 방법은 백미 두 말을 깨끗이 씻어 하룻밤 재운 후 가루로 찧어 물 두 말로 반쯤 설게 죽을 쑤어서, (죽이) 식거든 좋은 누룩 두 되와 밀가루 한 되를 섞어 독에 넣어라. (그것이) 익거든 백미 너 말을 깨끗이 씻어 하룻밤 재운 후 익게 쪄, 끓인 물 너 말을 섞어 식혀서 누룩 다섯 홉을 더 섞어 전술前-에 버무려 넣고, 세 이레(=21일) 후에 드리워(=술을 내려서) 써라.

용어 해설

1 뉴하쥬 : 유하주流霞酒. 이 방문에는 유하주를 만드는 두 개 방문이 실려 있다. '○또 흔 법은' 앞의 내용은 『산가요록』「流霞酒」 방문에 없는 것이고, '○또 흔 법은' 뒤의 내용은 『산가요록』「流霞酒」 방문을 번역한 듯이 서로 비슷하다. 『음식디미방』에도 '뉴화쥬'가 실려 있다. '○뉴하쥬'의 ○ 부호 안에는 x표가 그려져 있다. ↘와 비슷한 모양이다. 『한어대사전』(대만판)에 '霞'(하)의 네 번째 뜻으로 "指流霞. 美酒"라 하고 송나라 때 인물 梅堯臣의 시를 인용해 놓았다. 흐르는 노을처럼 아름다운 맛이 나는 술이라는 비유적 표현의 술 이름이다. 백하주白霞酒 이름에도 '노을 하霞'자가 들어가 있다.

2 슬허 : 쓿어. '슳-'은 '거친 쌀, 조, 수수 따위의 곡식을 찧어 속꺼풀을 벗기고 깨끗하게 하다'라는 뜻이다. 【米 쌀 슬타〈1690역어유上:48b〉】

3 빅셰 작말ᄒᆞ야 : 백세百洗 작말作末하여. '벽향주' 방문의 주석을 참고하기 바란다.

4 진ᄀᆞᄅᆞ: 밀가루. '진眞-ᄀᆞᄅᆞ'. '진말'眞末이라고도 한다. '백하주' 방문의 주석을 참조하기 바란다.

5 브어 : 부어. 15세기 문헌의 '브ᅀᅥ'에서 ㅿ이 탈락한 것이 '브어'이다.

6 함ᄒᆞ도록 : '함ᄒᆞ도록'의 문맥 의미로 보면 누룩가루 닷 되와 진가루(=밀가루) 닷 홉이 한데 섞여 '합하도록'의 뜻이다. '함ᄒᆞ도록'의 '함'이 '합'의 오기일 수 있으나 '含'(머금다)을 표기한 것으로 보아도 뜻이 통한다. 누룩가루와 진가루가 섞여 서로 '머금은' 상태를 표현한 것으로 보아도 무방하다.

7 채 : 온전히. 완전하게. 현대국어에서 '채'는 '일정한 정도에 아직 이르지 못한 상태'를 나타내는 부사이나, 중세국어에서는 '완전히', '모두' 등의 의미로 쓰였다. 【黃金을 채 ᄭᆞ로려 ᄒᆞ니〈월인천 153〉】【채 소복기를 기둘러(完復之後)〈痘經 69〉】『음식디미방』에 같은 용법으로 쓰인 '채'가 여러 개 나온다. 【글힌 믈 아홉 사발로 쥭을 ᄆᆡᆫᄃᆞ라 채 식거든 죠흔 누록 닐곱 되 진ᄀᆞᄅᆞ 서 되 섯거 독의 녀허 두고〈1670음식디미방16a〉】

8 미틀 : 밑을. 여기서는 '술밑'[酒本]을 뜻한다.

9 ○ᄯᅩ ᄒᆞᆫ 법은 : 또 하나의 유하주 방문은. 이하의 내용은『산가요록』「流霞酒」방문에 실린 것을 번역한 듯이 거의 같다.

10 수어 : 쑤어.『주찬방』에서는 '수-'로 나타나는 경우가 10회이고 경음화된 'ᄲᅮ-'로 나타나는 경우는 2회이다. 경음화가 적용된 어형이 나타나긴 하지만 빈도상으로는 경음화가 적용되지 않은 어형이 더 우세하다.

11 허､녀､ : 넣어. 각 글자의 우측에 교정점이 찍혀 있다. '녀허'의 오기. 이러한 오기는 다른 사본을 보고 베끼는 과정에서 발생한 것이다.

12 'ᄇᆡᆨ미'부터 이 문장 끝까지의 내용은 『산가요록』 유하주의 한문 방문과 내용상 서로 비슷하다. "ᄇᆡᆨ미 너 말을 ᄇᆡᆨ 번 시서 밤 자거ᄃᆞᆫ 닉게 뼈 글힌 믈 너 말을 골와 시겨 누록 닷 홉 더 섯거 젼술의 버므려 녀허 세 닐웨 후에 드리워 ᄡᅳ라."는 『산가요록』에 "白米 五斗 浸水 經宿 全蒸 湯水 五斗 待冷 匊五合 碾出 前酒和入"(한복려 2011: 45)의 내용과 비슷하다. 그러나 『주찬방』 유하주의 앞 부분은 『산가요록』의 내용과 아주 다르다. 『주찬방』과 『산가요록』의 공통점과 차이점을 자세히 비교해 볼 필요가 있다. 두 책은 깊이 연관되어 있음이 분명하다.

13 시겨 : 식혀. 차게 하여. '식-이(사동접미사)-어'.

14 세 닐웨 : 세 이레. '세 닐웨'는 세 번의 이레, 즉 21일이다. 현대국어에서는 한자어 '삼칠일'이 널리 쓰인다.

두강주

원문 판독

○두강쥬[1] 杜康酒 白米九斗 水七斗半 麴七升

ᄇᆡᆨ미 서 말을 ᄇᆡᆨ셰 작말ᄒᆞ야 더운 믈 서 말로 쥭

수어 식거ᄃᆞᆫ 누록ᄀᆞᄅᆞ 서 되 닷 홉을 섯거 녀허 닉

주찬방 • 7a •

거든 ᄯᅩ ᄇᆡᆨ미 서 말을 ᄇᆡᆨ셰 작말ᄒᆞ야 더운 믈 너 말

반으로 쥭 수어 식거ᄃᆞᆫ 누록ᄀᆞᄅᆞ 서 되 닷 홉을 섯
거 젼술에 버므려 녀허 닉거ᄃᆞᆫ ᄯᅩ ᄇᆡᆨ미 서 말을 ᄇᆡᆨ셰
ᄒᆞ야 밤 자거ᄃᆞᆫ[2] 므르닉게 ᄧᅧ 더운 한 김[3] 날 만ᄒᆞ거ᄃᆞᆫ 누
록 업시 고로丶丶[4] 섯거 ᄃᆞᆫ〻이 빠ᄆᆡ얏다가 닉거
ᄃᆞᆫ ᄡᅳ라.

현대어역

○두강주

[백미 아홉 말, 물 일곱 말 반, 누룩 일곱 되.]

백미 서 말을 깨끗이 씻어 가루 내어 더운 물 서 말로 죽을 쑤어 식거든 누룩가루 서 되 다섯 홉을 섞어 넣어라. (그것이) 익거든 또 백미 서 말을 깨끗이 씻어 가루 내어 더운 물 너 말 반으로 죽을 쑤어 식거든 누룩가루 서 되 다섯 홉을 섞어 전술前-에 버무려 넣어서, (그것이) 익거든 또 백미 서 말을 깨끗이 씻어 가루 내어 하룻밤 재웠다가 무르익게 쪄서 더운 김이 많이 날 만하거든 누룩 없이(=누룩가루가 보이지 않도록) 고루고루 섞어 단단히 싸매었다가 익거든 써라.

용어 해설

1 두강쥬 : 두강주杜康酒. 중국의 두강이 빚던 방식으로 빚은 술. '두강'은 술을

달리 이르는 말로 옛날 중국에서 술을 최초로 빚었다는 사람의 이름에서 유래한다. 두강주는 여느 술에 비해 누룩이 극히 적게 사용되는 것이 특징이다(박록담 · 술방 사람들 2005: 114).

2 밤 자거ᄃᆞᆫ : (하룻)밤을 재워서.

3 한 김 : 많은 김.

4 고로ヽヽ : 고루고루. 동일 음 부호 ヽ가 '고'와 '로'를 각각 나타내는데 찍힌 위치가 조금 다르다. 『주찬방』에서 'ヽ' 부호는 동일 음절의 반복을 지시한다. '동음 부호'라 칭한다. 1음절어에 표기되는 것이 보통인데 '고로ヽヽ'와 '서운ヽヽ'은 2음절어에 동음 부호가 쓰였다.

아황주

원문 판독

○아황쥬[1] 鵝黃酒 白米九斗 麴九升

ᄇᆡᆨ미 서 말을 ᄇᆡᆨ셰 작말ᄒᆞ고 물[2] 서 말로 쥭 수어

주찬방 • 7b •

식거ᄃᆞᆫ 누록ᄀᆞᄅᆞ 엿 되ᄅᆞᆯ 섯거 녀혀[3] 니근 후에 ᄇᆡᆨ

미 연 말을 ᄇᆡᆨ셰ᄒᆞ야 붇거ᄃᆞᆫ 닉게 삐고 더운 믈로

ᄡᅧ려 식거ᄃᆞᆫ 누록ᄀᆞᄅᆞ 서 되ᄅᆞᆯ 섯거 젼술의 버므려

ᄃᆞᆫ〻이 빠ᄆᆡ야 ᄃᆞᆺ다가 닉거ᄃᆞᆫ ᄡᅳ라.

현대어역

○아황주

[백미 아홉 말, 누룩 아홉 되.]

백미 서 말을 깨끗이 씻어 가루 내어 물 서 말로 죽을 쑤고 식거든 누룩 가루 여섯 되를 섞어 넣어라. (그것이) 익은 후에 백미 여섯 말을 깨끗이 씻어(=백세하여) 붇거든 익게 찌고 더운 물을 뿌려서, (그것이) 식거든 누룩가루 서 되를 섞어 전술前-에 버무려 단단히 싸매어 두었다가 익거든 써라.

용어 해설

1 아황쥬 : 아황주鴉黃酒. 멥쌀과 누룩을 섞어서 발효시킨 술.

2 물 : '믈'이 아닌 '물'자가 확실하며 원순모음화가 적용된 어형이다. 바로 앞 두강주 방문에 '더운 믈'이 2회 출현했으나 원순모음화가 적용되지 않았다. 『주찬방』에서 원순모음화가 적용된 어형은 '물 서 말'의 '물'이 유일하다. '물'은 순자음 뒤에서 순행 원순모음화 ㅡ>ㅜ가 실현된 어형이다. 순자음 뒤 원순모음화는 17세기 초기의 『동국신속삼강행실도』에 '머무러'(충신 1,88b)의 형태로 나타났다. 이어서 중간 『두시언해』(1632)에 여러 예가 출현한다. ㊎ 쇠와 돌과 물녹게 ᄒᆞ여(12,42a), 우물(15,21a). 따라서 이 변화는 17세기 초기부터 발생한 것으로 볼 수 있다. 『주찬방』의 '물'은 순자음 뒤 원순모음화 ㅡ>ㅜ의 초기 단계를 반영한 것으로 본다. 그런데 『주찬방』에는 '무티-'를 과도교정한 '므티-'가 3회 출현한다. 이 과도교정형은 '물'과 함께

이 문헌의 필사 시기에 원순모음화가 존재했음을 증언한다.

3 녀혀 : 넣어. '녀허'의 오기.

죽엽주

원문 판독

○듁엽쥬[1] 竹葉酒 白米六斗 麴一升半[2]

ᄇᆡᆨ미 ᄒᆞᆫ 말을 ᄇᆡᆨ셰 작말ᄒᆞ야 떡 ᄆᆞᆫᄃᆞ라 닉게 뼈

ᄎᆞ거ᄃᆞᆫ ᄡᆞᆯ 누록ᄀᆞᄅᆞ ᄒᆞᆫ 되 닷 홉과 글혀 ᄎᆡ온[3] 믈 세 병

주찬방 • 8a •

을 섯거 독의 녀허 ᄃᆞᆫ〻이 빠ᄆᆡ야 닉거ᄃᆞᆫ ᄇᆡᆨ미 단 말

을 ᄇᆡᆨ셰 작말ᄒᆞ야 닉게 뼈 식거ᄃᆞᆫ 섯거 녀코 ᄀᆞ장 두

터운 죠ᄒᆡ로 빠ᄆᆡ야 긔운이 나디 몯ᄒᆞ게 ᄒᆞ야[4] 닐웨

후제[5] 우희[6] ᄆᆞᆯ그니랑[7] ᄒᆞᆫ 그르세 퍼 옴기고[8] 가온대 믈그

니랑[9] ᄯᅩ 닷[10] 그르세 옴기고 미ᄐᆡ 처디니ᄂᆞᆫ[11] 마시 니화쥬

ᄀᆞᆮᄂᆞ니 믈 빠 머그라. 오라도[12] 마시 변티 아니ᄒᆞᄂᆞ니.

현대어역

○죽엽주

[백미 여섯 말, 누룩 한 되 반.]

백미 한 말을 깨끗이 씻어 가루 내어 떡을 만들어 익게 쪄라. 식거든 쌀누룩가루 한 되 다섯 홉을 끓여 식힌 물 세 병과 섞어 독에 넣어 단단히 싸매어 두어라. (그것이) 익거든 백미 다섯 말을 깨끗이 씻어 가루 내어 익게 쪄라. (찐 것이) 식거든 (술독에) 섞어 넣고 매우 두꺼운 종이로 (술독 아가리를) 싸매어 술기운이 (빠져) 나가지 못하게 하여라. 이레 후에 (술독 안) 위 부분에 있는 맑은 것은 한 그릇에 퍼 옮기고, (이어서) 가운데 부분에 있는 묽은 것은 다른 그릇에 옮겨라. (술독) 밑에 처진 것은 맛이 이화주 같으니 물을 타서 먹어라. 오래 두어도 맛이 변치 않느니라.

용어 해설

1 듁엽쥬 : 죽엽주竹葉酒. 죽엽주는 술 빛깔이 죽엽(=댓잎)과 같다고 하여 이름 붙여진 술이다. 부재료로 댓잎을 넣어 빚기도 한다고 하지만 이 방문에 댓잎과 관련된 내용이 나오지 않는다. 「현풍곽씨언간」에 곽주가 쓴 죽엽주(듀엽쥬)법이 나오는데 여기에도 댓잎이 들어가지 않았다.

2 『주찬방』의 죽엽주 방문은 『산가요록』의 다음과 같은 죽엽주 방문과 내용이 거의 같다. 【竹葉酒 米六斗. 白米一斗, 細末作餠熟蒸待冷, 以米匊末一升五合, 湯水三瓶, 待冷, 和入待熟. 白米五斗, 細末蒸之, 和前酒入瓮堅封, 不令泄氣. 四七日後, 上清, 取貯別器, 又清, 又取貯. 其滓, 和水飮之, 雖久, 不變其味〈산가요록 죽엽주〉】

3 ᄎᆡ온 : 차게 한. 'ᄎᆞ-ㅣ(사동접미사)-오(사동접미사)-ㄴ'. 사동접미사가 중복

된 어형이다.

4 긔운이 나디 몯ᄒᆞ게 ᄒᆞ야 : 술기운이 (빠져) 나가지 못하게 하여. '나디'는 '나-디'[出]로 분석된다.

5 후제 : 뒷날 어느 때. 후제. 이화주 방문의 '후제' 주석을 참고하기 바란다. 『주찬방』에 '후제'라는 낱말의 빈도가 21회나 된다.

6 우희 : 위에. '우ㅎ-의'[上]. 담근 술독의 윗부분에. 【菩薩ᄋᆞᆯ 보ᅀᆞ보ᄃᆡ 플 우희 안자 겨시다 ᄒᆞ더라〈1447석보상3:43b〉】

7 ᄆᆞᆰ그니랑 : 맑은 것은. 'ᄆᆞᆰ-은#이-랑'. 관형사형 어미 '-은'과 사물을 뜻하는 의존명사 '이'가 축약되어 '니'로 표기된 것이다. '-랑'은 '-는'과 같은 주제 보조사 기능을 한다.

8 옴기고 : 옮기고. 어간말자음군 ㄻ이 ㅁ으로 단순화된 것이다. 【긔운이 화열 ᄒᆞ면 顔子ᄋᆡ로 ᄒᆞ욤 다ᄅᆞᆫ ᄃᆡ 옴기디 아니호ᄆᆞᆯ 졈졈 가히 ᄇᆡ홀 거시오〈1517번소학6:9b〉】【物을 應호ᄆᆞᆫ 用이라 ᄒᆞ다가 物을 옮기디 몯ᄒᆞ야셔 믄득 物을 應호려 ᄒᆞ면〈1447석보상21:54a〉】

9 믈그니랑: 믉은 것은. '믉-은#이-랑'. 원문의 같은 줄에 'ᄆᆞᆯ그니랑'과 '믈그니랑'이 함께 나타난다. 'ᄆᆞᆰ-'과 '믉-'은 양성모음과 음성모음의 차이를 이용하여 의미 분화가 일어난 것이다. '믈그니랑'을 바로 앞에 나온 'ᄆᆞᆯ그니랑'의 오기로 보는 방안도 있으나 표기대로 판독하고 해석하였다.

10 닷 : 다른[別]. 위의 주석 2번에서 『산가요록』 죽엽주 방문의 본문을 인용하였는데 '닷'이 포함된 한문구는 "上清 取貯別器, 又清 又取貯"이다. 이 한문의 '別器'를 '닷 그릇'이라 번역하였다. 중세국어 문헌에서 주로 부사(달리, 따로)로 쓰였고 '닫'으로 표기되었다. 【常例 사ᄅᆞᆷ과 닫 사ᄂᆞ니 져재 ᄃᆞᆶ 저기어든 대ᄅᆞᆯ 두드리여 숨ᄂᆞ니라〈1447석보상11:21a〉】【아ᇫ이 生計 ᄂᆞᆫ호아 닫 사로려

커늘 말이ᄃᆞᆯ 몯ᄒᆞ야〈1481삼강행(런던대본)孝7〉】

11　처디니ᄂᆞᆫ : 처진 것은. ‘처디-ㄴ-이(의존명사)-ᄂᆞᆫ’. ‘처디니’는 술독의 위와 가운데 있는 맑은 술을 따르고 남은 부분을 의미한다.

12　오라도 : 오래되어도. ‘오라-아도’. 【녜 졈던 사ᄅᆞᆷ도 오라면 늙ᄂᆞ니 人生애 免ᄒᆞ리 업스니이다〈1447석보상3:17a〉】

연화주

원문 판독

○년화쥬[1] *蓮花酒 一名 無麴酒*

ᄇᆡᆨ미 서 되롤 ᄇᆡᆨ셰ᄒᆞ야 ᄃᆞᆷ갓다가 닉게 ᄞᅵ고 몬져[2] ᄡᅮᆨ

주찬방 • 8b •

을 ᄭᆞᆯ고 버거[3] 닥닙 ᄭᆞᆯ고 그 밥을 그 우희 펴고 그 우희 ᄯᅩ 닥닙 덥고 ᄯᅩ 그 우희 ᄡᅮᆨ으로 더퍼 둣다가 닐웨 후에 더픈 거슬 다 업시ᄒᆞ고 제[4] 긔운이 다 ᄎᆞ고 내옴[5]이 업거ᄃᆞᆫ 조히[6] 취졍ᄒᆞ야[7] 그르세 다마 삼일 후에 ᄇᆡᆨ미 ᄒᆞᆫ 말을 ᄇᆡᆨ셰ᄒᆞ야 닉게 ᄞᅧ ᄎᆞ거ᄃᆞᆫ 젼의 밥의 버므려 독의 녀허 닐웨 후제 ᄡᅳ라.

현대어역

○연화주

[일명 무국주無麴酒]

백미 서 되를 깨끗이 씻어 담갔다가 익게 쪄서, 먼저 쑥을 깔고 그 다음에 닥나무 잎을 깔고 (그 찐) 밥을 그 위에 펴라. 그 위에 또 닥나무 잎을 덮고, 또 그 위에 쑥으로 덮어 두었다가, 이레 후에 덮은 것을 다 없애고, 제 기운이 (식어서) 차고 냄새가 없거든 취정取淨하여(=깨끗이 가려) 그릇에 담아라. 삼 일 후에 백미 한 말을 깨끗이 씻고 익게 쪄서 식거든 전前의 밥(=앞에서 찐 밥)에 버무려 독에 넣었다가 이레 후에 써라.

용어 해설

1 녕화쥬 : 연화주蓮花酒. 술 이름으로 보아 연꽃과 관련이 있을 것 같으나 실제로 연꽃을 사용하지 않는 술이다.

2 몬져 : 먼저. 『주찬방』에는 ㄷ구개음화의 과도교정형인 '몬뎌'는 나타나지 않는다. 【내 일후믈 드러 닛디 아니ᄒᆞ야 디니면 내 몬져 됴ᄒᆞᆫ 차바ᄂᆞ로 ᄇᆡ브르긔 ᄒᆞ고ᅀᅡ〈1447석보상9:9a-9b〉】

3 버거 : 그 다음으로. '버금가다'의 뜻을 가진 '버그-'에 연결어미 '-어'가 결합된 것이다. 【阿含經 열두 ᄒᆡ 니르시고 버거 여듧 ᄒᆡᆺ ᄉᆞᅀᅵ예 方等을 니르시니라〈1447석보상6:45b〉】

4 제 : 제. '저-의'. 여기서는 백미로 찐 밥을 가공하여 담아둔 그것을 가리킨다.

5 내옴 : 냄새. 【술을 마시며 고기 먹디 아니ᄒᆞ고 내옴 나ᄂᆞᆫ 걷 아니 머거 뼈 그 모몰 주그니라〈1617동국신,동삼열2:43b〉】

6 조히 : 깨끗이. 【梵行ᄋᆞᆯ 조히 닷가〈1459월인석14:41b〉】【戒ᄅᆞᆯ 디니고 오ᄉᆞᆯ 조히 ᄒᆞ며 ᄆᆞᅀᆞᄆᆞᆯ 몰골띠니〈1463법화언7:173a〉】

7 취경ᄒᆞ야 : 취정取淨하여. 깨끗한 것을 취하여.

소국주

원문 판독

○쇼국쥬[1] 小麯酒 白米三斗 麴一升 眞末一升 水六甁 又 白米十五斗 麯一斗 眞末五升

주찬방 • 9a •

ᄇᆡᆨ미 ᄒᆞᆫ 말 ᄇᆡᆨ셰 작말ᄒᆞ야 그르세 담고 믈 두 병을 ᄀᆞ장 ᄭᅳᆯ히며[2] 골리[3] ᄡᅥᆷᄉᆞ[4] ᄇᆞ어 ᄀᆡ면 ᄯᅥᆨ ᄀᆞᄐᆞ니 선 ᄃᆡ[5] 업시 ᄀᆡ야 식거든 누록 ᄒᆞᆫ 되 진말 ᄒᆞᆫ 되 섯거 고로 쳐 합거든[6] 독에 녀허 닐웨 후제 ᄇᆡᆨ미 두 말 ᄇᆡᆨ셰ᄒᆞ야 닉게 ᄧᅧ ᄆᆡ ᄒᆞᆫ 말애[7] 글흔 믈 두 병식 골와 식거든 그 밋술[8]에 버므려 녀허 둣다가 세 닐웬 만애 ᄆᆞᆰ안ᄂᆞ니[9] 그제야 드리워 ᄡᅳ라. ○ᄯᅩ ᄒᆞᆫ 법은 ᄇᆡᆨ미 닐굽 말 닷 되를 ᄇᆡᆨ셰 작말ᄒᆞ야 죽 수워[10] ᄎᆞ거든 누록ᄀᆞᄅᆞ 닐굽 되과[11] 진ᄀᆞᄅᆞ

ᄃᆞᆺ 되과 섯거 독의 녀허 닉거ᄃᆞᆫ 또 ᄇᆡᆨ미 닐굽 말 ᄃᆞᆺ 되

ᄅᆞᆯ ᄇᆡᆨ셰ᄒᆞ야 닉게 뼈 ᄎᆞ거ᄃᆞᆫ 누록ᄀᆞᄅᆞ 서 되와 젼술

에 섯거 닉거ᄃᆞᆫ ᄡᅳ라.

현대어역

○소국주

[백미 서 말, 누룩 한 되, 밀가루 한 되, 물 여섯 병, 또 백미 열다섯 말, 누룩 한 말, 밀가루 다섯 되.]

백미 한 말을 깨끗이 씻어 가루 내어 그릇에 담고 물 두 병을 가장 많이(=팔팔) 끓여서 (물을) 가루에 조금씩 떰떰(=조금씩 조금씩) 부어서 개면 떡같이 되니, 설어서 덜된 데 없이 개어서, 식거든 누룩 한 되 밀가루 한 되를 섞고 골고루 쳐서 합해라. (그것을) 독에 넣고 이레 후에 백미 두 말을 깨끗이 씻고 익게 쪄서, 매 한 말에 끓인 물 두 병씩을 섞어서, 식거든 그 밑술에 버무려 넣어 두었다가, 세 이레(=21일) 만에 맑게 가라앉으니, 그제야 드리워서(=내려서) 써라.

○또 하나의 방법은 백미 일곱 말 다섯 되를 깨끗이 씻어 가루 내어 죽을 쑤고, (죽이) 식거든 누룩가루 일곱 되와 밀가루 다섯 되를 섞어서 독에 넣어서, 익거든 또 백미 일곱 말 다섯 되를 깨끗이 씻어 익게 쪄서, 식거든 누룩가루 서 되와 전술前-을 섞어 익거든 써라.

용어 해설

1 쇼국주 : 소국주小麯酒. 누룩을 적게 하여 찹쌀로 담근 술. 다른 술과는 달리 누룩을 적게 쓰는 까닭에 소국주小麯酒라 하였다. 술을 담기 전에 쌀가루로 떡을 만든 후 누룩 물, 즉 밑술에 풀고 그 후에는 다시 누룩을 쓰지 않는다. 대개 2월 초에 빚고 3월 15일에 익고 5월이 되면 맛이 변하기 때문에 항상 따뜻한 곳을 피하는 게 좋고 제조 방법에 따라서는 100일이 걸린다고 한다.

2 ᄀᆞ장 ᄭᅳᆯ히며 : 가장 많이 끓이며. 부사 'ᄀᆞ장'이 직접 동사를 수식하여 현대국어와 차이를 보여준다.

3 ᄀᆞᆯᄅᆡ : 가루에. 'ᄀᆞᄅᆞ-ᄋᆡ(처격조사)'. 【ᄀᆞᄅᆞ ᄆᆡᇰᄀᆞ라 사당 ᄀᆞᆯᄅᆡ 섯거 잉도 마곰 비븨여〈1608태산집45b〉】

4 쎰쎰 : 조금씩 적시듯이. '떰떰'은 '조금씩 조금씩' 넣은 모습을 뜻한다. '쎰쎰'은 국어사 자료 어느 곳에도 보이지 않은 특이어이다. 문맥으로 보아 '조금씩'의 뜻으로 추정된다. 물을 조금씩 가루에 떨어뜨리는 모양을 표현한 의태어인데, 이러한 조리 동작은 구멍떡용 쌀가루 익반죽을 만들 때 실제로 행하는 것이다.

5 선 ᄃᆡ : 설은 데. '설-ㄴ#ᄃᆡ'. 설어서 덜된 데.

6 합거ᄃᆞᆫ : 합하거든. '합ᄒᆞ거든'에서 'ᄒᆞ'를 빠뜨린 오기이다.

7 ᄆᆡ ᄒᆞᆫ 말애 : 매每 한 말에. 한 말당.

8 밋술: 밑술. '밑#술'. 전에 만들어 놓은 밑술. 술을 빚을 때에 빨리 발효되도록 누룩, 지에밥과 함께 조금 넣는 묵은 술.

9 ᄆᆞᆰ안ᄂᆞ니 : 맑게 가라앉으니. 'ᄆᆞᆰ-'과 '앉-'의 어간이 합쳐진 비통사적 합성어이다.

10 수워 : 쓰어. 앞의 유하주 방문(6a)에서는 '수어'로 표기되어 있다. '수워'는 모음충돌을 피하기 위해 반모음 w가 삽입된 것이다.

11 되과 : 되와. '되-과'. 단위 명사 '되'와 조사 '-과'가 결합한 것이다. '-와'가 결합해야 정상적이다.

모미주

원문 판독

○모미쥬[1]

보리ᄡᆞᆯ을 밥 지어 닉거ᄃᆞᆫ 믈에 ᄃᆞᆷ가 사흘 만애 건
져 벼ᄐᆡ[2] ᄆᆞ이[3] ᄆᆞᆯ로여[4] 고텨[5] 슬허 겁질이 다 버서디거
ᄃᆞᆫ[6] 니ᄡᆞᆯ[7] 술 빋ᄂᆞᆫ 법대로 술을 비즈면 그 마시 니술[8]과 분

주찬방 • 10a •

변티[9] 몯ᄒᆞᄂᆞ니라.

현대어역

○모미주

보리쌀로 밥을 지어 익거든 물에 담가 사흘 만에 건져서 볕에 매우 말려라. 다시 쓿어서 껍질이 다 벗겨지거든 입쌀 술 빚는 법대로 술을 빚어라. 그

맛이 입쌀 술과 분별하지 못하느니라.

용어 해설

1 모미쥬 : 모미주麰米酒. 보리쌀로 만든 술.

2 벼ᄐᆡ : 볕에. '볕-ᄋᆡ'. 『주찬방』에서는 '벼ᄐᆡ' 외에 '볏ᄐᆡ'와 '볃희'도 출현한다. 어간말 유기음이 모음어미와 결합할 때의 표기 현상인 연철 표기(벼ᄐᆡ), 중철 표기(볏ᄐᆡ), 재음소화 표기(볃희) 세 가지가 모두 쓰인 셈이다.

3 ᄆᆡ이 : 매우. 심하게. 'ᄆᆡ이'는 'ᄆᆡᇦ-'[猛]에 부사파생접미사 '-이'가 결합한 것이다.

4 ᄆᆞ로여 : 말려. 'ᄆᆞ뢰-어'[乾]. 『주찬방』에서는 이 예를 제외하면 모두 'ᄆᆞ뢰여'로 쓰였다.

5 고텨 : 다시. 여기서는 '改'(고치다)의 뜻이 아니라 '更'(다시, 재차)의 뜻이다. 『주찬방』에는 '고쳐'와 같은 ㄷ구개음화형이 없다. 『음식디미방』에는 '고쳐'가 빈번하고, 『주방문』(규장각본)에도 2회 쓰였다. 『주찬방』에 ㄷ구개음화형이 없는 것은 『주찬방』의 언어가 『음식디미방』보다 시기적으로 앞선 것임을 뜻한다.

6 버서디거ᄃᆞᆫ : 벗겨지거든. (껍질이) 벗어지거든. 【낙시 제 ᄂᆞ려 버서디거ᄂᆞᆯ 즉재 우흐로 ᄲᅢ리 내야 고티ᄅᆞᆯ 보니〈1489구급간6:16a-16b〉】 『산가요록』 모미주 방문의 "更舂去精皮"라는 구절에 대응한다.

7 니ᄡᆞᆯ술 : 입쌀술. 입쌀로 빚은 술. '니ᄡᆞᆯ'은 멥쌀을 보리쌀 따위의 잡곡이나 찹쌀에 상대하여 이르는 말. 【니ᄡᆞᆯ〈1489구급간1:86a〉】 【됴셕의 졔ᄒᆞ고 니ᄡᆞᆯ밥 먹디 아니ᄒᆞ며〈1617동국신,동삼열7:2b〉】

8 니술 : 입쌀술. 입쌀로 빚은 술. 바로 앞에 나온 '니ᄡᆞᆯ'의 '니'와 '니술'의 '니'가 동일 어근이다. 'ᄢᅵ니~ᄣᅵ니'는 '밥때에 먹는 쌀'을 뜻한다. 'ᄢᅵ니'의 'ᄢᅵ'는 '時'의 뜻이고, '니'는 '米'란 뜻이다. 땟거리로 먹는 쌀이 'ᄢᅵ니'(>끼니)의 본뜻이다. '니술'을 앞에 나온 '니ᄡᆞᆯ술'의 오기로 볼 여지도 있다.

9 분변티 : 분별치. 【宮室을 지오ᄃᆡ 안팟ᄀᆞᆯ 분변ᄒᆞ야 ᄉᆞ나ᄒᆡᄂᆞᆫ 밧ᄭᅴ 잇고 겨집은 안해 이셔 집을 깁히 ᄒᆞ며〈1586소학언2:50a〉】

추모주

원문 판독

○츄모쥬[1]

ᄀᆞ을보리ᄅᆞᆯ ᄀᆞ장 ᄆᆡ이 슬허 ᄇᆞ리고[2] 믈에 ᄃᆞᆷ가 밤 잔

후제 새 믈을 세 번 ᄀᆞ라 열흘 후제 반은 서겻거

ᄃᆞᆫ[3] 손으로 부븨여[4] ᄇᆞ아딘[5] 후제 ᄃᆞᆷ갓던 믈란 업시

ᄒᆞ고 닉게 뼈 방하예[6] 디호ᄃᆡ 디흘 제 그 ᄒᆞᆫ 사발애 무

근 누록ᄀᆞᄅᆞ ᄒᆞᆫ 줌식 섯거 디허 믈씌[7] 업ᄉᆞᆫ 독에 녀

허 서늘ᄒᆞᆫ ᄃᆡ 노코 두터온 죠히로 독 부리ᄅᆞᆯ ᄀᆞ장 ᄃᆞᆫ

주찬방 • 10b •

ᄃᆞᆫ이 빠ᄆᆡ야 두 닐웨 휘면[8] 여디 아녀도 향내[9] 집의

ᄀᆞ독ᄒᆞᄂᆞ니라.

현대어역

○추모주

가을보리를 매우 많이 쓿어서 물에 담가 하룻밤 재운 후에 새 물을 세 번 갈아라. 열흘 후에 반쯤 삭았거든 손으로 비벼서 부서진 후에 담갔던 물은 없애고, 익게 쪄서 방아에 찧되, 찧을 때 (그 보릿가루) 한 사발에 묵은 누룩가루 한 줌씩 섞어서 찧어라. 물기 없는 독에 넣어 서늘한 데 놓고, 두꺼운 종이로 독 부리를 매우 단단히 싸매어 두어라. 두 이레(=14일) 후면 (독을) 열지 않아도 향내가 집에 가득하니라.

용어 해설

1 츄모쥬 : 추모주秋麰酒. 가을보리로 담근 술.

2 ᄇᆞ리고 : 버리고. 여기서는 많이 쓿어서 나온 물이나 찌꺼기를 버리라는 뜻으로 사용하였다.

3 서것거ᄃᆞᆫ : 썩었거든. '석-엇-거ᄃᆞᆫ'. 여기서는 '보리 껍질이 반쯤 삭으면' 정도의 의미로 사용되었다. 【聖人의 ᄡᅦ ᄒᆞ마 서것도다<1632두시중2:49a>】

4 부븨여 : 비벼. 【됫고마리ᄅᆞᆯ 부븨여 ᄆᆞ를 ᄲᅡ 바ᄅᆞ라<1489구급간6:65a>】

5 ᄇᆞ아딘 : 부서진. 중세국어 시기의 'ᄇᆞᅀᅡ디-'에서 ㅿ이 탈락한 변화를 보여준다. 고어형을 살려 번역하면 '바사진'이 된다. '부서진'은 굵은 알갱이, '바사진'은 자잘한 알갱이로 변한 모습을 표현한다.

6 방하예 : 방아에. 【王이 罪 지슨 각시ᄅᆞᆯ 그 모딘 노ᄆᆡ그에 보내야 방하애 디허 주기더니<1447석보상24:15b>】

7 믈씌 : 물기. '믈#ㅅ#긔氣'. 물의 기운. ㅅ은 합성어 사이의 사이시옷으로 들어간 것이다.

8 휘면 : 후면. '후後-ㅣ면'. 【힝역이 도ᄃᆞᆫ 사흘 휘면 반ᄃᆞ시 믈 미드시 니러나〈1608두창집上:23b〉】【디나간 휘면 애ᄃᆞ다 엇디ᄒᆞ리〈1658경민해 38b〉】

9 향내 : 향기로운 냄새. '향香#내'. '내'는 향기와 냄새를 뜻하는 고유어.

세신주

원문 판독

○셰신쥬[1] 細辛酒 白米十五斗 麴一斗半 水十五斗

ᄇᆡᆨ미 단 말을 ᄇᆡᆨ셰 작말ᄒᆞ야 더운 믈 열 말로 섯
거 쥭 수어 식거ᄃᆞᆫ 누룩ᄀᆞᄅᆞ ᄒᆞᆫ 말을 섯거 독의 녀
허 두ᄃᆡ 봄과 ᄀᆞ올흔[2] 닷새오 녀름은 사흘이오 겨을
흔 닐웬 만애 ᄇᆡᆨ미 열 말을 ᄇᆡᆨ셰ᄒᆞ야 ᄧᅵ고 믈 단

주찬방 • 11a •

말로 밥애 ᄡᅳ려 고텨 므르게 ᄧᅧ ᄀᆞ장 식거ᄃᆞᆫ 누룩 ᄀᆞ
ᄅᆞ 닷 되과 젼미ᄐᆡ[3] 섯거 녀코 두터이 ᄡᅡᄆᆡ야 닉거ᄃᆞᆫ
ᄡᅳ면 그 빗과 마시 ᄀᆞ장 됴ᄒᆞ니라

현대어역

○세신주

[백미 열다섯 말, 누룩 한 말, 물 열다섯 말.]

백미 다섯 말을 깨끗이 씻어 가루 내어 더운 물 열 말에 섞어 죽을 쑤어라. (죽이) 식거든 누룩가루 한 말을 섞어 독에 넣어 두되, 봄과 가을은 닷새이고, 여름은 사흘이고, 겨울은 이레 만에 백미 열 말을 깨끗이 씻어 찌고, 물 다섯 말을 밥에 뿌려 다시 무르게 쪄서, (그것이) 잘 식거든 누룩가루 다섯 되와 술밑[酒本]을 섞어 넣고 두껍게 싸매어 두었다가, 익거든 쓰면 그 빛과 맛이 가장 좋다.

용어 해설

1 셰신쥬 : 세신주細辛酒. 세신주는 멥쌀을 죽을 쑤어 식힌 것에 누룩을 넣어 맵게 담근 술을 말한다.

2 ᄀᆞ올흔 : 가을은. 'ᄀᆞ올ㅎ-은'. 【나도 아마 올 겨올 ᄂᆡ년 보믈 살면 견ᄃᆡ여 저ᄒᆡ 구ᄂᆞᆫ 양이나 보고 ᄀᆞ올희나 가고져 ᄒᆞ노라〈1565순천김42〉】

3 젼미ᄐᆡ : 전의 밑술에. '젼#밑-ᄋᆡ'. '젼밑'은 '前本'을 우리말로 표기한 것으로 전에 만들어 둔 밑술 혹은 술밑[酒本]을 뜻한다.

향온주

원문 판독

○향온[1] 빗ᄂᆞᆫ 법 白米十五斗 曲末[2]一升五合 酒本[3]五升

ᄇᆡᆨ미 열단 말을 ᄇᆡᆨ셰ᄒᆞ야 닉게 뼈 ᄎᆞ거ᄃᆞᆫ ᄆᆡ ᄒᆞᆫ

말애 믈 ᄒᆞᆫ 병 두 대야[4]과 됴ᄒᆞᆫ 누록ᄀᆞᄅᆞ ᄒᆞᆫ 되 닷 흡[5]

과 됴ᄒᆞᆫ 밋술[6] 닷 되식 혜아려 섯거 독의 녀허 부

리ᄅᆞᆯ 두터이 ᄡᅡᄆᆡ야 닉거ᄃᆞᆫ 드리워 ᄡᅳ라

현대어역

○향온주 빚는 법

[백미 열다섯 말, 누룩가루 한 되 다섯 홉, 술밑 다섯 되.]

백미 열다섯 말을 깨끗이 씻고 익게 쪄라. (그것이) 식거든 매 한 말에 물 한 병 두 대야와 좋은 누룩가루 한 되 다섯 홉과 좋은 밑술 다섯 되씩 헤아려 섞어서 독에 넣고 독 부리를 두텁게 싸매고 익거든 드리워(=술을 내려) 써라.

용어 해설

1 향온 : 향온주香醞酒. 멥쌀과 찹쌀, 또는 멥쌀로 빚은 맑은 술로, 조선시대

양온서良醞署라는 관청에서 빚어 대궐 안으로 들여보내던 전통 궁중주이다(문화재청 국가문화유산포털). 여러 한글 음식조리서 중에서 향온주 방문이 수록된 것은 『주찬방』과 『음식디미방』뿐인데 그 내용이 아주 비슷하다. 두 문헌의 향온주 방문이 서로 공통된 원본에서 비롯된 것이 아닌가 짐작된다.

2 曲末 : 곡말. 누룩가루. 『주찬』의 「造酒方」에 "末曲은 眞末曲이고, 曲末은 보통의 누룩가루常麯末이다"(末曲者眞末曲也, 曲末者常麯末也)라고 했다. 따라서 '曲末'을 '누룩가루'로 풀이한다. 末曲은 밀가루로 만든 가루누룩이고, 曲末은 누룩을 곱게 빻은 누룩가루[麯末]을 뜻한다(이상훈 교장).

3 酒本 : 술밑. 밑술. 서김(석임). 아래의 한글 방문에 '밋술'(밑술)로 번역되어 있으나 한자 뜻대로 풀면 '술밑'으로 적어야 정확하다. '주모'酒母와 같은 말로 누룩을 섞어 버무린 지에밥을 뜻한다. 『주찬방』의 여타 한글 방문 '젼밑'(젼밑-이)으로 표기된 것이 '전에 쓰던 술밑'[前酒本]이란 뜻이다. '젼밑', '젼술', '밋술', '서김'은 모두 발효 촉진 기능을 한다는 점에서 공통적이다. 방문 속에 바로 직전에 빚은 술에 대한 언급이 없는 경우의 '酒本'[술밑]은 서김의 뜻으로 쓰인 것도 있다.

4 대야 : 대야. 다야>대야. 얼굴이나 손을 씻을 때 쓰는 물그릇. 대야가 술 빚을 때의 그릇으로 쓰이기도 했다. 물의 용량을 '믈 흔 병 두 대야'로 표현한 것으로 보아 이때의 '병'은 '대야'보다 큰 것을 가리킨 듯하다. 『산가요록』에 '三鐥爲一瓶'이라고 하여 세 '鐥'이 한 병임을 알려주는데, '鐥'은 대야를 가리킨다. 즉 '믈 흔 병 두 대야'는 물 한 병에 2/3병을 더한 양이 된다. 15세기의 『훈민정음』 용자례에 '다야'가 있고, 17세기의 『역어유해』에 '술대야'가 보인다. 【다야 爲匜〈1446훈민언58〉】【酒鏇子 술대야〈1690역어유下:14b〉】【신션로 神仙爐 향로 香爐 향합 香盒 다야 션 鐥 질걷 도 陶 독 옹 甕〈1781왜유

해下:14b〉】【洗臉盆 셰슈대야〈1748동문해下:15b〉】【匜 대야 이, 술그릇 이〈1913부별천15a〉】

5 흡 : 홉. '홉'의 오기.

6 밋술 : 밑술. 한문의 '酒本'을 번역한 우리말이다. 위 '酒本'의 주석을 참고하기 바란다.

내의원 향온주

원문 판독

주찬방 • 11b •

ᄂᆡ의원[1] 향온[2] 빈ᄂᆞᆫ[3] 법 麥末一斗 菉豆末一合 作一圓 白米一斗 粘米一斗 曲末五升 서김[4]一瓶

누록을 ᄆᆞᆫᄃᆞ로ᄃᆡ 밀흘 ᄀᆞ라 골롤 츠ᄃᆡ[5] 말고 ᄆᆡ ᄒᆞᆫ 두

레[6]예 ᄒᆞᆫ 말식 호ᄃᆡ 녹두 ᄀᆞᄅᆞ ᄒᆞᆫ 홉식 조차[7] 섯거 드

듸라[8] ○ᄇᆡᆨ미 열 말과 졈미 ᄒᆞᆫ 말과 섯거 ᄇᆡᆨ셰ᄒᆞ야

닉게 뼈 ᄭᅳᆯ힌 믈 열다ᄉᆞᆺ 병 골와 믈이 밥애 다 들

고 ᄀᆞ장 ᄎᆞ거든 누록ᄀᆞᄅᆞ ᄒᆞᆫ 말 닷 되과 서김 ᄒᆞᆫ 병 섯

거 녀허 독 부리롤 두터온 식지로 빠ᄆᆡ야 닉거ᄃᆞᆫ 드

주찬방 • 12a •

리우라

현대어역

내의원 향온주 빚는 법

[보릿가루 한 말, 녹두 가루 한 홉, 작作 한 두레[圓], 백미 한 말, 찹쌀 한 말, 누룩가루 다섯 되, 석임 한 병.]

(향온주에 쓸) 누룩을 만들 때 밀을 갈아 가루를 치지 말고 (두레를 짓되) 매 한 두레(=한 두레당)에 한 말씩 하여라. 녹두 가루를 한 홉씩 함께 섞어 디뎌라. ○백미 열 말과 찹쌀 한 말을 섞어 깨끗이 씻어서 익게 쪄서, 끓인 물 열다섯 병을 섞어 넣어서 물이 밥에 다 들고, 잘 식거든 누룩가루 한 말 다섯 되와 석임 한 병을 섞어 넣어서, (섞어 넣은) 독의 부리를 두터운 식지로 싸매고 (술이) 익거든 내려라.

용어 해설

1 ᄂᆡ의원 : 내의원內醫院. 조선 시대에 둔 삼의원三醫院의 하나. 궁중의 의약醫藥을 맡아보던 관아이다. 내의원에서는 궁중에서 사용하는 술을 만드는 작업도 담당했다.

2 향온 : 향온주香醞酒. 향온주는 멥쌀과 찹쌀, 혹은 찹쌀을 쪄서 식힌 고두밥에 보리와 녹두를 섞어 만든 누룩을 넣어 담근 술을 말한다. 정동효(1995: 564)에 따르면, 향온주는 조선시대의 궁중에서 빚어온 술이다. 향온주를 담기 위해 누룩을 만들 때 해독 작용이 뛰어난 녹두를 섞어 넣었다. 녹두는 독기를 제거해 주는 효용이 있어서 설사병을 당한 중국 사신을 접대하는 데 향온주를

썼다. 이 원문에서 ○ 표시가 나타나기 전까지의 내용은 향온국香醞麴을 만드는 방법이고, ○ 뒤에 기술된 내용은 향온주香醞酒를 만드는 방법이다. 향온주 양조에 쓰는 누룩을 만들 때 녹두 가루를 섞어 넣는 것이 보통 누룩 제조와 다르다.

3 빈ᄂᆞᆫ : 빚는. 어간 '빚-'의 말음 ㅈ이 ㅅ을 거쳐 ㄴ으로 동화된 것이다. (빚ᄂᆞᆫ)〉빗ᄂᆞᆫ〉빈ᄂᆞᆫ〉빈는. 『주찬방』에서 '빚는'은 '빗ᄂᆞᆫ'(챵포쵸 빗ᄂᆞᆫ 규식, 목록 2b)과 '빋ᄂᆞᆫ'(술 빋ᄂᆞᆫ 법, 9b)으로 표기된 것도 있다. '빈ᄂᆞᆫ'과 같은 표기는 『주찬방』이 필사된 시기에 어간말의 ㅅ과 ㄷ이 구별되지 않았음을 의미한다.

4 서김 : 석임. 한문 속에 한글로 표기해 놓았다.

5 츠디 : 치지. '츠-디'. '츠-'는 체로 치는 동작을 표현한 동사이다. 이화주 방문의 주석 25와 30(105쪽)을 참고하기 바란다.

6 두레 : 두레. 둥근 켜로 된 덩어리를 세는 단위 명사로 쓰인다. 누룩의 형태를 둥글넙적한 두레 모양으로 만들었음을 알 수 있다.

7 조차 : 조차. 함께. 겸하여.

8 드듸라 : 디디라. '드듸-'는 '누룩이나 메주 따위의 반죽을 보자기에 싸서 발로 밟아 덩어리를 짓다'라는 뜻이다.

점주

원문 판독

○졈쥬[1] 白米一升 粘米一斗 麴一升

ᄇᆡᆨ미 ᄒᆞᆫ 되ᄅᆞᆯ ᄇᆡᆨ셰 작말ᄒᆞ야 구무ᄯᅥᆨ 세흘 비저 믈
ᄒᆞᆫ 사발애 ᄉᆞᆱ마 식거ᄃᆞᆫ 됴ᄒᆞᆫ 누록ᄀᆞᄅᆞ ᄒᆞᆫ 되ᄅᆞᆯ 고
로 섯거 쳐셔 ᄯᅥᆨ ᄉᆞᆱ던 믈 조차 버므려 독의 녀허 ᄃᆞᆫ
ᄃᆞᆫ이 ᄲᅡᄆᆡ야 나흘 만애 졈미 ᄒᆞᆫ 말을 ᄇᆡᆨ셰ᄒᆞ야 ᄃᆞᆷ
갓다가 밤 자거ᄃᆞᆫ ᄲᅧ ᄎᆞ거ᄃᆞᆫ 젼술을 내여 고로、、[2] 섯
거 독의 녀허 도로 ᄲᅡᄆᆡ야 닉거ᄃᆞᆫ 드리우라 ᄂᆞᆯ믈

주찬방 • 12b •

씌ᄅᆞᆯ ᄀᆞ장 금ᄒᆞ고 쇠그르ᄉᆞᆯ ᄡᅳ디 말라

현대어역

○점주

[백미 한 되, 찹쌀 한 말, 누룩 한 되.]

백미 한 되를 깨끗이 씻어 가루 내어 구멍떡 세 개를 빚어, 물 한 사발에 삶아라. 식거든 좋은 누룩가루 한 되를 고루 섞어서 치고, 떡 삶던 물을 함께 섞어 버무린 후 독에 넣어 단단히 싸매라. 나흘 만에 찹쌀 한 말을 깨끗이 씻어 담갔다가 하룻밤 재운 후에 쪄라. (그것이) 식거든 전술前-을 내어 고루고루 섞어 독에 넣고 도로 싸매어 익거든 드리워라. 날물기를 절대 금하고 쇠그릇을 쓰지 마라.

용어 해설

1 졈쥬 : 점주粘酒. 달고 끈적끈적한 진미가 있는 술이라는 뜻으로, 멥쌀로 구멍떡을 만들어 누룩을 넣어 밑술을 만들고 여기에 찹쌀을 더해 담근 술을 말한다. 밑술을 죽으로 빚는 점주도 있다.

2 고로丶丶 : 고루고루. '丶丶'는 각각 한 음절을 대신하는 동음 부호로 앞의 '丶'는 '고', 뒤의 '丶'는 '고'를 나타낸다.

감주

원문 판독

○감쥬[1] 粘米三斗 麴二升

졈미 ᄒᆞᆫ 말을 빅셰 작말ᄒᆞ야 구무쎡 ᄆᆞᆫᄃᆞ라 닉게

ᄉᆞᆯ마 식거ᄃᆞᆫ 누록ᄀᆞᄅᆞ 두 되ᄅᆞᆯ 섯거 독의 녀허 ᄀᆞ

ᄋᆞᆯ 봄이어ᄃᆞᆫ 닐웨ᄅᆞᆯ 두고 녀름이어ᄃᆞᆫ 닷새ᄅᆞᆯ ᄃᆞᆺ

다가 졈미 두 말을 빅 번 시서 ᄃᆞᆷ갓다가 밤 자거ᄃᆞᆫ 닉게

뼈 ᄎᆞ거ᄃᆞᆫ 젼미틔[2] 버므려 독을 ᄂᆞᆯ믈씌 업시ᄒᆞ야

주찬방 • 13a •

녀코 ᄃᆞᆫ〻이 두터이 빠ᄆᆡ야 닉거ᄃᆞᆫ ᄡᅳ라

현대어역

○감주

[찹쌀가루 서 말, 누룩 두 되.]

찹쌀 한 말을 깨끗이 씻어 가루 내어 구멍떡을 만들고 익게 삶아라. 식거든 누룩가루 두 되를 섞어 독에 넣어라. 가을과 봄이면 이레를 두고, 여름이면 닷새를 두었다가 찹쌀 두 말을 깨끗이 씻어 담가서 하룻밤 재운 후 익게 쪄라. (그것이) 식거든 전밑前-(앞서 빚은 술밑)에 버무려 독에 날물기가 없게 하여 넣고 단단하고 두텁게 싸매어 익거든 써라.

용어 해설

1 감쥬 : 감주甘酒. 멥쌀과 찹쌀로 빚은, 감미가 있는 술. 『주방문』, 『조선무쌍신식요리제법』, 『조선고유색사전』에는 감주甘酒, 『술 만드는 법』에는 감주법甘酒法, 『임원십육지』에는 감주방甘酒方이란 이름으로 나온다(이효지 1996/2004: 93). 『임원십육지』에는 찹쌀 2되를 여러 번 씻어 가루로 빻아 구멍떡을 만들어 시루에 쪄서, 누룩가루 2되와 함께 항아리에 담아, 5일 후(봄, 가을이면 1주일) 찹쌀 2말을 씻어 시루에 쪄서 식힌 후 밑술을 첨가한다고 하였다.

2 젼미틔 : 전밑[前本]에. 향온주의 '酒本'에 대한 주석을 참고하기 바란다.

석임 만드는 법

원문 판독

○서김[1] ᄆᆞᆫᄃᆞᄂᆞᆫ 법 白米五合 曲末一握

니근 서김 ᄒᆞᆫ 되만 ᄒᆞ려 ᄒᆞ면 ᄇᆡᆨ미 닷 홉을 믈 ᄒᆞᆫ 사발의 ᄃᆞᆷ가 ᄀᆞ장 붇거ᄃᆞᆫ ᄡᆞᆯ란 체예 건져 두고 그 믈을 ᄀᆞ장 ᄆᆞ이 글혀 그 ᄡᆞᆯ 우희[2] ᄶᅵ이즈면[3] 그 ᄡᆞᆯ이 데여[4] 닉거ᄃᆞᆫ 그 믈 조차 도로 ᄃᆞᆷ가 둣다가 ᄂᆡ일 ᄡᅳ고져 ᄒᆞ면 오ᄂᆞᆯ ᄀᆞᄐᆞ니[5] 그 ᄡᆞᆯ을 ᄆᆡ이 글혀 내여 식거ᄃᆞᆫ 누록 ᄒᆞᆫ 줌만 섯거 둣다가 ᄡᅳ면 됴ᄒᆞ니라

현대어역

○석임 만드는 법

[백미 다섯 홉, 누룩가루 한 줌[握].]

익은 석임 한 되만 만들려고 하면, 백미 다섯 홉을 물 한 사발에 담가서 가장 잘 불었거든 쌀은 체에 건져 두고 그 물을 아주 많이 끓여 그 쌀 위에 끼얹어라. 그 쌀이 데워져 익거든 그 물까지 (부어) 도로 담가 두어라. 내일 쓰려고 하면 오늘 정도에 그 쌀을 매우 끓여 내어 식거든 누룩 한 줌만 섞어 두었다가 쓰면 좋다.

용어 해설

1 서김 : 석임. 술을 빚을 때 발효를 돕기 위해 넣은 발효제. 백화주 방문의 '서김'에 대한 주석을 참고하기 바란다.

2 우희 : 위에. '우ㅎ-의'. '우ㅎ'[上]은 이른바 ㅎ종성체언의 하나이다.

3 ᄶᅵ이즈면 : 끼얹으면. 'ᄶᅵ잋-으면'. 액체나 가루 따위를 다른 것 위에 흩어지게 뿌리다.【졍화슈로 뎡박기 우ᄒᆡ ᄶᅵ이즈라〈1682마경초上:83b〉】【달힌 초와 술노뻐 ᄶᅵ언저 적시고〈1792증수무1:40b】【모ᄅᆡ를 ᄶᅵ언져 진언眞言을 념ᄒᆞ ᄆᆡ〈17??완월회맹연60:5b〉】

4 데여: 데워져. 여기서는 뜨거운 물을 끼얹어 쌀이 익는 것을 뜻한다. '데-j-어'. 모음충돌을 회피하기 위해 반모음 j가 삽입되었다. 【더운 믈와 브레 데여 허디 아니ᄒᆞ닐 고툐ᄃᆡ〈1466구급방下8b〉】【ᄯᅩ 브레 데며 더운 므레 데어 쉛거든〈1466구급방下10b〉】

5 오ᄂᆞᆯ ᄀᆞᄐᆞᆫ 니 : 오늘 같은 날. '오ᄂᆞᆯ#ᄀᆞᇀ-ᄋᆞᆫ#이'(의존명사). '오늘 정도에'라는 뜻을 표현한 것이다. 내일 쓸 술이면 오늘 정도에 준비하라는 말이다.

하일절주

원문 판독

주찬방 • 13b •

⊙하일절쥬[1] 白米三升 麴三升 水七升半 粘米三斗 與下清明酒略同

ᄇᆡᆨ미 서 되ᄅᆞᆯ 여러 번 죄[2] 시서 ᄀᆞᄅᆞ 디허 닉게 뼈 더운 믈 ᄒᆞᆫ 되 닷 홉으로 ᄆᆞ라 떡 ᄆᆞᆫᄃᆞ라 ᄎᆞ거ᄃᆞᆫ 됴ᄒᆞᆫ 누록 ᄀᆞᄅᆞ 서 되ᄅᆞᆯ 섯거 독의 녀허 사흘 만의 졈미 서 말을 ᄇᆡᆨ 번 시서 닉게 뼈 닝슈 엿 되ᄅᆞᆯ 쁘려[3] ᄎᆞ거ᄃᆞᆫ 젼술을 내여 버므려 녀허 빠ᄆᆡ야 삼일 후에 ᄡᅳ라

현대어역

⊙하일절주

[백미 석 되, 누룩 석 되, 물 일곱 되 반, 찹쌀 서 말, 나머지는 청명주淸明酒와 대략 같다.]

백미 서 되를 여러 번 깨끗이 씻어 가루로 찧고 익게 쪄서 더운 물 한 되 다섯 홉을 말아 떡을 만들어라. (떡이) 식거든 좋은 누룩가루 서 되를 섞어 독에 넣어라. 사흘 만에 찹쌀 서 말을 깨끗이 씻어 익게 쪄서, 냉수 여섯 되를 뿌려서 (그것이) 식거든 전술前-을 내어 버무려 넣은 뒤 (독 부리를) 싸매어 (두었다가) 삼 일 후에 써라.

용어 해설

1 하일졀쥬 : 하일절주夏日節酒. 멥쌀과 찹쌀로 빚은 술로, 단기간에 빚는 점이 특징이다. 이 내용부터 필사자의 서체가 약간 달라진다. 앞부분까지 또박또박 하게 쓴 정자체이고, 여기서부터 약간의 흘림체가 가해지는 서체 변이가

나타난다. 뒤에 나오는 '쇼쥬 만히 나게 고올 법', '쟈쥬' 방문의 서체는 흘림체의 정도가 더 심해진다.

2 죄 : 깨끗이. 모두. '조-이'. '조ᄒᆞ다'(깨끗하다)의 어근 '조-'와 부사파생접미사 '-이'가 결합한 것이다.

3 쁘려 : 뿌려. 각자병서 ㅃ이 쓰인 예이다. 【누ᇇ므를 쁘려 能히 가도디 몯호니〈1632두시중24:47b〉】【믈 쁘려 닉게 ᄧᅧ 식지 아닌 적의 몬져 밋ᄐᆡ 섯거 녀허 녀ᄅᆞᆷ이어든 즁탕ᄒᆞ라〈1670음식디미방19a〉】

하숭의 사시절주

원문 판독

○하숑의 ᄉᆞ시졀쥬[1] 白米一斗三升 眞末五合 麴三升半 水三瓶

주찬방 • 14a •

ᄇᆡᆨ미 ᄒᆞᆫ 말을 ᄇᆡᆨ셰 작말ᄒᆞ야 닉게 ᄧᅧ 글흔 믈 세 병
을 섯거 식거ᄃᆞᆫ 됴ᄒᆞᆫ 누록 두 되 닷 홉과 진말 닷 홉을
섯거 독의 녀허 녀름은 사나흘이오 겨을은 여닐웨오[2]
춘츄ᄂᆞᆫ ᄉᆞ오일 후제 ᄇᆡᆨ미나 졈미나 ᄯᅲᆼ에[3] 서 되ᄅᆞᆯ
ᄇᆡᆨ셰ᄒᆞ야 ᄧᅧ ᄎᆡ와 녀흐라 닐웬 만의 ᄡᅳ면 쳥쥬ᄂᆞᆫ 세
병이오 탁쥬ᄂᆞᆫ ᄒᆞᆫ 동ᄒᆡ[4]니 마시 니화쥬 ᄀᆞᄐᆞ니라
⊙ᄯᅩ ᄒᆞᆫ 법은 ᄇᆡᆨ미 ᄒᆞᆫ 되ᄅᆞᆯ ᄇᆡᆨ셰 작말ᄒᆞ야 쥭 수어

식거ᄃᆞᆫ 됴ᄒᆞᆫ 누록 두 되ᄅᆞᆯ 셧거 녀허 겨을흔 ᄉᆞ오일

주찬방 • 14b •

이오 녀름은 삼일 츈츄ᄂᆞᆫ ᄉᆞ오일 만의 ᄇᆡᆨ미 ᄒᆞᆫ 말을 ᄇᆡᆨ번 시서 닉게 ᄧᅧ 그 실ᄅᆞᆯ[5] 바조[6] 우희 노코 ᄎᆞᆫ 믈로 ᄀᆞ장 ᄎᆞ도록 놀와[7] 믈 ᄡᅴ거ᄃᆞᆫ[8] 젼미ᄐᆞᆯ 내여 셧거 독의 녀허 닐웨 후에 ᄡᅳ라 누록을 ᄌᆞᆯ게 ᄆᆞ아[9] 볃 ᄧᅬ야 잡내 업ᄉᆞᆫ 후에 ᄡᅳ되 독을 ᄀᆞ장 니그니ᄅᆞᆯ[10] ᄀᆞᆯᄒᆡ야 ᄂᆡ ᄡᅩ여 녀흐라

현대어역

○하숭의 사시절주

[백미 한 말 석 되, 밀가루 다섯 홉, 누룩 석 되 반, 물 세 병.]

백미 한 말을 깨끗이 씻어 가루 내어 익게 쪄서 끓인 물 세 병을 섞어라. (그것이) 식거든 좋은 누룩 두 되 다섯 홉과 밀가루 다섯 홉을 섞어 독에 넣어라. 여름은 사나흘, 겨울은 예니레(6~7일), 봄가을은 사오일 후에 백미나 찹쌀 중에 서 되를 깨끗이 씻어 찌고 식혀서 넣어라. 이레 만에 쓰면 청주는 세 병이 (나오고), 탁주는 한 동이 (나오는데) 맛이 이화주와 같으니라.

⊙또 하나의 방법은 백미 한 되를 깨끗이 씻어 가루 내어 죽을 쑤어, (그것이) 식거든 좋은 누룩 두 되를 섞어 넣어라. 겨울은 사오 일, 여름은 삼 일, 봄가을은 사오 일 만에 백미 한 말을 깨끗이 씻어 익게 쪄, 그 시루를

바자 위에 놓고 찬물로 아주 차갑도록 내려라. 물이 (다) 빠지거든 전밑前-(전의 술밑)을 내어 섞어 독에 넣었다가, 이레 후에 써라. 누룩을 잘게 바수고 햇볕을 쬐어 잡내를 없앤 후에 쓰되, 아주 잘 (구워져) 익은 독을 가려 연기를 쐰 후에 (재료들을 독에) 넣어라.

용어 해설

1 하슝의 ᄉᆞ시절쥬 : 하숭河崇의 사시절주四時節酒. '하숭'이라는 사람이 만든 사철 쓸 수 있는 술. '하슝'은 『산가요록』에 '河崇', 『잡초』에 '何崇'으로 표기되어 있다. 『산가요록』에 따라 '河崇'으로 간주한다. 『산가요록』의 '하숭사절주'와 『잡초』의 '하숭사시주', 『주찬방』의 '하숭사시절주'는 주품명도 비슷하고, 제조법도 거의 같다. 방문에서 "녀름은 사나흘이오 겨을은 여닐웨오 춘츄ᄂᆞᆫ ᄉᆞ오일"이라고 하였듯이, 이 술은 사계절 내내 빚는 술이었다.

2 여닐웨 : 예니레. 엿새나 이레. 6~7일. 【여닐웨 죽다가 사라 이제ᄂᆞᆫ 다 됴화시ᄃᆡ〈1565순천김148〉】

3 ᄯᅲᆼ에 : 중에. '듕에'가 나올 자리인데 된소리 'ᄯᅲᆼ에'로 나타나 독특한 표기를 보여준다. 'ᄇᆡᆨ미나 졈미낫 듕에'와 같은 구성에서 사이시옷이 후행 체언 '듕'으로 전이된 표기다. 이와 비슷한 예가 『정속언해』 초간본에 보인다. 【사ᄅᆞᆷ의 ᄌᆞ손니 가ᄉᆞ멸어나 귀커나 가난커나 미쳔커나 ᄯᅲᆼ에 묻디 말오〈1518정속언7b〉】

4 동ᄒᆡ : 동이. 【달힌 믈 두 동ᄒᆡ예 ᄡᆞᆯ ᄒᆞᆫ 되만 죡수워 비즈라〈1554구황촬8b〉】

5 실ᄅᆞᆯ : 시루를. '시ᄅᆞ-ᄋᆞᆯ(목적격조사)'. '시ᄅᆞ'는 '실리'(주격), '실ᄅᆞᆯ'(목적격)

처럼 ㄹ이 덧생기는 특수 곡용을 하였다. '노ᄅᆞ'(노루), '자ᄅᆞ'(자루) 등도 이와 같은 특수 곡용 체언이었다.

6 바조 : 나무나 싸리 따위로 만든 통. 이 문맥에서 시루를 바조 위에 놓는다고 한 것으로 보아 나무통으로 판단된다. 이화주 방문의 '바조' 주석을 참고하기 바란다.

7 놀와 : (물을) 내려. 'ᄂᆞ리-오(사동접미사)-아'. 'ᄂᆞ리다'의 어간 'ᄂᆞ리-'에 사동접미사 '-오-'가 결합된 형태이다. 시루에 물을 부어 '내리라'는 뜻이다.

8 쎄거든 : 빼거든. (물이) 빠지거든.

9 ᄆᆞ아 : 바수어. 'ᄆᆞ으-아'. 【사침법은 말간 ᄌᆞ긔롤 어더 ᄆᆞ아 그티 ᄲᅩ롯고 놀라니를 ᄀᆞᆯᄒᆡ야<1608태산집75a>】

10 니그니롤 : 익은 것을. '닉-은#이(의존명사)-롤'. 잘 구워져 단단한 것을. '독을 ᄀᆞ장 니그니롤 ᄀᆞᆯᄒᆡ야'는 술 담글 때 쓰는 독을 고를 때 잘 구워져 단단한 것(=잘 익은 것)을 골라서 쓰라는 말이다.

하절 삼일주

원문 판독

○하졀삼일쥬[1] 白米一斗 水一斗 麴三升

글힌 믈 ᄒᆞᆫ 말애 누록ᄀᆞᄅᆞ 서 되롤 프러 동당이텨[2]

주찬방 • 15a •

독의 녀허 밤 잔 후에 뵈주머니예 걸러 즈의[3]란 업

시ᄒᆞ고 ᄇᆡᆨ미 ᄒᆞᆫ 말을 ᄇᆡᆨ셰 작말ᄒᆞ야 닉게 ᄣᅧ ᄀᆞ장 식
거ᄃᆞᆫ 젼읜 누록[4] 믈을 섯거 녀허 삼일 후제 ᄡᅳ라

현대어역

○하절삼일주

[백미 한 말, 물 한 말, 누룩 석 되.]

끓인 물 한 말에 누룩가루 서 되를 풀고 휘저어서 독에 넣어라. 하룻밤 재운 후에 베주머니에 걸러서 찌꺼기가 없게 해라. 백미 한 말을 깨끗이 씻어 가루 내어 익게 쪄라. (찐 것이) 아주 식었거든 이전의 누룩 물을 섞어 넣어 삼 일 후에 써라.

용어 해설

1 하졀삼일쥬 : 하절삼일주夏節三日酒. 여름철에 사흘 만에 빚는 술. 하절삼일주는 『산가요록』, 『음식디미방』, 『온주법』 등에 실려 있다. 『주찬방』의 '하졀삼일쥬'는 『산가요록』의 방문과 일부 비슷하다. 【米一斗, 熟水一斗, 匊二升, 和入瓮, 經宿, 以細佈漉汁去滓. 白米一斗, 洗浸細末乾蒸, 去温氣, 以件匊水, 和入瓮, 三日後, 開用. 多少, 以此推之〈산가요록 하절삼일주〉】

2 동당이텨 : 휘저어. '동당이#티-어'. 『산가요록』의 한문 방문에 '동당이텨'에 대응하는 한자가 없으나 「細麵」(세면) 방문에서는 '揮'의 번역어가 '동당이텨'이다. 현대국어의 '동댕이치다'는 '들어서 힘껏 내던지다.'로 사전에 풀이되어

있으나, 음식조리서에서는 '휘저어'라는 뜻으로 쓰였다. '동당이티-'에 구개음화 및 ㅣ모음역행동화가 적용되어 현대국어의 '동댕이치-'로 변화하였다. 【甘爛水 만히 동당이텨 거품진 믈〈1613동의보감1:16b〉】【ᄆᆡ오 동당이텨 김 아니 나게 더퍼 두고〈17초기, 주방문15a〉】【알 속의 너허 동당이쳐 궁글 막고 ᄉᆞᆯ마 초지령의 쓰라〈1856정일당잡지13a〉】【복셩화 나모가지로 동당이로 무수이 쳐 망울을 죄죄 프러 너코〈18??우음제방1a-1b〉】【버드나모로 동당이을 ᄆᆡ요 쳐 거ᄅᆞᆫ 거시 건 모쥬 만ᄒᆞ게 ᄒᆞ고〈18??주방4a〉】

3 즈의 : 찌꺼기. 【滓 즈의 ᄌᆡ〈1576신유합下:37a〉】

4 젼읜 누록 : 이전의 누룩. '젼-의-ㅅ#누록'. 속격 조사 '-의' 뒤에 사이시옷이 결합한 '젼읫 누록'에서 사이시옷이 비음 ㄴ 앞에서 ㄴ으로 동화된 것이다.

하일 불산주

원문 판독

하일블산쥬[1] 夏日不酸酒 白米十一斗 麴一斗半

ᄇᆡᆨ미 ᄒᆞᆫ 말을 ᄇᆡᆨ셰 작말ᄒᆞ야 ᄂᆡᆨ게 쪄 식거ᄃᆞᆫ 됴ᄒᆞᆫ 누

록ᄀᆞᄅᆞ ᄒᆞᆫ 말 닷 되를 버므려 고로 쳐셔 썩ᄀᆞ티 번더

겨[2] 독의 녀코 닐웨 후에 경미[3] 열 말을 ᄇᆡᆨ셰ᄒᆞ야 ᄂᆡᆨ

게 쪄 바조에 퍼 노코 더온 믈로 골와 ᄎᆞ거ᄃᆞᆫ 믿술에 버

주찬방 • 15b •

므려 녀코 독 부리[4]ᄅᆞᆯ ᄃᆞᆫ〻[5] ᄡᅡᄆᆡ야 둣다가 탁쥬로 ᄡᅳ
거ᄃᆞᆫ 닐웬 만의 ᄡᅳ고 쳥쥐어ᄃᆞᆫ[6] 세 닐웨 후제 ᄡᅳ라

현대어역

하일불산주

[백미 열한 말, 누룩 한 말 반.]

백미 한 말을 깨끗이 씻어 가루 내어 익게 쪄서, (그것이) 식거든 좋은 누룩가루 한 말 다섯 되를 버무려 고루 쳐서 떡같이 반죽하여 독에 넣어라. 이레 후에 멥쌀 열 말을 깨끗이 씻어 익게 찌고 바자에 펴 놓아라. 더운 물을 섞어서 식거든 밑술에 버무려 넣고, 독 부리를 단단히 싸매어 두어라. 탁주로 쓰려면 이레 만에 쓰고, 청주로 쓰려면 세 이레(=21일) 후에 써라.

용어 해설

1 하일블산쥬 : 하일불산주夏日不酸酒. 여름철에 시지 않도록 만든 술.

2 번더겨 : 주물러 반죽하여. '번드기-어'로 형태 분석할 수 있다. '번드기-'는 『주찬방』에서 처음 나타난 낱말이다. 이 낱말이 쓰인 문맥을 보면, 누룩가루 한 말 닷 되를 버무리고 고르게 쳐서 이것을 쌀가루 찐 것 한 말과 '번더겨' 만드는 것이다. 쌀가루 찐 것과 누룩가루 버무린 것을 서로 섞어 만드는 동작을 '번더겨'라고 표현하였다. 이 문맥의 '번더겨'는 '반죽하다'와 비슷한 의미를 표현하였다. 〈우리말샘〉에 관련 어휘를 찾아보니 '반대기'가 있다.

'반대기'는 가루를 반죽한 것이나 삶은 푸성귀 따위를 평평하고 둥글넓적하게 만든 조각이다. 위의 '번드겨'는 이 '반대기'와 관련된 낱말이다.

고소설에 '번드겨'의 용례가 있으나 위의 '번드겨'와 같은 뜻인지 판단하기 어렵다. 【강편鋼鞭을 드러 완안의 면목面目을 ᄇᆞ라고 ᄒᆞᆫ번 티니 완안이 미처 손을 놀니디 못ᄒᆞ여 몸을 번드겨 ᄯᅥ러디ᄂᆞᆫᄃᆡ 다만 보니 눈망울이 돌츌ᄒᆞ여 블근 피 소사나 죽으니〈1760무목왕졍튱녹,08〉】

3 경미 : 경미粳米. 메벼를 찧은 쌀. 멥쌀.

4 독 부리: 독의 부리. '독#부리'. 이 문헌에는 '독부리'가 5회 나타난다. 삼해주 방문의 주석을 참고하기 바란다.

5 ᄃᆞᆫ〻: 단단히. 부사화 접미사 없이 'ᄃᆞᆫᄃᆞᆫ'으로만 부사로 사용하고 있다. 『주찬방』에는 'ᄃᆞᆫ〻'보다는 'ᄃᆞᆫ〻이'가 더 많이 나타난다.

6 쳥쥐어든 : 청주清酒이거든. '쳥쥬-ㅣ(서술격조사)-어든'.

부의주

원문 판독

부의쥬[1] 浮蟻酒 粘米五升 曲末一升 实柏子一升五合 清酒三瓶 又方 白米一斗 曲末一升

빅졈미 닷 되롤 빅셰ᄒᆞ야 닉게 뼈 식거든 누록ᄀᆞᄅᆞ

ᄒᆞᆫ 되과 실빅ᄌᆞ[2] ᄒᆞᆫ 되 반을 ᄀᆞ장 즐게 즛두드려[3] ᄒᆞᆫ

ᄃᆡ 섯거 비저 여닐웬 만의 됴ᄒᆞᆫ 쳥쥬 두 병을 브어

녀허 삼일 후에 ᄡᅳ라 ⊙ᄯᅩ ᄒᆞᆫ 방문에 ᄇᆡᆨ미 ᄒᆞᆫ 말을

주찬방 • 16a •

ᄇᆡᆨ 번 시서 닉게 ᄣᅧ 그르세 헤텨[4] ᄎᆡ와[5] ᄭᅳᆯ혀 ᄎᆡ온[6] 믈 세 병에 누록 ᄒᆞᆫ 되ᄅᆞᆯ 몬져 프러 고로 동당이텨 밥애 셧거 독의 녀허 사흘 후제 닉거ᄃᆞᆫ 우희 ᄠᅳᆫ 건시랑[7] ᄯᅥ내여 제곰[8] 그르세 둣다가 드리온 후제 술의 ᄠᅴ워 개야미[9] ᄠᅳᆫ 형상 ᄀᆞ티 ᄒᆞ야 ᄡᅳ라 마시 ᄃᆞᆯ고 ᄡᅳ니 하졀에 ᄡᅳ기 됴ᄒᆞ니라

현대어역

부의주

[찹쌀 다섯 되, 누룩가루 한 되, 실백자 한 되 다섯 홉, 청주清酒 세 병, 또 하나의 방법은 백미 한 말, 누룩가루 한 되.]

흰 찹쌀 다섯 되를 깨끗이 씻어 익게 쪄, 식거든 누룩가루 한 되와 실백자 한 되 반을 아주 잘게 짓두드려 한데 섞어 빚어라. 예니레(=6~7일) 만에 좋은 청주 두 병을 부어 넣고 삼일 후에 써라. ⊙또 하나의 방문에, 백미 한 말을 깨끗이 씻어 익게 쪄서, 그릇에 헤쳐서 차게 식혀라. 끓여서 차게 한(=식힌) 물 세 병에 누룩 한 되를 먼저 풀고, 고루 휘저어 밥에 섞은 후 독에 넣어라. 사흘 후에 익거든 위에 뜬 건더기는 떠내어 제각기 그릇에 두었다가 (술을) 내린 후에 술에 띄워 개미가 뜬 형상과 같이 만들어서 써라.

맛이 달고 쓰니 여름철에 쓰기 좋다.

용어 해설

1 부의쥬 : 부의주浮蟻酒. 밥풀이 동동 뜨는 맑은 찹쌀 술. 동동주. 아래의 방문에서 보듯이, "사흘 후에 익거든 위에 뜬 건더기는 떠내어 제각기 그릇에 두었다가 (술을) 내린 후에 술에 띄워 개미가 뜬 형상과 같이 만들어서 써라"라고 씌어 있다. 즉 술을 거를 때 건더기를 떠낸 뒤, 술을 마실 때 술 위에 개미가 뜬 형상처럼 그 건더기를 띄워서 쓰는 술이다. 부의주는 술 위에 개미 같은 쌀알이 떠 있다 하여 붙여진 이름이다(박록담 2004: 75). 부의주는 현재 경기도 지정 무형문화재를 비롯해 전국적으로 가장 널리 빚어지고 있는데, '부의주'라는 이름보다는 '동동주'라는 이름으로 더 알려져 있다. 부의주가 널리 빚어지고 있는 까닭은 술 빚기가 한 번에 그치기 때문에 담그기가 쉽고, 이양주(두번빚이술)에 비해 수율이 높아 경제적이기 때문이다(박록담 2002: 242).

2 실뵉ᄌᆞ : 실백자實柏子. 껍데기를 벗긴 알맹이 잣.

3 즛두드려 : 짓두드려. 함부로 마구 두드려. 【싱앙 즛두드려 절로 난 즙으로 두ᅀᅥ 번 양지ᄒᆞ야 춤 나면 됴ᄒᆞ리라〈1489구급간3:1b〉】

4 헤텨 : 헤쳐. '헤티-어'. 【긄 句롤 어더 音律올 새려 알오 書冊올 헤텨 床애 ᄀᆞᄃᆞ기 호몰 아ᄂᆞ다〈1632두시중8:49b〉】

5 취와 : 차게 하여. 식게 하여. 'ᄎᆞ-이(사동접미사)-오(사동접미사)-아'. 중간의 '-이-오-'는 사동접미사가 중복된 것이다.

6 취온 : 차게 한. 식힌.

7 건시랑 : 건더기는. '건디'(건더기)의 오기로 보인다. '건디-랑'.

8 제곰 : 제가끔. 제각기. 【ᄒᆞᆫ 사ᄅᆞ미나 제곰 사롤 쳐소롤 얻디 몯ᄒᆞ엿거든〈1518번소학8:3〉】

9 개야미 : 개미. 여기서는 '담거나 걸러 둔 술 위에 동동 띄우는 밥알'을 '개미'에 비유했다. 【그듸 이 굼긧 개야미 보라〈1447석보상6:36b〉】

하향주

원문 판독

○하향쥬[1] 荷香酒 粘米一斗 白米三升 曲末一升 又 一升

졈미 ᄒᆞᆫ 말만 비즈려 ᄒᆞ면 몬져 ᄇᆡᆨ미 서 되롤 ᄇᆡᆨ셰 작

주찬방 • 16b •

말ᄒᆞ야 구무떡 비저 닉게 ᄉᆞᆯ마 식거ᄃᆞᆫ 됴ᄒᆞᆫ 누록을 ᄀᆞ

ᄂᆞ리[2] ᄶᅵ허[3] 체로 처 ᄒᆞᆫ 되롤 고로 쳐셔 니화쥬 빗ᄃᆞ시 항

의 녀허 니거 가거ᄃᆞᆫ 졈미 ᄒᆞᆫ 말을 ᄇᆡᆨ셰ᄒᆞ야 닉게 뼈 므

롤[4] ᄭᅳᆯ혀 식거ᄃᆞᆫ 몬져 녀ᄒᆞᆫ 밋술이 ᄀᆞ장 돌거ᄃᆞᆫ 믈을

병 반을 골와 녀코 마시 ᄡᅳ거ᄃᆞᆫ 두 병을 골와 녀흐되 ᄯᅩ

누록ᄀᆞᄅᆞ ᄒᆞᆫ 되롤 섯거 녀허 세 닐웨 후제 여러 보면

그 마시 긔특ᄒᆞᄂᆞ니[5] 오직 ᄂᆞᆯ믈씌롤 ᄀᆞ장 조심ᄒᆞ여야

주찬방 • 17a •

마시 ᄀᆞ장 됴ᄂᆞ니라[6]

현대어역

○하향주

[찹쌀 한 말, 백미 석 되, 누룩가루 한 되, 또 한 되.]

찹쌀 한 말만큼을 빚으려 하면 먼저 백미 서 되를 깨끗이 씻어 가루 내어 구멍떡을 빚어 익게 삶아라. (그것이) 식거든 좋은 누룩을 가늘게 찧어 체로 치고, (누룩가루) 한 되를 고루 쳐서 이화주 빚듯이 항아리에 넣어라. 익어 가거든 찹쌀 한 말을 깨끗이 씻어 익게 쪄라. 물을 끓여 식혀서 먼저 넣은 밑술이 아주 달면 (끓여서 식힌 그) 물을 한 병 반을 섞어 넣고, 맛이 쓰면 두 병을 섞어 넣되, 또 누룩가루 한 되를 섞어 넣어서, 세 이레 후에 열어 보면 그 맛이 기이하고 특별하다. 오직 날물기를 가장 조심해야 맛이 가장 좋다.

용어 해설

1 하향쥬 : 하향주荷香酒. 청주의 한 종류. 술 이름에 '荷香'(연꽃 향기)라는 표현이 있지만 실제로 연꽃의 향이 나지는 않고, 연꽃이 재료로 들어가지도 않는다. 배꽃이 필 때 담는 술을 이화주라고 했듯이, 연꽃이 필 때 담는다고 하향주라고 했을 수도 있으나, 방문 내용 중 시기에 대한 언급은 없다. 하향주는 밑술의 재료인 멥쌀을 물송편으로 만든 것을 죽 상태로 하여 술을 빚는

것이 특징이다. 발효가 잘 되게 하려면 떡을 덩어리진 것이 없게 잘 풀어서 누룩가루와 고루 섞이도록 하고, 특히 덧술이 잘 혼합되도록 오래 버무려야 한다. 술에서 연꽃 향기가 난다고 하여 하향주라고 했다는 해석도 있다(박록담 2002: 126).

2 ᄀᆞᄂᆞ리 : 가늘게. 'ᄀᆞᄂᆞᆯ-이(부사화 접미사)'. 【剉ᄂᆞᆫ ᄀᆞᄂᆞ리 사ᄒᆞᆯ 씨라〈1459월인석21:76a〉】

3 찌허: 찧어. '딯-〉찧-'이라는 어두경음화가 적용된 어형이다. 『주찬방』에서는 어두경음화 비실현형 '딯-'과 실현형 '찧-'이 둘 다 나타나 있으나 비실현형 '딯-'의 출현 빈도가 높다.

4 므ᄅᆞᆯ : 물을. 『주찬방』에서는 대부분 '믈을'로 분철 표기하고 있다. 여기서는 연철해 놓았다. 【느릅나못 ᄒᆡᆫ 거플와ᄅᆞᆯ ᄀᆞᆫ게 ᄂᆞᆫ화 달힌 므ᄅᆞᆯ ᄃᆞ시ᄒᆞ야 머그면〈1489구급간1:114b〉】

5 긔특ᄒᆞᄂᆞ니 : 奇特하느니. 기이하고 특별하다. 음식조리서에서 술맛 표현에 자주 쓰인 낱말이다. 백두현(2017)은 음식조리서에 나온 맛 표현법을 종합적으로 정리하여 분석한 바 있다.

6 됸ᄂᆞ니라 : 좋느니라. '둏-ᄂᆞ-니라'가 '됴ᄐᆞ니라→됻ᄂᆞ니라→됸ᄂᆞ니라'를 거쳐서 나온 표기이다.

합자주

원문 판독

○합ᄌᆞ쥬[1] 榼子酒 白米三斗三升 麴三升 水十沙鉢

ᄇᆡᆨ미 서 되ᄅᆞᆯ ᄇᆡᆨ셰 작말ᄒᆞ야 ᄀᆞᄂᆞᆫ 체로 노야[2] 글힌 믈

로 섯거 밤 자거ᄃᆞᆫ 누록ᄀᆞᄅᆞ 서 되ᄅᆞᆯ ᄒᆞᆫᄃᆡ 섯고 〻로[3] 쳐

쳐[4] ᄯᅥᆨ 엳아홉[5]을 ᄆᆡᆫᄃᆞ라 그르세 녀허 ᄃᆞᆫ〻이 더퍼

ᄃᆞᆺ다가 사흘 후제 ᄇᆡᆨ미 서 말을 ᄇᆡᆨ셰ᄒᆞ야 닉게

뼈 ᄆᆡ ᄒᆞᆫ 말애 졍하슈[6] 세 사발식 혜여 섯거 ᄯᅥᆨ의

버므려 독의 녀허 두터온[7] 식지로 ᄲᅡᄆᆡ야 닷새 후

주찬방 • 17b •

에 ᄡᅳ라

현대어역

○합자주

[백미 서 말 석 되, 누룩 석 되, 물 열 사발[沙鉢].]

백미 서 되를 깨끗이 씻어 가루 내어 가는 체로 치고 끓인 물을 섞어 하룻밤 재워서, 누룩가루 서 되를 한데 섞어 고루 쳐서, 떡 여덟 아홉 개를 만들어 그릇에 넣고 단단히 덮어 두어라. 사흘 뒤에 백미 서 말을 깨끗이 씻어 익게 쪄서, 매 한 말에 정화수井華水 세 사발씩을 헤아려 (넣고) 떡에

버무려, 독에 넣어 두꺼운 식지로 싸매어 닷새 후에 (내어) 써라.

용어 해설

1 합ᄌᆞ쥬 : 합자주榼子酒. 이 술은 『산가요록』 등 여타의 양조법 문헌에 나오지 않는 특이한 술이다. '합자'榼子는 술통이나 물통 혹은 이런 통의 덮개를 가리키는 말이다. 합자주는 담는 통의 특징에 따라 붙여진 술 이름이다. 술통을 가리키는 한자어로 '樽榼'(준합), '壺榼'(호합) 등이 있다.

2 노야 : 뇌어. (체로) 쳐서. '뇌다'는 굵은 체에 친 가루를 더 곱게 하려고 가는 체에 다시 친다는 뜻이다. '뇌야', '뇌여'의 용례는 『규합총서』, 『음식디미방』 등에서 볼 수 있지만 '노야'의 용례는 찾기 어렵다. 【깁체에 뇌야 되 서 홉을 너코〈1869규합총1b〉】【ᄀᆞᄂᆞᆫ 모시예나 깁의 뇌여 그 ᄀᆞᆯᄅᆞᆯ 더러〈1670음식디미방1a〉】

3 〻로 : 고로. 바로 앞에 '섯고'의 '-고'와 글자 '고'가 반복되므로 이것을 동음부호 '〻'로 표기해 놓았다.

4 쳐쳐 : 행을 바꾸면서 '쳐'를 반복하여 써 놓았다.

5 엳아홉 : 엳아홉. 여덟아홉. 여덟이나 아홉쯤 되는 수. 【네 아ᄃᆞ리 나히 엳아홉만 ᄒᆞ면〈1459월인석8:97b〉】

6 졍하슈 : 정화수井華水. 이른 새벽에 길은 우물물. 조왕에게 가족들의 평안을 빌면서 정성을 들이거나 약을 달이는 데 쓴다. '졍화슈'의 오기로 판단한다. 자음 뒤의 [wa](ㅘ)가 일상어에서 [a](ㅏ)로 발음된 것을 적었다. 【ᄒᆞᆫ 환식 졍화슈에 플러 머기라〈1608두창집下:29a〉】

7 두터온 : 두꺼운. 현대국어에서는 '두텁다'가 믿음, 관계, 인정 등 추상 명사와

결합하지만 중세국어에서는 구체 명사와도 결합하였다. 이 자료에도 종이라는 구체 명사와 결합하여 나타난다. 【밠드이 두터ᄫᅳ시며〈1459월인석2:57〉】

삽주뿌리술

원문 판독

삽듓불휘술[1]

삽듓불휘[2]ᄅᆞᆯ 거플 벗겨 열 근을 죄 시서 즛두

드려[3] 동뉴슈[4] ᄒᆞᆫ 셤을 ᄉᆡ디 아닌 독의 ᄃᆞᆷ가 스므날 만의

건져 ᄇᆞ리고 그 믈을 고텨[5] 바타[6] 항의 다마 두고 이 믈로

술을 비저 머그면 온갓 병이 다 업고 ᄆᆡ양 머그면 댱슈[7]ᄒᆞ

고 늙디 아니ᄒᆞᄂᆞ니 이 술 머글 제ᄂᆞᆫ 복숑[8]와 외얏[9]과 고싀[10]

주찬방 • 18a •

와 마ᄂᆞᆯ과 새고기 죠개 쳥어젓슬 먹디 말라

현대어역

삽주뿌리술

삽주 뿌리의 꺼풀을 벗기고 (삽주 뿌리) 열 근을 깨끗이 씻어 짓두드려,

(물이) 새지 않는 독에 동류수東流水 한 섬을 채워 (삽주 뿌리를) 담갔다가 스무날 만에 건져 버려라. 그 물을 다시 밭아서 항아리에 담아 두고, 이 물로 술을 빚어 먹으면 온갖 병이 다 없어지고, 매양(=늘) 먹으면 장수하고 늙지 않는다. 이 술을 먹을 때는 복숭아, 자두(=오얏), 고수, 마늘, 새고기, 조개, 청어젓을 (함께) 먹지 말라.

용어 해설

1 술 이름 앞에 동그라미 권표 ○가 없다. 한자로 표기된 재료 이름과 분량 등의 내용이 없다.

2 삽듓불휘 : 삽주의 뿌리. '삽주'는 국화과의 여러해살이풀. 어린잎은 식용하고 뿌리는 약용한다.

3 즛두드려: 짓두드려. 찧어. 【싱치 진ᄀᆞᄅᆞ 셩이 표고 진이 숑이 즛두드려 호쵸ᄀᆞᄅᆞ 약념ᄒᆞ여〈1670음식디미방4a-4b〉】

4 동뉴슈 : 동류수東流水. 동쪽으로 흐르는 물.

5 고텨 : 다시. 문맥상 '다시'[重]의 뜻이다.

6 바타 : 밭아. '밭-'은 건더기와 액체가 섞인 것을 체나 거르기 장치에 따라서 액체만을 따로 받아 낸다는 뜻이다.

7 댱슈 : 장수長壽. 오래도록 삶.

8 복숑 : 복숭아. 【복숑와 ᄇᆡ 마ᄂᆞᆯ 과실 먹디 말고〈1563은중경5b〉】

9 외얏 : 오얏. 자두. 【프른 외얏과 누른 梅花ᄅᆞᆯ ᄀᆞᆯ히야 묻디 아니ᄒᆞ노라〈1481두시초간15:19b〉】

10 고싀 : 고수풀. 【고싀 줄기 ᄡᅡᄒᆞ라 두 냥을 쳥쥬 듀 되 브어 글커든〈1608두창집上:22b〉】

소주 많이 나게 고으는 법

원문 판독

○쇼쥬 만히 나게 고올[1] 법[2]

ᄎᆞᆯᄡᆞᆯ 뫼ᄡᆞᆯ[3] 각 ᄒᆞᆫ 되식 섯거 죄 시서 믈에 ᄃᆞᆷ가 붇거
ᄃᆞᆫ ᄀᆞᄅᆞ 디허 믈 열 사발의 ᄣᅡ셔 ᄒᆞᆫ 소솜[4] 글혀 시겨
두고 ᄯᅩ 믈 열 사발을 ᄒᆞᆫ 소솜 글혀 식거ᄃᆞᆫ 누록 넉
되를 그 믈에 프러 젼의 ᄀᆞᄅᆞ 빳던[5] 믈과 ᄒᆞᆫᄃᆡ ᄣᅡ셔
밤 재여[6] 이튼날 ᄎᆞᆯᄡᆞᆯ ᄒᆞᆫ 말 죄 시셔 믈에 붇거ᄃᆞᆫ ᄣᅧ
식거ᄃᆞᆫ 그 믈에 섯거 독의 녀허 닷새만 ᄒᆞ면 괴거ᄃᆞᆫ 죄

걸러 고오면 쇼쥐 열다ᄉᆞᆺ 복ᄌᆡ면[7] ᄆᆡᆸ고 스므 복ᄌᆡ면
ᄡᅳᄂᆞ니라[8]

현대어역

○소주 많이 나게 고으는 법

찹쌀과 멥쌀 각 한 되씩을 섞고 깨끗이 씻어 물에 담가서, 붇거든 가루로 찧어 물 열 사발에 타서 한소끔 끓이고 식혀 두어라. 또 물 열 사발을 한소끔 끓여서 식힌 후에 누룩 넉 되를 그 물에 풀고, 전에 가루를 탔던 물과 한데 섞어서 하룻밤 재워라. 이튿날 찹쌀 한 말을 깨끗이 씻어 물에 불린 후 쪄서, 식거든 (하룻밤 재운) 그 물에 섞어 독에 넣어라. 닷새쯤 되어 (술이) 괴거든 모두 걸러 고아서, 소주 열다섯 복자가 나면 (맛이) 맵고(=독하고), 스무 복자가 나면 (술맛이) 쓰다.

용어 해설

1 고올 : 고을. '고오-ㄹ'. 동사 어간이 '고오-'로 실현되어 있다. 『음식디미방』에 이 동사의 어간은 '고흐-'이다. 【닷쇄만애 고흐면 네 대야 나ᄂᆞ니라〈1670 음식디미방21b〉】 「현풍곽씨언간」에서 역시 동일하다. 【조ᄡᆞᆯ 고하셔 안승경단내 ᄡᅳ고져 ᄒᆞ니 ᄂᆡ일로 브ᄃᆡ 조ᄡᆞᆯ 됴케 고하 두소〈1610년경, 현풍곽씨언간147-7〉】 【경함 ᄀᆞᄅᆞ도 고하 두소〈1610년경, 현풍곽씨언간147-6〉】 그런데 16세기 초기 문헌에 '고으-'로 쓰였다. 【발 므르 고으니와 싱션 삐니와 쇠고기 구우니와〈1517번역박통사:5a〉】 현대국어의 〈표준국어대사전〉 〈우리말샘〉 등에서 이 동사의 어간형을 '고-'로 정해 놓았다. 어간을 '고-'로 잡고 기본형을 '고다'로 설정하면 '고을'은 '골'로 적어야 하니 어색하고 부자연스럽다. 이 동사의 어간을 '고으-'로 잡아야 형태적 변별성과 가독성을 높일 수 있다. 본 주해서에서는 어간을 '고으-'로 잡아서 현대어역에 반영했다.

2 쇼쥬 만히 나게 고올 법 : 소주를 많이 나도록 고으는 법. 특정 술을 빚는 법이 아니라 소주의 양이 많이 나오도록 고으는 법이라는 점에서 색다른 방문이다.

3 뫼ᄡᆞᆯ : 멥쌀. 현대국어의 '멥쌀'은 '뫼ᄡᆞᆯ'의 어두모음 'ㅚ'가 we로 변한 후 반모음 w가 탈락된 것이다. 【粳 뫼ᄡᆞᆯ 경 秈 뫼ᄡᆞᆯ 션〈1527훈몽자(존경각본)上:12b〉】

4 소솜 : 소끔. 끓어서 솟아오르는 횟수. 【醋 ᄒᆞᆫ 져근 자내 녀허 서너 소솜 글커든 즛의 앗고 ᄂᆞᆫ화 ᄃᆞ시 ᄒᆞ야〈1466구급방下:90b〉】

5 ᄠᆞᆺ던 : 탔던. 물에 넣어 섞은. 'ᄠᆞ-앗-더-ㄴ'. 과거시제 선어말어미 '-앗-'이 쓰였다. 【모밀 ᄀᆞᆯ리 능히 힝역을 내분ᄂᆞ니 셰말ᄒᆞ야 쥭 수어 사당 ᄀᆞᄅᆞ ᄠᅡ 머기라〈1608두창집上:29b〉】

6 밤 재여 : 밤재워. '밤재우다'는 하룻밤이 지나도록 둔다는 뜻이다. 『주찬방』에서는 '밤 자거ᄃᆞᆫ'과 같이 주로 '밤 자-'로 나타나는데 여기서는 사동접미사 '-이-'가 결합한 '밤 재-'로 쓰였다.

7 복ᄌᆡ면 : 복자이면. '복ᄌᆞ-ㅣ면'. 복자는 물, 술, 간장 등의 액체나 곡물을 계량할 때 쓰는 그릇이다. 이 방문의 말미에 찹쌀 한 말로 빚는데 여기서 나오는 소주의 양이 15복자 혹은 20복자라고 했다. 『산가요록』에 기술된 부피대로 한다면, 찹쌀 한 말 빚이에 소주가 30되 혹은 40되가 나오는 셈이다. 『산가요록』「酒方」에 "二升爲一鐥, 三鐥爲一甁, 五鐥爲一東海"이 있다. 한복려(2011: 36)는 이 문장을 "두 되가 한 복자가 되고, 세 복자가 한 병이 되고, 다섯 복자가 한 동이가 된다."라고 번역하고, 계량 단위 그릇들의 사진을 나란히 제시했다. 이 사진에 나타난 복자는 깊이가 있는 대야 모양으로 오늘날의 두 되가 들 만큼 제법 크다. 이훈종(1992: 288)은 "간장이나 기름을

아구리가 좁은 병에 부을 때 쓰는 귀가 달린 그릇"을 복자라고 설명하고, 작은 크기의 그림을 제시했다. 복자의 용량이 얼마인지 정확하게 설명해 놓은 것이 없다. 『산가요록』「酒方」의 두 되가 한 복자(二升爲一鐥)라는 설명이 유일하다. 조선 세종 때의 1되一升는 0.596리터로 환산되어 있다(김상보·나영아 1994: 14에 수록된 표15 참고). 『산가요록』에서 2되가 1복자라고 했으니 이 환산을 적용하면 1복자는 1.192리터가 된다. 오늘날의 1되가 1.8리터인 것과 비교하면 큰 차이가 있다.

『음식디미방』에는 곡물 혹은 액체의 계량 단위로 '복ᄌᆞ'가 쓰인 예가 다음과 같이 나타나 있다. 【모밀ᄡᆞᆯ 닷되예 물 부ᄅᆞᆫ 녹두 ᄒᆞᆫ 복ᄌᆞ식 섯거〈1670음식디미방 1a〉】【쇼쥬ᄅᆞᆯ 열헤 복ᄌᆞᄅᆞᆯ 부어 두면〈1670음식디미방 20a〉】【ᄎᆞᆸᄡᆞᆯ ᄒᆞᆫ 되 뫼ᄡᆞᆯ ᄒᆞᆫ 되 작말ᄒᆞ여 졍화슈 마은 복ᄌᆞ의 그ᄅᆞᆯ 프러. (…중략…) ᄀᆞ장 죠ᄒᆞ면 열여ᄃᆞᆲ 복ᄌᆞ 나고 위연ᄒᆞ면 열여ᄉᆞᆺ 복ᄌᆡ 나ᄂᆞ니라〈1670음식디미방 22a〉】 이 예문을 보면 녹두, 소주, 정화수(물)의 계량에 '복ᄌᆞ'가 쓰였다. 찹쌀 한 되 멥쌀 한 되를 가루내어 정화수 40복자를 풀어 섞는 것으로 보아 한 복자의 양이 그리 많지는 않았던 듯하다. 그런데 『음식디미방』에서는 찹쌀 한 되 멥쌀 한 되를 가루낸 것에 정화수 40복자를 부어 풀고 있는데, 『산가요록』의 기술대로, 두 되가 한 복자라면 쌀 두 되(1.192리터)를 빻은 가루에 물 80되를 푸는 셈이다. 1되가 0.596리터라는 환산법을 적용하면, 1.192리터의 쌀을 빻아 23.84리터의 물을 섞는 셈이다. 뭔가 좀 부조화스럽다는 느낌이 든다. 복자의 용량에 대한 정밀한 연구가 필요하다.

8 ᄯᅳᄂᆞ니라 : 쓰느니라[苦]. '쓰ᄂᆞ니라'를 'ᄯᅳᄂᆞ니라'로 오기한 것이다. '쓰느니라'를 '用'의 뜻으로 보고, 15복자가 나오면 맛이 맵고, 20복자가 나오면 맛이 '쓸 만하니라'라고 해석해 볼 수도 있다. 여기서는 전자를 취한다.

밀소주

원문 판독

○밀쇼쥬[1] 小麥一斗 曲末四升

밀 ᄒᆞᆫ 말을 죄 시서 돌 이러[2] 믈[3]이 채[4] 붇거ᄃᆞᆫ ᄀᆞ장 므

ᄅᆞ닉게 뼈 방하[5]에 놀온이[6] 디허 떡 ᄆᆞᆫᄃᆞ라 볃희 반건[7]

ᄒᆞ야 도로 디흐며 누록ᄀᆞᄅᆞ 넉 되롤 ᄒᆞᆫᄃᆡ 섯그며 디

허 떡 ᄆᆞᆫᄃᆞ라 글힌 믈 ᄒᆞᆫ 말만 시겨 그 떡과 항의 녀

주찬방 • 19a •

허 닷새 후에 쇼쥬 고오라

현대어역

○밀소주

[밀[小麥] 한 말, 누룩가루 넉 되.]

밀 한 말을 깨끗이 씻어 돌을 일어내고, 밀이 충분히 붇거든 아주 무르익게 쪄서, 방아에 나른히(=무르고 부드럽게) 찧어 떡을 만들어서, 볕에 반쯤 말린 후에 다시 찧어라. 누룩가루 넉 되를 한데 섞으면서 찧어 떡을 만들어라. 끓인 물 한 말만 식혀 그 떡과 항아리에 넣고 닷새 후에 소주를 고아라.

용어 해설

1 밀쇼쥬 : 밀소주-燒酒. 밀과 누룩으로 만든 소주.

2 이러 : 일어. '일-'은 곡식이나 사금 따위를 그릇에 담아 물을 붓고 이리저리 흔들어서 쓸 것과 못 쓸 것을 가려낸다는 뜻이다.

3 믈 : 밀. 뒤에 나오는 서술어 '붇거든'과 연관했을 때 '밀'의 오기로 보인다.

4 채 : 충분히. 완전히. '채'가 긍정 구문에서 쓰인 점이 현대국어와 다르다. 【黃金을 채 ᄭᆞ로려ᄒᆞ니〈1447월인천56a〉】

5 방하 : 방아. 곡식 따위를 찧거나 빻는 기구나 설비를 통틀어 이르는 말이다. 【ᄉᆞ워레 엿귀롤 ᄡᅳ더 방하애 지허 므레 섯거 항의 녀헛다가〈1610년경, 현풍곽씨언간101〉】

6 놀온이 : 나른히. 무르고 보드랍게. 떡을 만드는 과정에서 떡반죽의 상태를 표현한 말이다.

7 반건 : 반건半乾. 반쯤 말림.

쌀 한 말에 네 병 나는 술법

원문 판독

○ᄡᆞᆯ ᄒᆞᆫ 말애 지쥬[1] 네 병 나ᄂᆞᆫ 술법[2] 白米一斗 曲末一升 酒本一升 粘米一升
빅미 ᄒᆞᆫ 말을 빅셰 작말ᄒᆞ야 믈 세 병으로 죽 수어
그르세 퍼셔 ᄀᆞ장 ᄎᆞ거든 누록ᄀᆞᄅᆞ ᄒᆞᆫ 되와 진ᄀᆞᄅᆞ

ᄒᆞᆫ 되와 ᄀᆞ장 됴ᄒᆞᆫ 서김 ᄒᆞᆫ 되와ᄅᆞᆯ[3] ᄒᆞᆫᄃᆡ 섯거 독
의 녀허 ᄡᆞ미야 잇다가 이튼날 막 괴거ᄃᆞᆫ ᄎᆞᄡᆞᆯ ᄒᆞᆫ
되ᄅᆞᆯ ᄆᆞᆯ ᄒᆞᆫ 병 브어 쥭 수어 식거ᄃᆞᆫ 더터[4] 막 니거 ᄆᆞᆰ
안재ᄃᆞᆫ[5] 드리우라 다만 괼 제 넘ᄂᆞ니 처엄의 그릇

주찬방 • 19b •

ᄉᆞᆯ 큰 ᄃᆡ 비ᄌᆞ라

현대어역

○쌀 한 말에 지주旨酒 네 병이 나는 술법

[백미 한 말, 누룩가루 한 되, 술밑 한 되, 찹쌀 한 되.]

백미 한 말을 깨끗이 씻어 가루 내어 물 세 병으로 죽을 쑤어 그릇에 펴서, 가장 차거든(=잘 식었거든) 누룩가루 한 되, 밀가루 한 되, 가장 좋은 석임 한 되를 한데 섞어 독에 넣고 싸매어라. 이튿날 막 괴거든(=거품이 일고 숙성하면) 찹쌀 한 되에 물 한 병을 부어 죽을 쑤어 식거든 뒤적여라. 막 익어서 묽게 가라앉으면 드리워라(=술을 내려라). 다만 술이 괼 때 (쉽게) 넘치니 처음부터 큰 그릇에 빚어라.

용어 해설

1 지쥬 : 지주旨酒. 맛이 좋은 술.

2　ᄡᆞᆯ ᄒᆞᆫ 말애 지쥬 네 병 나ᄂᆞᆫ 술법 : 방문명이 아주 길다. 지주법의 일종으로 쌀의 양과 빚어낼 술의 양을 미리 정해 둔 양조법이란 점이 특이하다. 『산가요록』에 「四斗酒」 방문이 있으나 『주찬방』의 이 방문과 다르다.

3　되와ᄅᆞᆯ : 되와. 공동격조사 '-와'가 나열하는 마지막 체언에도 결합하는 것은 중세국어의 특징 중 하나이다. 이러한 공동격조사의 결합 양상이 17세기 전기까지도 나타났음을 이 예가 보여준다. 이 문헌에서 마지막 체언에 공동격조사가 결합한 후 다른 격조사까지 결합한 것은 이 예가 유일하다.

4　더터 : 뒤적거려. 다독거려. '덧트-어'. 『음식디미방』에는 '덧터'로 쓰였다. 【ᄇᆡᆨ미 닷 말 견ᄀᆞ치 시서 밥 ᄧᅧ 덧터 ᄃᆞᆺ다가 ᄉᆞ월 초경의 쓰면 마시 ᄀᆞ장 훈녈ᄒᆞᄃᆡ〈1670음식디미방21a〉】

5　믉안쌔ᄃᆞᆫ : 묽게 가라앉으면. '믉-앉-거ᄃᆞᆫ'. 형용사 어간 '믉-'와 동사 어간 '앉-'이 결합한 비통사적 합성어다. 비통사적 합성동사는 동사끼리 결합하는 것으로 알려져 있으나, 이 동사는 형용사와 동사 어간끼리 결합한 것이다. 창포초 방문에도 '믉안잣거ᄃᆞᆫ'이 나타난다.

자주법

원문 판독

○쟈쥬[1] 清酒一瓶 黃蜜七合 胡椒一戔

쳥쥬 ᄒᆞᆫ 병이면 황밀[2] 칠 분과 호쵸[3] ᄒᆞᆫ 돈을 ᄆᆞ

아[4] 녀코 항 부리ᄅᆞᆯ 식지로 두텁게 ᄡᅡ ᄀᆞ장 ᄃᆞᆫ〻이

ᄆᆡ고 그 항을 소ᄐᆡ 믈 브어 듕탕[5]호ᄃᆡ 질긘 바[6]로 그

항을 ᄃᆞ라 공듕에 ᄠᅥᆺ게 ᄒᆞ고 믈이 왈학〻[7] 글케[8]

블을 다혀[9] 아ᄎᆞᆷ의 시작ᄒᆞ야 나조희[10] 내라 겨을

주찬방 • 20a •

히어ᄃᆞᆫ 술항을 딥으로[11] 옷 니펴 솓희[12] 녀흐라

녀름에ᄂᆞᆫ 술항 ᄎᆞᆫ믈에나 어름에나 ᄎᆡ와 두고 ᄒᆞ

ᄅᆞ 이틀 ᄂᆡ로 ᄡᅧ야 그 술이 됴코 오래 두면 쇠야[13] 됴

티 아니ᄒᆞ니라 브ᄃᆡ 됴ᄒᆞᆫ 술로 고오라

현대어역

○자주

[청주清酒 한 병, 황밀黃蜜 일곱 홉, 후추[胡椒] 한 잔殘.]

청주 한 병이면 밀랍 일곱 푼과 후추 한 돈을 짓찧어 넣고, 항아리 부리를 식지로 두껍게 싸서 아주 단단히 매어라. 솥에 물을 부어 그 항아리를 중탕하는데, 질긴 밧줄로 그 항아리를 달아서 공중에 떠 있게 하고, 물이 와락와락 끓게 불을 (세게) 때어서, 아침에 (불 때기를) 시작하여 저녁에 꺼내라. 겨울이면 술 항아리에 짚으로 옷을 입혀 솥에 넣어라. 여름에는 술 항아리를 찬물이나 얼음에 차게 해 두고, 하루 이틀 안으로 써야 그 술(맛)이 좋다. 오래 두면 (맛이) 시어져서 좋지 않다. 부디 좋은 술로 고아라.

용어 해설

1 쟈쥬 : 자주煮酒. 좋은 술에 밀랍과 후추를 넣고 중탕重湯한 술. 한문 조리서인 『산가요록』의 「煮酒」 방문은 그 내용이 『주찬방』의 「쟈쥬」와 많이 다르다. 한글 조리서인 『주방문』(규장각본)(4a)과 『조선무쌍신식요리제법』朝鮮無雙新式料理製法(45쪽)에 '쟈쥬'가 나오는데 『주찬방』의 「쟈쥬」 방문보다 내용이 훨씬 짧고 간략하다. 『주방문』에는 후춧가루 서 돈과 황밀 서 돈을 넣는 것으로 되어 있다. 『조선무쌍신식요리제법』에는 황밀과 '호도'를 각 한 돈씩 넣는다고 되어 있으나 '호도'는 '호쵸'의 오류이다. 자주煮酒는 3세기경 중국의 『박물지』에 나오는 오래된 술이다. 자주는 조선의 국가 제향 때 쓴 술이다. 『성종실록』 중 성종 6년(1457) 8월 3일 기사에 제향에 쓸 자주가 묵은 것이어서 봉상시 관원을 국문한 내용이 있고, 『숙종실록』 숙종 43년(1717) 6월 21일 기사에 종묘 제향을 논한 예조의 상서에 "더운 철에는 청주도 자주煮酒로 대용하니"라는 내용이 있다.

2 황밀 : 黃蜜. 밀랍. 벌집에서 꿀을 뜨고 남은 찌끼. 이 문맥의 '황밀'을 꿀이 아니라 밀랍으로 보는 근거는 두 가지이다. 하나는 "황밀 칠 분과 호쵸 흔 돈을 ᄆᆞ아 녀코"라는 문맥에서 보듯이 황밀의 분량을 무게 단위 '분'分(=푼)으로 표현한 점이다. 꿀이라면 무게 단위를 쓰지 않는다. 또 하나의 근거는 '황밀'과 '호쵸'가 동사 'ᄆᆞ아'(짓찧다)의 목적어로 되어 있는 점이다. 밀랍은 짓찧을 수 있으나 꿀은 불가능하다. 『주방문』(규장각본)에는 "호쵸 ᄀᆞᄅᆞ 서 돈 황밀 서 돈 얇게 뎌며"라고 되어 있다. 이 문장에서 황밀을 저미는 것으로 나와 있다. 밀랍은 얇게 저밀 수 있다.

3 호쵸 : 호초胡椒. 후추.

4 ᄆᆞ아 : 마아. ‘ᄆᆞ-아’. 짓찧어. 바수어. 【말간 ᄌᆞ긔ᄅᆞᆯ 어더 ᄆᆞ아 그티 ᄲᅩ롯고 ᄂᆞᆯ라니를 ᄀᆞᆯᄒᆡ야 대져 머리를 ᄲᆞ리고〈1608태산집75a〉】

5 듕탕 : 중탕重湯. 끓는 물 속에 음식 담은 그릇을 넣어 익히거나 데움.

6 바 : 바. 밧줄. 삼이나 칡 따위로 세 가닥을 지어 굵다랗게 드린 줄.

7 왈학왈학 : 와락와락. ‘와락와락’은 어떤 기운 따위가 매우 성하게 솟구치는 모양을 뜻한다. 【다든 문을 발노 ᄎᆞ고 왈학 ᄯᅱ여 드러가며〈18??남원고사 1:40a〉】

8 글케 : 끓게. ‘긇-게’에서 어간말음 ㅎ과 ‘게’가 축약되어 ‘케’로 쓰였다.

9 다혀 : 때어. ‘다히-어’. ‘다히다’는 아궁이 따위에 불을 지피어 타게 한다는 동사 ‘때다’의 옛말이다. 【븝 두드리며 블 다히게 ᄒᆞ며〈1466구급방上:15b〉】

10 나조희 : 저녁에. ‘나조ㅎ-의(처격조사)’. 【이 날 나조희 김이 뽕남긔 올라〈1617동국신烈1:72b〉】

11 딥으로 : 짚으로. ‘딥흐로’의 오기이다. 『주찬방』에서 ‘닢’과 ‘딮’의 경우는 ㅍ을 ㅂ과 ㅎ으로 표기한 재음소화 표기만 출현한다.

12 솓희 : 솥에. 어간말 유기음 ㅌ을 재음소화하여 ㄷㅎ으로 표기한 것이다. 이 문헌에서는 어간말 유기음을 표기하는 방식 중 연철 표기인 ‘소ᄐᆡ’와 재음소화 표기인 ‘솓희’가 둘 다 출현하는데 ‘소ᄐᆡ’의 출현 비율이 더 높다.

13 쇠야 : 쇠어. ‘쇠-’는 한도를 지나쳐 좋지 않은 쪽으로 점점 더 심해진다는 뜻이다. 여기서는 맛이 시어진다는 뜻이다. 자주는 쉽게 변해서 두고 마시지 못하는 술이다.

쉰 술 고치는 법

원문 판독

○싄 술 고티ᄂᆞᆫ 법 石灰 非之[1] 赤豆

셕회[2]ᄅᆞᆯ 믈에 ᄆᆞ라 넙더겨[3] 편 지어 단블[4]에 구

어 벌거ᄒᆞ거ᄃᆞᆫ 술의 녀흐면 됸ᄂᆞ니라 ○지비[5]ᄅᆞᆯ

조ᄒᆞᆫ 쟐릐[6] 녀허 독의 녀흐면 그도 됴코 콩을 봇가[7]

주찬방 • 20b •

뵈주머니예 녀허 술의 ᄃᆞᄆᆞ라 ○[8]ᄆᆡ 술 ᄒᆞᆫ 병에 ᄑᆞᆺ 두

되식 봇가 녀흐라

현대어역

○쉰 술 고치는 법

[석회石灰, 비지非之, 붉은팥[赤豆].]

석회를 물에 말아 넓적하게 펴서 편을 지어, 단 불(=센 불)에 구워 벌겋게 된 후에 술에 넣으면 좋다. ○비지를 깨끗한 자루에 넣어서 독에 넣으면 그것도 좋다. 콩을 볶아 베주머니에 넣어 술에 담가라. ○매 술 한 병에(술 한 병당) 팥 두 되씩 볶아서 넣어라.

용어 해설

1 非之 : '비지'(두부를 만들고 남은 찌꺼기)를 한자음으로 가차 표기한 것이다. 『임원십육지』 「요산주법拗酸酒法」에서 『三山方』이란 문헌을 인용하여 신 술 고치는 법을 "以豆腐滓佁盛納之"라고 기록해 놓았다. 두부의 찌꺼기[豆腐滓佁]를 자루에 넣어 술에 넣는 방법인데, '豆腐滓'(두부재)가 바로 『주찬방』의 '非之'이다.

2 셕회 : 석회石灰. 석회석을 태워 이산화탄소를 제거하여 얻는 산화칼슘과 산화칼슘에 물을 부어 얻는 수산화칼슘을 통틀어 이르는 말. 【셕회롤 블로ᄃᆡ 올ᄒᆞᆫ 녁으로 기울어든 즉재 왼 녁의 ᄇᆞᄅᆞ고〈1489구급간1,23a〉】

3 넙더겨 : 넓적하게 펴. '넙더기-어'. 『언해두창집요』에 '넙더겨'의 용례가 있다. 【의혹경뎐의 ᄀᆞᆯ오ᄃᆡ 힝역이 ᄌᆞᆺ믈러 넙더겨 고롬과 믈이 갇디 아니커든 ᄇᆡᆨ농산 ᄡᅳ미 맛당ᄒᆞ니라〈1608언해두창집요下:13a〉】 이 인용문의 '넙더겨'는 행역 병으로 피부에 생긴 것이 짓물러 넓적하게 퍼지는 것을 표현한 낱말이다.

4 단 블 : 단 불. 센 불. 한창 괄게 타오르는 불. '달-ㄴ#블'.

5 지비 : '비지'의 오기. 행 우측에 '지비'의 각 글자에 점을 찍어 아래 위를 바꾸라는 교정 부호를 두었다.

6 쟐ᄅᆡ : 자루에. '쟈ᄅᆞ-ᄋᆡ(처격조사)'. '쟈ᄅᆞ'는 'ᄀᆞᄅᆞ', 'ᄆᆞᄅᆞ' 등과 같은 특수 곡용 체언에 해당한다. 【숑엽을 ᄧᅵ허 ᄇᆞ아 쟐ᄅᆡ 녀커나〈1660신간구황촬(윤석창본)4b〉】

7 봇가 : 볶아. '보ᇧ-아'[炸]. 이 문헌에서 '봇가'는 3회 출현하지만 '복가'는 보이지 않는다. '서ᇧ-'의 경우에도 『주찬방』 원문에서는 '섯거'만 나타나고, 후대에

써넣은 이면지 방문에 '석거'가 3회 나타나 있다. 『음식디미방』과 『주방문』(규장각본)에 흔히 나타난 용언 어간말 자음군 ㅺ〉ㄲ 변화가 『주찬방』에는 전혀 나타나지 않는다. 용언 어간말 ㅺ〉ㄲ 변화는 17세기 후기 문헌에서부터 나타나므로 『주찬방』의 원문은 17세기 전기 혹은 그 이전의 문헌임을 알 수 있다.

8　○ : 이 원은 붓두껍 같은 둥근 대롱에 먹을 묻혀 찍은 것이다.

누룩법

원문 판독

○누록 ᄆᆞᆫᄃᆞᄂᆞᆫ 법 初伏 麥末一斗 菉末一升 中伏 菉末二升 末伏 菉末三升
삼복 저긔[1] 녹두ᄅᆞᆯ ᄀᆞ라 거피[2]ᄒᆞ야 믈에 ᄃᆞᆷ갓다가
닉게 ᄠᅧ ᄯᅥᆨ소[3]ᄀᆞ티 ᄂᆞ론이[4] 뭉긔여 ᄀᆞᄂᆞᆫ 어러미[5]로 처셔
초복이어ᄃᆞᆫ 기울[6] ᄒᆞᆫ 말애 녹도[7] ᄒᆞᆫ 되ᄅᆞᆯ 섯고 듕복[8]
이어ᄃᆞᆫ 두 되식 섯고 말복이어ᄃᆞᆫ 서 되식 섯거 ᄀᆞ장

주찬방 • 21a •

오래 ᄃᆞᆫ〻케 드듸여[9] ᄡᅮᆨ 닙흐로 두터이 ᄡᅡ ᄆᆞᆯ뢰오ᄃᆡ
누록이 열웨야[10] 돈ᄂᆞ니라
○ᄯᅩ ᄒᆞᆫ 법은 녹두ᄅᆞᆯ ᄀᆞ라 거피ᄒᆞ야 믈에 ᄃᆞᆷ갓다가 두
부 앗ᄃᆞ시[11] ᄂᆞ론케 ᄀᆞ라 기울에 섯ᄂᆞᆫ[12] 수ᄂᆞᆫ[13] 우흿 법ᄀᆞ

티 ᄒᆞ야 드듸여 ᄡᅮᆨ에 ᄡᅡ ᄆᆞᆯ뢰야 녹뒤[14] 젹거ᄃᆞᆫ ᄒᆞᆫ 되

식도 므던ᄒᆞ니라

현대어역

○누룩 만드는 법

[초복初伏 보릿가루 한 말, 녹말 한 되. 중복中伏 녹말 두 되. 말복末伏 녹말 석 되.]

삼복 때 녹두를 갈아 껍질을 벗기고 물에 담갔다가 익게 쪄서, 떡소같이 곱게 뭉개어 가는 어레미로 쳐라. 초복이면 기울 한 말에 녹두 한 되를 섞고, 중복이면 두 되씩 섞고, 말복이면 서 되씩 섞어서 아주 오래 단단하게 디디고, 쑥 잎으로 두껍게 싸서 말려라. 누룩이 엷어야 좋으니라.

○또 하나의 방법은 녹두를 갈아 껍질을 벗기고, 물에 담갔다가 두부 만들듯이 곱게 갈아라. 기울에 섞는 수량은 위의 법같이 해서 디디고, 쑥에 싸서 말려라. 녹두가 적으면 한 되씩 해도 무던하다.

용어 해설

1 저긔 : 적에. 때에. '적-의(처격조사)'. '적'은 그 동작이 진행되거나 그 상태가 나타나 있는 때, 또는 지나간 어떤 때를 뜻한다. 【내 지븨 이싫 저긔 여듧 나랏 王이 난겻기로 ᄃᆞ토거늘〈1447석보상6:7a〉】

2 거피 : 거피去皮. 콩, 팥, 녹두 따위의 껍질을 벗김.

3 ᄯᅥᆨ소 : 떡소. 송편이나 개피떡 따위의 떡 속에 넣는 재료. 흔히 팥, 콩, 밤, 깨소금 따위를 쓴다.

4 ᄂᆞ론이 : 곱게. 고운 가루가 되도록 잘게. 【산 겨ᄌᆞᄡᅵ 세 닐굽 나ᄎᆞᆯ ᄂᆞ론케 십고 ᄀᆞᆺ 기론 므레 ᄉᆞᆷᄭᅵ라〈1489구급간2:30b〉】 이 예문은 "三七枚爛嚼以新汲水"을 번역한 것인데 'ᄂᆞ론케 십고'는 '爛嚼'(난작)을 번역한 것이다. 겨자씨 일곱 낱을 '문드러지게 씹어'爛嚼 갓 길은 물로 삼켜 먹으라는 뜻이다. 【ᄂᆞ론ᄒᆞᆫ 소곰 서 돈〈1682마경초집언해下:45a〉】의 'ᄂᆞ론ᄒᆞᆫ 소곰'은 '가늘고 자잘하게 빻은 소금'을 뜻한다.

5 어러미 : 어레미. 바닥의 구멍이 굵은 체.

6 기울 : 기울. 밀이나 귀리 따위의 가루를 쳐내고 남은 속껍질.

7 녹도 : 녹두綠豆. 콩과의 한해살이풀. 팥과 비슷한데 잎은 한 꼭지에 세 개씩 나고 겹잎이다. 바로 뒤에 '녹두'가 나오는바 '녹도'와 '녹두'는 비어두에서 ㅗ와 ㅜ 간의 동요 현상을 보여준다.

8 듕복 : 중복中伏. 삼복三伏 가운데 중간에 드는 복날. 하지가 지난 뒤 네 번째 경일庚日에 든다. 이 문장에 초복, 중복, 말복이 모두 나와 있다.

9 드듸여 : 디디어. '드듸-'는 누룩이나 메주 따위의 반죽을 보자기에 싸서 발로 밟아 덩어리를 짓는다는 뜻이다.

10 열웨야 : 엷어야. '열우-에야'. '열웨'에는 이 낱말의 어간이 '엷-'이었을 때의 순경음 ㅸ의 흔적이 w로 반영되어 있다. '열웨야'는 문맥상 '얇게 만들어야' 정도의 뜻으로 보인다. '-에야'는 '-어야'에 j가 삽입된 표기이다.

11 앗ᄃᆞ시 : 앗듯이. '앗-'은 두부나 묵 따위를 만든다는 뜻이다. 〈우리말샘〉에서 '앗다'를 북한어로 처리하고, '두부나 묵 따위를 만들다.'로 풀이해 놓았다. 〈우리말샘〉과 〈표준국어대사전〉에서 '북한어'로 처리한 낱말들은 고문헌이

나 지역 방언에 널리 쓰이는 낱말인 경우가 많으니 잘 살펴 재확인해야 한다.

12 셧ᄂᆞᆫ : 섞는. '셖-ᄂᆞᆫ'. 어간말의 ㅺ에서 ㄱ이 탈락한 표기가 '셧ᄂᆞᆫ'이다.

13 수ᄂᆞᆫ : 수數는. 수량은. 현대국어에서는 '섞는 양은'이라고 표현할 것을, 이 문헌에서는 '셧ᄂᆞᆫ 수ᄂᆞᆫ'이라고 쓰고 있다. 이때 '수'는 '數'를 적은 것으로 판단한다.

14 녹뒤 : 녹두가. '녹두-ㅣ(주격조사)'. 바로 앞에 '녹도'가 나오는바 '녹도'와 '녹두'는 비어두에서 ㅗ와 ㅜ 간의 동요 현상을 보여준 예이다.

여뀌 누룩법

원문 판독

[1] 菉豆 蓼葉[2]一圓[3]五升

밀흘[4] 죄 시서 이러 잠싼 ᄆᆞᆯ뢰야 작말ᄒᆞ고 녹두

ᄅᆞᆯ 두부 앗ᄃᆞᆺ[4] ᄀᆞ라 믈에 플고 그 믈에 ᄉᆡᆼ엿괴[6]ᄅᆞᆯ

주찬방 • 21b •

족[7] 미ᄃᆞ시[8] 즈티면[9] 그 믈이 프ᄅᆞ고 마시 ᄀᆞ장 ᄆᆡᆸ거든

밀ᄀᆞᆯᄅᆡ[10] 섯거 ᄒᆞᆫ 두레예 닷 되식 드듸여[11] 공셕[12]을

탁ᄌᆞ 우희 서너 ᄇᆞᆯ[13] ᄭᆞᆯ고 그 우희 ᄆᆞ른 ᄡᅮᆨ을 ᄭᆞᆯ고

누록을 ᄉᆞᄎᆞ로[14] ᄆᆡ야 격지 두어 노코[15] 누록 우희 ᄉᆡᆼᄡᅮᆨ

을 두터이 덥고 ᄯᅩ 공셕 서너 ᄇᆞᆯ을 더퍼 덥게 ᄒᆞ야

세 닐웨 후에 보면 ᄆᆞᆯ랏거ᄃᆞᆫ 다ᄅᆞᆫ ᄃᆡ 옴기라[16]

○누룩을 술 비즐 제 반 낫마곰[17] ᄆᆞ아 사흘 별 ᄧᅬ

주찬방 • 22a •

야 ᄡᅮᆨ내 업ᄉᆞᆫ 후에 디허 ᄡᅳ라 독을 ᄀᆞ장 니그니ᄅᆞᆯ[18] ᄀᆞᆯᄒᆡ야 믈 브어 이사흘[19]이나 우리ᄋᆞᄃᆡ[20] 믈을 ᄌᆞ조 ᄀᆞ라 잡내 업거ᄃᆞᆫ 조심ᄒᆞ야 비즈면 됸ᄂᆞ니라

현대어역

[녹두菉豆, 여뀌 잎[蓼葉] 한 두레[圓] 다섯 되.]

밀을 깨끗이 씻어 일어서 잠시 말려 가루를 내라. 녹두를 두부 만들듯이 갈아서 물에 풀고 그 물에 생여뀌를 쪽풀을 밀듯이 짓이겨라. 그 물이 푸르고 맛이 아주 매우면 밀가루를 섞어 (누룩) 한 두레에 다섯 되씩 디디어, 공석(=삿자리)을 탁자 위에 서너 벌 깔고 그 위에 마른 쑥을 깔고 (탁자 위에) 누룩을 (갈대나 짚으로 엮은) 새끼(=살바)로 매어서 격지 두어 놓아라. 누룩 위에 생쑥을 두텁게 덮고, 또 공석 서너 벌을 덮어 따뜻하게 하여, 세 이레(=21일) 후에 보아 말랐거든 다른 데 옮겨라.

○누룩을 술 빚을 때 반 낱만큼 부수고, 사흘 동안 볕 쬐어 쑥내를 없앤 후에 찧어서 써라. 가장 잘 익은 독을 가려서 물을 붓고 이삼 일 (동안) 우려내되, 물을 자주 갈아서 잡내를 없애고 조심스럽게 빚으면 좋다.

용어 해설

1 방문 이름이 빠져 있다. 누룩 만드는 별법別法을 설명한 내용이다.

2 蓼葉 : 요엽. 여뀌 잎.

3 圓 : 원. 두레. 둥근 켜로 된 덩어리를 세는 단위.

4 밀흘 : 밀을. '밀ㅎ-을'.

5 앗돗 : 앗듯이. 앞의 누룩 만드는 법에서 설명한 '앗ᄃᆞ시'의 주석을 참고하기 바란다.

6 싱엿괴 : 생여뀌. 【蓼 엿괴 료〈1576신유합上:8a〉】

7 족 : 쪽. 마디풀과의 한해살이풀. 높이는 50~60cm이며, 잎은 어긋나고 긴 타원형 또는 달걀 모양이다. 잎은 염료로 쓴다.

8 미ᄃᆞ시 : 밀듯이. ㄷ 앞의 ㄹ이 탈락한 것이다. 【시욱 미ᄃᆞ시 ᄒᆞ라〈1489구급간1:87a〉】

9 즈티면 : 짓이기면, 마구 치면. '즈티-'라는 표기는 『주찬방』에서 쓰인 것이고, 다른 자료에서는 '즛티-', '즛치-'가 나타나 있다. 【검은 구룸이 두루 부러 ᄂᆞᆫ 창[飛刀]이 그 지톄肢体롤 즛티거놀 오라거야 아젼이 웨여 골오ᄃᆡ〈1760무목왕정충록231〉】 【오십여 순을 ᄡᅩ와 낫낫치 ᄂᆞᆺ촐 맛쳐 셰 번 빠화 즛치니 적의 대군이 험ᄒᆞᆫ ᄃᆡ롤 웅거ᄒᆞ거놀〈17xx국조고사,11b〉】

10 밀ᄀᆞᆯ릐 : 밀가루에. '밀#ᄀᆞᄅᆞ-ᄋᆡ(처격조사)'. 'ᄀᆞᄅᆞ'는 특수 곡용 체언으로 모음 조사가 결합할 때 ㄹ이 반입되어 'ᄀᆞᆯㄹ' 형태로 곡용한다.

11 드듸여 : 디디어. 발로 디뎌 다지는 동작을 표현한 것이다.

12 공셕 : 공석. 空石. 짚으로 엮어 만든 둥구미 따위의 용기. 혹은 짚 따위로 엮은 삿자리. 이화주 방문의 '공셕' 주석에서 설명했듯이 '공셕'空石은 '섬'에

대응하는 한자어로 둥구미 따위를 가리킨다. 그런데 위 방문의 “공셕을 탁ᄌᆞ우희 서너 ᄇᆞᆯ ᄭᆞᆯ고”라는 문장에서 보듯이, 탁자 위에 서너 벌 까는 것이 ‘공셕’이다. 또 누룩 위에 생쑥을 두터이 덮고 그 위에 ‘공셕’ 서너 벌을 덮어서 덥게 한다는 문장이 이어져 나온다. ‘공셕’을 탁자 위에 서너 벌 깔고, 또 쑥을 펴고 그 위에 ‘공셕’을 서너 벌 덮는다고 했으니 이 문맥의 ‘공셕’은 둥구미나 가마니 같은 용기容器로 보기 어렵다. 오히려 짚이나 풀로 엮은 삿자리 같은 물건으로 봄이 적절하다. 이것이 만약 ‘섬’을 뜻하는 ‘空石’을 적은 것이라면 탁자 위에 서너 벌을 깔 수가 없고 쑥 위에 덮을 수도 없다. 둥구미나 가마니는 담는 그릇이다. 깔거나 덮는 용도로 쓰는 것은 삿자리이므로 ‘공셕’을 삿자리로 봄이 문맥에 맞다. 참고로 ‘가마니’는 조선시대에 없었던 물건이고, 1900년대 초기에 일본에서 도입되어 ‘섬’石을 대체했다. ‘가마니’는 일본어 ‘가마쓰’かます에서 비롯되었다. 조선통감부의 『한국시정연보』에 1909년에 일본으로부터 545대의 가마니 짜는 틀이 수입되었다고 한다. (네이버 지식백과 ‘한국의 농기구’ 해설문을 참고).

13 ᄇᆞᆯ : 벌. 옷이나 그릇 따위를 여러 개 모여 갖추는 것. 같은 일을 거듭할 때 하나하나를 세는 단위.

14 ᄉᆞᄎᆞ로 : 샃으로. ‘ᄉᆞᆾ-ᄋᆞ로’. 이 문장의 ‘ᄉᆞᆾ’은 갈대나 짚 따위의 줄기나 이런 줄기로 엮은 새끼줄을 뜻한다. 제주방언에 새끼줄을 ‘ᄉᆞᆺ’이라고 한다. 【죽거든 ᄀᆞᆯ ᄉᆞᄎᆞ로 ᄆᆡ야〈1459월인석9:35-2b〉】【ᄉᆞᄎᆞ로 두 소ᄂᆞᆯ ᄆᆡ야〈1459월인석8:98b〉】

15 격지 두어 노코 : 틈을 벌려 놓고. 이 문맥의 ‘격지’는 여러 겹으로 놓거나 쌓을 때의 틈 사이를 뜻한다. 앞의 ‘ᄉᆞᄎᆞ로’에 나온 ‘ᄉᆞᆾ’ 즉 갈대나 짚으로 엮은 새끼줄로 누룩 두레의 틈을 벌려 놓았음을 보여준다.

16 옴기라 : 옮겨라. '옮-기-어라'. '옴기-'는 어간말 자음군 ㄻ이 ㅁ으로 단순화된 어형이다.

17 반 낫마곰 : 반 낱만큼. 반 개만큼. 누룩 반 개를 가리킨 말이다. '-마곰'은 '-만큼'에 해당하는 비교격조사이다. 【대초 반 낫마곰 환 밍ᄀᆞ라〈1489구급간2:12a〉】【머귀 여름마곰 환 밍ᄀᆞ라 ᄢᅵ니 혜디 말오 ᄃᆞ손 수레 닐굽 환곰 머그라〈1489구급간1:95a〉】

18 니그니롤 : 익은 것을. '닉-은#이-롤'. '이'는 사물을 지칭하는 의존명사이다. 독이 잘 구워져 단단한 것을 가리킨다. '하숑의 ᄉᆞ시졀쥬'〈14a〉의 '독을 ᄀᆞ장 니그니롤 골히야'에 붙인 주석을 참조하기 바란다.

19 이사흘 : 이틀이나 사흘. 이사올>이사홀>이사흘. 현대한국어의 여러 사전에 '이사흘'을 빠트리고 '이삼일'만 등재해 놓았다. '이사흘'은 그 어원이 '이틀 사흘'이고, '이삼일'은 한자어 '二三日'이다. 한자어가 고유어를 사멸시킨 예 중의 하나이다.

20 우리오ᄃᆡ : 우리되. 우려내되. '우리-오ᄃᆡ(설명형 연결어미)'.

보리초

원문 판독

○보리초[1] 빈ᄂᆞᆫ 법 秋牟米[2]一斗 好曲[3]二升

ᄀᆞ올보리[4]롤 ᄀᆞ장 졍히 늡거[5] ᄡᆞᆯ ᄒᆞᆫ 말을 죄 시서 믈

에 ᄃᆞᆷ가 사나흘이나 서겨[6] ᄡᆞᆯ 낟치 싀거ᄃᆞᆫ[7] 건져 헤므르

게[8] 뼈 한 김 나거든 더우니[9]ᄅᆞᆯ 됴흔 누록 새알마곰 ᄆᆞ아
두 되ᄅᆞᆯ 섯거 항의 녀허 지식[10] 빠ᄆᆡ야 벼ᄐᆡ 노하 두

주찬방 • 22b •

고 사나흘 만의 보면 우희 부흰 곰탕[11] 씻거든[12] 처어믜
밥 녀흘 제 사발로 되야 녀헛다가 그 사발로 밥 되
ᄃᆞ시 그 수로[13] 믈을 되야 녀호ᄃᆡ 새바긔[14] 놈 아니 기려셔[15]
몬져 기러다가 녀코 동녁흐로[16] 버든 복숑와 나모 가지
것거 외오[17] 저어 직지[18]와 뵈 헝거ᄉᆞ로 ᄃᆞᆫ〻이 빠ᄆᆡ고
무쇠거ᄉᆞ로[19] 더퍼 노하 두고 두 닐웨 디난 후제 보면 멀
거ᄒᆞ엿거든 쓰라 샹인[20]과 몸보기[21] ᄒᆞᄂᆞᆫ 사ᄅᆞᆷ은 긔후ᄒᆞ라[22]

현대어역

○보리초 빚는 법

[가을보리쌀[秋牟米] 한 말, 좋은 누룩[好曲] 두 되.]

가을보리를 아주 깨끗이 능거(=껍질을 벗겨) 쌀 한 말을 깨끗이 씻어 물에 담가 사나흘 동안 삭혀라. 쌀 낱이 (맛이) 시거든 건져서 물러 헤어지게 쪄, 한 김 나거든 더운 것을 좋은 누룩 두 되를 새알만큼 부수어 섞어서 항아리에 넣고, 식지食紙로 싸매어 볕에 놓아두어라. 사나흘 만에 보면 위에 부옇게 곰팡이가 슬었거든, 처음에 밥 넣을 때 쓴 사발로 (양을) 되어 넣었다가, 그 사발로 밥 되듯이 그 수로(=그 횟수만큼) 물을 되어 넣어라. (물은)

새벽에 남이 긷지 않았을 때 먼저 길어다가 넣어라. 동녘으로 뻗은 복숭아 나뭇가지를 꺾어 매우 저어서 식지와 베 헝겊으로 단단히 싸매어 무쇠 (같은) 것으로 덮어서 놓아 두어라. 두 이레가 지난 후에 보아서 멀겋게 되었거든 써라. 상중喪中인 사람과 생리生理 중인 사람은 피하라.

용어 해설

1 보리초 : 보리초--醋. 보리로 담근 식초.

2 秋牟米 : 추모미秋牟米. 가을보리쌀.

3 好曲 : 호곡好曲. 좋은 누룩.

4 ᄀᆞ올보리 : 가을보리. 가을에 씨를 뿌려 이듬해 초여름에 거두는 보리.

5 늠거 : 능거. '늠그-어'. 곡식의 껍질을 벗겨. '늠그-'는 현대국어에서는 연구개음 ㄱ 앞에서 ㅁ은 ㅇ으로 바뀌는 연구개동화 현상이 반영된 '능그-'로 어형이 굳어졌다. '능그다'는 '낟알의 껍질을 벗기려고 애벌 찧다'라는 뜻이다. 〈표준국어대사전〉에는 '늠그다'와 '능그다'가 모두 표제어로 등재되어 있다.

6 서겨 : 석여. 삭혀. 발효시켜. '석이-어'. 명사 '서김'의 동사 활용형이다. '서김'(석임)과 같은 용례로 미루어 '서겨'의 뜻을 '삭혀' 또는 '발효시켜' 정도로 짐작할 수 있다.

7 싀거든 : 시거든. 시면. '싀-'[酸]는 맛이 식초나 설익은 살구처럼 신맛이 있다는 뜻이다. 【혀로 그 마슬 할타 맛보면 或 ᄧᆞ거나 或 싀거나 或 돌거나 或 밉거나〈1635신전자취염소방3a〉】

8 헤므르게 : 물러 헤어지게. 짓무르게. '헤-므르-게'. '헤-'는 강세 접두사로

기능하는 '짓무르다'의 '짓-'과 비슷한 뜻으로 쓰였다. 【남지늬 모미 긔ᄒᆞ며 헤믈어 ᄢᅴ 글희 드렛거늘〈1459월인석10:24a〉】

9 더우니 : 더운 것. '더우-ㄴ#이(의존명사)'. '이'는 사물을 지칭하는 의존명사이다.

10 지식 : '식지'食紙의 오기. '지식'의 각 글자에 점을 찍어 교정해 놓았다. 보고 베낀 견사見寫의 과정에서 생겨난 오기이다.

11 곰탕 : 곰팡이. 【당마의 곰탕 픠다〈1690역어유上,53b〉】 평북방언과 함남방언에 이 낱말이 쓰인다(〈우리말샘〉).

12 썻거ᄃᆞᆫ : 슬었거든. 쓸었거든. '쓸-엇-거ᄃᆞᆫ'. '쓸-'의 종성 ㄹ이 탈락할 환경이 아닌데도 ㄹ이 나타나지 않은 특이한 어형이다. 이 낱말 앞에 곰팡이를 뜻한 '곰탕'이 있으므로 '곰팡이가 쓸다'를 표현한 말이다. '슬다'는 곰팡이나 곤충 알 따위가 생긴다는 뜻이다. 어두 경음화가 일어나 '쓸다'로 쓰인다.

13 수로 : 수數로. 수량으로. '수'는 '누록 ᄆᆡᆫᄃᆞᄂᆞᆫ 법'(21a)의 주석 참조.

14 새바긔 : 새벽에. '새박-의(처격조사)'. '새벽'을 뜻하는 이형태 '새박'을 보여준 특이례이다. 【中門 뒤희 가 새바긔 省ᄒᆞ더라〈1588소학언(도산서원본)6:95a〉】

15 기려셔 : 길어서. '긷-'은 우물이나 샘 따위에서 두레박이나 바가지 따위로 물을 떠낸다는 뜻이다. 【새배 놈 아니 기려셔 몬져 기론 우믌 믈〈1489구급간2:111a〉】

16 동녁흐로 : 동녘으로. 동쪽으로. 유기음 ㅋ을 ㄱㅎ으로 재음소화하여 표기하였다. 【동녁흐로 향훈 복셩화 가지를 졸게 싸흐라 달힌 믈의 모욕 ᄀᆞ므라〈1653벽온신방14a〉】

17 외오 : 매우. '외오'는 'ᄆᆡ오'(=매우)의 오기로 간주하면 문맥 뜻이 자연스럽게

해석된다. 현대어 번역에서 '매우'로 풀이했다. 동쪽으로 뻗은 복숭아나무 가지를 꺾어서 '외오 저어'라고 한 문맥이니 동사 '저어'를 수식하는 부사로 'ᄆᆡ오'(매우)가 적합하다. 한편 문자 그대로 '외오'로 본다면 이것이 동사 '저어'를 수식한다고 보기 어렵게 된다. 부사 '외오'는 '홀로'[獨] 혹은 '하나'[一]의 뜻인 '외'에 부사파생접미사 '-오'가 결합한 것이다. '외오'는 '홀로', 혹은 '잘못'이란 두 가지 뜻으로 쓰였다. 『구급방』 상권에 이런 예가 나와 있다. 【ᄯᅩ 외오 ᄉᆞᆫ 죠ᄒᆡ 노ᄒᆞ로 ᄉᆞᆺ 네가라ᄀᆞᆯ ᄆᆡ오 呪ᄒᆞ야 닐오ᄃᆡ〈1466구급방 上:61a〉】 '외오 ᄉᆞᆫ 죠ᄒᆡ 노'는 한 가닥으로 꼬아 만든 종이 노끈을 뜻한다. 그런데 이런 용례는 매우 드물고, 고문헌에 나온 '외오'의 대부분이 '잘못'[誤] 이란 뜻의 부사로 쓰였다. 【玉陛예 뮈니 ᄒᆞ올 鶴이 외오 ᄒᆞᆫ 번 소리 ᄒᆞ니라(動玉陛寡鶴誤一響)〈1481두시초24:38a】 이런 용례는 아주 많다. 두 가지 어느 것으로 보아도 위의 문맥에 쓰인 '외오'를 자연스럽게 풀이하기 어렵다. 그래서 위의 '외오'를 'ᄆᆡ오'의 오기로 본 것이다. 『조선무쌍신식요리제법』에도 보리초 만드는 법이 다음과 같이 나온다. 【독에 붓고 휘저어 헌겁으로 막앗다가 이튼날에는 자조 저을지니 젓지 안으면 흔곰팡이 나서 조치 안으니 엄나무로 밋ᄶᅡ지 저으되〈조선무쌍신식요리제법 30 보리초〉】 이 인용문에서 보듯이, 밑줄친 '자조 저을지니'와 '엄나무로 밋ᄶᅡ지 저으되'가 '외오'를 'ᄆᆡ오'의 오기로 볼 수 있는 근거가 된다. '매우 젓는다'라는 의미가 공통적으로 나타나기 때문이다.

18 직지 : '식지'食紙의 오기. 밥상의 음식 따위를 덮는 종이.

19 무쇠거ᄉᆞ로 : 무쇠로 만든 것으로. '무쇠-것-ᄋᆞ로'. 무쇠로 만든 뚜껑 따위를 가리킨 표현이다.

20 샹인 : 상인喪人. 상중喪中에 있는 사람.

21 몸보기 : 월경月經. 성숙한 여성의 자궁에서 주기적으로 출혈하는 생리 현상. 옛 한글 문헌에서 이 낱말을 확인할 수 없었다. 〈한민족 언어정보화 통합검색기〉의 방언 검색에는 '몸보기'를 '월경'月經의 함경북도 방언이라고 해 놓았다. 고문헌의 용례가 함북방언에 남은 것이다. 이와 함께 '개미', '달베기', '달보기', '몸때', '월수', '잡쉬' 등 '월경'을 뜻하는 북한방언 어휘를 등재해 놓았다.

22 긔후ᄒᆞ라 : 피하라. 꺼려하라. '긔후'는 한자어 '긔휘'忌諱의 오기 혹은 j 탈락형일 것이다. '기휘하다'忌諱--는 '꺼리고 싫어하다' 또는 '꺼리거나 두려워 피하다'라는 뜻이다. 【또 ᄃᆞᆰ 거유 올ᄒᆡ알 ᄉᆞᆯ마 먹기를 각별이 긔휘ᄒᆞ라〈1608두창집下:40a〉】

밀초

원문 판독

주찬방 • 23a •

⊙밀초[1] ᄃᆞᆷ는 법 小麥一斗 好曲二升

밀 ᄒᆞᆫ 말을 돌 이러[2] 죄 시서 붇거ᄃᆞᆫ 므르게 ᄠᅧ 방하

예 디허 ᄯᅥᆨ을 문ᄃᆞ라 빼이저[3] 글혀 시근 믈 넙굽 사발

과 됴ᄒᆞᆫ 누록 두 되 섯거 항의 녀허 식지[4]와 쳥뵈[5]

헝거ᄉᆞ로[6] ᄲᅡᄆᆡ야 벼ᄐᆡ 노하 닉거ᄃᆞᆫ ᄡᅳ라.

현대어역

⊙밀초 담는 법

[밀 한 말, 좋은 누룩 두 되.]

밀 한 말을 돌을 일어내고 깨끗이 씻어 붇거든 무르게 쪄서 방아에 곱게 으깨어 찧어 떡을 만들어라. (그 떡을) 끓여 식힌 물 일곱 사발과 좋은 누룩 두 되를 섞어서 항아리에 넣어서 식지와 푸른 베 헝겊으로 싸매어 볕에 놓아두었다가 (잘) 익거든 써라.

용어 해설

1　밀초 : 밀초-醋. 밀로 담근 식초. '밀'은 한자로 '小麥'이라 쓴다. 소맥으로 초 담는 법이 『산가요록』 등에 실려 있다.

2　이러 : 일어. 밀을 그릇에 담아 물을 붓고 이리저리 흔들어서 돌을 걸러내는 동작을 의미한다.

3　빼이저 : (잘게) 으깨어. '빼이저'의 구성 요소는 두 개 동사가 합성된 '빼#잊-어' 혹은 '빼#이즈-어'로 형태 분석할 수 있다. '빼이저'는 문헌 자료에 처음 나오는 낱말이다. 밀[小麥] 한 말을 물에 불려 방아에 찧어 떡을 만든 후에 이어지는 조리 동작이 '빼이저'이다. 즉 "방하예 디허 썩을 ᄆᆞᆫᄃᆞ라"에 이어서 '빼이저'라는 동작이 가해진다. 이어서 '빼잊은' 후에 끓여서 식힌 물 일곱 사발과 좋은 누룩 두 되를 섞어서 항아리에 넣는다. 방아에 찧어 떡(반죽)처럼 만든 것에 '빼이저'라는 동작을 가하고 있다. '빼이저'를 '빼-'와 '이즈-'(이지러지다)가 결합한 합성동사로 보는 방법도 있으나, 방아에 찧어 만든 떡(떡반

죽)을 '깨어 이지러뜨린다'는 뜻이 부자연스럽다. 떡은 부드러운 것인데 '깨어 이지러뜨린다'라고 풀이하는 것이 어색하다. 이 문제점을 해소하는 길을 『산가요록』의 「진맥초」 방문에서 찾을 수 있다. 『산가요록』의 「眞麥醋」 방문 "眞麥一斗, 洗淨全蒸, 極舂作餠片. 熟冷水七鉢, 曲一升, 合造, 堅封, 待清用之"라는 내용이 위의 밀초 담는 법과 비슷하다. 진맥[밀] 한 말, 냉수[식은 물] 일곱 사발의 분량이 두 문헌에서 서로 같다. 다만 누룩이 두 되와 '曲一升'으로 서로 다르다. "방하예 디허 썩을 믄ᄃᆞ라 빼이저"는 "極舂作餠片"(극용작병편)에 해당한다. '舂'은 '방하예 디허', '作餠片'은 '썩을 믄ᄃᆞ라'에 각각 대응된다. 그런데 '빼이저'에 대응할 만한 한자는 '極舂'의 '極'에 해당한다. 그러나 '極'은 한문 방문의 앞 부분에 놓여 있어서 한글 방문의 뒷부분에 놓인 '빼이저'와 그 위치가 맞지 않다. 한글 방문에서 '빼이저'의 위치를 '디허' 앞으로 이동하여 '방하예 빼이저 디허'라고 하면 '極舂'의 뜻에 잘 어울린다. 푹 찐 밀을 잘게 으깨어 찧으라는 뜻이 '極舂'에 담겨 있고, '빼이저'는 바로 이 뜻을 표현한 것이다. 『산가요록』 방문을 기준으로 보면 '빼이저'는 '極舂'을 우리말로 바꾼 표현이다. '極舂'을 직역하면 '심하게 찧음'의 뜻이다. '極舂'은 잘게 '으깨다'로 풀이한 '빼이저'와 뜻이 통한다.

『임원십육지』林園十六志의 「造麥黃醋法」(조맥황초법) 방문에 밀초 담는 법과 부분적으로 비슷한 내용이 다음과 같이 나타나 있다. "小麥一斗, 爛烝作餠, 熟水七鉢, 麴一升, 合造, 用盡注以好酒". 여기서 "므르게 뼈 방하예 디허 썩을 믄ᄃᆞ라 빼이저 글혀 시근 믈 닐굽 사발"에 해당하는 한문은 "爛烝作餠, 熟水七鉢, 麴一升"이다. 이 한문에 '빼이저'에 대응하는 한자 표현은 없다.

4 식지 : 식지食紙. 밥상과 음식을 덮는 데 쓰는 종이.

5 청뵈 : 청베靑-. 푸른 베.

6 헝거ᄉᆞ로 : 헝겊으로. '헝것-ᄋᆞ로'. 16세기 문헌인 『훈몽자회』(1527)에 '헝것'이 있다. 이후 19세기 문헌까지 '헌것', '헝것' 등의 표기로 나타나며, 19세기 자료에서부터 '헝겁'〈1880한불자90〉으로 나타난다. 20세기에 이르러 '헝겊'으로 변화하였다. '헝겊'의 어원 풀이를 다음과 같이 하는 이도 있으나 그대로 믿기 어렵다. '헐다'의 어간 '헐-'이 관형사형 어미 '-ㄴ'과 결합한 '헌'과 명사 '것'이 합쳐진 구 형식 '헌 것'에서 연구개음 동화가 적용되어 '헝것'으로 변하고, 이 '헝것'이 '헝겊'으로 바뀐 것이라는 설명이다. 그러나 이는 용례와 고증이 부족한 설명이다.

창포초

원문 판독

챵포초 ᄃᆞᆷᄂᆞᆫ 법[1] 菖蒲二升 秋牟米一斗 曲末三升 又 一升五合 白米二升
챵푯불휘[2]를 수린날[3] ᄏᆡ야 ᄌᆞᆫ 털 ᄠᅳ더 ᄇᆞ리고 죄 시
서 ᄌᆞᆯ게 사흐라[4] 그늘헤[5] ᄆᆞᆯ뢰야 두 되만 ᄒᆞ여 ᄃᆞᆺ다가

주찬방 • 23b •

칠월 초ᄒᆞᄅᆞᆫ날 ᄀᆞ올보리ᄡᆞᆯ[6] ᄀᆞ장 졍히 늠거[7] ᄒᆞᆫ
말을 믈에 ᄃᆞᆷ갓다가 사흘 후제 닉게 뼈 글힌 믈
ᄒᆞᆫ 동ᄒᆡ[8]로 골와[9] 식거ᄃᆞᆫ[10] 누록 서 되ᄅᆞᆯ 글흔[11] 믈에
섯거 니근 항[12]의 녀허 벼ᄐᆡ 두면 닐웨 휘면[13] 싀고 ᄆᆞᆰ

안잣거ᄃᆞᆫ[14] ᄇᆡᆨ미 두 되만 믈에 시서 붇거ᄃᆞᆫ ᄀᆞᄅᆞ 디허 구
무쩍 비저 닉게 ᄉᆞᆯ마 그 챵포과 ᄒᆞᆫᄃᆡ 섯거 ᄯᅩ 누록 되
가옷[15]만 조차[16] 더 섯거 고로 쳐셔 항의 ᄆᆡᆫ 미ᄐᆡ ᄃᆞᆫ〻이

주찬방 • 24a •

브드티고[17] 그 보리술을 ᄆᆞᆰ게 바타 브어 두면 두 닐웨
후에 보와 ᄡᅳ되 ᄡᅳ며셔[18] 업서 가거ᄃᆞᆫ 됴ᄒᆞᆫ 쳥쥐나
쇼쥐나 년ᄒᆞ야 브ᄋᆞ면 마시 변티 아녀 ᄆᆞᆮ 니ᄅᆞ[19] ᄡᅳᄂᆞ
니라. ○아므[20] 최라도[21] 마시 변ᄒᆞ거ᄃᆞᆫ 밀ᄒᆞᆯ[22] ᄒᆞᆫ 줌만 ᄆᆡ
이[23] ᄇᆞᆺ가 녀허 사나ᄒᆞᆯ 휘면 돈ᄂᆞ니라. ○됴ᄒᆞᆫ ᄎᆞᆷ숫글[24]
벌거케 퓌워 항의 녀허 닐웨 휘면 돈ᄂᆞ니라.

현대어역

창포초 담는 법

[창포 두 되, 가을보리[秋牟米] 한 말, 누룩가루 석 되, 또 한 되 다섯 홉, 백미 두 되.]

창포 뿌리를 수릿날에 캐서 잔털을 뜯어 버리고, 깨끗이 씻고 잘게 썰어서 그늘에 두 되만 말려 두어라. 칠월 초하룻날에 가을보리쌀을 매우 깨끗이 능거 한 말을 물에 담갔다가, 사흘 후에 익게 쪄서 끓인 물 한 동이를 섞어, 식거든 누룩 서 되를 끓인 물에 섞어 (잘 구워져) 익은 항아리에 넣고 볕에 두어라. 이레 후에 맛이 시고, 맑게 가라앉았거든 백미 두 되만 물에 씻어

붇거든 가루 찧어 구멍떡을 빚어서 익게 삶고, 창포와 한데 섞어라. 또 누룩 되가웃만큼 함께 더 섞어 고루 쳐서 항아리의 맨 밑에 단단히 부딪도록 놓아서 그 보리술을 맑게 밭아서 부어 두고, 두 이레 후에 보아 써라. 쓰면서 없어져(양이 줄어) 갈 때 좋은 청주나 소주를 연이어 부으면 맛이 변하지 아니하여 이르지 못하게(=말하지 못할 정도로) 오랫동안 쓰느니라.

○아무 초라도 맛이 변하거든 밀을 한 줌만 매우 볶아서 넣으면 사나흘 후에 좋아진다.

○좋은 참숯을 벌겋게 피워 항아리에 넣고 이레 후면 좋아진다.

용어 해설

1 '챵포초 ᄃᆞᆷᄂᆞᆫ 법'이란 항목 명칭 앞에 백권점이 없다. 잊어버리고 빠트린 것으로 보인다. 『주찬방』과 관련성이 짙어 보이는 15세기의 한문 음식 조리서 『산가요록』에도 창포초菖蒲醋 만드는 법이 있다. 창포초 만드는 법에 '熟冷水一斗, 曲一升, 和入瓮, 青布裹之'과 같은 구절이 있다(한복려 2011: 94). '熟冷水一斗'으로 적힌 부분은 '끓였다가 식힌 물 한 동이'로 해석할 수 있는데, 이 방문 본문의 '글힌 믈 ᄒᆞᆫ 동ᄒᆡ로'와 서로 같다. 『산가요록』의 창포초 방문은 세 가지 종류로 나뉘어 기술되어 있으나 『주찬방』의 내용과 같은 것이 하나도 없다.

2 챵푯불휘 : 창포 뿌리. '창포#ㅅ#불휘'.

3 수린날 : 수릿날. '수리#ㅅ#날'. 단오端午, 천중절天中節이라고도 하는 우리나라의 명절. 음력 5월 5일. '수린날'은 '수리'와 '날'이 결합하면서 사이시옷이

후행하는 ㄴ의 영향으로 비음 동화된 것이 반영된 표기이다. '수릿날'의 명칭에 대한 어원이 여러 견해가 있으나 믿을 수 없는 것이 대부분이다.

4 사흐라 : 썰어. '사흘-아'. '썰다'의 뜻을 지닌 '사흘-'은 15세기 문헌에서 '사ᄒᆞᆯ-' 또는 어두 경음화가 실현된 'ᄡᅡᄒᆞᆯ-'로 표기되었다. 비어두 위치에서 ·>ㅡ의 변화를 겪은 '사흘-' 또는 '싸흘-'의 어형은 17세기 국어에서부터 보인다. 【소니 또 구리토빈 거시 ᄇᆡᄉᆞᆯᄒᆞᆯ ᄢᅢ혀며 사ᄒᆞᆯ며 버히며〈1459월인석,21,43b〉】 【一切 즁ᄉᆡᆼ 자바 ᄡᅡᄒᆞᆯ며 버히고〈1459월인석23:79a〉】 【딥 사흐다〈1682역어유下:34〉】 【이 싸흔 딥흘다가 콩 우희 덥고〈1670노걸언上:18〉】

5 그늘헤 : 그늘에. 중세국어 문헌에서 '그늘'은 단독형의 용례가 주로 쓰였다. 『주찬방』에서 '그늘헤'가 보이고, 『음식디미방』에서 '그ᄂᆞᆯ헤'가 쓰인 사실로 보아 '그늘'도 ㅎ곡용어임을 알 수 있다.

6 ᄀᆞ올보리ᄡᆞᆯ : 가을보리로 찧은 보리쌀.

7 늠거 : 능거. '늠그-어'. 여기서 '늠거'는 보리쌀의 껍질을 벗기려고 물을 붓고 애벌 찧는 동작을 뜻한다.

8 동ᄒᆡ : 동이. 15세기 국어에서는 '동ᄒᆡ'로 나타나 있다. '죠ᄒᆡ>죵ᄒᆡ>죵희>종이'[紙]와 변화의 궤를 같이 한다. 비어두 위치의 ·가 ㅡ로 변화하면서 '동희'로 표기되었고, ㅎ의 탈락과 ㅢ의 단모음화로 인해 오늘날 '동이'로 굳어졌다.

9 골와 : 고루 섞어. 화합和合하여. 이 문맥에서는 찐 보리쌀에 한 동이의 끓인 물을 부어 고루 섞이게 한다는 뜻이다.

10 글힌 믈 ᄒᆞᆫ 동ᄒᆡ로 골와 식거든 : 끓인 물 한 동이로 고루 섞어서 (그것이) 식거든.

11 글흔 : 끓인. '글힌'의 오기로 보인다.

12 누록 서 되ᄅᆞᆯ 글흔 믈에 섯거 니근 항의 녀허 : 이 문맥은 '누룩 서 되를 끓인 물에 섞고, 잘 익은(=구워진) 항아리에 넣어'로 해석된다. '하숭의 ᄉᆞ시절쥬'의 '독을 ᄀᆞ장 니그니ᄅᆞᆯ ᄀᆞᆯᄒᆡ야'〈14b〉의 주석 참조.

13 휘면 : 후면. '후後-이면'.

14 ᄆᆞᆰ안잣거ᄃᆞᆫ : 맑게 가라앉았거든. 'ᄆᆞᆰ#앉-앗-거ᄃᆞᆫ'. 형용사 어간 'ᄆᆞᆰ-'[淸]과 동사 어간 '앉-'[沈]이 결합한 비통사적 합성어이다. 보통 비통사적 합성동사는 동사끼리 결합하나, 이 동사는 형용사와 동사의 어간끼리도 결합하였음을 보여준다. 'ᄆᆞᆰ안재ᄃᆞᆫ'〈19a〉으로 쓰인 예도 있다.

15 되가옷 : 되가웃. 한 되 반쯤의 분량을 뜻한다.

16 조차 : 함께. 겸하여. '조차' 앞에 '가옷만'이 선행하여 현대어로 딱 맞게 풀이하기 어려운 부분이다.

17 브드티고 : 부딪히고. 부딪도록 놓아서. 앞뒤 문맥으로 보면, 구멍떡과 누룩 등이 항아리 바닥에 서로 '닿도록' 놓는다는 뜻이다. 이 맥락을 중시하여 현대어역에서 '단단히 부딪도록 놓아'로 풀이했다. 【버들ᄉᆞ지 길헤 브드티니 흰 시우글 ᄭᆞ랏고 년니피 내해 뎜텨시니〈1576백련초(동경대본)8a〉】【무명 오시 하 브드티니 민망ᄒᆞ여 ᄒᆞ뇌〈1565순천김118:4〉】

18 쓰며셔 : '쓰면셔'의 오기.

19 몯 니ᄅᆞ : 못 이르게. '몯 니ᄅᆞ 쓰ᄂᆞ니라'는 문맥상 맛이 변하지 않아 '못 이를 정도로' 오랫동안 쓸 수 있음을 표현한 것이다. 【衆生 濟渡호ᄆᆞᆯ 몯 니ᄅᆞ 혜에 ᄒᆞ시고〈1459월인석1:19〉】

20 백권점 이하 내용은 변질된 초를 고치는 방법에 대한 것이다. 밀을 볶아 넣거나 항아리에 참숯을 달궈 넣는 방법이 『산가요록』의 '醫醋法'(의초법) 내용과 유사하다. 예컨대 『산가요록』의 "白炭全體通紅, 入缸七日, 即還味"은

이 방문의 “됴ᄒᆞᆫ ᄎᆞᆷ숫글 벌거케 퓌워 항의 녀허 닐웨 휘면 됸ᄂᆞ니라.”와 내용이 거의 같다. 『산가요록』에는 ‘醫醋法’이라는 제목으로 변질된 초를 고치는 법 3개 방문이 실려 있다. 이 3개 방문 중 2개가 『주찬방』의 내용과 동일하다.

21 최라도 : 초라도. ‘초醋-이라도’.

22 밀ᄒᆞᆯ : 밀을. ‘밀ㅎ-을’. 중세 국어에서 ‘밀’은 ㅎ종성체언(=ㅎ곡용어)이다. 우측 행간에 잔글씨로 ‘小麥一捻’(밀 한 줌)이라 기입해 놓았다. 【쏘 밀ᄒᆞᆯ ᄇᆞᆺ고ᄃᆡ 검도록 ᄒᆞ야 ᄀᆞ라 細末ᄒᆞ야〈1466구급방下:12a〉】

23 ᄆᆡ이 : 매. 매우. 15세기 국어에서부터 ‘ᄆᆞ이’〈1481삼강행劉黔〉, ‘ᄆᆡ이’〈1461능엄언3:4〉 등의 형태로 나타난다. 『주찬방』에서도 ‘ᄆᆡ이’와 ‘ᄆᆞ이’가 모두 나타난다.

24 ᄎᆞᆷ숫글 : 참숯을. ‘ᄎᆞᆷ-숡-을’. 우측 행간에 ‘眞木炭’(진목탄)을 잔글씨로 기입해 놓았다. ‘숡’은 15세기 자료에서부터 18세기 자료까지 두루 보인다. ‘숡’은 후행하는 음절이 모음으로 시작할 때는 ‘숫근, 숫기, 숫글’과 같이 ㄱ이 나타나고, 후행하는 음절이 자음으로 시작할 때와 단독형일 때는 ㄱ이 탈락한다. ‘숯’과 ‘숡’은 쌍형어로 공존한 것으로 본다. ‘숡〉숯’으로 본다면, 종성 ㄳ이 ㅊ으로 변화한 이유를 설명하기 어렵기 때문이다. 현대의 여러 방언에서 ‘숯’의 방언형은 매우 다양하다. 그 중에서 ‘수껑, 수깽이, 수꾸, 수꿩, 수끼’ 등의 어중 ㄲ은 ‘숡’의 종성 ㄳ이 변화한 결과이다. ㄳ〉ㄲ 변화는 국어 음운사에서 널리 나타난 것이다.

면발 내리는 법

원문 판독

○면 디ᄂᆞᆫ[1] 법

싱조ᄡᆞᆯ[2]을 믈에 불워[3] ᄂᆞᆯ온케[4] ᄀᆞ라 슈비ᄒᆞ야[5] 모밀[6]

주찬방 • 24b •

ᄀᆞᆯᄅᆡ[7] 셧거 디면 됴ᄒᆞ니라.

현대어역

○면발 떨어뜨리는(=내리는) 법

생좁쌀을 물에 불려 곱고 잘게 갈아 수비水飛하고 메밀가루에 섞어 떨어뜨리면 좋다.

용어 해설

1 디ᄂᆞᆫ : 지는. 떨어뜨리는. 내리는. '디-ᄂᆞᆫ'[落]. 면발을 밑으로 내리는 동작을 뜻한다. 이 점을 고려해 방문명을 '면발 내리는 법'이라 했다.

2 싱조ᄡᆞᆯ : 생좁쌀.

3 불워 : 불려. '붇-'이 불규칙활용을 하여 '불-'로 실현되었다. 【산ᄆᆡᄌᆞᆺᄡᅵ ᄉᆞᆸ 셜흔 나ᄎᆞᆯ 더운 므레 불워 거플 밧기고〈1489구급간3:66a〉】【ᄂᆞᆯ콩ᄋᆞᆯ ᄃᆞᆷ가 불워 시버 머그라〈1554구촬요,6b〉】

4 ᄂᆞᆯ온케 : 곱게. 가루처럼 잘게. 'ᄂᆞ론ᄒᆞ-게'의 축약형. 여기서는 생좁쌀을 물에 불려 '보드랍고 곱게' 갈아서 쓰는 법을 설명한 문맥이다. 『주찬방』에 'ᄂᆞ론케'와 'ᄂᆞᆯ온케'가 모두 나타나 있다. 후자는 'ᄂᆞ론케'를 분철 표기한 것이다. 누룩 만드는 법 방문(21a)에 '두부 앗ᄃᆞ시 ᄂᆞ론케 ᄀᆞ라'가 나온 적이 있다.

5 슈비ᄒᆞ야 : 수비水飛하여. 여기서 '슈비ᄒᆞ-'는 '생좁쌀의 가루를 물속에 넣고 휘저어 잡것을 건져내어 없애다'라는 뜻이다.

6 모밀 : 메밀. '뫼밀'에서 '뫼'의 off-glide j가 탈락한 형이 '모밀'이고, '뫼'가 oj〉we〉e의 변화를 거친 것이 '메밀'이다.

7 ᄀᆞᆯᄅᆡ : 가루에. 'ᄀᆞᄅᆞ-ᄋᆡ'.

스면 내리는 법

원문 판독

○싀면[1] 디ᄂᆞᆫ 법

소ᄐᆡ 믈을 몬져 ᄭᅳᆯ히고 녹두 ᄭᆞᄅᆞ 닷 홉만이나 ᄎᆞᆫ

믈에 프러 박애 다□[3] ᄭᅳᆯᄂᆞᆫ[4] 믈에 삐오고 나모 져 두서

가락으로 동당이터[5] 플을 닉게 쑤어 져로 드러 보

면 실 ᄀᆞᆫ거ᄃᆞᆫ 녹둣 ᄀᆞᄅᆞ 두서 되 혹 서너 되나 그르

세 담고 녹두 플에 섯거 ᄆᆞ라 고로 저어 손의 드러

보면 두서[6] 자히나[7] 그처디〻[8] 아니커ᄃᆞᆫ 박 미틀 솓 발[9] 내 세 굼글[10] 손가락 그티 들 만치 듧고[11] 왼손으로 세 굼글 마가 잡고 그 녹두 ᄆᆞᆫ 거ᄉᆞᆯ 박애 다마 취혀 들고[12] 올ᄒᆞᆫ손으로 박을 두드리며 굼글 열면 ᄭᅳᆯᄂᆞᆫ[13] 믈에 흘러 드러 면이 되거ᄃᆞᆫ 건져 ᄎᆞᆫ믈에 ᄃᆞᆷ가 둣다가 체예 건져 ᄆᆞᆯᄀᆞᆫ쟝국[14]이나 토쟝국[15]이나 ᄆᆞ라 교토ᄒᆞ야[16] ᄡᅳ라.

현대어역

○세면 떨어뜨리는(=내리는) 법

솥에 물을 먼저 끓이고, 녹두 가루 다섯 홉을 찬물에 풀어 박에 담아서 끓는 물에 띄워라. 나무젓가락 두세 가락으로 휘저어 풀이 익게 쑤어, 젓가락으로 들어 봐서(=찍어 봐서) 실 같거든(=실처럼 떨어지거든) 녹두 가루 두서 되 혹은 서너 되를 그릇에 담아, 녹두 풀에 섞어 말아서 골고루 저어라. 손으로 들어 봐서 두서 자 정도로 끊어지지 아니하거든 박 밑에 솥발 (구멍을) 내되, 세 구멍을 손가락 끝이 들어갈 만치 뚫어라. 왼손으로 세 구멍을 막아 잡고, 그 녹두 만 것을 박에 담아 (박을) 추켜들어, 오른손으로 박을 두드리며 구멍을 열면 (녹두가) 끓는 물에 흘러들어 면이 된다. (그 면을) 건져 찬물에 담가 두었다가 체에 건져 맑은장국이나 토장국에 말아서 고명하여 써라.

용어 해설

1 싀면 : 세면細麵 혹은 사면絲麵. 면발이 가는 국수. 녹두 가루로 만든 국수이다. 고문헌에는 '스면'으로도 쓰였다. 【싀면粉湯〈1690역어유上:51〉】【稍麥과 스면 먹고(喫稍麥粉湯)〈1677박통해下:14〉】『산가요록』에 「細麵」 방문이 있는데 한문의 내용이 다음과 같다. 【汞豆末五合, 以氷水和攪. 於釜鼎沸湯水中, 浮瓢子盛之, 以木筯三四介, 和揮作膠, 又以木筯擧之, 如絲出, 則可以汞豆末七八升, 盛器, 右膠和揮, 以手擧之, 二三尺不絶, 則瓢底穿孔三穴, 如鼎足樣, 洞可入手指端. 以左手指塞三穴, 立齊眼擧之, 右手打瓢无停, 開穴則流下沸湯成麪, 浸氷水洗出, 醬湯用.】 이 내용은 『주찬방』의 그것과 아주 비슷하고 끝부분만 조금 다르다.

2 닷 홉만이나 : 닷 홉 정도나. 닷 홉만큼이나. '닷#홉-만(보조사)-이나'. 이때 '-만'은 '정도'의 의미이다. 보조사 '-만'은 중세국어에서 '한정'의 의미보다 '정도'의 의미로 사용되는 경우가 더 많았으나 현대국어로 올수록 '한정'의 의미가 확대되었다(홍사만 2002).

3 다□ : 담아. 종이 결락으로 글자가 보이지 않으나 '□' 자리에 '마'가 있어야 한다.

4 쓸ᄂᆞᆫ : 끓는. '쑳-ᄂᆞᆫ'. '쓸-'은 '긇-'에서 어두경음화가 실현되었고, 어중의 자음군 ㅀ이 ㄹ로 단순화된 어형이다. 『주찬방』에서 '긇-'의 경음화형 '쑳-'이 나타나지만 비경음화형의 출현율이 더 높다.

5 동당이텨 : 휘저어. '나모 져 두서 가락으로 동당이텨'는 『산가요록』의 한문 방문에 '以木筯三四介, 和揮作膠'에 해당한다. '동당이텨'가 한자 '揮'(휘)에 해당한다.

6 두서 : 두세. 2~3. '두어'가 아니라 '두서'로 표기되어 있다. 수 관형사의 하나이다. '두'와 '서'가 결합한 '두서'는 15세기에 '두ᅀᅥ'로 나타나고, 오늘날 '두어'로 변화하였다. 그러나 경상방언 등에는 ㅿ이 ㅅ으로 변화하여 이 문헌처럼 '두서'도 쓰인다.

7 자히나 : 자[尺]나. '자ㅎ-이나'. 길이의 단위로 1자는 대략 30.3cm 정도이다. 중세국어에서 '자'는 ㅎ종성체언이었다.

8 그처디디 : 끊어지지. '긏-어#디-디'[斷]. 동사 어간 '긏-'과 '디-'가 합성된 것이다.

9 솓발 : 솥발. 솥 밑에 달린 세 개의 발을 뜻한다. 면을 뽑을 때 박(=바가지) 밑을 지지하는 발을 솥발로 표현하였다. "박 미틀 솓발 내"는 '바가지 밑에 솥발 구멍을 내어'라는 뜻을 표현한 것이다.

10 굼글 : 구멍을. '구ᇚ-을'[穴]. 중세 국어에서 후행하는 음절이 모음으로 시작할 때는 '구ᇚ'으로, 후행하는 음절이 자음으로 시작하거나 휴지가 올 때는 '구무'로 쓰였다. 오늘날에도 '굼글, 굼기, 궁가리, 궁개, 궁구, 궁게이' 등의 방언형에서 '구ᇚ'의 흔적을 찾을 수 있다.

11 듧고 : 뚫고. '듧-고'. 중세국어 문헌에는 '들우-' 형태로 쓰였는데, 이는 어간 'ᄃᆖᇕ-'의 변화형이다. 【구무 들워 실로 ᄢᅦ여〈1466구급방上:53b〉】 17세기 이후에 어두경음화가 실현된형 'ᄯᆖᇕ-'이 나타나고, 19세기 이후에 어간말 자음이 ㅀ으로 교체된 '뚫-'이 나타난다. '뚫-'의 어간말 자음군 ㅀ이 생성된 과정을 정밀하게 밝혀낼 필요가 있다. 이 과정에 ㄹᄫ〉ㅀ 변화를 설명하기 어렵다. 현대의 경상방언형인 '뚤버라', '뚤분다' 등은 15세기 문헌어의 전통을 이은 것이다. 【ᄶᅡ해 구무 듧고 홁 지여 온 모몰 무두매〈1463법화경6:154b〉】

12 취혀 들고 : 추켜 들고. '취혀'는 고문헌에서 드문 어형이다. 【룡이 이셔

머리ᄅᆞᆯ 취혀 들어 져근ᄃᆞᆺ 그 곳ᄃᆞᆯ 일혓거ᄂᆞᆯ〈1832십구사2:3a〉】

13 ᄭᅳᆯᄂᆞᆫ : 끓는. 'ᄭᅳᆶ-ᄂᆞᆫ'. 어간말 자음군 ㅀ에서 ㅎ이 탈락한 것이다.

14 ᄆᆞᆰ근쟝국 : 맑은장국--醬-. 쇠고기를 잘게 썰어 양념을 친 다음 맑은 장물에 끓인 국.

15 토쟝국 : 토장국土醬-. 된장국.

16 교토ᄒᆞ야 : 고명하여. '교토ᄒᆞ-여'. '교토'는 음식 위에 얹는 '고명'을 뜻한다. 【교토〈1670노걸언初上:19〉】【오미ᄌᆞᄶᅮᆨ의 잣 교토ᄒᆞ면〈1670음식디미방 11a〉】

진주면

원문 판독

○진쥬면[1]

주찬방 • 25b •

기장ᄡᆞᆯ을 닉게 ᄉᆞᆲ마 ᄆᆞᆯ에 죄 시서 체예 건져 진

ᄀᆞᄅᆡ[2] 무텨[3] 고텨 ᄉᆞᆲ마 ᄯᅩ 무텨 ᄉᆞᆲ마 시슨 후에 녹

ᄃᆞᆺ ᄡᆞᆯᄅᆞᆯ[4] 무텨 ᄉᆞᆲ마 ᄎᆞᆫᄆᆞᆯ에 죄 시서 ᄆᆞᆰ근쟝국의

나 토쟝국의나[5] ᄆᆞ라 교토ᄒᆞ여 ᄡᅳ라. 녹두 ᄡᆞᆯᄅᆞᆯ

두 번곰[6] 무티면 더 됴ᄒᆞ니라. ○ᄯᅩ 이 면을 오미ᄌᆞ

ᄃᆞᆯ힌 ᄆᆞᆯ에 ᄡᆞᆯ을 ᄃᆞᆯ게 ᄣᆞ고 거긔 ᄆᆞ라 보ᄋᆞ[7]에 다

마 족술[8] 노하 손이 잔[9] 취커든[10] 별미로 ᄎᆞ리면 ᄀᆞ장

주찬방 • 26a •

됴ᄒᆞ니 이ᄂᆞᆫ 일홈이 차면[11]이라.

현대어역

○진주면

기장쌀을 익게 삶아 물에 깨끗이 씻어 체에 건져, 밀가루를 묻혀 다시 삶고, 또 (밀가루를) 묻혀 삶아 씻은 후에 녹두 가루를 묻혀서 삶아라. (삶은 것을) 찬물에 깨끗이 씻어 맑은장국이나 토장국에 말아서 고명하여 써라. 녹두 가루를 두 번 묻히면 더 좋다. ○또 이 면을 오미자 달인 물에 꿀을 달게 타고 거기에 말아 보시기에 담고 쪽숟가락을 놓아서 손님이 조금 취하거든(=약간 취했을 때) 별미로 차리면 아주 좋다. 이는 이름이 차면이다.

용어 해설

1 진쥬면 : 진주면眞珠麵. 기장쌀을 삶은 후 그 쌀에 밀가루를 여러 번 묻혀 삶고, 그것을 맑은장국이나 토장국에 말아서 먹는다. 그 맛이 뛰어나고 좋음을 아름다운 진주眞珠에 비유한 이름일 것이다.
15세기에 저술된 한문 음식 조리서인 『산가요록』에도 '眞珠麵' 방문이 있다. 1800년대 중엽경의 필사본 한문 음식 조리서 『역주방문』에도 '眞珠麵' 방문이 다음과 같이 나온다. 『주찬방』의 한글 방문은 『역주방문』의 한문 방문을

번역한 것처럼 짝을 이룬다. 세 문헌의 진주면 방문을 표로 정리하면 다음과 같다.

산가요록(1450년경)	주찬방(17세기 초기)	역주방문(1800년대 중기)
米或蕎米, 爛熟作飯, 以洗浄水, 勿使粘連. 篩漉, 塗真末, 更熟烹, 更洗. 又塗如上法後, 塗录豆末如上法. 沉瓜, 水洗无醎氣, 細切, 軟肉, 又細切, 并如真珠面大, 炒於油. 各色香菜, 以荏汁和用. 〈한국전통지식포탈〉	기장ᄡᆞᆯ을 닉게 ᄉᆞᆱ마 믈에 죄 시서 체예 건져 진ᄀᆞᆯᄅᆡ 무텨 고텨 ᄉᆞᆱ마 ᄯᅩ 무텨 ᄉᆞᆱ마 시슨 후에 녹둣 ᄀᆞᄅᆞᆯ 무텨 ᄉᆞᆱ마 ᄎᆞᆫ믈에 죄 시서 ᄆᆞᆯᄀᆞᆫ쟝국의나 토쟝국의나 ᄆᆞ라 교토ᄒᆞ여 ᄡᅳ라. 녹두 ᄀᆞᄅᆞᆯ 두 번곳 무티면 더 됴ᄒᆞ니라. ○ᄯᅩ 이 면을 오미ᄌᆞ 달힌 믈에 ᄭᅮᆯ을 ᄃᆞᆯ게 ᄠᆞ고 거긔 ᄆᆞ라 보ᄋᆞ예 다마 족술 노하 손이 잔 쉬커든 별미로 ᄎᆞ리면 ᄀᆞ장 됴ᄒᆞ니 이ᄂᆞᆫ 일홈이 차면이라.	黍米, 爛烹浄洗, 以篩濾之, 和以眞末更烹之浄洗後, 塗以菉末又烹出, 入於冷水中浄洗, 調於甘醬湯加各種滋味用之. 若再塗菉烹出尤好. 若將此麵入於五味子煎水和清盛於甫兒, 置匙匕待客半醉以進, 其踈淡且爽烈. 一名茶麵. 〈한국전통지식포탈〉

2 진ᄀᆞᆯᄅᆡ : 밀가루에. '진眞-ᄀᆞᄅᆞ-이(처격조사)'. '진가루'는 고운 밀가루[細粉]를 뜻한다. 'ᄀᆞᄅᆞ'는 처격, 대격 등의 조사 앞에서 특수곡용을 하였다. '진ᄀᆞᄅᆞ'는 'ᄀᆞᄅᆞ'에 접두사 '진眞-'이 결합한 것으로 한자어 '진말'眞末로 적었다. '진ᄀᆞᄅᆞ'는 모음으로 시작하는 조사 앞에서 '진ᄀᆞᆯㄹ'로 교체하였다. 이 자료에서는 '진ᄀᆞᄅᆞ/진ᄀᆞᆯㄹ'이 9회, '진말'이 8회 나타나 사용 빈도가 비슷하며, '진ᄀᆞᄅᆞ'와 '진말'에 의미 차이도 없었던 것으로 보인다.

3 무텨 : 묻혀. '묻-히-어'. 『주찬방』에서는 원래 어형 '무티-'와 함께 원순모음화 ㅡ>ㅜ에 영향을 받은 과도교정형 '므티-'도 같이 출현한다. 그러나 이 '므티-'는 잡과편(27a-b) 방문의 문장에서만 3회 출현한다. 이는 이 문장을 쓸 때 필사자가 원순모음화 ㅡ>ㅜ를 인식하고 있었고 이를 의도적으로 수정하는 과정에서 과도교정형이 출현했음을 의미한다.

4 녹둣 ᄭᆞᆯᄅᆞᆯ : 녹두의 가루를. '녹두#ㅅ-ㅅ#ᄀᆞᄅᆞ-을'. 합성어 사이의 사이시옷이 두 번 중첩된 표기이다.

5 토쟝국의나 : 토장국에나. 'ᄆᆞᆯ근 쟝국의나 토쟝국의나'에서 보듯이, 현대국어와 달리 선택의 접속어미 '-이나'는 연속되는 체언의 마지막에도 결합하여 쓰였다.

6 두 번곳 : '두#번-곳(강세첨사)'. '두 번'을 강조한 표현이다.

7 보ᄋᆞ : 보시기. 공기. 그릇의 하나로 모양은 사발 같으나 높이가 낮고 크기가 작다.

8 족술 : 쪽술. 쪽박처럼 생긴 숟가락을 뜻한다.

9 잔 : 조금. 『주찬방』에 보이는 특이한 부사이다. '잔 취커ᄃᆞᆫ'은 『역주방문』의 한문에서 '半醉'(반취)에 대응한다. 반쯤 취한 상태를 '잔 취커ᄃᆞᆫ'(조금 취하거든)이라고 표현한 것이다. 『주찬방』의 한글 방문과 『역주방문』의 한문 방문을 비교함으써 '잔'의 뜻을 확정할 수 있다. 한편 『주찬방』 말미에 실린 '동유고오ᄂᆞᆫ 번'에도 부사 '잔'이 쓰였다. 【글턴 거품이 잔 ᄌᆞᆫ거ᄃᆞᆫ〈주찬방 45b〉】

10 취커ᄃᆞᆫ : 취醉하거든. '취ᄒᆞ-거ᄃᆞᆫ'의 축약형. 이 낱말의 앞 부분은 '만든 진주면을 보시기에 담아 쪽숟가락을 거기에 놓아'라는 뜻이다. 뒷부분은 '진주면은 손님이 조금 취하거든 별미로 차리면 가장 좋으니'라고 풀이된다. 진주면은 손님이 조금 취했을 때 별미로 대접하기 좋은 음식이란 뜻이다.

11 차면 : 차면茶麵. 『역주방문』의 한문 방문에 "一名茶麵" 구절이 『주찬방』에 "이ᄂᆞᆫ 일홈이 차면이라"로 번역되어 있다. '차면'은 『음식디미방』에 '탹면, 착면, 챠면'으로도 나타나 있고, 문헌에 따라 '着麵' 혹은 '昌麵'으로 표기되기도 했다. 이와 같은 여러 표기를 고려해 보면 '챠면'은 '착면'着麵에서 '착'의 말음 ㄱ이 탈락한 형태로 짐작된다. 국수를 맑은장국이나 토장국에 만 것을

진주면이라 하고, 오미잣국에 만 것을 차면(착면)이라 했다. 국수를 마는 육수에 따라 그 명칭을 달리한 것이다. 이러한 구별은 『음식디미방』 '탹면법', '챠면법'(맛질방문)에서도 볼 수 있는바, '탹면법'에서는 녹말 국수를 오미잣국에 마는 것을 '탹면법'이라 했고, 볶은 참깨를 찧어 걸러낸 국에 만 것은 '토장국'이라고 하였다. 또 맛질방문의 '챠면법' 항목에서는 국수를 오미잣국에 말고 잣으로 고명한 것을 차면이라고 했다. 현대국어 사전에는 '창면'으로 등재되어 있다.

증편기주법

원문 판독

○증편[1] 긔쥬[2] ᄆᆞᆫᄃᆞᄂᆞᆫ 법

ᄇᆡᆨ미 ᄒᆞᆫ 되ᄅᆞᆯ 죄 시서 쥭 수어 누록ᄀᆞᄅᆞ 큰 ᄒᆞᆫ 술만

섯거 항의 녀허 방올[3] 닐거ᄃᆞᆫ 내여 ᄡᅳ라.

증편을 ᄡᆞᆯ을 희게 슬허[4] 죄 시서 ᄀᆞᄅᆞ 디허 ᄀᆞᄂᆞᆫ 체

로 노야[5] 긔쥬예 ᄆᆞ라 상화 테ᄅᆞᆯ 노코[6] 뵈 ᄭᆞᆯ고 그르

ᄉᆞ로 ᄡᅧ 쟉〻 노코 고믈을 고로 박고 ᄯᅩ 테 노코 뵈 ᄭᆞᆯ

고 그톄로[7] ᄒᆞ야 닉게 뼈 내여 ᄡᅳ라. ○긔ᄌᆔ 과시ᄒᆞ야[8]

주찬방 • 26b •

몯 ᄡᅳ게 되거ᄃᆞᆫ 고텨 ᄒᆞ야 ᄡᅳ라.

현대어역

○증편 기주 만드는 법

백미 한 되를 깨끗이 씻어 죽을 쑤어, 누룩가루를 한 큰 술만 섞어 항아리에 넣고 방울이 일거든 내어 써라. 증편을 (만들 때) 쌀을 희게 쓿어 깨끗이 씻고, 가루(가 되도록) 찧어 가는 체로 쳐서 기주에 말아 상화 (만들 때 쓰는) 테를 놓고 베를 깔고, 그릇으로 떠서 적당히 놓고 고물을 고루 박아라. 다시 (상화)테를 놓고, 베를 깔고, (앞에서 한) 그처럼 해서 익게 쪄내어 써라. ○기주가 때가 지나 못 쓰게 되거든 다시 만들어서 써라.

용어 해설

1 증편 : 증편蒸-/烝-. 여름에 먹는 떡의 하나. 멥쌀가루를, 막걸리를 조금 탄 뜨거운 물로 묽게 반죽하여 더운 방에서 부풀려 밤, 대추, 잣 따위의 고명을 얹고 틀에 넣어 찐다. 증편은 달착지근하면서 새큼한 맛이 감도는 술떡으로 기주떡, 기지떡, 기증병, 벙거지떡, 상화, 상애떡 등으로도 불린다(한복진 1998: 289). 경상도에서는 지역에 따라 '귀지떡', '바람떡'으로 불리기도 한다.

2 긔쥬 : 기주起酒. 증편이나 상화 따위를 만들 때 반죽에 넣어 발효를 돕는 역할을 한다.

3 방올 : 방울. 15세기 한글 문헌에서 '방울'은 '바올'과 '방올' 등으로 표기되었다. 18세기에 ㅗ〉ㅜ 고모음화로 인해 '방올〉방울'의 형태로 변하였다.

4 슬허 : 쓿어. '슳-어'. '슳-'에서 어두의 ㅅ이 경음화가 일어나 '쓿-'이 되었다. 이 문맥에서는 쌀을 찧어 속꺼풀을 벗기고 깨끗이 하는 동작을 의미한다.

【슬흘 벌〈1527훈몽자下:6〉】【ᄡᆞᆯ 슬타〈1690역어유上:48〉】

5 노야 : 뇌어. 가루를 가는 체로 다시 한번 치는 일을 뜻한다. 『주찬방』에 '노야', '뇌야'로 표기되어 있다.

6 상화 테ᄅᆞᆯ 노코 : 상화를 만들 때 쓰는 테를 놓고. '테'는 어그러지지 않도록 둘러맨 줄이나 물건을 뜻한다(〈우리말샘〉). 상화나 증편을 만들 때 사용하는 '테'가 따로 있었던 것으로 보인다. 『보감록』과 『규합총서』(필사본)의 상화법 방문에 '테'를 언급한 내용이 있다. 【만칠 졔 **테**예 보ᄌᆞ를 펴고 보ᄌᆞ 우희 긔쥬ᄅᆞᆯ 고로고로 방울 슈ᄃᆡ로 줄 지너 써 노코 〈보감녹 8a 증편법〉】【몸이 반반하야질 거시니 테의 뵈자를 펴고 상화ᄅᆞᆯ ᄂᆡᆼ슈의 ᄃᆞᆷ가 ᄯᅳᄂᆞᆫ 거ᄉᆞᆯ ᄎᆞ례로 안쳐 큰 실ᄂᆡ ᄎᆞᄎᆞ 노하 ᄶᅵ고 〈규합총셔 뎨일 하편 21a 상화〉】

7 그톄로 : 그처럼. '그#톄體-로'. 그 모양대로.

8 과시ᄒᆞ야 : 과시過時하여. 때가 지나.

상화 기주법

원문 판독

○상화[1] 긔쥬 ᄆᆞᆫᄃᆞᄂᆞᆫ 법

상화 ᄒᆞᆫ 말애 치만ᄒᆞ여[2] ᄡᅳ려 ᄒᆞ면 믈 ᄒᆞᆫ 병만 ᄀᆞ장 ᄆᆞ

이 글혀 몬져 항의 븟고 기울 두 되ᄅᆞᆯ 조차 녀코 ᄯᅩ ᄌᆡ

강이[3]ᄅᆞᆯ ᄎᆞᆫ믈에 프러 ᄒᆞᆫ 복ᄌᆞ만 조차 항의 븟고 동

당이텨 더퍼 두면 아젹의 녀흐면 나죄 괴거ᄃᆞᆫ ᄡᅳ

고 나죄 녀흐면 ᄂᆡ일 아젹의[4] 괴거ᄃᆞᆫ 체예 서운丶丶[5]

주찬방 • 27a •

걸러 소곰을 알마초 ᄩᅡ 밀ᄀᆞᄅᆡ ᄆᆞ라 상화ᄅᆞᆯ ᄆᆞᆫ

드로ᄃᆡ 힛ᄀᆞᄅᆞᆯ[6] 두 번 노야 소ᄅᆞᆯ 미리 ᄆᆞᆫᄃᆞ라 둣다가 녀

흐라. ᄯᅩ 긔쥬 비즐 제 ᄌᆡ강곳 업거ᄃᆞᆫ 젼술을 믈 ᄩᅡ

녀흐라.

현대어역

○상화 기주 만드는 법

상화를 한 말 정도 하여 쓰려고 하면, 먼저 물 한 병만 매우 많이 끓여서 항아리에 붓고, 기울 두 되를 이어서 넣어라. 또 술지게미를 찬물에 풀어 한 복자만 잇달아 항아리에 붓고, 휘저어 덮어 두어라. 아침에 넣어서 저녁에 괴거든 쓰고, 저녁에 넣어서 다음 날 아침에 괴거든 써라. 체에 서운서운(=가볍게 살살) 거르고, 소금을 알맞게 타 밀가루에 말아 상화를 만들되, 햇가루를 두 번 뇌어(=체에 쳐서) 소를 미리 만들어 두었다가 넣어라. 또 기주를 빚을 때 술지게미가 없거든 전술前-을 물에 타 넣어라.

용어 해설

1 상화 : 상화霜花. 상화병. 상화떡. 상화는 밀가루를 누룩이나 막걸리로 반죽하

여 발효시킨 다음 꿀팥소·채소·고기볶음 등의 소를 넣어 시루에 찐 떡이다. 신라 때부터 하던 풍속으로 음력 유월 보름 유두날에는 동쪽으로 흐르는 물에서 머리를 감고 재앙을 풀었으며, 유두 절식節食을 먹었다고 한다.

2 말애 치만ᄒᆞ여 : '말 만치ᄒᆞ여'의 오기로 보인다. '말애'의 '애'는 잘못 들어간 것이고, '치만'은 '만치'를 도치해서 오기한 듯하다. 여기에는 교정 점이 없다. 『주찬방』이 기존 문헌 자료를 보고 베낀 것임을 보여주는 오기이다.

3 ᄌᆡ강이 : 재강滓糠. 'ᄌᆡ강-이'. '-이'는 명사 뒤에 붙은 접미사이다. 술을 거르고 나오는 술지게미를 뜻한다. 【섯돌 ᄆᆞᄅᆞᆫ 술ᄌᆡ강이ᄅᆞᆯ 잠싼 물 ᄲᅮ려 불에 드ᄉᆞ게 ᄒᆞ야〈1670음식디미방9b〉】 이 방문의 뒷부분에는 'ᄌᆡ강곳 업거ᄃᆞᆫ'과 같이 'ᄌᆡ강'이 쓰였다. 이것은 명사 뒤에 붙은 접미사 '-이'가 결합하지 않은 어형이다.

4 아젹의 : 아침에. '아젹-의(처격조사)'. 【ᄆᆡ 아ᄒᆞᆫ 환식 아젹긔 소곰믈이나 ᄃᆞ슨 술의나 ᄉᆞᆷᄭᅵ고〈1608태산집2b〉】 【이예 일ᄋᆞᆫ 아젹에 외ᄅᆞᆯ 빠〈1617동국신,동삼열2:13b〉】

5 서운ヽヽ : '서운서운'의 뜻은 '살살', '가볍게', '천천히' 정도로 파악된다. '서운ヽヽ'은 2음절어에 동음 부호가 쓰인 예이다. 【밧바당을 ᄒᆞᆫ 푼 두 푼 들게 서너 곧 주고 소곰을 ᄇᆞᄅᆞ고 서운서운 미러 들이라〈1608언해태산집요24a〉】 【체로 바타 밥의 섯거 서운서운 덩이ᄅᆞᆯ 플고〈1670음식디미방20b〉】 【창ᄌᆞ ᄒᆞᆫ ᄉᆞᆺ틀 ᄌᆞ바 ᄆᆡ고 소을 셔운셔운 너허 항아리에 담아 즁탕ᄒᆞ여 무르게 쪄 졈여 쓰라〈18??음식방문4a〉】

6 힛ᄀᆞᄅᆞᆯ : 햇가루를. '힛(접두사)-ᄀᆞᄅᆞ-ᄋᆞᆯ'. 묵혀 놓은 가루가 아닌 새로 찧은 가루를 뜻한다. 'ᄀᆞᄅᆞ'는 주격(ᄀᆞᆯ리), 목적격(ᄀᆞᆯᄅᆞᆯ) 등의 조사 앞에서 ㄹ이 반입된 특수곡용을 하였다.

잡과편

원문 판독

○잡과편[1]

모밀ᄀᆞᄅᆞ ᄒᆞᆫ 되과 ᄎᆞᄡᆞᆯ ᄀᆞᄅᆞ ᄒᆞᆫ 되 서 홉과 ᄒᆞᆫᄃᆡ 섯거 믈에

ᄆᆞ라 면 ᄆᆞᆫᄃᆞ丶시[2] 홍돗대[3]로 미러 약과마곰[4] 너모나게[5] 사흐

라 믈에 숢마[6] ᄭᅮᆯ을 고로 므티고[7] 밤 ᄀᆞᄅᆞ롤 므티거나 온갓 과

주찬방 • 27b •

실을 ᄌᆞᆯ게 사흐라 므티거나 ᄒᆞ야 ᄡᅳ라.

현대어역

○잡과편

메밀가루 한 되와 찹쌀가루 한 되 서 홉을 한데 섞어 물에 말아서 (반죽을) 면 만들듯이 홍두깨로 밀어 약과만큼 네모나게 썰어 물에 삶아라. 꿀을 고루 묻히고, 밤 가루를 묻히거나 온갖 과실을 잘게 썰어 묻히거나 하여 써라.

용어 해설

1 잡과편 : 잡과편雜果-. 잡과병雜果餠. 찹쌀가루를 반죽하여 작은 전병 비슷하게 얇게 반대기를 지어 삶은 뒤에 밤, 대추를 삶아서 체로 거르고 호두, 잣,

계핏가루를 섞어 만든 소를 넣고 반을 접어 붙여서 만든 떡. 그릇에 담을 때에 썰어 말린 대추와 곶감을 잘게 만들어 체로 쳐서 잣가루와 한데 섞어 뿌리기도 한다.

2 ᄆᆞᆫᄃᆞ丶시 : ᄆᆞᆫᄃᆞᄃᆞ시. 만들듯이. 'ᄆᆞᆫᄃᆞᆯ-ᄃᆞᆺ-이'. 동음부호 丶로 같은 글자임을 표시하였다. 'ᄆᆞᆫᄃᆞᆯ-'의 ㄹ이 ㄷ 앞에서 탈락한 예이다. 현대국어에서 '만들-는→만드는'에서처럼 ㄹ은 ㄴ 앞에서 필수적으로 탈락한다. 현대국어에서 '알-지→아지'처럼 ㄹ이 ㅈ 앞에서 탈락하는 현상이 아직도 노년층 발음에 남아 있다.

3 홍돗대 : 홍두깨. 『주찬방』과 『음식디미방』에 '홍돗대'가 나오고, 다른 문헌에는 '홍돗개', '홍도ㅅ개'로 나타난다. 【홍돗대 굿트로 ᄡᅪ리지게 쳐〈1670음식디미방11b-12a〉】 【赶麵棍 홍돗개〈1690역어유下:15b〉】 【趕麵棍 홍도ㅅ개〈1790몽어유下:11〉】

4 약과마곰 : 약과만큼. '약과-마곰(비교격조사)'. '-마곰'은 '-만큼'처럼 대등함을 표현하는 비교격조사이다. 【즉재 머귀 여름마곰 환 밍ᄀᆞ라 ᄢᅵ니 헤디 말오〈1489구급간1:95a〉】

5 너모나게 : 네모나게. '너머'와 '네모'는 중세 시기 문헌에서부터 공존하였다. 【네모난 것과 두려운 것괘〈1481두시초11:25b〉】 【너모 반ᄃᆞᆨᄒᆞᆫ 거슬 브틇디니〈1459월인석25:26a〉】 【方器ᄂᆞᆫ 너모 난 그르시라〈1461능엄언2:42a〉】 15세기 국어에서 '四'를 뜻하는 관형사는 "네 사ᄅᆞᆷ ᄃᆞ리샤"〈1447용비어58장〉, "여ᄃᆞᆲ 셤 너 마리러시니"〈1447석보상23:51〉, "ᄒᆞᆫ ᄃᆞᆯ 넉 ᄃᆞᆯ"〈1447석보상19:24〉 등의 예문에서 확인할 수 있듯이 '너~넉~네'이 함께 쓰였다. "너 되"〈1576신유합下:58〉, "넉 되"〈1466구급방上:30〉, "네 되"〈1481삼강행忠:19b〉에서 보듯이, 동일한 환경에서 '너~넉~네'가 쓰인 점에서 '너', '넉', '네'는 공존 변이

형으로 판단된다. '너모'는 '너'[四 관형사]와 '모'[方, 명사]가 결합한 명사구였으나 어느 시기엔가 '너#모'라는 합성어로 굳어진 듯하다. '三'을 뜻하는 관형사로 중세국어 문헌에 '서모'가 쓰였다. 【서모 난 침으로 덩죵을 딜어 피나 긋거든〈1489구급간3:18a〉】 그런데 '세모'는 18세기 문헌에서 발견된다. 【혹 네모지며 혹 둥글며 혹 세모나ᄃᆡ〈1765을병연3,92〉】 중세국어 문헌에서 '세모'가 확인되지 않은 것은 우발적 자료 제한 때문이고, 이 어형이 15~16세기에 존재했을 것이다. '三'을 뜻하는 관형사도 '세~서~석'이 공존하며 쓰였다고 봄이 적절하다. '五'를 뜻하는 관형사는 '다ᄉᆞᆺ~닷~대'가 공존하며 쓰였고, '六'을 뜻하는 관형사는 '여슷~엿~예'가 서로 교체되어 쓰였다. 평행적 관계를 보여주는 수관형사의 용법에 대한 정밀한 고찰이 필요하다.

6 ᄉᆞᆱ마 : 삶아. 'ᄉᆞᆱ-아'. 어간말 자음군 ㄻ의 ㅁ이 중철된 표기이다.

7 므티고 : 묻히고. 순자음 뒤의 원순모음화 ㅡ>ㅜ에 영향을 받은 과도교정형이다. 이와 같은 과도교정은 해당 변화가 진행 중일 때 화자가 개신형이 '잘못되었다'고 인식함으로써 발생한다. 따라서 『주찬방』은 원순모음화 발생이 인식된 시기에 필사된 것으로 판단한다.

점 내는 법

원문 판독

졈[1] 내ᄂᆞᆫ 법

기울 ᄒᆞᆫ 말애 소곰 ᄒᆞᆫ 우흠[2]을 섯거 누록 치ᄃᆞ시 믈 섯거

ᄌᆞ조丶丶 쳐 주머귀[3]마곰 칼로 사흐라 큰 그르세 믈에 ᄢᅴ워 시스면 밀 겁질과 ᄀᆞᆯ리 다 업거ᄃᆞᆫ ᄒᆞᆫᄃᆡ 합ᄒᆞ야 ᄒᆞᆫ 덩이예 ᄆᆞᆫᄃᆞ라 쟉〻[4] ᄠᅳ더 소곰을 무텨 ᄆᆞ이 ᄉᆞᆯ모ᄃᆡ 칼해[5] ᄠᅳᆮ디 아니커ᄃᆞᆫ[6] ᄉᆞᆯ마 ᄡᅳ라. 대개 기울 ᄒᆞᆫ 말애 졈이 되만치 나거ᄃᆞᆫ ᄉᆞᆯ마 그 시

주찬방 • 28a •

ᄉᆞᆫ[7] 믈 ᄀᆞ라 안쳐셔 슈비ᄒᆞ야 ᄆᆞᆯ뢰면 ᄀᆞ장 졍ᄒᆞ고 거니랑[8] 누록 드듸라[9].

현대어역

점 내는 법

기울 한 말에 소금 한 움큼을 섞어 누룩 치듯이 물을 섞어서 자주자주 쳐서 주먹만큼 칼로 썰어 큰 그릇에 (넣고) 물에 띄워 씻어라. 밀 껍질과 가루가 다 없어지거든 한데 합하여 한 덩이로 만들어라. 적당히 뜯어 소금을 묻혀 매우 삶되, 칼로 뜯어지지 아니하거든 삶아서 써라. 대개 기울 한 말에 점이 한 되 정도 난다. 삶고 나서 그 씻은 물에 가라앉혀서 수비하여 말리면 매우 깨끗해진다. 걸쭉하게 되거든 누룩 (모양으로) 디뎌라.

용어 해설

1 졈 : 점. 다른 한글 음식조리서에는 나오지 않는 매우 특이한 낱말이다. '졈'은 한자어 '粘'을 표기한 것으로 보인다. 1750년 전후에 필사된 『수문사설』의 면근탕麵筋湯 항목에 이 '粘'이 등장한다. '麵筋'(면근)은 밀가루에서 글루텐(gluten)만을 취한 것을 이른다. 쫄깃쫄깃한 식감으로 탕맛을 돋구는 데 점粘이 좋다는 세간의 말을 『수문사설』에 기록해 놓았다. 『주찬방』의 '졈'은 밀가루에서 글루텐을 취해 만들어 약간의 점성을 지닌 것이며, 『수문사설』에서 말한 '면근'과 같은 것으로 판단한다.

2 우훔 : 움큼. 【갑슬 뎌를 ᄒᆞᆫ 우훔 ᄡᆞᆯ만 주미 올ᄒᆞ니라〈15??번역박上:11a〉】

3 주머귀 : 주먹. 【ᄂᆞᆷ도 ᄀᆞ장 구숑ᄒᆞ며 내죵애 주머귀로 ᄂᆞᄆᆞᆯ 티니〈1518정속언 26b〉】

4 쟉〻 : 작작. 지나치지 아니하게 적당히.

5 칼해 : 칼에. '칼ㅎ-애'. 【ᄆᆞᄎᆞᆷ애 묻 칼해 버혀 주기미 되다〈1617동국신,동삼충1:59b〉】

6 칼해 ᄠᅳᆮ디 아니커든 : 칼로 뜯어지지 않거든. 칼로 뜯어지지 않을 만큼 딱딱하다는 뜻이다.

7 그 시ᄉᆞᆫ : 그 씻은. '그 시' 두 글자는 27b면 마지막 부분의 '술마' 왼쪽에 작게 적혀 있다.

8 거니랑 : 걸쭉한 것은. '걸-ㄴ#이-랑'[濃]. 관형사형 어미 '-ㄴ'과 의존명사 '이'가 결합하고 여기에 보조사 '-랑'(주제 보조사)이 붙었다.

9 드듸라 : 디뎌라. '드듸-라'. '드듸-'[踏]는 누룩 반죽을 보자기에 싸서 발로 밟아 덩어리 짓는 동작을 표현한다.

꿀 만드는 법

원문 판독

ᄡᆞᆯ ᄆᆞᆫᄃᆞᄂᆞᆫ 법

ᄎᆞᄡᆞᆯ이나 ᄎᆞᆯ기장이나 ᄯᅲᆼ[1]에 ᄡᆞᆯ ᄒᆞᆫ 말을 조히[2] 슬허
시서 ᄀᆞᄅᆞ 디허 ᄀᆞᄂᆞᆫ 체로 뇌야[3] 처셔 믈 네 병의 ᄀᆞᄅᆞᆯ
덩이 업시 프러 쥭 수어 독을 덥게 시서 보릿기룸[4] 디
흔 ᄀᆞᄅᆞ ᄒᆞᆫ 되와 누록ᄀᆞᄅᆞ 칠 홉을 ᄂᆡᆼ슈 ᄒᆞᆫ 병의 프러 쥭
에 ᄒᆞᆫᄃᆡ 붓고 버드나모 쥭[5]으로 고로丶丶 동당이텨 ᄀᆞ장 더

주찬방 • 28b •

온 구들에 블이 나게 ᄣᅵ려[6] 어을메[7] 녀허 둣다가 첫ᄃᆞᆰ
우리예[8] 보면 믉안잣거ᄃᆞᆫ[9] 고조[10]ᄅᆞᆯ 술내 업시 ᄀᆞ장 죄
시서 드리워 만화[11]로 졈그도록[12] 고으면 그 ᄡᆞᆯ이 닷 되가
옷만 되거ᄃᆞᆫ 프라[13]. 딘시[14]예 몬 보와 믉안자 오라면 마
시 싀ᄂᆞ니 때ᄅᆞᆯ 너모디 말라. ᄆᆞᄅᆞᆫ[15] 남그로 블이 번ᄒᆞ게[16]
날회야[17] 다혀야[18] ᄡᆞᆯ이 되고 블곳[19] 싸면 흑탕[20] 되ᄂᆞ니라.

현대어역

꿀 만드는 법

찹쌀이나 찰기장 중에서 쌀(=찹쌀이나 찰기장 쌀 중에서) 한 말을 깨끗이

쓿어 씻어라. 가루로 찧어 가는 체로 다시 쳐서 물 네 병에 가루를 덩이 없이 풀고 죽을 쑤어라. 독을 (더운 물로) 따뜻하도록 씻어 보릿기름(=엿질금) 찧은 가루 한 되와 누룩가루 칠 홉을 냉수 한 병에 풀어 죽과 한데 부어라. 버드나무 주걱으로 고루고루 휘저어 가장 뜨거운 구들에(=아궁이 솥에) 불이 나게 끓여라. 어스름할 때(=해질 무렵)쯤 넣어 두었다가 첫닭이 울 즈음에 봐서 묽게 가라앉았거든 고조를 술 냄새 없이 깨끗이 씻고 (술을) 내려라. 약한 불로 (해가) 저물도록 고아서 그 꿀이 다섯 되가웃만큼(=1되 반 정도) 되거든 퍼라. 진작(=때에 맞게) 못 봐서 묽게 가라앉아 오래되면 맛이 시게 되니 때를 넘기지 말라. 마른 나무로 불을 빤하게(=세지 않게) 천천히 때어야 꿀이 되고, 불이 세면 흑당黑糖이 되느니라.

용어 해설

1 ᄯᅳᇰ : 중. 'ㅅ#드ᇰ'. 중세국어에서 ㅅ은 합성명사에서 사이시옷으로 쓰인 예【오ᄂᆞᆳ날〈1447석보상6:37b〉】【눉믈〈1447석보상11:23a〉】, 속격 조사의 '-ㅅ'으로 쓰인 예【ᄌᆞ걋 오ᄉᆞ란 밧고〈1459월인석1:5〉】【나랏 小民〈1447용비어52장〉】, '-ㄹ' 동명사 뒤에 쓰인 '-ㅅ'의 예【다ᄋᆞᇙ업스니〈1463법화언2:75〉】【슬픐 업시〈1481두시초25:53a〉】, 조사 뒤에 쓰인 '-ㅅ'의 예【前生앳 이리 어제 본 ᄃᆞᆺᄒᆞ야〈1447석보상6:9〉)】【四禪天으롯 우흔 세 災 업수ᄃᆡ〈1459월인석1:50〉】 등 다양한 환경에서 쓰였다. 'ᄎᆞᆯ기장이나 ᄯᅳᇰ에'의 ㅅ은 조사 뒤에 쓰인 '-ㅅ'과 그 기능이 유사하다. 'ᄎᆞᆯ기장이낫 드ᇰ에'라는 구성에서 조사 '-이나' 뒤의 사이시옷이 후행 체언 '드ᇰ'으로 전이된 표기다.

2 조히 : 깨끗이. 좋게.

3 뇌야 : 뇌어. 다시 쳐서. '뇌-야'. 가루를 가는 체로 다시 반복해서 치는 동작을 뜻한다. 『주찬방』에 '노야', '뇌야' 등의 이표기 형태도 쓰여 있는데 이는 어간 '뇌(noj)-'의 반모음 j가 음절 경계에서 유동적 음절화를 보이기 때문이다.

4 보릿기룸: 보릿기름. 엿기름. 현재 표준어로는 보리에 물을 부어 싹이 트게 한 다음에 말린 것을 '엿기름, 건맥아, 맥아, 맥얼, 엿길금' 등으로 사용하고 있다. 방언에서는 '엿질금', '엿질굼' 등이 쓰이고 있다.

5 쥭 : 주걱.

6 ᄢᅵ려 : 끓여. 'ᄢᅳᆯ이-어'. 앞서 1b면에 출현했던 'ᄢᅢ디면'과 함께 'ㅴ'이 사용된 특이한 예이다. 3자 합용병서는 17세기 후기 문헌 이후부터는 쓰이지 않기 때문에 'ㅴ' 출현은 『주찬방』이 17세기 전기 혹은 중기 이전의 자료임을 알려 준다. 17세기 초기에 필사된 것으로 짐작되는 이 문헌은 이미 그 이전에 작성된 원본을 보고 베꼈던 것이 분명하다. 그 원본에 ㅴ가 사용되었고, 그것의 일부가 반영된 것이 바로 'ᄢᅵ려'이다.

7 어을메 : 어스름에. 해 질 무렵의 어둠이 옅게 내리는 때. '어읆-에'. 『음식디미방』 '싀면법'에 '어을믜'(1b)가 쓰였다. '어스름'의 고형은 '어ᅀᅳ름'〈1475내훈언3:53b〉이다. '어ᅀᅳ름'의 뜻은 '黃昏'이다. 16세기 문헌에서는 '어ᅀᅳᆱ'〈1517번소학9:22a〉의 어형이 나타난다. '어ᅀᅳᆱ'은 '어ᅀᅳ름'의 세 번째 음절 ㅡ가 탈락한 어형이다. ㅿ은 15세기에서 16세기 사이에 소실되어, ㅿ〉∅ 또는 ㅿ〉ㅅ으로 변하였다. 일부 방언에서는 '어ᅀᅳ름〉어스름'으로 변화하였고, 일부 방언에서는 '어ᅀᅳ름〉어으름'으로 변화하였다. 이 문헌에서는 ㅿ이 소실된 '어읆'으로 나타난다.

8 첫ᄃᆞᆰ우리예 : 첫닭울이에. 첫닭이 울 때. '우리'를 '울-이'로 형태 분석하여 '울 무렵'을 뜻하는 파생어로 볼 수 있다. 이른 새벽에 닭이 울 때를 뜻하는 '달구리'라는 낱말도 있다.

9 믉안잣거ᄃᆞᆫ : 묽게 가라앉았거든. '믉#앉-앗-거ᄃᆞᆫ'. 어간 '믉-'과 어간 '앉-'이 직접 결합한 비통사적 합성어이다.

10 고조 : 고조. 술이나 기름을 짜서 밭는 틀. 【槽 고조 조…榨 고조 자〈1527훈몽자中:7〉】【上槽 술고조에 언짜〈1690역어유上49b〉】

11 만화 : 만화慢火. 약하지만 꺼지지 않고 꾸준히 타는 불을 뜻한다. 현대어역에서 '약한 불'로 번역을 하였다.

12 졈그도록 : 저물도록. '졈글-도록'. '졈글-'의 어말 ㄹ이 ㄷ 앞에서 탈락했다. 【내 나그내라니 오ᄂᆞᆯ 졈그러 네 지븨 잘 ᄃᆡ 어더지이다〈151?번역노上:47a〉】

13 ᄑᆞ라 : 퍼라. 'ᄑᆞ-라'. 어간 'ᄑᆞ-'의 모음 ㆍ가 탈락하지 않고 그대로 남아 있는 형태이다.

14 딘시 : 진시趁時. 진작. "딘시예 몯 보와"는 '때에 맞게 못 보아'의 뜻이다. 【예셔 짐바리 딘시 가디 아니코〈1565순천김153:15〉】

15 ᄆᆞᆫᄅᆞᆫ : 마른. 'ᄆᆞᄅᆞᆫ'의 오기로, 두 번째 음절의 받침을 첫 번째 음절의 받침에 전이하여 쓴 것이다. 보고 베끼는 견사見寫의 과정에서 생겨난 오기이다.

16 번ᄒᆞ게 : 번하게. 빤하게. '번ᄒᆞ-게'. 불을 '빤하게' 땐다는 것은 활활 타오르지 않고 눈에 보일 정도로 약하게 불 때는 모습을 뜻한다. 【眼亮 눈 번ᄒᆞ다〈1775역어유補24b〉】

17 날회야 : 천천히. 더디게.

18 다혀야 : 때어야. '다히-어야'.

19 블곳 : 불이. '블-곳(강세첨사)'[火]. '블'을 강조한 표현이다.

20 흑탕 : 흑당黑糖. 검은 조청. 15세기에 저술된 한문 음식 조리서인 『산가요록』에도 흑탕黑湯이 나오는데 이때의 '흑탕'은 고기 삶은 국물이나 육수를 뜻한다. 17세기에 필사된 「최씨음식법」에 엿 고으는 법의 방문으로 '흑탕'이 나오는데, 이 '흑탕'은 '흑당'黑糖을 의미한다. 19세기 초기에 필사된 『주방문』에서도 강정 만드는 법에 검은 조청의 의미로 '흑탕'이 나온다. '沙糖'(사당)이 '사탕'으로 발음되는 것처럼 '흑당'黑糖이 '흑탕'으로 변한 것이다. 방문명을 '꿀 만드는 법'이라 해 놓고 결과로 나오는 것은 흑당이다. 이로 보아 위 방문은 사실상 조청 만드는 법으로 볼 수 있다.

흑탕 고으는 법

원문 판독

○흑탕 고오눈 법

주찬방 • 29a •

빅미 훈 말을 죄 시서 밥 지어 더워셔[1] 항의 녀코 즉제 그 솓희 믈을 글혀 열 사발을 븟고 보릿기룸 두 되룰 춘믈에 버므려 항의 훈딕 븓고 ㆍ로 저어 ᄀ장 더온 구들에 할오ᄉᆞ로[2] 두터이 빠 노하 둣다가 훈 솟 밥 지을 덧만 ᄒᆞ거든[3] 마술 보면 돌면 됴코 싀면 사오납ᄂᆞ니[4] 조훈 뵈쟐

ᄅᆡ 걸러 만화로 고오ᄃᆡ 나못가지로 쉴 ᄉᆞ이 업시 저어 ᄀᆞᆯ

ᄅᆞᆯ 안반[5]의 펴고 처디워[6] 보면 얼의거ᄃᆞᆫ[7] 펴 ᄡᅳ라.

현대어역

○흑당 고으는 법

백미 한 말을 깨끗이 씻어 밥을 지어서 뜨거울 때 항아리에 넣고 즉시 그 솥에 물을 끓여 열 사발을 붓고, 보릿기름 두 되를 찬 물에 버무려 항아리에 한데 부어서, 골고루 저어 가장 뜨거운 (방)구들에 솜옷으로 두터이 싸서 놓아두었다가, 한 솥의 밥을 지을 정도의 (짧은) 시간이 지난 후에 맛을 보아서 달면 좋고 시면 좋지 않다. 깨끗한 베자루에 걸러서 약한 불로 고으되(=고을 때) 나뭇가지로 쉴 새 없이 저어서, 가루를 안반에 펴고 (흑당을 아래로) 처지게 해 보아서 엉기거든 펴서 써라.

용어 해설

1 더워셔 : 더워서. 이 문맥에서는 '뜨거울 때'라는 뜻이다.

2 한오ᄉᆞ로 : 솜옷으로. 핫옷으로. '한(접두사)-옷-ᄋᆞ로'. '한옷'의 '한-'은 '솜을 둔'의 의미를 가진 접두사이다. '한옷'은 주로 16세기 문헌에 출현하는 어형이다. '한옷'은 『주찬방』이 앞선 시기에 작성된 문헌을 보고 베낀 것임을 뒷받침하는 방증傍證이다. 【비단 한옷과 초록 면듀 한옷과 금으로 짜 시란ᄒᆞᆫ 한옷과 감차할 믈셸 바탕애 ᄉᆞ화문ᄒᆞᆫ 비단 한옷과〈1517번역노下:50a-51a〉】【襴

한옷 견〈1527훈몽자(존경각본)中:24b〉】

3 ᄒᆞᆫ 솟 밥 지을 덧만ᄒᆞ거ᄃᆞᆫ : 한 솥의 밥을 지을 동안이 되거든. ‘덧’은 얼마 안 되는 짧은 시간을 뜻한다. ‘어느덧’의 ‘덧’도 이와 관련된 낱말이다. 15세기 문헌어에는 ‘덛’으로 쓰였다. 【이 모딘 긔운 마조미 기퍼 져근 더데 사ᄅᆞ믈 즉게 ᄒᆞᄂᆞ니〈1489구급간2:46a〉】【도라와 막대 지여셔 내 歎息ᄒᆞ다니 아니 한 더데 ᄇᆞᄅᆞ미 ᄀᆞᆺ고 구루미 먹 빗 ᄀᆞᆮᄒᆞ니〈1481두초6:42b〉】

4 사오납ᄂᆞ니 : 좋지 않으니. ‘사오납-ᄂᆞ-니’. 음식맛을 표현할 때 쓰는 ‘사오납-’은 맛이 좋지 않다는 뜻이다(백두현 2017: 210-213). 【낫 디나며 브터 비 쁘리고 ᄇᆞᄅᆞᆷ이 사오납더니 일뎡 슈고로이 건너시도쇠〈1676첩해초1:12a〉】

5 안반 : 안반. 떡을 칠 때에 쓰는 두껍고 넓은 나무 판.

6 쳐디워 : 떨어뜨려. 아래로 처지게 하여. ‘쳐디-우-어’[落]. ‘쳐디워’에서 ‘디’를 빠트렸다가 다시 우측 행간에 작은 글씨로 써 넣었다.

7 얼의거ᄃᆞᆫ : 어리거든. 엉기거든. ‘얼의-거ᄃᆞᆫ’. 중세국어에서는 ‘얼의-’, ‘어릐-’의 어형이 쓰였으나, 근대국어 시기부터 ‘엉긔-’가 문헌에 나타나 있다. 근대국어 시기에 ‘얼의-’와 ‘엉긔-’가 경쟁 관계에 있다가 현대국어에서 ‘어리-’와 ‘엉기-’로 각각 변하여 쓰이고 있다. 【날마다 아ᄎᆞᆷ과 바ᄆᆡ 믈 닷 홉애 ᄀᆞᄅᆞ서 돈을 녀허 글혀 얼의어든 머그라〈1489구급간1:114a〉】【쟉쟉 瀝青을 그우희 노겨 브어 ᄒᆡ여곰 수이 엉긔게 ᄒᆞ면〈1632가례언8:13b〉】

즙장

원문 판독

○즙디히[1] 汁葅

주찬방 • 29b •

콩을 믈에 돔가 닐웨 후에 건져 콩 ᄒᆞᆫ 말애 기울 두 말
섯거 ᄀᆞ장 ᄂᆞ론이 디허 므르닉게 ᄡᅧ 며조 쥐여[2] 닥닙[3] ᄭᆞᆯ고 그 우
희 며조 ᄭᆞᆯ고 또 그 우희 닥닙흐로 더퍼 닐웨 후에 내여 벼
ᄐᆡᄆᆞ이 ᄆᆞᆯ뢰야 작말ᄒᆞ고 외 가지 동화ᄅᆞᆯ 죄 시서 독의
녀코 믈이 두 동ᄒᆡ면[4] ᄀᆞᄅᆞ 두 말과 소곰 서 되ᄅᆞᆯ 섯거 녀
코 부리ᄅᆞᆯ ᄀᆞ장 ᄃᆞᆫ丶이 ᄡᅡᄆᆡ고 또 쇠그르ᄉᆞ로 더퍼 새 ᄆᆞᆯᄯᅩᆼ
애[5] 무더 두 닐웨 후제 ᄡᅳ라. ○또 마쟝[6] 두 말애 누록 서 되

주찬방 • 30a •

소곰 닐곱 되ᄅᆞᆯ 믈에 버므려 된쥭만 ᄒᆞ거ᄃᆞᆫ 외 가지 열
말을 독의 녀코 ᄃᆞᆫ丶이 ᄡᅡᄆᆡ야 솓두엉[7]으로 더퍼 새 ᄆᆞᆯᄯᅩᆼ
의 무더 닐웨 후에 ᄡᅳ라. ○또 ᄒᆞᆫ 법은 팔월 망후[8]에
날이 서ᄂᆞᆯᄒᆞ거ᄃᆞᆫ 콩 ᄒᆞᆫ 말을 며조 안쳐 ᄒᆞᆫ 소솜[9] 글히다가
기울 넉 되만 콩 ᄒᆞᆫᄃᆡ 녀허 섯거 ᄀᆞ장 므르게 쑤어 방하예
ᄶᅵ허 당츄ᄌᆞ마곰[10] 횩게[11] 쥐여 닥닙헤 ᄡᅡ ᄣᅴ워 ᄆᆞᆯ뢰
라. 너모 오래 ᄣᅴ오면 눈[12] 나ᄂᆞ니라. ᄆᆞᄅᆞ거ᄃᆞᆫ 방하예 ᄶᅵ허 어

러미로[13] 처 소곰 믈로 반쥭ᄒᆞᄃᆡ ᄇᆞᄅᆞᆷ[14] 마초ᄂᆞᆫ[15] ᄒᆞᆰ도곤[16] 누그

주찬방 • 30b •

시[17] ᄒᆞ야 알마즌 항[18]의 며조 ᄒᆞᆫ 볼[19] ᄂᆞ믈[20] ᄒᆞᆫ 볼식 섯녀코[21] ᄆᆡᆫ

우희란 며조 ᄉᆞ락이[22]ᄅᆞᆯ 두〻기 ᄭᆞ라 고로 펴고 항 부리

ᄅᆞᆯ ᄃᆞᆫ〻이 빠ᄆᆡ야 솓두에[23]로 덥고 ᄒᆞᆰ 니겨 마고 ᄇᆞᄅᆞ고

새플[24] 뷔여[25] 항 몸을 ᄡᆞ고 ᄠᅳ디[26] 아닌 두험[27]으로 만히 무더

펴[28] 두 닐웨 후제 내라.

현대어역

○즙장

콩을 물에 담갔다가 이레 뒤에 건져라. 콩 한 말에 기울 두 말을 섞고 매우 곱게 찧어, 무르익게 쪄서 메주를 (손으로) 쥐어 만들어, 닥나무 잎을 깔고, 그 위에 메주를 깔고 또 그 위에 닥나무 잎으로 덮어라. 이레 후에 내어서 볕에 매우 말려서 가루를 만들어라. 외, 가지, 동아를 깨끗이 씻어 독에 넣어라. 물이 두 동이면 가루 두 말과 소금 서 되를 섞어 넣고. (항아리) 부리를 매우 단단히 싸매고, 또 쇠그릇으로 덮어 새 말똥(=갓 싼 말똥)에 묻어두었다가 두 이레 후에 써라.

○ 또 말장 두 말에 누룩 서 되, 소금 일곱 되를 물에 버무려 된죽처럼 되거든 외, 가지 열 말을 독에 넣고 단단히 싸매어 솥뚜껑으로 덮어 새 말똥에 묻고 이레 후에 써라.

○ 또 하나의 방법은 팔월 보름 이후에 날이 서늘해지거든 콩 한 말을 메주로 안쳐 한소끔 끓이다가 기울 넉 되만 콩과 한데 넣고 섞어 매우 무르게 쑤어라. 방아에 찧어 호두만큼 작게 만들고 닥나무 잎에 싸 띄워 말려라. 너무 오래 띄우면 가시(=구더기)가 생긴다. 마르거든 방아에 찧고 어레미로 쳐서 소금물로 반죽하되, 벽을 바르는 흙보다 누긋하게 하여라. (크기가) 알맞은 항아리에 메주 한 벌, 나물 한 벌씩 섞어 넣고 맨 위에 메주 부스러기를 두둑이 깔아서 골고루 펴라. 항의 부리를 단단히 싸매어 솥뚜껑으로 덮고, 흙을 이겨서 마구 발라라. 억새를 베어 항아리 몸을 싸고, 뜨지 않은 두엄으로 많이 묻고 덮어 두 이레 후에 내라.

용어 해설

1 즙디히 : 즙장汁醬. 집장. 곱게 빻은 메줏가루를 보릿가루, 고춧가루와 함께 찹쌀죽에 섞은 뒤 소금에 절인 야채를 박아 넣고 익힌 장이다. 여름철에 주로 담그는데, 숙성 기간이 짧아 담근 지 며칠 지나면 먹을 수 있으며 새콤하고 고소한 맛이 나서 보리밥과 잘 어울린다. 즙장에 대한 정확한 정보는 세계김치연구소 박채린 박사께서 제공해 주셨다.

2 며조 쥐여 : 메주를 쥐어. 손으로 쥐어서 작고 동글게 만드는 메주.

3 닥닙 : 닥나무 잎. 닥나무는 뽕나뭇과의 낙엽 활엽 관목. 『우음제방』의 '보리소쥬' 방문에도 '닥닙'(닥나무잎)으로 싸는 내용이 있다. 또 『음식디미방』의 '초법'(초를 만드는 법)에서도 같은 방법이 나온다. 【닥닙흐로 더퍼 두면〈1670음식디미방22b〉】【닥닙흐로 덥허〈18??우음제방12a〉】

4 동ᄒᆡ면 : 동이면. ‘동ᄒᆡ-ø(계사)-면’(조건어미). 계사 ‘-이-’가 생략되었다.

5 새 ᄆᆞᆯ쏭애 : 새로 눈 말똥. 갓 싼 말똥을 뜻한다.

6 마쟝 : 말장末醬. ‘마쟝’은 ‘말-쟝’의 첫음절에서 ㄹ이 탈락한 어형이다. 말장은 콩을 삶아 찧어서 덩이를 만들어 발효시킨 것으로 전통 메주를 가리킨다. 『주찬방』에 ‘며조’도 나타나 있다. 『증보산림경제』 권8 治膳 上의 ‘造豉法’에 ‘俗稱 末醬 又曰 熏造 卽今之 며조’라고 하였다. 『조선무쌍신식요리제법』 10쪽에 ‘며주 만드는 법[末醬 · 燻造]’이 설명되어 있는데 메주, 말장, 훈조를 같은 것으로 다루었다. 이런 기록들은 ‘마쟝’[末醬]과 ‘며조’가 같음을 보여준다.

7 솓두엉 : 솥뚜껑. ‘솓[釜]#두엉’. 『주찬방』에는 ‘솓두엉’, ‘솓두에’ 등 다양한 어형이 나타난다. 이 지역에서는 ‘솓두엉’과 ‘솓두에’가 공존 방언형(=공존 변이형)으로 사용된 것으로 보인다. 중세국어 시기에 ‘덮다’와 함께 ‘둪다’가 쓰였다. 【둡ᄉᆞᆸ고〈1447석보상23:18〉)】 【두프니〈1449월인천上58〉)】 ‘솓두엉’의 ‘두엉’은 ‘둡-’[蓋]에 명사화 접미사 ‘-엉’이 결합한 것이고, ‘솓두에’의 ‘두에’는 ‘둡-’[蓋]에 명사화 접미사 ‘-에’가 결합한 ‘두ᄫᅦ’의 변화형이다. 【눉두ᄫᅦ 므거ᄫᅳᆫ ᄃᆞᆯ 아라ᄃᆞᆫ〈1467몽산법어약록언해2b〉】

8 망후 : 망후望後. 음력으로 보름 이후.

9 소솜 : 소끔. 끓어서 솟음. 【은그르세 술 닷 홉애 세 소솜이어나 다ᄉᆞᆺ 소솜이어나 달혀〈1489구급간2,093a〉】

10 당츄ᄌᆞ마곰 : 당추자唐楸子만큼. 호두만큼. ‘당츄ᄌᆞ-마곰’. ‘당추자’는 중국 당唐나라에서 건너온 추자를 일컫는다. ‘추자’는 호두를 가리키는 한자어인데 경상방언에서 지금도 호두를 ‘추자’라고 말한다.

11 횩게 : 적게. ‘횩-게’[小]. 【ᄀᆞᄅᆞᆯ ᄆᆡᇰᄀᆞ라 ᄃᆡ혼 ᄡᅮᆨ에 녀허 ᄀᆞᆯ오 섯거 횩게 ᄡᅮᆨ 붓글 ᄆᆡᇰᄀᆞ로ᄃᆡ〈1489구급간6:84a〉】

12 눈 : 가시. '가시'는 음식물에 생긴 구더기를 뜻한다. 이 방문에 나온 '눈'은 매우 특이한 낱말이다. 문맥으로 '눈'의 뜻을 포착해야 한다. 국립국어원 지역어 종합정보 누리집에 '눈'이 '가시'(음식물에 생긴 구더기)의 전남방언으로 되어 있다. 삶고 찧은 후의 콩에서 싹 눈이 나는 일은 없으므로 여기서는 콩을 오래 띄워서 생기는 구더기를 의미하는 것으로 보인다.

13 어러미로 : 어레미로. 바닥의 구멍이 굵은 체로. '어레미'는 '어러미'에서 ㅣ모음 역행동화를 겪은 것이다. 【竹篩 어러미〈18??광재물飮食2a〉】

14 ᄇᆞᄅᆞᆷ : 벽. 바람벽. 'ᄇᆞᄅᆞᆷ'[壁]은 'ᄇᆞᄅᆞᆷ'[風]과 동음어이다. 동음충돌을 피하기 위해 한자어 '벽'을 'ᄇᆞᄅᆞᆷ' 다음에 접미하여 'ᄇᆞᄅᆞᆷ벽'이 생성된 것이다. 경상방언에서 '비름빡, 비름빡, 베름빡' 등으로 실현되는 것이 바로 '바람벽'의 전승형이다. 【녯 셩신과 네 어딘 스승의 샹을 븍녁 ᄇᆞᄅᆞᆷ 아래다가 비셜ᄒᆞ고〈1518여씨향38a〉】

15 마초ᄂᆞᆫ : 맞추는. 바르는. 벽의 틈새를 바르는 것을 '마초ᄂᆞᆫ'으로 표현한 듯하다.

16 흙도곤 : 흙보다. '흙–도곤(비교의 보조사)'. 'ᄒᆞᆰ〉흙'은 어두에서 ㆍ〉ㅡ가 실현된 최초의 예로, 이 변화형이 『주찬방』에 나타난 점이 주목된다. 『주찬방』에 16세기 초기에 일어난 ㆍ〉ㅡ 변화가 나타난다. 이는 『주찬방』의 언어가 16세기 혹은 그 직후의 상태를 반영한 것임을 암시한다.

17 누그시 : 누긋하게. 뻣뻣하지 않고 부드럽게. "ᄇᆞᄅᆞᆷ 마초ᄂᆞᆫ 흙도곤 누그시 ᄒᆞ야"는 '벽의 틈새를 맞추어 바르는 흙보다 누긋하게 하여'라는 뜻이다. 흙벽을 바르기 위해 흙을 이갤 때 물을 알맞게 섞어 누긋이 하라는 표현이다.

18 알마즌 항 : 알맞은 항아리. 문맥으로 보아 크기가 알맞은 항아리를 가리킨다.

19 불 : 벌. 이 문맥에서는 메주나 나물을 한 층씩 넣으라는 뜻이다.

20 ᄂᆞ믈 : 나물. 채소. 이 문맥에서는 외, 가지, 동아를 뭉뚱그려 '나물'이라 한 듯하다.

21 셧녀코 : 섞어 넣고. '서ᇧ-#녛-고'. 어간 '서ᇧ-'과 어간 '녛-'이 직접 결합한 비통사적 합성어이다. '셧'은 어간 '서ᇧ-'의 받침 ㅺ이 음절 말에서 ㅅ으로 단순화된 것이다.

22 ᄉᆞ락이 : 싸라기. 부스러기. 이 문맥에서는 메주를 빻았을 때 나오는 부스러기를 뜻한다.

23 솓두에 : 솥뚜껑. 『주찬방』에는 '솓두엉'과 '솓두에'가 함께 나타난다.

24 새플 : 새풀. 이 '새플'은 두 가지 해석이 가능하다. ①포아풀과의 여러해살이풀인 '띠'의 고어형인 '새'[茅]와 '플'[草]이 결합한 합성어로 보는 것이다. 합성어로 본다면 '새플'은 붙여 써야 한다. ②새롭다는 뜻을 지닌 관형사 '새'[新]와 명사 '플'[草]로 보는 것이다. 즉 신선한 풀, 새로운 풀의 의미로 볼 수 있다. 이 경우 '새 플'은 띄어 써야 한다. 항아리를 쌀 수 있는 풀이어야 하므로 여기서는 ①의 해석을 취하여 '억새'로 현대어역하였다.

25 뷔여 : 베어. '뷔-j-어'. 옛 문헌에서 낫이나 톱 따위로 풀 혹은 나무를 베는 동사는 '뷔다'[刈]라고 했고, 칼 따위로 목을 베는 동사는 '버히다'라고 구별하였다. 【安樂國이 바ᄆᆡ 逃亡ᄒᆞ야 ᄃᆞᆮ다가 그 짓ᄭᅩᆯ 뷣 죠ᄋᆞᆯ 맛나니 자바 구지조ᄃᆡ 네 엇뎨 항것 背叛ᄒᆞ야 가ᄂᆞᆫ다 ᄒᆞ고 ᄉᆞᄎᆞ로 두 소ᄂᆞᆯ ᄆᆡ야 와〈1459월인석8:98b〉】 【고기 자ᄇᆞ며 나모 뷔여 오ᄂᆞᆫ 사ᄅᆞᄆᆞᆯ 또 보리로다〈두시초7:32〉】 앞의 인용문에서 '그 짓ᄭᅩᆯ 뷣 죠ᄋᆞᆯ 맛나니'는 '그 집의 꼴[草]을 베는 종[樵奴]을 만나니'라는 뜻이다.

26 ᄠᅳ디 : 뜨지. 'ᄠᅳ-디'. 발효하여 썩지.

27 두험 : 두엄. 풀, 짚 또는 가축의 배설물 따위를 썩힌 거름. 'ᄠᅳ디 아닌 두험'은

발효하여 썩지 않은 두엄을 가리킨 표현이다.

28 무더퍼 : 묻고 덮어. '묻-#덮-어'. 어간 '묻-'과 어간 '덮-'이 직접 결합한 비통사적 합성어이다.

여름 즙장

원문 판독

○녀름 즙디히 甘醬一斗 其?[1] 四合

감쟝[2] ᄒᆞᆫ 사발과 기울 너 홉을 니근 항의 녀코 져믄 외ᄅᆞᆯ

죄 시서 믈씌 업시 조ᄒᆞᆫ[3] 슈건으로 쓰서[4] 항의 섯거 녀코 항 부리ᄅᆞᆯ ᄃᆞᆫ〻이 빠ᄆᆡ고 시뎝[5]으로 덥고 흙 니겨 틈 업시 ᄇᆞᆯ라 새 ᄆᆞᆯ똥애 무덧다가 닐웨 후에 내라.

현대어역

○여름 즙장

[감장甘醬 한 말, 기울 너 홉.]

감장 한 사발과 기울 너 홉을 (불에 잘 구워져) 익은 항아리에 넣어라. 어린 외를 깨끗이 씻고 물기 없이 깨끗한 수건으로 닦아 항아리에 섞어 넣고,

항아리 부리를 단단히 싸매어 시접(=놋 뚜껑)으로 덮고, 흙을 이겨 틈 없이 발라 새 말똥에 묻었다가 이레 후에 꺼내라.

용어 해설

1 其? : 글자가 잘 보이지 않으나 한글 문장의 '기울'에 대응하는 한자어이므로 '麩'로 판단한다. '밀기울'을 뜻하는 한자로 '麵麩'〈구급간이방〉, '麩'〈동의보감〉, '麩皮'〈역어유해〉, '麲'〈물보〉, '麥麩'〈유씨물명고〉 등이 있다.

2 감쟝 : 감장甘醬. 맛이 단 간장. 【무근 감쟝 서 홉과 믈 평사발로 여ᄉᆞ슬 브어 ᄆᆡ이 달혀 네 사발이 되게 ᄒᆞ면 지령이 됴흐니라(陳甘醬三合和水六鉢煎至四鉢 淸醬味好)〈1686구황보10b-11a〉】

3 조ᄒᆞᆫ : 깨끗한. '좋-ᄋᆞᆫ'. 중세국어에서 '조ᄒᆞ-'는 깨끗하다는 뜻이며, '둏-'은 좋다는 뜻이다.

4 쓰서 : 씻어. 문질러. 닦아. '씃-어'. '슷-'의 경음화형이다. 중세국어 문헌에 '슺-'과 '슷-'이 모두 나타난다. 【스저〈1467몽산법어약록언해61a〉〈1481두시초16:34a〉】 【스서〈1459월인석20:46a〉】

5 시뎝 : 시접匙楪. 제사 때 수저를 담아 놓는 놋그릇. 놋으로 만든 넓적한 그릇. 두 번째 음절 '뎝'은 ㄷ구개음화가 적용되지 않은 어형이다.

쓴 장 고치는 법

원문 판독

○쁜 쟝 고틸 법

쟝독의 믈을 ᄀᆞᄃᆞ기 브어 사흘 후에 퍼 ᄇᆞ리고 ᄯᅩ 그리 키ᄅᆞᆯ[1] 세 번을 ᄒᆞ야 쁜 마시 다 우러나거ᄃᆞᆫ 새로 소곰믈을 글혀 시겨 브으면 됴ᄒᆞ니라. ○쟝을 반 모ᄎᆞᆷ이[2] 더러 프고 다ᄅᆞᆫ 며조ᄅᆞᆯ 독의 ᄎᆡ와[3] 녀코 새로 소곰을 브어 ᄃᆞ므

주찬방 • 31b •

면 쟝이 돈ᄂᆞ니라.

현대어역

○쓴 장 고치는 법

장독에 물을 가득이 부었다가 사흘 후에 퍼 버리고, 또 그렇게 하기를 세 번을 해서, 쓴 맛이 다 우러나거든 새로 소금물을 끓여 식혀서 부으면 좋다.

○장을 반 모춤이(=반이 못 차게) 덜어서 푸고, 다른 메주를 독에 채워 넣고 새로 소금을 부어 담그면 (장맛이) 좋다.

용어 해설

1 그리키ᄅᆞᆯ : 그렇게 하기를. '그리#ᄒᆞ기-ᄅᆞᆯ'. '그리ᄒᆞ기ᄅᆞᆯ'의 축약형으로 본다. 'ᄒᆞ-'의 ㆍ가 탈락하여 'ㅎ+ㄱ'이 축약되었다. 문헌어에서 보기 드문 어형이다.

2 모ᄎᆞᆷ이 : 모춤이. 어떤 기준에 조금 안 되게. '모ᄎᆞᆷ-이(부사화접미사)'. 이 문맥에서 '반 모ᄎᆞᆷ'은 반이 안 되는 분량을 뜻한다. '모ᄎᆞᆷ'의 고형은 '모ᄎᆞᆷ'〈1489구급간3:97b〉이며, '몯#ᄎᆞ-옴(명사형 어미)'으로 분석된다. '모춤'의 어원적 의미는 '차지 못함'이다. '모ᄎᆞᆷ'은 두 번째 음절의 ㅗ가 ㆍ로 표기된 어형이다. 명사형어미 '-옴'의 'ㅗ'가 없어지고 '-ᄋᆞᆷ(음)'으로 변화한 결과로 볼 수도 있다. '모ᄎᆞᆷ'은 다른 음식조리서에서도 쓰였다. 【반 모ᄎᆞᆷ ᄂᆞ른이 두ᄃᆞ려〈18xx주식방문6a〉】【周尺이 省尺을 當홈애 七寸 五分이 모ᄎᆞᆷᄒᆞ거ᄂᆞᆯ 程集과 書儀애 그ᄅᆞᆺ 五寸 五分이 모ᄎᆞᆷ타 註 나여시니〈1632가례언7:34b〉】【司馬溫公이 ᄀᆞᆯ오ᄃᆡ 믈읫 자히며 치ᄅᆞᆯ 다 맛당히 周尺을 뻐 자히니 周尺 ᄒᆞᆫ 자히 이제 구읫 자 다ᄉᆞᆺ 치 다ᄉᆞᆺ 分이 몯ᄎᆞᆷᄒᆞ니라〈가례언1:37b〉】

3 ᄎᆡ와 : 채워. 'ᄎᆞ-ㅣ-오-아'[充]. 그런데 'ᄎᆡ오-'가 '차게 하여[冷]', '식혀'의 뜻으로 쓰인 예(이화주 등)가 많아서 문맥을 잘 살펴서 그 뜻을 결정해야 한다. 'ᄎᆡ오-'가 동음이의어로 쓰인 것이다.

기울장법

원문 판독

○기울쟝법

기울과 비지과 두 가지롤 마치 ᄀᆞᆺ게[1] ᄒᆞ야 ᄒᆞᆫᄃᆡ 섯거 닉게 ᄧᅧ 손바닥마곰 번더기[2] 지어 독의 녀허 ᄃᆞᆫ〻이 ᄡᆞᄆᆡ야 ᄡᅡ가[3] ᄠᅳ거ᄃᆞᆫ ᄆᆞᆯ뢰야 작말ᄒᆞ야 소곰을 며조 쟝 ᄃᆞᆷᄂᆞᆫ 대로 며조 서 말애 소곰 ᄒᆞᆫ 말식 혜여[4] ᄃᆞ므라.

현대어역

○기울장법

기울과 비지 두 가지를 맞추어 같게 하여 한데 섞고 익게 쪄서, 손바닥만큼 (크기로) 반대기를 지어(=반죽하여 납작하게 만들어) 독에 넣고 단단히 싸매었다가 뜨거든 말려서 가루를 내어라. 소금을 메주 장 담는 (법)대로 메주 서 말에 소금 한 말씩 헤아려서 담가라.

용어 해설

1 마치 ᄀᆞᆺ게 : 맞추어 같게. 기울과 비지의 양을 맞추어 같게 하라는 뜻이다. 부사 '마치'는 '맞추어'의 뜻으로도 쓰였다. 【어누 藏ㅅ金이ᅀᅡ 마치 ᄡᅳᆯ이려뇨 ᄒᆞ노이다〈석보상6:25〉】

2 번더기 지어 : 반대기를 지어. '번더기'는 가루를 반죽한 것 등을 평평하고 둥글넓적하게 만든 조각을 뜻한다. '번더기 지어'는 버무려 반죽하여 손바닥 크기로 만들어라는 뜻이다. '하일블산쥬'에 동사 '번더겨'가 있고, '산숨자반'에 '번더겨 편 지어'가 나온다. '번더겨'는 '버무려 반죽하여' 일정한 크기로 만듦을 뜻한 동사이다.

3 빠ᄆᆡ야짜가 : 싸매었다가. 'ᄡᆞ-아#ᄆᆡ-j-앗-다가'. '빠ᄆᆡ야짜가'는 '빠ᄆᆡ얏-다가'에서 과거시제의 '-ㅅ-'이 후행 음절로 전이된 표기다.

4 혜여 : 세어. 계산하여. '혜-여'. '혜-'는 '헤아리다, 생각하다, 세다, 계산하다'의 뜻이다. 이 문맥에서는 메주 3말에 소금 1말씩 분량을 계산하라는 뜻이다. 【스믈 근에 열 량식 ᄒᆞ면 대되 혜니 쉰 량이로다〈번역노下:58-59〉】【은 두 돈 반애 ᄒᆞᆫ 판식 혜여 ᄊᆞ일 거시라〈15??번역박上:10〉】

검은 소금 희게 하는 법

원문 판독

거믄[1] 소곰 희게 ᄒᆞᆯ 법

주찬방 • 32a •

소곰이 비치 검거ᄃᆞᆫ 믈에 프러 거ᄌᆡᄒᆞ고[2] 소ᄐᆡ나 뽀다 소곰이 ᄆᆞᄅᆞ도록 술로 저으며 봇그면 비치 ᄀᆞ장 희고 조ᄒᆞ니라.

현대어역

검은 소금 희게 하는 법

소금이 빛이 검거든 물에 풀어서 찌꺼기를 없애고, 솥에 쏟아 (부어) 소금이 마르도록 숟가락으로 저으면서 볶으면 빛이 매우 희고 깨끗하다.

용어 해설

1 방문명 앞에 백권점 ○이 누락되어 있다.

2 거ᄌᆡᄒᆞ고 : 거재去滓하고. 찌꺼기를 없애고. 【이월 샹묘일의 쳥듀 ᄒᆞᆫ 말의 ᄃᆞᆷ가 칠일 만의 거ᄌᆡᄒᆞ고〈17??온주법4b〉】

맛이 변한 고기 고치는 법

원문 판독

○변미ᄒᆞᆫ 고기 고틸 법

당츄ᄌᆞ[1]롤 서너 고대 굼글 듧고[2] ㆍ기쪙지[3] 말만 ᄒᆞ거ᄃᆞᆫ[4] 네흘 녀허 ᄒᆞᆫᄃᆡ ᄉᆞᆱ므면 변미ᄒᆞᆫ 내 업ᄂᆞ니라. ○무럼 싱션[5]은 니시[6] 삐롤 쟝국의 조차 지버 녀허 글히면 ᄂᆞ린내[7] 업ᄂᆞ니 셩ᄒᆞ니란[8] 말라.

현대어역

○맛이 변한 고기 고치는 법

호두[唐楸子]에 서너 군데 구멍을 뚫어라. 고깃덩어리가 한 말[斗] 정도의 크기면 (구멍 뚫은 호두) 네 개를 넣고 고기와 함께 삶으면 맛이 변한 냄새가 없어진다. ○무림 생선(=물러진 생선)은 홍화씨를 장국에 함께 집어넣어 끓이면 노린내가 없어진다. 성한 것은 (이렇게 하지) 말라.

용어 해설

1 당츄ᄌᆞ : 당추자唐楸子. 호두. 【胡桃 鄕名唐楸子 今俗云楸子 亦非楸子 乃胡挑〈1417향약구급방下2〉】【과골이 가ᄉᆞᆷ 알ᄑᆞ거든 당츄ᄌᆞ ᄒᆞᆫ 나촐 거플와 당아리 앗고〈1489구급간2:36b〉】【胡桃 당츄ᄌᆞ〈1613동의보감2:25a〉】

2 듧고 : 뚫고. 【ᄡᅡ해 구무 듧고 ᄒᆞᆰ 지여 온 모몰 무두매〈1463법화경6:154b〉】

3 ㆍ기ᄯᅥᆼ지 : 고기ᄯᅥᆼ지. 고기덩어리. '고기#ㅅ#덩지'. '고기'와 '덩지'의 합성어이다. '덩지'는 '덩어리'를 의미한다. 'ᄯᅥᆼ지'의 어두 ㅅ은 명사 '고기'와 명사 '덩지 사이에 개재한 사이시옷이 후행 명사 '덩지'의 첫음절에 연철된 표기이다. ㆍ는 동음 부호이다. 앞 어절이 '고'로 끝나서 '고기'의 '고'를 동음 부호 ㆍ료 표시한 것이다. '덩지'는 '덩치'의 옛말이다. 〈우리말샘〉에 '덩지'를 '몸집'의 북한어라 해 놓았으나 남한의 방언에도 쓰인다. 또한 '고깃덩지'를 표제어로 올려 두고 '고깃덩어리'의 함북방언이라 해 놓았으나 '고기ᄯᅥᆼ지'(=고깃덩지)가 여기에 나타난 것으로 보아 그 쓰임이 넓었음을 알 수 있다.

4 고기ᄯᅥᆼ지 말만 ᄒᆞ거든 : 고깃덩어리가 한 말[斗] 정도의 크기면. 15세기에

저술된 한문 음식 조리서인 『산가요록』에 '治味變肉'(치미변육) 항에 맛이 변한 고기를 고치는 법이 나온다. 이 항목의 내용은 '唐楸子 穿三四穴 **肉如斗大則**三四介并烹 无醜'로 되어 있다. '肉如斗大則'의 '斗'가 '말만 ᄒᆞ거든'의 '말'에 대응한다. 『주찬방』의 '변미한 고기 고틸 법'의 설명은 『산가요록』의 내용을 직역한 것으로 보인다. 이 내용을 참조하면 '고깃덩어리가 말[斗] 정도의 크기면'으로 번역하는 것이 자연스럽다.

5 무럼 싱션 : 무럼 생선. 물러진 생선. '무르-엄#싱션生鮮'. 정약전丁若銓(1758~1816)이 문순득의 말을 듣고 대필代筆한 『표해시말』漂海始末에서 홍어를 '무럼'으로 칭하였다. 19세기 문헌인 『광재물보』에는 '魚 무럼싱션'〈광재물鱗無:2b〉라고 풀이했는데, 이는 『주찬방』의 '무럼 싱션'과 정확히 일치한다. 그런데 〈표준국어대사전〉과 〈우리말샘〉에는 표제어 '무럼-생선'을 '해파리'를 식품으로 이르는 말이라고 설명해 놓았다. 이 설명은 고문헌의 기록과 맞지 않아 오류인 듯하다. 위 방문에서 '무럼 싱션'이 쓰인 문맥을 보면, 무럼 생선은 노린내가 나며 '셩ᄒᆞ니'(성한 생선)과 대립된 의미로 쓰였다. 이 점을 감안하여 현대어역에서 '물러진 생선'으로 번역해 두었다. 더 깊은 연구가 필요한 낱말이다.

6 니시 : 잇. 잇꽃. 홍화紅花. 잇은 국화과의 두해살이풀로 씨와 꽃은 약재로 쓰이며, 꽃물은 붉은빛 물감을 들이는 데 쓴다. 15세기 국어에서 잇은 '니ᅀᅵ'〈1489구급간1:113a〉의 형태로 나타난다. 'ᄂᆡᅀᅵ'의 두 번째 음절의 ㅿ은 15세기에서 16세기 사이에 소실되어, ㅿ>∅ 또는 ㅿ>ㅅ으로 변하였다. 『주찬방』의 '니시'는 '니ᅀᅵ>니시' 변화를 겪은 것이거나 '니ᅀᅵ'보다 앞선 고형古形일 수도 있다.

7 ᄂᆞ린내 : 노린내. '노린내'의 첫 음절 ㅗ가 'ᄂᆞ린내'로 비원순화(ㅗ> ·)된 예이

다. ㅗ의 전후에 순자음이 없는데도 비원순화가 실현된 특이례이다. 이런 ㅗ〉ㆍ 비원순화는 18세기 초 문헌인 『주방문』(규장각본)에도 출현한다. 【며ᄌᆞ ᄀᆞᄅᆞ(주방문 18a)】 【다ᄉᆞᆸ 청쥬(주방문 12a)】 '며ᄌᆞ'는 '며조'에서, '다ᄉᆞᆸ'은 '다솝'에서 비원순화 ㅗ〉ㆍ가 실현된 것이다. 이런 비원순화 ㅗ〉ㆍ 현상은 원순화 ㆍ〉ㅗ 현상과 동시대 문헌에 공존하는 경향을 보인다. 이를 통해 ㅗ가 ㆍ와 원순성을 유무로 대립관계에 있었음을 알 수 있다. 이 문헌에 나오는 '졸거든'과 'ᄂᆞ린내'는 이 문헌이 작성된 시기에 ㅗ가 ㆍ와 대립 음소였음을 보여준다(백두현ㆍ안미애 2019: 256).

8 셩ᄒᆞ니란 : 성한 것은. '셩ᄒᆞ-ㄴ#이-란'. '이'는 사물을 지시하는 의존명사이고, '-란'은 주제 보조사이다.

달걀 오리알 젓

원문 판독

주찬방 • 32b •

○돌긔알[1] 올히알 젓

알히 열대엿만 ᄒᆞ면 소곰 ᄒᆞᆫ 되과 ᄌᆡ 두 되롤 섯거 항의 녀허 알흘 몯 뵈게[2] 무더 두라. ○알흘 ᄀᆞᄂᆞᆫ 송고ᄌᆞ로[3] 굼글 듧고 소곰믈에 ᄃᆞᆷ가 두면 비치 홍시ᄌᆞ[4] ᄀᆞᆮᄂᆞ니라.

현대어역

○달걀 오리알 젓

알이 열대여섯 개만큼 하면 소금 한 되와 재 두 되를 섞어 항아리에 넣고, 알이 안 보이게 묻어 두라. ○알에 가는 송곳으로 구멍을 뚫고, 소금물에 담가 두면 빛이 홍시 같다.

용어 해설

1 ᄃᆞᆯ긔알 : 달걀. 'ᄃᆞᆰ-의(속격조사)#알[卵]'. 15세기에는 모음조화를 실현한 'ᄃᆞᆯᄀᆡ알'이 쓰였으나, 17세기 자료부터는 음모음 조사 '-의'가 결합한 어형으로 나타난다. 『주찬방』에는 'ᄃᆞᆯ긔알'로만 쓰였다. 【ᄀᆞᆺ 나ᄒᆞᆫ ᄃᆞᆯ긔알 다엿 낫만 유ᄌᆡ를 주워 ᄂᆡ일 새배로 ᄂᆞᆯ 건너 홍납의 집으로 보내소〈1610년경, 현풍곽씨언간71〉】

2 알ᄒᆞᆯ 몯 뵈게 : 알이 보이지 않게. 부정사 '몯'이 동사 앞에 놓여 있다. '뵈게'는 '보-이-게'로 분석된다.

3 송고ᄌᆞ로 : 송곳으로. '송곶-ᄋᆞ로'. 【송곳 추〈1576신유합上:28a〉】【송고ᄉᆞᆫ〈1670노걸언下:48a〉〉】【송곧 추〈1664유합(칠장사판)17b〉】

4 홍시ᄌᆞ : 홍시[紅柿子]. '홍시'에 접미사 '子'가 붙은 것이다. 조선왕조실록에서 '홍시'가 '紅柿子'로 나타나 있다. 〈세종실록 31권, 세종 8년 2월 4일 기사〉

달걀장 담기

원문 판독

○ᄃᆞᆯ긔알쟝 ᄃᆞᆷ기

ᄃᆞᆯ긔알흘 만히 ᄣᆞ려[1] 놋그르세 담고 듕탕ᄒᆞ야 잠

ᄭᅡᆫ 얼읠[2] 만 닉거ᄃᆞᆫ 조ᄒᆞᆫ 무명 주머니예 녀허 쟝 ᄃᆞ믈

주찬방 • 33a •

제 허리만 녀헛다가[3] 그 쟝이 닉거ᄃᆞᆫ 내여 ᄡᅳ라.

현대어역

○달걀장 담그기

달걀을 많이 깨서 놋그릇에 담고 중탕하여 조금 엉길 만큼 익거든, 깨끗한 무명 주머니에 넣어서 장을 담글 때 (장단지의) 허리 즈음에 넣었다가 그 장이 익거든 내어서 써라.

용어 해설

1 ᄣᆞ려 : 깨어. ‘ᄣᆞ리-어’.

2 얼읠 만 : 엉길 만큼. 어리게 될 만큼. ‘얼의-ㄹ’[凝]. 약간 굳어 응고될 모습을 표현한 것이다.

3 허리만 녀헛다가 : 허리만큼 넣었다가. 주머니는 장단지의 허리께에 뜨도록 넣으라는 말이다.

침송이법

원문 판독

팀숑이[1]법

늙디 아닌 숑이ᄅᆞᆯ 믈에 ᄃᆞᆷ갓다가 동화[2] 닙흐로 믄다

혀[3] 죄 시서 ᄉᆞᆯ마셔 밤 자거ᄃᆞᆫ 건져 믈 ᄡᅮᆷ디 아니ᄒᆞᄂᆞᆫ

항[4]의 녀허 ᄎᆞ거ᄃᆞᆫ ᄠᅱ로[5] 우흘 메웟다가[6] 열흘 만의

건져 젼읜 믈[7]을 업시ᄒᆞ고 새 믈 브어 ᄃᆞᆷ갓다가 보롬

만의 ᄯᅩ 새 믈 ᄀᆞᆯ고 ᄒᆞ면 ᄒᆡ 무거도 샹티 아닌ᄂᆞ니 힝혀[8]

소곰 긔운곳 갓가이 ᄒᆞ면 몯 ᄡᅳᄂᆞ니라.

현대어역

침송이법

늙지 않은 송이를 물에 담갔다가 동아 잎으로 문질러 깨끗이 씻고 삶아서 하룻밤 재운 다음에 건져 물을 뿜지 않는(=물이 새지 않는) 항아리에 넣어 차가워지거든 띠풀로 (항아리의) 위를 메웠다가 열흘 만에 건져라. (항아리에

있는) 전의 물(=남은 물)을 없애고 새 물을 부어 담갔다가, 보름 만에 또 새 물을 갈고 하면, 해를 묵혀도(=한 해가 지나도) 상하지 않는다. 행여 소금 기운을 가까이하면 못 쓰게 되느니라.

용어 해설

1 팀숑이 : 침송이沈松耳. 송이김치 담는 법. 송이김치법에 해당하는데 간장물이나 소금을 전혀 쓰지 않고 있다. 바로 밑에 이어지는 건송이법에는 간장물과 참기름을 쓰고 있다. 방문명 앞에 ○이 누락되어 있다. 『산가요록』에는 김치 종류로 즙저, 과저, 가자저, 나박, 치맥채, 침송이, 침강법 등 30가지 정도의 김치[沈菜] 종류가 수록되어 있다. 漢文으로 쓴 『산가요록』의 「沈松耳」 방문은 다음과 같다. 【擇肥好不老者, 以冬瓜蒂或楮葉, 和水磨洗, 洗白為度, 烹之. 經宿後, 并烹水, 納津瓮, 待冷, 以茅着耳上, 以石輕鎮之. 經十日, 漉出耳, 去其舊水, 新水更沉之. 十五二十日, 頻改其水, 則其色净白, 經年不腐. 臨時隨宜用之, 無異生耳. 烹時, 切勿令塩氣近之.】 이 내용이 『주찬방』의 「팀숑이법」 방문과 아주 비슷하다.

2 동화 : 동아. 박과의 한해살이 덩굴성 식물. 줄기는 굵고 단면이 사각四角이며 갈색 털이 있다. 잎은 어긋나고 5~7개로 얕게 갈라지며 심장 모양이다. 여름에 노란 종 모양의 꽃이 피고, 열매는 호박 비슷한 긴 타원형이고 익으면 흰 가루가 앉는다.

3 믄다혀 : 문대어. '문다히-어'. 【물 ᄀᆞ려온 ᄃᆡ 믄다히다〈1779한청문14:29a〉】 오늘날 경상방언에 '문때다'의 활용형 '문때어'는 '믄다혀'의 후대 어형이다.

4 믈 ᄡᅮᆷ디 아니ᄒᆞᄂᆞᆫ 항 : 물을 뿜지 아니하는 항아리. 물이 새지 않는 항아리. 이 구절은 『산가요록』 한문 방문(위의 주석 1번)의 '津瓮'(진옹)에 대응하나 의미는 상반된다. '津瓮'의 '津'에는 '滲'(스미다)과 '潤'(적시다)의 뜻이 있다. 따라서 '津瓮'은 물기를 내뿜어서 젖는 항아리 즉 물이 새는 항아리이고, 이것을 '아니ᄒᆞᄂᆞᆫ'으로 부정한 '믈 ᄡᅮᆷ디 아니ᄒᆞᄂᆞᆫ 항'은 물이 새지 않는 항아리를 뜻한다. 「삽듓불휘술」 방문에 'ᄉᆡ디 아닌 독의 ᄃᆞᆷ가'라는 표현이 있었는데 이와 같은 뜻을 표현한 것이다.

5 ᄯᅴ로 : 띠로. 띠풀로. 'ᄯᅴ-로'. 【茅 ᄯᅴ 모 黃 ᄢᅦ유기 뎨〈1527훈몽자(존경각본)上:9b〉】

6 몌웟다가 : 메웠다가. '몌-우(사동접미사)-엇-다가'. 현대국어의 '메-'는 15세기 문헌에 '며-' 또는 '몌-'로 나타난다. '며->몌->메-'의 변화를 거친 것이다. 【바비 이베 몯 드러셔 火炭이 ᄃᆞ외야 목 며거늘〈1459월인석23:92〉】【며옛ᄂᆞ니〈1632두시중2:34〉】【모ᄀᆞᆯ 몌여 셜ᄫᅥ 주그니도 잇더라〈1447석보상24:51〉】

7 젼읜 믈 : 전前의 물. '젼-의(속격조사)#ㅅ(사이시옷)#믈'. 속격조사 '-의'에 사이시옷이 결합된 예이다. 이 사이시옷이 후행하는 비음 ㅁ의 영향으로 비음동화되어 '젼읫 믈>젼읜 믈'이 되었다. 이 맥락에서는 띠풀과 함께 채웠던 물을 의미한다.

8 힝혀 : 행여. 幸여. 어쩌다가 혹시. '힝혀'와 유성음 사이의 ㅎ이 탈락한 '힝여'가 「순천김씨언간」(16세기 후기)에 공존하고 있다. 【이제 힝혀 셰간니 반만 잇ᄂᆞ니〈1518이륜행(옥산서원본)21a〉】【힝혀 이리 어려이 되여도 너모 셔도디 마오〈15xx순천김씨언간186:6〉】【알파 누어셔 두 손근 마조 쥐여 가ᄉᆞᆷ 우ᄒᆡ 연고 나ᄃᆞᄅᆞᆯ 디내며 반ᄃᆞ시 젓바뎌셔 ᄉᆡᆼ각ᄒᆞ니 아ᄃᆞᆯ도 보고져 ᄯᆞᆯ도

보고져 지아비도 보고져 ᄉᆡᆼ각고 눈므리 비오ᄃᆞᆺ 두 구 미ᄐᆡ 흐ᄅᆞ거ᄃᆞᆫ ᄒᆡᆼ여 누고 완ᄂᆞᆫ가 누ᄂᆞᆯ ᄠᅥ ᄒᆞ니 구홰와 영이와 겨ᄐᆡ 안잣더고나.〈15xx순천김씨언간73:4〉】

건송이

원문 판독

주찬방 • 33b •

건숑이[1]

숑이ᄅᆞᆯ 죄 시서 왼[2] 닙흐로 ᄆᆞᆫ디ᄅᆞ면[3] ᄀᆞ장 조커ᄃᆞᆫ 숑이
ᄒᆞᆫ 말애 ᄀᆞᆫ쟝 ᄒᆞᆫ 되 진유[4] 두 홉을 섯거 만화의 글혀
그 즙이 진커ᄃᆞᆫ 내여 ᄆᆞᆯ뢰라. ○ᄯᅩ ᄒᆞᆫ 번은 숑이 ᄒᆞᆫ 동ᄒᆡ
예 ᄆᆞᆯ ᄒᆞᆫ 동ᄒᆡ 반을 브어 ᄉᆞᆯ마 그 ᄆᆞᆯ이 반은 ᄌᆞᆯ거ᄃᆞᆫ[5] ᄀᆞᆫ쟝
ᄒᆞᆫ 사발 진유 ᄒᆞᆫ 죵ᄌᆞᄅᆞᆯ ᄒᆞᆫᄃᆡ 그 ᄆᆞᆯ에 브어 섯거 글혀
ᄆᆞᆯ이 다 조라 업거ᄃᆞᆫ 벼ᄐᆡ 내여 ᄆᆞᆯ뢰라.

현대어역

건송이

송이를 깨끗이 씻고 외의 잎으로 문지르면 가장 깨끗하다. 송이 한 말에

간장 한 되, 참기름 두 홉을 섞어 약한 불로 끓이고, 그 즙이 진해지거든 꺼내어 말려라. ○또 하나의 방법은 송이 한 동이에 물 한 동이 반을 붓고 삶아서, 그 물이 반으로 졸거든 간장 한 사발, 참기름 한 종자를 한데 그 물에 부어서 (이것을) 섞어 끓여서 물이 다 졸아 없어지면 볕에 내어 말려라.

용어 해설

1 건숑이 : 건송이乾松耳. 마른 송이. 방문명 앞에 ○이 누락되어 있다.

2 욋 : 외의. '외-ㅅ'. 이때의 '왼'은 '온전한'을 뜻하는 관형사로 보거나, '외'[瓜]를 뜻하는 명사로도 볼 수 있다. 침송이법에서 동아 잎이 나오는 것으로 보아 '외'[瓜]로 봄이 적절하다. '왼'의 ㄴ은 사이시옷이 후행하는 '닙'에서 ㄴ의 영향을 받아 비음동화된 것이다.

3 믄디ᄅᆞ면 : 문지르면. 문대면. '문디ᄅᆞ-면'. 【剗 믄디를 잔〈1576신유합下:35b〉】【등 믄디ᄅᆞ기ᄂᆞᆫ 두 낫 돈이오〈1677박통해上:47a〉】

4 진유 : 진유眞油. 참기름.

5 졸거ᄃᆞᆫ : 졸거든. 줄어들거든. 이 예는 ㅗ의 전후에 순자음이 없는데도 비원순모음화 ㅗ〉ㆍ가 실현된 특이례이다. 두 줄 아래 '조라'가 출현하여, 한 문장 속에 어간 '졸-'[縮]과 ㅗ의 비원순화형 'ᄌᆞᆯ-'이 공존하고 있다.

마늘 담는 법

원문 판독

주찬방 • 34a •

마ᄂᆞᆯ ᄃᆞᆷᄂᆞᆫ 법

마ᄂᆞᆯ 여름이 몯 미처 니거셔[1] 오뉴월 ᄉᆞ이 ᄏᆡ야 것

겁질 벗기고 잠싼 ᄆᆞᆯ뢰야[2] 글힌 믈에 소곰을[3]

ᄩᅡ셔 하 너모 ᄧᆞ디 아니케 ᄒᆞ야 식거ᄃᆞᆫ ᄃᆞ마 둣다

가 닉거ᄃᆞᆫ ᄡᅳᆯ 제 거플을 벗기면 비치 희고 마시 됴ᄒᆞ니.

현대어역

마늘 담는 법

여름이 못 미쳐 마늘이 익어서(=익었을 때) 오뉴월 사이에 캐어 겉껍질을 벗겨서 잠시 말려서, 끓인 물에 소금을 타서 너무 많이 짜지 않게 하여, 식거든 (마늘을) 담가 두어라. (담아둔 마늘이) 익거든 쓸 때 꺼풀을 벗기면 빛이 희고 맛이 좋다.

용어 해설

1 마ᄂᆞᆯ 여름이 몯 미처 니거셔 : '여름이 못 미쳐 마늘이 익었을 때'라는 뜻을

표현한 것으로 보인다. 이 구절의 어순과 구성이 어색한 점이 있다. '마놀'에 조사가 붙지 않았고 놓인 위치도 부자연스럽다.

2 잠싼 몰뢰야 : 잠시 말려. 약간 말려. '몰'자를 '믈'로 썼다가 ㅡ 획 중간에 점을 찍어서 교정한 글자이다. 필사 당시에 ·의 음가를 명확하게 인식하고 있었다는 증거이다.

3 소곰을 : 소금을. '소곰을' 다음에 '에소곰을'을 썼다가 개칠하여 지웠다. 베껴 쓰는 과정에서 생긴 오기를 지운 것이다.

침강

원문 판독

○팀강[1]

싱강을 죄 시서 거플 벗기고 진믈에[2] 솟고아[3] 믈긔 업게

ᄒᆞ야 기름 불라 항의 녀헛다가 닐웨 후제 내여 시서

주찬방 · 34b ·

최나[4] 술의나 둠가 쓰라.

현대어역

○침강(생강 담그기)

생강을 깨끗이 씻어 꺼풀을 벗기고, 잿물에 솟구어 (끓이고) 물기를 없게 하여, 기름을 발라 항아리에 넣었다가 이레 후에 꺼내어 씻어서, 초나 술에 담가 써라.

용어 해설

1 팀강 : 침강沈薑. 생강 김치. 『산가요록』에 「沈薑法」(침강법)이 있는데 『주찬방』의 방문보다 더 자세하고 내용상 차이가 크다. 18세기 초엽으로 추정된 한글 음식조리서 『음식보』에 '침강법'이 나오는데, 『주찬방』 '팀강'과 그 내용이 약간 비슷하다. 【침강법 싱강 겁풀 골가 즈히 시서 항의 너코 더운 믈의 소곰 맛게 타 부어 둣다가 사흘만 ᄒᆞ거든 걸너 그 믈 다 ᄇᆞ리고 도로 항의 너코 초 ᄀᆞ독이 브어 둣다가 닐웨 후의 쓰라〈17??음식보7b-8a〉】

2 짓믈에 : 잿물에. '지#ㅅ#믈'. ㅅ이 ㄷ으로 폐음화되고, 이어서 ㅁ 앞에서 비음동화가 일어난 예이다.

3 솟고아 : 솟구어. 끓여. '솟-고-아'. '솟고아'는 물이 솟아 오르다는 뜻으로 물이 '끓음'을 표현한 낱말이다. 【바룴므를 솟고ᄂᆞ니라〈1463법화경1:51〉】

4 최나 : 초醋나. '초-이나'.

복숭아 살구 정과

원문 판독

○복셩와 ᄉᆞᆯ고 졍과[1]

복숑와ᄅᆞᆯ 벌에[2] 업고 맛 됴ᄒᆞ니ᄅᆞᆯ[3] 하 막 닉디 아녀[4]

져기[5] 낫브게[6] 니근 놈을 ᄣᅡ 거플 벗기고 ᄡᅵ ᄇᆞᄅᆞ니[7] ᄒᆞᆫ 말만

ᄒᆞ면 쳥밀[8] 넉 되ᄅᆞᆯ 달혀 식거ᄃᆞᆫ 복셩와과[9] ᄒᆞᆫᄃᆡ 섯

거 항의 녀허 닉거ᄃᆞᆫ ᄡᅳ라. ᄉᆞᆯ고도 이 ᄀᆞ티 ᄃᆞ마 ᄡᅳ라.

현대어역

○복숭아 살구 정과

복숭아를 벌레 없고 맛 좋은 것을 너무 많이 익지 아니하여 적이(=조금) 덜 익은 것을 따서, 껍질을 벗기고 씨를 발라낸(=발궈낸) 것이 한 말쯤이면 꿀 넉 되를 달여서, (달인 것이) 식거든 다음에 복숭아와 함께 섞어서 항아리에 넣고 익거든 써라. 살구도 이같이 담가 써라.

용어 해설

1 경과 : 정과正果. 과일, 생강, 연근, 인삼, 도라지 따위를 꿀이나 설탕에 조린 음식을 뜻한다.

2 벌에 : 벌레. 벌에>벌레. 【현맛 벌에 비늘을 ᄲᅢ라뇨〈1459월인석11〉】【有情

이 오시 업서 모기 벌에며 더뷔 치뷔로 셜버ᄒᆞ다가〈1447석보상9:9〉】

3 됴ᄒᆞ니를 : 좋은 것을. '됴ᄒᆞ-ㄴ#이-를'. '이'는 사물을 뜻하는 의존명사이다.

4 하 막 닉디 아녀 : 많이 너무 익지 아니하여. '하'는 '많이', '아주'를 뜻하는 정도 부사이다. '막'은 '이제 막'에서처럼 '바로 그때'를 뜻하기도 하지만 정도 부사 '하'의 꾸밈을 받는 이 문맥에서는 '너무'의 뜻으로 봄이 적절하다. 어형으로 보면 '마구'가 '막'과 잘 어울리지만 현대어역에서 '마구'로 번역하면 그 뜻이 어울리지 않는다. '아녀'는 '아니ᄒᆞ여'의 축약형이다. 『음식디미방』에 '닉지 아녀셔'(계란탕법), '변치 아녀'(가지 간수하는 법) 등에 '아녀'가 쓰였다.

5 져기 : 적이. 조금. '젹-이'. 【솟톨 ᄀᆞ쟝 달오고 기름 져기 부어 밀을 엷게 져며〈17초기, 주방문10a〉】【이 침칙가 김이 나면 쓰고 산가시 져기 자라면 즉시 쇠고 마시 됴치 못ᄒᆞ니라〈1809규합총,권지일35b〉】【게젓시 쑬을 져기 치면 마시 아룸답고 오리 두어도 샹치 아니ᄒᆞᄃᆡ〈1927보감녹18a〉】

6 낫브게 : 덜. 모자라게. 이 문맥에서 '덜'(모자라게) 익은 상태를 뜻한다. 【一生에 옷 밥이 낫브디 아니ᄒᆞ고 가난티 아니ᄒᆞ려니와〈1670노걸언下:4a〉】

7 ᄇᆞᄅᆞ니 : 발라낸 것. 'ᄇᆞᄅᆞ-ㄴ#이(의존명사)'. 이 낱말은 씨 또는 가시를 빼내는 것을 뜻한다.

8 쳥밀 : 청밀淸蜜. 꿀.

9 복셩와과 : 복숭아와. '복셩와-과'. 중세국어에서도 현대국어와 같이 어간말음이 자음일 경우에는 '-과', 모음일 경우에는 '-와'가 쓰이는 것이 일반적이다. 여기에서는 어간 말의 모음 뒤에서도 '-과'가 쓰였다. 【늘근 쇠고기 술물 제 누룩 죠곰 너흐면 수이 무라고 파과 술을 너허 술무면〈17??온주법9b〉】

침도행법

원문 판독

팀도힝법[1]

주찬방 • 35a •

ᄇᆞᆨ셩왜나 ᄉᆞᆯ괴나[2] 져기 낫비 니거셔[3] ᄠᅡ 죄 시서 소곰을 ᄧᆞ게 ᄀᆞᆫ 텨 둣다가 이튼날 항의 녀코 소곰믈을 ᄀᆞ장 ᄆᆞ이[4] ᄧᆞ게 ᄒᆞ야 글혀 시겨 브어 ᄃᆞᆷ아 둣다가 ᄡᅳᆯ 제 퇴렴[5]ᄒᆞ야 ᄡᅳ라.

현대어역

침도행법

복숭아나 살구나 적이 덜 익어서 따 깨끗이 씻어, 소금으로 짜게 간을 쳐 두어라. 다음 날 (그것을) 항아리에 넣고 소금물을 매우 많이 짜게 하여 끓여, 식혀서 부어 담가 두었다가 쓸 때 퇴렴하여(=소금기를 빼고) 써라.

용어 해설

1 팀도힝법 : 침도행법沈桃杏法. 복숭아나 살구로 담근 김치. 방문명 앞에 ○이

누락되어 있다. 「팀도힝법」은 『산가요록』에 「沈杏」과 「沈桃」라는 두 개 방문으로 나누어져 있다.

2 복셩왜나 술괴나 : 복숭아나 살구나. '복셩와-이나 # 술고-이나'. 나열형 접속조사 '-이나'가 반복되었다.

3 져기 낫비 니거셔 : 적이 덜 익어서. 앞의 방문에 나왔던 '져기 낫브게 니근'과 뜻이 같은 표현이다. 『산가요록』 「沈杏」과 「沈桃」의 한문에 이 부분은 '半熟'이라고 표현되어 있다. 【桃半熟者, 削皮去核, 一斗, 清蜜四升許, 令煎, 不歇氣, 納瓮用之〈산가요록 沈桃〉】

4 ᄆᆞ이 : 매우. 많이. 【모미 가히 주글디언뎡 가히 더러이디 몯홀 거시라 ᄒᆞ고 ᄆᆞ이 ᄊᆞ짇고 굴티 아니ᄒᆞ니〈1617동국신烈5:75b〉】【슌마다 ᄒᆞᆫ 냥식 ᄆᆞ이 달혀 머그라〈1653벽온신방4b〉】

5 퇴렴ᄒᆞ여 : 퇴렴退鹽하여. 소금기를 빼고. 【마시 변치 아니ᄒᆞᄂᆞ니 ᄡᅳᆯ 제 퇴렴 ᄒᆞ여 쓰라.〈1670음식디미방2b〉】【독애 녀헛다가 오ᄂᆞᆫ 봄의 퇴렴ᄒᆞ고 ᄡᅳ라〈1670음식디미방14a〉】【수일 젼에 ᄂᆡ야 물에 담가 퇴렴ᄒᆞ야 ᄧᆞᆫ 맛 업게 허고〈1869규합총8a〉】

청대콩 김치

원문 판독

○팀쳥대[1]

쳥대ᄅᆞᆯ 제 시졀[2]의 막[3] 여믈고 비치 ᄑᆞ른 저긔 ᄀᆞᆯᄒᆡ야[4]

빠 항의 녀코 쳥대 ᄒᆞᆫ 말이면 소곰 되가옷[5]만 믈에 프

러 ᄆᆞ이 글혀 식거ᄃᆞᆫ 항의 브어 ᄃᆞ마 둣다가 시월 초싱[6]애

주찬방 • 35b •

쳥대ᄅᆞᆯ 건지고 소곰믈을 퍼 ᄇᆞ리고 쳥대ᄅᆞᆯ 도로 항

의 녀코 ᄆᆞᆯ근 믈을 ᄀᆞ독 브어 둣다가 ᄡᅳᆯ 제 솟고와[7] ᄡᅳ라.

현대어역

○청대콩 김치

청대콩을 제 시절에 막 여물고 빛이 푸른 것으로 가려서 따 항아리에 넣어라. 청대콩 한 말이면 소금 한 되 반만 물에 풀어, 매우 끓여 식거든 항아리에 부어 담가 두어라. 시월 초순에 청대콩을 건지고 소금물을 퍼 버리고, 청대콩을 다시 항아리에 넣고 맑은 물을 가득 부어 두었다가, 쓸 때는 솟구치도록 (끓여서) 써라.

용어 해설

1 팀쳥대 : 침청대[沈青太]. 청대콩 김치. 『산가요록』에 「沈青太」 방문이 있다. 【青太摘, 納缸, 熟冷水和塩, 注缸. 至十月初, 去舊水, 還入缸, 新浄水注之. 用時, 熟水暫湯用之】 『주찬방』의 「팀쳥대」 방문의 묘사가 더 자세하고 정밀하다. 『주방문』에도 이 방문이 나온다. 【쳥대콩팀 ᄒᆞᄂᆞᆫ 법 沉青太法, ᄀᆞᆯ히 싸 운독의 녀코 ᄭᅳᆯ혀 시근 믈의 소곰 프러 브어 둣다가 시월 초싱의 그 믈

ᄇᆞ리고 졍화슈 브어 ᄃᆞᆺ다가 잠간 ᄉᆞᆯ마 쓰라〈17초기, 주방문26a-26b〉】

2 제 시졀의 : 제 시절에. 제철에. 【戴僞 제 나라ᄒᆞ로 갈 시졀에 莊姜이 보내며〈1474내훈언2:70a〉】【사ᄅᆞ미 이 녜 시졀 사ᄅᆞ미오 녜 시져레 사오나온 ᄆᆞᄉᆞᆷ 行힝ᄒᆞ던 고돌 밧골디니라〈1567몽산화상육도보설33b〉】【倍홈이 오직 이 시졀이 그러ᄒᆞ니라〈1749맹자율곡언해2:9a〉】

3 막 : 막. 부사 '막'이 여기에서는 '바로 그때'의 뜻으로 쓰였다. '복셩와 ᄉᆞᆯ고 경과'〈34b〉의 '하 막 닉디 아녀'에 대한 주석에서는 '너무'로 해석했다.

4 ᄀᆞᆯᄒᆡ야 : 가리어. 'ᄀᆞᆯᄒᆡ-j-아'. 【반ᄃᆞ기 ᄀᆞᆯᄒᆞ요미 잇디 아니ᄒᆞ리며〈1461능엄언2:114〉】

5 가옷 : 가웃. 되, 말, 자 따위로 되거나 잴 때, 그 단위의 2분의 1 즉, 절반을 이르는 말. 【몬져 닝어 ᄒᆞᆫ나ᄒᆞᆯ 믈에 달혀 ᄒᆞᆫ 되 가옷 되거든 닝어 내고〈1608태산집40b〉】【두 말 가옷이 드니〈1698신전자4a〉】

6 시월 초싱 : 시월 초순. '초싱'은 '초승'[初生]으로, 음력으로 그 달 첫머리의 며칠 동안을 의미한다. 【내 七月 초싱애 떠나롸 또 엇디 이즈음에아 ᄀᆞᆺ 온다〈1670노걸언下:3a〉】

7 솟고와 : 솟구어. 끓는 물에 삶는 모습을 '솟고와'로 표현했다. 끓는 물에 솟구치게 하여. '물이 끓어 솟아오르는 모양'을 나타낸 것이 '솟고와'이다. 『산가요록』의 「침청태」 방문의 '熟水暫湯用之'를 '쁠 제 솟고와 ᄡᅳ라'라고 번역한 셈이다. 【곧 놀란 피 솟고와 떠디여 즉재 죽ᄂᆞ니라〈1466구급방下:1b〉】【피 솟고며〈1466구급방下:34〉】【虛空애 솟고고〈1632두시언(중간본)14:9〉】

토란 김치

원문 판독

○토란 팀ᄎᆡ[1]

서리 아니 와셔 토란 줄기ᄅᆞᆯ 뷔여 시서 ᄀᆞ늘게 사흐라 ᄆᆡ[2] ᄒᆞᆫ 말애 소곰 ᄒᆞᆫ 줌식 섯거 바조예[3] 다마 ᄇᆞᄅᆞᆷ 아니 들게 초셕[4]으로 더펏다가 오후에[5] 손으로 믈 죄[6] ᄈᆞ[7] ᄇᆞ리고 독의 ᄃᆞᆫᄃᆞᆫ이 다려[8] 녀허 믈과 ᄇᆞᄅᆞᆷ을 드리디 말라[9].

현대어역

○토란 침채(=토란 김치)

서리 맞지 않은 토란 줄기를 베어 씻고, 가늘게 썰어서 매 한 말에(=한 말당) 소금 한 줌씩 섞어 나무통에 담아서 바람 안 들게 초석草席으로 덮었다가 오후에 손으로 물을 깨끗이 짜 버리고, 독에 단단히 눌러 다져(?) 넣어서 물과 바람이 들지 않도록 하여라.

용어 해설

1 팀ᄎᆡ : 침채. '토란 팀ᄎᆡ'는 토란대로 담근 김치이며, 『산가요록』의 「芋沈菜」(우침채)에도 이 방문이 나와 있다. '팀ᄎᆡ'는 '沈菜'의 한자음을 표기한 것으로, 현대어 '김치'는 고대로부터 전해온 속음 '딤ᄎᆡ'가 다음과 같은 변화 과정을

거친 것이다. 딤ᄎᆡ>딤츼(ㆍ>ㅡ)>짐츼(ㄷ구개음화)>짐치(ㅢ의 단모음화)>김치(ㄱ구개음화의 과도교정). 자세한 설명은 백두현(2016)의 김치 어원론을 참고하기 바란다. 【술와 촌믈과 대그릇과 나모그릇과 팀ᄎᆡ와 저술 드려 禮로 도와 버리기를 도올디니라〈1586소학언1:7a〉】

2 ᄆᆡ : 매每. 늘. 매번. 마다. 【ᄆᆡ ᄒᆞᆫ 대ᄶᅧᆨ애〈15??번역노上:4〉】【또 소옴 ᄆᆡ ᄒᆞᆫ 근에 갑손 엿 돈 은이니〈15??번역노上:14〉】

3 바조예 : 나무통에. '바조-예'. 그런데 위 방문의 '바조'는 『산가요록』「芋沈菜」의 한문에 '槽'라 되어 있다. '槽'는 소나 말 먹이를 주는 나무통 따위를 뜻한다. 이화주 방문의 '바조' 주석을 참고하기 바란다.

4 초셕 : 초석草席. 삿자리. 왕골, 부들 따위로 만든 자리. 앞서 본 누룩 만드는 별법(21b) 방문의 '공셕'과 덮는 데 쓴다는 점에서 서로 같다. 【가ᄂᆞᆫ 놈 가뎌가ᄂᆞᆫ 초셕에 ᄃᆞᆫ〃이 ᄡᅡ 보내게〈1610년경, 현풍곽씨언간149-6〉】【황벽向壁ᄒᆞᆫ 누실의 ᄒᆞᆫ 조각 거친 초셕草席으로 바닥을 가리오ᄆᆡ〈17??완월회맹연,권33:12a〉】

5 오후에 : 오후午後에. 앞 문장에 '오전'에 해당하는 표현이 없으나 내용의 흐름으로 보아 시간 표현 '오후'로 판단한다.

6 죄 : 깨끗이. 죄다(=모두). 위의 문맥에서 두 의미가 모두 통한다. 여기서는 '죄'가 '물을 짜다'를 수식하므로 첫 번째 의미가 더 적절하다.

7 ᄡᅡ : 짜. 'ᄡᆞ-아'. 'ᄡᆞ-' 어근에 연결어미 '-아'가 결합하면서 어간의 'ㆍ' 모음이 탈락되었다. 【우웡 불휘와 줄기와ᄅᆞᆯ 듯두드려 즙 ᄡᅡ 수레 프러 소곰 져기 녀허 달혀 얼의어든〈1489구급간2:5b〉】【쟝의 지와다가 밤 잔 후 ᄡᅡ 다린 장의 너코 고초 잣ᄀᆞ로 왼 잣 너흐라〈1854윤씨음식법28a〉】

8 다려 : 다져. '다려'는 '다져'를 뜻하는 말로 보인다. 평북방언에서 '다지다'의

방언형 '다리다'가 쓰인다〈우리말샘〉. 『산가요록』의 '芋沈菜' 방문에 "待半日間 兩手合握去水 趁速納瓮 以手堅築 封口"라는 문장이 '다려'와 관련된 내용이다. 『주찬방』의 '다려'는 『산가요록』의 '築'의 뜻과 대응되므로 '다져서 쌓아'로 풀이할 수 있다. '다려'가 '다져'의 오기일 가능성도 있다.

9 믈과 ᄇᆞ롬을 드리디 말라 : 물과 바람이 들지 않도록 하여라.

생강 토란 간수하는 법

원문 판독

주찬방 • 36a •

○싱강과 토란 간슈ᄒᆞᆯ 법

토란이나 싱강이나 ᄯᅳᆼ[1]에 그늘헤 펴 너러 사나흘 ᄆᆞᄅᆞ
거ᄃᆞᆫ 독의 ᄆᆞ론 몰애ᄅᆞᆯ ᄭᆞᆯ고 그 우희 토란을 ᄭᆞᆯ고
ᄯᅩ 그 우희 몰애 ᄭᆞᆯ고 ᄯᅩ 토란 ᄭᆞᆯ고 이톄로[2] 켸〻[3] 녀코 헝
거ᄉᆞ로[4] 독 부리ᄅᆞᆯ 빠ᄆᆡ야 긔운이 통케 ᄒᆞ야 ᄎᆞ도 덥도
아닌 방의 두면 석디 아닌ᄂᆞ니라[5].

현대어역

○생강 토란 간수하는 법

토란이나 생강을 그늘에 펴 널어서 사나흘 마르거든 독에 마른 모래를 깔고, 그 위에 토란을 깔고, 또 그 위에 모래를 깔고 또 토란을 깔아라. 이처럼 켜켜이 넣고, 헝겊으로 독 부리를 싸매어 기운이 통하게 하여, 차지도 덥지도 않은 방에 두면 썩지 아니한다.

용어 해설

1 ᄯᅲᆼ: 중. '토란이나 ᄉᆡᆼ강이낫 듕에' 구성에서 조사 '-이나' 뒤의 사이시옷이 후행 체언으로 전이되어 'ᄯᅲᆼ'으로 표기된 것이다. 【밤ᄯᅲᆼ만 즈름셸로 수머니거ᄂᆞᆯ〈1518이륜행(옥산서원본)22a〉】【사ᄅᆞᆷ의 ᄌᆞ손니 가ᄉᆞ멸어나 귀커나 가난커나 미쳔커나 ᄯᅲᆼ에 묻디 말오〈1518정속언7b〉】【이 믈 ᄯᅲᆼ에 사오나오니 열히니〈1670노걸언下:8b〉】

2 이톄로 : 이처럼. '이-톄로'. '-톄로'는 '-텨로'로 쓰이기도 한다. '-톄로'의 '톄'는 한자어 '體'의 음이 우리말에 녹아든 것이다. 【신나병이 믈러가다 이톄로 므르명 나ᅀᆞ명 네 번 합젼ᄒᆞ매 니르러〈1617동국신忠1:12b〉】【언근 업ᄉᆞᆫ 말을 내 엇디 갈모리 ᄒᆞ여 이톄로 ᄉᆡᆼ소히 구다가〈16??계축일기上:17a〉】【혹 다시 ᄒᆞ이시며 병슈ᄉᆞᄅᆞᆯ 쏘 이톄로 ᄒᆞ시고〈17??선조행장78〉】【십년 젼의 이톄로 알흘 제 농슈ᄅᆞᆯ ᄉᆞ라 먹고〈18??북송연의7:24a〉】

3 켸〻 : 켜켜이. '〻'는 동일 음절 반복을 나타낸 동음 부호이다. 여러 켜마다. 이때 '켜'는 포개어진 물건의 층을 세는 단위이다. '켸켸'는 '켜켜'에서 ㅕ>ㅖ 변화가 적용된 것이다. 【누록을 펴되 펴기을 켸켸 썩 안치 ᄃᆞᆺ ᄒᆞ야〈1869규합총1a〉】【가지ᄂᆞᆫ ᄌᆡ물 바ᄐᆞᆫ ᄌᆡ에 켸켸 무더 ᄃᆞᆫᄃᆞᆫ이 봉ᄒᆞ야 ᄯᅡ헤 무더두면

갓 싼 ᄃᆞᆺᄒᆞ니〈1869규합총8a〉】【픗고초 마늘와 싱강 쳔초가로 ᄉᆞ이ᄉᆞ이 켸켸 너허 항의 가득 너코〈18??음식방문10b〉】

4 헝거ᄉᆞ로 : 헝겊으로. '헝것-ᄋᆞ로'. 어간 '헝것'은 문헌에 따라 '헝겇'으로 나타나기도 한다. 다음의 예문은 '헝것'과 '헝겇'이 공존했음을 보여준다. 【다님을 불근 헝거ᄉᆞ로 ᄆᆡ고〈1765을병연2:86〉】【각쇡 헝것ᄎᆞ로 조각을 니여 지은 거시오〈1765을병연9:109〉】【헝겇ᄎᆞ로 여러 번 구디 빠ᄆᆡ여〈18??주식방문13b〉】

5 아닌ᄂᆞ니라 : 아니하느니라. '아니ᄒᆞᄂᆞ니라'의 단축형이다. 'ᄒᆞ'의 ㆍ가 탈락한 후 말음의 평폐쇄음화(ㅎ → ㅅ=ㄷ)와 비음동화(ㄷ → ㄴ)를 거쳐 최종형 '아닌ᄂᆞ니라'가 산출된 것이다. 그 과정은 다음과 같다. 아니ᄒᆞᄂᆞ니라→아닣ᄂᆞ니라→아닛ᄂᆞ니라→아닏ᄂᆞ니라→아닌ᄂᆞ니라.

고사리 간수하는 법

원문 판독

고사리 간슈ᄒᆞᆯ 법[1]

쇠디 아닌 고사리ᄅᆞᆯ 뼈셔 ᄌᆡ[2]예 ᄭᆞ라 ᄆᆞᆯ뢰야[3] ᄌᆡᄅᆞᆯ

주찬방 • 36b •

시서 ᄇᆞ리고 ㆍ터[4] ᄆᆞᆯ뢰야 ᄃᆞᆺ다가 더운 믈에 ᄃᆞᆷ가 ᄇᆞᆫ거ᄃᆞᆫ 파과[5] 쟝의 ᄉᆞᆯ마 ᄡᅳ라.

연ᄒᆞᆫ 고사리ᄅᆞᆯ 두 그ᄐᆞᆯ[6] 알마초[7] 그처[8] ᄇᆞ리고 소곰을 눈 ᄲᅳ리ᄃᆞ시[9] 텨 독의 녀허 ᄃᆞ마 둣다가 ᄡᅳᆯ 제 내여 죄 시서 구리 그르세 ᄉᆞᆯ므면 비치 프르고 염긔[10] 업ᄂᆞ니라.

현대어역

고사리 간수하는 법

쇠지 않은 고사리를 쪄서 재에 깔아 말려라. 재를 씻어 버리고 다시 말려 두었다가, 더운 물에 담가 붇거든 파와 장에 (넣어서) 삶아 써라.

연한 고사리의 두 끝을 알맞게 끊어 버리고, 소금을 눈 뿌리듯이 쳐서 독에 넣어 담아 두었다가, 쓸 때 내어 깨끗이 씻고 구리 그릇에 삶으면 빛이 푸르고 소금기가 없다.

용어 해설

1 고사리 간슈ᄒᆞᆯ 법 : 고사리 간수하는 법. 방문명 앞에 ○이 누락되어 있다. 『산가요록』의 「沈蕨」 방문과 그 내용이 거의 비슷하다.

2 ᄌᆡ : 재灰. 불에 타고 남는 가루. 【또 白氎 ᄉᆞᆷ인 ᄌᆡᄅᆞᆯ 쟉쟉 ᄂᆞᆫ호아 주어 寶塔 일어 供養ᄒᆞᅀᆞᆸ게 ᄒᆞ고 녀나ᄆᆞᆫ ᄌᆡᄂᆞᆫ 모ᄃᆞᆫ 사ᄅᆞ미 各各 제 ᄆᆞᅀᆞ모로 다마다가 塔 일어 供養ᄒᆞᅀᆞᆸ더라〈1447석보상23:48b〉】【브를 브티니 道士ᄋᆡ 經은 다 ᄉᆞ라 ᄌᆡ ᄃᆞ외오〈1459월인석2:74b-75a〉】

3 ᄆᆞᆯ뢰야 : 말려[乾]. 【구어 ᄆᆞᆯ뢰온 고기〈1779한청문12:32〉】【하 ᄆᆞ이 ᄆᆞᆯ뇌디

말고 알마초 몰뢰여〈1670음식디미방1a〉】

4 ㆍ텨 : 다시. 거듭하여. '고' 음이 연속되자 뒤에 놓인 글자를 동음 부호 'ㆍ'로 표기한 것이다.

5 파과 : 파와. '파-과(접속조사)'. 중세국어 접속조사 '-와', '-과'의 경우 현대국어와 마찬가지로 보통 자음 어간 뒤에서 '-과', 모음 어간 뒤에서는 '-와'가 쓰이는 것이 일반적이나 여기에서는 모음 어간 뒤에서 '-과'가 쓰여 있다. 모음 뒤에서 '-과'가 결합되는 예가 종종 나타난다. 이것이 실제 발음을 반영한 것은 아니고, 형태론적 단일화 의식이 '-과'로 통일하려는 방향으로 작용한 듯하다. 【파과 술을 너허 솔무면〈17??온주법9b〉】【금긔는 댓무우과 파과 마늘과 초브티 싄 것과 고싀와 싱ᄂᆞ믈과 더온 국슈과 쇠고기과 비치와 믈자반과 돗틔고기라〈16??납약증28a-28b〉】【고기과 마롤 파과 다시 머거셔〈1704미타참(용문사판)19b〉】

6 그톨 : 끝을. '긑-올'. 바로 뒤에 이어져 나오는 '취 간슈홀 법'에 어두경음화가 실현된 'ᄭᅳ테'가 보인다. 【다룬 맛 그톨 내시거든〈1518번역소3:29b〉】【내 견듸여 저롤 보고 흔 그톨 내리라〈1565순천김40:17〉】

7 알마초 : 알맞게. '알맞-오(부사파생접미사)'. 【힝역의는 ᄆᆡ양 의복을 알마초 니피고 ᄃᆞᄉᆞ고 서를흔 듸 안치며 누이라〈1608두창집下:38b〉】【하 ᄆᆞ이 몰뇌디 말고 알마초 몰뢰여 ᄡᆞᆯ을 조히 아아〈1670음식디미방1a〉】

8 그처 : 끊어. 잘라[割]. '긏-어'. 【句는 말ᄊᆞᆷ 그츤 ᄯᅡ히라〈1459월인석序:8〉】【二乘法 中에 十使煩惱 ᄣᅩᆼ올 그처 덜에 ᄒᆞ샤몰 니르니라〈1459월인석13:25b〉】

9 ᄲᅳ리ᄃᆞ시 : 뿌리듯이. 'ᄲᅳ리-듯이'. 'ᄲᅳ리ᄃᆞ시'는 원순모음화가 적용되지 않은 어형이다. 『주찬방』에는 원순모음화 실현형이 극히 드물게 나타나 있다. 이 점은 『주찬방』의 저본이 16세기 자료였기 때문일 것이다. 『주찬방』은 16세기

후기 문헌을 저본으로 삼아 17세기 초에 필사한 자료로 추정된다. 【ᄎᆞᆫ 므를 ᄂᆞ치 ᄲᅳ리고〈1447석보상23:21〉】【믈 ᄲᅳ려 ᄲᅳᆯ오〈1459월인석9:39〉】【時節을 感嘆ᄒᆞ니 고지 눉므를 ᄲᅳ리게코 여희여슈믈 슬후니 새 ᄆᆞᅀᆞᄆᆞᆯ 놀래ᄂᆞ다〈1481두시초10:6b〉】【믈 ᄇᆞᄉᆞᆯᄇᆞᄉᆞᆯ ᄲᅳ리라〈17??음식보10a〉】【물을 만히 ᄲᅳ리지 말고 ᄲᅧ셔〈1795주식방8a〉】

10 염긔 : 염기鹽氣. 소금기.

취 간수하는 법

원문 판독

취 간슈ᄒᆞᆯ 법[1]

ᄉᆞ오월 ᄉᆞ이 연ᄒᆞᆫ 취ᄅᆞᆯ 줄기조차 ᄠᅡ 통그르세[2] ᄉᆞᆱ마 더운

주찬방 • 37a •

구들에 음간ᄒᆞ야[3] ᄆᆡ긔[4] 드디[5] 몯ᄒᆞ게 간슈ᄒᆞ야 두고 ᄡᅳ소[6].

현대어역

취 간수하는 법

사오월 사이 연한 취를 줄기까지 따서 놋그릇에 삶아서 더운 구들방에서 음건陰乾하여 곰팡이 (기운이) 들지 못하게 간수하여 두고 쓰소.

용어 해설

1 취 간슈ᄒᆞᆯ 법 : 취나물 간수하는 법. 방문명 앞에 ○이 누락되어 있다. '취'는 국화과에 속하는 식물로 참취, 곰취, 단풍취, 수리취 따위를 통틀어 이르는 말이다.

2 퉁그르세 : 퉁그릇에. 구리[銅]나 놋으로 만든 그릇. '퉁'은 '銅'(동)의 중국 한어음漢語音을 빌린 차용어이다. 【붑 텨 사ᄅᆞᄆᆞᆯ 모도오ᄃᆡ 퉁 부플 티면 十二億 사ᄅᆞ미 몯고 銀 부플 티면 十四億 사ᄅᆞ미 몯고〈1447석보상6:28〉】

3 음간ᄒᆞ야 : 음건陰乾하여. 그늘에 말려. '음간'은 '음건'의 또 다른 음이다. '乾'의 음은 '건'이나 속음으로 '간'이 쓰이기도 하였다. ㉮ 마를 간 乾〈1895국한회105〉. 『신자전』(1915, 최남선)에도 '乾'을 '마를 간'이라고 음훈하였다. 언해본의 한글 문장에도 '乾'을 '간'으로 독음한 예가 있다. 【길ᄒᆡ 간졍乾淨ᄒᆞᆫ 곳이 업ᄉᆞ며 져의〈17xx무오연행록1,25a〉】【구긔ᄌᆞ ᄲᅮᆯ히ᄅᆞᆯ 캐여 셰졀ᄒᆞ야 ᄒᆞᆫ 되ᄅᆞᆯ 음건ᄒᆞ엿다가〈17??온주법4b〉】【단오일 부평초 ᄀᆡ고리밥 음건ᄒᆞ야 강활가로와 ᄒᆞᆫ가지로 ᄉᆞᆯ으면 모긔가 다 죽고〈18??규합총36a〉】

4 ᄆᆡ긔 : 매기霉氣. 곰팡이 기운. '매기'는 여름철 장마 때 축축한 곳에 생기는 검푸른 곰팡이 따위를 뜻한다.

5 드디 : 들지[入]. '들-디'. 치음 앞에서 ㄹ이 탈락한 어형이다. 중세국어에서 ㄹ은 ㄴ, ㄷ, ㅅ, ㅈ 앞에서 탈락하였다. 【正ᄒᆞᆫ 法으로 다ᄉᆞ리더시니 王位ᄅᆞᆯ 맛드디 아니ᄒᆞ샤〈1459월인석8:90a〉】【구루미 흐러 다ᄋᆞᄂᆞ니 잢간도 거름 드디 아니ᄒᆞ야 곧 지븨 도라 가ᄂᆞᆺ다〈1482금강경삼가해1:16a〉】

6 쓰소 : 쓰소. 다른 문장과 달리 이 문장에서 갑자기 구어체 종결어미 '-소'를 썼다. 글쓴이가 누구에게 말하는 문투이다. '-소'는 아내에게 말하거나 대접

해야 할 손아랫사람에게 말할 때 쓰는 청자대우법 형태소이다. 이 글의 필사자가 이 글을 읽을 사람을 염두에 두고 '-소'를 쓴 듯하다. 구어체 종결어미 '-소'를 쓴 예는 다른 음식조리서에서 찾아볼 수 없다.

가지 간수하는 법

원문 판독

⊙가지 간슈ᄒᆞᆯ 법

ᄲᅩᆼ나모 ᄌᆡᄅᆞᆯ 독의 담고 가지ᄅᆞᆯ 서리 젼의 빠[1] 독의 녀코 ᄌᆡ로 더퍼 두면 비치 변티 아닌ᄂᆞ니[2].

현대어역

⊙가지 간수하는 법

뽕나무 재를 독에 담고, 가지를 서리 오기 전에 따서 독에 넣고, 재로 덮어 두면 빛이 변치 아니한다.

용어 해설

1 서리 젼의 빠 : 서리가 오기 전에 따서.

2 아닌ᄂᆞ니 : 아니하니. 문맥상 종결 표현 '아니한다'에 해당한다. 종결어미

없이 문장을 끝맺은 경우이다. 이 문헌에서는 이처럼 구어적 표현이 다수 나타나 있다.

외 간수하는 법

원문 판독

⊙외 간슈ᄒᆞᆯ 법

팔구월 간의 하[1] 늙디 아닌 외ᄅᆞᆯ 빠 손으로 쥐므르디[2] 말고[3] 칼로 줄기ᄅᆞᆯ 근초ᄃᆡ[4] ᄒᆞᆫ 치[5]만 브텃게[6] ᄒᆞ야 밀[7] 노겨 줄기 ᄭᅳ테 ᄇᆞᄅᆞ고 독의 녀허 덥도 칩도[8] 아닌 ᄃᆡ 두

주찬방 • 37b •

면 오래 인ᄂᆞ니라[9].

현대어역

⊙오이 간수하는 법

팔구월 사이에 많이 늙지 않은 오이를 따 손으로 주무르지 말고 칼로 줄기를 끊되, 한 치만 붙어 있게 하여라. 밀랍을 녹여 줄기 끝에 바르고 독에 넣어서 덥지도 춥지도 않은 데 두면 오래 간다.

용어 해설

1 하 : 많이. 크게. 【ᄆᆞᄉᆞᆯ히 멀면 乞食ᄒᆞ디 어렵고 하 갓가ᄫᆞ면 조티 몯ᄒᆞ리니〈1447석보상6:23〉】【하 貴ᄒᆞ야 비디 업스니라〈1447석보상13:22〉】

2 쥐므르디 : 주무르지. 【공의 머리를 집흐며 손을 쥐므ᄅᆞ던디라〈17??완월회맹연28,1a〉】

3 말고 : 말고. 중세국어에서는 어미 '-고' 혹은 조사 '-과'가 말음이 ㄹ인 어간 뒤에 결합할 때 ㄱ이 탈락하였다. 여기에서는 ㄹ 뒤 ㄱ이 탈락하지 않고 유지되었다. 〈깜짝새〉로 검색해 보니, '말오'형이 쓰인 마지막 시기는 대략 『서전언해』(1695)에 해당한다. ㄹ 뒤의 ㄱ이 탈락하지 않은 '말고'는 『은중경언해』(1563)에 나타나 있다. 16세기 후기 즈음에 ㄹ 뒤의 ㄱ탈락 규칙이 소멸되기 시작한 것이다. 『주찬방』의 '말고'는 이러한 시대적 맥락에 놓여 있다. 【倚ᄒᆞ야 뻐 削ᄒᆞ디 말오 寬호ᄃᆡ 制를 두며〈1695서전언해5:35a〉】【마늘 과실 먹디 말고 오곡 마ᄉᆞᆯ 머그라〈1563은중경5b〉】

4 근초ᄃᆡ : 끊되. '그초ᄃᆡ'에서 ㅊ 앞에 ㄴ이 첨가되었다. 현대국어 방언에서 '그치다'가 '근치다'로 실현되는 것과 같다. ㅊ 앞의 ㄴ첨가가 16세기 말기 혹은 17세기 초기에 일어난 것임을 보여주는 예이다.

5 치 : 한 치는 한 자의 10분의 1, 즉 약 3.03cm에 해당하는 길이 단위이다.

6 브텃게 : 붙어 있게. '븥-어#잇-게'. 【녯 두들글 브텃게 ᄒᆞ리아〈1632두시,중간18:9a〉】

7 밀 : 밀랍. 뒤에 이어지는 동사 '노겨'로 보아 이 '밀'은 꿀찌끼에서 나온 밀랍임을 알 수 있다.

8 덥도 칩도 : 덥지도 춥지도. 어간에 '-도'가 직접 결합한 특이한 구성이다.

용언 어간에 직접 결합한 '-도'는 연결어미 기능을 한다. 이런 용법은 현대국어의 '오도 가도 못하다'와 같은 문장에 쓰이는 것과 같다. 【溫凉은 덥도 아니코 ᄎᆞ도 아니케 ᄒᆞ란 말이라〈1737여사서2:17b〉】【관독을 덥도 아니코 칩도 아니ᄒᆞᆫ ᄃᆡ 노코〈1670음식디미방16b〉】

9 인ᄂᆞ니라 : 있나니라. '잇-ᄂᆞ-니-라'. 비음동화가 적용된 어형이다.

실과 간수하는 법

원문 판독

실과 간슈ᄒᆞᆯ 법[1]

ᄀᆞ을히 깁거든 쑝나모 ᄌᆡ롤 사항[2]의 담고 과실을 녀코 ᄌᆡ로 반 남게 무더 흙 니겨[3] ᄇᆞᆯ라 둣다가 ᄉᆞ오월의 내면 석디 아닌ᄂᆞ니 겨을에 얼우디 말라.

ᄇᆡ롤 간슈호ᄃᆡ 쳣서리 후에 즉시 ᄇᆡ롤 ᄲᅡ 봉당[4]의 구들 ᄑᆞ고 구데[5] ᄎᆞ게 녀코 우흘 더포ᄃᆡ[6] 하 너모 두터이 말라.

주찬방 • 38a •

병드니랑[7] ᄀᆞᆺ곰[8] 업시 ᄒᆞ고 서리곳[9] 너모 마ᄌᆞ면 됴티 아니ᄒᆞ니라. ○밤은 송이재[10] ᄲᅡ 송이재 ᄲᅡ[11] 공셕[12]의 녀허 덥도 칩도 아닌 ᄃᆡ 두면 됴킷다.[13]

현대어역

실과實果 간수하는 법

가을이 깊어지거든 뽕나무 재를 사기 항아리에 담아 과실을 넣고, 재로 반 (조금) 넘게 (과실을) 묻어 (항아리 뚜껑에) 흙을 이겨 발라 두었다가 사오월에 꺼내면 썩지 아니하느니, 겨울에 얼리지 마라. 배를 간수하려거든, 첫서리 후에 즉시 배를 따서 봉당에 구덩이를 파고, 구덩이가 차도록 넣어서 (배의) 위를 덮되, 너무 많이 두껍게 (덮지) 마라. 병든 것은 상한 것(부위)을 없게 하여라. (배가) 서리를 너무 맞으면 좋지 않다. ○밤은 송이째 따서 빈 섬[空石]에 넣고 덥지도 춥지도 않은 데 두면 좋겠다.

용어 해설

1 실과 간슈ᄒᆞᆯ 법 : 과실 간수하는 법. '실과'는 한자어 '實果'를 적은 것이다. 방문명 앞에 ○이 누락되어 있다.

2 사항 : 사기 항아리[沙缸]. '사기'沙器는 자기瓷器나 도기陶器와 함께 불에 구워 만든 그릇이다. 【부리 조븐 사항의 녀코〈1489구급간3:65〉】

3 니겨 : 반죽하여. 이겨. '니기-어'. 【항 브리롤 흙 니겨 봉ᄒᆞ여〈1795주식방1a〉】【ᄒᆞᆫ 덩이 프른 흙을 닉여 가져다가〈1677박통해下:21a】【ᄎᆞᆺ즈싀예 섯거 ᄒᆞᆰᄀᆞ티 니겨 헌 ᄃᆡ ᄇᆞᆯ로ᄃᆡ〈1489구급간3:15a〉】

4 봉당 : 봉당封堂. 안방과 건넌방 사이 마루가 놓일 자리에 마루를 놓지 않고 흙바닥을 그대로 둔 곳을 가리켜 봉당이라 한다. 【읍져로 도라가고 졔우

봉당은 갓가이 집 잡ᄋ 밤을 머므더니〈17??완월회맹연80:21a〉】【동으로 도라오ᄂᆞᆫ 날의 즉시 봉당을 올녀 듕됴中朝 녜졔롤 조ᄎᆞ믈 쳥ᄒᆞ니〈17??조야첨재권41:4b〉】【봉당 封堂〈1880한불자335〉】

5　구데 : 구덩이. '굳-에'. 15세기 국어에서 구덩이는 '굳'의 어형으로 나타난다. 움막집 바닥에 구덩이를 파고 불을 피운 고대인의 생활 습속에서 발생한 '구들'도 구덩이를 뜻하는 어근 '굳'에 기원을 둔 것이다. 현대국어의 '구덩이'는 '굳'에 파생접미사 '-엉이'가 결합된 어휘이다. '구덩이'는 19세기 문헌에 나타난다. 【큰 구데 ᄢᅥ러디리라〈1447석보상13:45a〉】【구데 ᄢᅥ러디다〈1465원각언下2-1:38b〉】【그 우희 더은 後애 흙으로ᄡᅥ 다아 구데 ᄎᆞ게 ᄒᆞ여 그칠디니〈1632가례해7:26b〉】

6　더포듸 : 덮되. '덮-오듸'. 【다시 ᄇᆞ롬앳 흙으로 더포듸 입과 눈과 만나게 ᄒᆞ면〈1489구급간1:69a〉】

7　병드니랑 : 병든 것은. '병#들-ㄴ#이(의존명사)-랑(주제 보조사)'. '-ㄴ'은 관형사형 어미이다. '(과일이) 병들어 상한 것은'이란 뜻이다. 주제 보조사 '-랑'의 용례는 다음과 같다. 【싱강을 져므니랑 ᄒᆞᆫ 냥 ᄒᆞ고 늘그니랑 두 냥을 디허 즙 내고〈1608언해태산집요43b〉】【ᄀᆞᆺ난 아기랑 세 환을 저제 ᄀᆞ라 머기고 ᄒᆞᆫ 설 머근이란 닐굽 환 머기고 세 설 머그니랑 열 다ᄉᆞᆺ 환을 머기라〈1608언해두창집요上:5b〉】【더러운 내 마ᄐᆞ니랑 벽예산을 퓌워 뽀이라〈1608언해두창집요下:22a〉】

8　곳곰 업시 ᄒᆞ고 : 상한 것(부위)을 없게 하고. 과일을 저장하는 방법을 설명한 문맥에서 저장하는 과일 중 병든 것은 '곳곰'을 없애라고 하였다. 여기서 문제는 '곳곰'의 뜻이다. '병드니랑'(병 든 것은) '곳곰'을 없애라고 한 것으로 보아 '곳곰'은 병든 과일의 상한 부위를 가리키는 것으로 봄이 적절하다.

‘ᄀᆞᆺ곰’은 동사 어간 ‘ᄀᆞᆺ고-’에 명사형 어미 ‘-ㅁ’이 결합한 것이다. 동사 어간 ‘ᄀᆞᆺ고-’의 용례는 다음과 같은 것이 있다. 【이 菩薩ᄋᆞᆯ ᄀᆞᆺ고아 오래 劫數 디내야 度脫ᄋᆞᆯ 짓게 ᄒᆞᄂᆞ니〈1459월인석21:117b〉】【ᄒᆞ믈며 ᄯᅩ 어즈러운 더위예 ᄀᆞᆺ고니 / ᄆᆞᅀᆞᄆᆞᆯ 니르와다셔 時節의 安康호ᄆᆞᆯ ᄉᆞ랑ᄒᆞ노라(況復煩促倦 / 激烈思時康)〈1481두시초10:21a〉】【受苦ᄒᆞᄂᆞ니 나ᄂᆞᆫ 내 精神ᄋᆞᆯ ᄀᆞᆺ고디 아니케 호리라 ᄒᆞ시고〈1447석보상3:19b〉】 이 용례문의 동사 ‘ᄀᆞᆺ고-’는 ‘피곤케 하다’, ‘괴롭게 하다’, ‘고단케 하다’라는 뜻이다. 과일이 병들어 ‘ᄀᆞᆺ곰’이 있다는 것도 이런 맥락에서 보면, 병든 과일이 병으로 괴롭힘을 당해 생긴 썩거나 상한 부위를 비유적으로 지시한 것이라고 이해할 수 있다. 중세국어 문헌에 ‘가끔’을 뜻하는 부사 ‘ᄀᆞᆺ곰’이 많이 쓰였으나 이것과 관련된 것은 아니다.

9 서리곳 : 서리를. ‘서리-곳(강세첨사)’. ‘서리’를 강조한 표현. 과일이 서리를 맞으면 시들거나 상하여 ‘ᄀᆞᆺ곰’이 생긴다.

10 송이재 : 송이째.

11 송이재 빠 송이재 빠 : 동일 구절 반복한 오기이다. 이런 유형의 오기는 이 책이 다른 문헌을 보고 베껴 썼다는 명백한 증거가 된다.

12 공셕 : 공석空石. 빈섬. 둥구미. ‘공셕’은 짚으로 엮어 만든 둥구미 같은 용기容器를 뜻하며, 고유어 ‘섬’에 대응하는 한자어이다. ‘섬’은 곡식 따위를 담기 위해 짚으로 엮어 만든 용기이다. 섬의 크기는 시대에 따라 차이가 있었다. 이 방문에서 송이버섯을 ‘공셕’에 넣는 것으로 볼 때, 이 ‘공셕’은 ‘둥구미’ 정도의 크기를 가리킨 것이다. 표준어 ‘둥구미’는 지역 방언에서 ‘둥귀미’, ‘둥구매기’, ‘둥게미’ 등 다양하게 쓰였다. 요즘은 민속박물관에 가야 볼 수 있는 물건이 되었다. 【주먹마곰 ᄆᆞᆼ그라 집흐로 ᄡᆞ고 공셕으로 담마 더운

구돌에 두고〈1670음식디미방17a〉】

13 됴컷다 : 좋겠다. 이 문헌에서는 추측 감탄법 '됴ᄒᆞ렷다' 및 '됴컷다'가 출현한다. 이는 다른 음식조리서에 없는 특이한 예이다. 앞에서 본 문장종결어미 '-소'와 함께 구어적 표현이다.

양䑋 찌는 법

원문 판독

⊙ 양[1] ᄢᅵᄂᆞᆫ 법

양을 죄 실ᄒᆞ야[2] 사항의 녀코 ᄀᆞᆫ쟝을 믈 슴ᄉᆞ이[3] ᄲᅳ이고[4]

진유 ᄒᆞᆫ 죵ᄌᆞ[5]와 각식 약념[6] ᄒᆞᆫ듸 녀허 항 부리롤

유지[7]로 ᄃᆞᆫᄃᆞᆫ이 ᄡᆞ미고 ᄉᆞ면[8]으로 숟블 피오듸 허리만티[9]

이게[10] 퓌워[11] 그 쟝믈이 반만 달코[12] 양이 니것거ᄃᆞᆫ ᄃᆞᄂᆞᆫ[13]

주찬방 • 38b •

칼로 사흐라 초지령의도 됴코 제 국의[14] ᄡᅡ 머거도 됴ᄒᆞ니라.

현대어역

⊙양䑋 찌는 법

양을 깨끗이 손질하여 사기 항아리에 넣고, 간장에 물을 심심하게 타서 참기름 한 종지와 각색 양념을 (양 넣은 항아리에) 한데 넣고 항아리 부리를 기름종이[油紙]로 단단히 싸매라. (항아리의) 네 면으로 숯불을 피우되, (항의) 허리 높이만큼 불꽃이 일게 피워, 그 장물이 반만큼 닳고 양이 익었거든 잘 드는 칼로 썰어라. 초간장에도 좋고 제 국물에 타 먹어도 좋다.

용어 해설

1 양 : 䑋. 소의 위胃를 고기로 이르는 말.

2 실ᄒᆞ야 : 손질하여. 음식조리서에 쓰인 특이어이다. 【셕이을 실ᄒᆞ야 쏙지을 ᄌᆡ 싸셔 볏ᄒᆡ 말려〈18??이씨음식법13b-14a〉】 〈우리말샘〉에는 '실하다'「001」을 "떡고물로 쓸 깨를 물에 불려서 껍질을 벗기다."로 뜻풀이 해 놓았다. 음식조리 동사 '실하다'를 독립 표제어로 등재해 놓은 것이나, 그 뜻이 이 방문의 '실ᄒᆞ야'와 같지 않다.

3 슴〻이 : 심심하게. 짜지 않게.

4 ᄠᆞ이고 : 타고. 'ᄠᆞ-이(피동접미사)-고'. 【ᄂᆞᆯ ᄎᆞᆯᄡᆞᄅᆞᆯ ᄀᆞ라 ᄢᅮ레 ᄠᅡ 마시라〈1489구급간2:27〉】 【쓸흔 믈과 ᄎᆞᆫ믈 ᄠᆞ니〈동의보감 탕액편 1 水部〉】

5 죵ᄌᆞ : 종지. 간장이나 참기름을 담는 조그만 그릇. 【약쥬나 소쥬나 ᄒᆞᆫ 죵ᄌᆞ와 ᄡᆞᆯ 두 되예 반듁ᄒᆞᄃᆡ〈1854윤씨음식법2b〉】

6 약념 : 양념. 고추나 파, 마늘 따위로 만든 향미료. 【호쵸 쳔쵸 ᄀᆞᄅᆞᆯ 약념ᄒᆞ야 녀허 비저〈1670음식디미방1a〉】 【ᄡᆞᆯ에 ᄌᆡ왓ᄃᆞᄀᆞ 황귤소 약념ᄒᆞ야 반ᄃᆞᆺ반ᄃᆞᆺ ᄆᆡᆫᄃᆞ라〈1869규합총18b〉】

7 유지 : 기름종이[油紙]. 【술독을 두터온 죠희로나 유지로나 빠ᄆᆡ라〈1670음식디미방15b〉】

8 ᄉᆞ면 : 사면四面. 【ᄆᆞᄅᆞ거든 ᄀᆞ라 헤여딘 브스름이어든 ᄉᆞ면에 브티고 ᄆᆡ라〈1489구급간3:26a〉】

9 허리만티 : 허리만큼. '허리-만티'. '-만티'는 비교 혹은 정도를 표현하는 보조사 '-만치'의 과도교정형이다. '허리만티'의 '-만티'는 문헌 자료에서 발견된 최초의 예이다. 『주찬방』에서는 ㄷ구개음화를 실현한 예가 없으나, ㄷ구개음화에 대한 인식을 전제로 한 과도교정형이 등장한다. 과도교정형 '-만티'는 『주찬방』이 산출된 강화도 혹은 인근 지역 방언에 17세기 전기 혹은 중기 즈음에 ㄷ구개음화가 미미하게나마 존재했고, 이 지역 지식인들이 ㄷ구개음화 현상을 인식하고 있었음을 보여준다. 『구급간이방』(1489)에서 '-만치'가 다수 쓰였다. 【ᄀᆞᆳ대 네헤 집보 우흿 듣 글 콩만치룰 녀코〈1489구급간1:60b〉】

10 이게 : 일게. 이루어지게. '일-게'. ㄱ 앞의 ㄹ이 탈락한 어형으로 판단한다. '이게'는 문맥에서 정확한 뜻과 형태를 파악하기 어려운 점이 있다. 『정일당잡지』의 '양찜법' 중에 '항 허리의 지게 퓌워 양이 무ᄅᆞ거든'이라는 구절이 있다. 『주찬방』의 '이게'에 해당하는 부분이 『정일당잡지』에서 '지게'라고 쓰여 있다. 문맥상 '일게'로 풀이해도 아무 문제가 없다. 현대어역을 '(불이) 일게'로 풀이했다.

11 퓌워 : 피워. 【戒香ᄋᆞᆯ 퓌워 닷ᄂᆞᆫ 사ᄅᆞ믄 命終ᄒᆞᇙ 저긔 阿彌陁佛이 眷屬과로 金色光ᄋᆞᆯ 펴시고〈1459월인석8:57a-57b〉】 【후당명종後唐明宗이 ᄆᆡ양每 밤의 향을 퓌워 하ᄂᆞᆯ긔 비더니〈1795속자성편언해31a〉】

12 달코 : 닳고. 솥에 불을 계속 때어 장물이 졸아드는 것을 표현한 부분이다.

13 드ᄂᆞᆫ 칼 : 잘 드는 칼. 【싱복찜을 가 오리고 녑흘 드ᄂᆞᆫ 칼노 소 녀흘 만치 버히고〈18??주식방문13b〉】

14 제 국의 : 제 국물에. 여기서는 양을 찐 후의 그 국물을 가리킨다. ‘제’는 ‘저’自에 조사 ‘-의’가 결합한 것이다.

쇠창자 찌는 법

원문 판독

☉쇠챵ᄌᆞ ᄣᅵᄂᆞᆫ 법

쇠챵ᄌᆞᄅᆞᆯ 잣길마곰[1] 그처[2] 안팟글[3] 죄 시서 ᄲᆞ라[4] ᄇᆞ리고 고기ᄅᆞᆯ 만두소톄로[5] 즛두드려[6] 온갓 약념 진유 ᄀᆞᆫ쟝 알마초 ᄒᆞ야 합ᄒᆞ야 챵ᄌᆞ 속애 녀허 닉게 ᄣᅧ 사흐라 초지령 디거 머그면 됴ᄒᆞ렷다.[7]

현대어역

☉소 창자 찌는 법

소 창자를 한 자 길이만큼 끊어 안팎을 깨끗이 씻어 빨아 버리고, 고기를 만두소처럼 짓두드려 온갖 양념, 참기름, 간장을 알맞게 합하여서 창자 속에 넣어서 익게 쪄 썰어라. 초간장을 찍어 먹으면 좋으렷다.

용어 해설

1 잣길마곰 : 한 자 길이만큼. '자[尺]#ㅅ#기릐-마곰'.

2 그처 : 끊어. '긏-어'. 앞서 '긏-'(그ㅊ-) 어간에 ㄴ이 첨가된 '근초ᄃᆡ' 어형도 나타났다.

3 안팟글 : 안팎을. '안ㅎ#밝-을'. '안'은 ㅎ종성체언이고, '밝'은 어간말자음군 ㅺ을 유지하고 있는 모습이다.

4 ᄲᆡ라 : 빨아[洗]. 세척하여.

5 만두소톄로 : 만두소처럼. '만두#소-톄로'.

6 즛두드려 : 짓두드려. 찧어. 【숑이 즛두드려 호쵸ᄀᆞᄅᆞ 약념ᄒᆞ여〈1670음식디미방4a-4b〉】

7 됴ᄒᆞ렷다 : 좋겠구나. 좋겠다. 이것도 『주찬방』에 나타난 구어적 표현의 하나이다. 이러한 추측 감탄법은 다른 음식조리서에 없는 특이한 어법이다. 『주찬방』 후반부에 나타난 '-소', '-것다', '-렷다'와 같은 문장종결어미가 갖는 화용론적 의미를 필사자의 의도를 고려하여 깊이 생각해 볼 필요가 있다.

양胖 삶는 법

원문 판독

주찬방 • 39a •

⊙양 ᄉᆞᆱᄂᆞᆫ 법

믈을 ᄆᆞ이 글혀 양을 거피ᄒᆞ야 ᄉᆞᆯ믈 제 황밀[1] 밤

낟[2]만치ᄒᆞ고 디새 ᄌᆡ약[3]을 죄 시서 조차[4] 녀허 ᄉᆞᆯ므면

ᄀᆞ장 석〻ᄒᆞ고[5] 됴ᄒᆞ니.

현대어역

⊙양 삶는 법

물을 매우 끓이고 양을 거피하여 삶을 때, 황밀을 밤알만큼 넣고, 기와 조각을 깨끗이 씻어서 함께 넣고 삶으면 매우 사각사각하고 좋다.

용어 해설

1 황밀 : 황밀黃蜜. 밀랍. 누른 빛이 나는 밀랍.

2 밤낟 : 밤알. '낟'은 곡식의 알맹이나 낱개[個]를 뜻한다. 여기서는 후자이다.

3 디새 ᄌᆡ약 : 기와 조각. 조약돌 모양의 기와 조각. '디새'에서 '딜'[陶]과 '새'는 띠와 억새 따위의 풀을 일컫는 말인데 이것들이 지붕을 이는 재료로 쓰였기 때문에, '디새'는 '흙을 구워(질) 지붕 이는 것'이란 뜻이다. 'ᄌᆡ약'은 작고 동글동글한 조약돌을 의미한다. 15세기 문헌에 'ᄌᆡ벽', 'ᄌᆡ역', 'ᄌᆡ약' 등으로 쓰였다. '디새 ᄌᆡ역'은 '하잘것없는 것'이란 비유적 의미로 쓰이기도 했다. 【내 모미ᅀᅡ 디샛 ᄌᆞ벽만도 몯 너기시리로다〈1459월인석22:48b〉】【어린 盜賊이 金寶 ᄇᆞ리고 디샛 ᄌᆡ역을 메며 죰 ᄀᆞᆮᄒᆞ니라〈1464선종영가집언해下:73b〉】【아롬 업수미 草木과 디샛 ᄌᆞ역 ᄀᆞᆮ다 ᄒᆞ시니〈1465원각언上2-2:24b〉】

4 조차 : 좇아. '좇-아'. 여기에서는 '바로 이어서 넣다'라는 의미인 '좇아'로 보았다.

5 석석ᄒᆞ고: 사각사각하고. 씹히는 느낌을 표현한 말. 삶은 소의 양을 씹는 느낌을 '석석ᄒᆞ다'라고 표현하였다.

닭 삶는 규식

원문 판독

• [1]ᄃᆞᆰ ᄉᆞᆱᄂᆞᆫ 규식

ᄉᆞᆯ진 암ᄐᆞᆯ글 거모ᄒᆞ고[2] ᄉᆞᄎᆞ로[3] 믄딜러 죄 시서 그 속
애 염규[4] 마ᄂᆞᆯ 쳔쵸[5] 진유 반 술 쟝 ᄒᆞᆫ 술 섯거 녀코 미ᄐᆞᆯ[6]
대바ᄂᆞᆯ로 호와[7] 것구로 항의 녀허 식지로 항 부리ᄅᆞᆯ

주찬방 • 39b •

ᄃᆞᆫ〻이 빠ᄆᆡ야 가마예 믈 븟고 가마 우희 남글 ᄀᆞᄅᆞ 노
코[8] 그 항을 ᄃᆞᆯ고[9] 만화로[10] 아ᄎᆞᆷ의 시작ᄒᆞ야 디더[11] 나죄[12]
그쳐 내야 ᄡᅳ라.

현대어역

• 닭 삶는 법

살찐 암탉의 털을 제거하고 샅바로 문질러 깨끗이 씻어라. 그 속에 염교, 마늘, 천초, 참기름 반 술, 장 한 술을 섞어 넣고, (암탉의) 밑을 대바늘로 꿰매 거꾸로 항아리에 넣어라. 식지食紙로 항아리 부리를 단단히 싸맨 다음에 가마에 물을 붓고, 가마 위에 나무를 가로 걸쳐 놓고, 그 항아리를 매달아라. 약한 불로 아침부터 때기 시작해서 저녁에 (불 때는 것을) 그치고, 내어서 써라.

용어 해설

1 • : 방문명 앞의 백권점이 작은 흑점 •으로 표기되어 있다.

2 거모ᄒᆞ고 : 거모去毛하고. 털을 제거하고.

3 ᄉᆞᄎᆞ로 : 샅바로, 'ᄉᆞᆾ-ᄋᆞ로'. 'ᄉᆞᆾ'은 거친 베로 만든 넓적한 베끈.

4 규 : 염교. 부추. 【韮 염교 구〈1527훈몽자(존경각본)上:13a〉】【밠비예 보밋 염규를 뷔오 새 밥 지ᅀᅩ매 누른 조ᄒᆞᆯ 섯놋다〈1481두시초19:43a〉】【또 한섯날 아ᄎᆞᄆᆡ 파와 염규와 마ᄂᆞᆯ와 ᄒᆡᄎᆡ와 ᄉᆡᇰ강과 머그라〈1525간이벽15b〉】

5 쳔쵸 : 천초. 초피나무에서 열리는 열매의 껍질을 뜻한다. 양념 재료로 쓴다.

6 미ᄐᆞᆯ : 밑을. '밑-ᄋᆞᆯ'. 살찐 암탉을 잡아서 조리하는 방문의 맥락으로 보아 암탉의 '밑'을 뜻하는 것으로 보인다. 암탉의 '밑'은 항문 부위를 가리킨 듯하다.

7 호와 : 꿰매어. '호-w-아'. 어중에 끼어든 '오'('와'의 '오')는 선행 모음 ㅗ음에 동화된 w가 삽입된 결과이다. 【ᄀᆞᄅᆞᆯ오 노ᄒᆞᆫ 굴그니 호와 잇ᄂᆞᆫ 양이 분외로 구드니 보니 됴터라〈15??번역노下:52b-53b〉】【것츠로 ᄀᆞᄂᆞ리 실 ᄆᆡᇰᄀᆞ라

호고〈1466구급방下:16b〉】【다시 브즈러니 호온 쯰믈 솟디 마롤디어다〈1482남명언上:37a〉】

8 ᄀᆞᄅᆞ 노코 : 가로 걸쳐 놓고. 【橫 ᄀᆞᄅᆞ 횡〈1576신유합下:62a〉】

9 돌고 : 매달고[懸].

10 만화 : 만화慢火. 약하지만 꺼지지 않고 꾸준히 타는 불. 뭉근히 오래 타는 불. 【만화로 복가 누른 듯ᄒᆞ거든〈17??온주법6b〉】

11 디더 : 지펴, 불 때어. '딛-어'. 현대국어 '(불을)지피다'의 '지'는 고어형 '딛-'과 관련되어 있다. 【가마에 녀코 브를 오래 딛다가 둡게를 여러 보니〈1447석보상24:16〉】【골 닐굽 나ᄎᆞ로 독 안해 블 디더 주근 사ᄅᆞᄆᆡ ᄆᆞ숨 쪽 아래 맛게 ᄒᆞ야〈1489구급간1:73b〉】

12 나죄 : 저녁. 【아ᄎᆞᆷ 브터 나죄 니르리 音聲이 서르 니스며〈1461능엄언7:44a〉】【나지 볼ᄀᆞ면 想이오 나죄 어드우면 夢이니〈1461능엄언10:3a〉】

양䍧 식혜

원문 판독

• 양 식혜[1]

몬져 믈에 디새 지약과 효초[2] 조차 솔므며 양을 녀허

잠싼 ᄉᆞᆱ고 내여 식거든 잠싼[3] 소곰 쓰려 밥을 축ᄎᆞ이[4] 지

어 누록이나 혹 진골리나[5] 흔 우후믈[6] 섯거 녀코 식

주찬방 • 40a •

지로 ᄃᆞᆫ〻이 빠ᄆᆡ고 그 항을 ᄌᆡᄅᆞᆯ 헤혀고[7] 무더 둣다가
닉거ᄃᆞᆫ ᄡᅳ라.

현대어역

양䏰 식해

먼저 물에 기와 조각과 후추를 함께 삶으며, 양䏰을 넣어서 잠깐 삶아 내어 식거든 소금을 조금 뿌려 밥을 축축이 짓고, 누룩이나 밀가루를 한 움큼 섞어 넣어라. (항아리 부리를) 식지食紙로 단단히 싸매고 재(=잿무더기)를 헤치고, 그 항아리를 묻어 두었다가 익거든 써라.

용어 해설

1 식혜 : 식해食醢. 쌀밥에 엿기름을 넣어 만든 전통 음료인 식혜食醯와 달리, 생선 따위를 토막친 다음 소금・조밥・고춧가루・무 등을 넣고 버무려 삭힌 음식을 식해食醢라고 한다. 식혜食醯와 구분하기 위해 여기에서는 식해食醢라 쓰기로 한다.

2 효초 : 후추. '호쵸'의 오기이다. 첫 번째 음절과 두 번째 음절의 모음자를 서로 바꾸어 쓴 오기이다.

3 잠싼 : 잠깐. 잠시. 조금. 이 문맥에서 '잠깐 소금 뿌린다'고 한 것이어서 '조금'으로 번역함이 적절하다.

4 축축이 : 축축이. 촉촉이. '물기가 있어 젖은 듯한'의 의미로 쓰였다.

5 진골리나 : 밀가루나. '진#ᄀᆞᄅᆞ-이나'. '진ᄀᆞᄅᆞ'의 곡용형으로, '진가루'는 고운 밀가루[細粉]를 의미한다.

6 한 우후믈 : 한 움큼을. '한#우홈-을'. 【헌 부들 지즑흔 우후믈 ᄀᆞᄂᆞ리 사ᄒᆞ라 漿水 ᄒᆞᆫ 盞애 글혀〈1466구급방上:34a〉】【갑슬 뎌를 ᄒᆞᆫ 우홈 ᄡᆞᆯ만 주미 올ᄒᆞ니라〈15??번역박上:11a〉】

7 헤혀고 : 헤치고. '헤혀-고'. 【옷 가ᄉᆞ믈 헤혀고셔 우ᅀᅥ셔 나를 보니〈1481두시초19:37b〉】【그 지아븨 무덤 압픠 니ᄅᆞ러 소노로� 무덤의 프롤 헤혀고 닐오ᄃᆡ〈1617동국신烈5:79b〉】【뉴 싱은 ᄇᆡ롤 헤혀고 상 우히 누엇고〈18??태평광22a〉】

산저피 식혜

원문 판독

• 산뎨피[1] 식혜

산뎨피롤 ᄆᆞ이 솔마 털이 죄[2] 므너디거든[3] 손바닥마곰

사흐라 식혜롤 ᄃᆞ므면 ᄀᆞ장 됴킈다.

현대어역

• 산저피 식해

산저피(=멧돼지 껍질)를 매우 삶아 털이 모두 주저앉거든(=풀이 죽거든) 손바닥만큼 썰어서 식해를 담으면 가장 (맛이) 좋겠다.

용어 해설

1 산뎨피 : 산저피山猪皮. 산저피는 멧돼지의 껍질을 뜻하며, 이것을 식해의 재료로 넣었음을 알려 준다. 멧돼지 가죽은 주로 방석이나 담요 따위를 만드는 데 썼다. 방문명 앞에 작은 흑점이 찍혀 있다.

2 죄 : 모두. '깨끗이'와 '모두' 둘 다 가능하지만 여기서는 '털이 다 물러졌을 때'의 의미이므로 '모두'로 해석하였다.

3 므너디거ᄃᆞᆫ : 풀이 죽거든. 주저앉거든. 문맥으로 보아 이렇게 풀이했다. 멧돼지 가죽을 매우 삶으면 뻣뻣하던 털이 풀이 죽어 주저앉게 된다. 『음식디미방』에는 소의 발을 삶아 조리하는 과정에서 '무너디거든'이란 낱말이 쓰인 예가 있다. 【쇼족을 털재 뽈마 가족이 무너디거든 내여 더운 김의 씨ᄉᆞ면 희거든〈1670음식디미방2b〉】 털이 '무너진다'는 것은 털이 붙은 껍데기가 푹 삶기어 뻣뻣한 털의 풀이 죽어 주저앉는 모습을 묘사한 것이다.

약과

원문 판독

⊙약과

진말 ᄒᆞᆫ 말애 쳥밀 ᄒᆞᆫ 되 닷 홉[1] 진유 닷 홉과 됴ᄒᆞᆫ 쳥
쥬 닷 홉을 섯거 ᄆᆞ라 ᄆᆞᆫᄃᆞ라 진유 두 되로 만화의 지〻라[2].

현대어역

⊙약과

밀가루 한 말에 청밀 한 되 다섯 홉, 참기름 다섯 홉과 좋은 청주 다섯 홉을 섞어 말아 만들어, 참기름 두 되로 약한 불에 지져라.

용어 해설

1 홉 : 홉. 부피의 단위. 곡식, 가루, 액체 따위의 부피를 잴 때 쓴다.

2 만화의 지〻라 : 약한 불에 지져라. '지〻라'는 '지지라'를 표기한 것이다.
【ᄒᆞᆫ 법은 기름의 지져도 먹고 기름 업거든〈1660신간구황촬(윤석창본)7a〉】

다식

원문 판독

주찬방 • 40b •

⊙다식[1]

진말 ᄒᆞᆫ 말애 쳥밀 ᄒᆞᆫ 되과 진유 여ᄃᆞᆲ 홉 섯거 ᄆᆞᆫ

ᄃᆞ라 판의 바가 부초ᄃᆡ[2] 노구[3]의 조ᄒᆞᆫ 몰애어나[4] ᄌᆡ어나[5] 둣긔[6]

세 푼만 ᄭᆞᆯ고 그 우희 조ᄒᆞᆫ[7] 죠ᄒᆡ ᄭᆞᆯ고 다식을 버리고[8] 노구

두에[9] 닷고 만화의 부츠ᄃᆡ[10] 노구 두에ᄅᆞᆯ ᄌᆞ조 여러[11] 보며

과ᄌᆞᆯ[12]을 ᄌᆞ조 뒤혀[13] 노하 비치 잠간 노로라ᄒᆞ거ᄃᆞᆫ[14] 내

라. 블곳[15] ᄊᆞ면[16] 과ᄌᆞ리 너모 누루러[17] 됴티 아니리라.

현대어역

⊙다식

밀가루 한 말에 꿀 한 되와 참기름 여덟 홉을 섞어 만들어서 판에 박아 부치되, 노구솥에 깨끗한 모래나 재를 세 푼 두께만큼 깔고, 그 위에 깨끗한 종이를 깔아서 다식을 벌이고, 노구솥 뚜껑을 닫고, 약한 불로 부쳐라. 노구솥 뚜껑을 자주 열어 보면서 과줄을 자주 뒤집어 놓아, 빛이 약간 노르스름하거든 내어라. 불이 세면 과줄이 너무 누래져서 좋지 못하다.

용어 해설

1 다식 : 다식. 우리나라 전통 과자의 하나이다. 녹말, 송화, 신감채, 검은깨 따위의 가루를 꿀이나 조청에 반죽하여 다식판에 박아 만들며, 흰색, 노란색, 검은색 따위의 여러 색깔로 구색을 맞춘다.

2 부초ᄃᆡ : 부치되. '부츠-오ᄃᆡ'. 두 줄 아래에 '만화의 부츠ᄃᆡ'가 나와, 한 문헌

안에서 '부초ᄃᆡ'뿐 아니라 '부츠ᄃᆡ'가 같이 쓰였다. 【솓두에예 기름을 죠고마 치 ᄲᅳᆺ고 쪄글 부쳐도 머그라〈1554구황촬(만력본)7b〉】【기름 업거든 밀로 부쳐도 됴흐니라〈1660신간구황촬(윤석창본)7a〉】

3 노구 : 노구솥. 솥의 일종으로 놋쇠나 구리쇠로 만든 작은 솥을 의미한다. 노구솥은 작고 가벼워 자유롭게 옮겨 쓰기 좋다.

4 몰애어나 : 모래나. '몰애-어나(〈거나)'. '-어나'는 '몰애'의 말음절 ㅣ 뒤에서 '-거나'의 ㄱ이 탈락한 이형태이다. '모래'는 15세기 국어에서 '몰애'로 표기되었다. '몰애'의 어형은 18세기 문헌까지 나타난다. '몰애'는 경상방언 등 여러 방언에서 쓰이는 '몰개'의 변화형이다. '몰개'의 어중 ㄱ이 ㄹ 뒤에서 탈락한 것이 '몰애'이다. '몰애'의 어중 ㅇ의 음가를 유성 후두마찰음 [ɦ]로 보는 견해(이기문 1972: 128-129)가 있다. 그러나 유성음 환경의 어중 ㄱ이 유성음화와 마찰음화를 겪으면 [ɦ]가 아니라 [ɣ](velar voiced fricative)가 되어야 맞다. 16세기 말기 문헌에 '몰래'의 형태가 나타나는데, 이는 ㅇ이 탈락한 어형이다. '모래'는 17세기 문헌에서부터 나타난다. 【몰애 모도아 塔ᄋᆞᆯ ᄆᆡᆼᄀᆞ라도〈1447석보상13:51b〉】【ᄒᆞᆫ번 처딘 ᄆᆞ리어나 ᄒᆞᆫ 몰애어나 ᄒᆞᆫ ᄃᆞ트리어나 시혹 머리터럭만 ᄒᆞ야도〈1459월인석21:36a〉】

5 ᄌᆡ어나 : 재이거나. 'ᄌᆡ灰-ㅣ어나'. 'ᄌᆡ'의 ㅣ 뒤에서 중복된 'ㅣ'가 탈락된 것이다.

6 둗긔 : 두께. 【그 우ᄒᆡ 거문 담 ᄒᆞᆫ당을 내차 ᄭᆞ랏고 둗긔ᄂᆞᆫ 거의 ᄒᆞᆫ 치나 ᄒᆞ더라〈1765을병연2:29〉】【세 돈□ 둗긔만 ᄒᆞ야 부리 우희 노코〈1489구급간3:46b〉】

7 조ᄒᆞᆫ : 깨끗한. '조ᄒᆞ-ㄴ'. 【五色 ᄂᆞᄆᆞ채 녀허 조ᄒᆞᆫ ᄯᅡᄒᆞᆯ ᄡᅳ설오 노ᄑᆞᆫ 座 ᄆᆡᆼᄀᆞᆯ오〈1447석보상9:21a〉】【淨居天이라 ᄒᆞᄂᆞ니 淨居ᄂᆞᆫ 조ᄒᆞᆫ 모미 사ᄂᆞᆫ ᄃᆡ라 ᄒᆞᆫ ᄠᅳ디라〈1459월인석1:34b〉】【定이 일어늘 四大 조ᄒᆞᆫ 色이 반만 發ᄒᆞ야

〈1461능엄언5:43b〉】

8 버리고 : 벌이고. 펼치고.

9 노구 두에 : 노구솥 뚜껑. 【혹 솓두에예 기름을 죠고마치 뽓ᄉᆡ〈1554구황촬요(만력본)7a〉】

10 부츠ᄃᆡ : 부치되. '부츠-ᄃᆡ'. 동일한 문헌 안에서 '부초ᄃᆡ', '부츠ᄃᆡ'가 모두 쓰였다.

11 여러 : 열어. '열-어'. 원문을 보면 '여려'로 보이기도 하나 의미상 '여러(열-어)'가 더 적절하므로 '여러'로 판독하였다.

12 과ᄌᆞᆯ : 과줄. 꿀과 기름을 섞은 밀가루 반죽을 판에 박아서 모양을 낸 후 기름에 지진 과자를 뜻한다. 과줄은 '과ᄌᆞᆯ', '과즐', '과줄'의 어형이 있다. 문헌의 예로 보아 '과ᄌᆞᆯ'은 16세기, '과즐'은 17세기(1676), '과줄'은 19세기(1897)의 순으로 쓰였음을 알 수 있다. 【과ᄌᆞᆯ ᄡᆞ니 가ᄂᆞ니라〈1565순천김81:2〉】【향노 향합ᄒᆞ고 과ᄌᆞᆯ 썩 실과 ᄒᆞ고〈16??계축일기下:6b〉】【조촐ᄒᆞ고 과즐과 건믈과 머글 거슬 다 머검즉이 쟝만ᄒᆞ엿ᄉᆞ오니 깃거ᄒᆞᄋᆞᆸᄂᆞ이다〈1676첩해초2:8a〉】【과줄약과〈1897한영자257〉】

13 뒤혀 : 뒤집어. 드위ᅘᅧ>두위혀>뒤혀.

14 노로라ᄒᆞ거ᄃᆞᆫ: 노르스름하거든. '노로라#ᄒᆞ-거ᄃᆞᆫ. '노로라'는 '노르스름'을 뜻한다. 색채어 '노로라'가 문헌에 쓰인 예는 이것이 처음인 듯하다.

15 블곳 : 불이. '블-곳(강세첨사)'. '블'을 강조한 표현. '불꽃'으로 볼 여지도 있으나 문맥상 '곳'을 강세첨사로 봄이 적절하다.

16 ᄡᆞ면 : (불이) 싸면. 세면. 【소곰 약간 뿌려 지지되 불이 ᄡᆞ면 타기 쉬우니 마초하야 가을 염졈ᄒᆞ여 쓰라〈18??시의전서24b〉】【잘 삭어거든 자루에 ᄡᆞ셔 고을 졔 불이 ᄡᆞ면 누르니 ᄡᆞ리 ᄀᆞ지로 드리워 보아가면 조리라〈18??시의

전서29b>】

17 누루러 : 누래져서. 누렇게 되어. 바로 앞에 나온 '노로라'의 큰말이 '누루러'이다. '누루러' 뒤에 'ᄒᆞ여'가 생략된 듯하다. 【비위 빗치 밧씌 발ᄒᆞ야 누루러 쟝즙이 부론소긔 힝ᄒᆞ야 ᄉᆞᆯ지고〈16??두창경50a〉】【낫빗치 희고 누루러 병든 ᄉᆞᄅᆞᆷ 가트ᄃᆡ〈1765을병연9:94〉】

중배끼

원문 판독

주찬방 • 41a •

⊙듕박계[1]

진말 닷 되만 ᄒᆞ면[2] 쳥밀 ᄒᆞᆫ 되나 몯ᄒᆞ나[3] ᄎᆞᆷ기름 두 홉 됴ᄒᆞᆫ 쳥쥬 ᄒᆞᆫ 술 ᄒᆞᆫᄃᆡ 빠 ᄒᆞᆫᄃᆡ 합ᄒᆞ야 ᄀᆞᆯᄅᆞᆯ 우믈[4] 짓고 브어 잠간 누그시[5] ᄆᆞ라 쳐셔 ᄆᆡᆫᄃᆞ라[6] 비치 고올 만[7] 알마초 지〻라. 너모 지〻면 소기 ᄆᆞᄅᆞ고 과ᄂᆞ니라[8].

현대어역

⊙중배끼

밀가루 다섯 되 정도 하려면, 맑은 꿀[淸蜜] 한 되나 (한 되) 못 되게 (넣고)

참기름 두 홉, 좋은 청주 한 술을 한데 타서 합하여라. 가루를 (둥근) 우물 모양으로 만들고 (합한 것을 그 속에) 부어 약간 누긋하게 말아 쳐서 만들어라. 빛이 고울 만하게(=정도로) 알맞게 지져라. 너무 지지면 속이 마르고 괄게(=거세고 단단하게) 된다.

용어 해설

1 듕박계 : 중배끼. 중박계中朴桂. 한자 표기 '中朴桂'의 '中'은 크기를 가리킨다. 크기에 따라 소박계, 중박계, 대박계라 부른다. 유밀과의 한 가지로 밀가루에 기름과 꿀을 넣어 질게 반죽하여 밀어서 적당한 크기의 사각형으로 썰어 기름에 지져 낸 것이다. 약과보다 꿀이나 기름을 조금 넣고 색깔도 엷게 지진다. 볶은 밀가루를 꿀로 반죽하여 썰어 지지기도 한다(윤서석 1991: 59). 『도문대작』屠門大嚼에 밀병蜜餠의 하나로 중박계가 언급되어 있고, 『음식디미방』, 『주방문』, 『시의전서』 등 여러 음식조리서에 등장한다. 【듕박겨ᄂᆞᆫ ᄀᆞᄅᆞ ᄒᆞᆫ 말의 ᄭᅮᆯ ᄒᆞᆫ 되 기ᄅᆞᆷ ᄒᆞᆫ 홉 ᄭᅳᆯ힌 믈 칠 홉 합ᄒᆞ여 ᄆᆞ지그니ᄒᆞ여 ᄆᆡᆼ글라〈1670 음식디미방11a〉】【듕박계라 ᄒᆞ문 약과 버금을 니ᄅᆞ미니 그 만드ᄂᆞᆫ 법이 ᄯᅩᄒᆞᆫ 과쥴과 ᄀᆞᆺᄐᆞ되 다만 반죽ᄒᆞᆯ 제 ᄭᅮᆯ만 ᄒᆞ고 기ᄅᆞᆷ이 아니 들고 지져도 기ᄅᆞᆷ이 젹게 드ᄂᆞᆫ 고로 속셜의 듕계 기ᄅᆞᆷ은 비러 지지고 갑ᄂᆞᆫ다 ᄒᆞ니 빅쳥 아닌즉 빗치 ᄉᆞ오나오니 한과 역시 일양이오 듕원 거여유니 일명 소박계라 〈18??규합총 동경대본38a〉】

2 닷 되만 ᄒᆞ면 : 다섯 되만큼(정도) 하면. '-만'을 보조사로 간주하여 '닷 되만큼 하면'으로 번역했다.

3 쳥밀 ᄒᆞᆫ 되나 몯ᄒᆞ나 : 맑은 꿀 한 되나 (한 되) 못 되거나. 문장 표현과 구성이 어색하게 되어 있다. 문맥으로 보아 '청밀 한 되나 (한 되) 못 되거나'를 표현하려고 한 듯하다.

4 우믈 : 우물. '우믈 짓고'는 가루를 쌓아 '우물 모양으로 만들고'라는 뜻이다. 가루를 우물 형태로 만든 후 여기에 물을 부어 반죽을 하는 동작이 이어져 있다. '우믈'을 '움-을'로 분석할 여지도 있으나 중세 및 근대국어의 '움'은 ㅎ종성체언 '움ㅎ'이었다. 【漆沮 ᄀᆞ샛 움흘 後聖이 니ᄅᆞ시니〈1447용비어 005〉】【마구 압픠 움흘 뭇고 걸흠과 흘 쓸고〈1670음식디미방14b〉】

5 누그시 : 누긋하게. 눅눅하게. 딱딱하지 않고 부드럽게. 【ᄀᆞᄂᆞᆫ 쥬ᄃᆡ예 다시 바타 누그시 ᄆᆞ라 비ᄌᆞ며〈1670음식디미방2a-2b〉】

6 ᄆᆡᆫᄃᆞ라 : 만들어. 'ᄆᆡᆫᄃᆞᆯ-아'. 『주찬방』에는 'ᄆᆞᆫᄃᆞᆯ-'과 'ᄆᆡᆫᄃᆞᆯ-'이 공존하고 있다. 【무덤을 ᄆᆡᆫᄃᆞ라 주니라〈1518번역소9,34a〉】【쳥주 서 홉 석거 ᄆᆡᆫᄃᆞ라 기ᄅᆞᆷ의 지져〈1670음식디미방2b〉】【네 날을 주머니ᄅᆞᆯ ᄆᆡᆫᄃᆞ라 줌이 엇더ᄒᆞ뇨〈1677박통해上:44a〉】【황귤소 약념ᄒᆞ야 반ᄃᆞᆺ반ᄃᆞᆺ ᄆᆡᆫᄃᆞ라 고이 틈 업시 싸고〈1869규합총18b〉】

7 고올 만 : 고울 만큼. 고울 만하게. 곱게 될 정도로. '만'을 의존명사로 보고 띄어 썼다.

8 과ᄂᆞ니라 : 괄게 된다. '괄-ᄂᆞ-니-라'. 어간 '괄-'의 받침 ㄹ이 ㄴ 앞에서 탈락한 것이다. '괄다'는 누긋하거나 부드럽지 못하고 거세며 단단하다는 뜻이다〈우리말샘〉.

동아정과

원문 판독

⊙동과졍과[1]

동과ᄅᆞᆯ 거플 벗기고 삐 ᄇᆞᆯ라 ᄇᆞ리고 손바닥마곰 사흐

흐라[2] 둣긔란 세 푼식 ᄒᆞ야 ᄉᆞ회[3]예 무덧다가 사흘 만의

주찬방 • 41b •

내여 믈에 죄 시서 듕약과[4]마곰 사흐라 젼ᄭᅮᆯ[5]에 조리라.

현대어역

⊙동아정과

동아를 껍질 벗기고 씨를 바른 후 손바닥 크기로 썰어라. 두께는 세 푼씩 해서 사회에 묻었다가 사흘 만에 꺼내어 물에 깨끗이 씻어, 중약과 크기만큼(=크기 정도로) 썰어서 전꿀에 조려라.

용어 해설

1 동과졍과 : 동과정과冬瓜正果. 동아정과. 동아정과는 동아의 껍질을 벗기고 속을 파내어 적당한 크기로 썰어 꼬막 잿가루(사회 가루)와 섞어 두었다가 맑은 물에 우려낸 후 꿀이나 조청으로 조린 것을 말한다. 【네 보라 동과

쁴옴 ᄒᆞ랴 슈박 쁴옴 ᄒᆞ랴〈1677박통해中:56a〉】【冬瓜汁 동화 즛디허 뽄 즙 二合〈1489구급간3:88a〉】

2 사흐흐라 : 첫 '흐' 뒤에 행이 바뀌면서 같은 글자를 중복한 오기이다. 이런 오기는 이 책이 다른 책을 보고 베끼는 과정에서 일어난 것으로 판단하는 근거가 된다. 행이 바뀌면서 '사흐흐라'의 두 번째 '흐'는 동일 음절 부호로 표기하지 않고, '흐'를 온전히 써 놓았다.

3 ᄉᆞᄒᆡ : 사회沙灰. 굴 껍데기를 불에 태워 만든 가루. 『주방문』(규장각본)의 '조다홍법'造丹紅法에 'ᄉᆞᄒᆡ 두 술을 녀허'(28a)에 이 낱말이 쓰였다. 『주식방문』(4b) 등에 'ᄉᆞᄒᆡ' 혹은 'ᄉᆞ회'로 표기되어 쓰였고, 『윤씨음식법』(13a)에 '사회'로 쓰여 있다. 【茜根과 黃芩과 側栢 닙과 阿膠를 ᄉᆞᄒᆡ에 봇고니와〈1466구급방上:62a〉】【소옥 연ᄒᆞᆫ ᄃᆡ 업시 ᄒᆞ야 ᄉᆞᄒᆡ예 므티 사흘 만의 노룬지 너코〈17??음식보6a〉】【동화졍과ᄂᆞᆫ 편 지어 ᄉᆞ회예 무드ᄃᆡ〈17??온주법8b〉】

4 듕약과 : 중약과中藥果. 약과는 크기에 따라 대약과, 중약과, 소약과로 나뉜다.

5 젼ᄭᅮᆯ : 전꿀全-. 아무것도 타지 않은 순수한 꿀. 【즙쳥은 젼ᄭᅮᆯ의 ᄒᆞ라〈17??온주법7b〉】【젼ᄭᅮᆯ 말고 ᄭᅮᆯ ᄒᆞᆫ 되예 ᄭᅳᆯᄒᆞᆫ 믈 ᄒᆞᆫ 죵만식 타〈18??쥬식방문16a〉】

생강정과

원문 판독

⊙ᄉᆡᆼ강졍과[1]

ᄉᆡᆼ강을 거플 졍히[2] 벗겨 죄[3] 시서 뎌며[4] 믈에 ᄉᆞᆯ마 건뎌

젼ᄭᅮᆯ에 조려 두고셔 ᄡᅳ라.

현대어역

⊙생강정과

생강의 껍질을 깨끗이 벗겨 깨끗이 씻어 저미고, 물에 삶아 건져서 전꿀에 조려 두고 써라.

용어 해설

1 싱강졍과 : 생강정과生薑正果. 온갖 과실, 생강, 연근, 인삼, 도라지 따위를 꿀이나 설탕에 조린 음식을 '정과'라 이른다.

2 졍히 : 정히淨-. 깨끗이. 여기서는 생강의 껍질을 깨끗이 벗긴다는 뜻으로 쓰였다.

3 죄 : 모두. 다. 【죄 두 아ᅀᆞᆯ 주고 ᄒᆞᆫ 것도 두디 아니ᄒᆞᆫ대 모다 일ᄏᆞᆮ더라〈1518이륜행(옥산서원본)4b〉】【ᄉᆞᆯ진 암ᄃᆞᆰ을 죄 ᄠᅳ더 ᄆᆞᄃᆡ 글희고〈1670음식디미방9a〉】【ᄡᅳᆫ 맛 업시 죄 우려 닉게 ᄡᅧ〈17초기, 주방문25a〉】 현대어에서는 '모두'라는 의미로 '죄'도 쓰이지만 '죄다'라는 표현이 더 많이 쓰인다.

4 뎌며 : 저며. '뎌미-어'. '뎌며'는 ㄷ구개음화가 적용되지 않은 것이고, 『음식디미방』의 '져며'(2b)는 구개음화된 변화형이다. '뎌며'가 쓰인 구절은 생강을 여러 개의 작은 조각으로 얇게 썬다는 문맥이다. 『음식디미방 주해』(백두현 2006: 118)에서는 '져며'를 '뎨며'의 후대형이라 하고, 관련된 다른 어형은

발견되지 않는다고 한 바 있다. 【비롤 뎨며 브티면 用梨削貼〈1489구급간下:15〉】【또 湯火傷올 고튜ᄃᆡ 비롤 뎨며 브티면 므르디 아니ᄒᆞ며〈1466구급방下:15a〉】【솔기픈 슝에어나 아모 고기라도 가싀 업시 져며 지령기롬의 진ᄀᆞᄅᆞ 자여 기롬의 지져 쓰라〈1670음식디미방2b〉】

우무정과

원문 판독

ヽ[1]우모[2] 졍과

우모롤 고와 체예 바타[3] ᄒᆞᆫ 사발애 쳥밀[4] 닷 홉 노겨 ᄠᅡ고

호쵸ᄀᆞᄅᆞ 섯거 얼의거든[5] 쇼약과마곰[6] 혹 망미ᄌᆞ[7]ᄀᆞ티 사

주찬방 • 42a •

ᄒᆞ라 쳠ᄌᆞ[8] 고자 ᄡᅳ라.

현대어역

ヽ우무 정과

우무를 고아 체에 밭고 (우무) 한 사발에 꿀 다섯 홉을 녹여 타고, 후춧가루를 섞어 엉기거든 소약과만큼이나 망미자(?)같이 썰어서 첨자(=꼬치)를 꽂아 써라.

용어 해설

1 ﹅ : 둥근 백권을 칠 자리에 점획을 찍어 둔 것이다. 여기서는 동음 부호가 아니다.

2 우모 : 우무. 비어두에서 ㅗ~ㅜ의 교체를 보인 예이다. 우뭇가사리 따위를 끓여서 식혀 만든 끈끈한 물질로, 음식이나 약 따위로 쓰이며 우무묵 또는 한천寒天이라 불린다. 【믈근믈 부어 우무 ᄀᆞ치 고하 식거든〈1670음식디미방 2b〉】

3 바타 : 밭아. '밭-아'. 이 구절은 우무를 체로 걸러내는 동작을 표현한 것이다.

4 쳥밀 : 청밀淸蜜. 꿀. 【또 진말 일 두의 쳥밀 되ᄀᆞ옷 쇼쥬 너 홉 기름 칠 홉 ᄆᆞ라 젼히 민드라 지지라〈17??온주법7b〉】

5 얼의거든 : 어리거든. 엉기거든. 얼의거든>어릐거든>어리거든. 【얼읠 凝: 〈유합下:60〉】【졈졈 됴호 술 호 되를 녀코 글혀 얼의어든 사그르세 다마 두고〈1489구급간1:19〉】【凝 얼읠 응〈신유합下:60〉】【凝了 어릐다〈동해上:59〉】

6 쇼약과마곰 : 소약과小藥果만큼. 잔약과-藥果. '쇼약과마곰'은 '소약과의 크기나 모양과 비슷하게'라는 뜻을 표현한 것이다. 『음식디미방』에도 약과 크기만 하게 자른다는 표현이 나온다. 【비놀씌 업시 ᄒᆞ여 약과마곰 사ᄒᆞ라〈1670음식디미방2b〉】

7 망미ᄌᆞ : 망미자(?). '미ᄌᆞ'는 한과를 칭하므로, '망미ᄌᆞ'는 한과의 한 종류일지 모른다. 『조선무쌍신식요리제법朝鮮無雙新式料理製法』에는 '유밀과 만드는 법' 항목의 한 종류로서 '한과'漢果(미자)라고 제시하고 "한과는 중백기보담 잘고 네모지게 하야 지저 가지고 조청을 것테다가 칠하고 또 조청에 다홍물도

디려서 붉은 것도 만드나니라"라고 설명해 놓았다. 〈표준국어대사전〉에서는 '미자'를 '유밀과의 하나'라고 풀이했다. 『주찬방』의 '망미ᄌᆞ'는 '망-'이 접두사처럼 붙어 있다. 달리 쓰인 용례를 찾지 못하여 미결로 남겨 둔다.

8 쳠ᄌᆞ : 첨자籤子. 여기서는 우무 정과를 꿰는 용도로 쓰인 젓가락 모양의 꼬치를 의미한다. 〈우리말샘〉에는 '첨자'를 '장도粧刀가 칼집에서 쉽게 빠지지 않도록 칼집 옆에 덧붙여 댄 두 개의 쇠'로 풀이해 놓았다.

가지찜

원문 판독

가지ᄧᅵᆷ[1]

연코[2] 굴근 가지ᄅᆞᆯ 겁질 벗겨 ᄇᆡᄅᆞᆯ 네 골새[3] ᄩᆞ고[4] 그 속애 각ᄉᆡᆨ[5] 약념을 연계[6] ᄒᆞᄃᆞ시 ᄒᆞ야 녀코 므ᄅᆞ닉게 ᄢᅧ 내여 ᄧᅳ저[7] 뎝시예 담고 즙을 ᄀᆞ장 맏나게[8] ᄒᆞ야 어처[9] ᄡᅳ라.

현대어역

가지찜

연하고 굵은 가지를 껍질 벗겨 (가지의) 배를 네 골로 타서, 그 속에 각색 양념을 연계찜 하듯이 해 넣고 무르익게 쪄 내어라. (쪄 낸 것을) 찢어서 접시에 담고 즙을 가장 맛나게 만들어 얹어 써라.

용어 해설

1 가지ᄧᅵᆷ : 가지찜. '가지#ᄧᅵ-ㅁ'[蒸]. '찌다'를 의미하는 'ᄧᅵ-'에 명사화 접미사 '-ㅁ'이 결합한 것이다. 【밥 ᄧᅵᄂᆞᆫ 시ᄅᆞ예 ᄧᅵ면 곧 병이 傳染티 아니ᄒᆞᄂᆞ니라〈1525간이벽13a〉】【증편 ᄧᅵ듯 홀거시니〈1608두창집上:39b〉】

2 연코 : 연하고. '연ᄒᆞ-고'에서 축약이 일어난 것이다. 【강졍갓치 연ᄒᆞ고 고소ᄒᆞ게 닉거든〈18??음식책18a〉】

3 골새 : 갈래. 홈이 파인 것. 어원론적 형태 분석을 해 본다면 '곬-애'를 상정할 수 있다.

4 ᄩᆞ고 : 타고. 쪼개어. 현대국어의 '타다'라는 동사는 '줄이나 골을 내어 두 쪽으로 나누다'라는 의미로 쓰인다. 【病 ᄀᆞᆮᄒᆞᆫ 사ᄅᆞᄆᆞᆯ 어더 ᄃᆞ려다가 ᄇᆡᄅᆞᆯ ᄩᅡ 보니 그 소배 거믄 벌에 기리 두ᄡᅥ 츤 ᄒᆞ니 잇고〈1447석보상24:50a〉】【ᄇᆡ야ᄆᆡ ᄭᅩ리ᄅᆞᆯ ᄩᆞ고 生ᄒᆞᆫ 川椒 서너 나ᄎᆞᆯ 녀코 ᄡᅡ 두면 아니한 더데 즉재 나ᄂᆞ니라〈1466구급방下:79a〉】

5 각ᄉᆡᆨ : 가지각색--各色. 【각ᄉᆡᆨ 보셕에 젼 메워〈15??번역노下:51b〉】

6 연계 : 연계軟鷄. 영계. 병아리가 자라서 중닭 정도가 조금 덜 된 닭을 이르는 말이다. '연계 ᄒᆞᄃᆞ시 ᄒᆞ야'의 '연계'는 고기가 연한 닭(=연계, 영계)으로 만든 찜을 뜻한다. 연계찜은 닭 속에 갖은 양념을 넣어 만드는 것인데, 가지의 속을 연계찜 속 채우듯이 하라는 뜻으로 쓰였다.

7 ᄧᅳ저 : 찢어. 'ᄧᅳᆽ-어'. '찢다'는 중세국어 문헌에서는 'ᄧᅳᆽ-'으로 쓰이다가 17세기 이후 ㅂ계 합용병서가 ㅅ계 합용병서에 합류하여 'ᄶᅳᆽ-'으로도 표기되었다. 이런 표기가 나타난 시기의 ᄶ과 ᄧ은 그 음가가 같은 ㅈ의 된소리로 본다. 【龍ᄋᆞᆯ 자바 올오리 ᄧᅳ저 다 머거ᄇᆞ리니〈1447월인천59a〉】【셩이나 표괴나

ᄎᆞᆷ버스시나 ᄀᆞᄂᆞ리 쓰저 ᄃᆞᆫ 지령기ᄅᆞᆷ의 봇가〈1670음식디미방2b〉】【실곳치 ᄡᅳ저 ᄲᅧ도 됴ᄒᆞ니라〈18??주식방문12b〉】

8 맏나게 : 맛나게. 원래의 받침 ㅅ을 ㄷ으로 표기해 놓았다. 받침소리 ㅅ과 ㄷ이 구별되지 않았음을 보여준다.

9 어처 : 얹어. 15세기 문헌 『석보상절』에는 '엱-'으로 쓰였다. 『음식디미방』에 '엋-'이 쓰였다. 【典은 尊ᄒᆞ야 여저 둘씨니 經을 尊ᄒᆞ야 여저 뒷ᄂᆞᆫ 거실ᄊᆡ 經典이라 ᄒᆞᄂᆞ니라〈1447석보상13:17a-17b〉】【마ᄅᆞᆯ이나 ᄉᆡᆼ강이나 ᄌᆞᆯ게 ᄶᅩ아 어힌 ᄉᆞ이예 다 들게 녀허 초 어처 ᄡᅳ라〈1670음식디미방12b〉】'엱-'과 '엋-'이 쌍형어로 공존했던 듯하다. '엱-'은 15세기 문헌에서 '엾-'으로도 쓰였다. 【부텻 손 연ᄌᆞ샤도〈1459월인석10:2ㄴ〉】【올ᄒᆞᆫ녁 밠ᄃᆞᆼ을 왼녁 무루페 엱고〈1447석보상 3:38ㄱ〉】. '엱-'과 '엾-'은 쌍형어로 볼 수도 있으나 ㅈ 앞에 ㄴ이 첨가된 것으로 보아도 된다. '엋-' 역시 '얹-'으로 변했을 듯한데 '얹-'의 용례는 찾지 못하였다. ㅈ 앞에 ㄴ이 첨가된 예로서 '더지->던지-'가 있다. ㄴ 첨가는 청각 효과를 강화하여 의미 표현을 분명히 하기 위한 것이다. 첨가는 낱말의 형태적 안정성을 강화하는 효과도 있다. '짜>짱'이 그러한 예이다.

가두부

원문 판독

가두부[1]

됴ᄒᆞᆫ 콩 대엿 되를 ᄆᆞᆯ뢰야[2] ᄀᆞ라 거피ᄒᆞ야[3] 졍히 디
허 ᄀᆞᄂᆞᆫ[4] 체로 쳐셔 믈에 프러[5] ᄀᆞᄂᆞᆫ 뵈주머니예[6] 녀혀[7] ᄆᆞ이[8]

주찬방 • 42b •

쥐믈러[9] 걸러 다시 바타 소ᄐᆡ 글혀 시거 갈 제 ᄀᆞᆫ슈[10] 드려[11]
얼의거ᄃᆞᆫ 보희[12] ᄡᆞ라.

현대어역

가두부(=순두부)

좋은 콩 대여섯 되를 말리고 갈아서 껍질을 벗겨 깨끗이 찧어, 가는 체로 쳐서 물에 풀고 가는 베주머니에 넣어 매우 주물러서 걸러라. 다시 밭아서 솥에 끓이고 (그것이) 식어갈 때 간수를 넣어 엉기거든 보자기에 싸라.

용어 해설

1 가두부 : 가두부假豆腐. 순두부. '豆腐'에 '假'(가)를 접두시켜 '假豆腐'라고 명명했다. '假'는 명사 앞에 붙어 '임시적인'의 뜻을 더하는 접두사이다. '가두부'는 순두부를 뜻한다. 『산가요록』에 「假豆泡」 방문이 있으며 말미에 보자기에 싸면 '연두부'軟豆泡가 된다고 설명해 놓았다. 『주찬방』의 '가두부'와 『산가요록』에 「假豆泡」는 그 내용이 비슷하다. 제조법을 보면 보통 두부 만드는 법과 같으나, 모두부처럼 굳어진 사각형 두부가 아니라 순두부 형태로 만든 것이어서 '가두부'라 칭한 듯하다. 『주찬방』과 『산가요록』의 가두부 방문에

는 보자기에 싸서 누르는 작업 단계가 나타나 있지 않다. 그런데 『역주방문』의 「假豆腐」 방문 끝에는 "보에 싸서 누른다."(袱中壓之)라는 단계까지 나타나 있다. 이렇게 눌러서 만들면 순두부가 아니라 온전한 모두부가 되지만 '가두부'라 칭해 놓았다.

2 ᄆᆞᆯ뢰야 : 말리어. 'ᄆᆞᆯ뢰-j-아'[乾]. 모음충돌을 피하기 위해 연결어미 '-아/어'에 반모음 j가 첨가되었다. 【볃틔 ᄆᆞᆯ뢰야 믈을 添ᄒᆞ야 ᄶᅵ흐라〈1635화포식 28b〉】

3 거피ᄒᆞ야 : 거피去皮하여. 콩, 팥 따위의 껍질을 벗기는 것을 의미한다.

4 ᄀᆞᄂᆞᆫ : 가는. 'ᄀᆞᄂᆞᆯ-ㄴ'. 체의 눈이 작고 촘촘한 모습을 이르는 말이다. 【絺 ᄀᆞᄂᆞᆫ뵈 티〈1527훈몽자(존경각본)中:30b〉】

5 프러 : 풀어.

6 뵈주머니예 : 베주머니에. '뵈#주머니-j-에'.

7 녀혀 : 넣어. '녀허'의 오기. '녀'의 'ㅕ'에 이끌려 '허'를 '혀'로 오기한 것이다.

8 ᄆᆞ이 : 매우. 심하게. 더욱 공들여. 'ᄆᆞ이'는 형용사 어간 'ᄆᆡᇦ-'[猛]에 부사파생접미사 '-이'가 결합한 파생부사이다. ᄆᆡᇦ-이〉*ᄆᆡᄫᅵ〉ᄆᆡ이〉ᄆᆞ이.

9 쥐믈러 : 주물러. 【목을 쥐믈어 목 ᄆᆞᄃᆡᆺ ᄲᅧᄅᆞᆯ ᄲᅮ처 바ᄅᆞ게 ᄒᆞ고〈1489구급간 1:60a〉】【반죽 쥐무루다〈1779한청문10:14a〉】【덩이 업시 쥐믈너 고르게 석거〈1860김승지댁주방문3a〉】

10 ᄀᆞᆫ슈 : 간수-水. 습기가 찬 소금에서 저절로 녹아 흐르는 짜고 쓴 물로 두부를 만들 때 쓴다. 이때 '간'은 순우리말로 간주된다. 【滷 ᄀᆞᆫ슈 로〈1527훈몽자(존경각본)中:22a〉】

11 드려 : 들이어. 이 문맥에서는 '간수를 배게 한다'[染]라는 뜻이다.

12 보희 : 보에. 보자기에. '보ㅎ-의'.

산삼 자반

원문 판독

⊙산ᄉᆞᆷ 자반[1]

더덕을 거플 벗겨 즛두드려[2] 흐ᄅᆞᄂᆞᆫ 믈에 쟐ᄅᆡ[3] 녀허

ᄃᆞᆷ가 ᄡᅳᆫ 맛 업시 죄 우러나거ᄃᆞᆫ 믈 죄 ᄧᅡ ᄇᆞ리고 므르게

ᄧᅧ ᄀᆞᆫ쟝[4]과 진유와 섯거 사항의 녀허 ᄃᆞᆷ가 ᄃᆞᆺ다가 이ᄐᆞᆫ

날 건뎌 벼ᄐᆡ 펴 너러 비득、、[5]ᄒᆞ여 갈 제 큰 절편 ᄧᅩᆨ마곰[6]

주찬방 • 43a •

번더져[7] 편 지어[8] ᄆᆞᆯ뢰야 두고 블에 구어 ᄡᅳ고.[9]

현대어역

⊙산삼 자반

더덕의 껍질을 벗기고 짓두드려서 자루에 넣어 흐르는 물에 담가라. 쓴맛 없이 모두 우러나거든 물을 깨끗이 짜 버리고 무르게 쪄라. 간장과 참기름을 섞어 사기 항아리에 넣어서 담가 두었다가 이튿날 건져라. 볕에 펴 널어 (더덕이) 삐득삐득해질 때, 큰 절편 조각만큼의 크기로 주물러 반죽하여 편을 지어(=조각내어) 말려 두고 불에 구워서 써라.

용어 해설

1　산ᄉᆞᆷ 자반 : 더덕 자반. 본문 내용으로 보아 음식명의 '산ᄉᆞᆷ'은 더덕을 가리킨다. '자반'은 주재료를 소금에 절이거나 간장에 조리거나 기름에 튀긴 반찬을 이른다.

2　즛두드려 : 짓두드려. 더덕을 마구 두드린다는 뜻이다. 【대츄 빅ᄌᆞᄅᆞᆯ 즛두드려 무쳐 쓰라〈1670음식디미방3b〉】【표고 ᄎᆞᆷ버섯 ᄉᆡᆼ치 ᄒᆞᆫᄃᆡ 즛두드려 소너코〈1795주식방9a〉】

3　ᄌᆞᆯᄅᆡ : 자루에. 'ᄌᆞᄅᆞ-ᄋᆡ'[袋]. 【袋 ᄌᆞᄅᆞ ᄃᆡ〈1527훈몽자(존경각본)中:13a〉】【숑엽을 찌허 ᄇᆞ아 ᄌᆞᆯᄅᆡ 녀커나〈1660신간구황촬(윤석창본)4b〉】 '쉰 술 고치는 법〈20a〉'의 주석을 참고하기 바란다.

4　ᄀᆞᆫ쟝 : 간장-醬. 【소금을 헤아려 섯그면 ᄀᆞᆫ쟝이 되ᄂᆞ니라〈1660신간구황촬(윤석창본)9b〉】【기ᄅᆞᆷ ᄀᆞᆫ쟝 ᄇᆞᆯ라〈17??음식보8a〉】

5　비득ヽヽ : 삐득삐득. 부둑부둑. 물기가 있는 물건의 거죽이 거의 말라 약간 뻣뻣하게 굳어진 모양을 뜻한다. 위의 방문에서 더덕을 무말랭이 말리듯 하는 과정에서 더덕이 마른 정도를 표현하였다. 'ヽヽ'는 2음절 동음 부호이다.

6　졀편 뽁마곰 : 절편 조각만큼. 절편은 떡살로 눌러 모나거나 둥글게 만든 떡이다. 최남선은 『조선 상식』에서 우리나라에 여러 가지 떡이 또 있지만 대개 시루떡, 인절미, 절편 3종으로써 대종을 삼는다고 했다〈우리말샘〉.

7　번드겨 : 주물러 반죽하여. '하일블산쥬'〈15a〉에 나왔던 '번드겨'의 주석을 참고하기 바란다.

8　편 : 편片. 조각. 이 구절의 '편 지어'는 편을 짓다[作], 즉 더덕을 조각조각

낸다는 뜻이다.

9 구어 쓰고 : 구어 쓰고. 어미 '-고'를 문장 끝에 두어 어색하다. 종결어미 '-소'를 쓰려고 하다가 오기한 듯하다.

조번홍색 물들이는 법

원문 판독

조번홍[1] 드리ᄂᆞᆫ 법

늘근 산힝나모[2] 고긔양[3]을 ᄌᆞᆯ게 ᄠᆞ려[4] 믈 세 동ᄒᆡ 브어 ᄒᆞᆫ

동ᄒᆡ 되게 달히고 오리나못 거플[5]을 벗겨 ᄆᆞᆯ뢰야 ᄀᆞᄅᆞ ᄆᆞᆫ

ᄃᆞ라 뵈쟐ᄅᆡ[6] 녀허 그 믈에 ᄃᆞᄆᆞ고[7] ᄉᆞᄒᆡ[8] 두 홉을 섯거 드리라[9].

○또 ᄒᆞᆫ 법은 아랑피[10]ᄅᆞᆯ 달히고 빅번[11] 뎌겨[12] 드리면 비치

누루거ᄃᆞᆫ[13] 다목[14]을 달혀 빅번 뎌겨 드리면 비치 븕고 돈

ᄂᆞ니라[15]. ○또 ᄒᆞᆫ 법은 ᄒᆞᆫ 필만 드리려 ᄒᆞ면 회화[16] 석 냥

주찬방 • 43b •

다목 단 냥[17] 산힝 열두 냥을 각〻 달혀 ᄎᆞ〻로[18] 드리면 그

비치 돈ᄂᆞ니라. ○또 늘근 복셩와나모 겁질과 양디[19] 편

의 오리나못 겁질과 ᄒᆞᆫ 가지 ᄒᆞᆫ 말식이나 벗겨 ᄒᆞᆫᄃᆡ 섯거

믈 세 동ᄒᆡ 브어 ᄒᆞᆫ 동ᄒᆡ 되게 달혀 그르세 퍼 겁질란[20] 건

져 ᄇᆞ리고 ᄉᆞᄒᆡ 닷 홉만 헌거ᄉᆡ[21] 빠 그 믈에 ᄃᆞᆷ가 두면 져근

덧[22] ᄉᆞ이예 믈이 ᄀᆞ장 븕거ᄃᆞᆫ 그제야 드리라.

현대어역

조번홍색 물들이는 법

늙은 산행나무의 고갱이를 잘게 쪼개어, 물 세 동이를 부어서 한 동이가 되도록 (솥에 넣어) 달여라. 오리나무 껍질을 벗겨 말려서 가루로 만들어 베자루에 넣어라. 그 (달인) 물에 (베자루를) 담그고 사회 두 홉을 섞어 물들여라.

○또 하나의 방법은 아랑오 껍질을 달여 백반을 저며(=섞어 버무려) 물들이면 빛이 누렇게 되거든, (그 다음에) 다목을 달여 백반을 저며 물들이면 빛이 붉고 좋아진다.

○또 하나의 방법은 (베) 한 필만큼 물들이려 하면, 회화나무 석 냥, 다목나무 다섯 냥, 산행목(돌살구나무) 열두 냥을 각각 달여 차례대로 물들이면 그 빛이 좋아진다.

○또 늙은 복숭아나무 껍질과 양지 바른 쪽의 오리나무 껍질(=오리나무 둥치에서 햇볕을 받는 쪽의 껍질)을 각각 한 말씩 벗겨 한데 섞어서, 물 세 동이를 부어 한 동이가 되도록 달여라. 그릇에 퍼 껍질은 건져 버리고, 사회 다섯 홉만 헝겊에 싸 그 물에 담가 두면, 잠깐 사이에 물이 매우 붉어지거든 그제야 물들여라.

용어 해설

1　조번홍 : 조번홍. '번홍'은 황산철을 태워서 만드는 붉은 채색을 뜻하는 반홍礬紅의 옛말이다. 번홍은 색채 이름을 나열한 문맥에서 쓰인 예가 있다. '조번홍'에서 '조'는 접두사처럼 쓰였는데 이 '조'는 한자 '粗'를 표기한 듯하다. 그렇다면 '조번홍'은 거친 번홍색을 뜻한다. 【礬 ᄇᆡᆨ번〈1527훈몽자(존경각본)中:14b〉】【白礬 ᄇᆡᆨ반〈1778방언유戌19b〉】【桃紅 도홍 비단 紛紅 분홍 비단 水紅 버슨 분홍 비단 礬紅 번홍 비단 鵝黃 버슨 금차할 비단〈1690역어유下:3b〉】

2　산힝나모 : 돌살구나무. '山杏#나모'. 산에 자라는 살구나무. 『산림경제』에서 '山杏'은 '山杏不堪入藥'이라고 하여 약에 쓸 수 없는 것이라고 했다. 『해동농서』에는 '杏 살고' 항에서 살구의 여러 종류를 설명하고, '酸而不堪食者 卽山杏之類也'라고 하여 '山杏'은 신맛이 나고 먹을 수 없는 것이라고 하였다. '산행나무'란 이름은 현대국어 사전에 나오지 않는다. '산행목'이란 이름의 나무가 염색 재료를 얻는 데 쓰는 것이라는 설명이 한국문화재보호재단의 『전통염색공예』(1998: 89)에 나와 있다. 이에 따르면 적색계 염료 식물로 생강나무, 산행목, 오리목, 봉선화, 아랑오 등이 있다고 하였다.

3　고긔양 : 고갱이. 배추, 풀 따위의 속심. '고긔'에 접미사 '-앙이'가 결합한 것이다. 'ㅢ'와 'ㅏ'가 연결되면서 모음 'ㅢ'가 탈락하여 '고강이'가 되고, 이후 'ㅣ'의 역행동화로 '고갱이'가 된다. 고긔앙이〉고강이〉고갱이. 【마ᄂᆞᆯ 半 되ᄅᆞᆯ ᄢᅵ혀 고긔양과 거프를 앗고〈1466구급방上:88a〉】【牛角쇠ᄲᅳᆯ고긔양〈1613동의보감1:42b〉】【木心고긔양〈1790몽어유下:37a〉】【고긔양〉고ᄀᆡᆼ이〈1897한영자260〉】

4 ᄠᆞ려 : 따개어. 쪼개어. 'ᄠᆞ리-어'[�].

5 오리나못 거플 : 오리나무 껍질. '오리나모#ㅅ#거플'. 바로 아래 내용에 '오리나못 겁질'로 다르게 표현되어 있다. 오리나무는 흔히 오리목으로 불리며 나무껍질이 자갈색이다. 오리나무의 자갈색 껍질에서 염료를 채취했음을 알 수 있다. 【오리나모 겁질 ᄒᆞᆫ 근의 ᄯᅩ 그리 달혀〈17초기,주방문27b〉】

6 뵈쟐ᄅᆡ : 베자루에. 베로 만든 자루에. '베#쟈ᄅᆞ-ᄋᆡ(처격조사)'.

7 ᄃᆞᄆᆞ고 : 담그고. 『주찬방』에는 'ᄃᆞᄆᆞ-'와 함께 'ᄃᆞ므-'의 예도 발견된다. 【식혜ᄅᆞᆯ ᄃᆞ므면 ᄀᆞ장 됴ᄏᆞᆺ다〈주찬방 40a〉】

8 ᄉᆞᄒᆡ : 사회沙灰. 굴 껍데기를 불에 태워 만든 가루. '동과 정과'〈41a〉 방문의 주석을 참고 바란다.

9 드리라 : 들여라. 들이라. 이 문맥에서는 '물을 들여라'는 뜻이다.

10 아랑피 : 아랑피. 아랑오의 껍질. 『한민족문화대백과』의 '염색' 항목을 참조하면, 조선 시대의 염색에 이용된 염료로 '아랑오피'가 사용되었음을 알 수 있다. 또한 한국문화재 보호재단의 『전통염색공예』(1998: 89)에 따르면 적색 염료를 얻어내는 식물로 생강나무, 산행목, 오리목, 봉선화, 아랑오 등이 있다고 한다.

11 ᄇᆡᆨ번 : 백반白礬. 황산 알루미늄과 황산 칼륨의 복염인 칼륨백반을 이르는 말. 떫은맛이 나는 무색투명한 정팔면체의 결정으로, 물에 녹으며 수용액은 산성을 나타낸다. 염료의 착색을 돕는 매염제로 쓰인다〈우리말샘〉. 【ᄂᆞᆯ ᄇᆡᆨ번을 ᄀᆞᄂᆞᆯ에 ᄀᆞ라〈1489구급간3:91a〉】【白礬 ᄇᆡᆨ반〈1778방언유戌19b〉】

12 뎌겨 : 섞어 버무려. '뎌기-어'. 백반을 나무껍질 달인 물에 녹여 섞어서. 이 문맥에서 아랑피(아랑오 껍질)를 달인 물에 백반을 '뎌겨' 염색한다고 했다. 바로 뒤 문장에는 다목을 달인 물에 백반을 '뎌겨'라고 했다. 아래의

감찰 들이는 법에서도 아랑피를 달인 물에 백반을 '뎌겨' 물들인다고 했고, 압두록 들이는 법에서는 아가위나무 껍질을 달여 여기에 백반을 '뎌겨' 넣는다고 했다. '뎌겨'의 모든 용례에서 염색 재료인 나무껍질을 달여 거기에 백반을 '뎌겨' 넣는 방법을 묘사하고 있다. 『주찬방』에서 '뎌겨'는 모두 염색법에 나오고 'ᄇᆡᆨ번 뎌겨'가 4회, '녹번 뎌겨'가 1회 쓰였다. 백반 가루를 염색 재료인 나무껍질 달인 물에 섞어 넣어 염색제 만드는 법을 설명하는 데 '뎌겨'가 쓰였다. 백반을 '뎌겨'는 작은 결정체인 백반을 가루 내어 나무껍질 달인 물에 섞어 녹여서 염색제 만드는 동작을 표현한 동사이다. 이런 문맥으로 보아 '뎌겨'는 백반을 두드려 가루로 만들어 물에 풀어 염색 재료에 섞어 넣는 제조법을 뭉뚱그려 표현한 낱말이다. 이 동사의 기본형은 '뎌기다'로 잡을 수 있다. 국립국어원의 누리 사전 〈우리말샘〉에 '제기다'의 뜻풀이에 "있던 자리에서 빠져 달아나다."(001), "자귀 따위로 가볍게 톡톡 깎다."(006), "물이나 국물 따위를 조금씩 부어 떨어뜨리다."(007) 등이 있다. 이 중에서 둘째와 셋째의 풀이가 '뎌겨'와 연관된다. 백반을 가볍게 두드려 깎아 가루로 만들어 물을 섞어 염료에 부어 떨어뜨리는 동작이 'ᄇᆡᆨ번 뎌겨'와 '녹반 뎌겨'의 뜻풀이로 잡을 수 있다.

『훈몽자회』에 '뎌기-'가 나오는데, '두드리다' 혹은 '치다'라는 뜻을 가진 한자 '搯'(도)의 훈이다. 【搯 뎌길 겹〈1559훈몽자(내각문고본)下:22b〉】【주머니예 못 밋쳐 지니 달히며 뎌기고 거픔을 저으며 써 ᄇᆞ리고 ᄂᆡ싀 업시 달혀야 빗치 곱ᄂᆞ니라〈주방 4a 조쳥법이라〉】『훈몽자회』의 '搯 뎌길 겹'에 나타난 '搯'의 현대 한자음은 '도'이고 이 한자의 뜻은 '꺼내다'이다. 한편 '摺'의 현대 한자음은 '접'이고 그 뜻은 '접다', '꺾어서 겹으로 되게 하다'이다. '摺'(접)이 『훈몽자회』의 자훈 '뎌길 겹'에 알맞은 한자이나 원전을 확인해 보니, 한자 자형이 ‘搯’가 분명하다. 최세진은 ‘搯’를 ‘摺’과 같은 자로 본 듯하다. ‘搯’의 자형 및 한자음 변화를 따져 봐야 할 부분이다.

13 누루거ᄃᆞᆫ : 누르거든. ‘누루-거ᄃᆞᆫ’[黃].

14 다목 : 다목[蘇枋木], 소목蘇木. 다목은 쌍떡잎 식물 장미목 콩과의 작은 상록 교목이고, 이 나무의 껍질과 열매에 들어 있는 색소는 붉은색을 내는 염료의 원료로 사용된다. 『구급간이방』에서 ‘다목’을 가리켜 ‘蘇枋木’(소방목)이라 하였는데 ‘소목’과 통용된 한자어이다. 【櫯 다목 소〈1527훈몽자(존경각본)上:11a〉】【蘇枋木(다목)剉煎濃汁灌嵢口中十數盞不令絶候瘡中黃水出爲妙 다목 사하라 달힌 건 므를 헌 굼긔 여라믄 되롤 브ᅀᅩᄃᆡ 그치디 아니케 ᄒᆞ야 헌 ᄃᆡ 누른 믈 나ᄆᆞᆯ 기드료미 됴ᄒᆞ니라〈1489구급간6:79b〉】【소목 蘇木〈1781왜어유下:28a〉】

15 됸ᄂᆞ니라 : 좋아지느니라. ‘둏-ᄂᆞ-니라’. 둏ᄂᆞ니라>됻ᄂᆞ니라>됸나니라.

16 회화 : 회화나무. 회화나무는 콩과에 속하는 낙엽 활엽수종으로 흔히 서원이나 향교의 마당에 심었다. 초겨울까지 푸른 잎이 유지된다. 이 나무의 꽃은 황색을 내는 염료로 쓰인다.

17 단 냥 : 다섯 냥. 닷냥→닫냥→단냥. ‘닷 냥’의 ㅅ이 이어지는 ㄴ 때문에 비음동화되었다.

18 ᄎᆞᄎᆞ로 : 차례대로. 차차로. ‘ᄎᆞᄎᆞ次次-로’. ‘次次로’, ‘實로’, ‘漸次로’, ‘스싀로~스스로’ 등과 같이 ‘-로’가 결합하여 부사 기능을 하는 예가 15세기 문헌에 많이 나타난다. 이때 ‘-로’는 격조사가 아닌, 파생접미사이다. 중세국어에서 ‘스싀’와 ‘스싀로~스스로’가 공존하고 있는데, 이는 ‘스싀로~스스로’의 말음절 ‘-로’가 격조사가 아님을 의미한다. 부사 ‘스싀’에 ‘-로’를 덧붙여 다시 부사를 파생시키는 절차는 부사에 접미사 ‘-이’나 ‘-히’를 덧붙여 다시 부사를

파생시키는 절차(더욱→더욱이, 홀연→홀연히 등)와 유사하다. 부사화 접미사 '-이', '-히'처럼 '-로'도 잉여적 파생접미사로 볼 수 있다(이현희 2015: 74). 【ᄎᆞᄎᆞ로 죄ᄅᆞᆯ 더러주ᄂᆞ니〈1579중간경민편15b〉】

19 양디 : 양지陽地. '양디 편의 오리나못 겁질'은 오리나무 둥치에서 햇볕을 받는 쪽의 껍질을 가리킨다. 염료를 추출하는 용도로 햇볕을 많이 받은 방향의 오리나무 껍질을 취하라는 뜻이다. 【더온 믈의 섯거 ᄃᆞᆷ아 양디예 두워〈1660신간구황촬(윤석창본)11b〉】【陽 양디 양〈1752주해천(초간본)2a〉】

20 겁질란 : 껍질은. '겁질-란(보조사)'. 주제의 보조사 '-란'은 강조의 의미를 나타낸다. 【불휘 ᄒᆞᆫ 줌 조히 시서 겁질 밧기니와〈1466구급방下:2a〉】【층이 만코 껍질이 만하〈1892성경직44b〉】

21 헌거ᄉᆡ : 헝겊에. '헐-ㄴ#것-ᄋᆡ(처격조사)'. 『주찬방』에는 '헌것'과 '헝것'이 함께 쓰여 있다. 【보ᄃᆞ라온 헌거스로 ᄆᆡ라〈1489구급간3:65a〉】【믈 ᄒᆞᆫ 동ᄒᆡ 붓고 청헝것 더퍼〈1670음식디미방22a〉】

22 져근덧 ᄉᆞ이예 : 잠깐 사이에. 짧은 시간이 지난 후. '덧'은 시간의 길이를 표현한 명사로 '어느덧' 등에 남아 있다. 【빗복의 브티면 져근덧ᄒᆞ야 난ᄂᆞ니〈1608태산집31a〉】

감찰색 물들이는 법

원문 판독

감찰[1] 드릴 법

주찬방 • 44a •

아랑피롤 달혀 빅번 뎌겨 드리면 비치 누르거ᄃᆫ 뽕나
못 거플을 달혀 녹번[2] 뎌겨 드리면 감찰 되ᄂᆞ니라.

현대어역

감찰색 물들이는 법

아랑오 껍질을 달여 백반을 저며(=섞어 버무려) 물들이면 빛이 누렇게 되거든, (그 다음에) 뽕나무 껍질을 달여 녹번을 저며 물들이면 감찰빛이 된다.

용어 해설

1 감찰 : 감찰색. 감찰빛. 약간 검은빛을 띤 주황색을 이르는 말이다(박연선 2007).

2 녹번 : 녹반錄礬. 녹반은 철이 묽은 황산에 녹아서 만들어진 녹색 결정체로, 염색이 잘 들도록 돕는 매염제媒染劑로 쓰인다.

압두록색 물들이는 법

원문 판독

압두록[1] 드리ᄂᆞᆫ 법

늘근 갈매나모[2] 거플을 달혀 드리고 버거[3] 모밀딥[4] ᄌᆡᆫ믈[5]을 딋게[6] 바타 드리고 쏘 버거 아가외나모[7] 거플을 벗겨 달혀 ᄇᆡᆨ번 뎌겨 드리면 압두록 되ᄂᆞ니라.

현대어역

압두록색 물들이는 법

늙은 갈매나무 껍질을 달여 물들이고, 다음으로 메밀짚의(=메밀짚을 태운) 잿물을 짙게 밭아서 물들이고, 또 다음으로 아가위나무 껍질을 벗겨 달여서 백반을 저며(=섞어 버무려) 물들이면 압두록색이 된다.

용어 해설

1 압두록 : 압두록색鴨頭綠色. 압두록빛. 오리 목둘레에 있는 녹색 털빛과 같은 짙은 녹색을 말한다(한국고전용어사전 2001). 『산림경제보』에 '압두록색' 들이는 법이 있는데, "늙은 갈매피를 짙게 끓여 물들이고, 메밀대 잿물 즙으로 물들이고, 또한 감당목피를 끓여 백반을 넣고 염색한다."라고 하였다. 위의 방문과 내용이 비슷하다. 3단계에 걸쳐 잇달아 염색하는 공정을 거쳐 압두록

색을 물들이는 방법을 설명해 놓았다.

2 갈매나모 : 갈매나무. 갈매나뭇과의 낙엽 활엽 관목. 열매는 약용하고 나무껍질은 염료로 쓴다. 갈매나무를 이용하여 회청색 물을 들인다. 이때 매염제媒染劑를 쓰지 않으면 노란빛이 나고, 철을 매염제로 쓰면 검은빛이 돌며, 구리를 매염제로 쓰면 붉은 갈색을 띤다〈우리말샘〉. 【갈매나무 染青木〈1880한불자134〉】【갈매 드리다〈1897한영자194〉】

3 버거 : 버금으로. 다음으로. 【ᄯᅩ 버거 부톄 겨샤ᄃᆡ〈1447석보상13:29a〉】

4 모밀딥 : 메밀짚. 메밀대의 잎과 줄기.

5 ᄌᆡᆫ믈 : 잿물. 'ᄌᆡ#ㅅ#믈'. ㅅ이 후행하는 ㅁ에 비음동화되어 ㄴ으로 실현되었다. 여기서는 메밀대를 태운 재로 만든 잿물을 가리킨다. 【ᄆᆡ 복 두 냥을 ᄉᆡᆼ유 넉 냥과 ᄌᆡᆫ믈 반 잔과 쁜 술 ᄒᆞᆫ 되애 골라 세 소솜을 달혀〈1682마경초집언해下:89b〉】【쳑쵹 고ᄌᆞᆯ 만히 디허 드린 후의 가지나모 ᄌᆡᆫ믈을 ᄶᅵ라〈16??酒方文28a〉】

6 딧게 : 짙게. '딛게'로 표기되다가, 받침 ㄷ이 ㅅ으로 단일화되면서 '딧게'로 표기되었다. 【ᄯᅩ 쇠ᄅᆞᆯ 글혀 딛게 ᄒᆞ야 헌 ᄃᆡ 시스라〈1466구급방下:63a〉】【ᄡᅡᄒᆞ라 딛게 달혀 머기라〈1608두창집上:22b〉】【인솜을 딧게 달혀〈16??납약증26a〉】【먹을 딧게 ᄀᆞ라〈1792증수무1:50b〉】

7 아가외나모 : 아가위나무. 산사나무山査--. 【棠 아가외 당〈1527훈몽자(존경각본)上:11b〉】【아가외 棠 아가외나무 棠 아가위 棠〈1880한불자2〉】

과실나무 좋게 만드는 법

원문 판독

과실나모 돈ᄂᆞᆫ 법[1]

믈읫[2] 온갓 과실 남글 증 미틀[3] 샤일[4]에 ᄀᆞ장 ᄆᆞ이 다으면[5] 벌

주찬방 • 44b •

에[6] 업고 ᄠᅥ러디丶[7] 아니ᄒᆞᄂᆞ니라.

현대어역

과실나무 좋게 만드는 법

무릇 온갖 과실나무는 사일社日날에 시루 밑을 (나무에) 많이 닿게 하면, 벌레가 없고 (맺은 실과가) 떨어지지 아니하느니라.

용어 해설

1 과실나모 돈ᄂᆞᆫ 법: 과실나무를 좋게 하는 법. 이 방문은 과일나무의 열매가 떨어지지 않게 하고, 벌레가 꾀지 않도록 하는 방법을 설명한 것이다. 봄 춘사일春社日에 솥바닥 검댕에 나무를 문지르면 두 가지 효험이 있다는 설명이다. 봄에 솥의 검댕을 이용하여 나무를 소독한 셈이다. 이 방문은 다른 한글 음식조리서에 전혀 나오지 않는 특이 방문이다. 『산가요록』, 『사시찬요초』, 『산림경제』 등에 한문 서적에 과실나무 재배법이 짧게 나온다. 위의 한글

방문은 한문 방문을 번역한 것이 분명하다.

2 믈읫 : 무릇. 【凡은 믈읫 ᄒᆞ논 ᄠᅳ디라〈1446훈민언13a〉】

3 증 미틀 : 시루 밑을. '증'을 한자 '甑'의 음표기로 본다면 '증 미틀'은 '시루 밑을'이란 뜻이 된다.

4 샤일 : 사일社日. 글자 우측에 한자어 '社日'이 묵서되어 있다. 사일社日은 입춘立春이나 입추立秋가 지난 뒤 다섯 번째의 무일戊日을 가리킨다. 입춘立春 이후 무일戊日을 춘사春社라 하고, 입추立秋 이후 무일戊日을 추사秋社라 한다. 춘사에는 곡식穀食의 발육發育을 빌고, 추사에는 그 수확收穫을 감사感謝한다. 『제민요술』의 '과일나무 보호하기'를 참고하면, 정월 말에서 2월 말까지는 나뭇가지를 치는 것이 좋다고 하였다. 따라서 이 방문에 나온 '샤일'은 춘사에 해당하는 것으로 보인다.

5 다으면 : 닿으면. 닿게 하면. '다으면'의 뜻과 비슷한 다음 용례가 발견된다. 【齊心用力ᄒᆞ여 만히 工夫 드려 큰 달고로 만히 여러번 다으면 自然 堅固ᄒᆞ리니〈1765박통사신석1:11b〉】 이 예문 중 "큰 달고로 만히 여러번 다으면"은 한어 원문의 "大夯多舂幾十下"를 번역한 것이다. 번역문의 '다으면'은 漢語 문장의 '下'에 대응하는 뜻풀이다. 따라서 '시루 밑을 나무에 여러 번 닿게 하면' 정도로 뜻풀이를 할 수 있다.

6 벌에 : 벌레[蟲]. 벌에>벌레. 【주근 벌에 ᄃᆞ외야〈1447석보상3:15b〉】 【벌레 먹ᄂᆞᆫ 병을 고티ᄂᆞ니〈1682마경초上:68b〉】

7 ᄠᅥ러디丶 : 떨어지지. 【모딘 길헤 ᄠᅥ러디면〈1447석보상6:3b〉】

기름 묻은 데 빠는 법

원문 판독[1]

• [2] 기ᄅᆞᆷ 무ᄃᆞᆫ[3] ᄃᆡ ᄲᆡᄂᆞᆫ[4] 법 [기ᄅᆞᆷ 무ᄃᆞᆫ ᄃᆡ 활셕 ᄀᆞᄅᆞ[5] ᄒᆞ려면 물 속 올마[6] 기ᄅᆞᆷ 흔젹 업ᄂᆞ니라][7]

쥐엽 여름[8]을 즛ᄀᆞ라[9] 믈에 ᄌᆞᆷ가[10] ᄲᆞᆯ면 기ᄅᆞᆷ 긔쳑이 업ᄂᆞ니라. ○멀윈믈[11] 므ᄃᆞᆫ[12] ᄃᆡ란 딘ᄒᆞᆫ 초ᄒᆡ[13] ᄲᆞᆯ면 디ᄂᆞ니라.

현대어역

• 기름 묻은 데 빠는 법. 기름 묻은 데 활석 가루를 활용하면 물 속(?) 옮아 기름 흔적이 없어진다.

쥐엄나무 열매를 짓갈아 물에 잠가서 빨면 기름 기척(=남은 흔적)이 없어진다.

○머룻물이 묻은 데는 진한 초醋에 빨면 진다.

용어 해설

1 아래 몇 개 문장은 기름이나 머룻물 따위가 옷에 묻어 더럽혀진 것을 빠는 방법을 설명한 것이다. 글 제목이 보이지 않으나, 내용으로 보아 세의법洗衣法에 해당한다. 세의법은 목판본 『규합총서』 제28장과 29장에 비교적 자세히 기술되어 있다. 그 중에서 기름 묻은 것을 빠는 법은 『규합총서』에 다음과

같이 나온다. 【기름과 먹 ᄒᆞᆫ가지로 무든 ᄃᆡᄂᆞᆫ 반하(약ᄌᆡ) ᄀᆞᄅᆞ 오젹어ᄲᅧ ᄀᆞᄅᆞ 활셕 ᄀᆞᄅᆞ 고ᄇᆡᆨ반 ᄀᆞᄅᆞᄅᆞᆯ 등분ᄒᆞ야 ᄒᆞᆷᄭᅴ ᄐᆞ셔 ᄡᅵᆺ고 큰 마ᄂᆞᆯ을 즛ᄶᅵ어 문지르고 ᄒᆡᆼ인과 ᄃᆡ초ᄅᆞᆯ 믄지르라〈1869규합총28b〉】 활석 가루를 세탁제로 쓰는 점이 두 문헌에 공통적이다.

2 • : 둥근 백권을 칠 자리에 검은 점획을 찍어 두었다.

3 무ᄃᆞᆫ : 묻은. '묻-ᄋᆞᆫ'. '묻다'는 다른 물체에 들러붙거나 흔적이 남게 되다란 뜻이다. 15세기 문헌부터 '묻-'으로 쓰였다. 【피 무든 ᄒᆞᆯᄀᆞᆯ 파 가져〈1459월인석1:7b〉】

4 ᄲᆞᄂᆞᆫ : 빠는. 'ᄲᆞᆯ-ᄂᆞᆫ'. 'ᄲᆞᆯ-'에 관형사형 어미 '-ᄂᆞᆫ'이 결합하여, ㄴ 앞에서 어간 말음 ㄹ이 탈락한 것이다. 【옷 ᄲᆞᆯ며 발 싯고〈1447석보상11:25a〉】【깁 ᄲᆞᄂᆞᆫ 계집이 밥 그르ᄉᆞᆯ 가져시믈 보고〈1737여사서4:47b〉】

5 활셕 ᄀᆞᄅᆞ : 활석가루[滑石粉]. 『증보산림경제 Ⅲ-고농서국역총서6』에 따르면, 활석가루를 위에 뿌리고 뜨겁게 다려 주면 옷에 묻은 기름이 제거된다고 하였다.

6 물 속 올마 : 이 부분의 판독과 뜻풀이가 어렵다. '물 속'의 판독도 모호한 점이 있고, '물 속'이 무슨 뜻인지 알아내기 어렵다. 미상어로 남겨 둔다.

7 [ ] 안에 넣은 이 문장은 방문명 아래 협주처럼 두 줄의 잔글씨로 써 놓은 것이다. 글자가 잘고 흘림이 심하여 판독이 쉽지 않은 부분이다. '물 속 올마'가 특히 그러하다.

8 쥐엽 여름 : 쥐엄나무 열매.

9 즛ᄀᆞ라 : 짓갈아. 강세접두사 '즛-'이 '몹시'나 '매우'의 뜻을 더하여, 이 구절에서는 쥐엄나무 열매를 마구 간다는 의미로 쓰였다. 【뵈ᄡᅡᆼ잇닙 ᄒᆞᆫ 줌을 즛ᄀᆞ라 ᄧᅩᆫ 즙과 ᄢᅮᆯ ᄒᆞᆫ ᄒᆞᆸ과ᄅᆞᆯ 섯거 고ᄅᆞ게 ᄒᆞ야〈1489구급간3:104a〉】

10　ᄌᆞᆷ가 : 잠가. 'ᄌᆞᆷ그-아'. 물 속에 넣어 가라앉게 하여. 【암도티 ᄯᅩᆼ ᄒᆞᆫ되를 므레 ᄌᆞᆷ가 반자여 즈싀 업게ᄒᆞ고 다 머그라〈1525간이벽21b〉】

11　멀윈믈 : 머루로 인하여 든 물. '멀위#ㅅ#믈'. '멀위'에 사이시옷이 첨가된 후 '믈'의 초성 ㅁ에 동화되어 ㅅ이 ㄴ으로 변화한 것이다. 【葡 멀위 포〈1527훈몽자(존경각본)上:12a〉】

12　므ᄃᆞᆫ : 묻은. '무ᄃᆞᆫ'의 '무'를 '므'로 과도교정한 것이다. 같은 방문에서 '무ᄃᆞᆫ'과 '므ᄃᆞᆫ'이 공존한 모습이다. 『주찬방』에는 순자음 뒤의 원순모음화 ㅡ〉ㅜ가 부분적으로 반영되어 있다. 과도교정한 '므ᄃᆞᆫ'은 원순모음화 ㅡ〉ㅜ 변화를 의식한 결과이다.

13　초ᄒᆡ : 초에. '초ㅎ-ᄋᆡ'. 【醋 초 초〈1527훈몽자(존경각본)中:21a〉】 '초'醋를 '초ㅎ'으로 나타낸 예는 여기에서 처음 확인된다. 『주찬방』 '창포초 담는 법'〈24a〉의 '아므 최라도'(초-ㅣ라도)에도 '초'로 쓰였다.

역청 고으는 법

원문 판독

녁쳥[1] 고을 법[2]

버유[3] 두 되만 고오려 ᄒᆞ면 무명셕[4] 큰 ᄃᆞᆯ긔알만치과[5] ᄇᆡᆨ

번 밤낫[6]만치와 쉿ᄀᆞᄅᆞ[7] ᄒᆞᆫ 홉을[8] ᄒᆞᆫᄃᆡ 녀허 만화로 고오ᄃᆡ 무

주찬방 • 45a •

명셕과 쇳ᄀᆞᆯ리[9] 다 녹고 글턴[10] 거품이 절로 그쳐 ᄀᆞ라안
새ᄃᆞᆫ[11] 막대로 디거[12] 믈에 처디워[13] 보면 기름이 믈에 헤여디
디[14] 아니ᄒᆞ면 다 되연ᄂᆞ니[15] 즉제 드러내여 노하 시기라[16]. 너모 오
래 고오면 너모 거러[17] 몯 ᄡᅳᄂᆞ니라. 또 쇳ᄀᆞᄅᆞ곳[18] 젹거ᄃᆞᆫ 무명
셩[19]을 더 녀허 고오면 녁쳥이 칠ᄒᆞ면 비치 윤나고 됴ᄒᆞ니
라. ○또 ᄒᆞᆫ 법은 버유 서 되ᄅᆞᆯ 만화로 글혀 동유[20] ᄀᆞᄐᆞᆫ
후제 거ᄌᆡᆺᄒᆞᆫ[21] 샹품[22] 숑지[23] ᄒᆞᆫ 되과[24] 숫돌[25] 지거미[26] 서 홉과
거ᄌᆡᆺ 황밀[27] 닐굽 돈과 ᄇᆡᆨ번 닐굽 돈과 ᄒᆞᆫᄃᆡ 녀허 도로

주찬방 • 45b •

만화로 글혀 다 노근 후에 칠ᄒᆞ라.

현대어역

역청 고으는 법

법유(들기름) 두 되만큼 고으려고 하면 무명석은 큰 달걀만큼, 백반은 밤알 크기만큼, 쇳가루 한 홉을 한데 넣어, 약한 불로 고아라. 무명석과 쇳가루가 다 녹고, 끓던 거품이 절로 그쳐 가라앉거든, 막대로 찍어 물에 떨어뜨려 보아 기름이 물에 풀어지지(=흩어지지) 않으면 다 된 것이다. 즉시 들어내어 놓고 식혀라. 너무 오래 고으면 너무 걸어서 못 쓴다. 또 쇳가루가 적을 때 무명석을 더 넣어서 고으면 역청을 칠했을 때 그 빛이 윤나고 좋다.

○또 하나의 방법은 법유(=들기름) 석 되를 약한 불로 끓여 동유를 고으는

것처럼 한 후, 찌꺼기를 걸러낸 상품上品의 송진 한 되와, 숫돌 지게미 서 홉과, 찌꺼기를 거른 밀랍(=黃蜜蠟) 일곱 돈과 백반 일곱 돈을 한데 넣고서, 도로 약한 불에 끓여 다 녹은 후에 칠하라.

용어 해설

1 녁쳥 : 역청瀝靑. 역청은 석유를 정제할 때 잔류물로 얻어지는 고체나 반고체의 탄화수소 화합물이다. 본문에는 역청을 어디에 칠하는지 밝혀 적지 않았다. 후술할 '가칠 하는 법'을 참고하면, 목재 등의 바탕칠을 하는 데 역청이 사용됨을 짐작할 수 있다. 전근대 전통시대의 생활에서 독과 항아리 깨진 데 역청을 바르기도 했다고 한다.

2 녁쳥 고을 법: 목재에 방부제로 바르는 역청瀝靑의 제조법을 설명한 것이다. 이 방문은 다른 한글 음식조리서에서 볼 수 없는 것이다.

3 버유 : 법유法油. 들기름. 『세종실록지리지』에 따르면, 들기름을 뜻하는 '소자유'蘇子油의 속명 혹은 향명鄕名이 '법유'法油라고 했다. 『세종실록』 148권 지리지 경기: 소자유蘇子油(俗名 法油), 『세종실록』 149권 지리지 충청도: 소자유蘇子油(鄕名 法油), 그리고 〈깜짝새〉 검색 결과, 들기름을 뜻하는 '荏油'(임유)와 '法油'(법유)라는 한자어가 19세기 말기 문헌에 등장한다. 【들기름 法油〈1880한불자480〉】【들기름 水荏油 法油〈1895국한회29〉】 『주찬방』의 '버유'는 이 문헌들에 등장하는 한자어 '법유'法油의 음변화형으로 판단된다. 이 '버유'는 일상적 구어에서 '法油'(법유)의 말자음 ㅂ이 탈락된 발음이다. 『한국고전용어사전』에 따르면, 유칠油漆은 들기름[荏胡麻油]에 당황단唐黃丹 및 무명석

無名石을 넣어 만든 도료塗料의 일종이고, 버유에 무명석을 넣어 역청을 만든다고 하였다. 따라서 '버유'가 법유, 즉 들기름의 뜻임을 알 수 있다. 【蘇油 들기름〈1690역어유上:52a〉】【蘇油 들기름〈1778방언유酉30b〉】【水麻油 들기름〈18??광재물飮食:2b〉】 장기인(1995: 62)은 들기름을 임유荏油라 하였고, 축성築城 작업에서 방수제防水劑로 발랐던 것이라고 설명하였다.

4 무명셕 : 무명석無名石. 바위에 붙어서 나는, 검은 갈색의 윤기가 있는 쌀알만 한 작은 덩이의 광물을 이른다. 【無名異 ᄒᆞᆫ 分을 ᄀᆞᄂᆞ리 ᄀᆞ라〈1466구급방下:24b〉】【无名異 무명셕〈18??광재물石:2b〉】

5 ᄃᆞᆯᄀᆡ알만치과 : 달걀만큼과. 'ᄃᆞᆰ-의#알-만치-과'. '만큼'을 뜻하는 '만치'에 부사격 조사 '-과'가 결합한 것이다. 【等分爲末以鷄子黃(ᄃᆞᆯᄀᆡ알 소뱃 누른 믈)〈1489구급간6:92a〉】

6 밤낫 : 밤의 낟알.

7 쇳ᄀᆞᄅᆞ : 쇳가루. '쇠#ㅅ#ᄀᆞᄅᆞ'.

8 ᄒᆞᆫ 홉을 : 한 홉을. 앞의 '밤낫만치와'에 이어서 'ᄒᆞᆫ 홉과ᄅᆞᆯ'로 적지 않고 있다. 『주찬방』에는 체언을 나열할 때 마지막 체언에 공동격조사가 결합하기도 한다. 여기에서는 결합하지 않았다.

9 쇳골리 : 쇳가루가. '쇠#ㅅ#ᄀᆞᄅᆞ-ㅣ(주격조사)'. 【그 골리 다ᄉᆞᆺ 푼이어든〈1608두창집上:4b〉】

10 글턴 : 끓던. '긇-더-ㄴ'. 어두경음화가 실현되지 않은 예이다. 【湯 ᄭᅳᆯ흘 탕〈1583석봉천(박찬성본)5a〉】

11 ᄀᆞ라안ᄶᅢ든 : 가라앉거든. '안ᄶᅢ든'은 어간과 어미의 결합(앉-거든)에서 일어난 경음화가 표기에 반영된 예이다. 【대홰 대텽에 안ᄶᅢ든 모ᄃᆞᆫ 앗보치들히 ᄆᆡ 뭇고〈1518이륜행(옥산서원본)31a〉】

12 디거 : 찍어. '딕-어'. 18세기 말 문헌에 어두경음화된 어형 '띡-'과 '찍-'의 용례가 있다. 【술위 가온데셔 쇼ᄅᆞᆯ 잡아내여 띡으니〈1797오륜행忠:23a〉】 【요구쇠로 목을 찍어 피 흐ᄅᆞᄃᆡ〈1765을병연5:76〉】

13 처디워 : (아래로) 처지게 하여. 떨어뜨려. '처디-우(사동접미사)-어'[落]. 【믈 ᄀᆞᆫ 기름 두ᅀᅥ 번 처디여 모ᄀᆡ 브스라〈1489구급간2:78a〉】

14 헤여디디 : 헤어지지. 흩어지지.

15 되연ᄂᆞ니 : 되었으니. '되-j-엇-ᄂᆞ-니'. 어간말 ㅅ이 ㄷ으로 폐음화된 후 후접하는 비음 ㄴ에 동화된 표기이다.

16 시기라 : 식히라. '식-이(사동접미사)-라'.

17 거러 : 걸어. 액체가 묽지 않고 꽤 진하다는 뜻이다. 이 '거러'는 역청을 너무 오래 고으면 너무 되직해진다는 의미로 쓰였다.

18 쇳ᄀᆞᄅᆞ곳 : 쇳가루가. '쇠#ㅅ#ᄀᆞᄅᆞ-곳'. '-곳'은 강세첨사. 현대국어로 번역할 때 적절한 조사를 붙이기 어렵다.

19 무명셩 : 무명석. '무명셕'의 오기.

20 동유 : 동유桐油. 동유는 참오동나무 씨에서 짜낸 기름이다. 오늘날에도 동유는 습기를 막기 위해 목조가구나 목조주택에 칠하는 염료로 쓰이고 있다.

21 거ᄌᆡᄒᆞᆫ : 거재去滓한. 찌꺼기를 없앤. '거ᄌᆡ-ᄒᆞ-ㄴ'. 【모시 헝거ᄉᆡ 거ᄌᆡᄒᆞ고 국말 서 되 섯거 비ᄌᆞ라〈17??온주법6b〉】

22 샹품 : 상품上品.

23 숑지 : 송지松脂. 송진松津. 【블이 뻐디거ᄂᆞᆯ 숑지ᄅᆞᆯ 가져 홰ᄂᆞᆯ ᄆᆡᆼᄀᆞ라〈1617동국신孝2:69b〉】

24 되과 : 되와. '되-과'. 단위 명사 '되'와 공동격조사 '-와/과'가 결합한 것이다.

25 숫돌 : 숫돌. 【碫 숫돌 단 礪 뿟돌 례〈1527훈몽자(존경각본)中:19a〉】

26 지거미 : 지게미. 술을 걸러내고 남은 찌꺼기. 이와 뜻이 같은 '술지강이'가 『음식디미방』의 '고기 말리고 오래 두는법'〈9a〉 방문에 나타나 있다.

27 황밀 : 밀랍. 밀랍은 벌집을 만들기 위하여 꿀벌이 분비하는 물질이다. 누런 빛깔로 상온에서 단단하게 굳어지는 성질이 있다. 절연제, 광택제, 방수제 따위로 쓴다〈우리말샘〉.

동유 고으는 법

원문 판독

동유 고오ᄂᆞᆫ 번[1]

버유 두 되만 고오면 ᄉᆞᆮ 미ᄐᆡ 검듸영[2] 두 홉과 무명셕 ᄒᆞᆫ 홉과 ᄇᆡᆨ번 ᄒᆞᆫ 홉과 녀허 만화로 글혀 무명셕 ᄇᆡᆨ번 검듸영이 ᄌᆡ 다 녹고 글턴 거품이 잔[3] ᄌᆞᆫ거ᄃᆞᆫ[4] 막대예 디거 믈에 처디우면 헤여디〻 아니커ᄃᆞᆫ 그만ᄒᆞ야 드러내 □□ᄒᆞ라.[5]

현대어역

동유 고으는 법

법유 두 되를 고으면 솥 밑에 검댕 두 홉과 무명석 한 홉과 백반 한 홉을 넣어서 약한 불로 끓여라. 무명석과 백반과 검댕이 모두 다 녹아서 끓던 거품이 조금 잦아들거든 막대에 찍어 물에 떨어뜨려 보아서 (물에) 풀어지지 (=흩어지지) 않으면 그만하고 들어내 □□하라.

용어 해설

1 동유 고오ᄂᆞᆫ 번 : 동유桐油 고으는 법. '번'은 '법'의 오기이다. 이 방문은 다른 한글 음식조리서에서는 볼 수 없는 것이다.

2 검듸영 : 검댕. 그을음이나 연기가 엉기어 생기는 물질. 【소곰과 손믿 검듸영을 믈에 섯거 잠싼 봇가 블에 ᄉᆞᆫ ᄂᆡ를 ᄡᅬ이면 ᄀᆞ랍기 즉제 긋ᄂᆞ니라〈1608두창집下:10a〉】

3 잔 : 조금. '조금'을 뜻하는 부사 '잔'의 용례는 '진주면'〈25b〉을 참고하기 바란다.

4 ᄌᆞᆫ거든 : 잦아들거든. 'ᄌᆞᆫ-거든'. 'ᄌᆞᆫ다'(>잦다)는 '액체가 속으로 스며들거나 점점 졸아들다'라는 뜻이다. '잔 ᄌᆞᆫ거든'은 '조금 잦아들거든'의 뜻이다. 펄펄 끓으며 솟아 오르던 것이 조금 잦아드는 정황을 표현했다.

5 드러내□□ᄒᆞ라 : 문맥상 '들어내어 칠하라'는 의미로 해석하면 적절하다.

가칠하는 법

원문 판독

주찬방 • 46a •

갸칠 ᄒᆞᄂᆞᆫ 법[1]

믈읫 칠ᄒᆞᆯ 거ᄉᆞᆯ 대염[2]을 칠ᄒᆞ야 ᄆᆞᆯ뢰기ᄅᆞᆯ 다엿 번

ᄒᆞᆫ 후제 숑연[3]이나 혹 ᄎᆞᆰ ᄌᆡ[4]나 두터이 칠ᄒᆞ고 ᄆᆞᄅᆞ거ᄃᆞᆫ

ᄉᆞᄎᆞ로 믄디ᄅᆞᆫ[5] 후에 녁쳥이나 동ᄋᆔ나[6] 덥게 노겨 손으

로 칠ᄒᆞ야 ᄆᆞᄅᆞ거ᄃᆞᆫ 서너 번만 칠ᄒᆞ면 됴ᄒᆞ니

현대어역

가칠[假漆](바탕칠) 하는 법

무릇 칠할 것에다가 대염(?)을 칠하여 말리기를 대여섯 번 한다. 후에 송연이나 혹은 칡 재를 두텁게 칠한다. (칠한 것이) 마르거든 살바로 문지른 후에 역청이나 동유를 따뜻하게 녹여 손으로 칠하고 (그것이) 마르거든 서너 번만 더 칠하면 좋으니.

용어 해설

1 갸칠 ᄒᆞᄂᆞᆫ 법 : 가칠假漆 하는 법. '가칠'假漆은 단청할 때 애벌로 칠하는 것을

뜻한다. 그런데 여기서는 '갸칠'로 되어 있어서 문제가 된다. 이 방문은 역청이나 동유를 이용하여 서까래에 바탕칠 하는 법을 설명한 것이며, 다른 음식조리서나 한글 문헌에서 찾을 수 없는 방문이다. '假漆'을 하는 장인을 '假漆匠'(가칠장)이라 기록한 문헌이 있다. 【假漆匠 (追崇都監儀軌 1776 191ㅇ05)(김연주 2009: 62 재인용)】 한편 '家'를 '갸'로 적은 예가 있다. 【갸ᄉᆞ〈1459월인석23:74b〉】【갸ᄉᆞ家事〈1669어록해(개간본)9b〉】 '家'를 '갸'로 읽은 것은 중국 한어음의 차용으로 본다.

2 대염 : 여러 문헌을 검색해 보아도 '대염'의 용례를 찾을 수 없었다. '대염'大染?은 송연松煙이나 췱재로 본격적 칠을 하기에 앞서서 여러 번 칠하는 것을 설명한 문맥에서 쓰였다. '송연'과 '췱재'라는 재료로 칠하는 작업이 '대염칠' 뒤에 이어지고 있다. 송연과 췱재를 칠재료로 쓰는 칠은 본칠(=본격적 칠하기)이고, 대염으로 칠하는 것은 '바탕칠' 혹은 '예비칠'로 봄이 문맥에 잘 어울린다. 이런 의미에서 대염 칠하는 작업에 '갸칠'假漆이란 방문 이름이 붙은 듯하다. '대염'의 한자 표기는 단정하기 어렵지만 '大染'일 듯하고, 그 뜻은 '거칠게 칠함' 정도로 볼 수 있다. 본칠에 앞서서 대충 거칠게 칠하는 것이어서 '大'를 추정해 본 것이나, 더 검증되어야 한다. '大'의 옛 한자음은 '대'이고, '代'나 '待'의 한자음은 'ᄃᆡ'였다.

3 숑연 : 송연松煙. 소나무를 태운 그을음을 가리킨다. 송연먹을 만드는 재료로 쓰인다.

4 츩 ᄌᆡ : 췱재. 췱을 태운 재.

5 믄디ᄅᆞᆫ : 문지른. 【등 믄디ᄅᆞ기ᄂᆞᆫ 두 낫 돈이오〈1677박통해上:47a〉】

6 동ᄋᆔ나 : 동유나. '동유桐油-ㅣ나'.

〈이상 본문 끝〉

권말 필사기[1]

원문 판독

주찬방 • 뒤표지 안쪽면 •

甲辰春[2] 改粧于江都長嶺[3]寓舍 青氈旧物[4] 不宜借人見失也[5].

현대어역

갑진년 봄에 강화도 장령의 집에서 책을 고쳐 매어 장정했다. 조상 대대로 내려오는 물건이니 남에게 빌려주어 잃어버리지 않도록 하여라.

용어 해설

1 여기서부터 개장자改粧者가 집안에 전해 오던 이 책을 새로 장정하고 쓴 개장 필사기改粧 筆寫記에 해당한다. 뒤표지 안쪽 면에 씌어 있다.

2 甲辰春 : 갑진년 봄. 개장 때 사용한 종이의 지질과 책의 상태로 보아 이 갑진년은 1724년, 1784년, 1844년 중의 하나일 것이다. 배접지 및 표지의 상태로 보아 1784년일 가능성이 높지만 단정하기 어렵다. 그러나 원본의 지질과 언어 상태는 이 개장기改粧記의 연도보다 훨씬 앞서는 것이다.

3 長嶺 : 강화도 장령長嶺을 가리킨다. 『강화부지』江華府志 권상卷上 제언堤堰 항에는 '長嶺里'란 마을 이름이 있다. 『여지도서』輿地圖書 상권의 「강도부지」江都府誌의 능침陵寢 항에도 '長嶺 大廟洞'(장령 대묘동)이란 지명이 있다. 자세한 내용은 이 책에 실린 「17세기 한글 음식조리서 『주찬방』의 서지와 내용 구성」을 참고하기 바란다.

4 靑氈舊物 : 청선-구물. '청전'靑氈(푸른빛 털방석이나 털담요 따위)은 집안 대대로 전하여 오는 오래된 물건을 뜻한다. '舊物'(구물)도 오래된 물건을 뜻한다.

5 不宜借人見失也 : 남에게 빌려주어 잃지 말라는 뜻이다. 『음식디미방』의 저자 장계향이 쓴 필사기 말미에 "부듸 샹치 말게 간쇼ᄒᆞ야 수이 쩌러 ᄇᆞ리다 말라"라는 당부가 있다. 책을 잘 보존하도록 후손들에게 당부한 내용이 서로 같다.

감향주

원문 판독

주찬방 • 이면지 제1장 •

감향주

ᄇᆡᆨ미 일 승[2] ᄃᆞᆷ갓다가 ᄀᆞᄅᆞ 찌허[3] 눅

은[4] ᄯᅥᆨ마치[5] ᄆᆞ라 구무[6] ᄯᅳ러[7] ᄂᆡᆨ게 ᄉᆞᆱ마 못 미

처 시거셔 ᄆᆞᆼ을[8] 업시 낫〻치[9] ᄡᅵ(?)[10] ᄂᆞᆯ믈긔

말고 ᄯᅥᆨ ᄉᆞᆱ은 물을 손 긋ᄐᆡ[11] 무텨 가며

ᄆᆞᆼ을을 다■[12] ᄑᆞᆫ[13] 후의 ᄀᆞᄅᆞ 누룩 ᄒᆞᆫ

되와 ᄒᆞᆫᄃᆡ 텨 항의 녀코 나흘 닷새만 □

여 마시 □□거든 졈미 일 두 시서 ᄃᆞᆷ갓다가

ᄂᆡᆨ게 □(글)혀 김 나디 아니케[14] ᄒᆞ고 ᄭᅳᆯ힌 믈 졍

□[15] 사발로 세희[16] ᄆᆡᆺ술[17]을 걸러 그 믈의

고로、、[18] 밥을 ᄉᆡᆺ거 녀흐ᄃᆡ 믈 만히 잡으

면 마시 ᄆᆡᆸ고 ᄡᅳᆫ맛 만코 되게[19] 고로、、 밥낫

ᄎᆞᆯ 프러 녀허 닉으면 마시 ᄃᆞᆯ고 ᄆᆡᆸᄂᆞ니

잘 되면 오랄ᄉᆞ록[20] 마시 ᄃᆞ니라[21] 방문의

세 닐웨예 ᄡᅳ라 여셔ᄂᆞᆫ[22] 두어 닐웨도

주찬방 • 이면지 제2장 •

ᄡᅳᆯ 만ᄒᆞ니 맛곳[23] ᄆᆡᆸ고 ᄃᆞᆯ면 오래 둘ᄉᆞ록

마시 긔특ᄒᆞ니라[24]

현대어역

감향주

백미 한 되를 담갔다가 가루로 찧어 눅은 떡처럼 말아서 구멍 뚫어 익게 삶아라. 미처 식기 전에(=덜 식었을 때) 망울이 없도록 낱낱이 망울을 깨어라. 날물기가 들지 말게 하고, 떡 삶은 물을 손끝에 묻혀 가며 망울을 다 푼 후에, 가루 누룩 한 되와 함께 쳐서 항아리에 넣어라. 나흘 닷새만 □□여 맛이 □□거든, 찹쌀 한 말 씻어 담갔다가 익게 끓여 김이 나지 않게 하고, 끓인 물 정□(깨끗한) 세 사발로(=세 사발에) 밑술을 걸러라. 그 물에 고루고루 밥을 섞어 넣되, 물을 많이 잡으면 맛이 맵고 쓴 맛이 많다. (밥을) 되직하게 하여 고루고루 밥알을 풀어 넣어 익으면 맛이 달고 매워지느니라. 잘되면 오래될수록 맛이 달아진다. (옛) 방문에는 세 이레 만에 쓰라(고 하였으나), 여기서는 두 이레쯤도 쓸 만하니라. 맛이 맵고 달면 오래 둘수록 맛이 기이하고 특별하니라.

용어 해설

1　이하 방문은 17세기 초기에 필사된 본문보다 훨씬 후대에 누군가가 『주찬방』 권두 목록 면의 이면지에 써넣은 것이다. 개장하여 책을 새로 장정하기 이전에 써넣은 것이며, 음운변화의 특징으로 보아 18세기 후기 이후에 필사한 것이라고 판단한다. 이면지 방문을 영인하기 위해 실로 꿰맨 장정을 풀었다. 종이 가운데 접힌 부분을 펼쳐 한 장 단위로 스캔을 했다. 그래서 이면지 장차는 제1장, 제2장과 같은 형식으로 제시한다.

2　승 : 되[升].

3　찌허 : 찧어. '찧-어'. '딯-'이 어두경음화된 것이다. 【잢간 봇가 찌허 ᄀᆞ라〈1466구급방下:67a〉】【ᄀᆞᄅᆞ 찌허 졍케 노외여〈1670음식디미방11b〉】

4　눅은 : 눅은. 무른. '눅다'는 옷이나 반죽 따위가 물기를 머금어 부드러워지는 것을 의미한다.

5　떡마치 : 떡만큼. 이 문헌에서는 '-만큼'의 의미로 '-만치', '-마치', '-마곰'이 쓰였는데, 이 중 '-마치'는 이 용례밖에 없다. '-만치'와 '-마곰'이 자주 쓰였는데 이 둘의 사용 빈도는 서로 비슷하다.

6　구무 : 구멍. 【穴 구무 혈〈1527훈몽자(존경각본)下:18a〉】

7　쓰러 : 뚫어. 비슷한 맥락에서 쓰인 예가 있다. 【그 가온ᄃᆡ 구멍 뚜러 헛치고〈18??주식시의7a〉】【입시울이 굼기 뚜러 녀실디라도〈16??두창경47a〉】

8　ᄆᆞᆼ을 : 망울. 【ᄆᆞᆼ을 업시 훌훌ᄒᆞ게 타〈1670음식디미방11a〉】【그 떡을 ᄆᆞᆼ울 업시 플 ᄊᆡ 아니 플니거든〈18??우음제방14b〉】

9　낫〻치 : 낱낱이. 【바독 두듯 낫낫치 뒤혀 노하〈1670음식디미방11b〉】

10　ᄊᆡ : 깨어. 【계란을 만이 ᄊᆡ여〈18??이씨음식법23a〉】

11 긋ᄐᆡ : 끝에. '긑-ᄋᆡ'.

12 ■ : 뭉갠 글자 1자가 있다. '쓴' 자를 뭉갠 것처럼 보인다.

13 픈 : 푼. '플-ㄴ'. 이어지는 내용에 나오는 '프러'의 글자 모양을 유추하여 판독했다.

14 아니케 : 아니하게. '케'는 '아니ᄒᆞ-게'의 'ᄒᆞ게'가 축약된 것이다.

15 졍□ : □ 부분을 'ᄒᆞᆫ'으로 추정한다. 이렇게 보면 '졍ᄒᆞᆫ'이 되고 그 뜻은 '깨끗한'이 된다.

16 세희 : 셋에. '세ㅎ-의(처격조사)'. '사발로 세희'는 사발로 세 개, 세 사발이란 뜻이다.

17 밋술 : 밑술. '酒本'을 우리말로 풀이한 낱말이다.

18 고로丶丶 : 고루고루. 두 '丶'의 위치가 조금 떨어져 있다. 【그 믈에 부어 고로고로 저으라〈1670음식디미방21b〉】

19 되게 : 물기 없이 되직하게.

20 오랄ᄉᆞ록 : 오래될수록[久]. '오라-ㄹ수록'. 【久는 오랄씨오〈1459월인석 1,14a〉】

21 ᄃᆞ니라 : 달다[甘]. 'ᄃᆞᆯ-니라'. ㄴ 앞에서 어간 말의 ㄹ이 탈락하였다.

22 여셔ᄂᆞᆫ : 예서는. 여기서는. 좀벌레가 갉은 구멍 때문에 글자가 분명치 않으나 필획의 흐름을 보고 '여'로 판독하였다. '여셔ᄂᆞᆫ'의 '여'는 '예'에서 ㅣ가 탈락한 것이다. 즉, '여기'가 줄어든 '예'가 쓰인 것이다. 따라서 이 구절에서 '여셔ᄂᆞᆫ'은 '여기서는'의 뜻이며, 앞에서 언급한 '방문'方文과 대비되는 것을 가리킨다.

23 맛곳 : 맛이. '맛-곳(강세첨사)'. '맛'을 강조한 표현.

24 긔특ᄒᆞ니라 : 기특奇特하다. 기이하고 특이하다. 음식조리서에서 좋은 술 맛을

표현할 때 '긔특하다'를 쓴 예는 많다. 【마시 훈향ᄒᆞ고 긔특ᄒᆞ니라〈18??우음제방8b,화향쥬〉】 【포도쥬 포도 닉거듯 걸너 그 즙을 ᄎᆞ백과 니화국의 섯거 비ᄌᆞ면 마시 아람ᄃᆞ와 긔특ᄒᆞ니라〈17??온주법3a,포도쥬〉】

집성향주

원문 판독

집셩향쥬[1]

ᄇᆡᆨ미 ᄒᆞᆫ 말 ᄇᆡᆨ셰 작말ᄒᆞ여 닉게 ᄶᅧ[2] 탕슈[3] 세

병 ᄎᆡ와[4] ᄀᆞᄅᆞ누룩 두 되 닷곱[5] 석거[6] 녀허 봄

ᄀᆞ을은 오뉵 일 녀ᄅᆞᆷ은 삼 일 겨올은 여

닐웬 만의 ᄇᆡᆨ미나 졈미나 서 되ᄅᆞᆯ ᄇᆡᆨ셰

ᄒᆞ여 ᄆᆞᄅᆞ ᄶᅧ ᄎᆞ거든 밋술의 섯거[7] 녀허 칠일

디나면 쳥쥬ᄂᆞᆫ 세 병이오 탁쥬ᄂᆞᆫ ᄒᆞᆫ 동희

나되 마시 니화쥬 ᄀᆞᆺᄐᆞ니라

현대어역

집성향주

백미 한 말을 깨끗이 씻어 가루 내어 익게 쪄라. 끓인 물 세 병을 차게

하여(=식혀서) 가루 누룩 두 되 다섯 홉을 섞어 넣어라. 봄가을은 오륙 일, 여름은 삼 일, 겨울은 예니레 만에 백미나 찹쌀 석 되를 깨끗이 씻어서 무르게 찌고, (그것이) 식거든 밑술에 섞어 넣어라. 칠 일 지나면 청주는 세 병이 나고, 탁주는 한 동이가 나되, 맛이 이화주와 같다.

용어 해설

1 집셩향쥬 : 집성향주集聖香酒. 재료의 종류와 양, 발효하는 시기 및 술을 담그는 과정을 설명한 방식이 『임원십육지』의 '집성향방'과 비슷하다. ("俗名"四節酒". 白米一斗, 細末熟烝, 麴末二升五合, 真麪五合,湯水三瓶, 和釀. 春秋四五日, 夏三四日, 白米二斗爛烝(粘米尤好), 無麴交釀. 七日當出清酒三瓶, 濁酒一盆, 而濁之味如梨花酒. ≪三山方≫"(한국전통지식포탈, '집성향주 만드는 방법'). 『조선무쌍신식요리제법』朝鮮無雙新式料理製法(44쪽)에 '집성향'(集聖酒 四節酒)이 있다.

2 쎠 : (익게) 쪄. 형태와 문맥을 고려하면 '쎠'가 적절하다. 글자의 모양이 '텨'처럼 보이나 넉 줄 아래에 있는 '므ᄅᆞ 쎠'의 '쎠' 자형을 참고하면, 이 글자를 '쎠'로 보아도 무방하다. 문맥상 '익게 찐다'라는 의미를 표현한 것이다. 【나락 ᄒᆞᆫ 말을 믈 서 말의 ᄃᆞᆷ가 사흘 만의 건져 씨허 쎠 식거ᄃᆞᆫ〈17초기, 주방문10a〉】 【ᄎᆞᆸᄡᆞᆯ ᄒᆞᆫ 말을 ᄇᆡᆨ 번이나 시서 닉게 뼈 ᄎᆞᆫ믈의 섯거〈17??주방문초,1a〉】

3 탕슈 : 탕수湯水. 끓인 물. '끓인 물'의 한자식 표현. 【탕슈도 ᄎᆡ와 ᄒᆞ라〈17??온주법2a〉】

4 ᄎᆡ와 : 차게 하여. 식혀. 【찬물에 ᄎᆡ와 지지ᄂᆞᆫ 거셜 너럭이예 물 붓고 ᄎᆡ와 두라〈17??술만드는법20a〉】

5 닷곱 : 다섯 홉. 반 되를 의미한다. '닷'은 '다ᄉᆞᆺ'이 단위 명사 앞에서 축약된 수관형사이다. '곱'은 '홉'의 뜻인데, ㅎ이 ㄱ으로 교체된 특이 어형이다. 일상 구어적 발음에서 일어난 음운 교체(이른바 p~k 교체)이다.

6 석거 : 섞어. 15세기 어형은 '서ᇧ-'이었다. 어간말 자음군 ㅅㄱ이 ㄲ으로 변화한 것이 '석거'이다. '서ᇧ>서ᇊ-(ㅅ의 어간말 불파화)>섞-(연구개음동화)'의 단계를 거친 것이다. 『주찬방』의 원문에는 '섯거'만 출현하고, 후대에 써넣은 이면지 방문에 '석거'가 3회 출현한다. ㅅㄱ>ㄲ 변화는 17세기 후기 문헌부터 나타난다. 【즉긔여 밥을 석거 머그라〈1660신간구황촬(윤석창본)보유,2a〉】

7 섯거 : 섞어. 행간에 보입補入하여 쓴 글자이다.

녹파주

원문 판독

녹파쥬[1]

ᄇᆡᆨ미 일 두 ᄇᆡᆨ셰 작말ᄒᆞ야 믈 서 말로

쥭 ᄲᅮ어 ᄎᆞ거든 ᄀᆞᄅᆞ 누룩 ᄒᆞᆫ 되 진말

오 홉 ᄒᆞᆫᄃᆡ 섯거 녀허 삼 일 만의 ᄎᆞᆸ

ᄡᆞᆯ 두 말 ᄇᆡᆨ셰ᄒᆞ야 ᄂᆡᆨ게 ᄶᅧ

ᄎᆞ거든 밋술의 섯거 녀녀헛다가[2]

열이틀 만의 내면 비치 내□[3] ᄀᆞᆺᄐᆞ니라

현대어역

녹파주

백미 한 말을 깨끗이 씻어 가루 내어 물 서 말로 죽을 쑤어, 식거든 가루 누룩 한 되, 밀가루 다섯 홉을 한데 섞어 넣어라. 삼일 만에 찹쌀 두 말을 깨끗이 씻어 익게 쪄서, 식거든 밑술에 섞어 넣었다가 열이틀 만에 내면 빛이 내□(?) 같으니라.

용어 해설

1 녹파쥬 : 녹파주綠波酒. 녹파주는 『산가요록』, 『수운잡방』, 『음식디미방』, 『역주방문(주방문)』 등 다양한 방문에 등장한 술이다. 그 가운데 위의 내용과 가장 유사한 방문은 『산가요록』과 『수운잡방』의 '綠波酒'이다. 위 방문의 첫 부분 '빅미 일 두'부터 '녀헛다가'까지의 한글 문장은 『산가요록』 녹파주의 "白米一斗 細末熟蒸 湯水三斗 作粥 待冷 好匊一升 眞末五合 和入"(한복려 2011: 45)의 한문 문장과 유사하다. 재료의 종류와 양, 발효 기간, 만드는 과정이 거의 같다. 그러나 뒷부분 문장은 서로 다르며, 『주찬방』의 녹파주 방문 내용이 『산가요록』보다 풍부하다. 『음식디미방』의 녹파주 방문과 비교

해 보니, 쌀의 양과 발효 기간에 차이가 있었다.

녹파주綠波酒는 다른 이름으로 경면녹파주鏡面綠波酒라 불리기도 하였다. 『봉접요람』이란 한글 문헌에 이 술을 "면경 ᄀᆞᆺ고 조흐니라"라고 했고, 『양주방』에서는 "비치 거울 ᄀᆞᆺ흐니라"라고 표현했다.(이상훈 교장)

2 녀녀헛다가 : 넣었다가. '녀'자를 중복한 오기.

3 내□ : 이 구절은 '빛이 (무엇과) 같다.'를 의미하는 것으로 보인다. '내□'의 □에 해당하는 글자가 '경'처럼 보인다. 두 글자를 '면경'으로 보면 술빛이 면경(=거울) 같다라는 뜻이 되어 자연스럽다. 그러나 '내'로 판독한 글자가 '면'이기는 어려워 망설여진다. 술의 빛이나 맛에 대한 평가는 보통 술을 담는 방문의 문말에 나타나 있다. 본문의 '하숑의 ᄉᆞ시절쥬'〈14a〉의 끝에서 '마시니화쥬 ᄀᆞᄐᆞ니라'고 하여 맛을 평가한 바 있다. '셰신쥬'〈11a〉에서는 "그 빗과 마시 ᄀᆞ장 됴ᄒᆞ니라."라고 하여 술의 빛과 맛을 평가해 놓았다.

석탄향주

원문 판독

셜ᄐᆞᆫ향쥬[1]

빅미 이 승 빅셰 작말ᄒᆞ여 믈 ᄒᆞᆫ 말의

쥭 뿌어 ᄎᆞ거든 ᄀᆞᄅᆞ 누룩 ᄒᆞᆫ 되 섯거 츈취

여든[2] 오 일 겨을은 칠 일 녀ᄅᆞᆷ은 삼 일

만의 졈미 ᄒᆞᆫ 말 빅셰ᄒᆞ야 닉게 쪄 밋술

의 석거[3] 녀허 칠 일 만의 내면 ᄃᆞᆯ고 ᄆᆡᆸ고

ᄎᆞ마 입의 머금엇디[4] 못ᄒᆞᄂᆞ니라

현대어역

석탄향주

백미 두 되를 깨끗이 씻어 가루 내어 물 한 말에 죽을 쑤어, 식거든 가루 누룩 한 되를 섞어라. 봄가을이면 오 일, 겨울은 칠 일, 여름은 삼 일 만에 찹쌀 한 말을 깨끗이 씻어서 익게 쪄 밑술에 섞어 넣어, 칠 일 만에 내면, (술맛이) 달고 맵싸하여(=독하여) 차마 입에 머금고 있지 못한다.

용어 해설

1 셜ᄐᆞᆫ향주 : 석탄향주惜呑香酒. '셜ᄐᆞᆫ'은 '셕ᄐᆞᆫ'의 오기로 판단된다. 삼키기 아까울 정도로 맛이 있다고 해서 붙여진 이름이다. 『승부리안 주방문』에서 이 술의 양조법이 조금 더 상세하게 기술되어 있다. 그러나 두 문헌의 방문 내용은 거의 비슷하다.

2 츈츄ㅣ여든 : 봄이나 가을이면. '츈츄春秋-ㅣ여든(연결어미)'. '-ㅣ여든'은 '-이어든'~'-이거든'의 이형태로서 j가 첨가되었다.

3 석거 : 섞어. 이면지에 쓴 방문이 앞에서 본 본문보다 후대에 필사된 것임을 증명하는 예이다. '석거'는 '셖-'이 '섞-'로 변한 후대 어형이다.

4 머금엇디 : 머금고 있지.

과하주

원문 판독

과하쥬

뫼ᄡᆞᆯ 두 말을 술을 빗저[1] 쇼쥬ᄅᆞᆯ 고오ᄂᆞᆫ 날

ᄎᆞᆸᄡᆞᆯ ᄒᆞᆫ 말을 ᄶᅧ셔 ᄀᆞᄅᆞ 누룩 ᄒᆞᆫ 되ᄅᆞᆯ ᄭᅳᆯᄂᆞᆫ

믈의 조곰 석거 밥의 버므려 알마ᄌᆞᆫ 항의 더운

김의 녀코 쇼쥬ᄅᆞᆯ 고오ᄂᆞᆫ 족〻 ᄀᆞᆺ곰[2] 항의 븟

고 김을 내디 말고 ᄃᆞᆫ〻이 ᄆᆞᆺ덥허[3] ᄃᆞᆺ다가 세

주찬방 • 이면지 제4장 •

닐웨나 ᄒᆞᆫ ᄃᆞᆯ이나 ᄃᆞᆺ다가 마시 ᄆᆞ이 ᄃᆞᆯ거든 내

야 ᄡᅳ라. 오래 ᄃᆞᆯᄉᆞ록 마시 더 ᄃᆞᆯ고 진득ᄒᆞ

니라[4] ᄀᆞᄅᆞ 누룩은 볏틔[5] ᄣᅢ바ᄅᆡ이면[6] 됴흐

니라

현대어역

과하주

멥쌀 두 말로 술을 빚어 소주를 고으는 날 찹쌀 한 말을 쪄서, 가루 누룩 한 되를 끓는 물에 조금 섞어 밥에 버무려 알맞은 항아리에 더운 김에 넣어라.

소주를 고으는 족족 가끔 항아리에 붓고, 김을 내지 말고 단단히 묶어서 덮어 두어라. 세 이레나 한 달이나 두었다가 맛이 매우 달거든 내어서 쓰라. 오래 둘수록 맛이 더 달고 진득해진다. 가루 누룩은 볕에 (깨)바래이면(=햇볕에 바래면) 좋다.

용어 해설

1 빗저 : 빚어. '빚-어'의 중철 표기.

2 굿곰 : 가끔. 글자의 모양이 '굿ᄐᆞ니라'의 '굿'과 유사하여 '굿곰'으로 판독하였다. 이 구절에서 '굿곰'은 소주가 고아지는 대로 '가끔' 항아리에 붓는다는 뜻으로 쓰였다.

3 뭇덥허 : 묶어서 덮어. '묶다'의 고어형 '뭈-'과 '덮다'의 고어형 '덥-'이 결합한 비통사적 합성어이다. 『주찬방』 30a에서 이형태 '무더퍼'가 쓰였다. 여러 문헌의 과하주 방문에 비해 『주찬방』의 과하주 담는 법은 내용이 소략한 편이다. 다른 문헌에는 소주를 몇 복자 넣는지에 대한 언급이 있으나 여기에는 그러한 언급이 없다. '과하주'를 포함하는 문헌으로는 『주방문』(17세기 말~18세기초), 『치생요람』(17세기), 『주찬』(1800년대 초엽), 『고사신서』(1771), 『규곤요람 주식방』(1795년 이후), 『시의전서』(1800년대 말), 『술빚는 법(술 진은 법)』, 『주방문초』(1700년대), 『규합총서』(1800년대), 『산림경제』(1700년대) 등이 있다.

4 마시 더 돌고 진득ᄒᆞ니라 : 맛이 더 달고 진득하다. 술맛 표현어로 쓰인 '진득하다'는 여기에 처음 나온다.

5　벳ᄐᆡ : 별에. '별-ᄋᆡ'. 모음간 유기음 표기 중 중철표기이다. 『주찬방』의 원방문에서는 '벼ᄐᆡ'와 같은 연철표기, '별ᄒᆡ'와 같은 재음소화 표기만 출현한다. 18세기 후기 이후에 쓴 이면지 방문에는 '벳ᄐᆡ'와 같은 중철표기도 출현한다.

6　째바ᄅᆡ이면 : (햇볕에) 깨바래면. 이 낱말은 글자 판독과 뜻 파악이 쉽지 않다. 문맥 의미로는 '누룩가루를 햇볕에 쬐어 바래다'라는 정도로 파악된다. '째'의 정체를 잡아내기 어렵다. 접두사 '째'와 '바ᄅᆡ-'의 합성어로 볼 여지도 있다. 이 낱말은 당대의 일상어에 존재했던 구어적 표현이었던 듯하다. 접두사 '째'는 의미를 강화하는 강세접두사 기능을 가진 듯하다. 밀초 담는 법 〈23a〉의 '빼이저'의 '빼'와 '째바ᄅᆡ이면'의 '째'는 모두 강세접두사로 보면 적절하다.

직물과 실

원문 판독

주찬방 • 이면지 제5장[1] •

아홉[2] 새[3] 세 번 조이[4] 무명뵈[5] ᄇᆡᆨ 여ᄃᆞᆲ 자[6] ᄂᆞᆯ히[7] ᄒᆞᆫ 근 열넉 냥

명디[8] 보롬새[9] 두 번 조이 ᄂᆞᆯ히 닷 냥 셕 돈 ᄡᅵ[10] 여ᄃᆞᆲ 냥 ᄧᅩᆨ것[11] 쉰

너 돈 황ᄉᆞ 명디[12] 보롬새 두 번 조이 마은[13] 예 자[14] ᄂᆞᆯ히

닷 냥 두 돈 병숣년[15] 보롬새 명디 두 번 조이 ᄂᆞᆯ히

엿 냥 쉰 두 자

현대어역 (▸직역, ▴의역)

▸직역 : 아홉 새 세 번 조이 무명베 백 여덟 자, 생명주실[生絲] 한 근 열넉 냥.

▴의역 : 아홉 새 세 번 조이로 짠 무명베는 길이가 108자, 생명주실은 무게가 1근 14냥.

▸직역 : 명주 보름 새 두 번 조이 생사 다섯 냥 석 돈, 씨는 여덟 냥, 쪽물 들인 것 쉰 너 돈.

▴의역 : 명주는 15새 두 번 조이로 짠 것, 생명주실은 무게가 5냥 3돈, 씨는 무게가 8냥, 쪽물 들인 것은 무게가 54돈.

▸직역 : 황사黃紗 명주 보름 새 두 번 조이 마흔 여섯 자, 생명주실 다섯 냥 두 돈.

▴의역 : 황사 명주는 15새 두 번 조이로 짠 것으로 길이가 46자, 생명주실은 무게가 5냥 2돈.

▸직역 : 병술년 보름 새 명주 두 번 조이, 생명주실 엿 냥 쉰 두 자.

▴의역 : 병술년에 15새 명주는 두 번 조이로 짠 것, 생명주실은 무게가 6냥, 길이가 52자.

용어 해설

1 이면지의 제4장까지는 목록 면의 이면지에 쓴 것이고, 제5장은 41b '생강정과 우모정과'의 이면지에 쓴 것이다. 제5장의 내용은 음식이나 염료에 대한 것이 아니라 베와 옷감에 관한 것이다. 이런 내용이 음식조리서에 실린 것은 처음 발견되었으며, 전통 복식사 연구에 이용할 만한 자료이다.

2 '아홉' 이하의 내용은 무명베와 명주 비단의 새 수, 길이, 베의 값에 대한 것이다. 옷감과 직조용 실에 관한 내용이 음식조리서에 나온 것은 이 문헌이 처음이다. 베와 관련된 난해어 조사에 조정아 박사의 도움을 받았다.

3 새 : 새. 세로 방향으로 짜인 날실을 세는 단위로, 1새는 날실 80올이다. 따라서 이 구절의 '아홉 새'는 720올이다. 〈한국전통지식포탈〉의 '베 날기' 항목에서는 아홉 새에 대하여 다음과 같이 설명한다. "모시일 경우 한 폭이 보통 30cm라면 한 폭에 400올이 있으면 5새이고, 9새는 한 폭에 720올로 짰으므로 5새보다 가는 실로 짠 얇고 고운 모시이다(김미자 소장 자료)." 그리고 '한산모시짜기' 항목에서는 "모시는 보통 7새에서 15새(보름새)까지 있는데 10새 이상을 세모시라 하고 숫자가 높을수록 고운 최상품으로 여긴다. 1새는 30cm 포폭에 80올의 날실로 짜인 것"이라고 하였다.

4 조이 : 조이. 베를 짤 때 가로 방향으로 짜넣는 것을 '조이'라고 한 듯하다. 세로 방향으로 들어간 날실이 '새'이고, 여기에 가로 방향으로 짜 넣은 것을 '조이'라고 한 것으로 보인다. 직물의 섬세도에 따른 단위에는 '조시', '저시' 혹은 '걸이'가 있다. '조시'는 20올을 경사經絲(세로로 거는 날실)에 거는 것을 의미한다. '조이'는 '조시'와 관련된 낱말로 보인다. 따라서 '아홉 새 세 번 조이'는 세 번 조이 즉 60올 날실[經絲]에 아홉 새(720올)로 짠 것을 뜻한다.

5 '아홉 새'와 '무명뵈' 사이에 작은 글씨로 '세버송'과 비슷한 글자가 보입補入되어 있다. 뜻 파악이 어렵다.

6 자 : 자[尺], '자'는 길이 단위로, 한 자는 30.3cm이다.

7 놀히 : 날것. 생실. 목면木綿의 경우 목화솜일 것이고 명주의 경우 생명주실[生絲]일 것이다. 이들의 양을 셀 때 근, 돈, 냥 등의 무게 단위 양사量詞를 쓴다.

8 명디 : 명주. '명주'는 옛 문헌에 '면듀', '명디'로 나온다. 【명디ᄂᆞᆫ 안히야 이만ᄒᆞ나 것 명디 하 굵고 너ᄇᆡ 좁고 빗 사오나오니〈1565순천김62:2〉】【벽드르문엣 비단옷과 초록 면듀 핫옷과〈1670노걸언下45b〉】

9 보롬새 : 보름새. 날실을 열다섯 새로 짠 천. 올이 썩 가는 날실로 짠 고운 베나 모시 따위를 이른다.

10 삐 : 씨. 솜의 경우 씨를 뺀 면화를 사용한다. '거핵면화'去核綿花의 공정과 관련하여 '씨'의 의미를 추측하였다.

11 뽁것 : 쪽으로 물들인 것. '뽁#것'. 【藍 족 남〈1575천자문(대동급기념문고본)36a〉】【쪽 (小藍)〈1810몽유편上:15a〉】【뽁 닙히 동글고 듯거워〈1869규합총24a〉】

12 황ᄉᆞ : 황사黃絲, 黃紗. '황사'는 빛깔이 누런 실[黃絲] 또는 깁[黃紗]을 의미한다.

13 마은 : 마흔. 중세국어 어형은 '마ᅀᆞᆫ'이었다. ㅿ소멸로 '마ᄋᆞᆫ'으로 변하고, 여기에 ㆍ>ㅡ가 적용된 것이 '마은'이다. '마은'은 모음충돌이 일어나 '만'으로 단축되기 쉬운 어형이다. 이렇게 되면 수사 '만'萬과 동음어가 되어 심각한 의미 충돌이 일어난다. 이를 피하기 위해 어중에 ㅎ이 첨가되어 '마흔'으로 변한 것이다. '마흔'은 '설흔'三十, '일흔', '아흔' 등의 '흔'에 이끌린 것이다. '마ᅀᆞᆫ>마ᄋᆞᆫ>마은>마흔'. 이 변화의 과정에는 ㅿ의 소멸, ㆍ의 변화, 유추적 형태 변화 등의 여러 기제가 작용하였다.

14 예 자 : 여섯 자. '예'는 '여섯'을 뜻하는 수관형사로 주로 '자'[尺] 앞에 쓰였다.
【經이 열예 자히라〈1461능엄언7:12a〉】

15 병슐년 : 크게 한 글자를 뭉갠 후 행간에 작은 글씨로 '병슐년'을 써넣었다.

참고문헌

고려대학교 민족문화연구원(1980), 『한국민속대관』, 고려대학교 민족문화연구원.

고영근(1987), 『표준 중세국어 문법론』, 탑출판사.

고재형 저, 김형우 강신엽 역(2008), 『역주 심도기행』, 인천대학교 인천학연구원.

김상보(2008), 『조선시대의 음식문화』, 도서출판 가람기획.

김상보・나영아(1994), 고대 한국의 도량형 고찰, 『동아시아식생활학회지』 4-1, 동아시아식생활학회, 1-18.

김연주(2009), 의궤 번역에 있어서 차자 표기 해독, 『민족문화』 33, 한국고전번역원, 55-83.

김학주 외(2015), 『학문 연구의 동향과 쟁점』 4, 대한민국학술원.

농촌진흥청(2003), 『규합총서의 전통생활 기술집』.

농촌진흥청(2003), 『증보산림경제 I -고농서국역총서4』.

농촌진흥청(2004), 『증보산림경제Ⅲ-고농서국역총서6』.

박록담(2002), 『우리 술 빚는 법』, 도서출판 오상.

박록담(2004), 『전통주』, 대원사.

박록담・술방 사람들(2005), 『우리 술 103가지』, 도서출판 오상.

박연선(2007), 『색채용어사전』, 국립국어원, 예림.

배영환(2015), 주식시의와 우음제방에 대한 국어학적 연구, 『조선 사대부가의 상차림』(대전역사박물관), 272-313.

백두현(1997), 19세기 국어의 음운사적 연구-모음론, 『한국문화』 20, 서울대학교 한국문화연구소, 1-47.

백두현(2003), 『음식디미방』의 내용과 구성에 관한 연구, 『영남학』 창간호, 경북대학교 영남문화연구원, 249-280.

백두현(2005), 진행 중인 음운변화의 출현 빈도와 음운사적 의미 -17세기 후기 자료 『음식디미방』의 자음변화를 중심으로, 『어문학』 90, 한국어문학회, 45-72.

백두현(2006), 『음식디미방 주해』, 글누림.

백두현(2012), 음운변화로 본 하생원 『주방문』(酒方文)의 필사 연대, 『한국문화』 60, 서울대학교 규장각 한국학연구원, 181-211.

백두현(2013), 『주방문 정일당잡지 주해』, 글누림.

백두현(2016), 김치의 어원 연구, 김치학총서 4 『김치, 한민족의 흥과 한』, 세계김치연구소, 345-395.

백두현(2017), 전통 음식조리서에 나타난 한국어 음식맛 표현의 연구, 『국어사연구』 24, 국어사학회, 183-230.

백두현(2019), '김치'의 어원 연구, 『한국식생활문화학회지』 34(2), 한국식생활문화학회, 1-17. 이 논문은 백두현(2016)을 간추린 것임.

백두현・안미애(2019), 표기와 음운변화로 본 『주찬방』의 필사 연대, 『국어사연구』 28, 국어사학회, 233-268.

백두현・이미향(2010), 필사본 한글 음식조리서에 나타난 오기(誤記)의 유형과 발생 원인, 『어문학』 107호,

한국어문학회, 31-58.
백두현・홍미주(2019), 17세기 한글 음식조리서 주찬방의 서지와 내용 구성, 『영남학』 70, 경북대학교 영남문화연구원, 7-46.
세종대왕기념사업회(2001), 『한국고전용어사전』.
송지혜(2006), '덥-'의 의미 변화 연구, 『어문학』 94, 한국어문학회, 37-62.
송지혜(2009), 온도감각어의 통시적 연구, 경북대학교 대학원 박사학위논문.
송지혜(2019), 필사본 한글 음식조리서의 술 명칭 연구, 『어문론총』 80, 한국문학언어학회, 9-37.
윤서석(1991), 『한국의 음식용어』, 민음사.
윤숙경(1996), 『우리말 조리어 사전』, 신광출판사.
이기문(1972), 『국어사개설』(개정판), 탑출판사.
이선영(2004), 『음식디미방』과 『주방문』의 어휘 연구, 『어문학』 84, 한국어문학회, 123-150.
이성우(1981), 『한국식경대전』, 향문사.
이성우(1982), 『조선시대 조리서의 분석적 연구』, 연구총서 82(3), 한국정신문화연구원.
이성우(1992), 『韓國古食文獻集成』, 수학사.
이현희(2015), 중세국어, 『학문연구의 동향과 쟁점』 4, 대한민국학술원.
이효지(1996/2004), 『한국의 전통 민속주』, 한양대학교 출판부.
이훈종(1992), 『민족생활어사전』, 한길사.
장기인(1995), 건축용어의 지스러기, 『건축』 39(2), 대한건축학회, 62-62.
정동효(1995), 『우리 술 사전』, 중앙대학교 출판부.
한국문화재보호재단 편집부(1998), 『전통염색공예』, 한국문화재보호재단.
한복려(2011), 『다시 보고 배우는 산가요록』, (도서출판) 궁중음식연구원, 증보 개정판.
한복진(1998), 『우리가 정말 알아야 할 우리 음식 백가지1』, 현암사.
허웅(1975), 『우리 옛말본 15세기 국어 형태론』, 샘문화사.
허웅(1986), 『16세기 우리 옛말본』, 샘문화사.
홍사만(2002), 『국어 특수조사 신연구』, 역락출판사.

<참고 누리집>
국립국어원 지역어종합정보 http://dialect.korean.go.kr
국립국어원 표준국어대사전 https://stdict.korean.go.kr
문화재청 국가문화유산포털 http://www.heritage.go.kr
우리말샘 https://opendic.korean.go.kr
국사편찬위원회, 조선왕조실록 http://sillok.history.go.kr
한국학중앙연구원, 한국민족문화대백과사전 https://encykorea.aks.ac.kr
한국전통지식포탈 http://www.koreantk.com
한국학진흥사업성과포털 http://waks.aks.ac.kr
박록담 <삶과 술> http://soollife.com/

A Study of the 17th century Korean Cookbook *Juchanbang*

The cookery book entitled *Juchanbang* written in Hangul can be seen as a testimony of the Korean language as it was before mid-17th century. Since *Juchanbang* shows an earlier state of the Korean language than *Eumsik dimibang*, it can be considered as one of the oldest cookery books written in Hangul. *Juchanbang* constitutes an important resource material for research not only on Korean traditional cookery and food culture but also into the history of Korean language.

Juchanbang is a revised and rebound version of the original book. The document attached to the cover suggests that the author of the cookbook had some links with the government office of Ganghwa Island under the Joseon Dynasty. Some cooking directions contain sentences that reveal the type of errors usually made when copying another book. Thus, it can be deduced that the author of *Juchanbang* had copied passages from earlier literature.

The main characteristic of *Juchanbang* is its list of the recipes provided at the beginning of the book. The list contains 91 recipe names. With the addition of recipes without a name, the cookbook comprises a total of 104 recipes. Among those, two are written in Chinese characters, namely the 'mortar pounding method' (舂正式) and the 'grinding method' (作末式). These two cooking methods, which explain how to pound and grind grains, are particularly noteworthy in that they do not appear in any other cookery books.

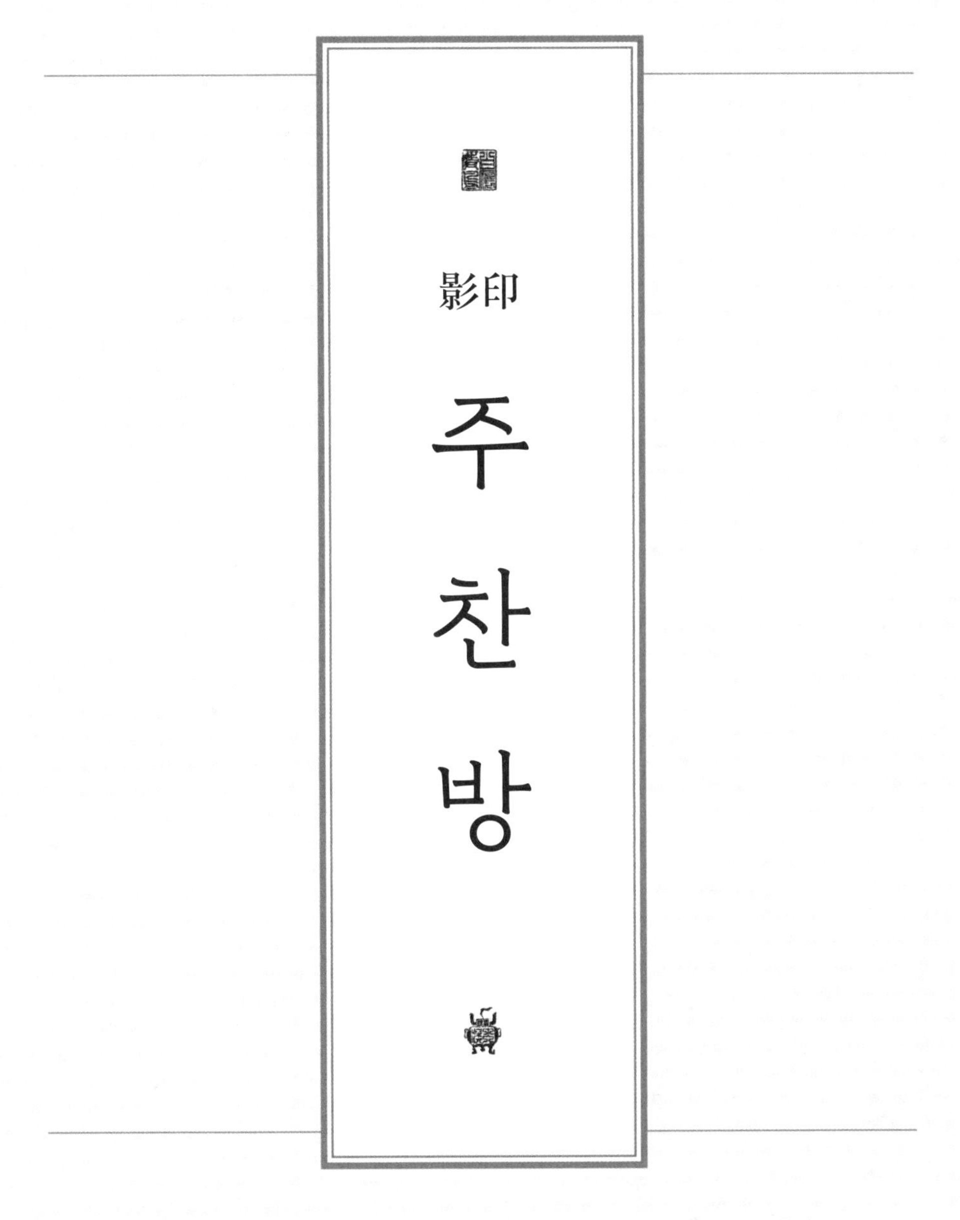

여기서부터는 影印本을 인쇄한 부분으로 맨 뒷 페이지부터 보십시오.

앞표지

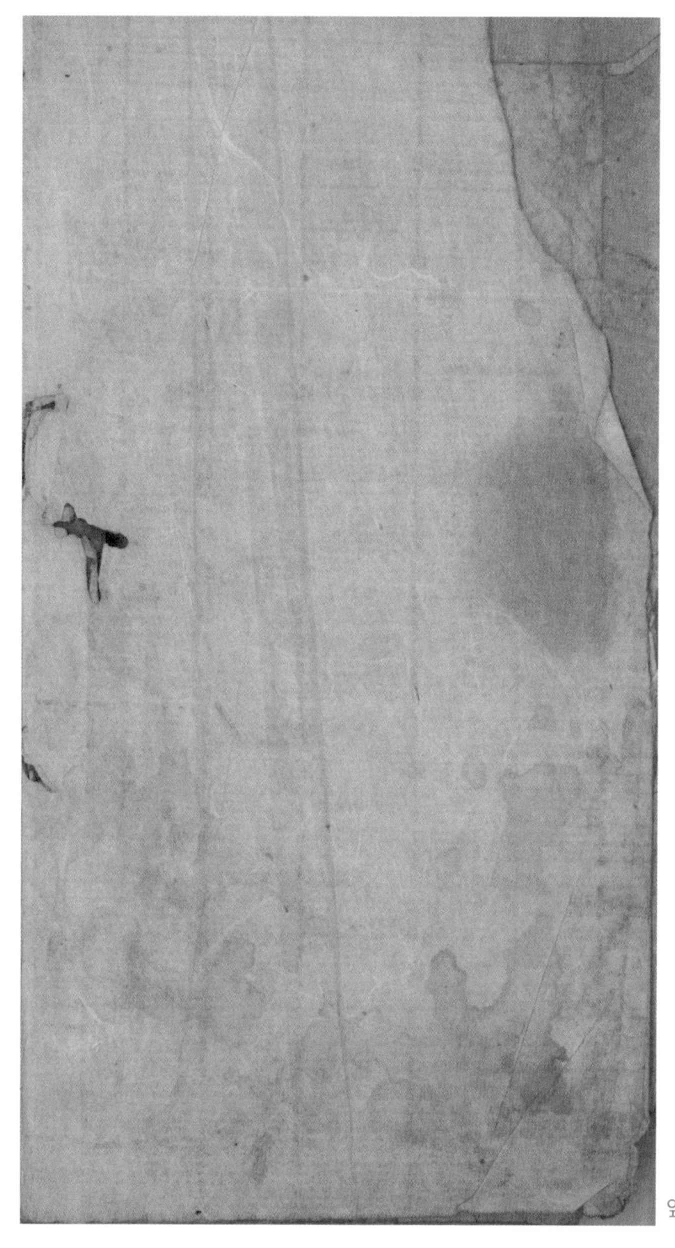
앞 표지 안쪽면

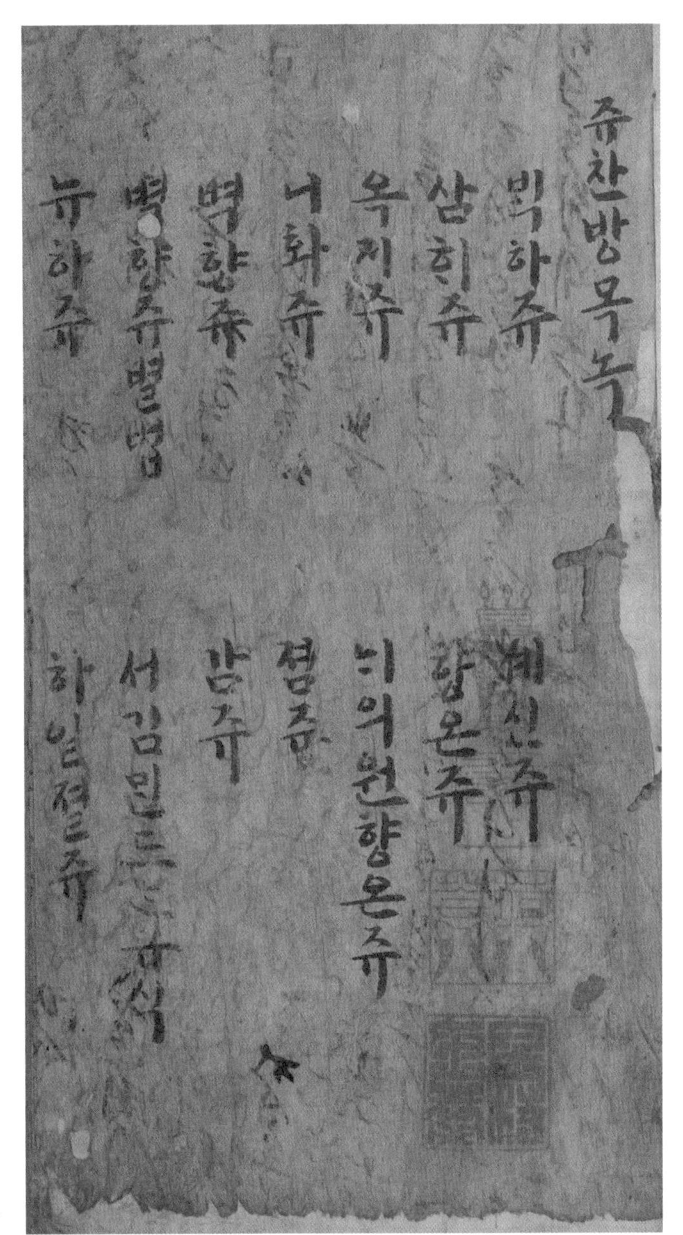
쥬찬방목녹
빅하쥬 계신쥬
삼히쥬 향온쥬
옥지쥬 니의원향온쥬
너화쥬 졈쥬
벽향쥬 감쥬
벽향쥬별법 서김민드는 법식
뉴하쥬 하일졀쥬

<목록1a>

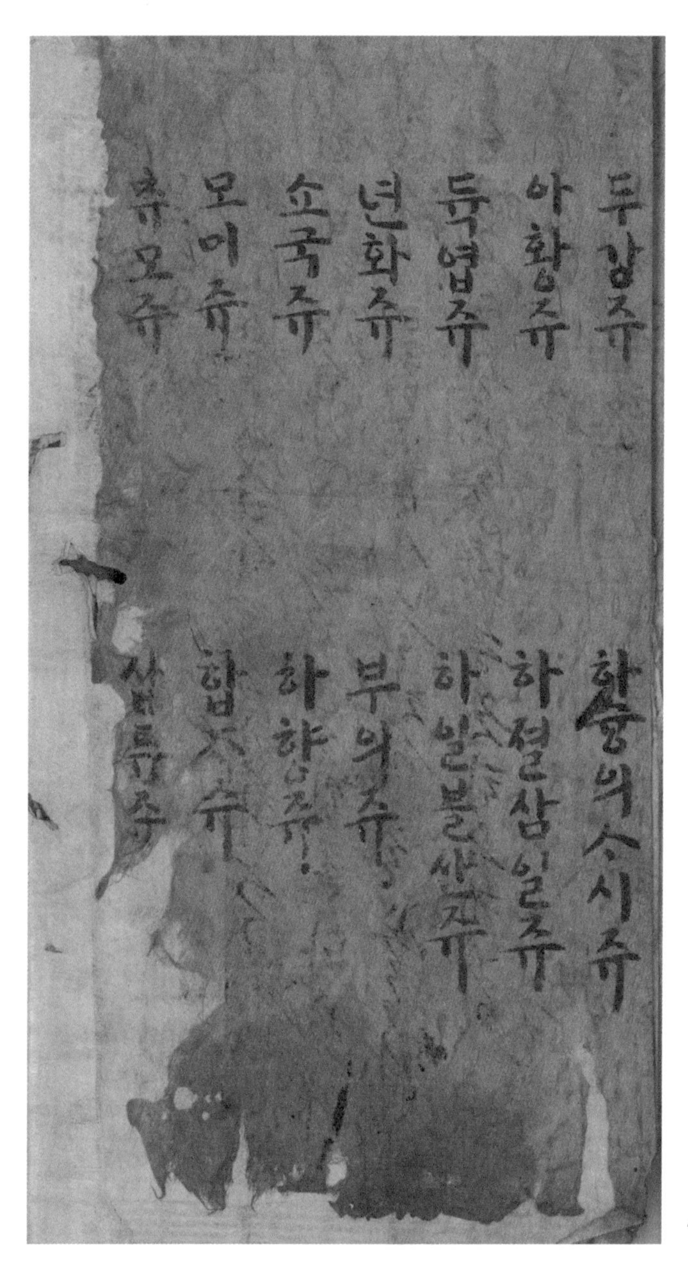
두강쥬
아황쥬
듁엽쥬
년화쥬
소국쥬
모이쥬
츄모쥬
황듕의ᄉ시쥬
하졀삼일쥬
하일불산쥬
부의쥬
하향쥬
합ᄌ쥬
삼[illegible]두주

<목록1b>

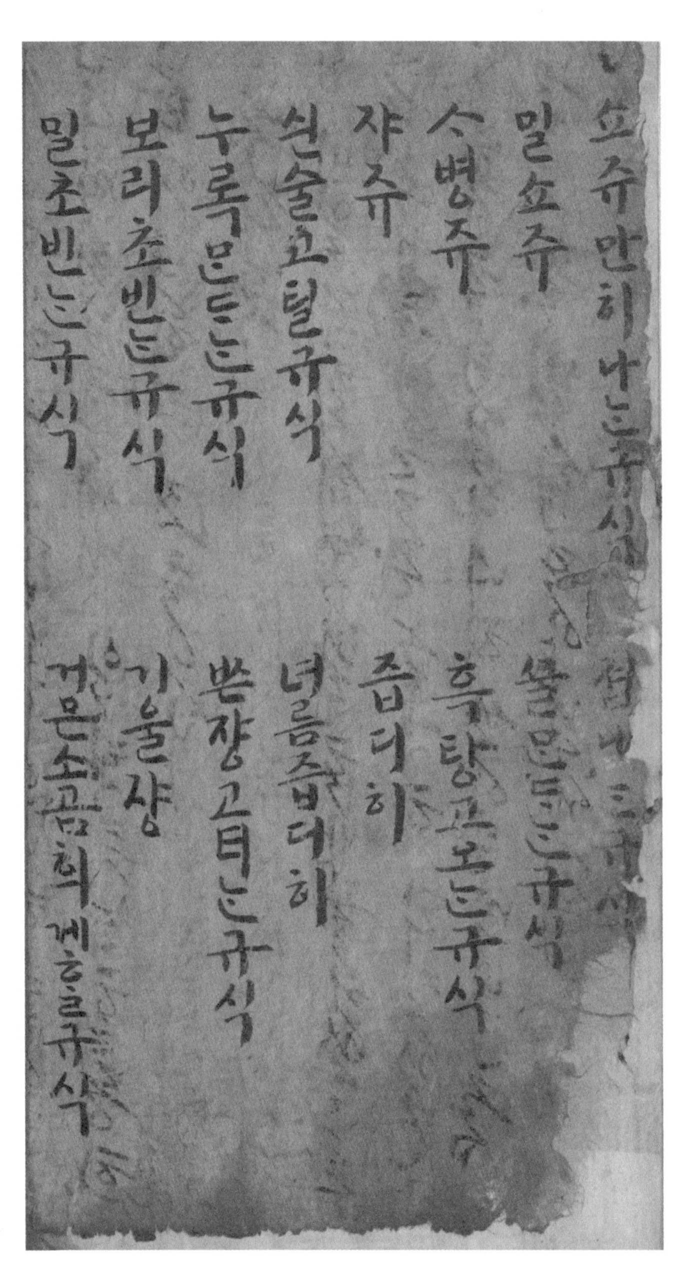
쇼쥬만히나ᄂᆞᆫ규식
밀쇼쥬 쑬ᄆᆞᆫᄃᆞᄂᆞᆫ규식
ᄉᆞ병쥬 흑탕고오ᄂᆞᆫ규식
쟈쥬 즙디히
싄술고티ᄂᆞᆫ규식 녀름즙디히
누룩ᄆᆞᆫᄃᆞᄂᆞᆫ규식 쁜장고티ᄂᆞᆫ규식
보리쵸빋ᄂᆞᆫ규식 기울샹
밀쵸빋ᄂᆞᆫ규식 거믄소곰희게ᄒᆞᄂᆞᆫ규식

<목록2a>

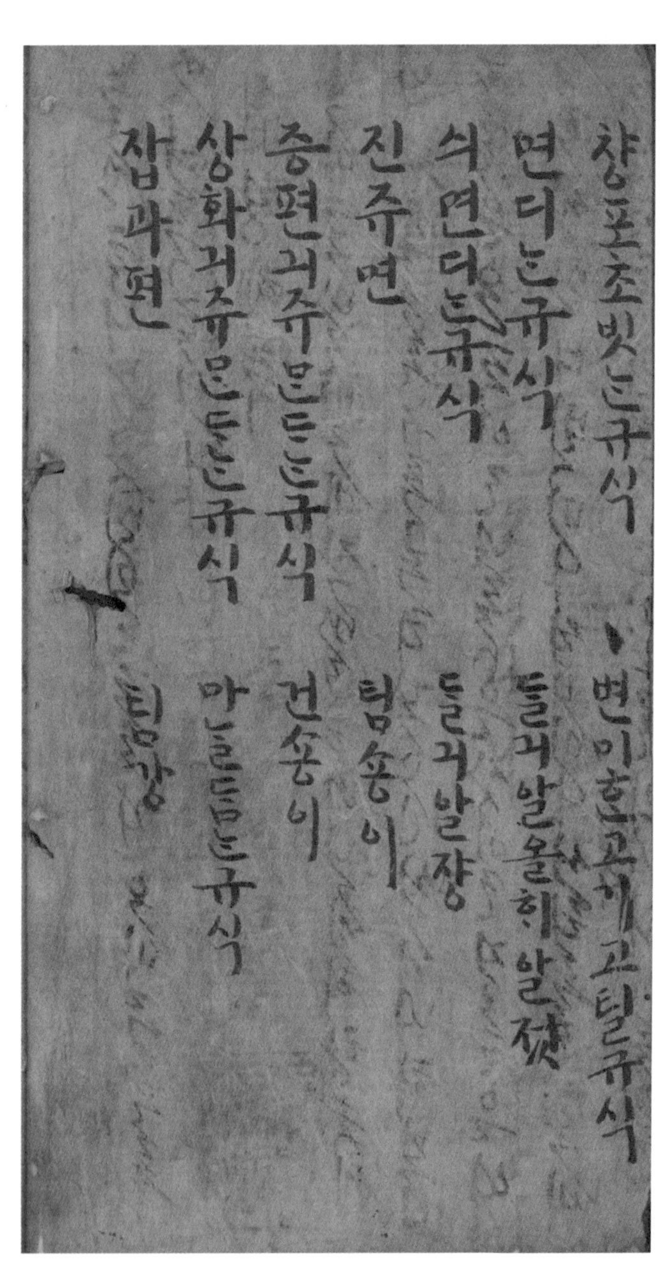
챵포조빗ᄂᆞᆫ규식 · 변이ᄒᆞᆫ고ᄒᆡ고ᄐᆞᆯ규식
면ᄃᆡᄂᆞᆫ규식 ᄃᆞᆯ긔알올희알졋
싀면ᄃᆡᄂᆞᆫ규식 ᄃᆞᆯ긔알쟝
진쥬면 텸송이
증편긔쥬ᄆᆞᆫᄃᆞᄂᆞᆫ규식 견송이
상화긔쥬ᄆᆞᆫᄃᆞᄂᆞᆫ규식 마ᄂᆞᆯᄃᆞᆷᄂᆞᆫ규식
잡과편 팀강

<목록2b>

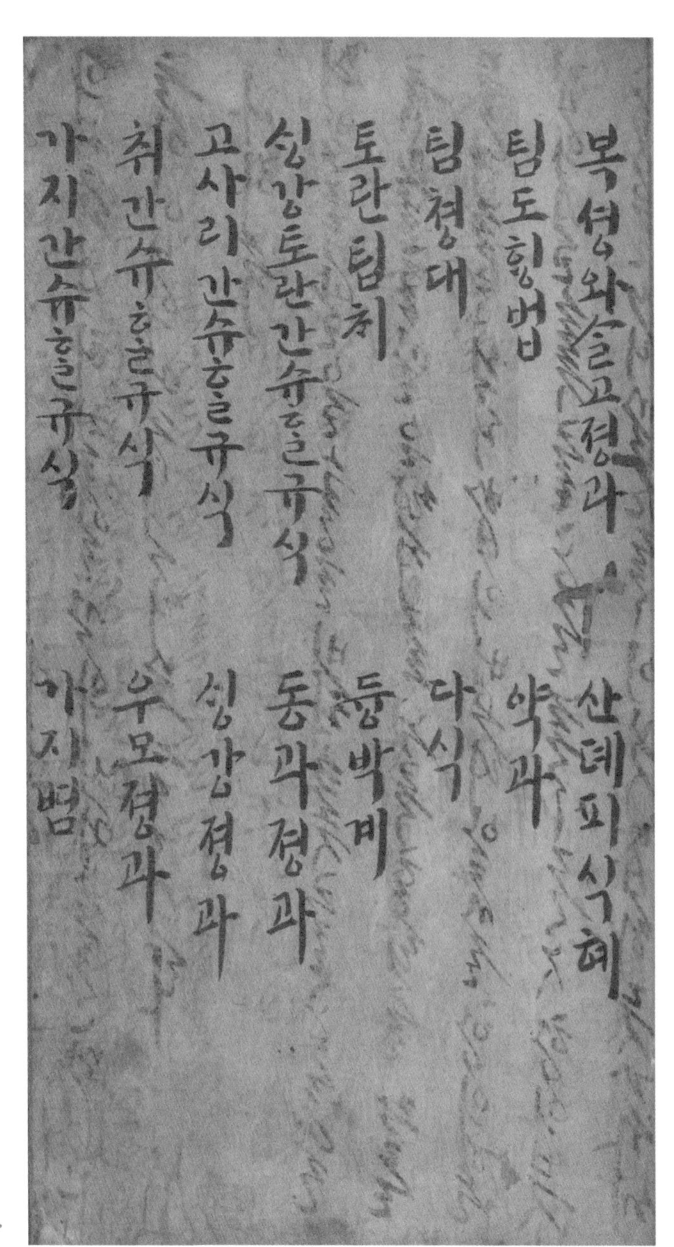
복셩와술고졍과 산뎨피식혜
팀도횡법 약과
팀졍대 다식
토란팀치 듕박계
싱강토란간슈흘규식 동과졍과
고사리간슈흘규식 싱강졍과
취간슈흘규식 우모졍과
가지간슈흘규실 가지법

<목록3a>

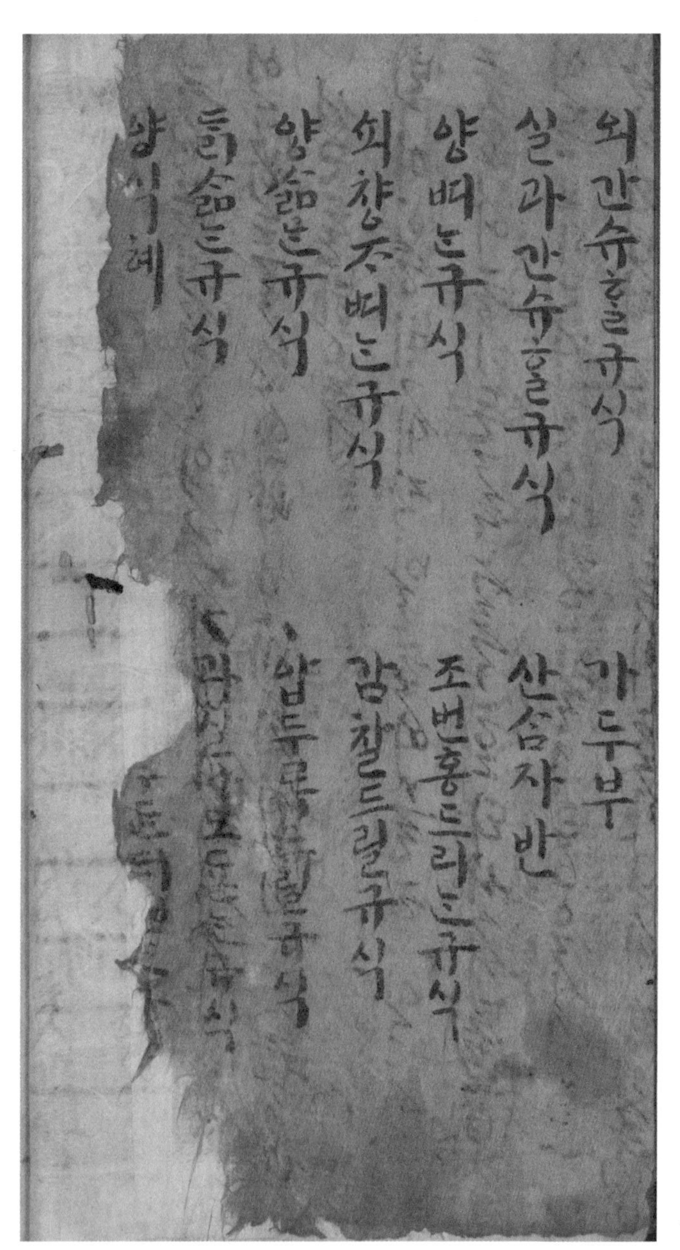
외간슈출규식 가두부
실과간슈출규식 산숨자반
양떡는규식 조번홍드리는규식
쇠챵조떡는규식 감찰드릴규식
양숣는규식 삽두루드릴규식
드리숣는규식 과실모드는규식
양식례

<목록3b>

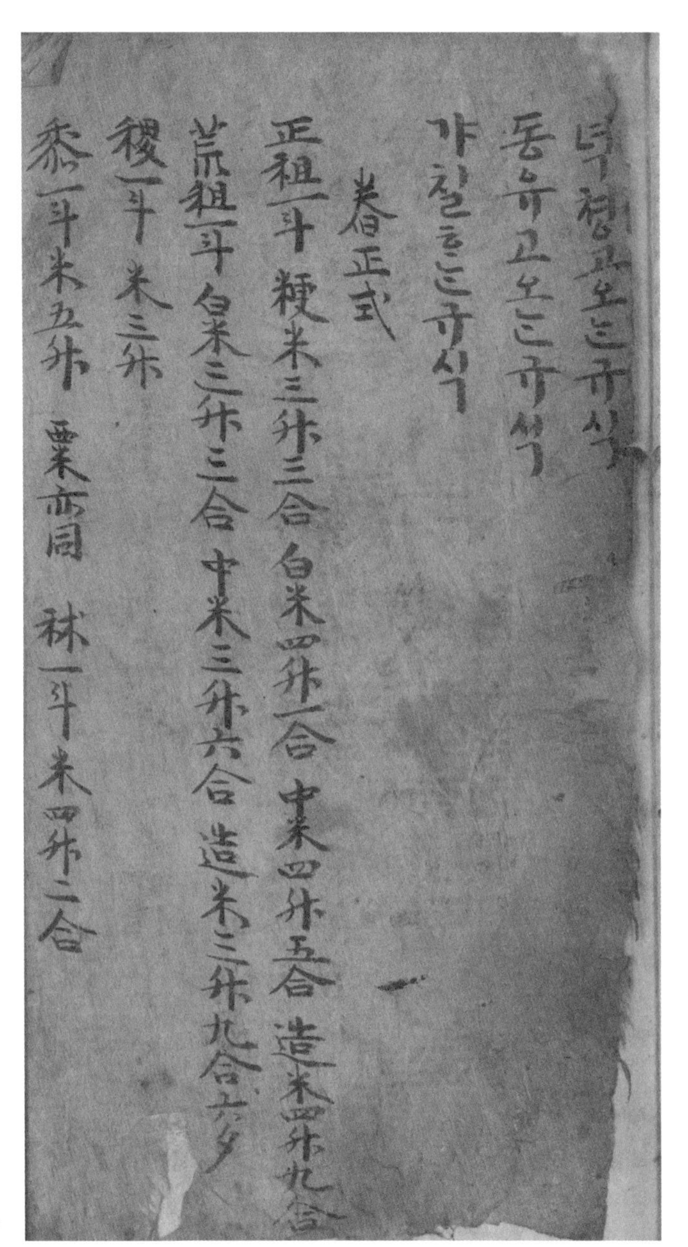

녀쳥고오는규식
동유고오는규식
가칠ᄒᆞ는규식
舂正式
正租一斗 粳米三升三合 白米四升一合 中米四升五合 造米四升九合
荒租一斗 白米三升三合 中米三升六合 造米三升九合六夕
稷一斗 米三升
黍一斗米五升 粟亦同 秫一斗米四升二合

<목록4a>

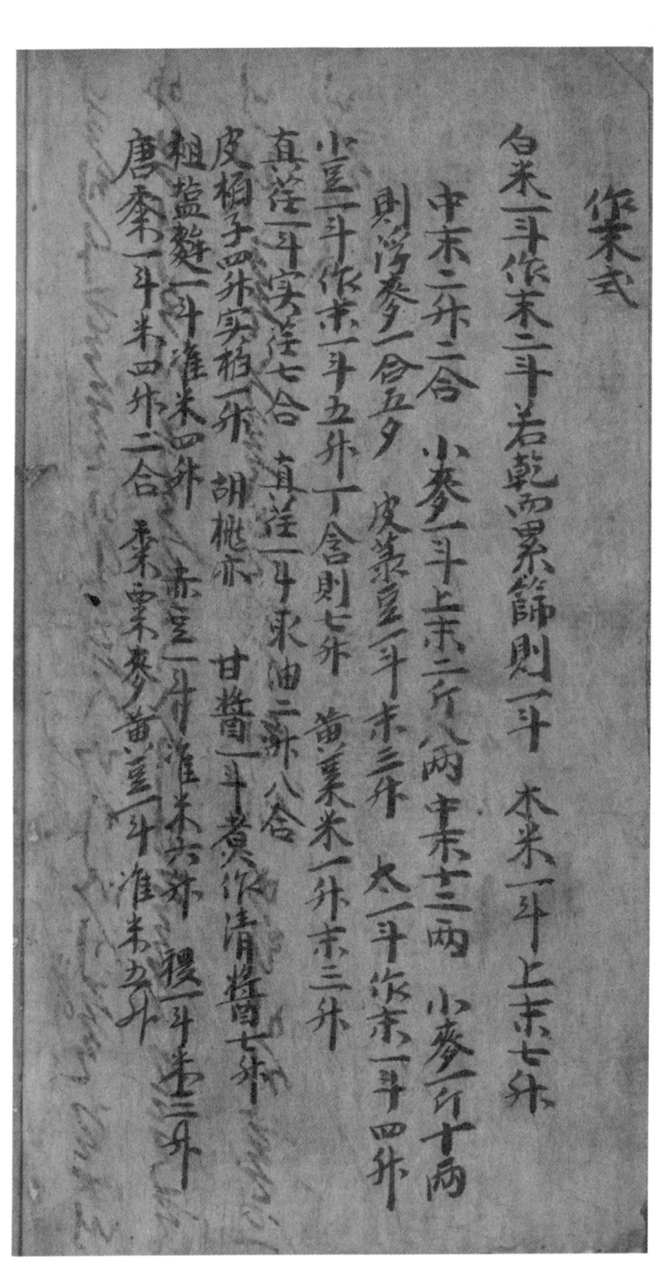
作末式
白米一斗作末二斗若乾而累篩則一斗 木米一斗上末七升
中末二升二合 小麥一斗上末二斤八兩 中末十三兩 小麥一斤十兩
則浮麥一合五夕 皮蕎麥一斗末三升 太一斗作末一斗四升
小豆一斗作末一斗五升十合則七升 黃栗米一升末三升
真荏一斗實荏七合 真荏一斗取油二升八合
皮栢子四升實栢一升 胡桃亦 甘醬一斗煮作清醬七升
粗鹽麴一斗准米四升 赤豆一斗准米六升 稷一斗米三升
唐黍一斗米四升二合 粟栗米麥黃豆一斗准米五升

<목록4b>

쥬찬방

ᄇᆡᆨ하쥬 白霞酒 白米十五斗 眞末五升 麯一斗半 水五盆

ᄇᆡᆨ미 단 말을 일ᄇᆡᆨ 번 시서 ᄃᆞᆷ갓다가 ᄀᆞᄅᆞ 더허 쓸힌 믈
다ᄉᆞᆺ 동ᄒᆡ로 골와 ᄀᆞ장 ᄎᆞ거든 됴ᄒᆞᆫ 누룩 말 닷 되과 진
ᄀᆞᄅᆞ 닷 되를 섯거 독의 녀허 ᄒᆞᆫ 닐웨 후에 ᄇᆡᆨ미 단 말
을 젼ᄀᆞ티 시서 ᄀᆞᄅᆞ 더허 므르ᄂᆞᆨ게 ᄧᅧ 식거든 술의 버므려
둣다가 또 닐웨 후에 ᄇᆡᆨ미 또 단 말을 젼ᄀᆞ티 시서 ᄀᆞᄅᆞ 더
허 ᄂᆞᆨ게 ᄧᅧ 식거든 젼 술에 버므려 녀코 두터온 ᄌᆞ리로 ᄃᆞᆫ

<1a>

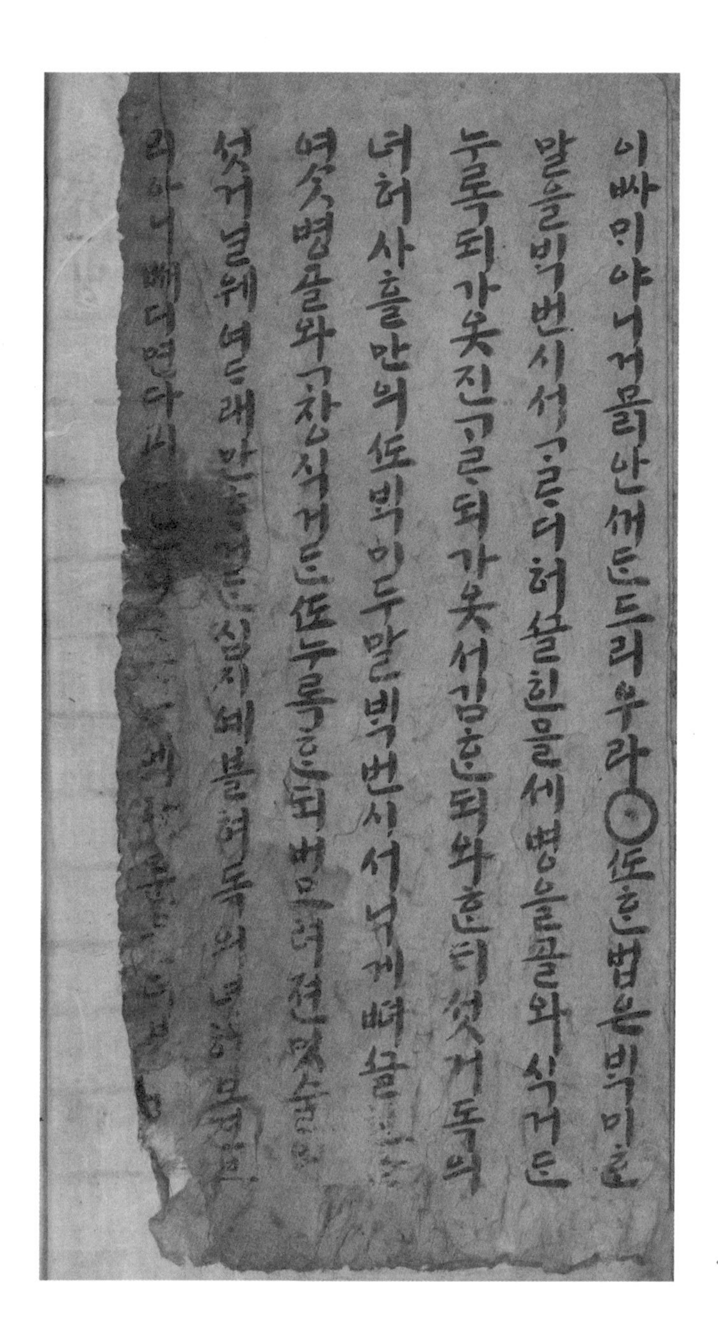
이ᄲᅡ미야너거믈리안쎄든드리우라○ᄯᅩᄒᆞᆫ법은빅미ᄒᆞᆫ
말을빅번시서ᄀᆞ른더허술힌을세병을골와식거든
누록되가옷진ᄀᆞ른되가옷서감ᄒᆞᆫ되와ᄒᆞᆫ듸섯거독의
녀허사흘만의ᄯᅩ빅미두말빅번시서너게ᄲᅧ술[illegible]
엿ᄉᆞᆺ병을와ᄀᆞ찬식거든ᄯᅩ누록ᄒᆞᆫ되버므려젼ᄇᆡ술[illegible]
섯거널워녀ᄃᆞ래만[illegible]든실지뢰블혀독의[illegible]모여[illegible]
라아니ᄲᅢ더면다시[illegible]

<1b>

라ᄀᆞ잔지쥬옷믄ᄃᆞᆯ라커든처엄와미ᄒᆞᆫ말셰흘ᄀᆞ
반식혜아려골와비ᄌᆞ라술을만히ᄢᅥ서거든드리올제
믈두병만더브으라

○삼해쥬 粘米一斗 曲末七升 眞末三升 白米七斗 白米十三斗
졍월첫돋날ᄎᆞᆸᄡᆞᆯᄒᆞᆫ말을ᄇᆡᆨ번시서ᄀᆞᄅᆞ다허녀게
ᄢᅥ글힌믈열ᄒᆞᆫ사발로골와셔식거든누룩닐곱되
와진ᄀᆞᄅᆞ서되를섯거독의녀허독부리두터온식지
로ᄢᅡ미야돗가다둘재돋날ᄇᆡᆨ미닐곱말ᄇᆡᆨ번시서밤

<2a>

자거든ᄀᆞᄅᆞ디허ᄧᅧ글힌믈ᄯᅥ듧골병와ᄀᆞ장식거든졀술
의섯거녀혓다가셴재돈날ᄇᆡᆨ미열두말ᄇᆡᆨ번시서
ᄀᆞᄅᆞ디허ᄂᆞᆨ게ᄧᅧ글힌믈열두병으로골와ᄎᆞ거든젼
술의섯거녀허식지로두터이ᄲᅡ미야ᄃᆞᆺ다가버들개
야지ᄀᆞᄃᆞ날제브터내여ᄡᅳ라

◎ 옥지쥬 玉脂酒 白米一斗 粘米三升 麯二升二合 眞末七合 實栢子五合 水九鐥

ᄇᆡᆨ미ᄒᆞᆫ말ᄇᆡᆨᄇᆡᆨ번시서ᄀᆞᄅᆞ디허ᄂᆞᆨ게ᄧᅧᄭᅳᆯ힌믈아홉대

<2b>

야골와식거ᄃᆞᆫ이ᄐᆞᆫ날누록두되와진ᄀᆞᄅᆞ.닷홉섯
거독의녀허또밤자거ᄃᆞᆫ도로내여누록두홉진말두
홉과또빗미나졉미나서되ᄅᆞᆯᄇᆡᆨ번시서닉게ᄲᅧ식
거ᄃᆞᆫ섯거져ᄃᆞᆫ술에녀코실ᄇᆡᆨ조닷홉줄게주두드려
독미ᄐᆡ녀.허닉거ᄃᆞᆫᄡᅳ라 겨을은사오납ᄂᆞᆫ니ᄂᆞᆯ믈
ᄡᅴ일졀말라
○ 나화쥬 白米五斗 白米一斗 曲末五升
졍월보롬날ᄇᆡᆨ미단말을ᄇᆡᆨ번시서ᄃᆞᆷ갓다가밤지.

<3a>

게ᄃᆞᆫᄀᆞᄅᆞᄆᆞᆫᄃᆞ라두ᄇᆞᆫ쳐셔믈을ᄇᆞᆯ마ᄎᆞᄆᆡ라올희
ᄋᆞᆯ마곰ᄃᆞᆫ:ᄂᆡ쥐오ᄃᆡ믈곳만ᄒᆞ면뎡이소개ᄑᆞᄅᆞᆫ뎝
잇고믈곳져고면뎡이밧기편:티아니코ᄃᆞᆫ:티아닌
ᄂᆞ니ᄃᆞᆫ:티아니면마시됴티아니ᄒᆞᄂᆞ니라뎝ᄒᆞ로ᄇᆞᆺ되
ᄇᆡᄇᆞᆺ듯ᄒᆞ야공셕의뎝ᄒᆞ로겨ᄌᆞᆯ두어더운구들에
노코공셕으로더퍼닐웨후에뒤혀노코두닐웬ᄂᆞᆫ
ᄃᆡᄯᅩ뒤혀노코세닐웬만의내야ᄯᅥᆨ세더ᄃᆞᆫ경ᄒᆞ여

<3b>

ᄒᆞ기고ᄒᆞᆫ뎡이ᄅᆞᆯ서너회 ᄡᅳ려 ᄉᆞᆯ라ᄡᅡ다 마ᄒᆞᆺ 보ᄅᆞ로뎌
펴날마다뼌회ᄇᆡ여믈뢰야둣다가빗곳픠려ᄒᆞᆯ져
작말ᄒᆞ야ᄀᆞᄂᆞ리처ᄇᆡᆨ미ᄒᆞᆫ말을ᄇᆡᆨ번시서ᄀᆞᄅᆞ더허ᄀᆞᄂᆞ
리뇌야구무ᄯᅥᆨ비저ᄆᆞ이ᄉᆞᆯ마식거든ᄒᆞᆫ되쳐ᄀᆞᄅᆞ세담
고더프라아니더ᄒᆞ면수이ᄆᆞᄅᆞᄂᆞ니라쟉〻내야바조
예누룩ᄀᆞᄅᆞ흔ᄒᆞᆫ섯고되ᄇᆞᆸᄒᆞᆫ말애누룩ᄃᆞᆺ되식녀허
손으로치기ᄅᆞᆯ서너번이나ᄒᆞ되너모ᄆᆞᆯ라ᄂᆡ우더아
니거든젼의ᄯᅥᆨᄉᆞᆱ던믈을ᄎᆡ와ᄡᅳ리고다시쳐손바

<4a>

ᄌᆞᆨ마곰 ᄆᆞᆫᄃᆞ라 ᄀᆞ장 ᄎᆞ거든 독의 녀호ᄃᆡ ᄀᆞᄋᆞ로 버리고
가온대ᄅᆞᆯ 뷔게 ᄒᆞ야 사나ᄒᆞᆯ 후제 여러 보와 더온 긔운
잇거든 도로 내여 ᄎᆞ거든 다시 녀허 서ᄂᆞᆯᄒᆞᆫ ᄃᆡ 두고 오월
열흘 ᄭᅴ브터 ᄡᅳ면 그 마시 들고 향긔 인ᄂᆞ니

⊕ 벽향쥬 碧香酒 白米九斗半 粘米一斗半 麴六升 眞末一升半 水十六斗

ᄇᆡᆨ미 졈미 가ᄅᆞᆫ 말 닷되식 ᄒᆞᆫᄃᆡ 섯거 일ᄇᆡᆨ 번 시서 ᄀᆞ
ᄅᆞ ᄃᆡ허 ᄂᆞᄀᆞ게 ᄲᅧ 글흔 믈 너 말로 골와 ᄎᆞ거든 누룩 ᄀᆞᄅᆞ

<4b>

닷되와진말ᄒᆞᆫ되닷홉섯거너허겨을흔닐웨오녀
ᄅᆞᆷ은삼일츈츄ᄂᆞᆫ닷새후에ᄯᅩᄇᆡᆨ미너말을ᄇᆡᆨ셰작
말ᄒᆞ야ᄂᆡᆨ게ᄲᅧ솔힌믈연말골오골와ᄎᆞ거ᄃᆞᆫ누록
ᄀᆞᄅᆞᄂᆞᆫ되로젼술의섯거너허츈하츄동을젼원날
대로둣다가ᄯᅩᄇᆡᆨ미너말을ᄇᆡᆨ셰작말ᄒᆞ야ᄲᅧ골힌믈
열말로골와ᄎᆞ거ᄃᆞᆫ젼술에섯거너허ᄂᆡᆨ거ᄃᆞᆫ드러워
ᄡᅳ라

○벽향쥬ᄯᅩ별법 白米一斗 曲末一升 眞末一升
白米二斗

<5a>

ᄇᆡᆨ마ᄅᆞᆫ 말을 ᄇᆡᆨ셰작말ᄒᆞ야 ᄂᆡ게 ᄲᅧ 글힌믈 다ᄉᆞᆺ사발
로 골와 ᄎᆞ거ᄃᆞᆫ 누록ᄀᆞᄅᆞ 진ᄀᆞᄅᆞ 각ᄒᆞᆫ되식 섯거 독애
녀허 닐웬 후에 ᄇᆡᆨ미 두말 ᄇᆡᆨ번 시서 불거ᄃᆞᆫ ᄂᆡ게 ᄲᅧ이
ᄒᆞᆫ말애 글힌믈 두병식 골와 식거ᄃᆞᆫ 젼미ᄐᆡ 섯거 녀
허 ᄂᆡᆨ거ᄃᆞᆫ 드리우라 독을 더운믈로 덥게 싯고 ᄂᆞᆯ믈긔
ᄅᆞᆯ 일졀 범티 말라

○ 뉴하쥬 流霞酒 白米七斗 麴五升 水六斗 眞末五合 又法 白米六斗 麴二升半 水六斗 眞末五合

<5b>

ᄡᆞᆯ은말을희게ᄉᆞᆯ혀ᄇᆡᆨ셰작말ᄒᆞ야구무셕ᄇᆡ져
낙게ᄉᆞᆯ마식거ᄃᆞᆫ누룩ᄀᆞᄅᆞ닷되진ᄀᆞᄅᆞ닷홉ᄂᆞᆫ더브
어함ᄭᅴ도록쳐셔물ᄭᅴ어업ᄉᆞᆫ독의녀허두터온식지로
ᄣᅡ미야두ᄃᆞᆺ다가ᄂᆞᆯ뷘후에ᄎᆡ과거ᄃᆞᆫᄇᆡᆨ미ᄇᆞᆯ말을ᄇᆡᆨ
번시서물에ᄃᆞᆷ가밤자거ᄃᆞᆫ낙게ᄲᅧ글힌물연말로골
와식거ᄃᆞᆫ고미ᄃᆞᆫ들버므려녀허두ᄃᆞᆺ다가낙거ᄃᆞᆫᄡᅳ되ᄂᆞᆯ
을ᄭᅴ어조심ᄒᆞ라○또ᄒᆞᆫ법은ᄇᆡᆨ미두말ᄇᆡᆨ번시서밤
자거ᄃᆞᆫᄀᆞᄅᆞ더허물두말로반ᄂᆞᆫ설게쥭ᄉᆞ어식거ᄃᆞᆫ

<6a>

도ᄒᆞᆫ누록ᄀᆞᄅᆞ두되와진ᄀᆞᄅᆞᄒᆞᆫ되섯거독의허너낙
거ᄃᆞᆫᄇᆡᆨ미너말을ᄇᆡᆨ번시서밤자거ᄃᆞᆫ닉게ᄧᅧ글
힌믈너말을글와시겨누룩닷홉더섯거젼술
의버므려너허세닐웨후에드리워ᄡᅳ라

○두강쥬 杜康酒 白米九斗 水七斗半 麴七升

ᄇᆡᆨ미서말을ᄇᆡᆨ셰작말ᄒᆞ야더운믈서말로쥭ᄀ
수어식거ᄃᆞᆫ누록ᄀᆞᄅᆞ서되닷홉을섯거녀허낙

<6b>

거든또ᄇᆡᆨ미서말을ᄇᆡᆨ셰작말ᄒᆞ야더운믈너말
반을로쥭수어식거든누룩ᄀᆞᄅᆞ서되닷홉을섯
거젼술네병브려너허낙거든또ᄇᆡᆨ미서말을ᄇᆡᆨ셰
ᄒᆞ야밤자거든믈ᄂᆞᆨ게ᄲᅧ더운한김날만ᄒᆞ거든누
룩업시고로、섯거든、아ᄲᅡ미얏다가낙거
든ᄡᅳ라

○아황쥬 鵝黃酒 白米九斗 麯九升

ᄇᆡᆨ미서말을ᄇᆡᆨ셰작말ᄒᆞ고믈서말로쥭수어

<7a>

식거든누록ᄀᆞᄅᆞ엿되를섯거 녀허나근ᄒᆞ우에 ᄇᆞᆰ
이면말을ᄇᆡᆨ세ᄒᆞ야 불거든나게ᄈᆡ고더운믈로
ᄉᆡᆼ려식거든누록ᄀᆞᄅᆞ서되를섯거 젼술의버므려
든〻이ᄡᅡ미야둣다가나거든ᄡᅳ라
○듁엽쥬 竹葉酒 白米六斗 麯一斗半
ᄇᆡᆨ미ᄒᆞᆫ말을ᄇᆡᆨ세작말ᄒᆞ야떡믄드라나게ᄈᆡ여
ᄎᆞ거든ᄡᆞᆯ누록ᄀᆞᄅᆞᄒᆞᆫ되과ᄀᆞᆺ흡과ᄀᆞᆯ혀 쳥ᄒᆞᆫ믈ᄒᆞᆫ병

<7b>

을섯거독의녀허든ㆍ빠미야낙거든빅미단단

을빅비작말ᄒᆞ야낙게ᄢᅧ식거든섯거녀코잔두

터운죠히로빠미야걱운이나더볼ᄒᆞ게ᄒᆞ야날웨

후제우희믈고나랑ᄒᆞᆫ굴셔 펴옴기고가온대믈고

나랑ᄯᅩ닷그르세옴기고미터허더너는마시나화쥬

근느니믈빠며그라오라도마시면티아닌ᄂᆞ니

○ 년화쥬 蓮花酒 一名無麯酒

빅미서되를빅세ᄒᆞ야둠갓다가낙게ᄢᅵ고몬져뽁

<8a>

을ᄡᆞᆯ고버거닥닙ᄡᆞᆯ고그밥을ᄀᆞ우희 펴고ᄀᆞ우희
ᄯᅩ닥닙덥고ᄯᅩᄀᆞ우희 ᄡᆞᆨ으로더러둣다가날웨ᄒᆞ후
에더픈거슬다닙싣고제거운이다ᄒᆞ고내옴이업
거든조리츼졋ᄒᆞ야그르세다마삼일후에ᄇᆡᆨ미ᄒᆞᆫ
말을ᄇᆡᆨ셰ᄒᆞ야닉게ᄲᅧᄒᆞ거든션의밥의버므려독
의녀허날웨ᄒᆞ후제ᄡᅳ라

◎ 쇼국쥬 小麴酒 白米三斗 直米一升 麴一升 水六瓶 又 白米十五斗 直米五升 麴一斗

빅미ᄒᆞᆫ말빅셰작말ᄒᆞ야ᄀᆞᄅᆞ세담고므ᄅᆞ두병을
ᄀᆞ장ᄭᅳᆯ히여ᄀᆞᆯ릐떡ᄶᅵ브어ᄀᆡ면떡ᄀᆞᄐᆞ니선더녑
시기야식거든누록ᄒᆞᆫ되진말ᄒᆞᆫ되섯거고로ᄒᆞ여합
거든독에녀허닐웨후제빅미두말빅셰ᄒᆞ야닉
게ᄧᅧ더ᄒᆞᆫ말애ᄀᆞᆯᄅᆞᆫ므ᄅᆞ두병식골와식거든그맛술
에버므려녀허두ᄃᆞ가세닐웬만내ᄆᆞ리ᄡᅡᆫᄂᆞᆫ니그제야
드러워ᄡᅳ라○ᄯᅩᄒᆞᆫ법은빅미닐굽말닷되를빅셰
작말ᄒᆞ야육수ᄲᅴᄒᆞᆫ거든누록ᄀᆞᄅᆞᆫ닐굽되과진ᄀᆞᄅᆞᆫ

<9a>

닷되과 섯거 독의 녀허 닉거든 또 빅미 닐곱말 닷되
를 빅셰ᄒᆞ야 닉게 ᄣᅧ ᄎᆞ거든 누룩ᄀᆞᄅᆞ 서되와 젼술
에 섯거 닉거든 ᄡᅳ라

○모미쥬

보리ᄡᆞᆯ을 밥지어 닉거든 ᄆᆞᆯ에 ᄃᆞᆷ가 삭을 만ᄒᆞ여 건
져 벼퇴 ᄆᆞ이 ᄆᆞᆯ뢰여 고텨 슬허 겹질이 다 버서디거
든 나 ᄡᆞᆯ 술 빗ᄂᆞᆫ 법대로 술을 비ᄌᆞ면 고마시 나 술 다ᄇᆞᆫ

<9b>

변티 몯ᄒᆞᄂᆞ니라
○ 츄모쥬
ᄀᆞ을 보리ᄡᆞᆯ ᄀᆞ장 ᄆᆡ이 슬허 ᄇᆞ리고 믈에 ᄃᆞᆷ가 밤잔
후제 새믈을 세번 ᄀᆞ라 ᄇᆞᆯᄒᆞᆯ ᄀᆞ제 반ᄒᆞᆫ 서거
ᄃᆞᆫ 손으로 부븨여 ᄇᆞ아 ᄃᆞᆫ 후제 ᄃᆞᆷ갓던 믈란 ᄂᆞᆷ시
ᄒᆞ고 ᄂᆞ거게 ᄲᅧ 방하예 ᄃᆡ오 ᄃᆡ ᄃᆞᆯ흘 제 ᄀᆞᆫᄒᆞᆫ 사발애 ᄒᆞ
근 누룩 ᄀᆞᄅᆞᆯ ᄒᆞᆫ 줌식 섯거 ᄃᆡ허 믈 여업ᄉᆞᆫ 독에 녀
허 서늘ᄒᆞᆫ ᄃᆡ 노코 두터온 죠희로 도ᄀᆞ 부리ᄅᆞᆯ ᄀᆞ잘ᄒᆞᆫ

<10a>

ᄃᆞᆫ이 ᄲᅡ미야 두 날웨 휘면 여다 아녀도 향내 잡와
ᄀᆞ득ᄒᆞᄂᆞ니라

○셰신쥬 細辛酒 白米十五斗 麯一斗半 水十五斗

ᄇᆡᆨ미 닷 말을 ᄇᆡᆨ셰 작말ᄒᆞ야 더운 믈 열 말로 섯
거 쥭 수어 식거든 누록 ᄀᆞᄅᆞ ᄒᆞᆫ 말을 섯거 독의 녀
허 두되 봄과 ᄀᆞ을ᄒᆞᆫ 닷새오 녀름은 사ᄒᆞᆯ이오 겨을
ᄒᆞᆫ 닐웬 만애 ᄇᆡᆨ미 열 말을 ᄇᆡᆨ셰ᄒᆞ야 ᄧᅵ고 믈 단

<10b>

말로밥애ᄲᅥ려고뎌므르게ᄲᅧ ᄀᆞ장식거든누룩ᄀᆞ
ᄅᆞᆫ닷되과젼미ᄐᆡ섯거녀코두텨이ᄲᅡ미야낙거든
ᄡᅳ면그빗과마시ᄀᆞ장됴ᄒᆞ니라

○ 향온빗ᄂᆞᆫ법 白米十五斗 曲末一升五合 酒本五升

ᄇᆡᆨ미열단말을ᄇᆡᆨ셰ᄒᆞ야낙게ᄲᅧ ᄎᆞ거든ᄆᆡ로ᄂᆞᆫ
알ᄂᆡ믈ᄒᆞᆫ병두대야과됴ᄒᆞᆫ누룩ᄀᆞᄅᆞᄒᆞᆫ되닷홉
과됴ᄒᆞᆫ밋술닷되시혀아려섯거독의녀허부
리ᄅᆞᆯ두터이ᄲᅡ미야낙거든ᄃᆞᆯ러워ᄡᅳ라

<11a>

ᄂᆡ의원향온빈ᄂᆞᆫ법 麥末一斗 菉豆末一合 作麴 白米一斗 粘米一斗 曲末五升 서김一瓶

누록을ᄆᆡᆫ드로ᄃᆡ 밀흘ᄀᆞ라ᄀᆞᄅᆞᆯ츠ᄃᆡ말ᄅᆞ고밀로두
레예ᄒᆞᆫ말식호ᄃᆡ녹두ᄀᆞᄅᆞᄒᆞᆫ홉식조차섯거든
듸라○ᄇᆡᆨ미열말과졈미ᄒᆞᆫ말과섯거ᄇᆡ셰ᄒᆞ야
ᄂᆞᆨ게ᄲᅵ여ᄡᆞᆯ흰믈블다ᄉᆞᆺ병글ᄒᆞᆫ믈이밥애다들
고ᄎᆞ거든누록ᄀᆞᄅᆞ흔말닷되과서김ᄒᆞᆫ병섯
거녀허독부리ᄅᆞᆯ두터온ᄉᆞ지로ᄡᆞ미야니거든ᄃᆞ

<11b>

리우라

◎졈쥬 白米一升 粘米一斗 麯一升

ᄇᆡᆨ미ᄒᆞᆫ되ᄅᆞᆯᄇᆡᆨ셰작말ᄒᆞ야구무떡셰ᄒᆞᆯ비저믈
ᄒᆞᆫ사발애ᄉᆞᆱ아식거든도ᄂᆞᆫ누룩ᄀᆞᄅᆞᄒᆞᆫ되ᄅᆞᆯ고
로섯거쳐셔떡ᄉᆞᆱ던믈조차버므려독의녀허ᄃᆞᆫ
ᄃᆞᆫ이ᄲᆞᄋᆡ야나ᄅᆞᆯ만내졈미ᄒᆞᆫ말을ᄇᆡᆨ셰ᄒᆞ야ᄃᆞᆷ
갓다가밤자거든ᄲᅧᄎᆞ거든젼술을내여고로ᄂᆡ섯
거독의녀허도로ᄲᆞᄋᆡ야닉거든드러우라ᄂᆞᆯ믈

<12a>

녀ᄅᆞᆷ ᄀᆞ장 금ᄒᆞ고 쇠고ᄅᆞ 술 ᄡᅳ디 말라

⊙감쥬 粘米三斗 麴二升

졈미 ᄒᆞᆫ 말을 ᄇᆡᆨ셰작말ᄒᆞ야 구무떡 므ᄃᆞ라 닉게

ᄉᆞᆯ마 식거든 누룩 ᄀᆞᄅᆞ 두 되ᄅᆞᆯ 섯거 독의 녀허 ᄀᆞ

올 봄이어든 닐웨ᄅᆞᆯ 두고 녀ᄅᆞᆷ이어든 닷새ᄅᆞᆯ 두

다가 졈미 두 말을 ᄇᆡᆨ번 시서 ᄃᆞᆷ갓다가 ᄲᆞᆷ자 거든 닉게

ᄧᅧ 초거든 젼미 되 버므려 독을 느ᄅᆞ믈의 넙시ᄒᆞ야

너코든〻이 두터이 ᄡᆞ미야 닉거든 ᄡᅳ라
● 서김 ᄆᆞᆫ드ᄂᆞᆫ 법 白米五合 曲末一掬
닉은 서김 ᄒᆞᆫ 되만 ᄒᆞ여 ᄒᆞ면 ᄇᆡᆨ미 닷홉을 믈 ᄒᆞᆫ 사
발의 ᄃᆞᆷ가 ᄀᆞ장 분거든 ᄡᆞᆯ ᄀᆞᆫ 체예 건져 두고 그 믈을
ᄀᆞ장 ᄆᆡ이 ᄭᅳᆯ혀 그 ᄡᆞᆯ 우희셔 이즈면 그 ᄡᆞᆯ이 데여 닉거
든 그 믈을 조차 도로 ᄃᆞᆷ가 둣다가 니일 ᄡᅳ고 져ᄌᆞ면 온 믈
ᄀᆞᄐᆞ니 그 ᄡᆞᆯ을 ᄆᆡ이 ᄭᅳᆯ혀 내여 식거든 누룩 ᄒᆞᆫ 줌만 섯
거 둣다가 ᄡᅳ면 됴ᄒᆞ니라

<13a>

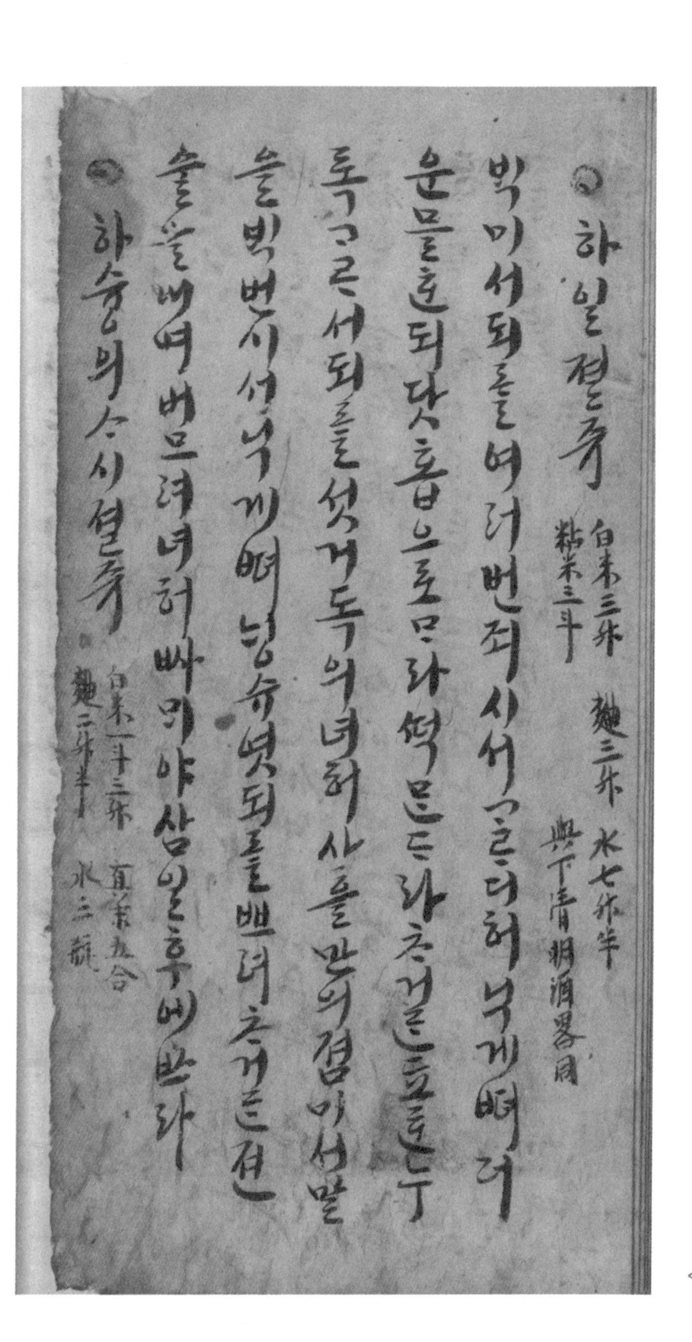
하일쳥쥬 白米三升 麴三升 水七升半 粘米三斗 與下淸明酒略同
빅미서되를여러번죄시서ᄀᆞ론더허닉게떠더
운믈혼되닷홉으로마라떡므드라ᄎᆞ거든고로드
독ᄀᆞ론서되를섯거독의녀허사흘만의졈마서말
을빅번시서닉게떠녕슈엿되를쁘더ᄎᆞ거든젼
술을내여버므려녀허빠미야삼일후에쓰라
하슌의슈시쳥쥬 白米一斗三升 直米五合 麴二升半 水三鉢

<13b>

빅미ᄒᆞᆫ말을빅셰작말ᄒᆞ야너게ᄣᅧ글흔믈ᄒᆞᆫ병
을섯거식거든ᄃᆞ토ᄒᆞᆫ누룩두되닷홉과진말닷홉을
섯거독의녀허녀름은사나흘이오겨을은여닐웨오
츈츄는ᄉᆞ오일후제빅미나졈미나등에셔되ᄅᆞᆯ
빅셰ᄒᆞ야ᄲᅧ쳐와녀흐라닐웬만의ᄡᅳ면쳥쥬는세
병이오탁쥬는ᄒᆞᆫ동히나마시나화쥬ᄀᆞᄐᆞ니라
◎ᄯᅩᄒᆞᆫ법은빅미ᄒᆞᆫ되ᄅᆞᆯ빅셰작말ᄒᆞ야쥭수어
식거든ᄃᆞ토ᄒᆞᆫ누룩두되ᄅᆞᆯ섯거녀허겨을흔ᄉᆞ오일

<14a>

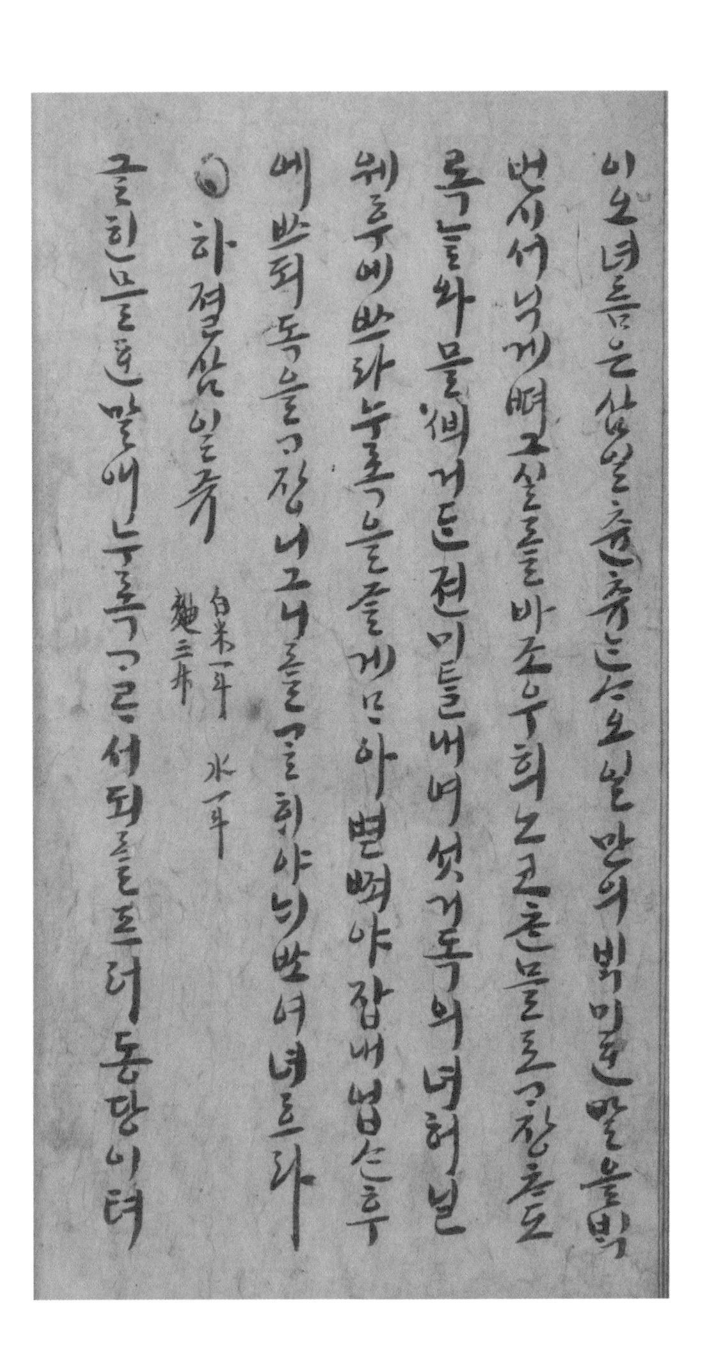

<14b>

독의 녀허 밤 잔 후에 뵈주머니에 걸러 즈의 ᄃᆞᆫ 넘
실ᄒᆞᆫ ᄇᆡᆨ미 ᄒᆞᆫ 말을 ᄇᆡᆨ세 작말ᄒᆞ야 낙게 ᄲᅧ ᄀᆞ장 식
거든 뎐ᄒᆞᆫ 누록 ᄆᆞᆯ을 섯거 녀허 삼일 후쉬 ᄡᅳ라

하일블산쥬 夏日不酸酒 白米十一斗 麴一斗半

ᄇᆡᆨ미 ᄒᆞᆫ 말을 ᄇᆡᆨ세 작말ᄒᆞ야 낙게 ᄲᅧ 식거든 됴ᄒᆞᆫ 누
록 ᄀᆞᄅᆞ ᄒᆞᆫ 말 닷되를 버므려 고로 쳐셔 ᄯᅥᆨ ᄀᆞ티 번뎌
겨 독의 녀코 닐웨 후에 경이 열 말을 ᄇᆡᆨ세ᄒᆞ야 낙
게 ᄲᅧ 바조에 펴 노코 더온 믈로 골와 ᄎᆞ거든 믿술에 버

<15a>

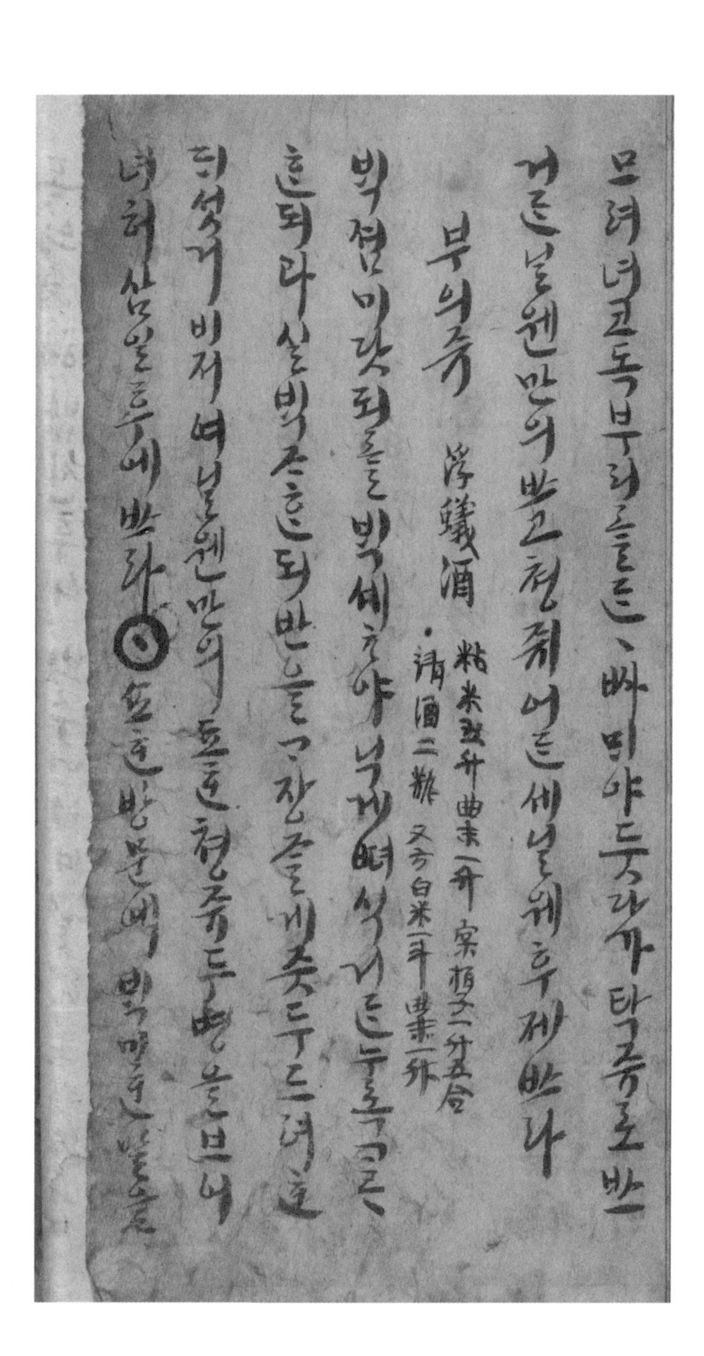

<15b>

ᄇᆡᆨ번 시서 닉게 ᄶᅵ혀 그ᄅᆞ세 헤텨 식와 ᄭᅮᆯ텨 식은 ᄂᆞᆯ
시병에 누룩ᄀᆞᄅᆞ 되ᄅᆞᆯ ᄆᆞᆫ텨 ᄃᆞ려 고로로 ᄃᆞᆫ이 텨 밥
애 섯거 독의 녀허 사ᄋᆞᆯ ᄒᆞ우제 닉거든 우희 ᄠᅳᆫ 건시
랑 ᄯᅥ 내여 ᄌᆡ곤 그ᄅᆞ세 두ᄀᆞ사 ᄃᆞ리ᄂᆞᆫ ᄒᆞ우제 술의 ᄠᅧᆨ
위 ᄀᆡ야 이 ᄠᅳᆫ 형상 ᄀᆞ티 ᄒᆞ야 ᄡᅳ라 마시 ᄃᆞᆯ고 ᄡᅳ니 하절
에 ᄡᅳ기 됴ᄒᆞ니라

○하향쥬 荷香酒 粘米一升 白米三升 曲末一升 又一升
졈미ᄅᆞᆯ ᄆᆞᆯ간 비ᄌᆞ려ᄃᆞ면 ᄆᆞᆫ텨 ᄇᆡᆨ미 서되ᄅᆞᆯ ᄇᆡᆨ세작

<16a>

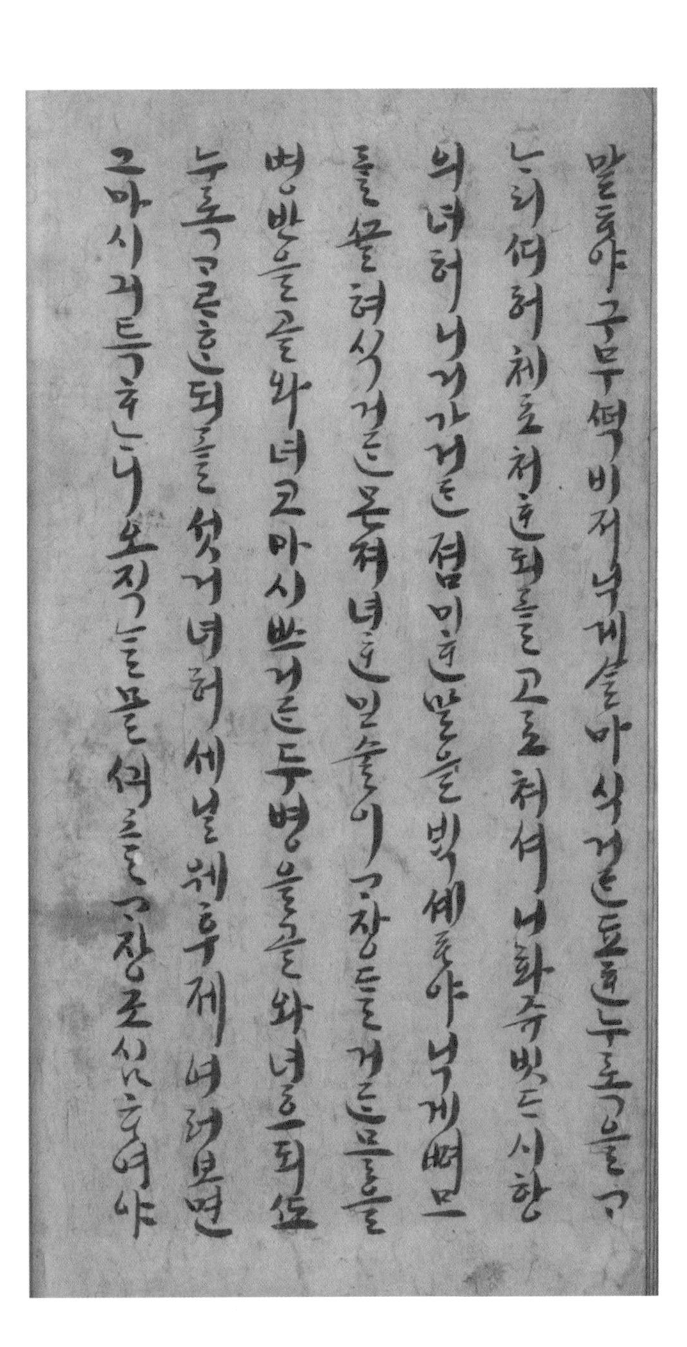
말ᄒᆞ야 구무ᄯᅥᆨ 비저 ᄂᆞᆨ게 ᄉᆞᆯ마 삭거ᄃᆞᆫ 됴ᄒᆞᆫ 누록ᄀᆞᄅᆞᆯ ᄀᆞ
ᄂᆞ리 ᄯᅥ허 체로 쳐ᄒᆞᆫ 되ᄅᆞᆯ 고로 쳐셔 니화쥬 빗ᄂᆞᆫ 시항
의 녀허 니러가거ᄃᆞᆫ 졉미ᄒᆞᆫ 말ᄅᆞᆯ 빅세ᄒᆞ야 ᄂᆞᆨ게 ᄲᅧ므
ᄅᆞᆯ ᄡᅳᆯ 혀식거ᄃᆞᆫ 몬져 녀ᄒᆞᆫ 밋술이 ᄀᆞ장 ᄃᆞᆯ거ᄃᆞᆫ 므ᄅᆞᆯ
병밥ᄋᆞᆯ 골와 녀코 마시 ᄲᅳ거ᄃᆞᆫ 두병ᄋᆞᆯ 골와 녀ᄒᆞ되 ᄯᅩ
누록ᄀᆞᄅᆞ ᄒᆞᆫ 되ᄅᆞᆯ 섯거 녀허 세날 웨후제 여러보면
그마시 거특ᄒᆞᄂᆞ니 오직 ᄂᆞᆯ믈 ᄃᆡᄅᆞᆯ ᄀᆞ장 조심ᄒᆞ여야

<16b>

마시 ᄀᆞ장 됴ᄒᆞ니라
◎ 합ᄌᆞ쥬 榼子酒 白米三斗三升 麴三升 水十沙鉢
ᄇᆡᆨ미 서 되ᄅᆞᆯ ᄇᆡᆨ셰 작말ᄒᆞ야 ᄀᆞᄂᆞᆫ 체로 노ᄒᆞ야 ᄀᆞᄅᆞᆯ 흰믈
로 섯거 밤자 거든 누룩 ᄀᆞᄅᆞ 서 되ᄅᆞᆯ ᄒᆞᆫᄃᆡ 섯고、로쳐
쳐 ᄯᅥᆨ 면ᄒᆞ야 홉을 ᄆᆡᆫᄃᆞ라 ᄀᆞᄅᆞ 세 녀허든、이 더 좌
둘ᄃᆞ가 사ᄅᆞᆯ ᄅᆞ두제 ᄇᆡᆨ미 서 말ᄅᆞᆯ ᄇᆡᆨ셰ᄒᆞ야 ᄂᆞᆨ게
ᄲᅧ ᄆᆡᄌᆞᆫ 말애 정하슈 세 사발식 혜여 섯거 ᄯᅥᆨ의
ᄇᆡ므려 독의 녀허 두터온 식지로 ᄡᅡ 미야 맛 새ᄒᆞ두

<17a>

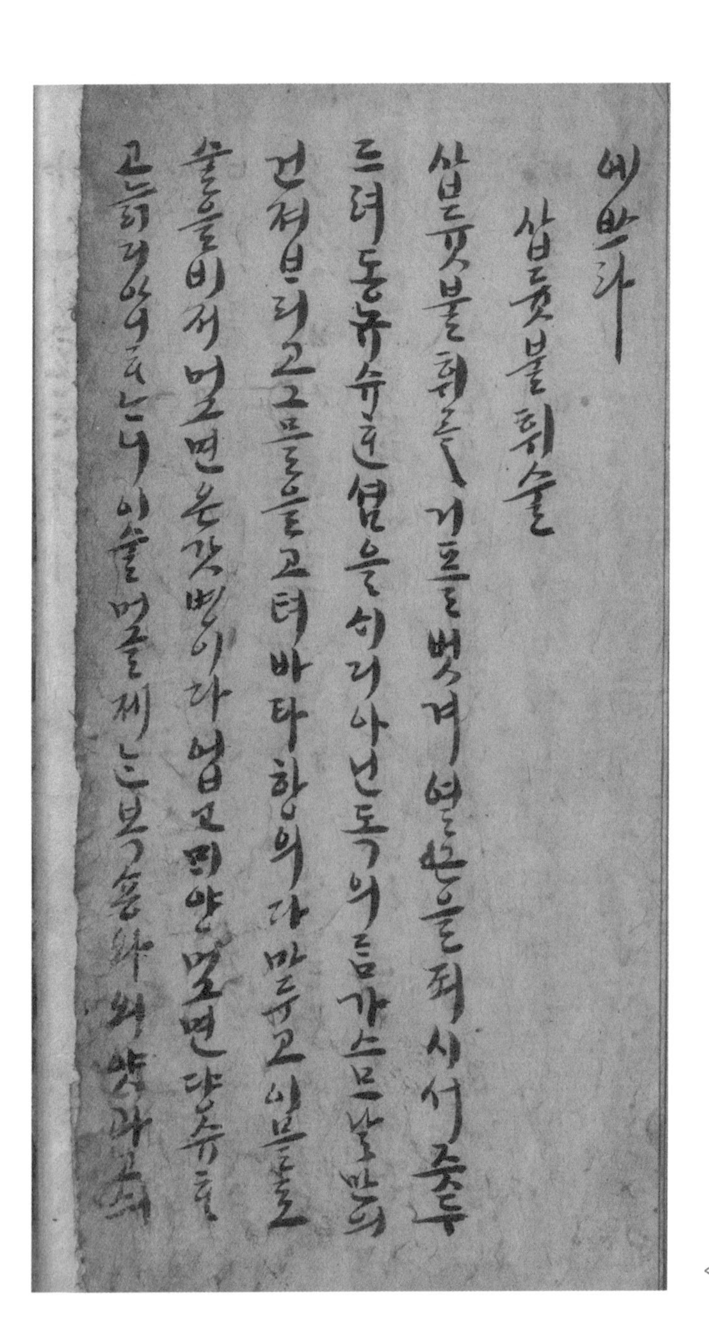

쎄ᄲᅡ다

삽듓불휘술

삽듓불휘ᄅᆞᆯ 거프를 벗겨 ᄒᆞᆫ말을 죄 시서 ᄌᆞᆷ두
드려 동뉴슈ᄒᆞᆫ 셤을 쉬더 아년 독의 ᄃᆞᆷ가 스므날 만의
건뎌 ᄇᆞ리고 그 므ᄅᆞᆯ 고뎌 바다 향의다 말뉴고 ᄡᆞᆯ므ᄅᆞᆯ고
술ᄋᆞᆯ 비저 머ᄀᆞ면 온갓 병이 다 업고 ᄆᆡ양 머ᄀᆞ면 댱슈ᄒᆞᆫ
고 ᄂᆞᆯ희 다ᄉᆞᆺ ᄒᆞᄂᆞ니 이 술 머글 제는 복ᄉᆞ홍 ᄒᆞ 외 얏 ᄌᆞᆫ고ᄭᅴ

<17b>

와 마ᄂᆞᆯ과 새ᄋᆞ기 조개 ᄎᆞᆷ에 젓슬 ᄆᆞᆫᄃᆞ라 ᄡᆞᄂᆞ니라

○ 쇼쥬 만히 나게 고올 법

ᄒᆞᆫ ᄡᆞᆯ 뫼ᄡᆞᆯ 각 ᄒᆞᆫ 되식 셋시 ᄡᆞᆺ셔 믈에 ᄃᆞᆷ가 불거

ᄃᆞᆫ ᄀᆞᄅᆞ 디ᄒᆞ여 믈 연ᄒᆞ야 ᄡᆞᆯ 이 ᄡᅵ셔 ᄒᆞᆫ 소솜 글혀 시겨

두고 ᄯᅩ 믈 연ᄒᆞ야 ᄡᆞᆯ을 ᄒᆞᆫ 소솜 글혀 식거든 누록 넉

되를 그 믈에 프러 젼의 ᄀᆞᄅᆞ ᄡᆞᆫ 믈과 ᄒᆞᆫᄃᆡ ᄡᅡ셔

밤재여 이튼날 ᄒᆞᆫ ᄡᆞᆯ ᄒᆞᆫ 말 죄 시서 믈에 ᄇᆞᆯ거든 ᄡᅧ

식거든 그 믈에 섯거 독의 녀허 ᄀᆞᆺ 새 만ᄒᆞ면 ᄂᆞ려거든 죄

<18a>

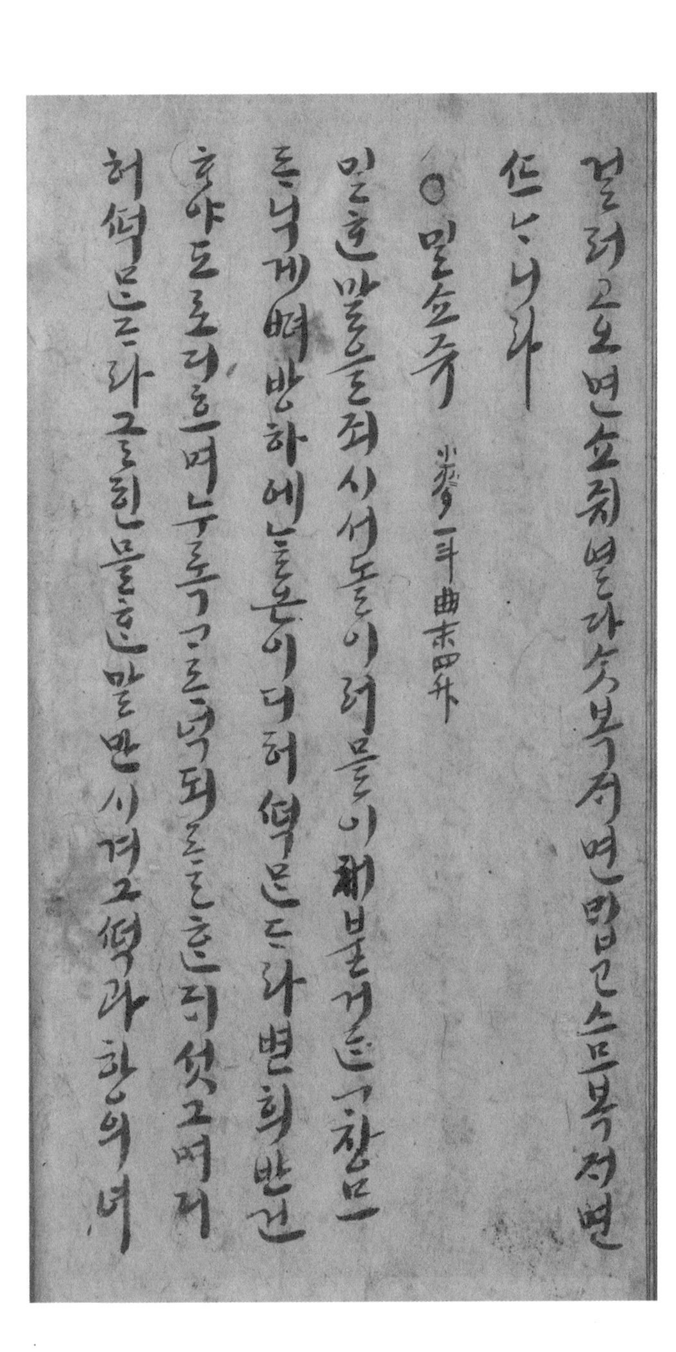

<18b>

허 닷새ᄂᆞᆫ 구에 노ᄒᆞ고로라

○ ᄡᆞᆯ ᄒᆞᆫ 말애 지국 네 병 나ᄂᆞᆫ 술법 白米一斗 曲末一升 酒本五升 粘米一升

ᄇᆡᆨ미 ᄒᆞᆫ 말을 ᄇᆡᆨ세 작말ᄒᆞ야 믈 세 병으로 죽수어 ᄀᆞᄅᆞ세 퍼 식거 장 ᄎᆞᆫ 거든 누룩 ᄀᆞᄅᆞ ᄒᆞᆫ 되와 진ᄀᆞᄅᆞ ᄒᆞᆫ 되와 ᄀᆞ장 됴ᄒᆞᆫ 서김 ᄒᆞᆫ 되와ᄅᆞᆯ ᄒᆞᆫ 되 섯거 독의 녀허 ᄡᅡ 미야 잇다가 이튼날 막괴거든 ᄎᆞᆫ ᄡᆞᆯ ᄒᆞᆫ 되ᄅᆞᆯ 믈 ᄒᆞᆫ 병 브어 죽수어 식거든 더 더 ᄒᆞ니 겨ᄅᆞᆷ 한새ᄂᆞᆫ 드리우라 다만 괄제 넘ᄂᆞ니 처엄의 ᄀᆞᄉᆞ

<19a>

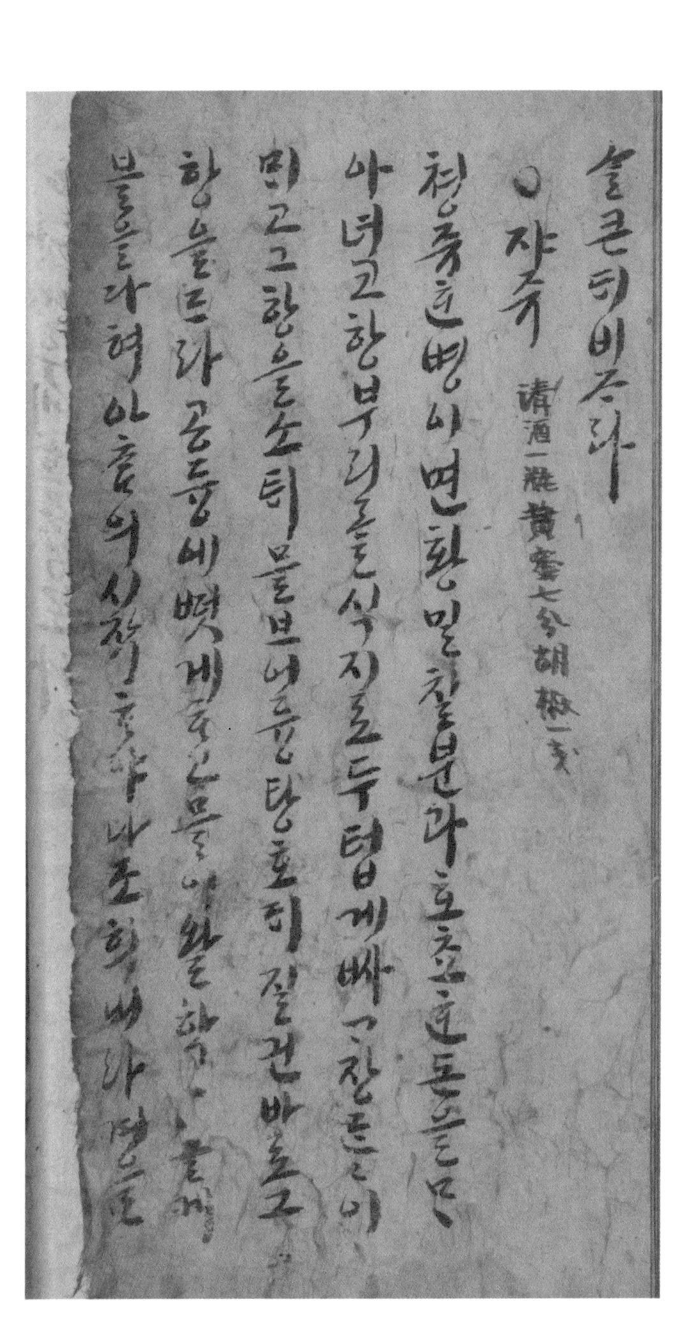
술큰디비ᄌᆞ라
○자쥬 淸酒一瓶 黃蜜七合 胡椒一戔
쳥쥬ᄒᆞᆫ병이면 황밀칠홉과 호쵸ᄒᆞᆫ돈을ᄆᆞ
아녀고 ᄒᆞᆫ부리ᄅᆞᆯ 식지로 두텁게 ᄡᆞ고 장ᄂᆞᆫ이
미고 그ᄒᆞᆫ을 소ᄐᆡ 믈브어ᄒᆞᆫ 탕ᄒᆞ되 잘권바ᄒᆞ고
항을ᄃᆞ라 곤ᄂᆞᆫ에 ᄲᅧ게ᄒᆞᄂᆞ믈에 ᄭᅳᆯ혀ᄒᆞᆫ고 ᄭᅳᆯ게
블을다혀 아ᄒᆞᆷ의 시작ᄒᆞ야 나조ᄒᆡ ᄲᅢ라 ᄯᅥᆯ으ᄂᆞᆫ

<19b>

히 어ᄂᆞᆫ 술 향ᄋᆞᆯ 덥으로 ᄆᆞᆺ니려 술 ᄯᅥᆨ 녀흐나

널ᄆᆡ예 는 술 항ᄋᆞᆫ 블ᄭᅴ예나 어ᄅᆞᆫ ᄃᆡ예나 ᄒᆡᆼ하 두구ᄋᆞᆫ

ᄅᆞᆫ 이ᄃᆞᆯ 니ᄅᆞᆺ배야 그 술ᄋᆞᆯ이 됴코 오래 두면 쇠야 됴

티 아니ᄒᆞᄂᆞ니라 부러 됴ᄒᆞᆫ 술 ᄀᆞᆮ고 오라

○ 신 술 고티ᄂᆞᆫ 법 石灰 排之 赤豆

셕회ᄅᆞᆯ 블에 ᄃᆞ라 닙더뎌 뎐지어 단 블에 구

어 벌거ᄒᆞ거든 술의 녀흐면 됴ᄒᆞᄂᆞ니라 ○ 지비ᄅᆞᆯ

조ᄒᆞᆫ 잘 ᄃᆡ려 도ᄀᆡ 녀흐면 그 ᄃᆞ ᄃᆞᆫ 됴코 공ᄋᆞᆯ 봇가

<20a>

뵈주머니예 녀허 술의 드므라 ○ 뫼술ᄒᆞᆫ 병에 포도 두

되식 봇가 녀흐라

㉤ 누록 ᄆᆞᆫᄃᆞᄂᆞᆫ 법 初伏 麥末一斗 菉末一升 中伏 菉末二升
末伏 菉末三升

삼복 저긔 녹두ᄅᆞᆯ ᄀᆞ라 거피ᄒᆞ야 믈에 ᄃᆞᆷ갓다가

닉게 ᄲᅧ 떡소ᄀᆞ티 ᄂᆞ론이 ᄆᆞᆯ긔여 ᄀᆞᄂᆞᆫ 어레미로 처셔

초복이어든 기울 ᄒᆞᆫ 말애 녹도 ᄒᆞᆫ 되ᄅᆞᆯ 섯고 즁복

이어든 두 되식 섯고 말복이어든 서 되식 섯거 ᄀᆞ장

<20b>

오래ᄃᆞᆫᄃᆞᆫ케 ᄃᆞ되여 ᄲᅮᆨ닙흐로 두터이 ᄲᅡ 믈뢰오되
누록이 벌웨 야ᄃᆞᆫᄂᆞ니라
⑬ ᄯᅩ ᄒᆞᆫ 법은 녹두를 ᄀᆞ라 거픠ᄒᆞ야 믈에 ᄃᆞᆷ갓다가 두
부앗ᄂᆞᆫ 시ᄂᆞ론게 ᄀᆞ라 기울에 섯ᄂᆞᆫ 수ᄂᆞᆫ 우희ᄃᆞᆺ 법ᄀᆞ
티ᄒᆞ야 드되여 ᄲᅮᆨ에 ᄲᅡ 믈뢰야 녹두 뉘 져ᄀᆞ거든 ᄒᆞᆫ되
시ᄀᆞ도 므던ᄒᆞ니라 菉豆 麴參米 一國五斗
밀ᄀᆞᄅᆞᆯ 죄시서 이러 잠ᄭᅡᆫ 므르뢰야 작ᄆᆞᆯ ᄒᆞ고 녹두

<21a>

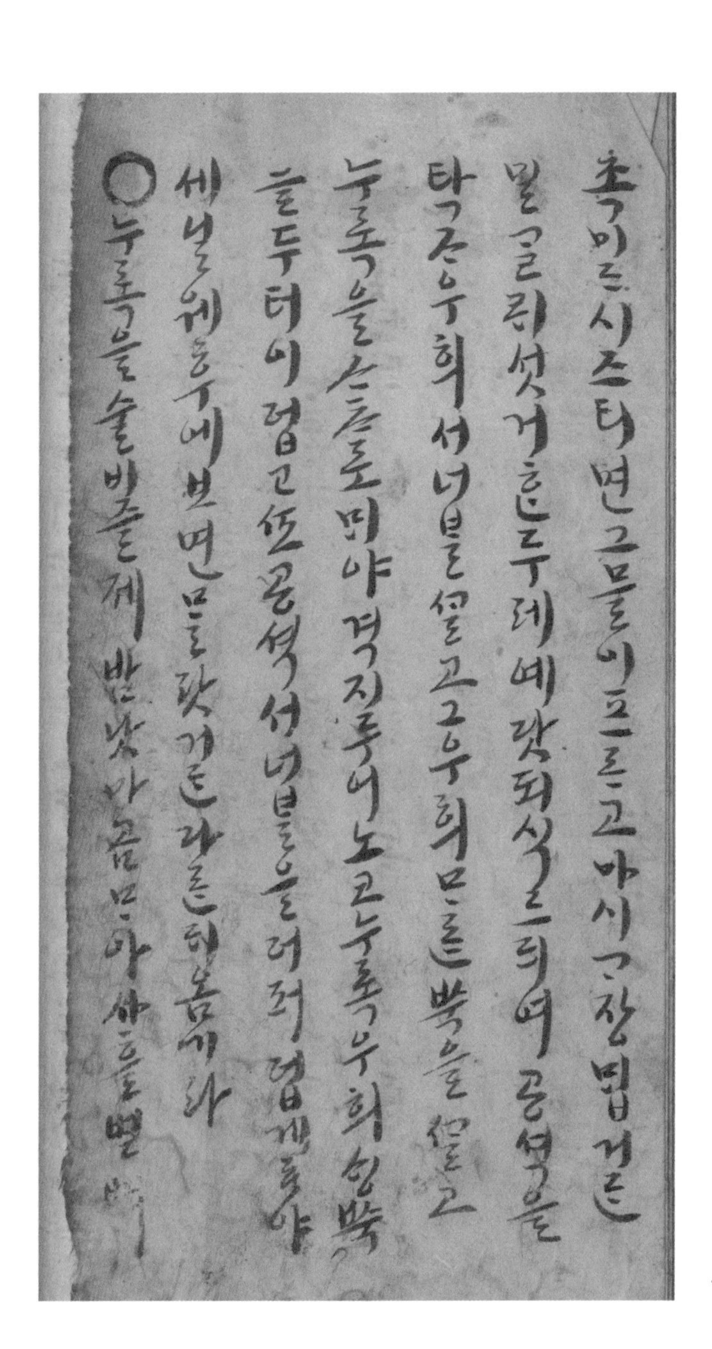
초구미ᄅᆞᆫ시ᄌᆞ타면그물이ᄒᆞᄅᆞᆫ고마시고잘멸겁거든
밀ᄀᆞᆯ리섯거ᄒᆞᆫ두레예ᄆᆞᆺ되식ᄂᆞ릐여곤셕을
타구ᄌᆞ우희서너블ᄭᆞᆯ고ᄀᆞ우희므ᄅᆞᆫ쑥을ᄭᆞᆯ고
누록을ᄉᆞᆫ드로ᄆᆡ야ᄀᆡᆨ지ᄅᆞ어노코누록우희ᄒᆞᆫ쑥
을두터이덥고ᄯᅩ곤셕서너블을더러덥게ᄒᆞ야
세닐웨ᄒᆞ우에보면므ᄅᆞᆺ거든ᄃᆞ로ᄃᆡ혀옴셔라
○누록을술비ᄌᆞᆯ제 ᄇᆞᆷ낫마곰ᄆᆡᆫ다ᄽᆞ로ᄇᆞᆯ

<21b>

아 븍ᄡᅥ 업ᄉᆞᆫ 후에 다혀 ᄇᆞ라 ᄂᆞᆺ을 ᄀᆞ장 나고 너ᄒᆞ
ᄀᆞᆯ히야 믈브어 이사ᄅᆞᆯ 이나 수ᄃᆞ리 믈을 ᄌᆞ조
ᄀᆞ라 잡ᄡᅥ 업거ᄃᆞᆫ 조심ᄒᆞ야 비즈면 됴ᄂᆞ니라

○보리초 빈ᄂᆞᆫ 법 秋牟米一斗 好麯二升

ᄀᆞᄅᆞᆯ 보리ᄅᆞᆯ ᄀᆞ장 졍히 늠거 ᄡᆞᆯᄅᆞᆫ 말을 죄 시서 블
에 ᄃᆞᆷ가 사날ᄂᆞᆯ 이나 서겨 ᄡᆞᆯ 난치쎠 거ᄃᆞᆫ 건져 헤므로
게 ᄡᅧ 한김 나거ᄃᆞᆫ 더우나ᄅᆞᆯ 됴ᄒᆞᆫ 누록새 ᄡᆞᆯ마곰 ᄠᅡ
두뢰ᄅᆞᆯ 섯거 ᄒᆞᆫ의 녀허 지식 ᄡᅡ 미야 벼틔 노하 두

<22a>

고샹ᄂᆞ흘 만ᄒᆡ 보면 우희 부헌 곰탕 ᄡᅥᆺ거든 처어믜
밥 녀ᄂᆞᆯ 제 사발로 되야 너헛다가 그 사발로 밥 되
ᄯᅩ시 그ᄉᆞ로 믈을 되야 녀호되 새바리 남아니 기려셔
몬져 기려다가 너코 동녁ᄒᆞ로 버ᄃᆞᆫ 복숑와 나모 가지
것거 외오 저어 작지와 뵈형 거ᄉᆞᆯ로ᄂᆞᆫ ᄒᆞ이 ᄲᅡ 머기고
무쇠 거ᄉᆞ로 더ᄭᅦ 노하 두고 두 날웨 더난 후제 보면 멀
건ᄒᆞ엿거든 ᄲᅡ라 샹인과 믈 보기ᄒᆞᄂᆞᆫ 사ᄅᆞᆷ은 거루ᄅᆞ라

<22b>

⊙ 밀초ᄃᆞᆷᄂᆞᆫ법 小麥一斗 曲二升

밀ᄒᆞᆫ말을ᄃᆞ이허좌시서불거든므르게ᄢᅧ방하

예ᄃᆞ히ᄯᅥᆨ므ᄅᆞ라ᄈᆡ이저글혀시근물날굽사발

과ᄃᆞ므ᄒᆞᆫ누룩두되섯거항의녀허삭자와챵뵈

힌거ᄉᆞ로ᄡᅡ며야ᄇᆞᄐᆡ노하낙거든ᄡᅳ라

챵포초ᄃᆞᆷᄂᆞᆫ법 菖蒲二升 秋牟米一斗 曲末三升 又一升五合 白米二升

챵폿불휘ᄅᆞᆯ수련ᄒᆞᆫ발키야ᄃᆞᆫ털ᄡᅳ러ᄇᆞ리고되시

서ᄅᆞᆯ게사흐라그ᄂᆞᆯ헤ᄆᆞᆯ뢰야두되만ᄒᆞ여두ᄉᆞ다가

<23a>

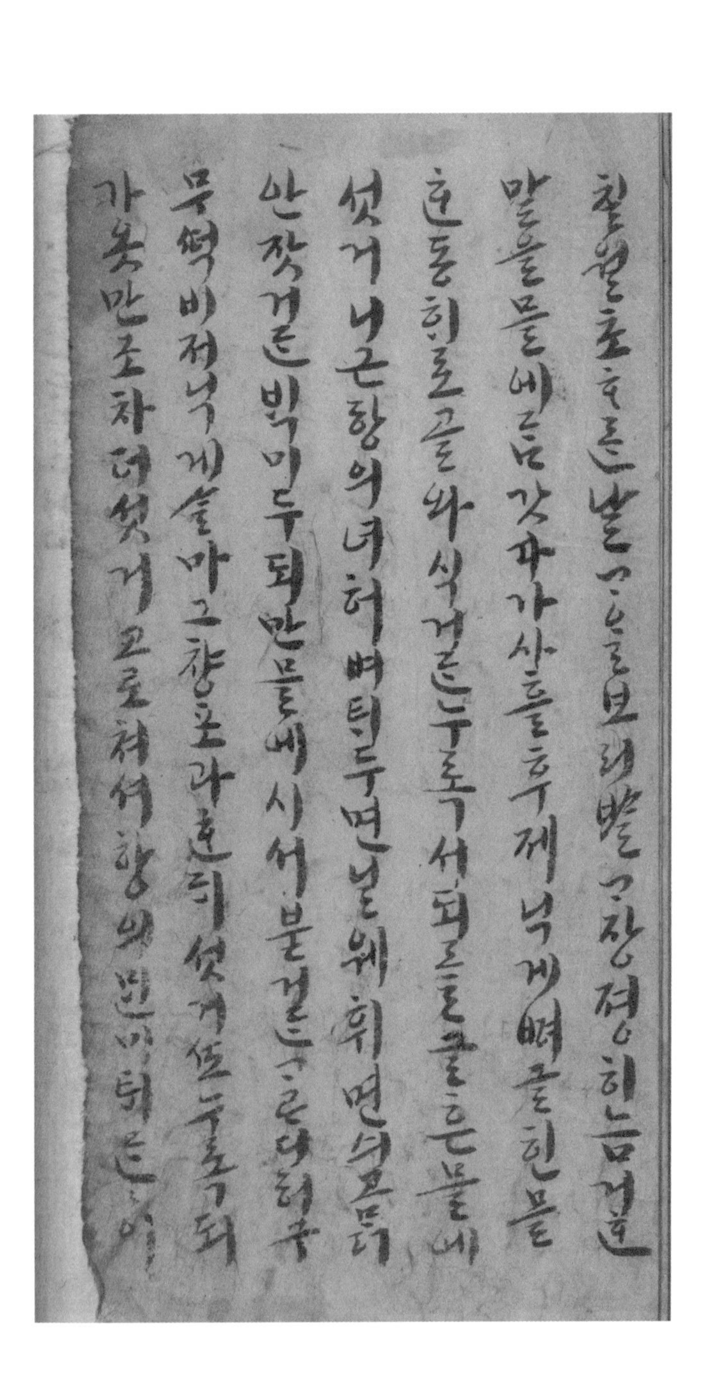
칠월 초ᄒᆞᄅᆞᄂᆞᆫ 날 ᄀᆞ을보리ᄲᆞᆯ ᄀᆞ장 졍히 늠 거ᄂᆞᆫ
말을 믈에 ᄃᆞᆷ갓다가 사ᄅᆞᆯ 후 제 ᄂᆞᆨ게 ᄲᅧᄅᆞᆯ 힌 믈
ᄒᆞᆫ 동희로 골와 식거ᄂᆞᆫ 누록 서 되로 ᄀᆞᆯ은 믈에
섯거 너근 항의 녀허 벼틔 두면 날웨 휘면 ᄉᆡ로ᄃᆞ리
안 잣거ᄂᆞᆫ 빅미 두 되만 믈에 시서 불거ᄂᆞᆫ ᄀᆞᄅᆞ 다히 후
무ᄯᅥᆨ 비저 ᄂᆞᆨ게 ᄉᆞᆯ마 그 챵포과 ᄒᆞᆫ디 섯거 ᄯᅩ 누록 되
가옷만 조차 더 섯거 고로 쳐셔 항의 ᄇᆞᆫ ᄆᆡ되ᄂᆞᆫ ᄃᆞ이

<23b>

브ᄅᆞ티 ᄒᆞ고 보리 술을 ᄃᆞᆷ으니 [illegible]
후에 보와 ᄡᅳ되 ᄡᅳ며 여ᇜ서 가게 되고 [illegible]
쇼주 ᄎᆔᄒᆞ나 년ᄒᆞ야 브으면 마시 변티 아녀 본ᄂᆡ ᄂᆞᆫ ᄡᅳᄂᆞ
니라 ○아므 ᄎᆔ라도 마시 변ᄒᆞ거든 밀ᄂᆞᆯ ᄒᆞᆫ 줌만 ᄆᆡ 小麥一握
이 볶가 녀허 사나ᄅᆞᆯ 희면 됴ᄂᆞ니라 ○ 됴ᄒᆞᆫ 즘ᄉᆞᆯ 真末
별 거게 뒤워 ᄒᆞᆫ 의녀 저 날워 희면 됴ᄂᆞ니라
○면 ᄃᆞᆫᄂᆞᆫ 법
싱쇼ᄡᆞᆯ을 물에 불워 불 온게 ᄀᆞ라 슈비ᄒᆞ야 ᄆᆞ밀

<24a>

ᄀᆞᆯ릐 섯거디면 됴ᄒᆞ니라

·숙면 ᄃᆡᄂᆞᆫ 법

소ᄃᆡ 믈을 몬져 ᄭᅳᆯ이고 녹두ᄉᆞᆯ 다ᄉᆞ홉만 ᄒᆞ나흔
믈에 프러 박애 ᄯᅡ 솔은 믈에 띄오고 나모 져ᄅᆞ 두서
가락으로 동당이 텨 호롤ᄂᆡ게 ᄡᅮ어 져로 드러보
면 실ᄀᆞᆮ거든 녹두ᄀᆞᄅᆞ 두서 되 혹 서너 되나 글ᄂᆞ
세 담고 녹두ᄂᆞᄅᆞᆯ에 섯거 ᄆᆞ라 고로 저어 손으로 ᄇᆞ려

<24b>

보면 두서 자히나 그처ᄃᆞᆫ 아니커든 박 미ᄐᆞᆯ 손
발내 세 굼글 손가락 그티 들만치 ᄯᆞᆯ고 왼손으로
로 세 굼글 마가 잡고 그 녹그 두믄 거슬 박애 다마 쳐셔
들고 올흔손으로 박을 두ᄃᆞ리며 굼글 열면 술은
믈에 흘러 드러 면이 되거든 건져 ᄎᆞᆫ 믈에 ᄃᆞᆷ가 둣
다가 체에 건져 믈은 쟝국의나 토쟝국의나 ᄆᆞ라
코토 ᄒᆞ야 ᄡᅳ라
◉ 진쥭면

<25a>

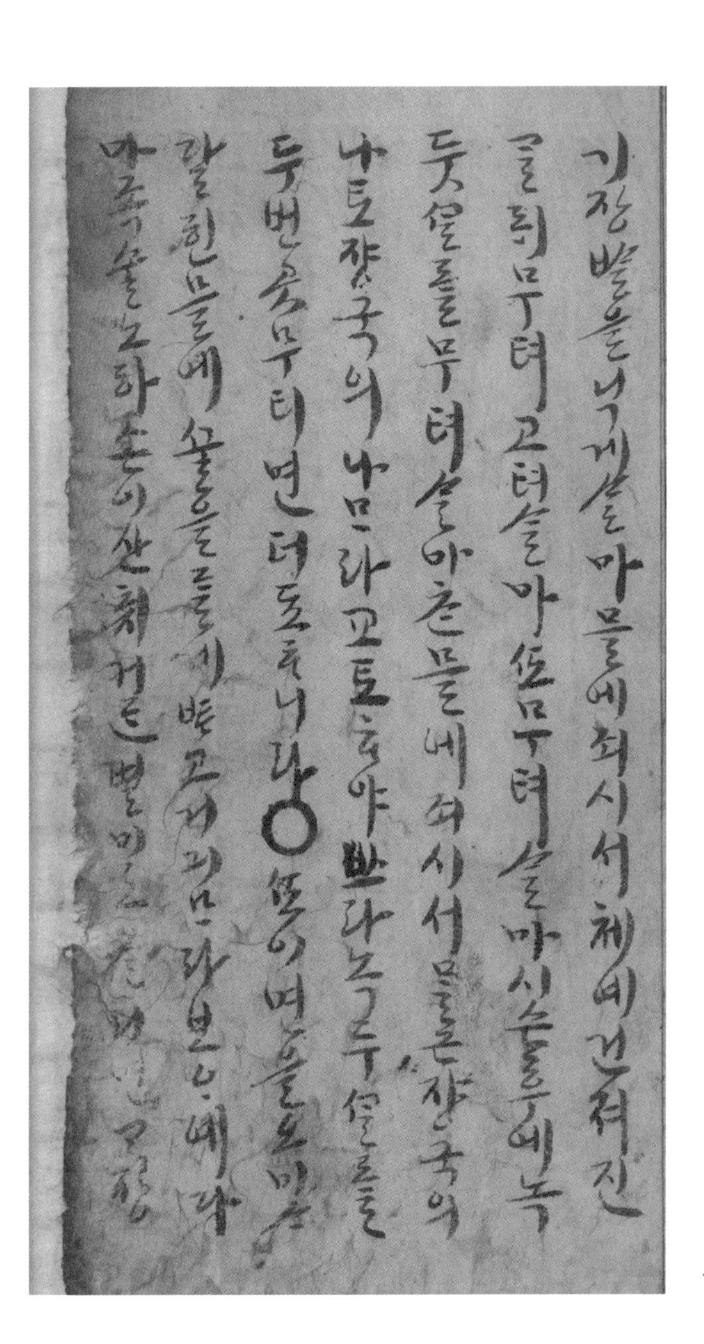

<25b>

도ᄒᆞ니 에는 열흘이 차면이라

◉ 증편긔쥭 ᄆᆞᆫᄃᆞᄂᆞᆫ 법

ᄇᆡᆨ미 ᄒᆞᆫ 되ᄅᆞᆯ 죄시서 쥭수어 누룩ᄀᆞᄅᆞ 큰 ᄒᆞᆫ 술만
섯거 항의 녀허 방올 닐거든 내여 ᄡᅳ라
증편을 ᄡᆞᆯ을 ᄒᆞᆫ ᄃᆡ 슐 허 죄시서 ᄀᆞᄅᆞ 디허 ᄀᆞᄂᆞᆫ 체
로 ᄂᆞ하 긔쥭에 ᄆᆞ라 상화 테ᄅᆞᆯ 노코 뵈 ᄭᆞᆯ고 ᄀᆞᄅᆞ
ᄅᆞᆯ 섥 쟉쟉 노코 고믈 ᄒᆞᆫ 박고 ᄯᅩ 테 노코 뵈 ᄭᆞᆯ
고 그 테 ᄒᆞᆫ ᄒᆞ야 ᄂᆡ게 ᄢᅧ 내여 ᄡᅳ라 ○ 긔쥭 ᄅᆞᆯ ᄉᆞᆫ ᄒᆞ야

<26a>

믈ᄡᅳ게되거든고텨ᄒᆞ야ᄡᅳ라

◎ 상화거죽믄ᄃᆞᄂᆞᆫ법

상화ᄒᆞᆫ말애치만ᄒᆞ여ᄡᅡ려ᄒᆞ면믈ᄒᆞᆫ병만ᄀᆞ장ᄃᆞᆫ
이ᄅᆞᆯ혀ᄆᆞᆫ져항의붓고기울두되ᄅᆞᆯᄌᆞ자녀고ᄯᅩ러
강이ᄅᆞᆯᄌᆞᆷᄃᆞᄅᆞ에프러ᄒᆞᆫ복ᄌᆞ만조찬항의붓고ᄅᆞᆫ
ᄃᆞᆺ이텨더러두면ᄇᆞ져ᄀᆞ의녀ᄒᆞ면나죄괴거든ᄡᅳ
고나죄녀ᄒᆞ면ᄂᆡ일아져ᄀᆞ의괴거든쳬예서운.

<26b>

달혀 소곰을 알마초 ᄠᅡ 믈을 뒤ᄆᆞ라 상화ᄀᆞᄅᆞᆯ ᄆᆞᆫ
드ᄅᆞ리 ᄒᆞᆫ 잇ᄀᆞᄅᆞᆯ 두번 노하 소ᄅᆞᆯ 미라 ᄆᆞᆫ드라 둣다가 녀
흐라 쇼거ᄅᆞᆺ 비즐 제 ᄃᆡ강 곳 업거ᄂᆞᆫ 젼술을 모 ᄠᅡ
녀흐라

◎ 잡과편

ᄆᆞ밀ᄀᆞᄅᆞ ᄒᆞᆫ 되과 ᄎᆞᆯᄡᆞᆯᄀᆞᄅᆞ ᄒᆞᆫ 되 섯홉과 ᄒᆞᆫ듸 섯거 믈에
ᄆᆞ라 면ᄆᆞᆫᄃᆞ시 홍독ᄀᆡ로 미러 약과 ᄆᆞᆫ곰 너모나게 사ᄒᆞ
라 믈에 ᄉᆞᆱ마 ᄯᅥᆨ을 ᄀᆞᆯ로 므티고 밤ᄀᆞᄅᆞᄅᆞᆯ 므티거나 온 잣과

<27a>

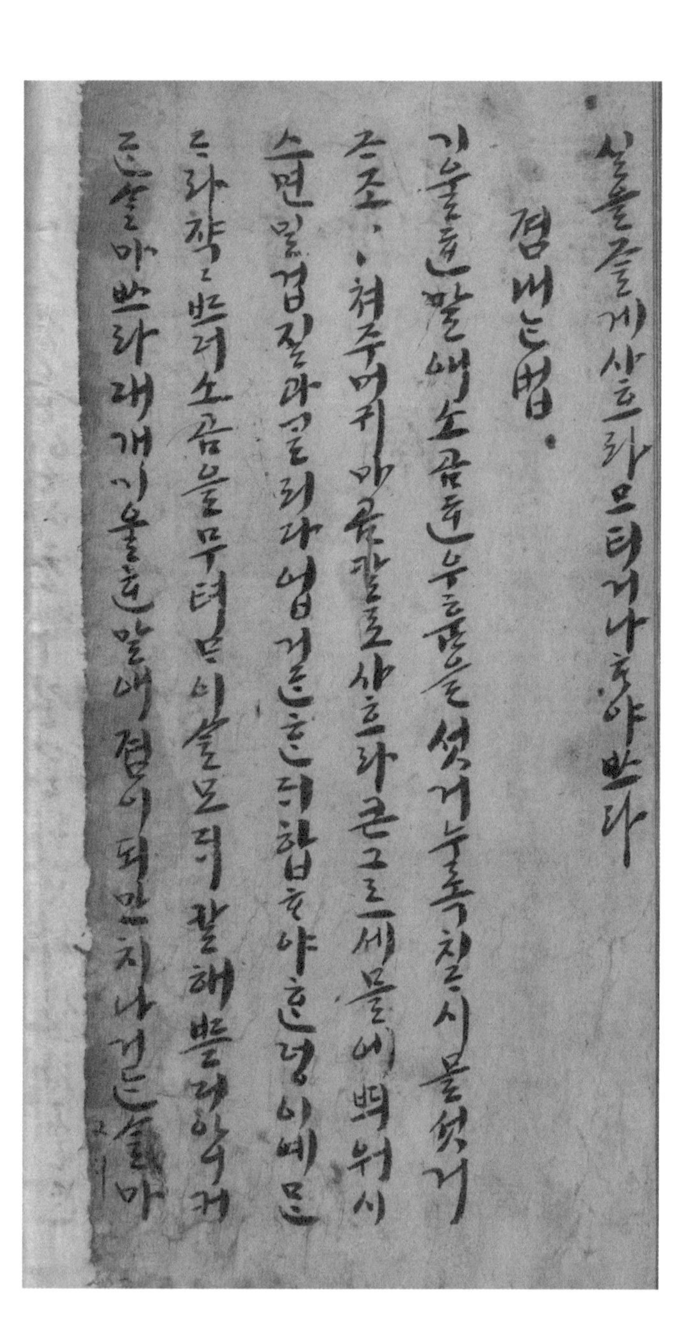

실을 즐게 살ᄒᆞ라 므티거나 ᄒᆞ야 ᄡᅳ다

졈ᄂᆡᄂᆞᆫ 법.

기울ᄒᆞᆫ 말애 소곰 ᄒᆞᆫ 우ᄒᆞᆷ을 섯거 누룩 ᄎᆞᆯ시 물 섯거
ᄅᆞ조. 쳐주머귀 마ᄂᆞᆫ 칼로 살ᄒᆞ라 큰 그르세 물에 ᄡᅴ워시
ᄉᆞ면 밀ᄂᆞᆫ 겹질과 골리다 업거ᄂᆞᆫ ᄒᆞᆫ 더 합ᄒᆞ야 ᄒᆞᆫ 덩이 여므ᄅᆞ
ᄅᆞ라 쟉ᄭᅳᆫ ᄡᅳ려 소곰을 무텨 ᄂᆞᄂᆞ이 ᄉᆞᆯ 모되 칼해 ᄲᅳᆯ려 아ᄉᆞ거
ᄅᆞᆫ ᄉᆞᆯ마 ᄡᅡ라 ᄅᆡ 개 ᄀᆞ울ᄒᆞᆫ 말애 졈이 되면 지나거ᄂᆞᆫ ᄉᆞᆯ마

<27b>

ᄉᆞᆫ믈 ᄀᆞ라 산쳐셔 ᄉᆞᆨ비ᄒᆞ야 므ᄅᆞ괴면 ᄀᆞ장 졍ᄒᆞ고 너
나랑 누록ᄃᆞ릐라

술 ᄆᆞᆫᄃᆞᄂᆞᆫ 법

ᄎᆞᆫ ᄡᆞᆯ이나 출기장이나 ᄯᅳᆼ에 ᄡᆞᆯᄒᆞᆫ 말을 조리ᄉᆞᆯ허
ᄡᅵ서 ᄀᆞᄅᆞ 디허 ᄀᆞᄂᆞᆫ 쳬로 뇌야 쳐셔 믈 네 병의 ᄀᆞᄅᆞ를
뎡이 업시 프러 쥭 수어 독을 덥게 시서 보릿기ᄅᆞᆷ 려
ᄒᆞᆫ ᄀᆞᄅᆞᄒᆞᆫ 되와 누록 ᄀᆞᄅᆞ 칠 홉을 냉ᄒᆞᆫ 병의 프러 쥭
에 ᄒᆞᆫᄃᆡ 븟고 버ᄆᆞ나모 쥭으로 고로ᄂᆞ . . 동당이 톄 ᄀᆞ장 려

<28a>

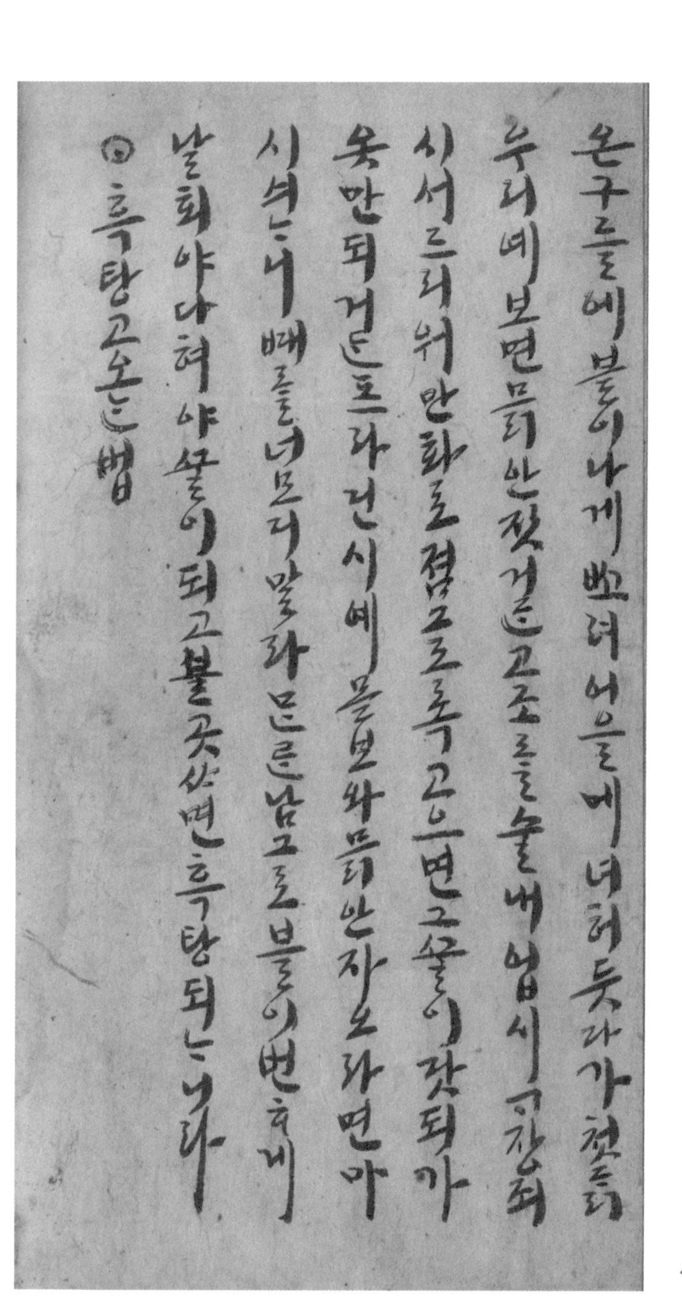
온구ᄃᆞᆯ에 블이 나게 ᄲᅡ려 어을에 녀허 둣다가 ᄎᆞᆺ드되
우리에 보면 므리 안잣거든 고조ᄅᆞᆯ 술 내 업시 ᄀᆞ장 ᄆᆞ뢰
시서 ᄃᆞ리워 만화로 졈그로록 고으면 그 ᄉᆞᆯ이 잣되가
옷만 되거든 포라 둔 시에 블 보와 므리 안자 오라면 마
시션ᄂᆞ니 ᄲᅢᄅᆞᆯ 너모 더 말라 므른 남그로 블이 번ᄒᆞ네
날회야 다혀야 ᄉᆞᆯ이 되고 블곳 ᄯᅥ면 흑탕 되ᄂᆞ니라
◉ 흑탕 고오ᄂᆞᆫ 법

<28b>

ᄇᆡᆨ미 ᄒᆞᆫ 말ᄋᆞᆯ 죄 시서 밥 지어 더워셔 항의 너코 즉제 그
솟희 믈을 글혀 열 사발을 붓고 보릿ᄀᆞᄅᆞ 두 되를
ᄎᆞᆫ 믈에 버므려 항의 ᄂᆞᆫ 되 븟고、ᄅᆞ 저어 ᄀᆞ장 더온 구들
에 ᄒᆞᆯ 오ᄉᆞ로 두터이 ᄡᅡ 노하 두다가 ᄒᆞᆫ 솟 밥 ᄶᅵ을 덧만
ᄒᆞ거든 마ᄉᆞᆯ 보면 ᄃᆞᆯ면 됴코 싀면 사오납ᄂᆞ니 조ᄒᆞᆫ 뵈자
릐 걸러 만화로 고오ᄃᆡ 나못가지로 쉴 ᄉᆞ이 업시 저어 ᄀᆞᆯ
ᄃᆞᆯ 안반의 펴고 처(디)워 보면 얼의거든 ᄃᆡ 쓰라

즙디히 汁葅

<29a>

콩을 믈에 ᄃᆞᆷ가 날웨 후에 건져 ᄶᅧ ᄒᆞᆫ 말애 기울 두 말
섯거 ᄶᆞᆫ 누록이 ᄀᆞ려 ᄆᆞᄅᆞ 닉게 ᄲᅧ 여ᄌᆞ 쥐여 다 납 ᄭᆞᆯ고 고유
히 여ᄌᆞ ᄭᆞᆯ고 ᄯᅩ 고유히 닥 납흘 ᄃᆞ려 날웨 후에 내여 ᄲᅧ
티 ᄆᆞ이 ᄆᆞᆯ뢰야 작말ᄒᆞ고 외 가지 ᄂᆞ화ᄅᆞᆯ 죄시 서독의
녀코 믈을 이 두 ᄃᆞᆫ히 면 ᄉᆞ르 두 말과 소금 서 되ᄅᆞᆯ 섯거 녀
코 부리ᄅᆞᆯ ᄀᆞ장 ᄃᆞᆫᄃᆞᆫ이 ᄡᅡ 미고 ᄯᅩ 쇠로 ᄉᆞᆯ나 더뎌 새 ᄆᆞᆯ ᄯᅩᆼ
애 무더 두 날웨 후 쳐 ᄡᅳ라 ○ ᄯᅩ 마장 두 말에 누록 서 되

<29b>

소곰 닐곱되 ᄭᅳᆯᄂᆞᆫ 믈에 버므려 된 쥭 만ᄒᆞᆫ 거ᄉᆞᆫ 외야시 열
말을 독의 너코ᄂᆞᆫ〻이 ᄲᅡ미야 솔두엉을 더퍼 새 므ᄅᆞᆯ 슈
의 무러 닐웨 후에 ᄲᅳ라 ○ 또 ᄒᆞᆫ 법은 ᄌᆞᆯᄂᆞᆫ 만 후에
날ᄂᆞ이 서 ᄂᆞᆯᄒᆞᆫ 거ᄉᆞᆫ 곤ᄒᆞᆫ 말을 며ᄌᆞ 안쳐 ᄒᆞᆫ 소솜 ᄭᅳᆯ히다가
김을 낙뢰 만큼 ᄒᆞ되 녀허 ᄭᅢᆺ거 창므ᄅᆞ게 ᄡᅮ어 반하예
ᄯᅥ허 당츄ᄌᆞ 마곰 ᄒᆞ게 쥐여 닥닙헤 ᄣᅡ 벽위 몰뢰
라 녀모오 대벽오면 눈 나ᄂᆞ니라 ᄆᆞ른 거ᄉᆞᆫ 반하예 ᄯᅥ허 어
려이로 처 소곰물로 반쥭ᄒᆞ되 ᄇᆞ름마ᄌᆞᆫᄂᆞᆫ 흙ᄀᆞᆺ 곤 누룩

<30a>

시ᄅᆞ야 알마ᄌᆞᆫ 항의 며조 ᄒᆞᆫ 블을 ᄂᆞ믈ᄒᆞᆫ 블을 식셔 녀고 ᄆᆞᆫ
우희 ᄃᆞᆫ 며조 ᄉᆞ락이 ᄒᆞᄅᆞᆯ 두ᄃᆞ기 시라 고로 려고 항부리
ᄅᆞᆯ ᄒᆞᆫ ᄃᆞ이 ᄲᅡ ᄆᆡ야 솔ᄀᆞ혜로 덥고 흙 니겨 ᄇᆞᄅᆞ고
새ᄅᆞᆯ 뷔여 항몸을 ᄡᆞ고 ᄡᅳ디 아닌 ᄃᆞ구럿으로 ᄯᅡ리 무더
러 ᄃᆞ닐 웨우제 내라
、녀ᄅᆞᆷ 즙 디리 甘醬一斗 其[illegible]四合
감쟝ᄒᆞᆫ 사발과 기을 너ᄒᆞᆫ 법을 너ᄀᆞᆫ 항의 녀고 져므ᄂᆞᆫ 외ᄅᆞᆯ

<30b>

죄시서 믈긔 업시 조ᄒᆞᆫ 슈건으로 ᄡᅳ서 ᄒᆞᆫᄃᆡ 섯거 녀코 ᄒᆞᆫ
부리ᄅᆞᆯ ᄃᆞᆫᄃᆞ이 ᄡᅡ ᄆᆡ고 서 뎝으로 덥고 ᄒᆞᄅᆞ 니거든 엽시 블
라 새 블 ᄯᅩᆼ애 무덧다가 날ᄶᅴᄒᆞᆫ 후에 ᄡᅳ라

○ ᄡᅳᆫ쟝 고ᄂᆞᆯ 법

쟝독의 블을 ᄀᆞᄂᆞ기 브어 사ᄒᆞᆯ 후에 ᄯᅥ ᄇᆞ리고 ᄯᅩ 그리
ᄒᆞ기ᄅᆞᆯ 세 번을 ᄒᆞ야 ᄡᅳᆫ 맛이 다 우러나거든 새로 소곰믈을
글혀 시겨 브으면 됴ᄒᆞ니라 ○ 쟝을 ᄆᆞᆫᄃᆞ롬이 더러로
고라ᄂᆞᆫ 며조ᄅᆞᆯ 독의 ᄒᆡ와 녀코 새로 소곰믈을 브어 두므

<31a>

면쟝이 되ᄂᆞ니라

◎ 기울쟝법

기울과 비지과 두가지ᄅᆞᆯ 마치 ᄀᆞᆺ게 ᄒᆞ야 ᄒᆞᆫᄃᆡ 섯거 낙게
벼 손바닥마곰 번ᄃᆡ기 지어 독의 녀허 ᄃᆞ이 ᄲᅡ 뫼야
ᄲᅡ가 ᄡᅳᆫ 거ᄅᆞᆫ ᄆᆞᆯ뢰야 작말ᄒᆞ야 소곰을 며조 쟝 ᄃᆞᆷ는 ᄯᅢ
로 며조서 말애 소곰 ᄒᆞᆫ 말식 혜여 ᄃᆞᄆᆞ라

거믄 소곰 희게 ᄒᆞᄂᆞᆫ 법

<31b>

소곰이 비치 검거ᄃᆞᆫ 믈에 ᄃᆞ려셔 졍ᄒᆞ고 소ᄐᆡ 나ᄲᅡ 소
곰이 ᄆᆞᄅᆞ도록 술로 저으며 복그면 빗치 ᄀᆞ장 희고 ᄀᆞ
ᄂᆞ니라

◉ 변미ᄒᆞᆫ 고기 고틸 법

당츄ᄌᆞ를 서너ᄂᆞᆯ대 굵글 ᄃᆞᆷ고 ᄀᆞ기 ᄯᅥᆯ지 말 만ᄒᆞ거든 네
흘녀 허ᄒᆞᆫ 듸 ᄉᆞᆱ므면 변미ᄒᆞᆫ 내 업ᄂᆞ니라 ○무 겁실 셕은
나시 ᄲᅧ를 쟝국의 조차 지버녀(허) 글히면 ᄂᆞ린 내 업ᄂᆞ니
셩ᄒᆞ니란 말라

<32a>

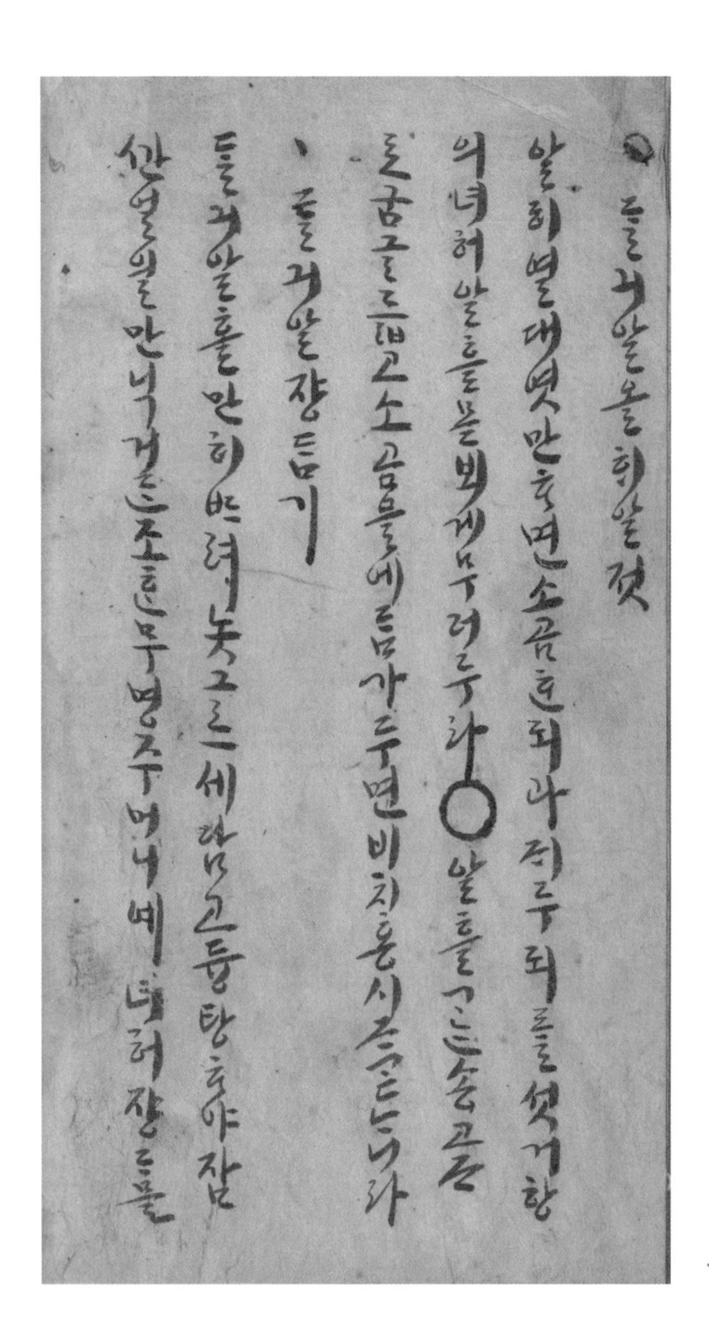
○ ᄃᆞᆯ긔알 올희알 것
알희 벌대 벗만ᄒᆞ면 소곰ᄒᆞᆫ 되과 ᄌᆡ 두 되ᄅᆞᆯ 섯거 ᄒᆞᆫ
의 녀허 알ᄅᆞᆯ 믈ᄲᅵ게 누러두라 ○ 알ᄅᆞᆯ 그ᄂᆞᆫ 솝 고ᄅᆞᆫ
ᄃᆞ 곰 고ᄅᆞ ᄃᆞᆸ고 소곰믈에 ᄃᆞᆷ가두면 비치 ᄋᆞᆫ시 ᄌᆞᆫᄂᆞ니라
、 ᄃᆞᆯ긔알 쟝ᄃᆞᆷ기
ᄃᆞᆯ긔알ᄒᆞᆯ 만히 ᄠᅳ려 놋고 ᄀᆞᄂᆞᆫ 세 ᄎᆞᆷ고 듕탕ᄒᆞ야 잠
ᄭᆞᆫ 연ᄋᆞᆯ 만니 거ᄂᆞᆫ 조ᄒᆞᆫ 무명주머니예 녀허 쟝ᄃᆞᆯ

<32b>

져허러만 녀헛다가 그쟝이 닉거든 내여 쓰라

탐ᄉᆞᆫ쥬 법

ᄂᆞᆰ다 ᄋᆞᆫ 숑이를 믈에 ᄃᆞᆷ갓다가 동화 닙흐로 ᄆᆞᆫ다

ᄒᆡ 좌 시서 ᄉᆞᆯ 마셔 밤자거든 건져 믈ᄲᅳᆫ 더 아니 ᄒᆞ거든

ᄒᆞᆼ의 녀허 ᄌᆞᆷ거든 ᄠᅳᆷ로 우흘 ᄠᅢ 엿다가 별흘 맛와

ᄒᆞᆫ져 젼 된 믈을 업시ᄒᆞ고 새 믈 브어 ᄃᆞᆷ갓다가 ᄇᆞ롬

만 ᄒᆞ야 ᄯᅩ 새 믈 ᄀᆞᆯ고 ᄒᆞ면 ᄒᆡ 므거워 샹티 아니ᄂᆞ니 ᄒᆞᆼ혀

소곰 ᄀᆞᆫ 옷 ᄀᆞᆺ 갑이 ᄒᆞ면 몰 ᄡᅳᄂᆞ니라

<33a>

견숑이

숑이ᄅᆞᆯ 죄 시서 ᄇᆞᆫ납ᄒᆞ로믄 ᄃᆡᄒᆞ면 ᄀᆞ장 조커ᄂᆞᆫ 숑이
ᄒᆞᆫ 말애 ᄀᆞ장ᄒᆞᆫ 뫼 진ᄀᆞᄅᆞ 두 홉ᄋᆞᆯ 섯거 만화 와 ᄀᆞᆯ혀
그 즙이 진ᄒᆞ거ᄂᆞᆫ 내여 ᄆᆞᆯ뢰라 ○ ᄯᅩ ᄒᆞᆫ 법ᄋᆞᆫ 숑이ᄒᆞᆫ ᄃᆞᆯ희
예 믈ᄒᆞᆫ 동희 반ᄋᆞᆯ 브어 ᄉᆞᆯ ᄆᆞᆼ그ᄅᆞᆯ이 반ᄋᆞᆫ ᄌᆞᆯ거ᄂᆞᆫ ᄀᆞ장
ᄒᆞᆫ 사발 진유 ᄒᆞᆫ 죵ᄌᆞᄅᆞᆯ ᄒᆞᆫᄃᆡ 그 믈에 브어 섯거 ᄀᆞᆯ혀
믈이 다 조라 업거ᄂᆞᆫ 내여 ᄆᆞᆯ뢰라

<33b>

마ᄂᆞᆯ 담ᄂᆞᆫ 법

만ᄂᆞᆯ 여ᄅᆞᆷ이 믈 이처 ᄂᆞ거ᄃᆞᆫ 뉴월 ᄉᆞ이 ᄏᆡ야 겁
겁질 벗기고 잠깐 믈 뢰야 그ᄅᆞᆺ 흰 믈에 ᄉᆞᆷ곰을
빠셔 하 ᄂᆡ면 ᄇᆞᆺ다 아ᄂᆞ게 ᄒᆞ야 삭거든 마ᄅᆞ다
가 ᄂᆡᆨ거든 ᄲᆞᆯ 제 거ᄅᆞᆯ을 벗기면 비치 희고 마시 묘ᄒᆞ니

탐강

싱강을 뢰시셔 거플 벗기고 뎐믈에 ᄉᆞᆺ고 ᄒᆞ야 믈 ᄀᆞᆷ게
ᄒᆞ야 기ᄅᆞᆷ 블라 ᄒᆞᆼ의 녀헛다가 날 ᄲᆡᆫ우 제 ᄂᆡ여 시셔

<34a>

최나술의 나름가 쁘라

● 복셩와 술고겸과

복숑와를 ᄲᆞᆯ에 녑고 맛됴ᄒᆞᆫ 너를 하 막 녹라 아녀

져기 납브게 너근 놈을 빠 거를 벗기고 ᄲᅢ 븐 너흔 말만

ᄒᆞ면 쳥밀 녹되를 달혀 식거든 복셩와 과ᄒᆞᆫ 더셧

거ᄒᆞᆼ의 녀허 녹거든 쁘라 술고로 이ᄋᆞ 터ᄂᆞᆫ 마 쁘라

탐ᄆᆞ도 ᄃᆞᆫ 법

<34b>

복셩왜나 술의나 져기 낫비너허 빠죄시 서 소곰
을 ᄧᆞ게 ᄀᆞᆫ텨 ᄒᆞ라사 이ᄃᆞᆫ날 항의 녀코 소곰믈을 ᄀᆞ
장 ᄆᆞ이 ᄧᆞ게 ᄒᆞ야 글혀 시겨 브어 ᄃᆞ마 ᄒᆞ라 ᄲᆞᆯ
제 되렴ᄒᆞ야 ᄡᆞ라

○ 텀쳥대

쳥대ᄅᆞᆯ 졔시졀의 막 ᄲᅥ믈고비 치ᄂᆞᆫ 저긔 ᄀᆞᆯ희야
ᄣᅡ 항의 녀코 쳥ᄃᆡ ᄒᆞᆫ 말에 면소곰 되가옷만 믈에 프
러 ᄆᆞ이 글혀 식거든 항의 브ᄋᆞᄂᆞᆫ 마ᄃᆞᆺ 라가 시월 초승애

<35a>

쳥대ᄅᆞᆯ 건지고 소곰믈을 ᄯᅡᄇᆞ리고 쳥대ᄅᆞᆯ 도로 항
의 녀코 ᄆᆞᆰ은 믈을 ᄀᆞ드기 브어 둣다가 ᄡᅳᆯ제 솟고와 ᄡᅳ라

◎ 토란탐ᄎᆡ

서리 아니 와셔 토란 줄기ᄅᆞᆯ 뷔여 시서 ᄀᆞᄂᆞᆯ게 사ᄒᆞ라
ᄆᆞᆯ곤 말애 소곰 ᄒᆞᆫ 줌식 섯거 바조예 다마 ᄇᆞᄅᆞᆷ 마니
들게 ᄎᆞ셕을 더펏다가 오후에 손으로 ᄆᆞᆯ뢰 ᄧᅡ ᄇᆞ
리고 독의 ᄃᆞᆫ〻이 다려 녀허 믈과 ᄇᆞᄅᆞᆷ을 ᄀᆞ리디 말나

<35b>

<36a>

⊙ 싱강과 토란 간슈ᄒᆞᆯ 법

토란이나 싱강이나 ᄯᅡᇂ에 ᄀᆞᄂᆞᆯ헤 펴 너러 사나ᄒᆞᆯ ᄆᆞᄅᆞ거ᄃᆞᆫ 독의 ᄆᆞᄅᆞᆫ 믈애ᄅᆞᆯ 설고 고우희 토란ᄋᆞᆯ 설고 ᄯᅩ 고우희 믈애 설고 ᄯᅩ 토란 설고 이 톄로 켸켸 너코 혀거ᄉᆞ로 독부리ᄅᆞᆯ ᄲᅡ며야 긔운이 통케 ᄒᆞ야 ᄎᆞ도 덥도 아닌 방의 두면 석디 아닌ᄂᆞ니라

고사리 간슈ᄒᆞᆯ 법

쇠디 아닌 고사리ᄅᆞᆯ ᄲᅧ셔 ᄌᆡ예 ᄂᆡ라 믈뢰야 ᄌᆡᄅᆞᆯ

시셔ᄇᆞ리고、 뎌믈ᄒᆡ야 둣다가 더운믈에 ᄃᆞᆷ가 불려
ᄃᆞᆫ 파마 쟝의 ᄉᆞᆯ마 ᄡᅳ라
연ᄒᆞᆫ 고사리ᄅᆞᆯ 두 그ᄐᆞᆯ 알마초 그처 ᄇᆞ리고 소곰을 눈
ᄲᅳ리ᄃᆞᆫ 시터 독의 녀허 ᄃᆞ마 둣다가 ᄡᅳᆯ 제 ᄲᅢ여 쇠시
서구리ᄅᆞᆯ 고ᄅᆞ 세ᄉᆞᆯ모면 비치 ᄌᆞᄅᆞ고 엽거 업ᄂᆞ니라

취간슈ᄒᆞᆯ 법

ᄉᆞ오월 ᄉᆡᆨ이 연ᄒᆞᆫ 취ᄅᆞᆯ 줄기조차 ᄲᅡ 통그ᄅᆞ 세ᄉᆞᆯ마 더운

<36b>

구ᄅᆞ레 음간ᄒᆞ야 미리 걸ᄅᆞ다 믈ᄒᆞ게 간슈ᄒᆞ야 두고 ᄡᆞ소

가지 간슈ᄒᆞᆯ 법

ᄲᅩᆼ나모 ᄌᆡ를 독의 담고 가지를 서리 젼의 ᄣᅡ 독의 녀코 ᄌᆡ로 더러 두면 비치 변티 아닌ᄂᆞ니

외 간슈ᄒᆞᆯ 법

ᄎᆞᆯ구월간의 하ᄂᆞᆯ리 더 아닌 외를 ᄣᅡ 손으로 쥐므르디 말고 칼로 줄기를 ᄀᆞᆫ초되 ᄒᆞᆫ 치 만 브텻게 ᄒᆞ야 밀 노겨 줄기 ᄡᅭ테 ᄇᆞᄅᆞ고 독의 녀허 덥도 칩도 아닌 ᄃᆡ 두

<37a>

면ᄒᆞ래 인ᄂᆞ니라

실과 간슈ᄒᆞᄂᆞᆫ 법

ᄀᆞ올히 깁거든 ᄲᅩᆼ나모 ᄌᆡ를 사항의 담고 과실을 녀
코러로 반남게 무더ᄒᆞᆰ티 나겨 불티 둣다가 ᄉᆞ오월의
내면 셕러 아닌ᄂᆞ니 겨을에 얼우더 말라
빈ᄎᆞ를 간슈호되 첫서리ᄒᆞ후에 즉시 빈ᄎᆞ를 빠 불랑의 구
들ᄒᆞ고 구려ᄎᆞ게 녀코 우흘 더ᄒᆞ되 하 너모 두터이 말라

<37b>

병ᄅᆞ니 광ᄀᆞᄉᆞ곰 엽시ᄒᆞ고 셔리곳 너모 마ᄉᆞ면 ᄃᆞᄅᆞ티 아

니ᄒᆞᄂᆞ니라 ○ 밤은 ᄉᆞᆯ이 재ᄧᅡ ᄉᆞᆯ이 재ᄧᅡ 곤ᄉᆞᆨ와 ᄒᆞ여 뎝

도 칩도 아닌 듸 두면 됴캇다

◉ 양ᄇᆡᄂᆞᆫ 법

양을 ᄭᅵ실ᄒᆞ야 사향의 녀코 ᄀᆞᆫ장을 ᄆᆞᆯ슴ᄃᆞ이 ᄲᆞᆺ고

진유ᄒᆞᆫ ᄌᆞᆷᄌᆞ와 가ᄉᆞᆨ 약념ᄒᆞᆫ ᄃᆡ 녀허 향부리ᄅᆞᆯ

유지로 ᄃᆞᆫᄃᆞᆫ이 ᄡᆞ뫼고 ᄉᆞ면으로 ᄉᆞᆯ블 ᄭᅬ오되 허리 만티

이게 ᄯᅱ위고 쟝믈이 반만 달코 양이 니거ᄃᆞᆫ ᄃᆞᆫ

<38a>

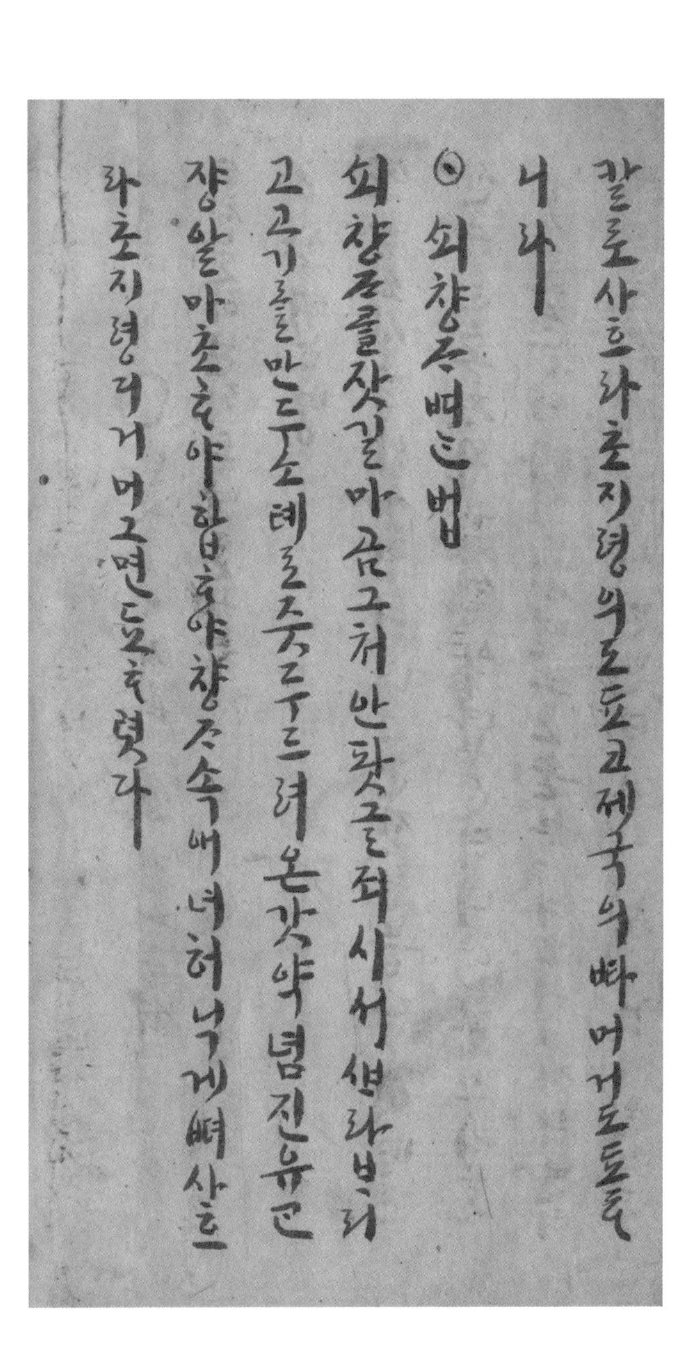

칼로 사흐라 초지령의도 됴코 졔국의 ᄣᅡ 머거도 됴흐
니라
⊙ 쇠챵ᄌᆞ ᄧᅵᄂᆞᆫ 법
쇠챵ᄌᆞ를 자ᄉᆞᆺ길 마곰 그처 안팟글 죄 시서 ᄲᅡ라 ᄇᆞ리
고 고기ᄅᆞᆯ 만두소 톄로 즛ᄃᆞ드려 온갓 약념 진유 ᄀᆞᆫ
쟝 알마초 ᄒᆞ야 합ᄒᆞ야 챵ᄌᆞ 속에 녀허 ᄂᆞ게 ᄲᅧ 사흐
라 초지령 ᄃᆞ려 머그면 됴ᄒᆞ렷다

<38b>

◎ 양ᄉᆞᆱᄂᆞᆫ법

믈을 므이 글혀 양을 거릐ᄒᆞ야 슐믈 졔홀 밀 밥

난만치ᄒᆞ고 디새 뎌약을 죄시서 조차 녀허 슐므면

ᄀᆞ장 석석ᄒᆞ고 됴ᄒᆞ니

・ ᄃᆞ릐ᄉᆞᆱᄂᆞᆫ 규식

슐 젼ᄉᆞᆱ은 트를 거로ᄒᆞ고 ᄉᆞᄉᆞ로 믄ᄃᆞᆯ녀 쇠시서 그속

ᄋᆡ 염규 만ᄂᆞᆫ 쳔ᄒᆞᆫ 지진규 반슐 쟝ᄒᆞᆫ 슐 섯거 녀코 미ᄅᆞᆯ

ᄅᆡ 바ᄂᆞᆯ로 ᄒᆞ와 것구로 향의 녀허 식지로 한부리ᄅᆞᆯ

<39a>

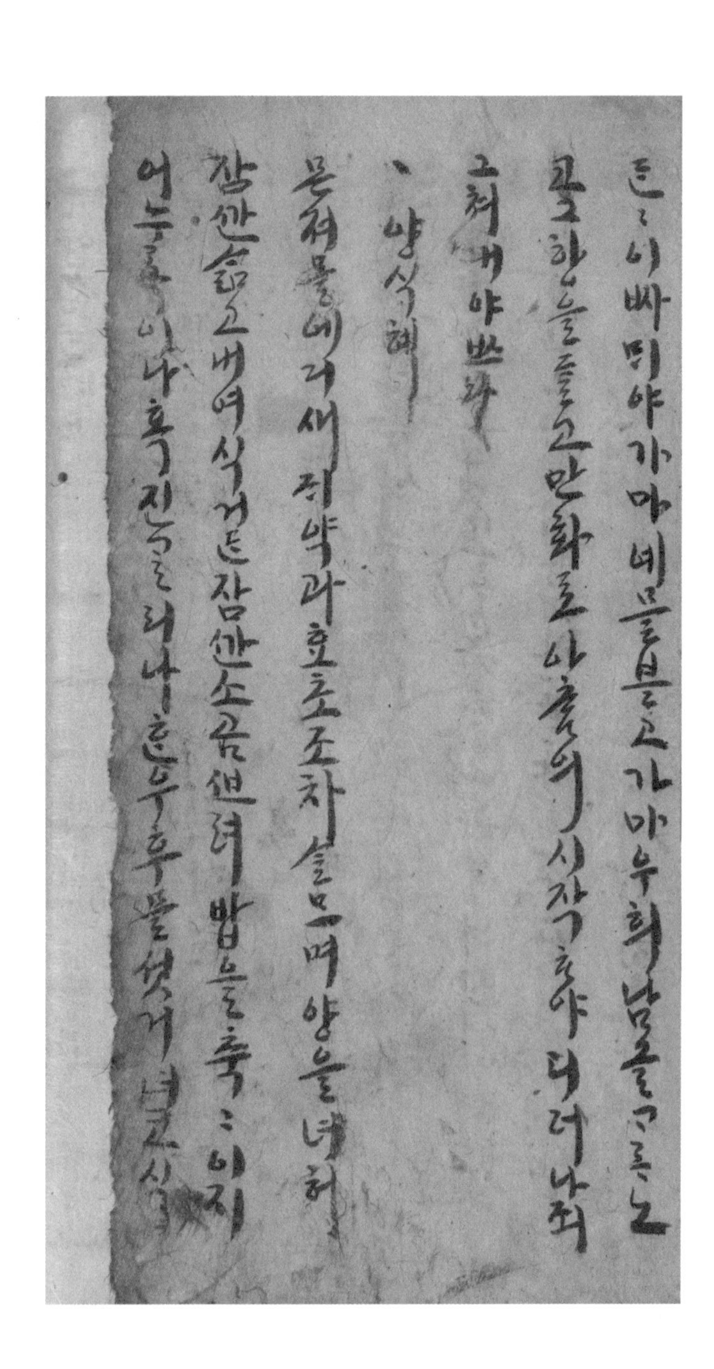
ᄃᆞᆫᄃᆞᆫ이 ᄲᅡ미야 가마의 믈 븟고 가마 우희 남ᄀᆞᆯ ᄀᆞᄃᆞᆨ 노
코 항을 ᄌᆞᆷ고 만화로 ᄉᆞ흘의 시작ᄒᆞ야 다려 나죄
그쳐 내야 ᄡᅳ라
、양식혜
몬져 물에 다서 ᄌᆞᆫ약과 효ᄌᆞ조차 ᄉᆞᆯ므며 양을 녀허
잠ᄭᅡᆫ ᄉᆞᆱ고 내여 식거든 잠ᄭᅡᆫ 소곰 섯거 밥을 ᄌᆞᆨᄌᆞᆨ이 지
어 누룩 ᄒᆞ나 ᄒᆞᆨ 진ᄃᆞᆯ 되나 ᄒᆞᆫ 후 ᄑᆞᆯ 섯거 녀코 시ᄏᆞ

<39b>

지ᄒᆞᆫ ᄂᆞ이 ᄲᅡ디고 그 항을 ᄌᆞ로 헤혀 고ᄆᆞ려 두엇다가
낙거ᄃᆞᆫ ᄡᅳ라

·산뎨 죄 식혜

산뎨 죄ᄅᆞᆯ ᄆᆞ이 ᄉᆞᆯ마 털이 져므너 다거ᄃᆞᆫ 손바닥만 ᄒᆞᆫ
사ᄒᆞ라 식혜ᄅᆞᆯ ᄃᆞ므면 ᄀᆞ장 됴커니라

◎ 약과

진말 ᄒᆞᆫ 말애 쳥밀 ᄒᆞᆫ 되 닷홉 진유 칠홉과 됴ᄒᆞᆫ 쳥
쥬 닷홉을 섯거 ᄆᆞ라 ᄆᆞᆫ드라 진유 두 되로 만화의 지지라

<40a>

◉ 다식

진말 ᄒᆞᆫ 말애 쳥밀 ᄒᆞᆫ 되과 진유 여ᄉᆞᆺ홉 섯거 므
ᄂᆞ라 환의 바가 부ᄎᆞ되 노구의 ᄌᆞᄒᆞᆫ 믈애 어나 젹어나 ᄯᅳᆺ거
세ᄒᆞᆫ 만 ᄭᆞᆯ고 그우희 ᄌᆞᄒᆞᆫ 조희 ᄭᆞᆯ고 다식을 버리고 노구
두에 닷고 만화의 부ᄎᆞ되 노구두에를 ᄌᆞ조 여 여보며
과ᄌᆞᆯ을 ᄌᆞ조 뒤혀 노하 ᄇᆡ치 잠간 노로라 ᄒᆞ거ᄃᆞᆫ 내
라 블 ᄆᆞᆺ ᄯᅡ면 과ᄌᆞ리 너므 누루러 도티 아니리라

<40b>

◦ 듕박계

진말 닷 되 만ᄒᆞ면 쳥밀 ᄒᆞᆫ 되나 몯ᄒᆞ나 ᄎᆞᆷ기름 두 홉
ᄒᆞᆫ 쳥쥬 ᄒᆞᆫ 술 ᄒᆞᆫ듸 ᄲᅡ ᄒᆞᆫ듸 합ᄒᆞ야 ᄀᆞᄅᆞᆯ 우믈 짓
고브여 잠간 누그시 ᄆᆞ라 쳐셔 면ᄃᆞ라 비치고 ᄂᆞᆯ만 ᄋᆞᆯ
마초 지〃라 너모 지ᄌᆞ면 소기 므ᄅᆞ고 과ᄂᆞ니라

◦ 동과졍과

동과ᄅᆞᆯ 거플 벗기고 ᄲᆡ블 다 ᄇᆞ리고 손바닥 마곰 사ᄒᆞ
ᄒᆞ라 둣거란 ᄡᅥ푼식 ᄒᆞ야 ᄉᆞ희예 무덧다가 사ᄒᆞᆯ 만의

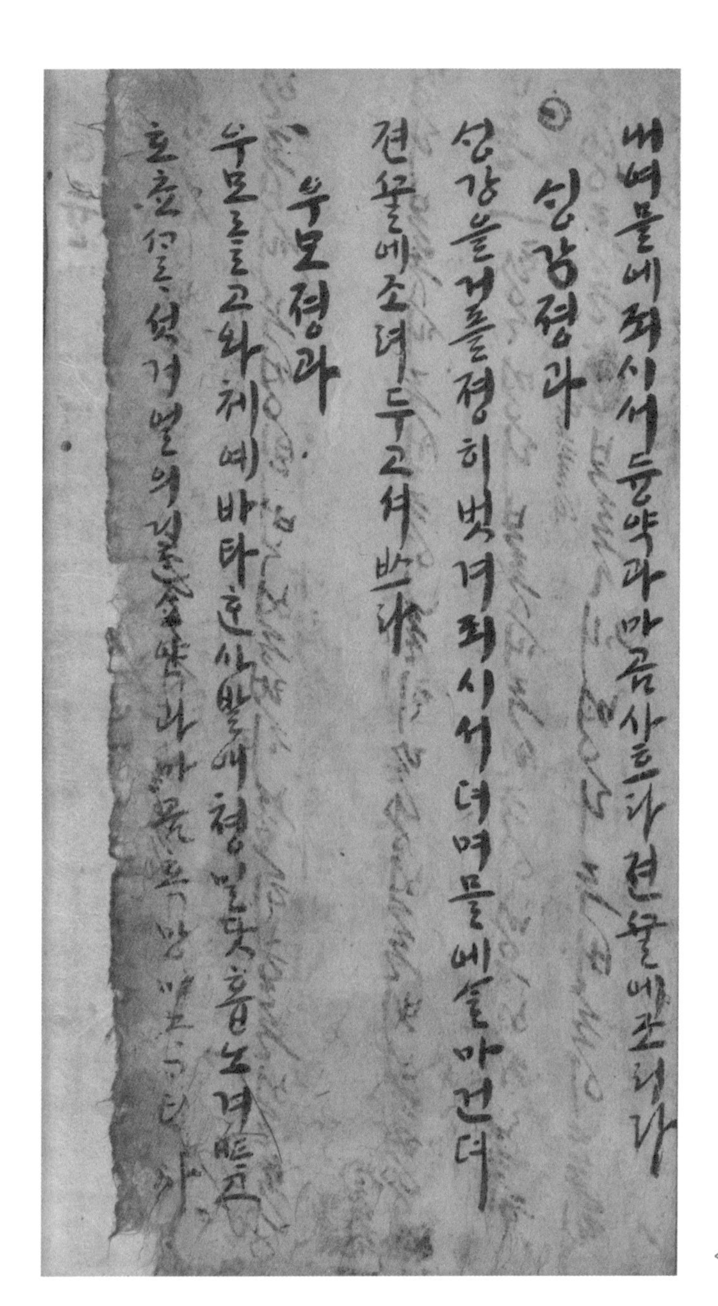

내여 믈에 ᄶᅬ시서 뉸약과 마곰 사ᄅᆞ라 뎐울에 조리라

◎ 싱강졍과

싱강을 거플 졍히 벗겨 ᄶᅬ시서 ᄃᆡ여 믈에 ᄉᆞᆯ마 건뎌

뎐울에 조려 두고셔 ᄡᅳ라

유모졍과

유모ᄅᆞᆯ 고와 체예 바타 ᄒᆞᆫ 사발애 쳥 ᄒᆞᆫ 되 ᄒᆞᆸ 노겨 ᄠᅳ고

ᄒᆞᆫ 홉 섯거 ᄲᅮᆯ의 ᄭᅮᆯ 과 마ᄀᆞᆷ 만ᄀᆞ라

<41b>

ᄒᆞᄂᆞ 쳡ᄌᆞ고자 ᄡᅳ라

가지ᄶᅵᆷ

연ᄒᆞᆫ 굴근 가지를 겁질 벗겨 ᄇᆡ를 네 골 새 ᄩᆞ고 속애
각석 약념을 연계ᄒᆞᆫ ᄃᆞ시 ᄒᆞ야 녀코 므로 닉게 ᄲᅧ 내
여 ᄡᅥ저 뎝시예 담고 즙을 ᄀᆞ장 말나게 ᄒᆞ야 여처 ᄡᅳ라

가두부

됴흔 콩 대엿 되를 ᄆᆞᆯ 되야 ᄀᆞ라 ᄃᆡ피ᄒᆞ야 졀히디
허ᄒᆞᆫ 쳬로 쳐셔 믈 ᄲᅦ오더 ᄀᆞᄂᆞᆫ ᄇᆡ주머니예 녀허 ᄆᆞᆫ이

<42a>

쥐믈ᄃᆡ걸러다시바타소ᄐᆡ골혀시거ᄀᆞᆯ제ᄀᆞᆫ슈ᄅᆞ뎌
열의거ᄂᆞᆫ보희ᄲᆞᆺ다

◉ 산ᄉᆞᆷ자반

더덕을거플벗겨즛두ᄃᆞ려ᄃᆞᄅᆞᆫ믈에ᄌᆞᆷ뢰녀허
ᄃᆞᆷ가ᄡᅳᆫ맛업시ᄶᅩ우려나거ᄂᆞᆫ믈ᄶᅬᄲᅡ브리고ᄆᆞᄅᆞ게
ᄲᅧ고ᄌᆞᆫ장과진유와섯거사향의녀허ᄃᆞᆷ가ᄅᆞᆨ다가이ᄐᆞᆫ
날건뎌벼틔ᄶᅬ여너너비ᄃᆞᆺᄒᆞ여갈제큰졀편ᄲᅩᆨ만콤

<42b>

번더겨편지어뫼화야두고블에구어쓰고

조번ᄒᆞᄂᆞᆫ드리ᄂᆞᆫ법

늘근ᄒᆞᆫ힌ᄂᆞᆯ고고리양을줄게ᄠᅳ더물세ᄒᆞᆫ희브어ᄒᆞᆫ
흠튀티게달히고보리나못겨를벗겨믈뢰야구ᄅᆞᄆᆞ
ᄃᆞ라빅잘릐녀허그믈에ᄃᆞ마근ᄉᆞᆯ후홉을섯거ᄆᆞᆫᄃᆞ라
○ᄯᅩᄒᆞᆫ법은아랑띄ᄅᆞᆯ달히고빅번려겨ᄃᆞ리면비치
누루거ᄂᆞᆫ라ᄆᆞ복을달혀빅번려겨ᄃᆞ리면비치블고ᄃᆞᆫ
ᄂᆞ리라○ᄯᅩᄒᆞᆫ법은ᄃᆞᆫᄂᆞ릐 만ᄃᆞ리뎌ᄒᆞᆫ면회화석냥

<43a>

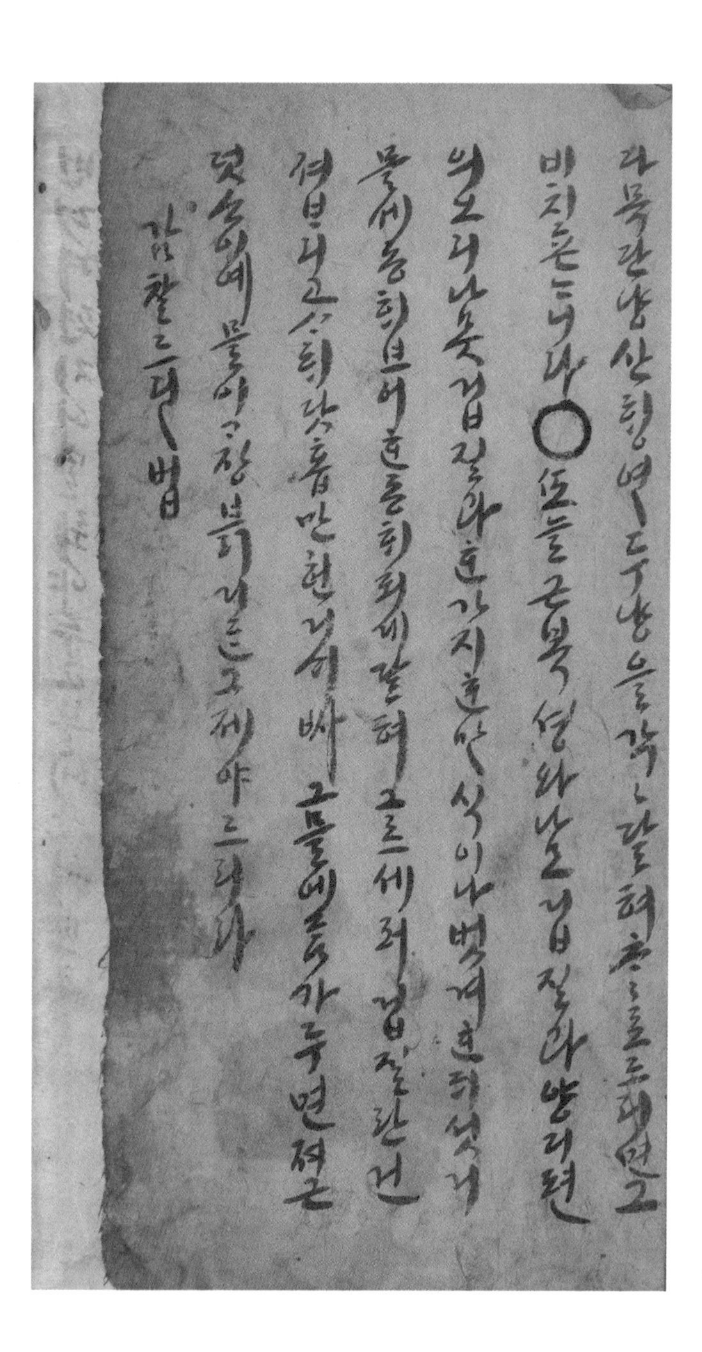

<43b>

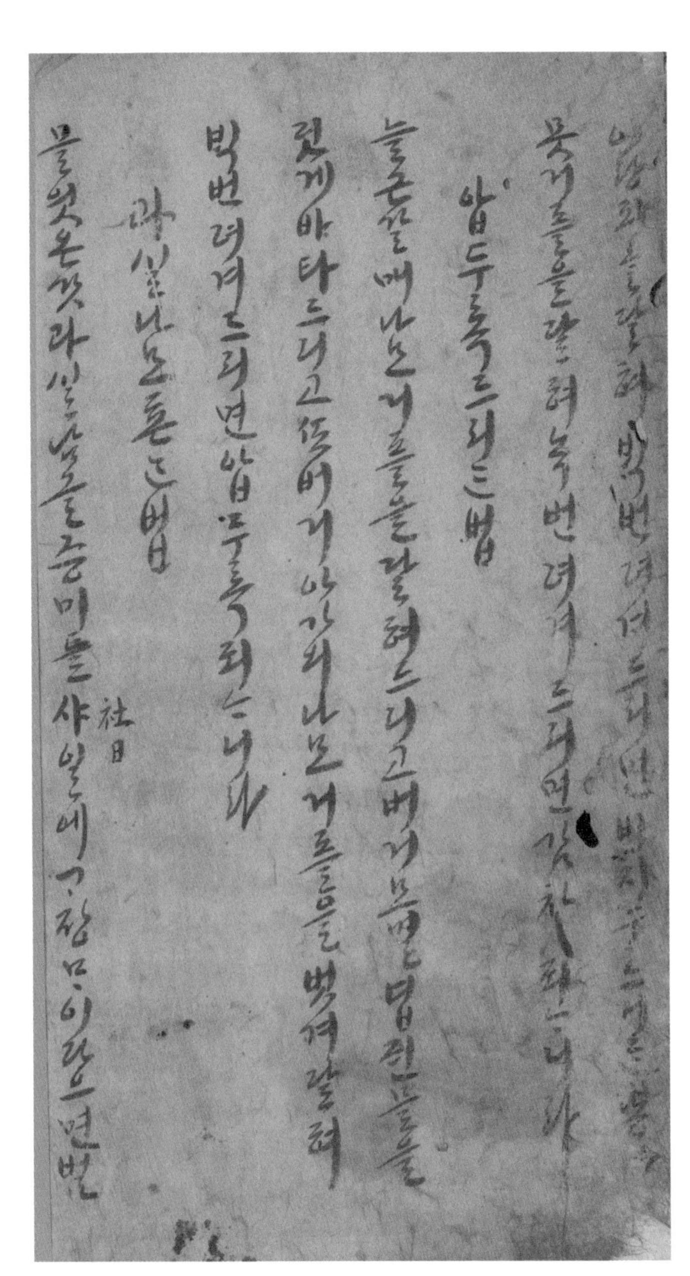

<44a>

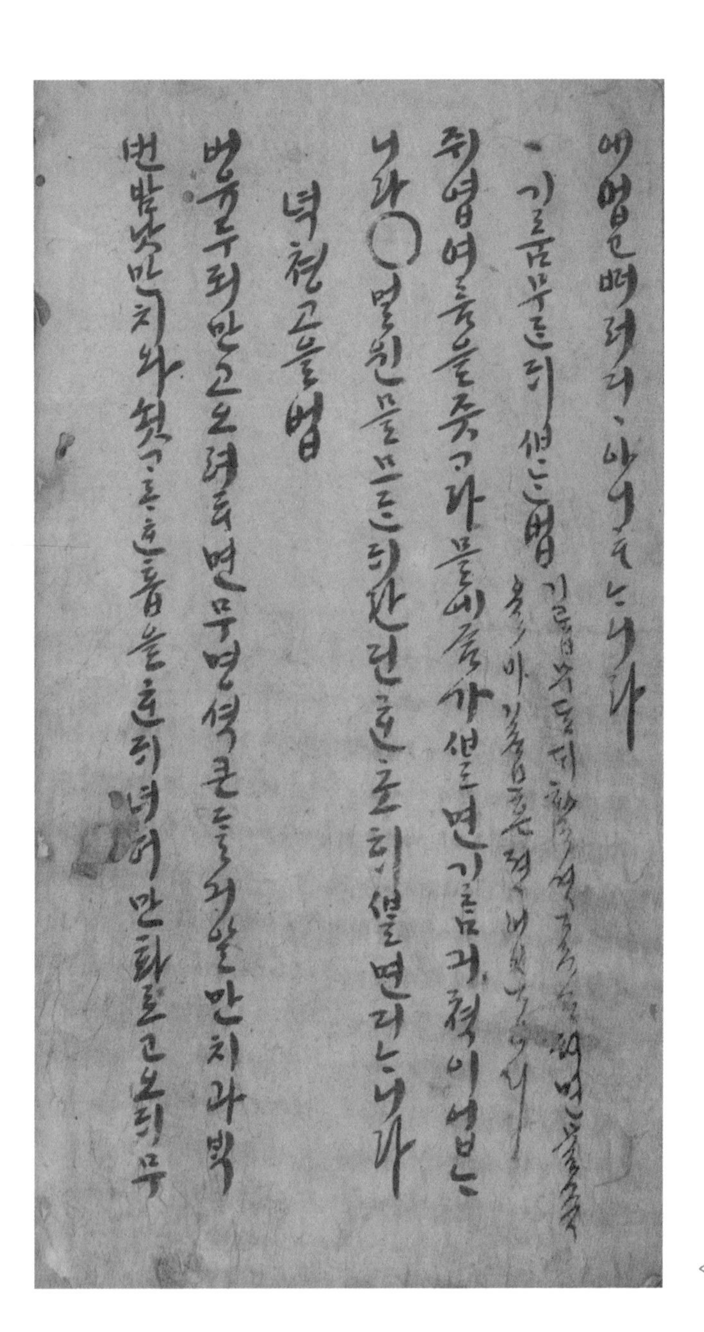

<44b>

명ᄉᆡᆨ과 ᄉᆡᆺ굴 나ᄃᆡ 녹고 굴뎐 거품이 쳘로 조ᄎᆡᆨ그라 안
세ᄂᆞᆫ 마ᄅᆡ로 더거 믈에 쳐ᄲᅥ 어려보면 기름이 ᄠᅳ니 세려ᄯᅥ러
더ᄒᆞ나 ᄒᆞᄂᆞᆫ 변다 되면 ᄂᆞ니 즉제 드러 ᄲᅥᄂᆞ 하 ᄉᆡ기라 나모로
ᄅᆡ로면 너로 거뎌 믈 ᄠᅳᄂᆞ니라 ᄯᅩ ᄉᆡᆺ그ᄂᆞᆫ 곳 젹거ᄃᆞᆫ 무명
뎐을 더 녀허 ᄉᆞ로면 녁쳔이 칠ᄒᆞ면 비칠ᄒᆞᆫ 날ᄋᆞᆫ 도ᄒᆞᄂᆞ니
라 ○ ᄯᅩ ᄒᆞᄂᆞᆫ 법은 버유셔 되ᄅᆞᆯ 만화 ᄒᆞ고 혀 ᄒᆞ로 눅ᄒᆞᄂᆞᆫ
후제 거쳔ᄒᆞᆫ 쌀 ᄒᆞᆫ 홉 솔잣ᄒᆞᆫ 되라 숫ᄒᆞᆯ 지나미 ᄒᆞᆫ 홉과
거쳐 황밀 ᄇᆞᆯ 홉 ᄒᆞᆫ과 빅 번 ᄇᆞᆯ 홉 ᄒᆞᆫ 라 ᄒᆞᆫ 되 녀허 ᄒᆞᄅᆞᆯ

<45a>

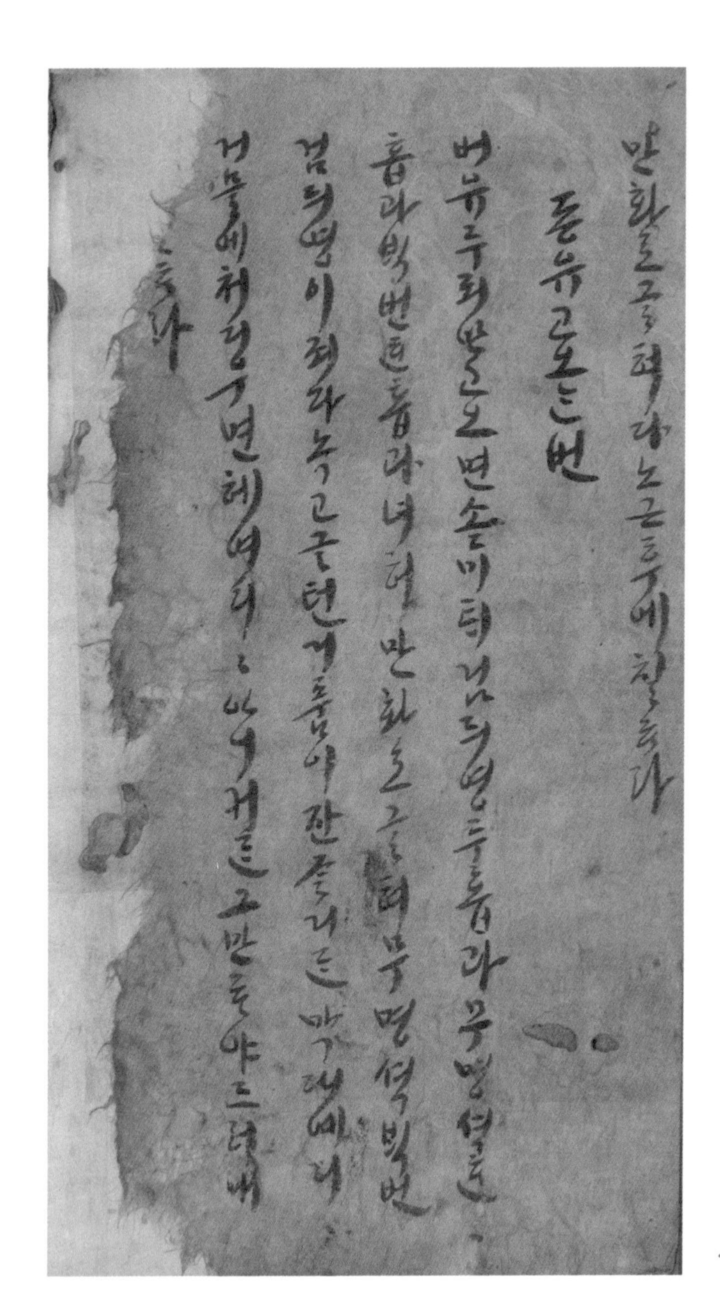

<45b>

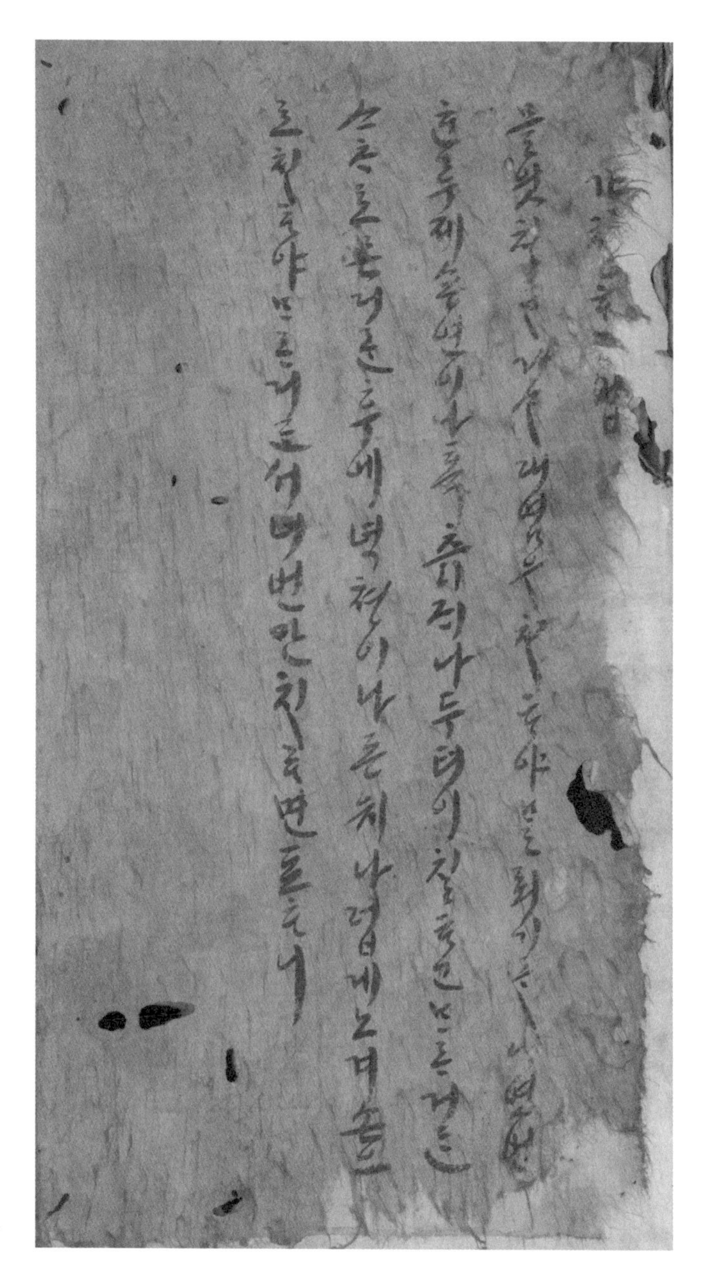

<46a>

<46b>

이면지 제1장

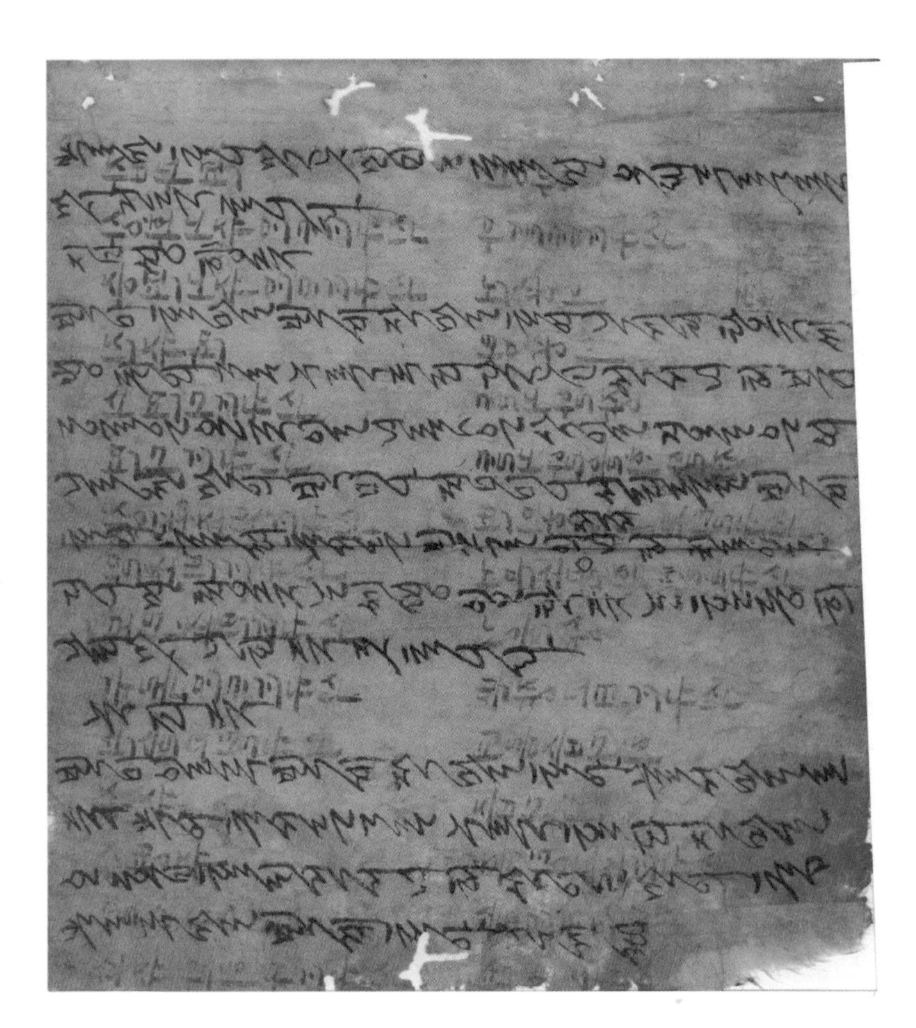

이면지 제2장

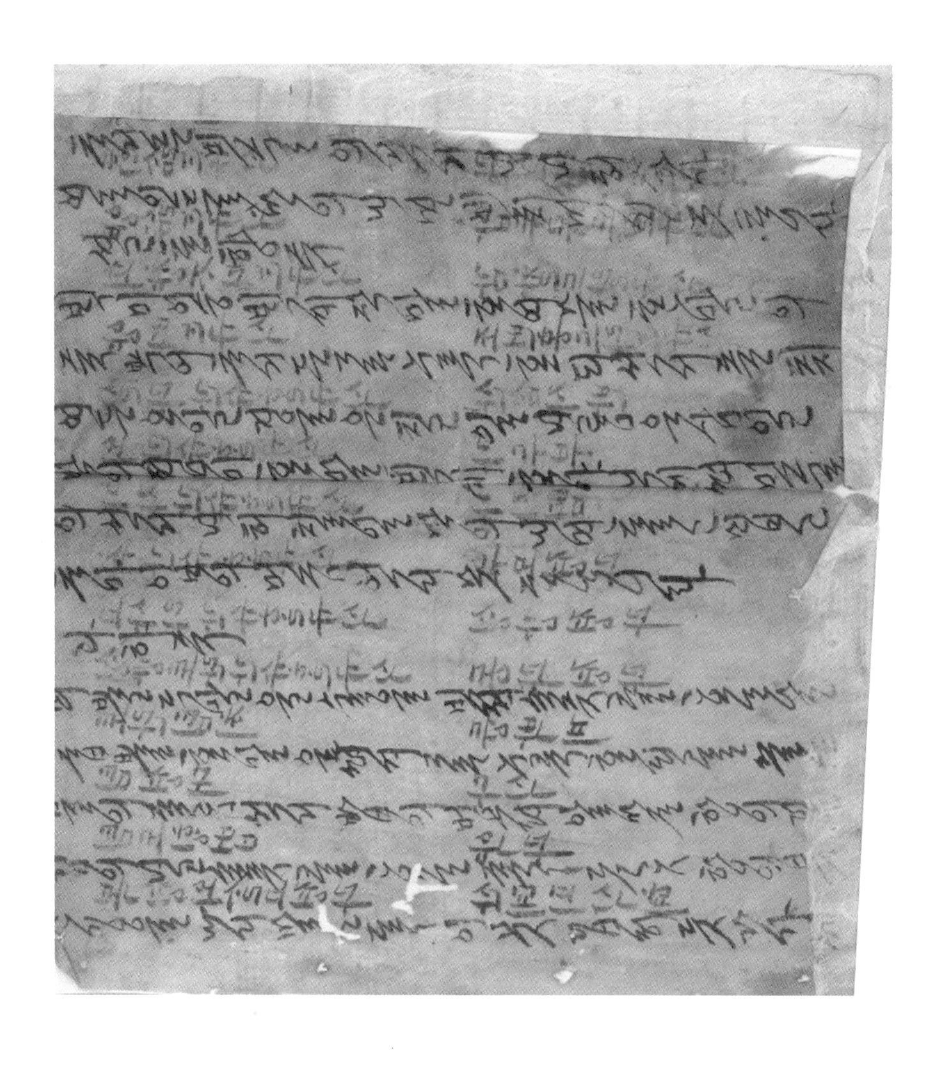

이면지 제3장

이면지 제4장

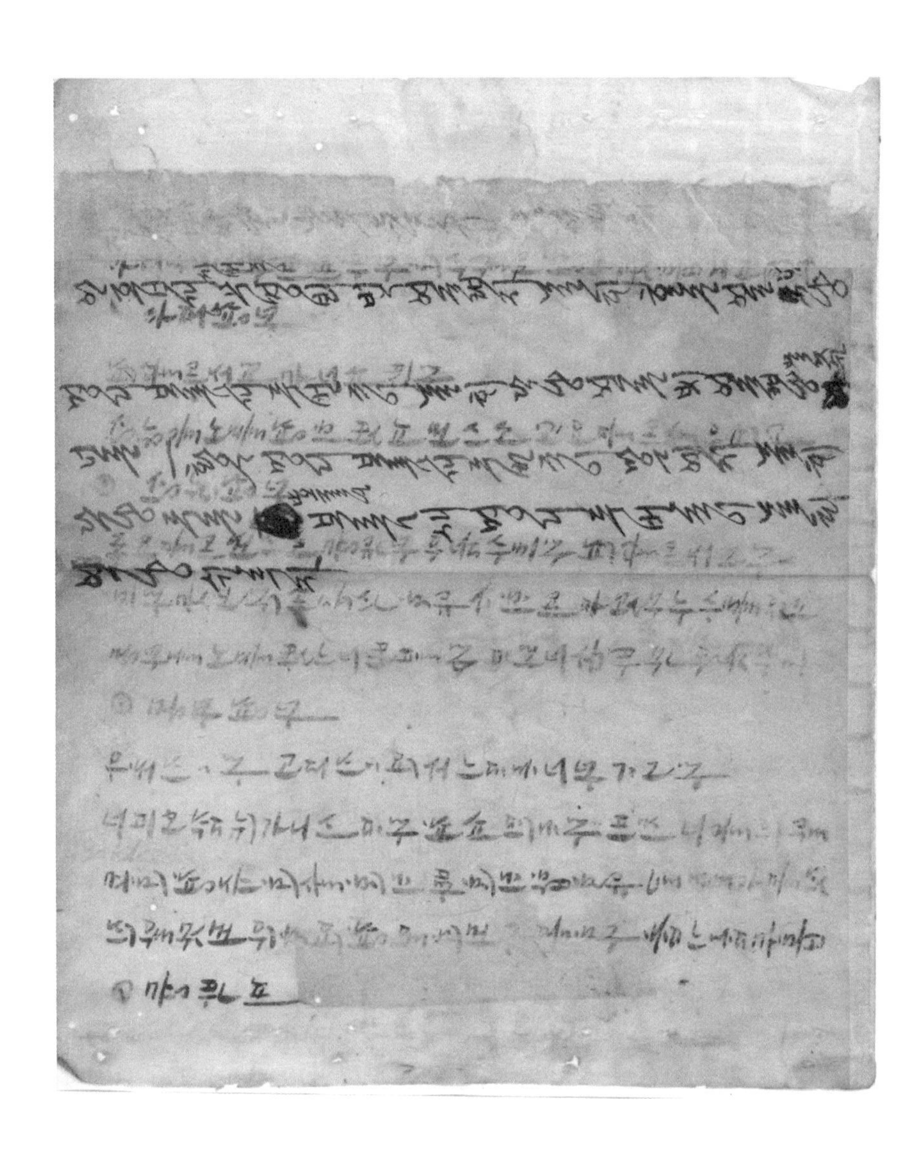

이면지 제5장

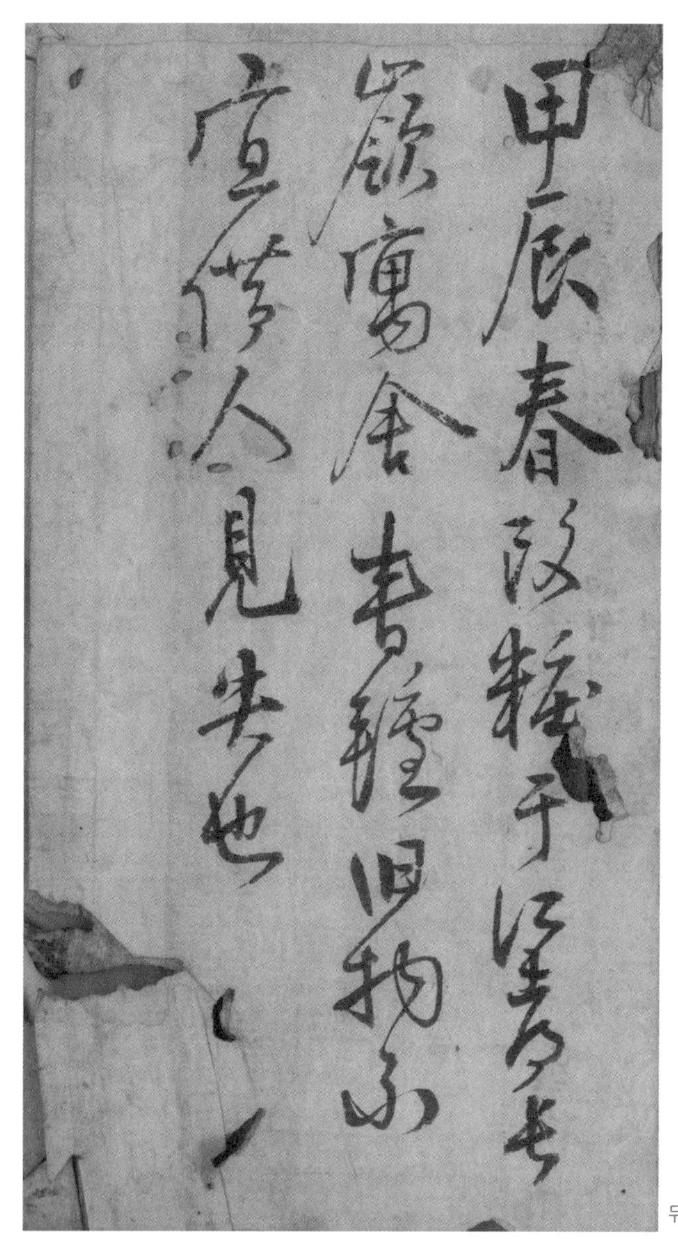

뒤표지 안쪽면

뒤표지

여기서부터 影印本을 인쇄한 부분입니다. 이 부분부터 보시기 바랍니다.